뫼비우스의 띠

L'ANNEAU DE MOEBIUS
by Franck Thilliez

이 도서의 국립중앙도서관 출판예정도서목록(CIP)은 서지정보유통지원시스템 홈페이지(http://seoji.nl.go.kr)와
국가자료공동목록시스템(http://www.nl.go.kr/kolisnet)에서 이용하실 수 있습니다.
(CIP제어번호: CIP2016006680)

뫼비우스의 띠

L'ANNEAU DE MOEBIUS

프랑크 틸리에
장편소설

박명숙 옮김

문학동네

일러두기

1. 주석은 모두 옮긴이주이다.
2. 본문 중 고딕체는 원서에서 이탤릭체로 강조한 부분이다.

내 아버지에게

차례

전쟁의 잔혹함으로 흉측하게 일그러진
네 끔찍한 얼굴은
어린아이들이 두려워하는
괴기동화 속 괴물을 닮았구나.

—제1차세계대전(1914~1918) 당시
얼굴이 일그러진 무명 병사가 쓴
제목 없는 시

책 읽기에는 시간을 거슬러올라갈 수 있다는 마력이 있다. 책의 마지막 부분을 읽다가도 다시 첫 장으로 돌아가, 한 시간, 한 달 혹은 수년 전의 인물들을 다시 만날 수도 있기 때문이다.

그러나 불행하게도 우리가 살고 있는 현실은 전혀 그렇지가 못하다. 과거는 과거일 뿐이다. 정상적인 삶에서는……

2007년 5월 3일 목요일에 시작해, 에필로그를 제외하면 2007년 5월 15일 화요일에 끝나는 이 이야기에서 시간은 절대적으로 중요한 역할을 하고 있다. 이야기를 더 잘 음미하기 위해서는 각 장 서두에 제시된 시각 표기를 주의깊게 살펴보아야만 할 것이다.

이제 열이틀간의 낮과 밤이 당신을 기다리고 있다. 지옥으로 가는 편도 티켓과 함께.

멋진 여행이 되기를.

프랑크 틸리에

1. 5월 3일 목요일, 6시 30분

포도주 병

그의 눈앞의 영상이 흔들리면서 커졌다 줄어들기를 반복했다. 관자놀이가 터질 것 같았다. 스테판은 계단 중간에 멈춰 섰다가 불쑥 뒤를 돌아보았다. 그리고 아래층을 향해 계속 내려갔다. 거실 스위치를 찾았다. 여러 번 켰다 껐다 해봤지만 불은 켜지지 않고 새하얀 회벽에 그의 손가락이 남긴 핏자국만 이어졌다. 그는 자신의 손을 잠시 응시했다. 삶과 죽음으로 인해 붉게 물든 손이 바르르 떨리고 있었다. 다시 빠르게 걸음을 옮겼다. 손에 들린 손전등이 어둠을 갈랐다. 숨쉴 때마다 온몸이 불타오르는 것 같았다. 고통…… 공포.

모든 것이 매우 빠르게, 연속적으로 시야에 나타났다. 정면, 두 기둥 사이, 근엄하면서도 독살스러워 보이는 레유 남작부인의 초상화. 왼쪽,

멋진 아시아산産 도자 조각상, 그의 팔꿈치가 툭 스치자 떨어지며 박살남. 마지막으로 타일 바닥, 찢어진 종이박스들, 쌓아올린 트렁크들, 칼날이 나와 있는 커터 하나.

그는 문을 향해 달려가 여덟 개의 계단을 뛰어 지하층으로 내려갔다. 거대한 저택의 그 음습한 구역에는 몇 안 되는 창문들이 정원 높이로 나 있었다. 마치 돌로 만든 배가 땅속으로 가라앉은 듯 보였다. 이 시각, 창문을 통해 들어오는 건 그림자뿐이었다. 어디선가 새어들어온 한줄기 빛이 거울 위에서 반사되고 있었다. 스테판은 그 앞에 멈춰 섰다. 그의 손가락이 얼굴에 난 세 군데의 할퀸 자국을 스치고, 눈물에 짓물러 부어오른 왼쪽 눈가로 향했다.

그의 주먹이 사납고 둔탁하게 거울을 내리쳤다. 그러자 그가 입고 있는 카키색 낚시조끼가 마치 수류탄처럼 조각조각 갈라지는 듯했다.

그는 배관들이 늘어선 복도로 들어섰다. 누런 빛줄기가 천장에 일렬로 매달린 푸줏간 갈고리들을 언뜻언뜻 비추었다. 오른쪽에 형체를 알 수 없는 덩어리들이 쌓여 있었다. 시간에 부식되어 방치된 덩어리들 사이로 머리털들이 비집고 나와 있었다.

잘린 머리들. 단말마의 비명을 지르던 표정 그대로 굳어버린, 수십 개의 잘린 머리들.

스테판은 불안한 표정으로 고개를 들었다. 위층에서 들려오는 소음들과 발소리들. 누군가가 뛰어다니고 있었다. 뒤를 돌아보자, 주둥이가 거뭇한 형체가 난데없이 튀어나오더니 새된 소리를 내지르며 순식간에 사라졌다. 그의 고양이였다. 그가 키우는 고양이도 그를 알아보지 못했다.

공포에 휩싸인 그는 희미한 빛 속에 잠긴 채 양쪽으로 늘어선 방들을 재빨리 스쳐지나갔다. 그중 한 곳에는 안구들이 쌓여 있었다. 표본용 병에 담긴 손톱들과 투명 비닐 속에 압축된 머리카락들도 보였다. 또다른 방에는 영화 포스터들이 붙어 있었다. 데이비드 크로넌버그의 〈플라이〉와 토브 후퍼의 〈텍사스 전기톱 연쇄살인사건〉, 그리고 웨스 크레이븐의 〈나이트메어〉.

드디어 그곳에 도착했다. 복도 안쪽, 끝에서 두번째 방이었다. 바닥에 널린 전선, 조개탄, 깨진 벽돌 조각 등을 피하며 그는 포도주 병들을 향해 갔다. 그를 괴롭히던 것들은 모두 사라지고 없었다. 도망, 죽음, 피. 지금 중요한 것은 오직 하나, 포도주 병들의 위치뿐이었다.

스테판은 그 벽 앞에 미동 없이 섰다. 그의 손전등이 첫째 열, 96년산 보르도에서 멈췄다. 둘째 열에서 비춘 것은 다른 포도주, 99년산 부르고뉴였다.

보르도산이 위, 부르고뉴산이 아래였다.

이럴 수가.

그는 확인을 거듭했다. 역시 같았다. 보르도가 위, 부르고뉴가 아래.

순간 손전등을 놓치고 말았다. 바닥에 떨어진 전등 빛에 그의 오른쪽 팔뚝에 난 주삿바늘 자국들이 드러났다. 어떤 것은 검은 자줏빛을 띠었다. 주삿바늘이 살 속에서 부러진 게 틀림없었다.

절망한 그는 바닥에 무릎을 꿇고 궁지에 몰린 짐승처럼 신음했다. 바닥에 이마를 대고, 먼지 속에 코와 입을 박은 채 흐느꼈다. 그러다 분노에 차 벌떡 일어났다.

스테판은 재빨리 조개탄더미 쪽으로 가 그 위에 놓인 백묵 조각을 집어들었다. 그리고 벽돌 벽에 뭔가를 휘갈기기 시작했다. 단어와 문장들을 쓰고 또 썼다.

"언제? 너는 대체 언제 이걸 읽을 거지?"

백묵이 연거푸 세 번이나 부러지는 바람에, 마지막에는 거의 손가락으로 쓰는 것처럼 보였다.

뒤에서 육중한 형체가 자신을 향해 총을 겨누고 있다는 사실을, 그는 미처 알아채지 못했다.

악몽이 다시 시작되고 있었다.

2. 5월 3일 목요일, 6시 32분

빅 마르샬은 입을 굳게 다문 채 휴대폰을 닫았다. 그리고 서둘러 조그만 방 한쪽 구석의 셔츠와 검정 진바지, 리바이스 벨트, 로잉머신 손잡이에 걸린 가죽 권총 케이스를 차례로 집어들었다. 넓은 방으로 통하는 문을 열었다. 창틈으로 스며들어온 한줄기 햇살이 리놀륨 바닥을 비추었다. 불로뉴비양쿠르가 햇살 아래 기지개를 켜고 있었다.

"모르티에 반장이야." 침대 삐걱거리는 소리에 그가 말했다.

"뭐래?"

"나한테 뭐라고 한 줄 알아, 그 망할 인간이?"

그는 진지하면서도 퉁명스러운 어조를 흉내내며 말했다.

"'서두르는 게 좋을 거야, 낙하산. 아주 큰 게 터졌거든. 충고하는데, 집을 나서기 전에 아침을 두둑히 먹고 오는 게 좋을 걸세.'"

"낙하산?"

빅은 희미한 빛 속에서 바지를 입었다.

"내가 말 안 했나?"

"당신 어제 늦게 들어왔잖아……"

"그들은 날 그렇게 불러, 낙하산이라고."

셀린은 머리맡 스탠드를 켜고 하품을 하면서 일어나 침대에 앉았다. 그리고 검고 긴 생머리를 옆으로 넘겼다. 빅은 그녀를 바라보며 욕구가 치밀어오르는 것을 느꼈다. 그는 언제나 자신을 매혹하는 그녀의 여성적인 몸짓과 미세한 고갯짓을 사랑했다. 젊은 여인은 손바닥을 위로 향한 채 고양이처럼 늘어지게 기지개를 켰다.

"당신 괜찮겠지?"

빅은 아직 포장도 뜯지 않은 유모차 박스를 넘어 대리석 체스판을 돌아가 그녀 옆에 걸터앉았다.

"고약한 환경만 아니라면?"

"고약한 환경만 아니라면."

"오늘은 나한테 무척 중요한 날이야. 드디어 큰 건에 투입됐거든. 생투앙에서 아주 끔찍한 살인사건이 일어났다는군. 어쩌면……"

아내의 불안해하는 눈빛을 간파한 그는 즉시 화제를 바꾸었다.

"당신 내 운동화 어디 있는지 알아?"

"운동화는 왜?"

"우리 팀 수사관들은 다들 운동화를 신거든. 날 보고 패션모델이냐며 놀리더라고. 낙하산 아니면 패션모델이라고 번갈아 별명을 부르면서 말이야."

"그 사람들 때문에 당신이 바뀔 필요는 없잖아."

"팀원들과 잘 지내고 싶어서 그러는 것뿐이야. 다른 이유는 없어."

그는 몸을 숙여 셀린의 배를 쓰다듬었다.

"간밤에 우리 아이가 움직이는 게 느껴지더군. 당신이 뒤에서 날 꼭 껴안았을 때 이 못된 딸내미가 질투가 나는지 내 등을 발로 차더라니까, 글쎄."

"빅…… 이제 겨우 4개월밖에 안 됐어. 아직 태동을 할 때가 아니란 말이야. 그런데 딸이라고 했어, 지금?"

"이렇게 어린데도 아빠한테 그런 짓을 하는 걸 보면 딸이 분명해. 아직 태어나지도 않았는데 벌써 사납게 구니 말이야."

"우리 아이는 아들일 거야."

빅은 검지로 그녀의 가슴 곡선을 부드럽게 훑고 지나갔다.

"초음파검사를 해보면, 그럼……" 그가 속삭이듯 말했다.

"그건 안 돼! 미리 알아보는 건 절대로 안 돼!"

"난 당신을 설득하는 재주가 도무지 없는 것 같군. 당신 잠이 덜 깼을 때조차도, 안 그래?"

그녀가 몸을 일으켜 그의 가슴에 난 털을 비틀었다. 빅은 그녀의 길고 섬세한 손을 유심히 바라보았다. 그는 그녀의 손을 바라보면서 그 속에 담긴 은밀한 의도를 간파하기를 좋아했다.

"생각이 바뀌었어. 아기 이름 말이야." 그녀가 나지막이 말했다.

"그래? 어떻게?"

"'따오'라고 부르면 어떨까? 우리 할아버지처럼."

"따오? 그게 간밤에 생각해낸 거야?"

"응. 이상한 꿈을 꾸었거든. '따오'는 베트남어로 '창조물'이란 뜻이야."

풀어헤친 그녀의 가슴을 어루만지던 빅의 손길에 좀더 힘이 가해졌다.

"흠…… 멋진 이름인걸. 무척 부드럽고 감미롭게 들려…… 테오나

마테오보다 훨씬 낫군. 하지만 그런 고민을 할 필요는 없을 거야. 딸이 분명하니까."

셀린의 얼굴에 번져나가던 미소가 이내 사라졌다. 그러더니 마치 자신을 보호하려는 것처럼 시트 자락을 가슴까지 끌어올렸다. 아담한 체구의 그녀는 베트남 출신의 어머니로부터 차가운 윤기가 흐르는 긴 머리카락과 장난기 깃든 눈과 선이 부드럽고 갸름한 얼굴을 물려받았다.

"난 두려워, 빅."

"제발 터무니없는 생각 좀 하지 마, 부탁이야. 아침부터 그러지 말라고."

"알았어. 하지만 이 모든 게…… 숨막힐 것 같은 비좁은 아파트에, 밖에는 북적거리는 사람들…… 마치 거대한 닭장 속에 갇혀 있는 느낌이라고."

"닭한테 무슨 유감이라도 있는 거야?"

그녀는 차분한 목소리로 대답했다.

"우리 아기한테 무슨 나쁜 일이라도 생길까봐 두려워서 그래."

빅은 그녀의 두 손을 들어 부드럽게 감쌌다.

"또 예감 얘기……"

"당신이 아무리 그래도 난 예감을 믿어."

셀린은 아무 일도 일어나지 않으리라는 걸 끊임없이 확인받아야만 했다. 임신 초기부터 그녀는 자신의 임신 사실을 시험이나 시련으로 여기고 있었다. "아기가 움직이지 않아. 더이상 숨을 쉬지 않는다고. 어쩌면 기형인지도 몰라"라고 되풀이해 말하면서.

그럴 때마다 빅 역시 똑같은 말을 되풀이해야 했다.

"알았어, 한번 더 말해주지. 4개월째에 하는 초음파에선 태아의 코뼈까진 자세히 볼 수 없어. 당신 배에 바늘을 찌르는 건 단지 양수만 조금 채취해서 태아가 아무 이상이 없는지를 확인하려는 것뿐이라고. 태아의 머리나 배를 찌르는 일 같은 건 결코 일어나지 않아. 요즘 산모들은 거의 대부분 초음파검사를 하고 말이지, 알겠어?"

"하지만 실제로 그런 일이 일어날 가능성이 있긴 한 거잖아."

"그럴 가능성은 아주 희박하다니까!"

"월요일에 나와 함께 병원에 가줄 거지?"

"난 이제 막 일을 시작했어. 겨우 3주밖에 되지 않았다고! 그런데 벌써부터 결근을 할 수는 없잖아!"

"그러니까 나하고 같이 가줄 수 없단 얘기네. 좋아, 알아들었어. 당신 운동화는 욕실 벽장 안에 있어."

셀린은 스탠드 불을 끄고 다시 드러누웠다.

빅은 그녀와 좀더 얘기하고 싶은 마음을 억누른 채 자리에서 일어나 구부정한 자세로 방을 나왔다. 어쩌면 하지 않는 편이 더 나을지도 모른다는 생각이 들었다. 그는 옷을 마저 챙겨 입고는 블라인드를 위로 올리고 바깥을 흘끗 둘러보았다. 그가 살고 있는 4층에서는 센 강과 TF1 방송국 송신탑, 그리고 이름 모를 무수한 빌딩숲이 눈에 들어왔다. 마치 강철과 콘크리트로 만든 거미줄을 연상케 하는 광경이었다. 그는 권총 케이스를 몸에 장착한 다음 웃옷 안주머니에 경찰 신분증을 집어넣었다. 그런 다음 욕실 거울 앞에 선 채 시그사우어 권총을 꺼내, 방아쇠에 손가락을 걸고는 네다섯 번 연속으로 당겨보았다. 고통으로 얼굴이 뒤틀릴 때까지. 그는 이마에 땀방울이 맺힌 채 힘겹게 총을 케이스에 다시 집어넣고는 이번에는 오른팔을 뒤로 젖혀보았다. 이를 악문 채 가능한 한 멀리 팔을 뻗던 그는 속으로 비명을 질러야 했다.

불을 끄고 다시 방으로 향했다.

"저녁에 봐, 여보."

그가 몸을 숙여 키스하려고 하자, 셀린은 반대쪽으로 돌아누웠다. 그녀에게서 남쪽 나라의 햇살 같은 느낌이 전해져왔다.

젊은 수사관은 마음이 저릿해옴을 느끼면서 집을 나섰다. 셀린이 이 허름한 아파트에 하루종일 홀로 있어야 하는 게 못내 마음에 걸렸다. 그는 하루속히 다섯 달이 지나 그녀가 출산하기만을 고대하고 있었다. 그러면 새롭게 삶을 시작할 수 있을 터였다.

모르티에 반장은 그에게 아침식사를 든든히 하고 오라고 충고했다. 물론 빅은 저의가 있는 그의 충고를 따르지 않았다.

처음으로 투입되는 살인현장에서 토한다는 것은 있을 수 없는 일이었다.

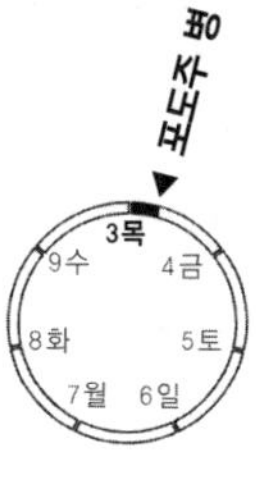

3. 5월 3일 목요일, 6시 50분

스테판 키스메는 자신이 깨어 있음을 확인하기 위해 얼음처럼 차가운 물속에 얼굴을 담갔다. 그런 다음 욕실 거울 앞에 서서 오른쪽 팔뚝을 다시 살펴보았다. 물론 주삿바늘 자국 같은 것은 어디에도 보이지 않았다. 빰에 할퀸 상처나 눈가에 부어오른 흔적도 전혀 없었다. 그는 청바지와 티셔츠, 그리고 어깨까지 내려온 그의 긴 머리만큼이나 검은 스웨터까지 챙겨 입었다. 5월 초인데도 불구하고, 거대한 저택의 두꺼운 벽이 봄햇살을 서늘하게 식혀주고 있었다. 거실로 향한 스테판은 전기난방기 하나만 상자에서 꺼내놓았다. 나머지 짐들은 아직 포장도 뜯지 않은 채 벽 쪽에 쌓여 있었다. 게다가, 상자에 들어 있거나 겨우 풀어헤친 물건들이 거실 곳곳에 나뒹굴고 있었다. 비극적인 사건이 이삿짐을 정리하거나 집안을 장식하고픈 욕구를 모두 앗아가버린 탓이었다.

그의 아내 실비는 커피잔 앞에 쭈그리고 앉아 혼자 아침을 먹고 있었다. 밖에서 스며들어오는 햇살이 그녀의 얼굴을 금빛으로 물들였다. 그녀 뒤쪽에 있는 창문 너머로 떡갈나무와 너도밤나무 숲, 우아즈 지방 라모를레의 15헥타르에 이르는 숲 지대로 통하는 오솔길들이 보였다.

"다시 시작된 것 같아." 스테판이 한숨을 내쉬었다.

실비는 지쳐 보이는 얼굴로 그를 올려다보았다.

"이번엔 어딘데?"

"다크랜드. 깨어나보니 바닥에 누워 있더라고."

"다크랜드…… 이번에도 당신은 밤새도록 날 혼자 내버려뒀어."

"마르티네즈가 주문한 인체모형을 끝내야만 했어. 생투앙에서 할 촬영 날짜가 임박했거든. 일하다가 나도 모르게 잠이 들어버린 것 같아. 그리고……"

"물론 그러시겠지." 실비가 퉁명스럽게 대꾸했다.

스테판은 커피를 따라 한 모금 마셨다.

"참 이상해. 꿈이 모두 기억나."

"삼십일 년 만에 처음 있는 일이네. 대체 뭐에 관한 꿈이었는데?"

"당신한테 어떻게 설명해야 할지 모르겠어. 마치 모든 걸 실제로 겪는 것 같았거든, 진짜로 말이야. 아직도 그 느낌이 생생하게 기억난다니까. 소리, 이미지, 내 숨소리까지 모두. 지금도 소름이 돋는 것 같아!"

실비는 그를 흘겨보며 쏘아붙였다.

"동문서답이네, 늘 그렇듯이."

그녀는 자리에서 일어나 마시던 찻잔을 싱크대로 가져갔다. 구석에서는 그들의 고양이가 조그만 잔에 담긴 우유를 경건하게 핥아먹고 있었다.

"나 이제 가봐야 해. 엄청 바쁜 날이거든. 18구에 둘러볼 아파트가 여섯 군데나 있어. 아마 밤 10시 전엔 들어오기 힘들 거야."

스테판은 스웨터 소매를 매만지고는 커피를 쭉 들이켰다.

"또 그렇게 늦어?"

"그래서 뭐가 문젠데? 어차피 우린 얼굴 마주하기도 힘들잖아. 두 달 전부터 내가 유령이 된 건 아닌지 스스로에게 물어볼 정도니까."

실비가 책망하는 듯한 눈빛으로 입을 삐죽 내밀며 그에게 말했다.

"내가 당신이 만드는 괴물 같은 얼굴을 하고 있었다면, 어쩌면 당신은 나에게 좀더 신경써주지 않았을까?"

스테판은 어깨를 으쓱해 보였다. 실비, 그녀는 순식간에 수천 볼트를 내뿜는 번개처럼 강력하게 일격을 가할 줄 알았다.

"그런 문제가 아니잖아. 잊어버리려면 시간이 필요한 것뿐이야."

"잊어버린다고? 당신은 그게 단지 잊어버리고 않고의 문제라고 생각해?"

스테판이 다가가자, 실비는 냉장고로 가서 얼음을 꺼내 입술 위를 부드럽게 문질렀다.

"당신 약은 찬장 위에 있어." 그녀가 손거울을 들고 화장을 고치면서 말했다. "점심거리는 냉장고에 넣어두었고. 제발 이번엔 조금이라도 먹도록 해봐."

하지만 스테판은 어떤 반응도 보이지 않았다. 아무 말 없이 자신의 앙상한 손을 응시할 뿐이었다. 실비는 남편의 흐릿한 눈빛 뒤에 단순한 무심함이 아닌, 그보다 훨씬 더 심각한 뭔가가 감춰져 있음을 직감할 수 있었다. 이미 수차례 마주쳤던, 점점 더 커져가는 어두운 그림자를 느끼며 그녀는 두려움에 몸을 떨었다.

스테판이 이야기를 시작했다.

"지난밤 꿈에서 난 양아버지 폴의 카키색 조끼를 입고 있었어. 당시 내겐 너무 큰 옷이었지. 송어 낚시 할 때 아버지가 나에게 그 옷을 빌려줬어. 내가 그 조끼를 마지막으로 본 게 이십 년도 더 되는데다가, 아버지는 그걸 잃어버렸다고 했어. 난 그 옷의 색깔도, 그런 옷이 있었다는 사실조차도 기억 못하고 있었다고. 그런데 조끼 주머니에 달린 녹슨 금속 고리까지 생생하게 떠오르는 거야. 찢어진 주머니 덮개, 목 부분의 기름 자국, 그 모든 게 한꺼번에 기억난단 말이야."

"그래서?"

"그래서? 어떻게 이런 일이 있을 수 있어? 평소에 꿈을 하나도 기억 못하는 내가 어떻게 이렇게 상세히 기억할 수 있는 거지?"

그가 갑자기 아내의 팔을 잡아끌었다.

"갑자기 왜 이래?" 실비가 외쳤다.

그들은 홀을 가로질러갔다. 그가 앞서고 실비는 뒤에서 그에게 이끌린 채. 팔각형의 거실은 멋진 조각품 같은 기둥들로 둘러싸여 있었다.

그곳은 집의 영혼에 해당하는 가장 중요한 장소였다.

"바로 여기, 정확히 이곳에 도자로 된 아시아산 조각상이 놓여 있었어. 30~40센티미터 크기에 종려나무 잎 모자를 쓰고 발목까지 드레스 자락을 늘어뜨린 모습의 조각상. 아직도 그 모습이 또렷하게 기억나, 마치 지금 당신을 보고 있는 것처럼. 그런데 내가 그걸 실수로 건드려서 쾅 하고 깨뜨린 거야. 그 순간, 그 장면을 어디서 본 것 같은 데자뷰의 느낌을 받았어."

"나 역시 데자뷰의 느낌이 들어. 열차가 승강장 끝으로 달려가고 있고, 잠깐 차이로 그걸 놓쳐버린 정장 차림의 어떤 멍청한 여자의 모습이 보인다고. 날 기다리는 고객들한테 내가 늦은 이유를 어떻게 설명하면 좋을까?"

스테판은 그녀의 팔을 놓아주고는, 마치 금가루가 섞인 듯 반짝이는 그녀의 파란 눈동자를 응시하며 말했다.

"잠깐만. 아주 잠깐만 시간을 내주면 돼, 그럴 수 있지? 뭔가를…… 확인해야만 하거든, 반드시. 이곳으로 이사했을 때 당신이 포도주 병들을 정리했던 거 기억나?"

"포도주 병? 그랬지. 그런데 그게 왜?"

"나하고 거기 좀 같이 가줘. 몹시 중요한 일이라서 그래."

실비는 시계를 들여다보며 잠시 머뭇거리다가, 지하실로 향하는 그를 따라갔다. 그들은 먼지가 뽀얗게 낀 전구 불빛에 의지해 아래로 내려갔다.

"꿈에서는 전등불이 없었어. 내 것이 아닌 손전등을 가지고 있었지. 그리고…… 그래, 계단이 여덟 개였어. 그걸 내가 어떻게 알 수 있었을까?"

실비는 으스스한 느낌에 몸을 떨었다. 그녀는 스테판이 자신만의 세계로 꾸며놓은 음산한 지하실로 내려가는 것을 무엇보다 싫어했다. 그곳에는 마치 유령이라도 튀어나올 것 같은 복도를 중심으로 양옆에 을씨년스러운 방들이 이어져 있었다. 이 집에서는 모든 것이 지나치게 크고 과장되어 있었다. 실비는 파리와 그곳의 소리와 빛을 사랑했다.

스테판의 말에 그녀는 큰 소리로 대꾸했다. 울리는 자신의 목소리를 들으며 두려움을 떨쳐버리려는 것처럼.

"그런 걸 내가 어떻게 알겠어? 우린 베트남으로 휴가를 떠나기로 했었잖아. 그러니까, 당신이 말하는 조각상은 아마도 거기서 기념품으로 사오고 싶어했던 것이 아닐까. 계단 수와 당신 아버지의 카키색 조끼에 얽힌 의문에 관해서는 프로이트를 다시 읽어보는 게 좋을 것 같고. 아마도 당신의 무의식이 묻어두었던 과거들을 다시 들춰내는 건지도 모르니까. 하긴, 손도 안 댄 채 위층에 쌓여 있는 책들을 보면, 당신도 나만큼이나 프로이트나 꿈에 대해 아는 게 없는 것 같긴 하더라, 안 그래?"

그들은 몸이 망가지고 머리가 깨진 인체모형들을 쌓아놓은 방과 영화와 관련된 잡다한 문서들—영화 포스터, 자막이 적힌 종이, 작업계획서, 빛바랜 『매드 무비즈』 잡지 그리고 영화 시놉시스가 적힌 구겨진 종이들—이 쌓여 있는 방을 차례로 지나갔다. 그다음 방문에는 목탄으로 역겨운 그림이 그려져 있었다. 팔다리가 썩어가는 병에 걸린 어린아이의 모습이었다. 실비는 얼른 고개를 돌렸다. 조금 더 걸어가자, '다크랜드'라고 쓰인 표지판이 걸려 있는 그의 작업실이 나왔다.

스테판은 포도주 저장고로 가서 포도주 병 앞에 무릎을 꿇고 앉은 채 물었다.

"당신 분명히 99년산 부르고뉴를 위에, 96년산 보르도를 아래에 두었던 거 맞지?"

그녀는 한 치의 머뭇거림도 없이 즉시 대답했다.

"당연하지. 보존 연한 순서에 따라서 말이야. 그런데 그런 건 왜 물어?"

그는 부르고뉴 포도주와 보르도 포도주를 조심스럽게 꺼내 병의 위치를 바꾸어놓았다. 그리고 막 자라기 시작한 턱수염을 가볍게 쓰다듬으면서 그것들을 응시했다.

"이랬어. 내 꿈속에서는 이런 식으로 놓여 있었다고."

"뭐야, 겨우 이거였어? 당신이 말하는 엄청나게 중요하다는 게?"

"병의 위치가 바뀐 걸 알았을 때, 난 소리를 지르며 울었어. 대체 왜 그랬을까?"

"포도주 병을 누가 건드리는 걸 좋아하지 않기 때문이 아닐까. 당신은 당신 일에 누가 간섭하는 걸 극도로 싫어하니까. 디테일이나 우연의 일치 같은 것에 병적으로 집착하는 경향도 있고. 때로는 위험해 보일 정도로 말이야. 어쨌거나 난 이제 정말 가봐야 해!"

"그리고…… 뺨에 할퀸 자국이 세 군데나 있었어. 눈두덩도 부어 있었고. 그리고 내가 여기 벽에 뭔가를 잔뜩 쓰고 있을 때 누군가가 나한테 권총을 겨누었어."

"뭘 쓰고 있었는데?"

"그건 나도 몰라. 어두웠고, 손전등이 바닥에 떨어져 있었거든. 불빛으로 비춰볼 생각을 하지 않았어."

"정말 유감이네."

실비는 자신의 베이지색 정장을 매만진 다음 어깨를 문질렀다. 그녀 바로 앞에는 거미줄 하나가 어디선가 불어오는 바람을 맞으며 반짝거리고 있었다.

"그건 꿈일 뿐이야, 스테판. 이미 수천 번도 더 꾸었을 아무 의미 없는 꿈이라고. 지금까지 한 번도 기억을 못한 것뿐이지. 그래서 이번 꿈이 이상하게 생각되는 거고. 마치…… 처음 꾸는 꿈처럼 말이야."

"그런 게 아니라니까! 보통 꿈에서는 주변 환경이 끊임없이 변해서, 뭔가에 집중하거나 읽고 쓰고 계산하는 일 등이 가능하지 않아. 그건 수많은 연구를 통해 이미 입증되었어. 하지만 난 분명 포도주 병에 붙은 라벨을 읽고 글을 쓰기까지 했어. 모든 것이 일관성이 있었다고."

"자리가 바뀐 포도주 병 때문에 울부짖는 것이 일관성 있는 일이라고 생각한다면 그렇겠지. 자, 난 가볼게. 약 먹는 거 잊지 마."

스테판이 몸을 일으키며 말했다.

"더이상은 안 먹을 거야. 훨씬 나아졌으니까."

"나아졌다고? 정말 그렇게 생각해? 당신은 결코 나아지지 않았어. 난 지옥을 다시 경험하고 싶지 않아. 절대 사양이야."

스테판은 영화 〈마스크〉에 나온 것과 똑같은 라텍스 가면을 얼굴에 쓰고는 실비를 마주보고 짐 캐리 흉내를 내며 낄낄거리기 시작했다.

"오늘밤엔 사랑을 나눌 거야. 약속할게, 달링! 사라아아앙을 말이야, 아주 유쾌하게!"

그러고는 가면을 벗고 말을 이었다.

"내가 정상이 아닌 것 같아 보여?"

"솔직히 말해서 그래."

실비는 그를 팔로 밀어냈다.

"예전 같으면 이런 당신을 보고 웃었을 거야. 그때 당신은 억지로 애쓰지 않았어. 언제나 자연스러웠지. 하지만 지금은 실패를 만회하려고 애쓰는 엉터리 배우 같아. 그럼 이따가 저녁에 봐."

스테판은 가면을 손에 든 채 그대로 멍하니 서 있었다. 때에 찌든 회색 창문 너머로 아우디 앞에 서 있는 아내의 날렵한 다리가 보였다. 차문이 닫히자, 그는 자신이 그녀의 다리를 보고 있었던 게 아님을 깨달았다. 그는 그녀를 보고 있지 않았다.

동굴 속 같은 적막감과 희미한 빛 속에서, 그는 들고 있던 초록색 가면을 작업대 위로 던졌다. 그런 다음 강렬한 할로겐 조명과 환풍기를 작동시키고는 자신이 만든 괴기한 모습의 작품들을 하나씩 어루만졌다.

"너 괜찮은 거야? 그리고 넌? 너는?"

스테판은 페퍼브레인과 마블로프, 혼티드마우스에게 차례로 말을 걸었다. 반인반수인 혼티드마우스는 날카로운 백팔십 개의 이빨이 달린 거대한 턱을 가진 괴물로, 〈뉴러널 어택〉이라는 B급 영화를 찍는 데 사용된 모형이었다. 그가 만든 대부분의 모형들은 외바퀴 수레 위에서 죽어갔다. 영화 속 창조물들은 그것을 만든 사람들과 비슷하게 어두운 지하실에서 운명을 마감하곤 했다.

그 모형들 중에 스테판이 유난히 아끼는 것이 하나 있었다. 그의 키와 똑같이 1미터 79센티미터에 달하며, 보는 사람을 압도하는 카리스마를 지닌 모형이었다. 그는 그것을 제작하기 위해 자신의 얼굴에 직접 본을 떴다. 석고판 위로 라텍스가 흘러내리는 동안, 숨을 쉬기 위해 코에 빨대를 꽂고 있어야만 했다. 그 괴물은 머리 위가 뚫려 있고, 뇌 대신 그의 모습과 똑같은 미니어처가 자리잡고 있었다. 촬영에는 한 번도 사용된 적이 없는 모형이었다.

스테판은 그에게 어둠을 뜻하는 '다크니스'라는 이름을 붙여주었다.

그것은 곧 그 자신의 어둠을 의미했다.

그는 커피머신을 작동시켜 커피를 준비해 삼십대 젊은 여인의 흉상 앞에 가서 섰다. 영화 〈피의 계곡〉에서 카를라 마르티네즈는 자신의 정부에게 목이 베여 죽기로 되어 있었다. 촬영은 보름 전에 시작되었고, 모형은 나흘 뒤인 월요일까지는 반드시 완성되어야 했다. 그 장면에서 카메라는 그녀의 눈과 목에 길게 난 자상을 크게 확대해 비출 예정이고, 그 시점에서 그녀는 닷새 전에 죽은 것으로 설정되어 있었다.

따라서 당연히 더위와 벌레에 의한 다양한 변질과 부패 상태를 고려해야만 했다. 분장사나 조형예술가, 인체모형 전문가로 일한다는 것은 의사, 장의사, 법의학자들을 만나고, 죽은 후 여러 단계를 거치는 다양한 체격의 남녀 시신들의 사진을 수집하는 일을 포함하고 있었다.

스테판은 전기믹서기와 이발기, 고무관, 산소마스크 등을 옆으로 밀어놓은 다음, 조금 전에 우편으로 받은 오리지널 영화 포스터를 꺼내 펼쳐보았다. 토드 브라우닝 연출에 론 채니가 나온 〈더 위키드 달링〉이었다. 그런 다음 확대경을 라텍스 흉상 앞에 정확히 위치시켰다. 화이트 좀비의 앨범에 나오는 사이키델릭한 기타 소리를 들으며 커피를 한 모금 마신 후, 유리로 된 왼쪽 눈을 핀셋으로 끄집어냈다. 속눈썹을 심는 것은 언제나 까다롭고 비교적 긴 시간을 요하는 작업이었다.

그러다가 팔뚝에 가려움이 느껴지자, 강박적으로 소매를 걷어올렸다. 물론 주삿바늘 자국 같은 것은 보이지 않았다. 그는 잠시 속눈썹 심는 것을 멈추고 노트 하나를 펼쳐보았다. ZFX 멜리에스 영화사에서 정기적으로 보내주는 수많은 쓸모없는 선물들—연필, 목탄, 계산기 등등—중 하나였다.

스테판이 일곱 살 때 처음으로 몽유병 증세를 보이자, 의사는 꿈을 노트에 기록할 것을 권유했다. 하지만 이십사 년 전부터 노트는 백지상태로 남아 있었다.

그는 간밤에 꾼 악몽을 노트에 상세히 적어넣었다. 그가 기억하는 한에서는. 피로 얼룩진 손, 포도주 저장고로 내려왔던 일, 얼굴에 난 상처. 계단 수, 포도주 병의 위치, 아시아산 조각상, 오른쪽 팔뚝의 주삿바늘 자국. 그리고 첫 페이지에 '포도주 병'이라는 제목을 붙여놓았다.

그런 다음 적은 것을 다시 읽어보았다. 이처럼 앞뒤가 맞지 않는 비논리에 대체 어떤 의미를 부여할 수 있을까?

스테판은 문득, 포도주 저장고에서 마지막으로 했던 일을 떠올렸다.

그의 잠재적 분신, 즉 그 자신은 조개탄더미 위에 놓인 백묵을 집어 벽돌 벽 위에 의미를 알 수 없는 문장들을 적어내려갔다. 백묵이 삐걱거리며 마찰하는 소리가 아직도 들리는 것 같았다.

그는 자리에서 일어나 가면들이 늘어서 있는 곳을 통과해 끝없이 이어질 것만 같은 복도를 지나갔다. 바둑판무늬의 타일 바닥, 푸줏간 갈고리 때문에 갈라지고 찢겨나간 천장. 그는 그런 분위기를 간직하기 위해 모든 것을 그대로 보존하기로 했다. 이 집이 첫눈에 마음에 든 것은 바로 그런 죽음의 영역 때문이었다. 숲 지대에서 가장 조용한 곳에 위치한 집에 자신만의 아틀리에를 갖게 된 것이다. 끊임없이 영감을 캐낼 수 있는 도가니와도 같은 곳을.

그의 앞에는 조개탄더미와 잘게 부서진 벽돌 조각들이 있었다. 꿈속에서 그것들을 넘어갔던 기억이 났다. 꿈속에서는 조개탄이 여기저기에 흩어져 있었다. 하지만 지금은 모두 한데 모아져 있었다.

예의 그 백묵도 보이지 않았다. 그러나 어디선가 본 듯한 기시감이 집요하게 그를 따라다녔다.

그는 별생각 없이 막대 하나를 주워 검은 더미를 헤쳐보았다. 꿈에서 본 것처럼 조개탄을 흩뜨려놓기 위해서였다. 그러다가 그 자리에 얼어붙고 말았다.

바로 거기, 조개탄더미 가운데에.

백묵의 하얀색 끄트머리가 보였다.

그가 꿈에서 본 백묵이 실제로 존재했던 것이다.

스테판은 질겁한 표정으로 그것을 집어들었다.

어떻게 조개탄더미 한가운데에 하얀 백묵이 들어가 있단 말인가?

4. 5월 3일 목요일, 10시 14분

빅 마르샬이 불로뉴비양쿠르에서 생투앙으로 가는 데는 한 시간 십오 분 이상이 걸렸다. 포르트 마요 부근의 외곽순환도로에서 트럭 한 대가 오토바이를 들이받는 사고가 발생한 때문이었다. 곧이어 기나긴 차량 정체가 이어지면서 파리 서쪽 도로를 순식간에 점령해버렸다. 그가 파리를 싫어하는 이유가 하나 더 추가된 것이다. 벌써부터.

운전대를 잡고 있는 그의 손에 촉촉하게 땀이 배기 시작했다. 늦는다고 팀원들에게 알릴 방법이 없었다. 휴대폰 배터리가 너무도 빨리 방전되어버린 것이다. 일을 시작한 후로 배터리를 교체할 시간조차 낼 수 없었던 탓이다. 모르티에 반장으로부터 한소리 들을 것이 분명했다. 살인사건 수사를 앞두고 시작부터 좋지 않았다.

마침내 그는 내비게이션이 이끄는 대로, 작업실로 개조된 창고 건물 앞에 도착했다. 간선도로에서 멀리 떨어진 산업 지대 가장자리에, 캘런드럼 영화사 스튜디오를 비롯한 낡은 건물들과 인접해 있는 곳이었다. 곳곳에서 분주하게 움직이고 있는 다양한 분야의 수사팀들이 보였다. 자동차 트렁크와 소형 트럭의 문들을 여닫는 소리가 들려왔다. 과학수사대 차량도 눈에 띄었다. 파란색과 초록색, 하얀색의 다양한 유니폼들이 음울한 회색빛 세계 속에서 우울한 한 편의 춤을 연출하고 있는 듯했다.

"리카르*하고 올리브 세 알이라도 필요한가?"

뒤를 돌아보니 조프루아 경사가 그를 보고 있었다. 1988년부터 수사본부 1팀에서 근무하고 있는 그는 파리 8구 보종에 있는 수사본부와 17구 중심가인 베시에르 대로의 수사본부를 거친 인물이었다. 타협이라곤 절대 모르는, 가능하면 피하는 게 좋은 베테랑 중의 베테랑이었다. 다른 수사관들과 마찬가지로.

"외곽순환도로에서 사고가 좀 있었습니다. 그리고 휴대폰이……"

"자넨 늘 그 모양이군, 낙하산. 경광등은 뭐에 쓰는 건가?"

"경광등이라뇨? 무슨 경광등 말입니까?"

"자네가 어떤 타입인지 알 만하군."

"그런데 무슨 사건이죠?"

"지금 자네한테 그걸 설명해줄 시간은 없네. 나중에 사무실에서 보자고."

퍼펙토 가죽점퍼 아래 단단한 체격이 돋보이는 조프루아 경사는 차에 오르기 전 빅에게 한마디하는 것을 잊지 않았다.

"그런데 자네 운동화가 너무 낡아 보이는군."

---

* 아니스 향료를 원료로 한 술 파스티스의 상표명.

빅은 끝까지 삭아버린 자신의 검은색 운동화를 흘끗 내려다보고는 접힌 웃옷 자락을 바로잡았다. 하늘은 음산한 잿빛이었고, 5월치고는 그다지 온화한 날씨가 아니었다. 아비뇽이라면 다르겠지만. 게다가 그곳엔 올리브나무도 있지 않은가.

그때 작업실 입구에 모르티에 반장이 거구를 드러냈다. 그는 평소와는 달리 파프리카 향의 감자칩을 먹고 있지 않았다. 그는 모든 음식에 강렬한 향을 첨가하는 버릇이 있었다. 어쩌면 신랄하고 거칠고 독선적인 자신의 성격을 남에게 의도적으로 드러내 보이려는 전략인지도 몰랐다. 그와 함께 일한 지 이십여 일 만에 빅은 그가 때와 장소를 가리지 않고 폭발하는 경향이 있음을 파악했다.

빅은 모르티에 반장의 손이 마치 군인의 손처럼 뻣뻣하게 긴장되어 있는 데 주목했다. 좋지 않은 징조였다.

"반장님, 제가……"

"아무 말 말게, 마르샬. 자네 변명 같은 걸 들어줄 겨를이 없으니까. 물러나게."

두 남자는 들것을 든 사람들이 지나가도록 길을 비켜주었다. 들것 위에 놓인 것은 시신을 담는 비닐자루가 아니라, 시신이 비닐에 직접 닿지 않도록 감싸는 불투명한 천이었다. 마스크를 한 사람들이 운반하는 그것은 마치 텐트처럼 보였다. 그들 뒤로는 과학수사대 요원 셋이 가방을 들고 따라갔다. 아무도 입을 열지 않은 채 모두 시선을 떨구고 있었다. 그들이 들고 있는 투명한 비닐봉지 안에는 하얀 백묵도 보였다. 또 다른 비닐봉지에는 용도를 알 수 없는 녹슨 둥근 연장 같은 것이 피가 묻은 채로 담겨 있었다. 또다른 것들도 눈에 들어왔다. 떨어져나간 살점과 머리카락이었다……

"안에 아직 누가 남아 있나?" 모르티에가 소리쳤다.

"왕 수사관과 과학수사대 요원 두 사람이요. 사진 찍는 걸 모두 끝내고, 증거물로 침대 시트와 인형들을 옮길 준비를 하고 있습니다."

"지금 인형이라고 했습니까?" 빅이 큰 소리로 되물었다.

"네. 침대 다리 밑에 낡은 인형들이 잔뜩 있군요. 정확히 열여덟 개네요. 살인범이 가져다놓은 것 같습니다."

모르티에는 신참내기 수사관에게는 눈길조차 주지 않은 채 요원들을 따라갔다.

"그런데 저는요? 전 뭘 하면 되죠, 반장님?"

"자네? 자넨 안으로 들어가서 왕하고 얘길 해보게. 그런 다음에 두 사람 모두 서둘러 아르쾨유로 가야 할 거야."

"아르쾨유에는 왜요?"

"피살자의 여자 애인에게 사고 사실을 알리고 필요한 정보를 좀 캐봐."

"여자 애인이라고요? 그럼 피살자가……"

"아마 레즈비언이겠지."

빅은 몸을 돌려 시신을 덮은 천이 바람에 일렁이는 것을 응시했다. 모르티에가 그에게 면으로 된 마스크를 내밀었다.

"자, 받게. 안으로 들어가려면 이걸 써야 할 걸세. 아침 먹은 걸 모두 토해내고 싶지 않다면 말이야."

"괜찮습니다. 아침을 먹지 않았거든요."

대머리인 모르티에 반장은 입술을 미세하게 움직여 옅은 미소를 지어 보였다.

"제법이군. 하지만 자네가 좀더 오래 이 일에 몸담았다면, 굶어서 현기증을 일으키느니 차라리 먹고 토하는 게 낫다는 걸 알았을 거야."

빅이 안으로 들어가려는 찰나 모르티에 반장이 그를 다시 불러 세웠다.

"그런데 참, 낙하산!"

"네?"

"이것 좀 한번 볼 텐가?"

"뭘 말입니까?"

"시신 말이야. 한번 보지 않겠나? 이리 가까이 오게."

빅은 심장이 요동치면서 근육이 뻣뻣해지는 것을 느꼈다. 모르티에는 그에게 동의도 구하지 않고 시신을 덮은 천의 한쪽 자락을 걷어올렸다.

신참내기 수사관은 침을 삼키며 숨을 멈추었다.

"하느님, 맙소사……" 그는 자신의 배에 손을 갖다대면서 힘겹게 외마디소리를 뱉어냈다.

"하느님은 찾지 않는 게 좋을 거야. 그분은 이 세상에 자주 내려오지 않으니까. 우리를 위해서도, 죽은 여인을 위해서도 말이야."

모르티에 반장은 들고 있던 천 자락을 내려놓았다.

"자, 이제 자네도 발을 담근 셈이네. 아주 큰 사건에 말이지. 부디 그에 걸맞은 능력을 보여주길 바라네. 나 역시 자넬 이 일에 끌어들이면서 큰 책임을 지게 된 거니까."

"대체 어떻게 된 건가요?"

"죽은 여인한테서 그 답을 기대할 순 없겠지."

모르티에 반장은 빅의 얼굴 가까이로 바싹 다가와서는 담배와 파프리카 냄새를 풍기면서 말했다.

"마지막으로 하나만 더 얘기해두지, 낙하산. 또다시 늦게 나타나거나 이번 일에 성과를 못 올리는 경우엔 아르장퇴유나 센생드니로 좌천될 각오를 해야 할 거야. 난 낙하산 같은 건 신경 안 쓰거든. 내 말 알아듣겠나?"

"네…… 잘 알아들었습니다, 반장님. 하지만 낙하산 같은 건 애초부터 없었습니다. 제가 여기 있는 건 순전히 제 노력의 결과란 말입니다."

"사격과 육박전에서 그런 말도 안 되는 점수를 받아놓고? 담당 교관들 말이, 자넨 팔다리가 없는 사람한테도 완패를 당할 정도라더군."

"그래서 살인사건 전담반을 선택한 겁니다. 마약퇴치반이나 강력계가 아니라. 죽은 사람들과는 격투를 벌일 필요가 없을 테니까요."

빅은 고대 그리스의 가장 뛰어난 웅변가 중 하나였던 데모스테네스가 말더듬이였으며, 베토벤은 청각을 상실한 후에 더 훌륭한 음악을 작곡했다는 예를 들어 그에게 반박하고 싶었다. 하지만…… 그는 현실에 순응하는 편을 택하기로 했다.

모르티에 반장이 담배를 한 개비 꺼내들며 말했다.

"어쨌거나…… 이제 그만 들어가보게. 그리고 반드시 새로운 단서를 찾아가지고 나오도록. 난 신속한 것을 좋아하니까."

5. 5월 3일 목요일, 10시 26분

그토록 허름해 보이는 건물 외관과는 달리 내부에 세련된 감각의 가구들로 장식된 밝고 거대한 공간이 화려하게 펼쳐져 있을 거라고는 미처 짐작하지 못했다. 척 봐도 빅이 사는 스무 평 아파트보다 네다섯 배는 넓어 보이는 면적에, 크롬과 백색 대리석, 흑단이 넘쳐나고 있었다.

러닝머신과 보디빌딩용 기구, 스피닝 자전거 등이 설치되어 있는 피트니스실을 통과하자, 역한 냄새가 그의 코를 자극했다. 빅은 그 자리에 멈춰 서서 마스크를 착용했다. 죽음의 냄새를 직접 맡아본 적은 없었지만 직감적으로 알 수 있었다. 내리쬐는 햇볕에 방치된 고기가 썩어가는 냄새와 유사하다는 것을.

그는 방으로 들어가기 전에 양쪽 관자놀이를 문지르면서 숨을 크게 내쉬었다. 체스게임을 시작하기 전처럼 흥분과 두려움이 교차되면서 잔뜩 긴장되었다. 그로서는 첫번째 살인현장을 보는 셈이었다. 그는 영화 〈세븐〉에 나오는 브래드 피트를 떠올렸다. 경험 부족에도 불구하고 잘해보고자 하는 결연한 의지로 충만해 있던 그의 모습을.

처참한 살육현장에 도착하자 여러 광경이 한꺼번에 그의 시야에 들어왔다. 노트북 앞에 앉아 있는 왕 수사관, 왼쪽에는 자신들이 가져온 장비 앞에서 분주하게 움직이는 과학수사대 요원 두 명이, 오른쪽 구석에는 피로 얼룩진 매트리스가 보였다. 커다란 비닐 속에는 역시 피로 얼룩진 시트가 들어 있었다. 침대 머리맡에는 여성의 나체 사진 포스터가 붙어 있고, 그 위에 백묵으로 '78/100'이라는 숫자가 쓰여 있었다. 바닥에는 인형들이 뒤죽박죽으로 뒤엉킨 채 쌓여 있었다. 그중에는 아이를 보호하려는 엄마처럼 보이는 성인 인형들도 눈에 띄었다. 유리로 된 인형의 눈들이 조명 아래에서 파란색과 초록색, 갈색의 빛을 반사하며 반짝거렸다. 고무로 만든 인형들이 무슨 말인가를 외치고 있는 것 같은 느낌에 빅은 현기증이 일었다.

그때 뒤에서 들려오는 목소리가 그의 생각을 중단시켰다.

"놀랍지 않나? 이건 아무렇게나 던져놓은 게 아니야. 정신병자가 의도적으로 세심하게 배열해놓은 거라고."

수사관 모 왕이었다. 중국 출신으로, 1미터 57센티미터의 키에 근육량이 50킬로그램은 되어 보이는 다부진 체격의 소유자였다. 머리는 석유 빛깔처럼 검고, 마흔다섯 살인데도 서른 살 정도로밖에 보이지 않았다. 그는 몸을 숙여 인형 하나를 집어들더니 눈을 깜빡거리게 했다. 두 남자는 악수를 하지 않았다.

"참 이상하지. 중국에선 대부분 인형에 눈꺼풀이 없거든." 왕은 혼잣말처럼 중얼거렸다. "가끔 있는 경우엔 속눈썹이 없고 말이야. 그 이유는 모르겠지만."

"그 대신 머리숱이 엄청 많죠. 선배님처럼 까만 머리가. 제 아내도 집에 그런 인형을 하나 가지고 있어요. 그녀의 할머니가 물려주신 겁니다."

순간 왕의 눈빛이 흔들렸다. 마스크를 쓰고 있지 않은 그는 빅에게 다가오라는 신호를 보냈다.

"자네 이거 보이나?"

그는 일그러진 아이 인형을 가리켰다. 인형은 손발이 부어올랐고 얼굴이 얽어 있었다. 다리 하나는 다른 쪽보다 훨씬 짧았고, 왼쪽 팔뚝은 뎅겅 잘려 있었다.

"살인범은 의도적으로 고무를 녹여 기형을 만들었어. 아마도 용접기를 사용한 것 같아. 머리 뒤쪽 거죽도 벗겨버렸고, 오른쪽 다리도 자르고 곳곳에 부풀어오른 상처를 만들어놓았어. 특히 몸통 오른편에 말이야. 왼쪽 팔뚝도 단번에 잘라내고. 모두 열여덟 개의 인형이 있는데, 이것만 이렇게 흉측하게 만들어놓은 거야."

연약한 아이 인형들과 겁에 질린 채 굳어버린 것 같은 엄마 인형들을 보면서, 빅은 아내 셀린을 떠올렸다. 그녀의 배와 보이지 않는 아이의 코뼈를. 기형과 선천성 유전병이라는 말이 그의 머릿속을 맴돌았다. 그는 건물 입구를 향해 고개를 돌렸다.

"이런 냄새를 어떻게 견뎌내는지 신기하군요. 설마 이런 것까지 익숙해진다고 말하진 않겠죠?"

왕 수사관은 몸을 일으키며 입을 문질렀다. 2센티미터는 족히 되어 보이는 그의 왼쪽 새끼손톱이 라텍스 장갑을 뚫고 나와 있었다.

"부친이 싸구려 중국 식당에서 일한 적이 있네. '마이 프엉'이라는 식당이었지. 거기서 맡은 음식 냄새에 비하면 이건 아무것도 아니야."

"그래서 중국에 가기 싫다니까요."

"식당은 여전히 영업중이야. 13구 이브리 대로에 있네."

빅은 갑자기 심한 갈증을 느꼈다. 그리고 몹시 더웠다.

"조금 전에 시신을 언뜻 봤는데요." 그는 마스크 속에서 침으로 입술을 축였다. "얼굴은 말고 몸만요. 전문적인 건 잘 모르지만, 부패가 많이 진행된 것 같진 않았어요."

"자네가 잘 본 거야. 1차 조사 결과로는 간밤에 사망한 것으로 추측되니까."

"그러면 이 악취는 대체 어디서 나는 거죠?"

"지금으로선 아는 바가 전혀 없네. 이 인형들에 관해서도 그렇고. 아직 아무것도 몰라. 대체 왜 이런 걸 갖다놓은 거지? 왜 하필 열여덟 개야? 왜 아이와 어른 인형이 함께 있는 거지? 그리고 왜 하나를 훼손시킨 거냐고. 아무튼 기분 나빠. 불길해. 이런 식으로 머리를 굴리는 살인범들 말이야."

이번에는 빅이 몸을 일으켰다. 잠시 현기증을 느꼈지만 구토를 하지는 않았다. 그는 혈흔이 오디 빛깔처럼 짙게 변해 있는 침대 쪽으로 시선을 향했다. 자신이 늦게 도착한 것이 다행이라고 생각하면서. 시신이 없는 살인현장은 심리적 부담감을 덜 느끼게 해주기 때문이었다. 그렇다. 수치스럽게도 그는 최악의 장면을 목격하지 않은 것을 다행스러워하고 있었다.

그는 왕을 돌아보며 구석에 놓인 목발을 가리켰다.

"저건 피해자 것인가요? 다리가 부러졌었나요?"

"부검을 해보면 알게 되겠지. 이상한 건, 목발에 각기 다른 사람의 지문이 서너 개 있다는 거야."

"그럼 저기 타일 바닥에 있는 물웅덩이는 뭐죠? 들어올 때 보니까 방 입구에도 있던데."

"자네 생각엔……"

"아직 모르나요?"

"그래. 아무튼 배우는 속도가 아주 빠른걸. 놀라워."

빅은 한숨을 내쉬었다.

"여기 도착한 이후 본 걸 얘기해주세요. 하나도 빠뜨리지 말고."

왕은 현장을 살펴보던 요원들이 떠나는 것을 지켜보면서 말했다.

"그들이 왜 자넬 이리로 보냈는지 모르지만, 자네한텐 별로 좋은 일이 아닌 것 같군."

"왜 그렇게 생각하죠?"

"왜냐하면 이건 독이 든 선물이나 마찬가지거든. 자넨 아직 젊고, 결혼도 했고, 모든 조건이 좋으니까 말이야. 자네 와이프가 좋아하지 않을 걸세."

"그건 내 개인적인 문제입니다."

"자넨 신참내기에 불과해, 친구. 일본에서는 스모를 배우는 초보자들의 머리를 몽둥이로 내려친다고 하더군. 스스로 발전하도록 하기 위해서지. 그런데 자네 그거 아나? 신참내기들은 대부분 초장에 나가떨어진다는 거."

빅은 라텍스 장갑을 손에 끼고 전기 스위치가 있는 곳으로 향했다.

"어차피 인생은 몽둥이질의 연속입니다. 저는 그런 것 정도는 충분히 감당할 수 있습니다."

"내가 보기에 자넨 돈도 충분히 있고 어느 모로 보나 조금도 부족함이 없는 전형적인 프랑스인의 삶을 살고 있는 것 같은데. 그런데 어째서 몽둥이 타령을 하는 거지?"

왕은 어깨를 으쓱해 보이고는 계속 말했다.

"전깃불은 포기하는 게 좋을 거야, 작동이 안 되니까. 우리가 도착했을 때도 이미 그 상태였네. 퓨즈 하나 찾을 수 없을 걸세. 이상하다고 말할 필요는 없네. 나도 이미 알고 있으니까."

왕은 피가 흥건하게 고여 있는 곳으로 다가가서는 벽에 붙어 있는 포스터를 가리켰다. 태양과 백사장을 배경으로 한 여인이 포즈를 취하고 있는 모습이었다.

"바로 이 여자가 피해자라네. 아나벨 르루아."

"맙소사."

"그래, 정말 맙소사지. 왕년의 포르노 스타에서 지금은 독립적으로 일하는 초특급 창녀가 된 여자야. 왕년이라고 말했지만 겨우 스물여섯 살이었고. 내가 초특급이라고 말할 때는 진짜 초특급을 의미하는 거야. 오직 굵직한 고객들만 상대했단 얘기지. CEO나 돈 많은 사업가, 변호사 같은."

그들 사이에 잠시 동안 의미심장한 침묵이 흘렀다.

빅은 광택지로 된 포스터 속 여인의 실리콘으로 부풀린 입술과 햇볕에 그을린 갈색 피부를 응시했다.

"끝내주는 '섹스폭탄'이네요."

"그리고 말 그대로 폭발한 셈이지. 두 다리를 벌린 채로 침대에 묶여 있었거든."

"머리는 위로 향하고? 눈은 가려진 채로? 옷은 벗겨져 있었나요?"

"예스, 노, 예스야. 프로파일러처럼 굴지 말게. 그런 식으로 사건을 해결할 수는 없다는 걸 곧 깨닫게 될 테니까. 난 자네 선생이 아니란 말일세. 막 학교를 졸업했고, 알고 싶은 게 많다는 건 이해하네. 당연한 거니까. 하지만 그런 건 곧 사라질 거야. 어쩌면 내일쯤이면 이 일을 그만두고 싶어질지도 몰라."

왕은 손가락 뼈마디를 꺾어서 우두둑 소리가 나게 했다. 하루종일 반복하는 그의 오래된 습관이었다.

"사진을 보면 알겠지만, 법의학자의 소견으로는 피살자의 몸 곳곳에서 백 개가 넘는 바늘 자국이 발견되었다고 하더군. 이마, 광대뼈, 어깨, 상반신, 다리 곳곳에서 말이지."

빅이 오른팔을 문지르면서 말했다.

"침이라도 맞은 건가요? 아니면 사도마조히즘*적인 게임이라도 한 걸까요?"

"잔인한 고문을 당한 거야. 다른 것일 리 없어. 살인마는 피살자의 손가락 끝마디를 모두 잘라냈어. 혀와 입술도. 또 옷을 벗기고 허리 주위에 시트를 감싸놓았더군. 그걸로 옷을 대신해 피살자의 성기를 가린 거지. 턱은 녹이 슨 낡은 기구로 벌려놓았고. 뭐더라…… 젠장, 그 이름이 뭐였지?"

빅은 아무 말 없이 매트리스를 응시했다. 왕의 입에서 튀어나온 끔찍한 말들이 그의 머릿속에서 요동을 치고 있었다.

"이봐, 마르샬, 그걸 뭐라고 하는지 아나?"

"리트랙터?"

"그래, 그거야, 리트랙터. 아무튼 피해자의 몸 곳곳에 난 상처들이 제각각 아문 정도와 땀자국을 살펴본 드멕탱 박사에 의하면, 고문이 꽤 오랫동안 진행되었을 거라더군."

"드멕탱 박사가 누굽니까?"

"법의학자라네."

왕이 한 말 중에서 한 구절이 빅의 머릿속을 계속 맴돌았다. '꽤 오랫

---

* 폭력을 가하며 쾌락을 느끼는 사디즘과 폭력을 당하는 행위에 쾌락을 느끼는 마조히즘이 공존하는 상태를 가리키는 말이다.

동안'. 영화나 소설에서 보던 것처럼. 미치광이가 아니고야 대체 어떤 살인마가 살육의 현장에 그렇게 오래 머무를 수 있단 말인가?

빅은 자신이 배운 이론에 충실하고자 애썼다. '감정을 배제할 것'. 심리학 수업에서 그렇게 배웠다. 마치 스스로의 마음을 통제할 수 있기라도 한 것처럼.

"성적인 가혹행위는요?"

"전혀 없었네. 아, 한 가지가 더 있군. 피살자의 오른손에서 이상한 게 발견됐어. 특이하게 생긴 피부 조각인데, 마치…… 뱀의 비늘 같아."

내친김에 그는 침대 옆의 카펫을 가리키며 물었다.

"여기 보이는 삼각형의 자국 말일세…… 자네 생각엔 이게 뭐 같은가?"

빅은 그 자리에 쪼그려 앉으며 말했다.

"이건…… 삼각대 자국 같은데요?"

"그래, 맞아. 살해 과정을 촬영한 게 틀림없어."

"이럴 수가."

왕은 서랍을 향해 걸음을 옮겼다.

"르루아는 두 달 전부터 이곳에서 살았던 것으로 확인됐네. 17구에 있는 부동산 중개소 영수증을 찾아냈거든. 3월부터 여기에 산 걸로 되어 있더군."

빅은 쓰고 있던 마스크를 벗었다. 숨이 막혀왔다. 그는 침대 뒤 벽을 가리키며 물었다.

"저기 포스터 위에 적혀 있는 숫자 '78/100' 말입니다. 혹시 뭘 가리키는지 짐작이 가나요? 78퍼센트? 78센티미터? 대체 뭘 의미하는 것 같습니까?"

그는 포스터 가까이 다가갔다. 똑바로 반듯하게 쓰인 숫자에서는 두려움이나 공포 또는 분노의 감정 같은 건 전혀 엿보이지 않았다.

"확실하게 단정짓기는 아직 이르네. 하지만 어쩌면 점수가 아닐까 생각하는데. 개인적으로 나에게 점수를 매기라고 하면 100점 만점을 주겠지만. 금발의 글래머가 딱 내 타입이거든. 상대는 나를 그렇게 생각하지 않는다는 게 항상 문제지만."

"범인이 사용한 백묵을 놔두고 갔나요?"

"부러진 채로 바닥에 있었네. 조각 하나는 옷장 아래로 굴러들어가 있었고. 그게 바로 그의 실수이기도 하고 말이야. 그 위에서 부분적인 지문을 발견했거든. 수사에 썩 도움이 되진 않지만 그래도 어쨌거나…… 이제 질문일랑 좀 그만하시지. 피곤해지려고 하니까."

수사팀 가운데서 왕은 다혈질로 소문이 나 있었다. 그와 같은 사무실을 쓰게 된 빅은 그와 가까워지기 위해 어쩔 수 없이 자신의 아내 셀린이 베트남 출신이라는 점을 강조했다. 그러면서 그에게 그녀의 사진을 보여주자 왕의 말투가 달라졌다.

"이제 슬슬 움직이는 게 좋겠네. 파리를 가로질러가야 하거든. 아주 유쾌한 시간이 될 걸세."

"피살자의 애인을 신문하기 위해서요?"

"쥘리에트 퐁슬레. 포르노 영화판에서 일하고 있지."

"배우란 말인가요?"

"그에 대한 정의를 어떻게 내리느냐에 따라 다르겠지. 잠깐만…… 이리 좀 와서 보겠나."

빅은 왕의 노트북 앞으로 다가갔다.

"서류를 뒤져봤는데, 쥘리에트 퐁슬레는 이미 우편물을 이곳으로 받아보고 있었어. 곧 이곳으로 이사하려고 했던 게 분명해."

그가 동영상을 재생시키자 빅이 고개를 내저으며 외쳤다.

"맙소사, 그만두세요!"

"꽤나 추잡스럽지 않아? 르루아처럼 죽이는 여자가 왜 이런 뚱보랑 놀아났는지 도무지 이해가 안 가."

왕은 컴퓨터를 끈 다음 수첩 하나를 빅에게 보여주었다.

"우리의 초특급 창녀께서는 고객의 연락처가 빼곡하게 적힌 수첩을 가지고 있더란 말씀이야."

"살인범이 이 수첩을 가져가지 않은 건 그녀의 고객이 아니란 의미겠죠."

"과연 그럴까? 어쩌면 머리가 좋은 건지도 모르지. 드물긴 하지만 간혹 그런 경우가 있기도 하니까. 의심을 받지 않기 위해 일부러 남겨두었을 수도 있단 얘기네."

"그런데 그자는 여길 어떻게 들어온 거죠?"

왕이 눈살을 찌푸리자 빅은 두 손을 위로 치켜들며 말했다.

"오케이, 그만하죠. 문을 부수고 들어왔겠죠, 아마도. 들어오면서 봤거든요."

"자네 말이야. 뭔가를 말할 때는…… 말하기 전에 생각을 좀 할 필요가 있는 것 같군. 자, 이제 그만 가보자고. 난 차가 없으니 자네 차를 타고 가겠네."

"그러세요. 하지만 경광등은 켜지 않을 겁니다."

"제길, 자네와 함께 일하기가 쉽지 않겠군, 친구."

빅은 앞서가는 그를 불러 세웠다.

"왕 선배님!"

"또 뭔가?"

"절 낙하산이라고 부르지 않아주셔서 고맙습니다. 함께 일한 지 3주 만에 친구라는 말을 들으니 기분이 좋군요."

왕이 고개를 돌리자 목덜미에서 우두둑 소리가 났다.

"난 파리에 친구라곤 하나밖에 없네. 메기라는 물고기지."

빅은 걸음을 재촉해 그와 나란히 걸어갔다.

"전 낙하산으로 들어온 게 아닙니다."

"그런데 곧바로 살인사건 전담반에 배치됐다? 자네 지금 개그하나?"

"시험을 잘 본 것뿐이에요. 심리학 성적이 좋았거든요."

"심리학이라, 흠…… 그럼 심리학자가 되었어야지. 자넨 사격과 격투에서 거의 낙제점을 받은 걸로 아는데."

"소문 참 빠르군요."

"그게 말이지, 심리학만 가지고는 한계가 있을 걸세. 반면에 전직 지방경찰청 부청장을 아버지로 두었다면, 그건……"

"전 낙하산으로 들어온 게 아니라고 분명히 말씀드렸는데요."

"나 역시 마찬가지야. 사람들이 자넬 낙하산이라고 부른다고 불평할 것도 없네. 난 삼 년도 넘게 내 이름 대신 모 베트남이라고 불렸으니까."

"경찰과 존중심은 서로 어울릴 수가 없나보군요. 그런데 선배님은 중국 출신이잖아요, 아닌가요?"

"베트남, 중국, 일본…… 그들한테는 다 똑같으니까."

자신의 푸조 자동차에 오르기 전에 왕의 어깨에 손을 올리려던 빅은 쏘아보는 듯한 그의 시선에 흠칫하며 손을 거두고 물었다.

"마지막으로 하나만 더 묻겠습니다. 오늘 아침 저곳에 들어설 때 어떤 느낌이 드셨습니까?"

"그런 걸 왜 알려고 하지?"

"그러니까…… 몇 년 후에 제가 어떨지 알고 싶어서요. 아버지는 집에선 절대로 그런 얘길 하지 않으셨거든요. 아버지가 제게 알려준 경찰의 이미지는 실제로는 존재하지 않는 것이었죠."

"그걸 이제야 알게 됐다는 얘긴가?"

"그런 것 같습니다. 아무튼 어떤 느낌이었는지 말해주실 수 있습니까?"

차에 자리를 잡고 앉은 왕은 앞유리창 전체에 길게 나 있는 금을 손가락으로 따라갔다.

"아무런 느낌도 없었네, 아무 느낌도. 이런 건 흔히 있는 일은 아니지. 뭔가 잘못됐다는 걸 말해주는 거야. 어쨌거나……"

그는 담뱃갑에서 담배 한 개비를 꺼내면서 빅에게 물었다.

"조금 전에 주머니에서 성냥갑 꺼내는 걸 본 것 같은데. 담배를 끊은 건가?"

빅은 낡은 성냥갑을 꺼내 열어 보였다.

"이 속엔 성냥이 두 개비 들어 있습니다. 하나는 결혼식 날 마지막 담배를 피우기 위해 불을 붙였던 거고……"

"또하나는?"

"아직 사용하지 않은 건데, 제겐 아주 중요한 의미가 있는 겁니다. 앞으로 언젠가 다시 담배를 피우고 싶은 생각이 든다면 이 성냥으로 불을 붙이게 될 겁니다. 내 행위의 심각성을 의식하면서요."

왕이 라이터를 켜면서 물었다.

"자네 부친은 담배를 피우셨나?"

"지금도 여전히 피우시죠."

"여기선 다들 담배를 피우지. 담배를 피우면 매일 피가 날 정도로 손을 씻고 싶은 생각이 안 들거든. 자네 부친이 자네한테 아무 얘기도 하지 않은 건 자네를 위해서였을 거야. 그리고 우리 일이 아주 근사하다고 믿게 하려 한 게 아닐까."

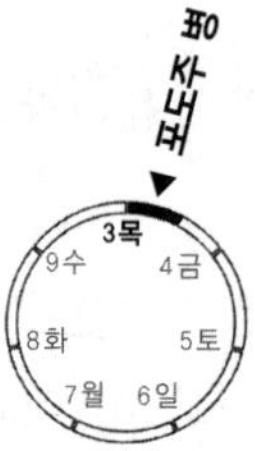

6. 5월 3일 목요일, 12시 58분

"불을 켜도 될까요?" 빅이 물었다.

"아니요. 그냥 놔두세요. 난 환한 걸 좋아하지 않거든요."

쥘리에트 퐁슬레는 파리 남쪽 아르쾨유의 조그만 아파트에서 은둔하듯 살고 있었다. 사분의 삼이나 내려져 있는 블라인드로 인해 거실은 서늘한 어둠에 잠겨 있었다. 모 왕은 철제 의자에 앉아 무릎 위에 손을 올려놓은 채 상대방을 똑바로 응시했다.

"곧 아나벨 르루아의 집으로 이사할 계획이었죠, 그렇죠?"

쥘리에트 퐁슬레는 메릴린 맨슨처럼 얼굴을 병적으로 하얗게 칠한 모습이었다. 그녀의 눈을 응시하는 동안 왕은 마치 백악 절벽에 난 두 개의 음산한 동굴 속으로 빠져드는 느낌이 들었다. 이상하게도, 우람한 체격의 여자는 연인의 사망 통보에도 눈물 한 방울 흘리지 않았다.

"우린 아주 진지했어요. 1월부터 알고 지냈는데, 아나가 나한테 첫눈에 반했죠."

왕은 놀라움을 감출 수 없었다. 그의 이마에 굵은 주름이 잡혔다. 쥘리에트는 그것을 간과하지 않았다.

"믿기 힘들죠? 그렇죠? 아나 같은 여자가 나처럼 못생긴 뚱보를 좋아했다는 게."

"사람마다 취향이 다르니까요."

쥘리에트는 코를 씰룩거렸다.

"그런데 어디서 이렇게 지독한 냄새가 나는 거죠? 혹시 형사님한테서 나는 건가요?"

"중국 식당에서 오는 길이거든요."

거실 구석으로 물러나 있던 빅은 왕의 말에 미소를 지었다. 그는 곁눈질로 거실을 꼼꼼히 살펴보고 있었다. 가죽과 금속, 비닐로 된 장식들이 주를 이루고 있었고, 크레이들 오브 필스, 파라다이스 로스트, 오페스 같은 데스메탈에 속하는 CD들이 제법 많이 눈에 띄었다. 그러나 쥘리에트가 사도마조히즘 성향의 포르노 영화에 출연했다는 사실을 짐작하게 하는 것은 아무것도 없었다.

"그럼 당신은요? 당신도 그녀에게 첫눈에 반했나요?" 왕은 계속해서 질문을 이어갔다.

그녀가 시선을 다른 곳으로 향할 때마다, 왕은 그녀의 몸짓 하나하나를 세심하게 관찰했다. 가죽장갑을 낀 채 앞으로 모으고 있는 움직임 없는 두 손과 어깨의 움직임, 긴장감이 느껴지는 목과 눈꺼풀의 깜빡거림 모두를.

"처음에 아나는 내 스타일이 아니었어요."

"당신 스타일은 어떤 사람인데요?"

쥘리에트는 당연한 걸 묻는다는 듯한 표정을 지으며 장갑 낀 손으로 자신의 얼굴을 쓰다듬었다. 그녀가 비대한 몸을 앞으로 숙이자 앉아 있던 의자가 삐걱거리는 소리를 냈다.

"형사님 생각엔 어떨 것 같나요?"

왕은 빅을 돌아보며 옆에 놓여 있는 의자를 손가락 끝으로 톡톡 두드렸다. 빅은 그곳에 가서 앉은 다음 다리를 길게 뻗었다.

"그럼 왜 아나벨을 만난 거죠? 당신 스타일도 아니라면서요." 왕이 질문을 계속했다.

잠시 머뭇거림이 느껴졌다.

"그녀에겐 돈이 있었으니까요. 돈만 있다면 이 시궁창에서 벗어날 수 있으니까요."

왕은 점점 감정이 없는 고깃덩어리와 말을 하는 느낌이 들었다. 차갑고 역한 냄새가 나는. 두꺼운 화장에도 불구하고, 쥘리에트는 못생긴 편에 속했다.

"별로 돈이 안 되나요? 당신이 하는 일은?"

"형사님 생각엔 내가 뭘 하는 걸로 보이는데요?"

왕은 소위 말하는 '노 리미트' 신문 방식을 택했다. '노 리미트' 방식은 포커에서처럼 단번에 모든 걸 거는 것을 의미한다.

"인터넷에서 대략 찾아본 바로는, 당신은 남자를 묶은 다음 그 위에 오줌을 누고 불알을 발로 찬다고 하더군요. 그런가요?"

그의 공격적 방식이 효과를 본 듯, 쥘리에트는 희미한 미소를 지어 보였다. 하지만 왕이 아닌 빅을 향해서였다. 젊은 수사관은 자신의 속마음을 들킨 것 같았다. 그는 침을 삼키고 단호한 어조로 동료의 질문을 되풀이했다.

"별로 돈이 안 되나요? 당신이 하는 일은?"

"그건 대답할 수 없어요."

"왜죠?" 왕이 되물었다.

"아나가 살해됐는데, 그 일과 아무 상관 없는 걸 묻고 있으니까요. 혹시 개인적인 엉큼한 호기심 때문에 그러는 건 아닌가요?"

"남자들이 어떤지 잘 알 텐데요."

"그보다는 그녀를 죽인 쓰레기를 잡을 궁리나 하는 게 좋을 텐데요. 나는 좀 그냥 내버려두고요. 난 그런 지저분한 일과는 아무 상관이 없으니까요."

"그녀의 죽음을 별로 슬퍼하지 않는 것 같군요, 안 그런가요?"

"왜 그런 말을 하죠?"

"글쎄요. 사람들은 대부분 가까이 지내던 누군가의 죽음 앞에서 눈물을 보이죠. 슬픔을 가누지 못하고, 신음하며 소리를 지르거나 울부짖기도 하고 말이에요. 그런데 당신은, 당신은 마치 아무 일도 없었다는 듯 행동하니까요."

"눈물은 다른 사람들이나 흘리라고 해요. 난 그런 것과는 거리가 머니까요."

"사람이라면 누구나 눈물을 흘리죠. 무척 강해 보이는 사람도, 생전 울지 않을 것 같은 사람도. 심지어 하찮은 돌멩이라도 울 겁니다, 울 수만 있다면요."

줄리에트는 문신이 드러난 투박한 어깨를 으쓱해 보였다. 그러자 머리카락들이 눈썹연필로 그린 눈썹 앞으로 떨어져내렸다.

"난 연민 같은 걸 느끼는 타입이 아니에요. 아나는 나에게 돈도 주고 잠자리도 제공하려 했어요. 우린 섹스도 했고요. 둘 다 만족스러웠죠."

그녀는 자리에서 일어나 테킬라를 한 잔 따르더니 단숨에 마셔버렸다. 그녀의 끔찍한 검은 드레스와 두꺼운 밑창과 지퍼가 달린 부츠, 그리고 목덜미에서 척추로 이어지는, 켈트식 십자가를 독사가 칭칭 감고 있는 형태의 문신이 빅의 눈에 들어왔다. 그녀가 다시 자리로 와서 앉기 전, 두 수사관은 의미가 불분명한 시선을 주고받았다.

고개를 숙인 채 침묵을 지키고 있는 쥘리에트에게 왕이 다시 질문을 던졌다.

"당신을 만나기 전 아나벨은 당신이 출연한 작품을 본 적이 있나요?"

"물론이죠. 내 영화를 보고 그녀가 내게 연락을 해온 거예요. 설마 우리가 칸 영화제 계단에서 처음 만났을 거라고 생각하는 건 아니겠죠."

"사도마조히즘이나 다소 변태적인 행위들이 그녀의 취향이었나요?"

쥘리에트는 허벅지 사이에 두 손을 집어넣고 다리를 오므렸다.

"아니요."

"그런데 왜 당신 영화를 본 걸까요?"

"그냥 우연히 본 거겠죠."

"우연치곤 참으로 이상하군요." 왕이 빈정거리듯 대꾸했다.

"난 만화영화도 가끔 봐요. 당신은 그런 적 없나요?"

"난 일본 만화만 봅니다. 〈우주 해적 캡틴 하록〉 〈그랜다이저〉 같은…… 우주 함선이 등장하는 만화를 좋아하죠. 그런데 당신이 다른 파트너들과 어울리는 걸 그녀가 싫어하지는 않았나요?"

쥘리에트는 언짢은 표정으로 천장을 응시했다. 빅은 어떻게 반응해야 할지 몰라 그들의 대화를 듣기만 했다.

"아나는 어땠는데요?" 그녀가 왕의 말을 거칠게 받아쳤다. "아나는 수많은 남자들과 자면서 움직이는 건 모두 빨아댔어요. 나보다 나을 게 하나도 없었다고요."

"하지만 하이힐 굽으로 남자들 고환을 뭉개버리는 행위 같은 건 하지 않았다는 게 다르죠."

"비열한 인간 같으니라고." 쥘리에트는 혼잣말처럼 중얼거렸다.

빅은 그 자리에 있는 것이 점점 더 불편해졌다. 이 여인은 그를 주눅들게 하는 이상한 힘을 지니고 있었다. 왕은 그녀의 불편한 심기를 외면한 채 프로답게 신문을 계속했다.

"아나벨을 마지막으로 본 게 언제였습니까?"

쥘리에트는 혀끝으로 테킬라를 음미하며 입술을 핥았다.

"그저께 저녁요."

"어디서요?"

"아나의 집에서요."

"그럼 어제는요?"

"어젠 밤늦게까지 바빴어요. 인터넷 사이트에 올릴 영화를 찍었거든요."

왕은 그녀가 '바쁘다'는 말을 어떤 의미로 사용하는지 궁금해졌다.

"그렇군요. 어디서요?"

"퐁텐블로에 있는 작은 성에서요."

그녀는 빅을 돌아보며 덧붙였다.

"원하시면 촬영 때 찍은 사진을 보여줄 수도 있어요."

"그럴 필요 없습니다." 빅이 결혼반지를 만지작거리면서 대답했다.

"그곳 주소만 우리에게 알려주면 됩니다." 자신의 동료를 책망하는 듯한 시선으로 바라보며 왕이 말했다.

빅의 허점을 간파한 쥘리에트는 그를 향해 계속 말했다.

"그런 식의 반응을 보이는 건 좋지 않아요. 당신의 중국인 동료를 본받아야 해요. 이 형사님은 마치 바위처럼 꿈쩍도 하지 않잖아요. 도무지 속을 알 수 없게 말이죠."

그러면서 종이에 주소를 갈겨쓴 다음 빅에게 내밀었다. 메모를 건네

받을 때 장갑 낀 그녀의 손이 자신의 손가락을 스치자 빅은 흠칫 놀라며 뒤로 물러났다.

"그녀에게 적이 있었나요?" 왕은 다시 질문 공세를 펼쳤다.

"적이라고요? 적이 없는 사람도 있나요?"

"질문에 답해주시죠."

쥘리에트는 잠시 생각에 잠긴 듯했다. 빅은 그녀의 행위를 머릿속으로 상상하지 않을 수 없었다. 번쩍거리는 비닐 의상을 입고 입을 굳게 다문 채 빳빳한 몸짓으로, 수갑 채운 남자를 위에서 내려다보며 마음대로 가지고 노는 모습이 연상되었다.

"……예전에 그녀가 함께 일했던 썩어빠진 프로듀서들이 있죠. 그녀의 성공을 질투했던 다른 여배우들도 있고요. 그녀의 주소를 알아내 편지를 쓰고 그걸 보면서 자위를 하는 변태성욕자들은 수없이 많고요. 창녀를 자기 와이프로 착각하는 우스꽝스러운 부자 고객들도 빼놓을 순 없겠죠."

"그래서 아나벨이 자주 이사를 다닌 건가요?"

"아마도."

"심각한 협박 같은 걸 받은 적은 없습니까?"

"그런 얘긴 들어본 적 없는데요."

"그럼 당신들은 서로 무슨 얘기를 했나요?"

"우린 대화를 거의 하지 않았어요."

왕과 빅은 서로를 곁눈질로 바라보았다.

"두 사람에게 공통의 친구가 있었나요?"

"아뇨. 아무도 우리 관계를 몰랐어요. 우리 둘 외에는. 게다가 우린 공통점도 거의 없었고요."

"그러니까 당신들한테는 섹스가 전부였다는 거군요. 아주 제한된 관계였다는 말이죠."

쥘리에트는 냉소를 지으며 그의 말에 반박했다.

"아뇨, 그 반대로 섹스보다 더 광범위한 건 없죠. 섹스는 우리 모두와 관련이 있으니까요. 형사님과 나, 그리고 이 젊은 형사분 모두와. 우리들 속에 감춰진 성도착증의 정도를 얘기하자면 아마 노트 한 권으로도 부족할걸요. 그건 사람들 속을 조금만 들여다보면 알 수 있는 거라고요."

그녀가 빅을 향해 말했다.

"최악은 사람들이 생각하는 그런 것이 아니라고요. 눈을 크게 뜨고 보면 내 말을 이해할 수 있을 거예요……"

빅은 눈살을 찌푸렸다. 지금 이 여자는 대체 누구 얘길 하는 걸까? 그녀 자신? 왕? 아니면 아나벨 르루아?

그녀는 술잔을 채우러 다시 자리를 떴다. 그사이 왕은 빅의 어깨를 치면서 좀더 자신 있게 그녀를 몰아붙이라고 부추겼다.

쥘리에트는 주먹을 꽉 쥐면서 혼잣말로 중얼거렸다.

"맙소사, 아나…… 대체 무슨 짓을 한 거야?"

빅은 그녀의 다른 한쪽 손이 펼쳐진 채로 뻣뻣하게 움직임이 없는 것에 주목했다. 순간, 뱃속에 뜨거운 열기가 치밀어오르는 것이 느껴졌다.

그녀가 왕을 향해 돌아서며 물었다.

"이제 그녀는 어떻게 되는 거죠? 그러니까 내 말은…… 시신 말이에요……"

"그녀가 어떻게 살해됐는지를 우선 밝혀내야 합니다."

"그러니까 그녀의 시신을 훼손할 거라는 얘기군요."

"말하자면 그렇죠."

그녀는 들고 있던 술잔을 단숨에 비웠다. 턱에 투명한 액체가 흘러내렸다.

"그거야말로 웃기는 얘기군요."

"뭐가 웃긴다는 건지 모르겠군요."

"당신은 이해할 수 없을 거예요."

그러자 잠시 머뭇거리던 빅의 윗입술이 가늘게 떨렸다. 빅은 용기를 내어 말했다.

"난……"

"무슨 말을 하고 싶은 건가요?"

"난 알 것 같습니다."

잠시 빅을 응시하던 쥘리에트가 왕에게 고갯짓을 해 얘기를 계속하도록 했다.

"그런 다음 검사나 예심판사가 시신을 가족에게 인도하게 될 겁니다."

"아나는 가족이 없어요."

"그런 경우에는 시체공시소에 머물게 될 겁니다. 그런 다음 공동묘지로 갈 거고요."

쥘리에트가 블라인드를 마저 내리자 마지막 햇살마저 방안에서 자취를 감추고 말았다.

"어쩌면 그녀는 화장되기를 원할지도 몰라요."

왕이 자리에서 일어나 손을 꺾어 우두둑 소리를 냈다.

"퐁슬레 양, 아마 조만간 수사본부에 출두 명령이 떨어질지도 모릅니다. 그러니 파리에서 멀리 가지 않는 게 좋을 겁니다."

"뭐 때문에요?"

왕이 그녀 뒤쪽에 보이는 아편 파이프를 가리키며 말했다.

"바라나시? 윈난?"

"지금 뭐라고 하셨죠?"

"당신이 피우는 게 바라나시산인지 윈난산인지 물었습니다."

"난 아편 같은 건 피우지 않아요. 그냥 장식용일 뿐이에요."

왕은 엄청나게 긴 손톱으로 코끝을 긁으면서 말했다.

"아, 크리스마스트리에 매다는 둥근 장식들처럼 말인가요."

빅은 여전히 자리에 앉은 채 두 손으로 뺨을 비볐다. 그리고 좀더 단호한 목소리로 물었다.

"만약 아나벨 르루아와 관련해 섹스 만족도 점수를 매긴다면 몇 점을 줄 수 있나요?"

그러자 쥘리에트는 팔짱을 낀 채 그를 노려보며 쏘아붙였다.

"뭐라고요? 대체 나한테서 뭘 더 원해요? 상관한테 점수라도 따고 싶나요? 상관을 감동시키고 싶은 거냐고요."

그리고 왕을 향해 따지듯 말했다.

"이젠 부하를 어린애처럼 다루나보죠?"

"이분은 내 상관이 아닙니다." 빅이 항변했다.

쥘리에트는 그의 앞에 꿇어앉아 말했다.

"당신은 아직 잘 모르는 것 같군요, 이런 지저분한 세계를. 인간의 비열한 행위들, 어두운 그늘, 음습한 동굴 같은 인간의 본성을. 당신의 중국인 동료는 잘 알고 있죠, 뼛속 깊이…… 하지만 당신은 순수하고, 순결한 사람 같아요."

그녀는 그에게서 눈길을 떼지 않은 채 삐걱거리는 가죽 소리를 내며 몸을 다시 일으켰다.

"당신 부인에게 오늘 하루 있었던 일을 어떻게 말할 건가요?"

"사실대로 말해야죠."

"과연 그럴까요. 난 남자들을 잘 알아요. 당신은 안으로 감추는 스타일이죠. 자신이 겪는 힘든 일을 부인이 아는 걸 원치 않을 거라고요. 어쨌거나 당신 질문엔 대답하지 않겠어요. 괜찮겠죠?"

왕이 동료의 어깨에 한 손을 올려놓으며 재촉했다.

"자! 이제 그만 가자고!"

하지만 빅은 자리에서 일어난 후에도 계속 말했다.

"당신과 르루아는 극과 극이죠. 외모, 취향, 재정 상황 모두가. 여긴 모든 것이 어둡고, 그곳은 사방이 환해요. 말하자면 그녀는 낮이고 당신은 밤인 셈이죠."

"지킬 박사와 하이드처럼?"

"아뇨. 하이드와 하이드처럼."

쥘리에트는 시선을 아래로 떨구었다.

"제법이군요. 당신은 머리가 둘로 나뉘어 있나보죠? 자! 이제 그만 가주시죠, 두 사람 다."

빅은 계속 말했다.

"그런데 오직 비슷한 섹스 성향만이 당신들을 가깝게 만들었어요. 조금 전 르루아에게 사도마조히즘 성향이 있었느냐고 물었을 때, 당신은 왼손을 허벅지 사이로 감추더군요. 이곳이 어둡긴 하지만 당신 왼쪽 팔이 의수라는 건 쉽게 알 수 있죠. 혹시 선배님도 알고 계셨습니까?"

"나도 보았네……"

"당신 친구가 살해된 방에서는 목발이 발견되었고요. 혹시 뭐 짚이는 게 없나요?"

"전혀요."

"목발에는 지문이 여러 개 있었습니다. 그중엔 분명 당신 것도 있을 테고요. 수사본부로 소환돼 안이 훤히 들여다보이는 취조실에서 말하고 싶은 건가요?"

왕은 빅이 목발에 대해 언급하는 이유를 이해하지 못했다. 쥘리에트는 다리를 절지 않았다.

"날 좀 그냥 내버려두라고요. 그래요, 내가 그 목발을 사용했어요. 다른 사람들처럼. 그래서요? SOS 구조대에 신고라도 할 건가요?"

"아나벨 르루아가 아크로토모필리아*였나요?"

"자네 지금 뭐라고 했나?"

탄성은 쥘리에트가 아니라 왕의 입에서 튀어나왔다. 왕은 쥘리에트를 바라보았고, 그녀가 빅의 말을 이해했음을 알 수 있었다. 쥘리에트는 마치 동굴 속으로 숨어드는 박쥐처럼 거실 구석의 어두컴컴한 곳으로 가서 몸을 움츠렸다.

"예리하군요. 정말 예리해요. 영리한 사람이고요. 평소에도 손을 즐겨 관찰하나요, 그래요?"

"손은 감정을 드러내거든요. 그녀가 그랬던 게 맞나요?"

"맞아요……"

그녀는 테킬라를 한 잔 더 따라 마셨다. 아마도 망자를 애도하는 그녀만의 방식인 듯했다.

"그러고 보니 당신 그렇게 애송이는 아니군요."

"오, 오! 나도 좀 알자고." 흥분한 왕이 물었다. "대체 그게 뭔가? 아크로토 뭐라는 거 말이야."

"퐁슬레 양이 설명해줄 겁니다……" 빅이 대답했다.

쥘리에트는 술잔을 내려놓고 할로겐 조명을 희미하게 밝혔다. 불빛에 드러난 그녀의 눈동자는 검은색이 아닌 짙은 파란색으로, 매력적이기까지 했다.

---

* 신체 일부가 절단된 상대에게 성욕을 느끼는 성도착증을 가리키는 말. '데버티(devotee)'와 혼용되어 쓰인다.

"그런 게 있다는 걸 대체 어떻게 알았죠? 당신은 부인도, 어쩌면 아이도 있을 테고, 이제 겨우 이 일을 시작한 아직 턱밑에 솜털이 보송보송한 사람인데 말이에요. 저 아시아 형사도 모르는 걸 당신이 어떻게 알고 있는 거냐고요."

왕은 양초처럼 뻣뻣한 손가락이 달린 그녀의 의수에서 눈을 떼지 못했다.

"왜 말이 없죠? 부끄러운 건가요?"

빅은 왕을 똑바로 바라볼 엄두를 내지 못했다.

"그냥…… 선천성 질환에 대해 조사하는 중에 우연히 알게 된 것뿐입니다."

"우연히라…… 내가 그 말을 믿을 거라고 생각해요? 난 남자가 거짓말하는 걸 금세 알 수 있어요."

"내 말을 믿건 안 믿건, 그건 사실입니다."

쥘리에트는 1미터 80센티미터인 빅의 키에 거의 육박할 만큼 거구였다. 그녀가 잠시 뒤로 돌아선 사이, 두 수사관의 귀에 탁 소리가 들려왔다. 그녀는 테이블 위에 묵직한 물체를 올려놓았다. 합성수지로 만든 아래팔 부분의 의수였다. 육중한 몸짓으로 빅에게로 다가온 쥘리에트가 드레스의 소맷자락을 걷어올리자 아래팔이 잘린 매끄러운 팔의 일부가 모습을 드러냈다.

"당신이 본 목발이 뭐하는 데 쓰였는지 알고 싶나요? 아나는 내가 목발에 의지한 채 다리를 절뚝거리면서 자신의 침대로 들어오는 모습을 보고 싶어했어요. 그래야 흥분할 수 있었거든요. 그녀는 수족이 절단된 사람, 선천성기형이나 유전적 이상이 있는 사람, 발가락이 여섯 개 달린 사람이나 무지외반증을 앓고 있는 사람을 좋아했죠. 그녀는 자신도 창녀였으면서도, 우리 같은 불구자들과 섹스를 하기 위해 돈을 지불했어요. 운명의 장난이 만들어낸 불행한 존재들, 버려진 존재들과의 섹스를 즐겼던 거죠."

쥘리에트가 더 바짝 다가오자 빅은 그녀의 끈적거리는 숨결을 느낄 수 있었다.

"누가 더 나쁜 걸까요? 나처럼 행동이나 옷 입는 방식을 통해 성적 취향을 드러내며 미리 경고를 하는 사람인가요? '조심하세요. 지금 당신은 위험한 곳에 발을 내디디고 있습니다'라고 말이에요. 아니면 그녀처럼 이상적인 외모 뒤에 본성을 감추고 있는 색정광들인가요? 그녀는 암흑을 닮은 여자였어요. 그런데 이번에는 너무 멀리 간 것 같군요."

쥘리에트는 잠시 말을 멈추었다가, 의자에 깊숙이 눌러앉으며 덧붙였다.

"조금 전에 나에게 물었죠. 그녀한테 몇 점을 줄 수 있냐고…… 당신 같으면 아마 0점을 주었을 거예요. 그녀는 상대를 아프게 하는 걸 좋아했으니까요. 그래요, 몹시 아프게 했죠. 하지만 난 그걸 즐겼어요. 그러니까 점수를 매긴다면? 글쎄요…… 아마도 100점 만점에 80점쯤?"

인내심이 한계에 달한 왕이 쥘리에트 퐁슬레의 손목을 붙잡고 말했다.

"수사본부로 함께 가주셔야겠습니다. 가서 아는 걸 모두 얘기해주시죠. 그녀가 언제 어디서 어떻게 누굴 만났는지 말입니다."

"지금 장난하는 거예요? 대체 왜 이래요?"

왕은 반항하는 그녀를 꽉 붙들고 놓아주지 않았다.

"그렇게 보이나요? 원하신다면 조용히 진행할 수도 있습니다. 내 사무실에서 책임 있는 성인들답게 얘길 나눌 수도 있어요. 하지만 거부한다면 여러 사람을 동원해야 할지도 모릅니다."

쥘리에트는 어깨를 으쓱하며 말했다.

"사실 난 아무래도 상관없어요. 오늘밤까지만 돌아올 수 있으면 돼요. 촬영이 있거든요."

"다음번 황금종려상을 노리는 건가요?"

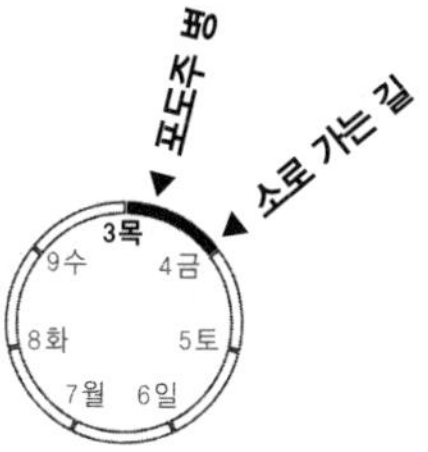

7. 5월 3일 목요일, 23시 26분
두번째 꿈: 소로 가는 길

스테판은 얼굴에 난 세 군데의 할퀸 자국을 백미러를 통해 흘끗 쳐다보았다. 깊숙한 상처가 턱수염 속까지 이어져 있었다. 손이 마구 떨려왔다. 그 무엇도 그의 흥분을 가라앉혀주지 못했다.

그는 가속 페달을 더 힘주어 밟으면서 라디오 볼륨을 최대한으로 높였다.

견디기 힘든 웅성거림 속에서 스테판의 시선이 계기판 위쪽에 놓인 노란색 티켓으로 향했다. 스테판은 그것을 집어들었다. 거기에는 '뒤퓌트랑 박물관'이라고 쓰여 있었다.

"뒤퓌트랑…… 뒤퓌트랑…… 뒤퓌트랑……"

그는 광적인 분노를 폭발시키면서 핸들을 놓고 티켓을 갈기갈기 찢어버렸다.

차 앞유리창을 통해 투명한 금색을 띤 보름달이 바라보였다. 석양이 지평선을 금빛으로 물들이고 있었다. 스테판은 두 천체가 연출하는 장관을 슬픈 눈빛으로 응시했다. 그러다가 오열을 터뜨렸다.

그는 깊이 숨을 들이마시고는 짧게 깎은 머리를 세게 문질렀다. 그리고 눈물이 그렁그렁한 눈으로 이발기와 라텍스 가면, 피로 얼룩진 옷들 옆에 놓인 손수건을 집어들었다. 귀여운 곰 인형이 수놓인 분홍색 손수건, 어린아이의 손수건이었다.

라디오에서는 기자가 뉴스 속보를 전하고 있었다.

"……그는 놀라운 우연의 일치로 1등 당첨 번호가 적힌 로또 용지의 주인이 되었다고 합니다. 그의 말을 들어보겠습니다……"

스테판은 남자의 말에 바짝 귀기울였다.

"……지금까지 난 메리에 들른 적이 없어요. 그런데 퐁투아즈로 가는 길에 거기서 그만 차가 고장나버린 겁니다. 그리고 그날이 하필 일요일이었어요. 한마디로 재수없는 하루였죠. 난 투덜대면서 담뱃가게로 걸어갔습니다. 휴대폰이 없었거든요. 그런데 어떤 남자가 가게에서 급히 뛰쳐나오더니 내 앞을 지나가는 겁니다. 로또 번호를 적은 용지를 그대로 놔둔 채로요! 난 재빨리 그걸 집어들었죠. 왜냐하면 그 남자가 이미 돈을 지불했거든요. 난 말이죠, 우연이니 행운이니 하는 것을 믿지 않는 편입니다. 그런데 이 경우는 정말 뭐라고 말해야 할지…… 아무튼 그걸 집어들면서 혹시나 하는 생각을 했죠. 그리고 추첨일에 친구 집으로 갔어요. 내 텔레비전이 고장났거든요. 그런데 정말 기절하는 줄 알았습니다. 그 번호가 1등에 당첨된 거예요! 4-5-19-20-9-14…… 세상에, 난 믿을 수가 없었습니다. 물론 나 혼자 1등에 당첨된 건 아니고, 파리에 사는 어떤 남자도 함께였지요. 하지만 내가 가진 로또 용지에 똑같은 번호들이 여러 번 표시돼 있었기 때문에 그는 얼마 건지지 못했을 겁니다! 이런 말 하는 건 좀 염치없긴 하지만, 그날 로또 용지를 놓고 간 남자분한테 고맙다는 말을 하고 싶습니다. 그리고 그가 로또를 샀을 때 하필 내 차가 고장난 건 운명의 장난으로밖엔 생각할 수가 없군요. 만약 그가 지금 내 말을 듣고 있다면……"

스테판은 핸들을 잡은 손에 힘을 가하면서 주먹을 쥔 다른 손으로 포드의 계기판을 내리쳤다.

'소'라고 쓰인 표지판을 지나친 그는 오른쪽으로 돌아 좁다란 길로 들어섰다. 땀과 눈물 때문에 눈이 따끔거리면서 정신이 혼미해왔다. 달리는 동안 그는 글로브박스에서 권총을 꺼내 옆에 내려놓았다. 그리고 '시그사우어'라는 마크가 새겨진 총신을 검지로 훑어내렸다.

"넌 미치지 않았어. 그래, 넌 미치지 않았다고."

스피커에서는 여전히 큰 소리로 뉴스가 흘러나오고 있었다.

"……이번에는 아주 슬픈 우연에 관한 소식입니다. 몇 시간 전, 암석 채취를 위해 에노크 채석장에 내려갔던 동굴탐험가들이 어린 소녀 멜린다의 시신을 발견했습니다. 방금 들어온 소식에 의하면, 소녀는 머리에 큰 손상을 입은 채 지하 수십 미터에 이르는 갱도에서 익사체로 발견됐다고 합니다. 에노크 채석장은 지난 3월의 대홍수 이후 일반인의 접근이 금지된 곳입니다. 그럼에도 불구하고 수많은 동굴탐험가들이 탐사를 계속하고 있는 곳으로……"

뉴스에 몰입하는 바람에 스테판은 차의 방향을 트는 것도 잊어버릴 뻔했다.

"……수사를 맡은 메리쉬르우아즈 헌병대 라파르그 헌병대장의 이야기를 들어보도록 하겠습니다."

스테판은 이마를 문지르고는 피로 범벅된 자수 손수건을 응시했다.

그러다가 차창을 내려 바람에 날려보내고는 손수건이 날아가는 모습을 백미러로 지켜보았다. 피 묻은 옷들도 그런 식으로 하나씩 날려보냈다.

그중에는 카키색 낚시조끼도 포함되어 있었다.

"……이 사건의 수사를 위해 열 명이 넘는 전담 수사팀이 꾸려졌으며, 유력한 용의자를 체포하기 위해 전국에 지명수배령이 내려진 상태입니다. 용의자의 인상착의는 다음과 같습니다. 서른에서 서른다섯 살 정도의 유럽인으로 보이는 남성으로, 신장 1미터 80센티미터, 검은색 눈동자에, 검은색 머리를 길게 늘어뜨리고 있습니다. 그는……"

목적지에 도착한 스테판은 시동을 껐다.

"우연일 뿐이야…… 단지 우연일 뿐이라고."

그는 손에서 미끄러진 자동차 키를 줍기 위해 몸을 숙였다가 일으키면서 핸들에 머리를 부딪혔다. 옆을 보니 뽑혀나간 조수석 문손잡이가 글로브박스 아래 깔개 위에 놓여 있었다. 문손잡이를 잠시 응시하던 스테판은 권총을 집어들고 차에서 조용히 내렸다.

그는 주차되어 있는 포르셰 911 트렁크 뒤에 쭈그리고 앉아 번호판을 유심히 들여다보았다. 그리고 큰 소리로 반복해 외쳤다.

"8866 BCL 92…… 8866 BCL 92…… 8866 BCL 92……"

그런 다음 다시 일어났다.

그의 앞에 보이는 저택 2층에 불이 켜지면서 여성적인 실루엣이 모습을 드러냈다. 곧이어 그 곁으로 다가가는 건장한 남자의 그림자가 보였다.

스테판은 사이프러스들이 늘어선 오솔길로 몸을 감추었다.

"8866 BCL 92…… 8866 BCL 92…… 8866 BCL 92……"

그는 오른쪽 뺨에 권총을 바짝 붙인 채 현관문에 몸을 밀착시켰다. 발사 태세를 갖춘 채로.

그때, 마치 크리스털로 만든 타지마할이 폭발하는 것 같은 강렬한 폭발음이 울려퍼졌다. 그리고 모든 것이 검게 변했다.

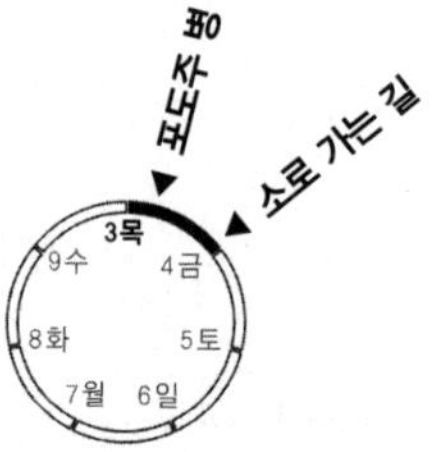

8. 5월 3일 목요일, 23시 33분

그때, 마치 크리스털로 만든 타지마할이 폭발하는 것 같은 강렬한 폭발음이 울려퍼졌다. 그리고 모든 것이 하얗게 변했다.

환한 빛이 어둠을 갈랐다. 스테판은 전등 빛을 피하기 위해 손을 치켜들었다. 실비가 몹시 놀란 표정으로 그를 응시하고 있었다.

"맙소사! 당신 흠뻑 젖었잖아!"

바닥에 웅크리고 있던 스테판은 멍한 상태로 몸을 일으키다가 쓰러질 것처럼 비틀거렸다. 그는 핏발이 선 눈으로 주위를 둘러보았다. 그가 만든 괴물들. 그의 장비들. 그의 작업실.

"실비?"

"아니, 산타클로스야. 당신 또 일하다 잠들었나보네."

스테판은 비틀거리면서 앞으로 걸어갔다. 또다시 주위를 둘러보았다. 벽에는 유명한 '프릭'*들의 원본 사진이 걸려 있었다. 그레이스 맥대니얼, 메리 앤 비번스, 눈이 셋 달린 남자 빌 덕스. 그의 바로 앞에는 아직 미완성인 카를라 마르티네즈의 상반신이 놓여 있었다. 목젖이 보일 만큼 한껏 웃는 모습으로.

"휴! 꿈이었군!"

그는 곧바로 거울로 향했다. 아무것도 없었다. 할퀸 자국도, 눈 주위의 혈종血腫도 보이지 않았다. 그는 아내를 향해 달려갔다.

"당신 아마 내 말을 믿지 못할 거야!"

그녀는 손으로 코를 막았다.

"당신 땀냄새가 수킬로미터 밖까지 풍기는 것 같아. 혹시…… 악몽을 꾼 거야?"

"악몽이 아니었어, 그건……"

"그럼 뭐였는데?"

"내가 그였어! 내가 그의 자리에 있었다고! 내 포드를 운전하고 있었다니까!"

"꿈이 바로 그런 거야. 자기 자신의 대역을 하는 것과 같은 거라고."

"아니야! 당신은 이해 못해! 난……"

실비는 틀어올린 머리를 고정한 핀을 빼 머리를 길게 늘어뜨렸다.

"당신 말이 맞아. 난 이해 못해. 당신이 시계를 한번 보면 지금 자정이 거의 다 됐다는 걸 알 수 있을 거야. 그리고 난 이제야 겨우 직장에서 돌아오는 길이거든. 철로로 뛰어들어 자살한 어떤 남자 때문에 오는 데 두 시간이나 걸렸어. 당신 오늘 이 지하실에서 한 번이라도 밖으로 나간 적 있어? 햇빛을 보기 위해서라도?"

* Freak. 기형, 변종, 진기한 구경거리, 괴물 등을 가리키는 말.

스테판은 잊어버리기 전에 적어놓아야겠다는 생각으로 노트를 흘끗 바라보았다. 왜 두번째 꿈에서도 똑같이 뺨에 할퀸 자국이 있었는지 그 이유를 알고 싶었다. 왜 그의 옆에 똑같은 카키색 낚시조끼가 놓여 있었는지. 어째서 그가 낯선, 하지만 실제로 존재하는 게 분명해 보이는 거리를 달리고 있었는지. 무슨 이유로 그의 옆에 권총과 어린아이의 피 묻은 분홍색 손수건, 피 묻은 옷들이 놓여 있었는지, 왜 뽑혀나간 차 문 손잡이를 그대로 놓아둔 채 달리고 있었는지 알고 싶었다.

"물론이지, 위에 올라갔었어. 방목지를 한 바퀴 돌아봤다고."

실비는 한숨을 쉬면서 두 손으로 관자놀이를 문질렀다.

"냉장고에 넣어둔 카레라이스에는 손도 대지 않았던데."

"별로 배고프지 않았어. 지금 먹을게."

"물론 그랬겠지. 자정에 점심을 먹다니, 아주 합리적이네."

스테판은 넋이 나간 것 같은 표정으로 계속 서성거렸다.

"헌병대에 가야 해."

"왜! 대체 무슨 일이야?"

스테판은 고개를 저었다. 그의 이마에 두려움을 나타내는 듯한 주름이 깊게 팼다.

"8866 BCL 92. 꿈에서 내가 자동차 번호를 계속 외치고 있었어. 그 차와 차 주인에 관해 알아내야만 해. 모든 게 너무 선명하고 구체적이었다고……"

그는 자신이 만든 괴물 중 하나를 가리키며 말했다.

"……난 다크니스의 옷을 입고 있었어. 흑백 체크무늬 셔츠와 바지를. 내 옷은 피투성이가 된 채 조수석에 놓여 있었고! 난 권총을 들고 그 차의 주인이 사는 집으로 갔어. 그리고…… 바보 같은 짓을 할 뻔했던 것 같아."

실비는 더이상 참지 못하고 남편의 티셔츠를 움켜쥐었다.

"바보 같은 짓이라고? 지금까지 한 것만으로 충분하지 않아? 당신은 세상 사람들이 그렇게 우습게 보여?"

그러자 스테판은 소리를 지르기 시작했다.

"아니, 난 세상 사람들을 우습게 보는 게 아니야! 난 똑같은 것들이 등장하는 악몽을 두 번이나 꾸었어. 여기 내 안에서 생생하게 기억나는 꿈이었다고! 조개탄더미 속에 백묵이 파묻혀 있는 꿈을 꾸었는데, 실제로 그걸 찾아냈단 말이야!"

"여기로 이사했을 때, 난 조개탄더미 위에서 백묵 한 통을 주웠어. 아이들이 쓰던 칠판하고. 그래서 그것들을 모두 버렸어. 그런데 그게 뭐가 특별하다는 거지?"

"당신 나한테 그런 얘기 한 적 없잖아!"

"그 얘길 왜 했어야 하는데?"

스테판은 두 손으로 머리를 감쌌다.

"실제 같아 보이는 것들이 그 외에도 많았다고!"

"그래서 달리는 기차에서 뛰어내린 거야? 아니라면…… 아무 말도 하지 않는 게 낫겠지. 다 지난 일이니까. 다시는 그런 일이 없기를 바랄 뿐이야."

"그 자동차 번호는 틀림없이 실제로 존재하는 거야. 그리고…… 소의 그 집도……"

스테판은 갑자기 말을 멈추더니 자신의 아내를 뚫어져라 바라보았다.

"왜 그러는 거야?" 실비가 머뭇거리며 물었다. "왜 날 그렇게 쳐다보는 거지? 당신은 가끔 날 몹시 두렵게 해. 당신 과거의 망령이 아직도 당신을……"

실비가 멈칫거리며 뒷걸음질하자 스테판은 그녀를 잡아 세웠다.

"소. 내가 소라고 말했을 때 당신 얼굴이 이상하게 변했어."

"아니야, 그런 게 아니야. 난 다만……"

"다만 뭐? 다만 뭔데?"

그녀는 곧바로 대답하지 못했다. 그녀의 시선이 그를 피해 오른쪽 왼쪽으로 옮겨다녔다.

"그…… 그 동네 이름이 귀에 익은 것 같아서. 언젠가 들어본 것 같아……"

"언제?"

그녀는 고개를 가로저었다.

"맙소사, 자세히 기억나진 않아. 촬영을 위한 칵테일파티, 그런 비슷한 곳에서였겠지. 있잖아, 나 정말 피곤하거든. 그러니 제발 그 악몽이니 우연의 일치니 하는 것들은 잊어주면 좋겠어."

하지만 스테판은 포기하지 않았다. 그는 자신이 미치지 않았다는 것을 입증하는 상세한 단서를 쥐고 있는 듯했다.

"차량 번호 8866 BCL 92! 빨간색 포르셰였다고! 그리고 뾰족한 지붕에 파란색과 검은색 기와로 된 근사한 저택이었지. 아주 커다란 타원형 창문이 달린! 제발 이 모든 것이 기억난다고 말해줘!"

실비가 할로겐 전등 하나를 껐다.

"기억난다고 말하라고? 하지만 난 미치지 않았어! 아무것도 기억나지 않는단 말이야!"

그녀는 지쳐서 벌겋게 충혈된 눈으로 문간에 기대선 채 말했다.

"이제 그만 자러 가. 내일 다시 얘기하자고, 오케이? 당신이 정 원하면 내가 일찍 들어와서 같이 헌병대에 가줄 테니까. 거기 가서 명백하게 밝히면 되잖아. 하지만 오늘밤은 아니야. 제발 오늘밤만은……"

그녀는 스테판에게 다가가 그를 꼭 껴안고는 눈물이 그렁그렁한 채로 그의 가슴에 오래도록 얼굴을 묻었다.

"또다시 그런 일이 일어날까봐 너무 두려워……"

그는 어둠 속에서 눈을 크게 뜬 채 그녀를 꼭 껴안았다. 피에 젖은 분홍색 손수건이 아직도 눈앞에 보이는 듯했다. 라디오에서 전해준 끔찍한 사건이 그의 귓전에 울려퍼졌다. 물에 빠져 죽은 어린 소녀. 메리쉬르우아즈…… 라모를레에서 불과 삼십 분 거리였다.

실비는 여전히 그의 품에 꼭 안긴 채 다정하게 속삭였다.

"그 일이 일어난 건 당신 잘못이 아니야. 당신 잘못이 아니라고……"

스테판은 또다시 엄습해오는 고통을 느꼈다. 묻어두었던 과거의 이미지들, 비명소리, 피…… 그는 실비의 이야기 중에서 일부만을 알아들을 수 있었다.

"……악몽, 불길한 예감, 불임, 이 모든 것이 당신을 괴롭히는 거야. 한꺼번에 수면 위로 올라오면서 말이야. 난 약 때문에 당신 정신이 흐려질까봐 두려워. 또다시 그 지옥을 경험하고 싶지 않단 말이야."

실비는 부드러운 목소리로 말을 이었다.

"왜 이 집으로 이사 오길 원했는지 그 이유를 나에게 말해줘야 해, 스테판. 이 외딴집에서 당신이 찾고 있는 게 뭔지 내게 솔직히 말해줘."

스테판은 한숨을 내쉬었다. 그녀를 더 꼭 끌어안고, 방으로 가면서 애정 어린 키스를 마구 퍼붓고 싶었다. 하지만 욕구가 생기지 않았다. 더이상 아무런 욕구가 느껴지지 않았다. 너무 많은 끔찍한 일들이 그의 머릿속을 지배하고 있었다. 아주 오래전부터 그를 집어삼키고, 그의 목을 죄어오고, 숨막히게 했던 일들.

"난 아무것도 찾지 않아. 아무것도."

실비는 스테판의 가슴에 기댄 채 훌쩍거리면서 조그맣게 속삭였다.

"처음 당신이 날 한밤중에 당신 작업실로 데려갔을 때가 아직도 생생히 기억나. 당신이 처음 작업을 시작한 바뇰레의 오래된 아틀리에였지. 기억나?"

"미안해…… 전에 메독 포도주를 너무 많이 마셔서 기억력 세포가 망가졌나봐."

그녀는 시선을 내리깔았다.

"당신은 적어도 여든 살은 되어 보이는 남자 모습의 라텍스 가면을 쓴 채 내 앞에 꿇어앉았지. 손에 가짜 꽃다발을 들고 나에게 물었어. 당신이 늙고 까다로운 노인이 되어도 당신을 여전히 사랑할 수 있겠느냐고."

"그래서…… 뭐라고 대답했는데?"

"난 당신 손에서 꽃다발을 빼앗아 던져버리고 당신을 바닥에 눕혔어. 그리고 불타버린 십여 개의 인체모형들 가운데서 격렬하게 사랑을 나눴지. 난 완전히 알몸으로, 당신은 가면을 쓰고 신발만 신은 채. 그리고 나는 당신한테 이렇게 말했어. '당신 모습이 어떠하든, 중요한 건……'"

"'……당신 가슴속에 있는 것'이라고."

실비의 가슴이 메어왔다.

"제발 나와 함께 올라가. 아직 기회는 있어."

스테판이 할로겐 전등을 다시 켰다. 그러자 괴물들의 얼굴이 적갈색으로 물들었다. 기괴함으로 가득한 배경 속에서 그는 아내의 부드러운 얼굴을 쓰다듬으며 속삭였다.

"메모만 조금 하고 올라갈게, 오케이? 나한텐 중요한 거라서 그래. 벌써 먼젓번 꿈의 몇 가지 사항을 잊어버렸어. 모두 적어놓아야 해. 어떤 단서를 잡아서 이해할 수 있으려면."

"이해할 것이 없는 걸 이해하기 위해서?"

"부탁이야……"

실비는 말없이 고개를 끄덕이고는 입술을 깨물면서 뒤돌아 그곳을 떠났다.

하이힐 소리가 기다란 복도에 울려퍼지기가 무섭게 스테판은 자신의 노트를 향해 달려갔다. 그리고 셋째 페이지를 열었다.

우선 새로 꾼 꿈의 추정 날짜와 시각을 적었다. 2007년 5월 3일 목요일, 23시 25분. 그리고 '소로 가는 길'이라는 제목을 붙이고는 시각적이고 청각적인 모든 사항들을 상세히 기록했다. 자신이 모든 사건을 기록하는 카메라, 혹은 증인 같은 느낌이 들었다. 그 사건들에 어떤 의미를 부여하지는 못한 채. 그는 가상의 스테판이 본 것을 보았다. 그리고 가상의 스테판이 들은 것을 들었다. 하지만 그뿐이었다. 그는 대부분의 꿈속에서처럼, 계속 변화하는 비현실적인 배경 속에서 움직이는 전지全知의 존재가 아니었다. 그렇다. 그는 단지 그 자신이었을 뿐이다. 실제 세계 속의 존재. 실제와 너무나 똑같은 세계 속의.

그는 두 번에 걸쳐 꾼 꿈의 내용을 비교해보았다. 두 번의 꿈속 모두에서 그는 흐느끼고 손을 떨고 있었다. 두번째 꿈에서는 얼굴에 난 할퀸 자국이 첫번째 꿈에서보다 좀더 아물어 있었다. 오른쪽 팔뚝에 있던 주삿바늘 자국. 권총. 그리고 피. 그의 손과 옷, 어린아이의 분홍색 손수건에 묻어 있던 핏자국. 그 두 번의 꿈이 '순서대로'인 걸까? 사건의 논리적 순서대로 재현된? 그렇다면 어떤 사건이 일어난 것일까?

스테판은 바퀴가 달린 회전의자에 앉은 채 뒤로 물러났다. 참으로 이상한 일이었다…… 평소엔 아무것도 기억하지 못하는 그가! 어릴 때나 청소년 시절에도 그랬다. 스테판과 같은 대부분의 몽유병자들에게 꿈은 책 속에서나 존재하는 것이었다. 혹은 다른 사람들의 이야기 속에서나.

그런데 왜 지금은 꿈속의 이미지들이 이토록 또렷이 한꺼번에 기억나는 걸까? 사고 당시 머리에 가해진 심한 충격 때문에? 신경이완제와

강장제를 갑자기 끊은 탓일까? 아니면 이 두 가지 이유가 한꺼번에 그의 뇌에 어떤 이상을 일으킨 걸까? 혹은…… 갑자기 정신분열증이 발병했음을 말해주는 신호는 아닐까……

스테판은 자신의 손바닥에 있는 생명선을 응시했다. 지금까지 정신분열증을 앓았던 적도, 정신적으로 불안정한 상태였던 적도 결코 없었다. 결코. 우연이야, 단지 끔찍한 우연일 뿐이라고.

그는 또다시 자신의 노트를 들춰보았다. 벌써부터 낱장이 떨어져나가려 하고 있었다.

권총.

첫번째 꿈을 이야기하며 그는 지하실에서 누군가가 그를 향해 겨눈 총이 막연히 '탄창이 달린 검은색 단발총'이라고만 적어놓았다. 그리고 두번째 꿈에서는 그 총이 '시그사우어'임이 구체적으로 드러났다.

그것은 수사물 촬영현장에 자주 등장하는 권총이었다.

경찰이 가지고 다니는 권총이기 때문이다.

그는 티셔츠가 땀에 흠뻑 젖은 채 손으로 이마를 짚으며 몸을 일으켰다.

"겁먹을 거 없어…… 침착해야 해……"

어쩌면 꿈에서 시그사우어를 본 것은, 그가 아는 총이 그것뿐이어서가 아닐까…… 생각해보면 논리적인 일이었다. 그러면 소는? 혹시 잊고 있던 기억의 단편은 아닐까? 그런데 어째서 실비가 그 동네를 알고 있는 것 같은 느낌이 든 걸까?

스테판은 물병에 든 물을 벌컥벌컥 들이켠 다음 갑자기 무슨 생각이 난 듯 컴퓨터로 달려들었다. 그의 바로 뒤에는 상어 이빨 같은 거대한 턱을 가진 거인 혼티드마우스가 버티고 선 채 컴퓨터 화면에 들쭉날쭉한 그림자를 드리우고 있었다.

그는 자동차 번호판에서 본 번호를 구글 검색창에 입력했다. 8866 BCL 92. 물론 검색 결과는 나오지 않았다.

이번에는 메리쉬르우아즈에 관해 찾아보기로 했다. '에노크'라는 이름이 희미하게 뭔가를 말해주고 있었다. 어디선가 들어본 적이 있는 것도 같았다. 하지만 언제? 도무지 기억이 나지 않았다. 그의 기억은 그에게 전혀 우호적이지 않은 듯했다.

'Enok' 'Enoc' 'Ennok' 'Henoc'을 자판에 입력해보았다. 아무것도 나오지 않았다. 그러다가 'Hennocque'의 검색 결과가 나오자 그의 가슴이 철렁했다. 에노크 채석장이 실제로 존재했던 것이다. 메리쉬르우아즈. 라디오에 나온 남자가 로또에 당첨됐던 곳. 어린 소녀 멜린다가 살해된 곳. 그곳은 그의 집에서 불과 30킬로미터 떨어진 곳에 분명 존재하고 있었다.

스테판은 동굴탐사 애호가 사이트와 관련된 링크를 떨리는 마음으로 클릭해보았다.

에노크…… 기사에 의하면, 이 음산한 채석장은 버섯 재배지와, 제2차 세계대전 당시 만들어진 독일식 지하터널로 나뉘어 있었다. 자연적인 궁륭 형태의 터널 아래에 있는 물은 너무나 투명해서 거울처럼 터널 벽면이 비쳐 보였다. 사이트의 설명에 따르면, 현재 지하갱도는 지난 3월에 발생한 홍수로 인해 물에 잠겨 있는 상태였다.

멜린다는 익사체로 발견되었다고 했다. 그것 역시 또하나의 우연의 일치에 불과한 걸까?

관련 웹페이지는 1988년에 제작된 〈심연의 비밀〉이라는 영화가 에노크에서 촬영된 사실을 언급하고 있었다. 어쩌면 그래서 그에게 그 이름이 낯설지 않았던 것인지도 몰랐다. 그의 무의식이 그 사실을 끄집어내 사용한 것은 아닐까.

사이트를 나오면서 스테판은 전율했다. 도무지 아무것도 이해할 수가 없었다.

그는 커피포트를 집어 식어버린 커피를 잔에 따랐다. 밤이 깊어갔다. 더 샅샅이 뒤져보고 조사하고 분석해야만 했다. 어쩌면 멜린다라는 소녀에 관한 정보를 찾아낼 수도 있지 않을까? 유괴와 관련된 정보를? 메리쉬르우아즈 헌병대의 라파르그라는 헌병대장에 관한 정보도? 4-5-19-20-9-14라는 숫자의 조합에 관해서도?

스테판은 예감, 데자뷔에 대해 생각했다. 주인공 중 하나가 어떤 미치광이가 계속 읊어대는 번호로 로또를 사던 미국 드라마 〈로스트〉도 떠올렸다. 저주받은 숫자들이었다.

예감…… 이 단어가 점점 더 빠르게 그의 머릿속을 맴돌았다. 이미 여러 차례 그의 목숨을 구해준 말이었다. 또한 수많은 사람들의 목숨을 앗아간 말이기도 했다. 그로부터 수년 후, 커브길에서 또다시 그를 파괴하기 시작한 말이었으며, 그를 '심리적으로 불안정한 사람'으로 만들어버린 말이었다. 심지어 열여덟 살 이후 연락을 끊어버린 그의 양부모조차 그 말 때문에 그를 그런 사람으로 취급했다.

진이 빠져버린 스테판이 검색창에 '뒤퓌트랑'을 입력했을 때, 시곗바늘은 어느덧 새벽 3시를 가리키고 있었다. 꿈속에서 그가 갈기갈기 찢어 창밖으로 던져버린 노란색 티켓에 쓰여 있던 이름이었다.

검색 결과가 그의 눈앞에 펼쳐졌다.

스테판은 의자 위에서 머리를 뒤로 젖히면서 뒤로 물러났다가 다시 가까이 다가가 화면을 들여다보았다.

뒤퓌트랑 박물관.

그곳은 선천성 질병과 관련된 박물관이었다.

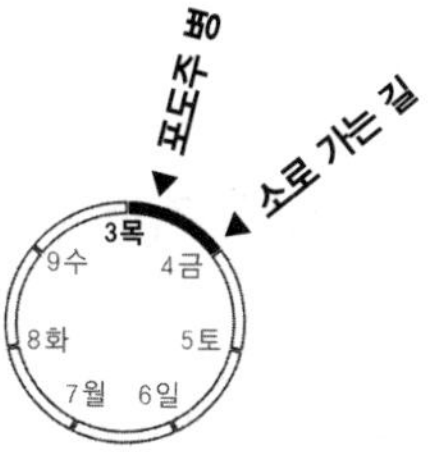

9. 5월 3일 목요일, 23시 54분

빅은 가로등의 강렬한 불빛 아래 꼼짝 않고 선 채로, 빗물에 반짝이는 보도 위로 비치는 붉은색 벽돌 건물을 응시했다. 유감스러운 이유로 모든 경찰 조직에서 이름난 건물과 마주하고 있는 느낌이 참으로 묘했다! 라 라페 강변로에 위치한 파리 법의학 연구소는 창백한 달빛 아래 마치 성채 같은 모습을 하고 있었다.

빅은 잠도 줄여가며 일에 몰두하는 동료 왕을 수사본부에 내려준 뒤 집으로 돌아가 아내 셀린의 배를 쓰다듬을 수도 있었을 것이다. 하지만 무언가가 그를 이곳까지 오게 했다. 어쩌면 호기심이나, 자신의 존재감을 확인하며 성취감을 느끼고자 하는 의지 때문이었는지도 모른다. 그러나 무엇보다도, 잠들지 않고자 하는 강렬한 욕구가 그를 사로잡고 있었다. 적어도 이 첫날밤에는. 이 밤에 그는 진정한 수사관이 되고자 했고, 그러기 위해 노력했다.

마침내 오래된 건물 안으로 들어서자 무겁게 짓누르는 듯한 죽음의 무게가 느껴졌다. 그는 스테인리스로 된 커다란 테이블들이 늘어서 있는 빈방들을 지나쳤다. 벽 곳곳에 역한 냄새가 배어 있는 듯했다. 수년 전부터 수많은 시신들이 이곳을 거쳐간 탓이리라.

빅은 부검이 진행되고 있는 방에 들어가본 적이 한 번도 없었다. 문을 밀고 안으로 들어가려는 찰나, 모르티에 반장이 고개를 숙인 채 그곳에서 나왔다. 신참내기 수사관과 마주친 그의 눈이 커다랗게 벌어졌다. 그는 쓰고 있던 마스크와 보호용 안경, 그리고 모자를 벗었다.

"마르살? 자네가 여기 웬일인가?"

모르티에 반장 뒤쪽으로 부검실의 문이 바람 소리를 내며 다시 닫혔다. 안에서 목소리가 들려왔다. 여자 목소리였다. 그러니까…… 법의학자가 여자란 말인가?

"부검이 9시 30분에 시작된다고 들었습니다. 그래서 왕 수사관을 수사본부에 데려다주고 생각했죠. 운이 좋으면……"

"운이 좋으면?"

"말하자면 그렇다고요."

모르티에는 고개를 끄덕였다.

"담배 한 대 피우러 나가던 참이었네. 다시 돌아올 거야. 부검은 거의 끝났네. 날 따라오게."

그는 비에 젖은 아스팔트 위에서 신경질적으로 담배를 빨기 시작했다.

"아주 더러운 사건이야, 지독하게 더러운."

"부검 결과가 어떻게 나왔나요?"

모르티에 반장은 하늘을 향해 연기를 길게 내뿜었다. 대기 중에 강력한 전기가 일듯 팽팽한 긴장감이 느껴졌다.

"사도마조히스트 쥘리에트 퐁슬레, 그쪽에선 뭐 좀 알아냈나?"

"그녀는 일주일에 두세 번 정도 르루아를 만났습니다. 오직 섹스만을 위한 관계였고, 꽤 발전된 사도마조히즘 행위를 한 것으로 보입니다. 특히 르루아가 아크로토모필리아인 것으로 드러났습니다."

"더 자세한 내용은?"

"왕 수사관이 수사본부에서 퐁슬레를 신문했습니다. 적지 않은 사실을 털어놓은 것으로 알고 있습니다."

"필요하다고 생각하는 만큼 해내는 친구니까. 천부적 소질이 있는 것 같더군. 털어놓게 하는 기술 말이야."

빅은 고개를 끄덕이며 그의 말을 수긍했다. 조금 전에 빅은 스낵바에서 모 왕과 함께 저녁을 먹으면서 자신의 삶에 대해 이야기했다. 그런데 식당에서 나오면서, 자신은 그에 대해 아무것도 알지 못한다는 것을 깨달았다. 심지어 그가 어디에 사는지조차도. 그의 애완 물고기인 메기의 이름이 '푸아샤'라는 것밖에 알지 못했다.

"퐁슬레의 증언에 의하면, 피살자는 팔다리가 절단된 사람들에게 매혹되곤 했다고 합니다. 길을 가다가도 팔다리가 없는 사람을 보면 즉각 섹스를 하고 싶어했다는군요."

"단단히 미쳤군."

"그럴 수도, 그렇지 않을 수도 있지요. 장애가 있는 신체에 매료되거나 반감을 느끼는 건 새로운 일이 아닙니다. 그건 우리가 생각하는 것보다 훨씬 더 널리 퍼져 있는 판타지입니다. 르루아는 여러 인터넷 사이트에 'Bareleg'라는 아이디로 가입되어 있더군요. 거기서 데버티라고 불리는 사람들과 접촉한 것으로 추정됩니다. 그 안에선 온갖 종류의 사람들을 만날 수 있지요. 청소년, 아이가 있는 기혼녀, 변호사, 교사와 같은. 모두 팔다리가 절단된 사람들에게 강렬한 성욕을 느끼는 사람들이고요. 그 사이트를 찾아가는 장애인들도 있습니다. 그런 식으로 데버티들과 절단 장애인들이 커플을 이루게 되는 겁니다."

"그렇게 해서 르루아가 퐁슬레를 만나게 된 건가?"

"아뇨, 쥘리에트 퐁슬레는 그런 사이트에서 만난 게 아닙니다. 퐁슬레가 나온 영화를 본 르루아가 그녀가 절단 장애인인 걸 알고 그녀를 찾아내 접촉했다고 합니다."

모르티에 반장은 담배연기를 연속적으로 길게 세 번 내뿜었다. 나이 든 주인을 산책시키는 개가 철책 앞으로 지나갔다. 매일 같은 시각에 산책을 시키는 듯했다. 허리가 굽은 노인이 그들에게 고갯짓으로 인사를 건넸다.

"또다른 정보는 없나?"

빅은 배터리가 나간 휴대폰을 손에 들고 만지작거렸다. 모르티에 반장은 언제나 딱딱하고 단호한 어조로 말했다. '잘했네, 마르샬' 또는 '수고했네'와 같은 치사를 단 한 번도 한 적이 없었다. 아마도 그에게 빅은 단지 정보를 제공해주는 정보원이나 하찮은 풋내기 수사관에 지나지 않는 듯했다.

"르루아의 컴퓨터엔 역겨운 동영상들과 사진들이 가득 들어 있었습니다."

"왕이 알려줬나?"

"왜 무조건 왕 수사관이라고 생각하십니까?"

"평소에 그런 더러운 일을 주로 담당하는 게 그 친구거든. 단속반에서도 소아성애와 관련된 사건 수사에 사진이 필요하면 언제나 그 친구를 호출하고 말이야. 아이들조차도 그에게는 별다른 감정을 불러일으키지 않으니까. 다른 사건들도 마찬가지긴 하지만. 어찌 보면 좋은 일은 아니지만, 그런 기질의 친구가 필요한 것도 사실이지. 그래서 컴퓨터에서는 뭘 찾아냈나?"

빅은 살짝 인상을 찌푸렸다.

"외과수술 장면 사진과 피가 철철 흐르는 상처를 가까이서 찍은 사진, 절단된 뼈를 찍은 사진 등을 찾아냈습니다. 부검 장면을 촬영한 것도 있었고요. 때로 그녀 자신이 화면 속에 등장해서 시신의 절단된 수족을 쓰다듬는 걸 보여주기도 했습니다. 친구나 고객 중에 법의학자가 있는 게 분명합니다."

"법의학자라고? 자네 지금 설마……"

"여기서 그런 일이 있었는지를 물으시는 거라면, 그건 알 수 없습니다. 전 부검실에 들어가본 적이 없으니까요. 르루아가 살해된 방의 카펫 위에 나 있던 삼각대 자국을 보면, 살인자 역시 자신의…… 작품을 촬영한 것으로 추정됩니다. 르루아가 했던 것과 똑같은 방식으로 말이죠."

"르루아의 컴퓨터에서 발견된 동영상에 법의학자가 등장했나?"

"아뇨, 하지만 파리에 법의학 연구소가 그리 많은 건 아니죠."

"반면 법의학자는 그보다 훨씬 많지."

모르티에 반장은 발뒤꿈치로 담배꽁초를 짓이겨 껐다.

"그래서 오늘밤 자네가 이곳에서 어슬렁거린 건가? 이곳이 문제의 장소인지 아닌지 확인하기 위해서?"

"그런 이유도 있긴 합니다. 그 밖에도 알고 싶은 것이 많고요."

"그렇겠지. 자네 몹시 흥분해 있는 것 같군."

"궁금하다는 편이 맞을 겁니다. 전 호기심이 무척 많거든요. 모든 것에 관심이 많은 편이죠."

"신참이 이런 사건을 맡은 건 운이 아주 좋은 거라는 사실을 알고 있나?"

"진정한 수사관이 되어야만 운이 좋다고 생각할 수 있을 것 같습니다."

"그래서 자네가 그렇다는 건가?"

빅은 즉각 대답했다.

"아직 잘 모르겠습니다."

"좋아. 적어도 자넨 낙하산치고는 거만하진 않은 것 같군. 그건 좋은 징조지."

"전 낙하산으로 들어온 게 아닙니다."

잠시 생각에 잠긴 듯했던 모르티에 반장이 빅에게 물었다.

"이봐, 낙하산. 훼손되어 있던 인형 말일세. 침대 밑에 버려져 있던."

빅은 일부러 거칠게 숨을 내쉬었다. 자신의 별명이 귀에 몹시 거슬린다고 말하려는 것처럼.

"그런데요?"

"그 인형의 팔이 하나 절단되어 있지 않았나. 그것에 대해선 어떻게 생각하나?"

"저도 오후 내내 곰곰 생각해봤는데, 조금 전에 말씀드린 데버티와 관련이 있는 게 분명합니다. 살인자는 의도적으로 인형을 망가뜨린 겁니다. 즉, 그는 르루아의 독특한 성적 취향을 알고 있었다는 얘기지요. 어쩌면 사이트에서 그녀와 접촉했던……"

"혹은 그녀와 관계를 가졌던 수많은 남자들 중 하나일지도 모르지. 범위를 좀더 넓혀야 할 걸세."

"만약 절단 장애인이라면 그렇게 넓지 않을 수도 있지요."

모르티에 반장은 고개를 가로저었다.

"그가 한 짓으로 볼 때 그럴 가능성은 거의 없네."

"요즘은 의족이나 의수 제작 기술이 매우 발달해 있습니다. 관절도 있고, 다양한 기능을 수행할 수 있도록 만들어져 있지요. 어떤 사람들은 의족을 달고 100미터를 반장님보다 두 배나 빠르게 달리기도 하고 말이죠."

"자넨 쉽게 포기할 줄 모르는 친구군, 그렇지?"

빅은 약간의 자부심을 느낄 수 있었다. 어쩌면 동료들로부터 아첨꾼이라는 비난을 듣게 될지도 모르지만, 반장이 있는 곳으로 오길 잘했다는 생각이 들었다.

"이 일은 체스를 두는 것과도 같으니까요. 결코 중도에 포기해선 안 되죠."

"그런다고 좋은 수사관이 되는 건 아니네."

모르티에는 살짝 눈살을 찌푸렸다.

"부근의 병원과 보철구 상점은 둘러보았나?"

"오늘은 시간이 안 돼서 내일 할 생각입니다."

"내일. 좋아, 그렇게 하게."

빅은 주머니에서 사탕 하나를 꺼내 비닐을 벗긴 다음 입속에 밀어넣었다.

"하지만 또다른 열일곱 개의 인형이 왜 거기에 있는지, 살인범이 왜 그런 연출을 했는지 설명할 수는 없을 겁니다. 마치 신의 분노로부터 보호하기 위한 것처럼 아이를 껴안고 있는 엄마 인형들의 존재에 대해서도요."

모르티에 반장은 사탕 껍데기를 응시했다. 빅은 주머니를 뒤져 성냥갑을 꺼냈다가 다시 집어넣고는 사탕을 한줌 꺼내 내밀었다.

"하나 드시겠습니까? 왕 수사관이 주더군요. 고추맛인데 아주 죽여줍니다. 왕 수사관은 이걸 '용의 숨결'이라고 부르더군요."

그러자 모르티에 반장의 얼굴이 환하게 밝아졌다.

"처음 들어보는군. 무척 희귀한 사탕 같은데. 어디서 구했다고 하던가?"

"카르푸르*에서요."

빅은 헛기침을 했다.

"저기 말입니다…… 여기 오기 전 수사본부에 들렀을 때 제 서랍에서 이상한 걸 발견했습니다."

"콘돔이라도 발견했나?"

"젖은 두루마리 화장지가 들어 있었습니다. 누가 그랬는지 혹시 아십니까?"

"왕에게 물어보게."

"왕 수사관요? 설마 그 선배님이 그런 짓을?"

"누가 그런 짓을 했는지 자네만 모르는 것 같군. 수사관으로서의 자질이 의심스럽군그래."

"혹시 조프루아 경사를 말씀하시는 겁니까?"

빅을 그대로 세워둔 채 다시 법의학 연구소로 향하던 모르티에 반장이 뒤를 돌아보며 말했다.

"왜 그러고 서 있나? 들어올 텐가, 아니면 시체들이 멀리 달아나기를 기다릴 텐가?"

빅은 맛이 지독한 사탕을 몰래 뱉어낸 다음 반장의 뒤를 따라갔다.

"자넨 벌써 와이프가 있는 것 같더군, 그렇지?"

입안에서 사탕을 굴리는 것으로 볼 때 모르티에 반장은 그 맛을 마음에 들어하는 것 같았다.

빅은 미소를 띠며 대답했다.

---

* 프랑스 대형마트 체인점.

“네, 셀린이라고 합니다. 지금 임신중인데, 분명 딸일 겁니다.”

“아, 그래. 축하할 일이군……”

모르티에 반장은 한숨을 내쉰 뒤 덧붙였다.

“아이가 있으면 자네 부부의 관계가 좀더 오래 유지될 수도 있을 테니까.”

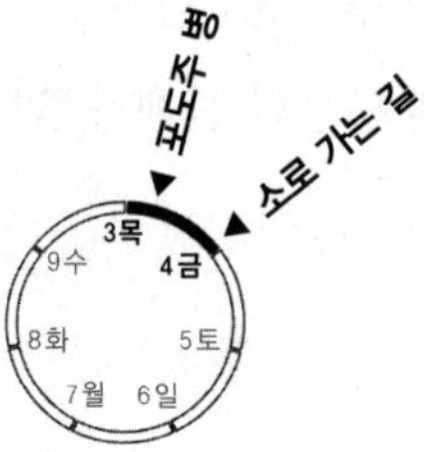

10. 5월 4일 금요일, 00시 10분

부검실에 처음 들어갈 때 가장 충격적으로 다가오는 것은, 강렬한 특수 조명 아래 길게 누워 있는 벌거벗은 시신을 입구에서부터 아무런 여과 없이 대면하게 된다는 것이다. 절개되고 파헤쳐진 인간의 육체는 피의 계곡이나, 지진이 훑고 지나간 유기체의 잔해와 같은 느낌을 준다.

빅은 마스크 뒤에서 침착한 표정을 유지하려고 애썼다. 앞으로 나아가야 할지 뒤로 물러서야 할지 판단하지 못한 채 머뭇거리면서…… 오른쪽으로는 문과 조그만 유리창이 달린 경찰 전용 공간이 보였다. 부검 장면을 참관하지 않으면서 시신에서 채취한 것들을 전달받을 수 있는 곳으로, 심약한 사람들을 위한 도피처인 셈이었다.

"어떤가?" 모르티에 반장이 속삭였다. "동영상에 나온 그곳과…… 비슷한 것 같나?"

빅은 잠시 머뭇거렸다. 장에 찬 가스와 마스크를 뚫고 들어온 피 냄새가 그를 고통스럽게 했다.

"잘 모르겠습니다. 부검실이야 다 비슷하게 생기지 않았나요?"

"새로 오셨나요?" 드멕탱이 물었다.

비닐로 된 앞치마에 핏자국이 길게 얼룩져 있고, 어깨에는 뼛가루가 점점이 흩어져 있었다. 법의학자 드멕탱은 마흔 살가량으로, 엄격하고 무뚝뚝해 보였다.

빅은 고개를 끄덕였다.

"때를 잘못 맞춰 왔군요. 거의 다 끝났거든요. 별로 볼 게 없어요."

"이 친구가 그런 습성이 좀 있습니다. 다들 짐을 꾸릴 때 나타나곤 하죠."

빅은 모르티에 반장의 말을 듣고 있지 않았다. 그의 시선은 떼어낸 장기들 옆에 놓인 강철통으로 향했다. 통 안에는 피로 범벅된 기다란 바늘들이 줄지어 놓여 있었다.

"정확히 백한 개더군요. 대부분 신경이나 근육에 깊이 박혀 있었어요. 아주, 몹시 고통스러웠을 거예요."

드멕탱이 흘끗 쳐다보자 모르티에 반장은 동의를 표하듯 고개를 끄덕였다.

"이리 가까이 오시죠, 수사관님." 지젤 드멕탱이 빅을 향해 말했다. "괜찮겠어요? 보통 새로 부임한 수사관들에겐 브리핑만 하죠, 필요한 경우에는. 하지만 오늘 이렇게 오실 거라고 전혀 예상치 못했거든요."

빅은 깊이 숨을 들이마시며 시신을 고깃덩어리로 생각하자고 마음먹었다. 차가운 고깃덩어리를 연상시킬 뿐, 아무것도 아니었다. 코의 후각세포가 포화상태에 이르자, 역겨운 냄새가 더이상 느껴지지 않았다. 이제 살덩어리를 마주하는 일만 남아 있었다.

순간 커다란 핏빛 덩어리가 그의 시야 가득 들어왔다. 가운데가 갈라진 채 주요 장기들이 비워져 있었다. 그는 즉각적으로 쇠고기를 떠올렸다, 뼈가 붙은 갈비를. 하지만 쓰디쓴 담즙이 목구멍으로 치밀어오르면서 상황은 점점 더 나빠졌다. 콩팥. 창자. 두개골.

"간단하게 할까요, 길게 할까요?" 드멕탱이 물었다.

빅은 순간적으로 뒤로 세 걸음 물러나 고개를 돌렸다. 2미터. 2미터만 더 뒤로 물러나 이곳에서 도망쳐 셀린을 꼭 안을 수 있기를 바랐다. 이 음울한 도살장 같은 곳은 진심으로 그를 역겹게 했다.

"간단히부탁드립니다."

그는 숨도 쉬지 않고 단숨에 뱉어내듯 말했다. 드멕탱이 그에게 법의학자다운 미소를 지어 보였다.

"왠지 그렇게 말할 것 같았어요. 안색이 몹시 창백해서요. 정 힘드시면……"

"괜찮습니다."

드멕탱은 저울 위에 놓인 심장을 조그만 봉지에 넣어 고깃덩어리에 불과한 시신 속에 집어넣었다. 그리고 다시 육체의 옷을 입혔다.

"헨스게 도표*와 시신 발견 당시 실내 온도가 섭씨 18도인 점, 사망자의 몸무게와 간의 온도 등에 비추어볼 때, 사망 시각은 2007년 5월 2일 수요일 밤에서 5월 3일 목요일 사이, 자정 무렵으로 추정됩니다. 직접적인 사인은 얼굴과 가슴, 팔다리에 가해진 다양한 고문으로 인한 쇼크 때문인 것으로 판단되고요."

드멕탱의 설명에 따라 빅은 관련 부위의 해부학적 형태를 떠올렸다. 각 부위의 반상출혈, 멍, 혈종의 이미지들이 그의 기억 속에 강렬하게

* 변사자의 직장(直腸) 온도로 사후 경과 시간을 측정하는 방법.

새겨졌다. 아무에게도 말하지 않고 혼자만 은밀하게 간직할 이미지들이었다.

"윗입술과 아랫입술, 각 손가락의 마지막 마디, 혀끝 2센티미터를 확실하게 잘라냈더군요. 살인마는 자신이 살점을 잘라내는 동안 여자가 그를 깨물지 못하도록 턱을 벌리는 리트랙터 같은 낡은 기구를 사용한 게 분명해요. 절단 부위 주변에서 녹이 발견됐거든요. 턱과 안면 수술법이 등장하기 전에 사용했던 오래된 기구 같습니다. 좀더 확인해봐야겠지만요."

법의학자는 시신 주위를 돌아가더니 빅에게 다시 가까이 오라는 손짓을 했다. 모르티에는 타일로 된 벽에 기대선 채 구석에 머물러 있었다.

"시신의 오른쪽 손바닥에서 비늘 조각들이 발견됐어요. 살인범이 남기고 간 것 같더군요. 비늘이라기보다는 말라버린 기다란 피부 조각처럼 보였어요, 뱀 허물 같은. 채취한 것은 뒤쪽에 놓아두었어요. 그리고 시신 전반, 가슴, 허벅지, 음부 등에서 옥수수 전분 흔적이 발견됐고요. 라텍스 장갑 안쪽에서 주로 볼 수 있는 것이죠."

빅은 시신의 왼쪽 허벅지에서 뱀 문신을 발견했다. 입을 크게 벌려 날카로운 이빨이 확연히 보이는 거대한 비단뱀의 모습이었다.

"그러니까 그 사이코가 장갑을 벗고 여자를 만졌다는 얘기군요." 모르티에 반장이 덧붙였다.

"맞아요. 하지만 지문은 철저하게 지웠더군요. 하나 더 있어요. 머리카락 끝을 태웠더군요. 라이터나 그 비슷한 걸로 장난을 친 것 같아요."

드멕탱은 옆으로 살짝 비켜서서 설명을 계속했다.

"여길 잘 보세요, 오른쪽 팔뚝요. 주삿바늘 자국들이 보이죠. 범인이 여러 번 바늘로 찌르는 바람에 주위에 피멍이 들면서 부어올랐어요. 피살자가 묶인 채로 발버둥을 심하게 쳤을 테죠. 약물중독 여부를 조사하기 위해 정밀분석을 의뢰할 거예요."

빅은 군데군데 보랏빛으로 멍이 든 팔뚝을 유심히 살펴보았다.

"어떤 종류의 약물을 투여한 건가요? 마약? 진정제?"

그는 입을 열 때마다 구토할 것 같은 두려움을 느꼈다. 도무지 적응이 되지 않았다.

"지혈제의 일종 같아요. 곳곳에, 상처가 있는 곳마다 피가 응고돼 있더군요. 범인은 출혈 속도를 늦추려고 한 것 같아요."

빅은 모르티에 반장을 돌아보았다.

"그래 맞아." 반장이 그에게 설명했다. "그 사이코 같은 살인마는 쾌락을 연장하고 싶었던 거야. 그리고 자신이 원하던 바를 이룬 것 같고."

빅은 시신의 짓이겨진 얼굴을 힘겹게 바라보았다. 사후경직으로 인해 여전히 벌어진 채 뒤틀려 있는 그녀의 입이 눈에 들어왔다. 여인은 죽어서도 비명을 지르고 있는 듯했다. 악마의 화신과 마주치기라도 한 것일까?

젊은 수사관은 손가락으로 허벅지를 신경질적으로 두드리면서 자신이 이곳 법의학 연구소에서 뭘 하고 있는지 계속 자문하고 있었다. 살인사건 전담반. 파리. 그가 셀린을 생지옥으로 몰아넣고 있는 건 아닐까? 그에게 실패는 용납되지 않았다. 좌천되어 다른 부서로 옮겨간다는 건 있을 수 없는 일이었다. 만약 그렇게 되면 부친의 실망감을 어떻게 할 것인가? 또한 경찰 가족의 일원으로서 어떤 비난을 감수하게 될까?

"……해보시죠."

"네? 뭐라고 하셨나요?"

언짢은 기색이 역력한 법의학자는 테이블을 돌아와 시신의 손목을 추켜들고 빅의 코밑에 바짝 들이댔다.

"마스크를 벗고 냄새를 맡아보시란 말이에요."

빅은 그녀의 지시를 따랐다.

“식초인가요?”

“몸 곳곳에 뿌려져 있었어요.”

빅은 손가락의 움직임을 멈추었다. 턱이 일그러지면서 오른쪽 팔뚝을 따라 통증이 전해져왔다.

“이게 대체…… 뭘 의미하는 거죠?”

법의학자는 어이가 없다는 듯 남자처럼 걸죽한 소리로 웃음을 터뜨렸다.

“그게 바로 댁이 해야 할 일 아닌가요, 젊은 수사관님! 사건현장에서 풍기던 고약한 악취가 무엇인지 알아내는 걸 포함해서요!”

“죄…… 죄송합니다.”

빅은 그 자리에서 뒤로 돌아 여닫이문을 열고 뛰쳐나가 복도 벽에 기대섰다. 그는 오른팔을 꽉 붙잡았다. 가슴에서 손가락 끝까지 뜨거운 불이 훑고 지나가는 듯했다.

겨우 진정되려고 할 무렵, 모르티에 반장이 그에게 다가왔다. 곁눈질로 빅을 흘끗 쳐다본 그는 법의학자의 명함을 건네면서 말했다.

“드멕탱 박사의 연락처네. 궁금한 게 있을지도 모르니까. 아무때나 전화해도 돼, 통화하기 쉽진 않겠지만. 마음 쓰지 말게, 낙하산. 처음엔 다 그런 거니까. 자네가 별스러워서 그런 건 아니란 말이지.”

모르티에는 출구로 향하기 전 빅에게 봉투 하나를 내밀었다.

“사건현장 사진이네. 공포 속으로 계속 여행하기를 원한다면 봐도 좋아. 사진마다 있는 검은 얼룩은 신경쓰지 말게. 필름에 문제가 있어서 그런 거니까. 이건 자네가 가져도 돼. 파일로 저장해놓은 게 있으니까. 참, 드멕탱 박사가 자네한테 인사를 전해달라고 하더군. ‘파리에 입성한 걸 환영한다’고 말이야……”

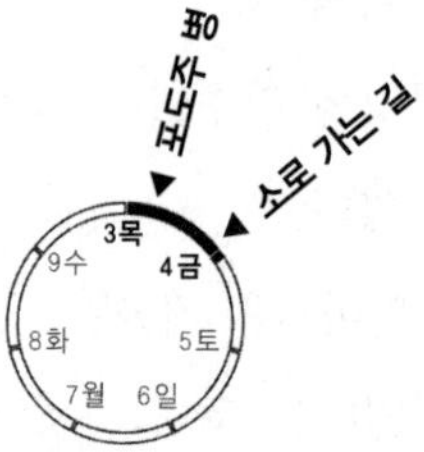

11. 5월 4일 금요일, 02시 26분

차가운 밤이슬을 맞으며 자신의 아파트 건물 밑에 서 있던 빅은 독한 술을 마시고 싶은 생각이 치밀어올랐다. 너무도 강렬한 욕구에 속이 뒤틀리고 뒤집힐 것만 같았다.

저 위 4층에서는 노르스름한 불빛이 창문을 희미하게 밝히고 있었다. 빅은 조용히 층계참으로 들어섰다. 좁고 몰개성적인 공간이 그를 숨막히게 했다.

셀린은 식탁에 앉아 식어버린 차를 앞에 두고 두 손으로 머리를 감싸고 있었다. 빅이 들어오는 소리에도 돌아보지 않았다. 빈 접시와 식기를 일부러 그대로 놓아둔 채였다.

빅은 뒤에서 셀린을 껴안으며 그녀의 쇄골에 얼굴을 파묻었다.

"오늘 잘 지냈어, 당신? 흠…… 좋은 향기가 나는데?"

"이러지 마. 당신한테서 아주…… 역겨운 냄새가 나."

셀린은 자리에서 일어나 개수대에 차를 버리면서 차가운 눈길로 그를 쏘아보고는 방으로 들어가버렸다.

"이런……" 빅이 혼잣말로 중얼거렸다.

그는 술 생각은 까맣게 잊은 채, 끈도 풀지 않은 운동화와 옷을 순식간에 벗어던지고 샤워를 한 다음 침대 시트 속으로 미끄러져 들어갔다. 그리고 등을 돌리고 누워 있는 아내의 몸에 자신의 몸을 밀착시키고는 그녀의 엉덩이에서 배꼽까지를 부드럽게 어루만졌다. 하지만 셀린은 그의 손목을 움켜쥐고 뒤로 밀쳐냈다.

"이런 거였어? 내 미래라는 게? 말도 안 되는 시간에 집에 들어오는 남편을 아이와 함께 얌전히 기다리는 거? 난 하루종일 당신의 전화를 기다렸단 말이야!"

"수사본부에서 전화했잖아! 부검이 있었다고!"

그는 잠시 침묵을 지키다가 다시 입을 열었다.

"내 동료 모 왕 말인데, 좀 특별한 구석이 있긴 하지만 무척 다감한 면도 있더라고. 그래서 앞으로 서로 잘……"

"난 당신 동료 모 왕인지 누군지에 대해선 눈곱만큼도 관심 없어. 당신은 나하고 같이 저녁을 먹어야 하는 거였어, 그 사람이 아니라. 당신 예전엔 이런 적 없었잖아. 그런데 갑자기 왜 그러는 거야?"

"뭐야? 지금 내가 어쩌다 한 번 집에서 저녁 안 먹었다고 화내는 거야?"

빅은 젖어 있는 짧은 머리를 손으로 매만졌다.

"난 신참이야. 그래서 어쩔 수 없이…… 부검을 참관해야만 했어. 그건 마치 전투에 처음 나가는 것과도 같은 거야. 늘 그럴 것도 아니고 말이지."

"당신 아버지도 당신 어머니한테 늘 그런 식으로 말했겠지."

빅은 몸을 굴려 똑바로 누운 뒤 목 뒤로 손을 가져갔다. 편안하게 몸을 눕히자 비로소 마음이 안정되는 것 같았다. 하지만 눈을 뜬 상태에서도 하루종일 본 음울한 광경들이 세세하고 또렷하게 떠올랐다. 사방에 튀어 있던 피. 사도마조히즘의 여왕 쥘리에트 퐁슬레. 갈기갈기 파헤쳐진 르루아의 시신. 그녀 몸에 꽂혀 있던 수많은 바늘들. 견디기 힘든 역겨운 냄새.

그는 손으로 한참 동안 관자놀이를 문질렀다.

"나 오늘 반장의 눈에 든 것 같아. 용의자를 신문하면서 수사에 중요한 단서를 찾아냈거든."

"잘됐네. 아마도 당신은 좋은 수사관이 될 거야, 어쨌거나."

"그러지 못할 거라고 생각했어?"

"그러지 못할 거라고 생각했냐고? 당신 스스로가 확신이 없잖아. 억지로 애를 쓰는 것뿐이지."

"아니야, 난 믿어! 난 반드시 훌륭한 수사관이 되고 말 거야!"

"당신은 언제나 '아빠'가 원하는 것만 해왔지! 그러니까 당신이 수사관이 된 데는 당신 아버지 잘못도 있는 거야, 안 그래? 그래서 이런…… 끔찍한 곳에서 살게 된 거고!"

그녀는 야등을 켜고 차가운 눈빛으로 빅을 응시했다.

"당신 아버지가 원하는 대로 수사관으로서 이름 날리는 걸 빼면, 이 숨막히는 도시에서 당신이 찾는 게 대체 뭐야?"

"여긴 숨막히는 도시가 아니야."

"숨막히는 도시 맞아."

고통스러운 하루를 보낸 후 그는 자신을 위한 변명을 늘어놓아야만 했다.

"아비뇽에서 계속 살 수는 없었어! 주차위반 딱지나 붙이고 소매치기 뒤나 쫓다가 죽을 수는 없잖아?"

셀린은 천장을 응시하며 무의식적으로 자신의 배를 쓰다듬었다.

"왜 안 돼? 다른 사람들의 시선이나 돈 때문에 자신이 싫어하는 일을 할 필요는 없는 거잖아. 난 괜찮은 일자리도 있었어, 빅. 아마 거기서 다시 나를……"

"여기서도 곧 일자리를 구할 수 있을 거야. 의류 매장은 많으니까."

"지금 그런 얘기를 하는 게 아니잖아. 심리학 공부를 조금만 더 하면 당신은 우리 오빠 상담소에서 일할 수도 있을 거고. 난 지금…… 우리 삶에 대해 얘기하는 거야. 우리 삶의 질에 관해. 당신과 나, 뜰이 있는 곳에서의 삶. 우리 아이와 함께……"

빅은 새어나오는 한숨을 참으며 말했다.

"딱 이 년이야. 이 년간만 지금 이대로 일할 수 있게 해줘. 그후엔 모든 게 훨씬 수월해질 거야. 우린 잘살 수 있을 거라고. 당신도 우리 아버지의 삶이 그렇게 나빴다고 생각하진 않잖아?"

"이혼한 사람치고는, 그래. 파리를 미치도록 좋아하는 사람으로선 그렇지. 사무실을 자기 집처럼 생각하는 일 중독자로서도 그렇고. 하지만 당신이 그런 사람이 되는 걸 난 그냥 두고 볼 수가 없어."

그녀의 눈빛에 슬픔이 가득했다.

"오늘 낮에 유치원 앞으로 산책을 나갔었어."

"또? 당신 정말……"

"그리고 백인 아이들의 숫자를 세어봤어. 몇 명이었는지 알아?……"

빅은 그녀의 얘기를 가로막고는, 하지 않았더라면 좋았을 말을 내뱉고 말았다.

"당신이 그런 말을 할 입장은 아닌 것 같은데. 당신 아버지가 당신을 마르세유 학교에 보냈을 때 베트남 출신이라고 따돌림당했던 사실을 벌써 잊어버린 거야?"

셀린은 빅의 뺨을 후려치고, 시트를 바닥에 내팽개치고, 체스판을 집어던졌다. 그런 다음 베개를 들고 미리 꾸며놓은 아이 방으로 사라졌다.

"비열한 인간 같으니라고!"

요란한 소리를 내며 문이 닫혔다. 빅은 매트리스를 주먹으로 내리쳤다.

"제기랄! 제기랄, 제기랄, 제기랄!"

그는 자리에서 일어나 문 쪽으로 가다가 다시 제자리로 돌아오기를 반복했다. 아니, 이건 아니다. 내가 무엇 때문에 용서를 구해야 한단 말인가? 감정이 격앙된 빅은 계속 서성였다. 이건 아니다. 그녀가 이해를 못하는 게 내 탓은 아니지 않은가. 아내는 그가 오늘 어땠는지, 오늘 누구를 만났으며 왜 만났는지조차 묻지 않았다. 그는 오늘 하루 동안 그녀가 평생 알지 못할 끔찍한 일들을 겪었다. 그런데 그녀는 그런 그에게 관심조차 두지 않았다.

빅은 몸을 숙여 대리석 체스 말들을 주워 체스판 위에 가지런히 올려놓았다. 이 게임에서 그에게 걸맞은 자리를 찾아내야만 했다. 하지만 어디에? 이 초라하기 그지없는 아파트는 성냥갑보다 더 작았다.

그는 거실로 가서 코냑을 한 잔 따랐다. 예전에 그의 아버지가 조금 따라 마시고 남겨둔 술이었다. 술을 입에 대지 않은 게 얼마나 되었던가? 결혼한 후부터? 하지만 오늘밤은 예외로 할 생각이었다. 지옥 같은 하루를 보낸 후 긴장을 푸는 데 조금이라도 도움이 된다면. 그는 컴퓨터를 켜고 쌓여 있는 체스 관련 잡지들을 밀쳐낸 다음, 회전의자에 털썩 주저앉았다. 잠을 청하고 싶은 생각이 전혀 들지 않았다.

모 왕의 지쳐 보이던 얼굴이 떠오르면서 극도의 무력감이 몰려왔다.

컴퓨터 모니터 뒤에 굴러다니는 통 속에서 아스피린을 한 알 꺼내 입에 털어넣었다. 법의학자가 했던 마지막 말이 그의 머릿속을 계속 맴돌았다. 땀과 식초로 뒤덮인 피살자의 몸, 사건현장에 진동하던, 실체를 알 수 없는 고기 썩는 냄새.

그는 대체 어떤 곳에 발을 내디딘 것일까?

그는 이 일을 좋아할 수 있기를 간절히 바라고 있었다. 그가 한 모든 약속들, 이사, 아이, 아버지, 이 모든 것을 걸고 반드시 그래야만 했다.

코냑을 한 모금 마시면서 빅은 인상을 찌푸렸다. 술맛이 고약하게 느껴졌다.

패스워드를 입력해 컴퓨터 화면에 걸어놓은 잠금을 해제한 다음, 인터넷에 접속해 즐겨찾기를 펼쳤다. 다양한 항목들이 나타났다. '다운증후군' '양수천자' '산부인과'. 그다음엔 좀더 구체적인 표현들이 등장했다. '팔근육 통증' '목과 팔의 신경통'. 빅은 마우스를 움직여 의학 사이트를 클릭했다. 그곳에서 'ncb'란 아이디로 접속한 다음 다양한 검색을 시도했다. '발한' '부패' '식초' '침술' '지혈제'. 하지만 그 어떤 결정적인 정보도 얻을 수 없었다. 땀에 관해서는, 끊임없이 땀을 흘리는 증상인 다한증에 관한 설명이 나와 있었다. 하지만 쥘리에트 퐁슬레는 자신의 파트너에 대해 그런 얘기를 한 적이 없었다. 그렇다면 아나벨 르루아는 어째서 그토록 땀을 많이 흘린 것일까? 그녀를 살해한 자가 그녀에게 어떤 고통스러운 과정을 강요한 걸까? 고문은 몇 시간 동안 이어졌을까? 살인범은 왜 그런 과정을 촬영한 걸까? 대답 없는 질문들만 이어질 뿐이었다. 왕은 수사관이라는 직업은 감정들과 질문들을 끊임없이 뒤섞는 일이라고 했다. 어쩌면 그의 말이 옳을지도 모른다는 생각이 들었다.

빅은 고개를 살짝 옆으로 돌렸다. 아기 방에서 부스럭거리는 소리가 들려왔다. 그는 옆에 놓여 있는 사진 액자를 눕혀버렸다. 사진 속에서 셀린은 그들이 늘 꿈꿔온 멋진 농장 앞에서 홀로 포즈를 취하고 있었다. 결코 이루어질 수 없는 꿈들 중 하나였다.

빅은 한 모금씩 계속 마시는 술에 점차 익숙해지기 시작했다. 생각보다 나쁘지 않은 맛이었다. 그를 괴롭히던 두통도 사라졌다. 빅은 시계를 들여다보고는 온라인 체스게임을 시작했다. 그리고 열여덟 수 만에 낯선 이에게 완벽한 패배를 당하고 말았다. 시작한 지 불과 얼마 지나지 않아서였다.

열여덟 수…… 열여덟 개의 인형. 그중 하나는 모습이 흉측하게 변형되어 있었다. 대체 무엇을 말하기 위한 것일까? 빅은 경찰 세계에 뛰어든 이후 아직 자기 자리를 찾지 못한 채 혼란스러워하고 있었다. 그에게 익숙한 범죄정신의학 전문가나 행동 전문가 같은 사람들을 만날 기회는 전혀 주어지지 않았다. 무엇보다 그는 피를 보는 것을 싫어했다. 그리고 오늘밤 처음으로 법의학자를 만났다. 당장 알아내야 할 것이 많았다. 살인범의 실체를 파악하고 느끼면서 그의 행동을 예측할 수 있기를 바랐다. 하지만 자신의 제물을 똑바로 응시하면서 여인의 입술과 손가락을 잘라내고, 그 광경을 카메라에 침착하게 담는 냉혈한의 희미한 실루엣만을 떠올릴 수 있을 뿐이었다. 그는 사이코패스일까? 아니면 프레데터라도 된단 말인가? 단순한 재미나 증오심, 정복욕, 과시욕 혹은 원한 때문에 살인을 하는 것일까? 다시 살인을 하지는 않을까? 언제? 어디서? 그리고 무엇 때문에?

빅은 체스 사이트를 닫은 다음 웃통을 벗은 채로 오른쪽 팔뚝을 문질렀다. 권총을 똑바로 들기조차 힘들었다. 동료들이 이 사실을 알아차리기라도 하는 날엔……

그는 창가로 다가갔다. 센 강가에 달빛을 받으며 서 있는 TF1 방송국의 탑이, 아직까지 불이 켜져 있는 몇몇 사무실과 함께 이미지와 수익성에 굶주린 거대한 짐승처럼 보였다. 누가 이 시간까지 일을 하고 있는 걸까?

빅은 이런 광경을 진정으로 아름답다고 생각하는 사람이 있을지, 철판과 콘크리트, 매연으로 이루어진 세상을 진정으로 사랑할 수 있을지 자문해보았다.

그는 모두 똑같은 방향을 향해 뻗어 있는 지붕 위의 안테나들을 유심히 관찰했다. 아나벨 르루아를 죽인 자도 이 시각 텔레비전을 보고 있을까? 그에게도 집과 아내, 아이가 있을까? 매일같이 이웃의 개를 쓰다듬으며 인사를 건넬까? 그러다가 저녁이 되면, 어두컴컴한 지하실에 혼자 틀어박혀 자신이 저지른 끔찍한 짓이 담긴 동영상을 보는 건 아닐까? 그 누구라도 구역질을 하고 말 끔찍한 살인행위를 지켜보며 성적 환상에 빠져드는 건 아닐까?

어젯밤 이 시각쯤, 그 사디스트 살인마는 젊은 여인의 육체에 백 개가 넘는 바늘을 하나하나 꽂아넣은 뒤 혼자만의 의식을 거행했다. 그리고 오늘밤엔 자신이 저지른 살인의 열쇠를 쥔 유일한 인물이 되어 어딘가에 숨어 있는 것이다.

살인범의 망상을 파헤치는 것은 왕, 조프루아, 모르티에 반장과 함께 빅이 해야 할 일이었다. 그러기 위해서는 피로 이루어진 살인범의 여정을 거슬러올라가야 했다.

혼란스러워진 빅은 어두운 거실을 가로질러 컴퓨터 앞으로 돌아갔다. 그리고 술잔을 옆에 놓아둔 채로 인터넷 검색을 계속했다. 그는 언제나 뭔가 캐내기를 좋아했다. 그리고 인터넷은 빅처럼 호기심 많은 사람들에겐 그야말로 노다지와도 같은 곳이었다. 그는 적어도 이 분야에서는 뛰어난 편이라고 자부하고 있었다.

몇 시간 후, 그는 퀭한 눈과 텁텁해진 입으로 중세 의학을 다루는 사이트를 서핑하고 있었다.

극도의 피로로 인해 쓰러져버리기 직전, 아드레날린의 마지막 역류가 그를 아직 깨어 있게 해주었다.

마침내 지친 몸을 뉘러 그 자리를 떠난 빅이 켜놓고 간 컴퓨터 화면에는 질병으로 흉측하게 일그러진 한 남자의 얼굴이 클로즈업되어 있었다.

그 사이트에는 식초에 대한 설명이 나와 있었다. 부패와 나병, 페스트에 관한 언급과 함께.

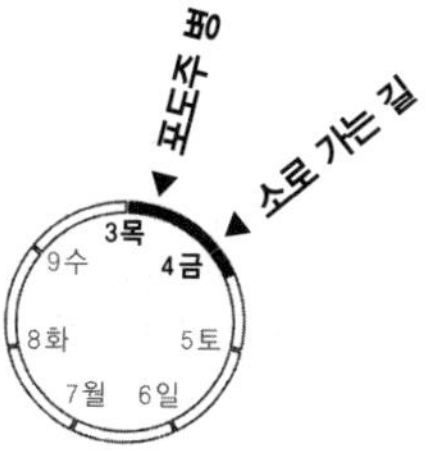

12. 5월 4일 금요일, 08시 22분

라모를레의 헌병대 앞에 도착해 포드에서 내리며 실비 키스메는 여전히 믿을 수 없다는 표정을 지었다.

“당신의 상상 속 보물찾기 놀이 때문에 내 비즈니스 약속까지 미루는 게 말이 된다고 생각해?”

스테판은 그녀 뒤쪽 도로 한복판으로 지나가는 기병을 지켜보았다. 라모를레는 말의 도시인 샹티이의 이웃에 위치하고 있었다. 샹티이는 ‘기병 우선’이라는 표지판이나 신호등 앞에 말똥이 종종 눈에 띄는, 프랑스에서 몇 안 되는 도시 중 하나다.

“당신이 일하러 가는 걸 막은 적 없어. 어쨌거나 언젠가는 나도 다시 운전을 해야만 할 테고.”

“언젠가는 그렇겠지. 하지만 지금은 아니야.”

그들은 헌병대로 들어섰다. 젊은 헌병대장이 그들을 맞아주었다. 아무런 의미 없는 일로 망쳐버린 화창한 날에 실비는 나풀거리는 스커트와 잘 어울리는 연두색 블라우스 차림으로 환하게 빛나고 있었다. 젊은 헌병대장은 그 색깔을 몹시 좋아하는 듯했다.

스테판은 누군가가 자신의 자전거를 훔쳐갔으며, 그 사람이 타고 있던 차량 번호가 8866 BCL 92였다고 둘러댔다.

"포르셰라고 하셨나요?"

"제 아내의 매니큐어 색만큼이나 붉은색이었습니다."

투사르 헌병대장은 의아한 눈빛으로 그를 바라보았다.

"참으로 이상한 일이군요. 포르셰 주인이 자전거를 훔치다니."

"어쩌면 포르셰도 도난 차량이 아닐까요? 빨리 좀 확인해주시겠어요?" 실비가 끼어들어 말했다.

이런 우스꽝스러운 상황에서 거짓말을 해야 하는 자신이 한편으로 수치스러웠지만 한참을 망설인 끝에 남편과 함께 가기로 마음을 먹은 것이다. 그의 상태를 잘 알면서 혼자 가게 내버려둘 수는 없었다. 헌병대를 거쳐 문제의 뒤퓌트랑 박물관에도 함께 가기로 했다. 자신의 행동이 얼마나 우스꽝스러운 것인지 스테판이 깨닫게 하려면 거기까지 가볼 필요가 있다고 생각한 때문이었다.

헌병대장이 컴퓨터 자판을 두드리면서 물었다.

"먼저 주소 좀 말해주시겠습니까? 소장 작성에 필요해서요."

스테판이 주소를 말하자 헌병의 얼굴빛이 변했다.

"맙소사, 지금 사시는 곳이……"

그는 말하기 거북한 듯 목소리를 가다듬더니 어조를 바꾸어 물었다.

"……공포영화를 찍었던 집 맞습니까?"

스테판은 그에게 언짢은 미소를 지어 보였다. 상대방이 자신을 알아보았기 때문이다. 게다가 라모를레에 사는 사람 중에 그를 모르는 사람은 없을 터였다. 두 달 전 어린 소녀 가엘 몽티외를 죽게 한 그를.

"예전에 살던 사람들이 영화 촬영을 위해 집을 빌려준 건 사실입니다. 하지만 공포영화를 찍기 위한 것만은 아니었어요."

"어렸을 때 그 집에 몰래 들어갔다가 잔뜩 겁을 먹고 도망쳐나온 적도 있었어요. 특히 지하실은 〈텍사스 전기톱 연쇄살인사건〉에 나오는 집 같았죠."

"잘 봐주셔서 고맙군요. 그런데 차량 번호는 어떻게 됐습니까? 무슨 결과가 나왔나요?"

투사르가 실비를 돌아보며 물었다.

"그런 집에 사는 게 무섭진 않습니까? 촬영장으로 쓰이기 전에는 옛날 이 지역에 살던 어느 귀족 가문의 사냥용 별장이었다고 하더군요. 그곳에서 수많은 짐승들의 시신을 자르고 해체했을 걸 생각하면……"

"제 남편은 매일 사람의 목을 따고, 이마 한가운데 칼을 꽂기도 하는걸요. 그러니 죽은 짐승을 자르는 것쯤이야 아무것도 아니죠……"

헌병대장이 눈살을 찌푸렸다.

"그게 말이죠…… 난 영화와 전시를 위한 괴물이나 인체모형을 제작하는 일을 하거든요." 스테판이 서둘러 설명을 덧붙였다.

그러자 투사르의 얼굴이 다시 밝아졌다. 그는 여유로운 몸짓으로 엔터키를 눌렀다.

초조해진 스테판이 물었다.

"뭐가 나왔나요?"

투사르는 화면에 코를 바짝 갖다댔다.

"됐습니다. 여기 나오는군요. 당신이 말하는 포르셰는 차량등록부에 분명히 존재하고, 도난 차량에 등록되어 있진 않은데요."

실비와 스테판은 동시에 깜짝 놀라는 표정을 지으며 서로 마주보았다. 스테판이 신경질적인 몸짓으로 서성이면서 중얼거렸다.

"포르셰를 모는 사람이 내 자전거를 훔쳐가다니…… 믿을 수가 없군."

잠시 후, 그는 손가락으로 딱 소리를 내더니 웃음을 터뜨렸다. 점점 더 큰 소리로.

"뭐가 그렇게 우습죠?"

"소, 맞죠? 그 여자가 소에 살고 있는 거 맞죠?"

깜짝 놀란 헌병대장은 스테판이 서 있는 곳에서는 컴퓨터 화면이 보이지 않는다는 사실을 확인했다.

"그걸 어떻게 아셨나요?"

헌병대장의 질문에 스테판은 더욱더 큰 소리로 웃기 시작했다. 실비는 자신도 영문을 모르겠다는 듯이 어깨를 으쓱해 보였다. 그녀는 남편이 차량 소유주의 신원을 알아내기 위해 연극을 하고 있다는 걸 알고 있었다.

"그래, 그 친구였던 거야! 맙소사, 언젠가는 그럴 거라고 하더니, 정말 그럴 줄이야!"

그는 투사르에게 다가가 손을 내저으며 말했다.

"소를 취하해주십시오, 모두 다! 없던 일로 해주세요!" 그러면서 실비의 팔을 잡아끌었다.

"그만 가자고, 여보, 어서!"

잠시 멍하니 그들을 바라보던 헌병대장이 물었다.

"적어도 자초지종은 설명해주셔야 되는 거 아닌가요?"

스테판은 숨을 고르며 손수건으로 얼굴의 땀을 닦고는 아내를 돌아보며 말했다.

"카로가 그런 거야, 어릴 적 내 여자친구! 라 볼레팽에 살던! 89년! 1989년 5월의 일이었지! 우리가…… 열세 살이었을 때! 어느 날 내가 그애의 스쿠터를 훔쳐서 버려진 낡은 창고에 감춰놓았어! 딱 하루 동안만 곯려줄 생각으로 말이야! 그런데 다음날 스쿠터가 정말로 사라져버린 거야! 10단 기어의 MBK 모델이었지. 엄청나게 비싼 거였어. 카로는 내게 미친듯이 화를 내면서 언젠가는 반드시 복수할 거라고 했어! 그리고 자기 말대로 그렇게 한 거라고. 무려 십팔 년이나 지난 후에 말이야!"

스테판의 호탕한 웃음소리에 헌병대장 역시 덩달아 웃음을 터뜨렸다.

"카롤린 뒤바뢰유? 자동차 등록증이 카롤린 뒤바뢰유 이름으로 되어 있는 거 맞죠? 오! 그녀가 아직 결혼을 하지 않았으면 좋겠군요. 자유로운 몸이라면! 어릴 때도 무척 예뻤……"

투사르가 그의 말을 막고 말했다.

"유감이지만 그 여자분은 이미 결혼한 것 같군요! 자동차 등록증이 엑토르 아리에라는 이름으로 되어 있는 걸로 봐서요."

*

밖으로 나오자 스테판은 실비의 어깨를 두드리며 우쭐한 표정을 지어 보였다.

"어때, 내 연기 괜찮지 않았어?"

실비는 그를 노려보며 차갑게 쏘아붙였다.

"대체 왜 이런 짓을 하는 거지? 당신이 원하는 게 뭐야, 정확히?"

"내 꿈의 의미를 이해하고 싶었던 것뿐이야. 그 포르셰가 정말로 소에 사는 사람의 것인지 확인하고 싶었다고."

"단지 그것뿐이야?"

"그럼 달리 뭐가 있겠어?"

차에 올라탄 그들은 그 지역을 돌아보기로 했다. 인터넷 검색을 통해 엑토르 아리에의 주소를 쉽게 찾을 수 있었다. 모든 것이 실제로 존재했던 것이다.

그로부터 약 두 시간 후, 그들의 차는 북쪽에서 남쪽으로 파리를 가로지른 다음, 소 공원과 성城, 그곳에 딸린 프랑스식 정원을 따라 달리고 있었다. 조수석에 탄 스테판은 꿈속에서 이 모든 걸 보았다고 거듭 말하면서 흥분을 감추지 못했다. 거리 이름, 부르주아 저택들. 반면 운전대를 잡은 실비는 침착함을 유지하려 애썼다.

그러다가 마리 퀴리 구역에 이르자, 꽃들이 만발한 넓은 정원으로 둘러싸인 저택이 그들 앞에 모습을 드러냈다. 붉은색 포르셰는 보이지 않았다.

"이 집이었어." 스테판이 떨리는 목소리로 말했다. "내가 꿈에서 본 집과 똑같은 집이야."

실비는 한숨을 크게 내쉬었다.

"여기 집들은 다 비슷하게 생겼어, 여기나 저기나 모두. 정말 확실한 거야?"

"확실해."

스테판은 아내의 그런 시선이 마음에 들지 않았다. 연민, 두려움과 함께 도무지 이해할 수 없다고 말하는 듯한 시선이.

"당신 기분이 별로 좋아 보이지 않는군." 실비가 주차하는 동안 그가 말했다.

"당연한 거 아닌가! 남편이 또다시 횡설수설하면서 말도 안 되는 이상한 얘기를 하는데 어떻게 좋을 수가 있겠어. 악몽이 되살아나는 것 같아! 예전처럼 당신이 엉망이 된 채 병원에 입원하거나 술에 절어 있는 모습을 다시는 보고 싶지 않단 말이야."

"그러니까 당신은 내 말을 믿지 않는다는 얘기지?"

"당신 말을 믿으라고? 당신의 그…… 이상한 환각 때문에 일어난 끔찍한 일들을 생각해보란 말이야!"

스테판은 슬픈 표정으로 그녀를 응시했다.

"내가 본 건 환각이 아니야. 난 분명 이 모든 걸……"

"그럼 차이점을 설명해보라고."

"실비, 제발 날 좀 이해해줘. 어제부터 난 진짜 꿈을 꾸기 시작했다니까."

그녀는 고개를 돌렸다.

"가…… 가서 두드려봐. 그래서 당신 말이 얼마나 허무맹랑한지 직접 확인해보란 말이야. 그리고 얼른 집으로 돌아갈 수 있게 해줘. 더이상 나와 침대를 함께 쓰지 않는 유령 같은 사람을 따라다니는 건 정말 지긋지긋하니까."

스테판은 차에서 내려 조용히 문을 닫았다. 실비는 차에 그대로 앉은 채, 머뭇거리고 겁먹은 듯한 몸짓으로 예의 저택을 향해 걸음을 옮기는 스테판을 지켜보았다. 그리고 숨을 깊이 들이쉬고는 엄지손가락 끝으로 뺨에 흘러내린 눈물을 훔쳐냈다.

현관문 앞에 도착한 스테판은 잠시 머뭇거리다가 벨을 눌렀다. 누군가가 나오는 소리가 들리더니, 이내 문이 열렸다. 서른 살가량의 무척 아름다운 여성이 그를 맞아주었다. 긴 금발머리가 맨살이 드러난 어깨를 감싸고 있었다.

"키스메 씨?" 그녀가 깜짝 놀란 표정으로 물었다.

"우리가…… 우리가 서로 아는 사이인가요?" 아연실색한 스테판이 되물었다.

그녀는 옆으로 살짝 비켜서더니, 주차되어 있는 포드를 흘끗 보면서 인사 대신 고개를 끄덕였다.

"유머는 여전하시군요. 존을 만나러 오셨나봐요?"

"존?"

그녀는 문손잡이를 움켜쥐고 말했다.

"남편은 앙티브에서 하는 촬영 때문에 오늘 아침 일찍 비행기를 타고 갔어요. 저녁 늦게야 돌아올 거예요. 그런데 무슨 일로 그러시나요?"

"존이라면…… 혹시 존 레인을 말하는 건가요? 미술감독? 그럼 존 레인이 엑토르 아리에인가요?"

"네, 존 레인은 남편의 예명이에요."

"우리가 예전에 만난 적이 있다고 하셨는데……"

엑토르의 아내는 스테판이 술이 취한 건 아닌지 의아해했다.

"영화 〈죽어버린 기억〉의 촬영이 끝나고 열린 칵테일파티에서 만났죠. 다시 물어서 죄송하지만…… 무슨 일로 그러시나요? 혹시 지금 존과 함께 작업하는 영화 〈피의 계곡〉 때문인가요?"

"남편분도 〈피의 계곡〉 작업을 하고 있나요?"

"모르셨나요?"

"네…… 그게…… 영화를 위해 일하는 사람들이 아주 많다보니."

스테판은 작년 11월에 있었던 〈죽어버린 기억〉의 촬영 당시를 떠올렸다. 그는 얼굴이 일그러진 피살자들의 모습과 두세 개의 인체모형을 제작했고, 존 레인은 영화의 배경 전반을 책임졌다. 두 사람은 서로의 명성을 들어서 알고 있었고, 가끔 촬영현장에서 마주치기도 했다. 스테판은 층계 위로 한 칸 더 올라서서 말했다.

"제 질문이 좀 이상하게 들릴지도 모르지만…… 제가 혹시 여기에 온 적이 있나요? 그러니까…… 칵테일파티 후에 말입니다. 전…… 아무것도 기억이 안 나서요. 전혀요."

그녀는 미소를 지으며 대답했다.

"놀랄 일도 아니죠. 두 분이 보르도 와인을 꽤 많이 마셨거든요. 전 키스메 씨를 기억해요. 아주…… 감성이 풍부하시고 흉내를 잘 내시더라고요! 특히 초록색 가면을 쓰고 짐 캐리 흉내를 내는 모습이 무척 인상적이었어요."

"제 목소리가 그 사람과 무척 비슷하거든요. 그래서 흉내내기가 더 쉽죠."

빅토리아가 그에게 설명을 해주었다.

"여길 정식으로 오셨던 건 아니에요. 칵테일파티 날 밤엔 안개가 많이 끼어서 도로가 무척 위험했어요. 그래서 존이 두 분을 집까지 데려다드리기로 했죠. 그런데 먼저 날 내려주기 위해 우리집에 잠시 들러야 했어요. 두 분이 포르셰 뒷좌석에서 몹시 불편해했거든요……"

"포르셰 911 GT 붉은색 모델인가요?"

"맞아요. 우리 차는 정확히 기억하면서 다른 건 기억이 안 나세요?"

"사실 이 동네와 거리, 이 집의 외관까지는 기억이 납니다."

스테판은 몹시 당황한 기색으로 뒷걸음쳤다.

"성가시게 해드려 죄송합니다, 부인."

"별말씀을요."

그녀는 또다시 포드를 향해 고갯짓을 했다.

"그런데 왜 오셨는지 정말 말해주지 않으실 건가요?"

스테판은 졌다는 듯 팔을 앞으로 내리면서 말했다.

"나쁜 꿈 때문입니다. 악몽을 꾸었거든요."

"꿈 때문에 여기까지 오셨단 말인가요?"

"그게 말이죠…… 마지막으로 질문 하나를 더 드려야 할 것 같군요.

그날 밤 혹시 무슨 일이 있었나요? 제가 남편분에게 좋지 않은 감정을 가질 만한 일이라도?"

그의 말에 여자는 몹시 놀란 듯 보였다.

"아뇨, 아니에요. 그런 일은 절대로 없었어요."

"죄송하지만 부인 성함이 뭐라고 하셨죠?"

"빅토리아."

그녀는 난간에 기대섰다.

"사람들은 취하면 참 이상해지는 것 같아요."

"무슨 말씀이신지?"

"그날 밤 두 분은 아주 가까운 친구가 된 것 같았거든요."

*

포드에 다시 올라탄 스테판은 두 손으로 계기판 위를 내리쳤다.

"제기랄!"

"왜 그래? 무슨 일이야?"

그는 실비에게 대화 내용을 들려주었다. 실비는 시선을 떨구면서 안도의 한숨을 내쉬었다.

"다행이네. 적어도 당신 상태가 다시 나빠지는 건 아니라는 게 증명된 셈이니까. 그러니까 당신이 얘기한 건 환영이 아니라, 당신 무의식이 밖으로 표출된 거라는 게 확인된 거지. 혹은 잠재의식이든지. 나한테는 사실 그게 그거지만."

그녀가 말하는 동안 스테판의 얼굴은 계속 굳어 있었다. 그는 자신이 권총을 손에 든 채 차에서 내려 아리에의 집으로 쳐들어갔던 것을 또렷이 기억하고 있었다. 그때의 광경이 그의 몸 깊숙이 각인되어 있었다.

그날 밤 대체 무슨 일이 있었던 걸까? 존의 아내 빅토리아는 모든 사실을 있는 그대로 얘기한 걸까?

"아니, 난 미치지 않았어."

"그럼 이제 집으로 돌아가도 되는 거야? 그 이상한 박물관에는 갈 필요 없지?"

"아니, 가야 해."

"하지만 그 박물관은 파리 도심에 있어! 난 6시 30분까지 미용실에 가야 하고. 이미 말했을 텐데!"

"아직 시간이 있잖아. 어서 가자고."

실비는 폭발하지 않기 위해 꾹 참으며 말했다.

"좋아, 좋다고! 하지만 앞으로는 당신의 그 악몽을 들먹이면서 날 괴롭히는 일 따윈 하지 않겠다고 맹세해!"

눈물로 인해 스테판의 시야가 흐려졌다.

"앞으로 당신한테 그런 얘길 하는 일은 결코 없을 거야."

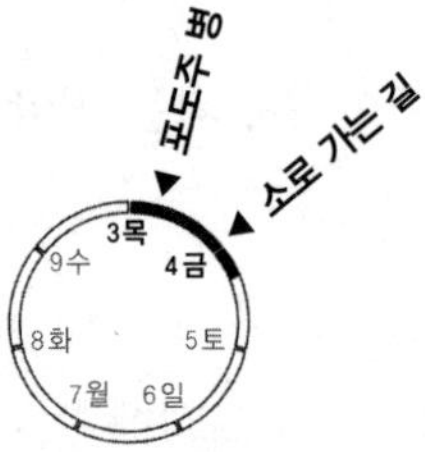

13. 5월 4일 금요일, 09시 54분

그날 아침 빅이 처음으로 한 일은 자신의 책상 서랍을 열어보는 것이었다. 어느 짓궂은 동료가 탐폰이나 그와 유사한 물건을 넣어두지는 않았는지 확인하기 위해서였다. 그런데 이번에 그가 발견한 것은 물건이 아닌, 컴퓨터 자판의 배열을 변형시켜 만들어놓은 '낙하산'이라는 단어였다. 일을 시작한 지 3주가 된 시점에서 최악을 경험한 것이다.

젊은 수사관은 가죽 권총 케이스를 옷걸이에 걸고 자신의 시그사우어를 제대로 위치시킨 다음, 유리병에 담긴 물을 한 잔 따라 마셨다. 그는 아직 보온병을 가지고 다니는 것에 익숙해지지 못했다. 이곳 자판기에서 파는 커피는 마시기가 불가능할 정도였다. 빅은 제롬 조프루아와 함께 쓰고 있는 자신의 사무실로 돌아갔다. 벽에 붙여놓은 포스터로 미루어볼 때, 그의 동료는 패멀라 앤더슨과 파리 생제르맹 축구팀을 몹시 좋아하는 듯했다. 왕은 영리하게도 창가 쪽에 자리를 잡고 있었다. 불법 비디오를 혼자 감상하기에는 최적의 장소였다.

잠시 후 왕이 모습을 나타냈다.

빅은 그에게 인사를 하고 물었다.

"내 컴퓨터 자판을 건드린 사람이 누군지 혹시 짚이는 게 없으십니까?"

왕은 늘 하던 것처럼 윗도리를 벗어 옷걸이를 향해 던져 단번에 걸었다.

"그게 무슨 얘기야?"

"어느 웃기는 친구가 자판을 뒤섞어놨더군요. 선배님은 어젯밤 여기 들르셨잖아요. 혹시 뭐 본 거 없으십니까?"

"가까운 데 있는 누군가가 한 짓 같은데."

"그거 특종감인걸요."

왕은 매일같이 반복하는 습관적인 몸짓을 시작했다. 먼저 휴지통이 깨끗한지 살펴보고, 하늘에서 내려다보며 찍은 마카오 사진 액자를 똑바로 세워놓은 다음, 마우스를 떼어내 손톱으로 먼지를 제거했다. 그런 다음 등 아래쪽에서 목까지 움직여 뼈에서 우두둑 소리가 나게 한 뒤 자리에 앉았다.

"그런데 용접기로 무장한 사내들이 옆 사무실에서 뭘 하고 있는 건지 아세요?" 빅이 물었다.

"아니, 자네 아직 모르고 있었나? 보름 후면 우린 여기서 2킬로미터 정도 떨어진 새 건물로 옮기게 될 거야. 이곳에는 법무성이 들어설 거고. 기대해도 좋을 걸세. 새 수사본부 시설이 아주 죽여주거든."

왕은 담배에 불을 붙여 한 모금 빤 다음 둥근 고리 모양의 연기를 내뿜었다.

"그래, 부검은 어떻게 됐나?"

빅은 어깨를 으쓱해 보였다.

"처음치고는 잘 견뎌낸 편이야. 처음엔……"

"내가 관심 있는 건 결과뿐입니다. 그 밖에 다른 건……"

"그렇지, 결과. 물론이지."

빅이 보고를 마치자, 옆구리에 파일을 낀 조프루아가 사무실로 들어섰다.

"약물반응검사 1차 결과가 나왔네, 친구들."

그는 책상에 파일을 집어던지고 가죽점퍼를 벗더니, 보온병에서 블랙커피를 한 잔 따랐다. 그런 다음 가지고 온 비스킷에 브르타뉴산 버터캐러멜을 발라 먹는 게 그의 일과 중 하나였다.

"간밤에 시신과 인사했다며, 낙하산? 그래, 잠은 잘 잤나?"

"그렇다고 하면 거짓말이겠죠."

"클럽에 합류한 걸 환영하네."

조프루아는 키가 작았지만 왕보다는 컸다. 사실 왕보다 작은 사람은 찾기 힘들었다. 조프루아는 거의 대머리에 이도 몇 개 부족했다. 버터캐러멜을 너무 많이 먹어서 어금니들이 썩어버린 것이다. 그는 빅의 컴퓨터 자판에는 눈길조차 주지 않은 채 가지고 온 파일을 열었다. 아무것도 안 한 척 연기를 하는 거라면 아주 잘하고 있는 셈이었다.

"자, 이게 그 검사 결과네. 피살자의 몸에서 두 종류의 물질이 발견됐어. 첫째는, 출혈을 억제하기 위해 각 상처마다 바른 지혈용 젤이야. 그 사이코가 쾌락을 오래 맛보기 위해 바른 게 분명해."

왕은 콧구멍으로 기분좋게 연기를 내뿜었다.

"구하긴 쉬운 건가?"

조프루아는 동료의 담뱃갑에서 담배 한 개비를 꺼냈다.

"그걸 말이라고 하나. 빨간약 같은 거야. 어디서나 쉽게 구할 수 있지. 하지만 다른 하나는 구하기가 훨씬 더 어렵지. 피살자의 팔뚝에 나 있던 주삿바늘 자국 기억나나?"

"오른쪽 팔뚝 위의 보랏빛 상처 말이죠."

빅이 끼어들자 조프루아는 비로소 그에게 눈길을 주었다.

"자네 생각엔 그게 뭐 같나?"

"마약?"

"모르핀이네. 머리카락에서는 검출되지 않았으니 가끔씩만, 그리고 최근에 투여했다는 걸 알 수 있지. 모르핀이 주로 어디에 쓰이는지는 알고 있나?"

"병원에서 환자들에게 처방하는 걸로 알고 있습니다. 진통제로요."

조프루아는 검지로 파일을 지그시 누르며 말했다.

"맞아, 중추신경계에 작용하는 진통제지. 임종을 앞두었거나 사고를 당한 환자들에게 처방하는…… 고통을 완화해주거든."

계속해서 내뿜는 담배연기 때문에 사무실이 마치 예비 암환자들을 위한 증기탕처럼 느껴졌다. 빅은 창문을 연 다음 물잔을 집어들었다.

"그러니까 선배님 말은 살인자가 피살자에게……"

"마타도르.* 일단 그놈을 마타도르라고 부르자고."

"마타도르?"

조프루아가 손을 내저으며 말했다.

"알아, 웃긴다는 거. 하지만 이건 반장님 아이디어야. 그렇다고 그 살인마의 대담함을 치켜세우려는 의도 같은 건 추호도 없으니 오해는 말게."

* 소의 마지막 숨통을 끊는 역할을 하는 투우사.

"알겠습니다. 그러니까 선배님 말씀은, 마타도르가 피살자의 고통을 줄여주기 위해 모르핀을 주사했다는 건가요? 여자의 온몸에, 신경과 근육마다 수많은 바늘을 꽂아넣으면서?"

심각한 탈모 현상이 염려되는 수사관 조프루아는 피우다 만 담배를 비벼 껐다. 왕이 담뱃갑을 슬그머니 호주머니에 집어넣었다.

"아니, 아니야. 피살자의 고통을 줄여주기 위한 게 아니라니까. 그 반대로 사디즘의 절정이라는 얘기를 하고 있는 거네."

"아침부터 스무고개라도 할 작정인가." 왕이 짜증스럽다는 어조로 내뱉었다.

조프루아가 파일에 있는 한 도표의 곡선을 손가락으로 가리켰다.

"여길 좀 보라고. 이건 환자의 몸무게에 따른 모르핀의 적정 투여량과 효과의 지속 시간을 나타낸 거야."

빅과 왕은 그가 가리키는 도표를 자세히 보기 위해 가까이 다가갔다.

"모르핀은 투여 후 오 분이 지나서부터 작용하기 시작해 삼십 분 후에 최대치의 효력을 나타내지. 그렇게 약 세 시간 동안 효과를 지속하다가……"

조프루아는 빅의 팔뚝을 세게 움켜쥐면서 말했다.

"이걸 한번 상상해보라고, 낙하산. 내가 자넬 막대 같은 데 묶어놓는 거야. 그런 다음 10~20밀리그램 정도의 모르핀을 주사하는 거지. 오 분 후, 자넨 모르핀 때문에 감각이 마비되지만 정신은 말똥말똥하게 깨어 있는 상태가 돼. 내가 자네한테 무슨 짓을 할지 예상할 수 있는 거지. 자넨 내가 수술용 메스와 바늘, 집게 같은 장비를 꺼내는 모습을 지켜보고 있어. 난 큼직한 백여 개의 바늘을 하나씩 꺼내 자네 눈앞에 흔들어 보여. 마치 그것들이 양초인 양, 자네의 장례식 촛불을 밝히기 위한 것인 양 말이지."

조프루아는 빅의 팔을 움켜쥔 손에 점점 더 세게 힘을 가했다. 빅은 뜨거운 통증이 전해져오는 걸 느끼며 몸을 움츠렸다. 낡은 점퍼의 수사관으로 통하는 조프루아는 상대를 거칠게 몰아붙이는 데 능한 인물이었다. 그는 차가운 눈빛으로 동료를 주눅들게 하면서 얘기를 이어갔다.

"아마도 이런 준비 작업이 이십여 분간 이어졌을 거야. 그사이 르루아에게 말을 걸면서 자신이 그녀에게 무슨 짓을 할 건지 상세히 설명했을 거고. 물론 엄청난 흥분을 느끼면서 말이지. 그리고 모르핀의 효력이 절정에 달했을 때 여자의 몸에 조용히 바늘을 꽂기 시작했을 거야. 여유롭게, 천천히 시간을 끌면서 말이야. 어떤 식으로 바늘을 꽂았을까? 먹잇감 주위를 돌면서? 바늘을 하나하나 가져오면서? 혹은 한꺼번에 여러 개씩 손에 쥐고서? 어쨌든 그런 다음 여자의 입술과 손가락과 혀를 잘라내고 상처에 지혈작용이 있는 젤을 발랐을 거야. 갑작스러운 과다 출혈로 인해 자신의…… 작업이 끝나기 전에 그녀가 죽는 걸 막기 위해서였겠지. 이 모든 준비 작업 동안 르루아는 모르핀 때문에 아무것도 느끼지 못했을 거야. 그런 상태로 자신의 몸이 마치 오렌지 껍질처럼 조각조각 떨어져나가는 모습을 지켜보고 있었던 거지. 자신이 어떤 식으로 죽음을 맞이하게 될지 또렷하게 인식하고 있었던 거라고."

왕이 책상에 몸을 기댔다. 빅은 그의 팔뚝에 새겨진 표의문자 문신 뒤에 레이저로 지운 이전의 문신 자국이 있는 것을 알아볼 수 있었다. 용의 모습이었다.

"이제야 이해가 되는군. 그래, 무슨 얘긴지 알겠어."

왕은 휘파람을 불고는 덧붙여 말했다.

"아주아주 영리한 작자군. 그 살인마 말이야."

빅은 그들이 주고받는 시선 속에서 진한 동료애를 느낄 수 있었다. 그렇게 되기까지 얼마나 많은 사건들을 함께 해결하고, 함께 고초를 겪고, 얼마나 많은 밤을 함께 지새웠을까?

조프루아는 설명을 계속했다.

"모르핀의 효력이 떨어질 시간이 다가오자 마타도르는 서둘러 일을 끝냈을 거야. 르루아는 준비가 되었고. 이제 모르핀은 더이상 효력을 발휘하지 못해. 그러자…… 모든 것이 동시에 깨어나는 거야. 마치 폭죽이 터지듯 팡, 팡, 팡."

그는 손으로 폭발을 흉내냈다. 그들과 약간 떨어져 있던 빅은 굳은 얼굴로 담배연기 가까이 다가가며 말했다.

"마타도르는 여자가 점진적인 고통을 느끼는 걸 원치 않았던 거죠."

"제법 머리가 잘 돌아가는군, 낙하산!"

동료의 담뱃갑을 찾던 조프루아는 자신의 가죽점퍼에서 담배 한 개비를 꺼내들었다. 하지만 불을 붙이지는 않은 채 왕에게 질문을 던졌다.

"조금 전부터 미치도록 궁금한 게 하나 있는데 말이야. 뱃속을 후벼 파는 것처럼 말이지."

"그게 뭔데?"

"사람이 고통 때문에 죽을 수도 있나? 단지 고통만으로. 주요 장기가 치명상을 입기도 전에."

조프루아의 눈을 뚫어져라 바라보는 왕의 눈빛이 어둡게 변했다.

"물론이지, 젠장. 당연히 죽을 수 있지."

그의 답변은 그들 사이에 팽팽한 긴장감을 조성했다. 유리창 너머로 비치는 용접기 불꽃이 사무실을 환히 밝히고 있었다. 조프루아는 종이컵을 움켜쥐어 우그러뜨렸다.

"그 사이코는 르루아와 몇 시간을 함께 있으면서 인형으로 성을 쌓다시피 했어. 그런데 아무런 흔적도 남기지 않았지! 쓸모없는 부분 지문만을 백묵 위에 남겼을 뿐이라고. 그 많은 인형들에서도 아무것도 찾을 수 없었어, 목격자는 물론이고! 그러니까 아직까지는 말이야."

"찾을 수는 있겠나?"

"두고 봐야지. 현장 맞은편 창고 주차장에 빈병이 잔뜩 쌓여 있는 걸 발견했거든. 영화사 스튜디오 사람들 말에 의하면, 거의 매일 그 부근에서 어슬렁거리는 걸인이 한 명 있다더군. 지금 그를 찾고 있는 중이네."

"살짝 그을린 피살자의 머리카락에 대해서는?"

"그것 역시 오리무중이야. 어쩌면 그녀 스스로 드라이어로 머리를 말리다가 태운 건 아닐까? 아니면 그 사디스트가 라이터로 장난을 친 걸 수도 있고."

"피살자의 손에 남겨져 있던 비늘에 관해서는 밝혀진 것이 있나?"

"그것 역시 조사중이네. 과학수사대에 너무 많은 걸 한꺼번에 요구할 순 없어서 말이지. 범인의 DNA만 밝혀지면……"

조프루아는 자신의 컴퓨터 앞에 앉아 메일을 확인했다. 빅은 커피가 담긴 보온병을 가리키며 물었다.

"좀 마셔도 될까요?"

"그걸 말이라고 하나?"

빅의 환해진 표정을 보고 그는 다정한 어조로 덧붙였다.

"얼마든지 마시라고. 난 동료의 책상 서랍에 젖은 두루마리 휴지 따위나 집어넣는 이상한 사람으로 오해받긴 싫네. 하지만 다음번엔 자네 걸 가져오게. 그런데…… 모가 자네 와이프 얘길 하더군. 나도 좀 볼 수 있을까?"

"뭘 말입니까?"

"사진 가진 거 없나? 와이프 사진을 갖고 다닐 것 같은데. 우리끼린 서로 사진을 보여주곤 한다네. 그게 우리의 룰이거든."

빅은 지갑에서 증명사진 한 장을 꺼냈다.

"와우, 굉장하군!" 조프루아가 외쳤다. "왜 모가 자네한테 호감을 느끼는지 알겠군. 자넨 이 일을 시작하지 말아야 했어, 친구."

"왜 그런 말을 하죠?"

조프루아는 비스킷 하나를 꺼낸 다음 캐러멜 통을 열었다.

"자네 와이프 같은 여자는 충분히 사랑받을 가치가 있으니까. 결혼식 날 담배를 끊게 한 것도 그녀였나?"

빅은 왕을 쏘아보았다.

"우리 둘 다의 생각이었습니다."

"다시 피우게 될 거야, 곧."

"그런 일은 절대 없을 겁니다."

"피우게 될 거야."

빅은 커피를 한 잔 따르면서 말했다.

"간밤에 이것저것 좀 찾아보았습니다."

"뭐에 대해서?"

"시신의 몸에 발려 있던 식초에 관해 흥미로운 것들을 찾아냈습니다. 그리고 오늘 아침 이 사건에 흥미를 느낀 의사 친구가 그 사실을 확인해주었고요."

조프루아는 눈썹을 씰룩거렸다.

"어서 얘기해보게. 의욕 넘치는 젊은 수사관이 뭘 찾아냈는지 궁금하군. 혹시 모르는 거니까."

"여기저기를 한참 뒤진 끝에, 1839년에 쓰인 「의학과 빈곤층의 의술」이라는 논문을 발견했죠. 당시 사람들은 무섭게 번지던 페스트에 걸리지 않기 위해 알코올 성분이 포함된 수증기나 식초로 온몸에 보호막을 쳐야만 했어요. 또한 우편물이나 문손잡이와 같은, 피부에 닿는 모든 것에 식초를 발랐죠. '네 도둑과 식초'에 대한 언급도 있더군요. 페스트가 창궐할 당시, 몸에 식초를 바른 채 페스트 환자가 있는 집들을 터는 데 성공한 도둑 일당에 관한 얘기였어요."

조프루아는 의자에 앉은 채 발뒤꿈치로 바닥을 살짝 치면서 뒤로 몸을 젖혔다.

"자네 지금 페스트라고 했나? 혹시 평소에 바르가스를 너무 탐독한 건 아닌가?"

왕이 눈살을 찌푸리며 물었다.

"바르가스? 그게 뭐지? 약 이름인가?"

"바르가스를 모른단 말인가, 모? 추리소설 말이야!"

"내가 하려던 말이 바로 그겁니다." 빅은 하던 얘기를 계속했다. "이건 소설이 아니니까요. 지금 우리가 살고 있는 세상에서 페스트를 문제 삼는 건 시대착오적인 얘기가 되겠죠. 그래서 난 식초 그 자체에 주목했던 겁니다. 식초는 우리가 매일 사용하는, 화학적 성분이 다분한 물질이죠. 식초가 왜 페스트 방지에 효과적인지 그 이유를 아십니까?"

"페스트균이 식초를 좋아하지 않아서?"

"바로 그겁니다. 식초는 아주 훌륭한 살균제죠. 피부에 있는 박테리아를 죽이거나 그 증식을 막아주는 작용을 하거든요. 고대 이집트인들은 부패를 늦추기 위해 시신에 식초를 발랐다더군요. 부패 현상은 미생물의 증가로 인한 것이기 때문이죠."

"학교를 다닌 지가 오래돼서 말이야. 그래서 무슨 얘길 하고 싶은 건가?"

"마타도르가 시신에 식초를 바른 건 부패를 늦추기 위한 것이 아니었나 하는 생각이 들었습니다. 사망 시각에 혼선을 빚게 하려고 말이죠."

"어쩌면 그럴지도. 하지만 사건현장에서 풍기던 악취는 시신한테서 나는 것이 아니었다고."

"바로 그겁니다! 그건 마타도르의 몸에서 나는 냄새가 분명합니다. 시신이 아니라."

"이거 특종감인걸. 안 그런가, 모? 그래서?"

"제 말이 엉뚱하게 들릴지 모르지만, 살아 있는 사람에게서 그런 냄새가 나게 하는 질병이 그리 많지는 않은 걸로 알고 있습니다."

조프루아는 눈을 찡그렸다.

"자네 혹시 괴저壞疽를 염두에 두고 있는 건가?"

빅은 고개를 끄덕였다.

"괴저, 사지절단, 아크로토모필리아…… 연관성이 보이십니까?"

"오, 좋았어, 친구!"

왕은 양 주먹의 손가락 마디에서 우두둑 소리를 내면서 흥분을 감추지 못했다.

처음으로 빅은 동료들 앞에서 자신의 존재감을 느낄 수 있었다. 그는 당당한 목소리로 얘기를 이어갔다.

"연관성이 크진 않지만 분명 존재합니다. 데버티에 관한 정보를 찾던 중에 일부 페티시스트들은 스스로 자신의 팔을 절단하기도 한다는 사실을 알아냈습니다. 자신의 성적 환상을 다른 사람에게서 해소할 수가 없기 때문입니다."

"자기 자신이 제일 믿을 만하다, 그건가." 왕이 빅의 말을 이었다. "어쨌거나 병원에 제 발로 찾아가서, '안녕하세요, 내 팔 좀 잘라주시겠어요? 그래야 흥분이 되거든요'라고 말하는 건 상상이 잘 안 되는군."

그는 피우던 담배꽁초를 창밖으로 내던졌다.

"그러니까 그가 자신의 팔을 야만적으로 잘라냈을지도 모른다고 말하고 싶은 건가?"

"그런 가능성도 생각해볼 수 있지 않을까요? 적절한 장비나 치료, 약이 없었다면 절단된 팔이 썩어서 괴저를 일으킬 수도 있었을 테고요. 그것으로 그 악취도 설명할 수 있을 겁니다."

"그럼 르루아의 몸에 식초를 바른 건 어떻게 설명할 건가?"

조프루아가 비스킷을 깨물어 먹으면서 물었다.

빅은 고개를 가로저었다.

"그것에 대해선 아직 짚이는 바가 없습니다. 어쩌면 괴저가 생긴 손으로 그녀를 만졌기 때문에 그 흔적을 남기지 않으려고 한 게 아닐까요. 우리가 그 사실을 알지 못하도록. 식초가 박테리아를 죽이면서 괴저의 흔적을 없애줄 테니까요."

조프루아가 이어 말했다.

"혹은 자신의 제물을 더럽히지 않으려고 그런 건지도 모르지. 세상의 온갖 더러움과 차단된 순결한 영역으로 남겨두기 위해서. 괴저로 인해 썩어들어가는 자신의 상처를 더럽다고 여겼기 때문에 말이지."

"훌륭한 추론이야, 친구. 냄새, 죽어버린 피부 조각, 팔이 잘린 인형. 모두 연관성이 있고 말이야. 게다가 그가 왜 모르핀을 지니고 있었는지도 설명될 수 있고. 어떻게 정확한 용량을 알고 있었는지도. 그는 자신의 고통을 줄이기 위해 스스로 모르핀을 투여했던 거야. 괴저, 그건 엄청난 고통을 동반하는 것이거든."

"가스가 발생하거나 곪으면 더욱더 고통스럽지. 상처가 부풀어오르면서 고름이 흐르고, 살갗이 썩어들어가거든."

조프루아는 보온병에 남아 있는 커피를 단숨에 마셔버렸다.

"이것보다 훨씬 더 독한 게 필요해."

"그게 뭔데요?"

"알코올이 들어간 것 말이야. 내키지 않으면 자넨 따라오지 말게."

빅 역시 남은 커피를 한번에 들이켰다.

"어떤 부류의 살인자인지 감이 잡히나?"

조프루아는 퍼펙토 가죽점퍼를 걸치면서 고갯짓으로 왕에게 따라오라는 신호를 했다.

"글쎄, 유머 감각이 충만한 정신병자?"

"멋진 요약이군요. 그럼 이젠…… 뭘 하면 되죠?"

"자네가 어린애인가? 그런 걸 일일이 물어보다니. 반장이 나타나기 전에 빨리빨리 움직이자고. 왕과 나는 르루아의 고객들을 돌아볼 거야. 포르노 영화를 찍을 당시 관계를 맺었던 남자들의 뒤도 캐볼 생각이네. 자넨 지원해줄 수사관들을 데리고 종합병원과 개인병원, 약국 등을 돌아보게. 모르핀을 처방해준 곳이 있는지, 무엇보다 괴저를 앓고 있는 환자에 대해 알아보라고. 동물 시체가 썩는 냄새를 풍기고 다니는 중증 환자나 한쪽 팔이 없는 사람이 눈에 띄지 않기는 힘들 테니까."

사무실에서 나가기 전, 조프루아는 마지막으로 뒤를 돌아보며 말했다.

"이봐, 낙하산."

빅은 고개를 들어 그를 쳐다보았다.

"왜 그러십니까?"

"앞으로는 내 커피에 손대지 말게. 알겠나?"

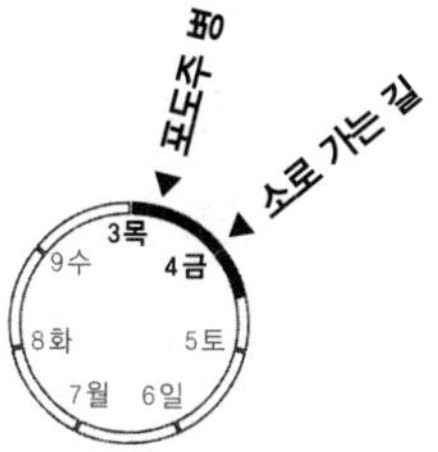

14. 5월 4일 금요일, 14시 09분

파리 6구 피에르 마리 퀴리 대학 가운데에 위치한 바이오메디컬 연구센터에 누구나 쉽게 들어갈 수 있다는 사실에 스테판은 놀랐다. 경비가 입구에서 출입을 통제하고 있을 것으로 생각했던 것이다. 하지만 연구소는 에콜 드 메드신 로에서 곧바로 출입이 가능했다.

그는 실비와 함께 꽃들이 만발한 정원을 따라 장엄한 분위기를 풍기며 길게 이어져 있는 아치형 통로 아래로 나아갔다. 수술실을 연상시키는 차가운 파란빛을 띤 푸른 화단 위로 오후의 태양이 내리쬐고 있었다. 그들은 원형 강의실과 외과 아카데미, 박사과정 연구소 등을 가리키는 표지판 앞에 멈춰 섰다.

"이쪽이야." 스테판은 '뒤퓌트랑'이라고 쓰인 글씨를 가리켰다. 병리해부학 박물관의 이름이었다.

"이곳에 와본 것 같은 느낌이 들어?"

"전혀."

"하지만 그러는 게 정상일 것 같은데. 다크랜드하고 분위기가 별로 다르지 않을 것 같으니까…… 그곳도 이곳도 괴물들이 우글거릴 테니까."

"미안한데 난 수많은 박물관들을 알고 있지만 이곳은 절대 아니야. 장담할 수 있어."

그들은 스테판이 앞에, 실비는 뒤에 선 채 말없이 계속 나아갔다. 스테판이 또다른 표지판을 가리켰다.

"마리 퀴리 대학이라…… 존 레인, 그러니까 엑토르 아리에도 마리 퀴리 구역에 살고 있었지. 이상하지 않아? 내 꿈과 연관해 연속으로 찾아가는 두 곳이 똑같은 이름이라니."

"어디를 가든 마리 퀴리라는 이름이 붙은 거리나 장소를 만날 수 있는 거야. 제발 그 우연의 일치 타령 좀 안 할 수 없어?"

그녀는 팔꿈치로 스테판의 옆구리를 살짝 찔렀다.

"나 아직도 남자들한테 매력적으로 보이나봐. 방금 지나간 학생 말이야……"

"이글거리는 눈빛의 키 큰 갈색 머리?"

"응, 그 남자. 두 번이나 나를 돌아보더라고."

"그가 당신을 돌아보는 걸 봤다면, 당신 역시 돌아봤다는 얘기네."

"지금 질투하는 거야?"

"전혀."

"예전 같으면 그렇다고 했을 텐데."

두 사람의 발소리가 콘크리트 포석 위로 울려퍼졌다. 그들은 백색 베일로 둘러싸인 죽음의 형상을 나타낸 조각상을 지나쳐갔다. 의대생들만의 특별한 유머가 깃든 상징이었다. 실비는 자신이 왜 이처럼 썰렁

하고 딱딱한 분위기의 장소에 와 있는지를 또다시 자문하고 있었다. 이윽고 그들 앞에 '뒤퓌트랑 박물관'이라는 표지판이 붙은 평범한 나무문이 모습을 드러냈다. 그 옆에는 '존 메릭*과 신경섬유종증에 관한 전시회, 2007년 4월 2일부터 5월 31일까지'라고 쓰여 있는 포스터가 붙어 있었다.

"존 메릭…… 존 레인……"

"존 피츠제럴드 케네디, 존 말코비치, 존 레넌…… 더 읊어줄까?"

스테판은 아무 대꾸 없이 육중한 문을 밀고 들어갔다. 박물관은 대중에게 공개되어 있었다. 그들은 5유로를 내고 안으로 들어갔다. 이른 오후 시간이라 학생 두세 명만이 괴기한 존재들을 위한 음울한 공간을 채우고 있을 뿐이었다.

"오후 4시에 엘리펀트맨 존 메릭의 일생에 관한 미발표 다큐멘터리를 상영할 예정입니다."

박물관의 젊은 관리인이 그들에게 친절히 설명했다.

"우린 다큐멘터리를 보러 온 게 아니에요." 실비가 그의 말에 차갑게 대꾸했다.

"유감이군요. 그 다큐멘터리는 중요한 사실 두 가지를 아주 잘 보여주고 있습니다. 먼저 운명의 가혹함에 대한 보상으로 그가 어떤 놀라운 재능을 부여받았는지를 얘기하고, 괴물을 만들어내는 건 질병이 아니라 우리 사회라는 것을 알게 해주거든요."

가슴에 아실 델사르라는 이름표를 단 그는 두 사람에게 각각 입장권을 건네주었다. 초조한 기색으로 자신의 입장권을 유심히 살펴보던 스

* 19세기에 실존했던 영국인으로, 얼굴이 코끼리처럼 변해가는 다발성 신경섬유종증이라는 희귀한 병을 앓다가 28세의 나이로 요절했다. '엘리펀트맨'이라는 별명으로 불렸으며, 그의 이야기를 다룬 책과 영화로도 잘 알려져 있다.

테판이 외쳤다.

"이것 봐! 내 꿈에서 본 것과 똑같은 거야! 노란색에, 뒤퓌트랑이라는 소인이 찍혀 있는 것까지! 어떻게 이럴 수 있지!"

"내가 하고 싶은 말이야. 당신 어떻게 이럴 수 있어? 제발 좀 그만해!"

실비는 사진 분류에 열중하고 있는 관리인에게 물었다.

"저기요, 혹시 나와 함께 온 저 남자를 예전에 본 적이 있나요?"

흰색 셔츠를 입은 관리인은 스테판을 잠시 응시하더니 어깨를 으쓱해 보였다.

"전 여기서 일한 지 이 년 정도밖에 안 됐어요. 이곳엔 수많은 사람들이 방문하죠. 엘리펀트맨에 관한 전시도 연일 성황을 이루고 있고요."

"그런 것 같군요."

"저 남자분께서 직접 부인께 말해줄 순 없나보죠?"

"아, 그게 말이죠…… 어쨌든 고마워요, 델사르 씨."

관리인에게 다가온 스테판이 사진을 흘끗 바라보았다.

"샴쌍둥이군요." 그가 흥미롭다는 표정으로 말했다. "척추 아래쪽과 엉덩이가 서로 붙었네요."

아실 델사르는 의아한 눈길로 그를 바라보았다.

"아주 잘 아시는군요."

스테판은 그에게 미소를 지어 보이며 또다른 사진을 가리켰다.

"팔다리가 각각 네 개씩 달린 소녀인가요? 정말 놀랍군요."

"2005년에 태어난 소녀인데, 좌골부결합체坐骨部結合體*라는 매우 희귀한 기형아로 태어났지요. 작년에 인도의 비하르에 가서 이 소녀를 직접

* 기형학에서 말하는 일란성 쌍생아의 대칭적 이중체로, 골반 부위를 중심으로 쌍둥이가 결합되어 있는 것이다.

만났어요."

"지구 반대편까지 가셨군요."

"하지만 그럴 가치가 충분히 있었죠. 그곳 주민들은 그녀를 다산의 여신의 화신이라고 믿고 있었어요. 그래서 그녀를 락슈미*라고 불렀고요."

실비가 한숨을 쉬며 스테판의 팔을 잡아끌었다.

"내가 방해하는 거라면 얘기해줘. 이제 뭘 할 거야?"

"당신 생각은 어때?"

"좋아, 솔직히 말할게…… 우리가 만난 이후로 나를 기이한 장소에만 데리고 다니는 이유가 뭐야?"

"우리 둘 다 기이한 것들을 좋아하니까."

"난 낭만적인 베네치아를 더 좋아해."

"괴물들은 음란함과 수치스러움이 공존하고, 양립할 수 없는 것들이 양립하고, 정반대의 것들을 한데 모아놓은 존재야. 그래서 날 매료시키고 당신 또한 매료시키지. 당신이 원하건 원하지 않건 간에."

"독백치곤 꽤 멋진걸. 어디서 따온 말이야?"

"당신 바로 앞에 있는 액자 속에서."

그들은 사방이 선반으로 둘러싸인 방으로 들어갔다. 유리 진열장 속에는 팔다리뼈 또는 밀랍으로 만든 모형 수백 점이 빼곡히 들어 있었다. 실비는 손으로 입을 가린 채 가까이 다가갔다. 그것들은 스테판이 만드는 인체모형들보다 훨씬 더 역겨웠다. 모두 실제로 존재했던 것들이기 때문이었다. 그들보다 앞서 살면서 질병을 견디고 고통받았던 이들의 일부인 것이다. 실비는 일그러진 턱들을 모아놓은 곳을 향해 고개

* 고대 인도 신화에 나오는 아름다움 또는 행운의 여신. 손에 수련꽃을 들고 있으며 또다른 팔과 다리가 몸체에 기생적으로 붙어 있다.

를 돌렸다. 석고와 나무, 밀랍으로 표현된 상처들은 이름을 발음하기조차 힘든 병리학적 증상들을 보여주고 있었다. 골골막염*에 걸려 넓적다리뼈가 칼날처럼 가늘어진 남자의 전신 해골. 매독 증상이 나타난 뼈. 신경교종.** 난산으로 인해 변형된 골반. 뼈와 관절에 발생한 결핵. 만성 골수염. 불량 가골假骨.*** 골육종.**** 인간의 육체에 가해진 형벌이라는 끔찍함이 이곳 뒤퓌트랑에서 퍼레이드를 벌이고 있는 것 같았다.

"굉장하군." 스테판은 연거푸 외쳤다. "어떻게 내가 이런 곳을 모르고 있었을까?"

그의 왼쪽으로 관리인이 다가섰다. 실비의 눈에 비친 그는 젊고 잘생긴 갈색 머리 남자였다. 그에 비하면 스테판은 어둡고 음산한 자신만의 생각에 갇혀 음울한 분위기를 풍기고 있었다. 한 사람은 내면에 존재하는 괴물들의 포로가 되어 있었고, 다른 한 사람은 그것들을 밖으로 드러내 보이는 일에 열심이었다. 하지만 그들이 그렇게 서로 다른 존재인 것일까?

"무슨 문제라도 있습니까?" 자신이 관찰당하고 있음을 느낀 아실 델사르가 물었다.

거북해진 실비는 스테판에게로 눈길을 돌렸다.

"아뇨. 그냥 이런 괴기스러운 곳에서 금요일을 보내고 있다는 게 마음에 들지 않아서요. 이 모든 것이 너무나 역겹군요."

아실은 그녀에게 연민 어린 미소를 지어 보였다.

---

* 골 및 골막의 염증.

** 신경교세포에 생기는 뇌종양. 아이들의 경우 소뇌 반구, 어른들의 경우 대뇌 반구에 많이 생기며, 뇌종양의 약 40퍼센트를 차지한다.

*** 뼈가 부러졌을 때 손상된 부위에 생기는 불완전한 뼈조직.

**** 뼈에 생기는 가장 흔한 악성 종양.

"그거 아시나요. 이 사람들을 죽게 만든 건 비단 질병만이 아니라는 사실을."

"아, 그래요? 그럼 또 뭐가 있죠?"

"다른 이들의 시선입니다."

실비는 숨이 막힐 것만 같았다. 그때, 역겨운 사진 한 장이 그녀의 시선을 사로잡았다. 자신의 아들에게 필요한 장치를 만들고 있는 한 아버지의 모습이 담긴 사진이었다. 그의 어린 아들은 그의 작업대 위에 놓여 있었다. 아들은 팔다리가 없이, 얼굴과 길이 40센티미터가량 되는 인간의 몸통을 지녔을 뿐이었다. 절망으로 일그러진 천사를 떠올리게 하는 모습이었다.

실비는 스테판에게로 달려갔다.

"이제 그만 여기서 나가!"

스테판은 초조한 표정으로 진열장을 따라가면서 혼자 중얼거리듯 말했다.

"내가 여기에 왜 왔는지, 뭘 찾고 있는지 나도 모르겠어. 난 이곳에 와본 적이 없어. 그건 확실해. 하지만 내 악몽 속에 이곳의 입장권이 나왔다는 건 분명 뭔가를 암시하는 거야."

실비는 그의 어깨를 붙잡고 격렬하게 흔들었다.

"정신 차리고 주위를 한번 둘러봐, 제발! 당신은 하루종일 괴물을 만드는 사람이야. 그런데 여기 사방에 있는 게 뭐지?"

"그거하곤 달라."

"당신이 작업하는 리옹의 민간 호스피스 전시회와도 달라?"

"그들은 전시를 위해 밀랍 모형을 주문한 거야. 하지만 이건 전혀 다른 거라고. 이건……"

"아니, 똑같아! 당신은 이 저주받은 박물관에 대한 이야기를 들은 적이 있는 게 분명해! 인터넷이나 촬영현장, 혹은 파티에서 술에 취한 상태로 말이야! 끔찍한 아이 그림으로 가득찬 당신의 그 지하실 작업실은 또 어떻고? 여기 있는 것들과 다를 게 뭐가 있어! 그러니까 당신은 예전에 이곳에 와본 게 분명해. 사고 때문에, 당신이 복용하는 약 때문에 잊어버린 것뿐이라고. 하지만 당신의 뇌는 꿈속에서 그걸 기억해낸 거야. 단지 그것뿐이야."

그곳에 있던 학생들이 그들을 돌아보았다.

"소리지를 필요까진 없잖아." 당황한 스테판은 그녀를 진정시키려 했다.

"당장 돌아가지 않으면 당신 혼자 알아서 돌아가야 할 거야! 매일 당신을 여기저기 데려다주는 것도 지긋지긋해 죽겠단 말이야. 아무런 이유도 모른 채 당신이 우겨서 그 망할 숲이 있는 데로 이사 간 후부터 죽 그랬다고."

스테판은 마지막으로 주위를 둘러보더니 단호한 걸음걸이로 관리인을 향해 다가갔다.

"혹시 존 레인이라는 사람을 알고 있나요? 아니면 엑토르 아리에라는 이름을?"

"아뇨. 왜 그러시죠?"

"그럼 멜린다는요? 메리쉬르우아즈는? 4-5-19-20-9-14라는 숫자는요?"

"무슨 말씀을 하시는지 잘 모르겠군요."

스테판은 그에게 명함을 내밀었다. 실비는 화가 치밀어오른 표정으로 입구에서 그를 기다리고 있었다.

"어떻게…… 설명을 해야 할지 모르겠지만, 혹시 수상한 것을 보시거든 저에게 연락을 주실 수 있나요?"

"수상한 거요?"

"네. 저를 찾는 사람이라든지, 아니면 이 박물관에서 일어나는 비정상적인 일 같은 것 말입니다."

그가 건네준 명함을 받아 주머니에 집어넣는 관리인의 손이 미세하게 떨렸다. 스테판은 그의 눈에서 주저하는 기색을 읽을 수 있었다.

"뭐죠?"

"아뇨, 아니에요. 아무것도 아닙니다."

"아니, 맞아요! 분명히 봤어요! 무슨 일이 있었던 거죠?"

스테판은 델사르의 시선이 향하는 곳을 따라갔다. 출입문이었다. 그는 두 손가락을 딱 하고 부딪쳤다.

"잠금장치! 여기 들어올 때 보니 새것이더군요! 누가 강제로 문을 부순 게 틀림없어요!"

"죄송하지만 난……"

"누군가가 이곳에 침입한 거죠, 그렇죠? 말해요!"

아실 델사르는 멈칫하며 뒤로 물러섰다.

"여기서 나가주세요, 부탁입니다."

몹시 흥분한 스테판은 바짝 다가가 그의 셔츠 깃을 움켜쥐었다.

"무슨 일이 있었는지 말해달란 말입니다! 뭘 훔쳐갔죠? 자료, 괴물, 고문서, 무엇입니까?"

"이거 놔요! 놓아달라고요. 안 그러면 경찰을 부르겠어요!"

그곳에 있던 학생들이 그들을 향해 달려왔다.

"무슨 일입니까?" 그중에서 가장 건장한 청년이 물었다.

스테판은 고개를 가로저으며 호흡을 가다듬고 말했다.

"아니, 아무것도 아니오. 괜찮아요, 괜찮다고요, 됐어요?"

델사르는 자신의 셔츠를 다시 매만졌다.

"댁은 좀 진정할 필요가 있겠군요. 여기 잠금장치는 대학의 다른 잠금장치들과 함께 일괄적으로 교체한 겁니다. 대체 당신 문제가 뭔가요?"

스테판은 머리에 손을 갖다댄 채로 뒷걸음쳤다.

"가끔 쉽사리 흥분할 때가 있어서요."

"그런 것 같군요."

"미안합니다…… 잊지 마세요…… 내 명함요. 혹시…… 뭐라도 기억나는 게 있으면."

당혹스러워하던 그는 박물관 밖에서 기다리고 있는 실비에게 달려갔다. 그녀는 분노가 가득한 표정으로 스테판을 차갑게 노려보았다.

"여보, 제발……"

"이제 끝난 거야? 집으로 돌아가도 되는 거냐고."

차에 올라타 운전대를 잡은 실비는 긴 한숨을 내쉬었다. 스테판이 그녀를 보며 말했다.

"틀림없어…… 그 잠금장치 이야기…… 분명 박물관에 무슨 일이 있었던 거야. 어쩌면 경찰이 알고 있을지도 몰라. 그리고……"

"한 마디만 더 하면 차에서 내려버릴 거야."

스테판은 입을 다물었다.

그들이 생미셸 대로로 접어들었을 때, 요란한 사이렌을 울리며 경광등을 켠 채 달려오던 경찰차 한 대가 그들의 차를 아슬아슬하게 비켜 지나갔다.

"저놈의 중국인이 미쳤나!" 실비가 경찰차 운전자를 향해 소리를 질렀다. "저 난쟁이 좀 봐! 대체 운전을 어디로 하는 거야!"

흥분한 실비의 손이 운전대를 잡은 채로 떨리기 시작했다.

"당신이 진정될 동안 내가 운전하는 게 어때? 당신 진정제는 어디 뒀어?"

"잊어버렸어, 잊어버렸다고. 내가…… 당신 주치의랑 빨리 약속을 잡을게. 아주아주 빨리. 당신한테는 약이 필요해. 무척 강력한 약이."

스테판은 앞을 똑바로 응시했다.

"당신이 권하는 망할 약들이나 정신과 의사 따윈 더이상 필요 없어."

"당신 자신을 똑바로 좀 봐, 제발! 당신은 모든 사람한테 공격적으로 행동하고 있어! 가는 곳마다 미친 사람 취급을 받고 있다고! 도처에서 우연의 일치를 찾아내면서 말이야! 점점 더 다크랜드에 틀어박히면서. 이런 증상들이 뭘 의미하는지…… 당신 자신이 잘 알잖아……"

스테판은 박물관 입장권을 차창 밖으로 던져버렸다. 실비는 자신의 것을 글로브박스 위에 올려놓았다.

"날 계속 미친 사람 취급할 거야?"

"당신이 제자리로 돌아올 수 있도록 돕게 해줘. 그 여자애와 다른 모든 것들을 다 잊을 수 있도록 말이야. 치료받는 게 그렇게……"

"난 정신분열증 환자가 아니야! 내 꿈은 일관성 있고, 명확하고, 아주 상세해! 논리적인 시간 순서를 따르고 있고! 내 손에 묻은 피! 날 향해 겨누던 경찰의 총! 그리고 그다음 꿈에서 난 그 총을 가지고 존 레인을 죽이기 위해 그의 집으로 쳐들어갔어! 동시에 라디오에서 우리집에서 30킬로미터 떨어진 곳에서 한 소녀가 살해당했다는 뉴스를 들었고."

그는 고무줄로 묶고 있던 긴 머리를 다시 매만졌다.

"그중에서도 최악이 뭔지 알아? 라디오에서 그러는데, 도주중인 살해 용의자를 쫓고 있대. 나와 똑같은 외모를 가진 남자를! 그게 바로 나였다고, 그 남자가. 사람들이 알아보지 못하도록 머리를 빡빡 민 게 다를 뿐이었어."

그는 아내의 어깨를 잡으며 중얼거렸다.

"어린 소녀 멜린다 말인데, 내가 거기 있었던 게 분명해…… 누군가가 그 아이를 살해했을 때…… 내가 뭔가를 목격한 거라고."

그는 눈을 감으면서 좌석의 머리받침에 머리를 기댔다.

"그게 아니라면…… 내가 그 아이를 죽인 걸 수도 있고. 또하나의 우연의 일치인지, 또 한번의 사고인지…… 맙소사, 어쩌면 난 지금까지 살아오면서 도무지 이해할 수 없었던 것들을 이해하고 있는 중인지도 몰라. 내가 미치지 않았다는 것을 입증할 수 있는 기회인지도 모른다고. 그렇다면 이런 수고쯤은 감수해야 한다고 생각하지 않아?"

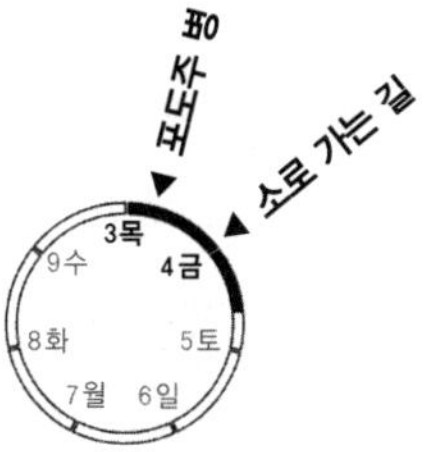

15. 5월 4일 금요일, 16시 17분

작은 무덤 주위에 하늘을 향해 쭉 뻗은 사이프러스들이 줄지어 늘어서 있었다. 사방이 고요한 이 시각에는 경쾌하게 지저귀는 새소리만 들려올 뿐이었다.

스테판은 여섯번째 오솔길로 들어섰다. 집에서 겨우 몇백 미터 떨어진 이곳에 몰래 다니러 올 때마다 그의 가슴은 쿵쿵 뛰었다. 정면에 회백색 대리석으로 된 비석이 나타나자, 그 위에 새겨진 이름을 보는 것만으로도 심장을 메스로 도려내는 것 같은 고통이 느껴졌다. '가엘 몽티외, 1997~2007'.

어린아이의 무덤을 바라보는 것만큼 슬픈 것은 없다. 소녀의 묘는 석판과 꽃병, 사랑의 징표들로 뒤덮여 있었다. 비극이 일어난 지 두 달이 지났지만, 소녀의 엄마는 여전히 매일 오후 5시 30분이면 어김없이 이곳을 찾아왔다. 이곳에 한참 동안 머물면서 잔인한 삶을 증오했다. 스테판은 그녀와 마주치지 않기 위해, 그녀와 대면할 일이 두려워 여러 차례 발길을 돌려야만 했다.

그녀의 남편은 더이상 보이지 않았다.

엊그제 갖다놓은 하얀 장미 꽃다발은 사라지고 없었다. 아이의 엄마가 치워버린 게 분명했다. 이번에는 연보라색 국화 한 다발을 꽂아놓았다. 순간 그의 휴대폰이 울렸다. 스테판은 얼른 휴대폰을 꺼내 소리를 꺼버렸다. 〈피의 계곡〉의 제작자인 에브라르가 마르티네즈 모형 제작의 진행 소식이 궁금해 연락을 한 듯했다. 그는 전화기를 꺼버린 다음 몇 분간 생각에 잠겼다.

마침내 옷깃을 올린 다음 묘지 입구로 향했다. 그곳에서 멀리 앞쪽을 바라보던 그는 주머니에서 휴대용 녹음기를 꺼내 한참을 머뭇거리다가 다시 주머니에 넣고 빠른 걸음으로 걷기 시작했다. 실비는 그가 숲 가장자리에 있는 방목지를 따라 산책을 하는 걸로 알고 있었다. 하지만 그가 가장 두려워하는 것과 대면할 시간이 되었다. 그리하여 그의 머릿속에서 그 끔찍한 기억을 영원히 몰아내야만 했다.

그는 리베라시옹 가로 접어들어 16번 국도를 따라 거슬러올라갔다. 그 저주받은 커브길까지의 거리는 2킬로미터 남짓 되었다. 그가 몰던 차가 열 살짜리 어린 소녀의 미소를 앗아간 곳. 그 비극이 있던 날 이후로는 결코 자동차로 지나가지 않은 곳이었다.

이제 그곳에 가까워지고 있었다. 도로가 내리막길로 접어들면서 커브가 시작되었다. 그의 뒤쪽 멀리에, 마치 초록색 수의로 감싸인 것 같은 라모를레가 보였다. 앞쪽으로는 마치 낫처럼 보이는 짙은 아스팔트 커브길이 모습을 드러냈다. 그리고 흰색과 노란색으로 칠해진 16번 국도의 경계석이 보였다. 바로 그곳이었다.

스테판은 애써 마음을 진정시키며 메모지에 적힌 내용을 주의깊게 다시 읽어보았다. 헌병대의 보고서에 의하면, 충돌은 경계석에서 정확히 18미터 떨어진 곳에서 일어났다.

그는 부근의 부러진 나무들에 비추어 자신의 차가 지나간 흔적을 찾기 위해 숲속으로 들어갔다. 그 일이 있은 지 두 달이 지났지만, 당시 부러진 나뭇가지들과 뽑혀나간 작은 관목들이 아직도 여기저기에 흩어져 있었다. 자연은 그 비극을 잊기를 거부하는 듯했다.

마침내 그는 보고서에 설명되어 있는 좁다란 흙길을 찾아낼 수 있었다. 경찰이 조사한 바에 의하면, 소녀와 그녀의 부모는 쇼몽텔에서 라모를레까지 이어진 산책을 막 끝낸 참이었다. 그들은 일 년에 여러 차례 그 오솔길을 따라 산책하곤 했다.

문제의 나무를 발견한 스테판은 슬픔으로 심장이 죄어오는 것을 느꼈다. 껍질이 벗겨진 떡갈나무는 일그러진 자동차의 파편들로 인해 아직도 피를 흘리고 있는 듯 보였다. 그는 뒤로 돌아서서 달아나고 싶은 마음을 억누른 채 용기를 내 앞으로 계속 나아갔다.

손이 차가운 나무의 몸통을 스치자, 단번에 모든 기억이 되살아났다.

그는 그 자리에 주저앉았다.

충돌은 치명적이었다. 도로에서 달리던 중 갓길로 미끄러진 그의 차는 비탈로 굴러떨어져 이 오솔길을 가로질러 어린 소녀의 목숨을 앗아갔다. 그녀의 부모가 지켜보는 앞에서. 그런 다음 차의 옆면이 나무에 부딪히면서 차체가 일그러지고 메르세데스의 에어백이 터졌다. 스테판은 피투성이가 된 자신의 두 손을 바라보다가 의식을 잃었다. 그날, 그는 평소처럼 포드를 몰지 않았다. 그랬다면 그 역시 죽음을 면치 못했을 것이다. 그날 다른 차를 몬 건 기막힌 행운이었다고 사람들은 말했다.

기막힌 행운이라고……

그는 눈을 감고 두 손으로 귀를 막았다. 그리고 절규했다. 당시의 광경이 끊임없이 그를 괴롭혔다. 이러다 정말로 미쳐버리는 건 아닐까? 아니, 그가 정말로 미쳐 있었던 건 아닐까?

그는 눈에 눈물이 그렁그렁한 채로 그곳에서 달아났다.

국도로 향하는 가파른 비탈길을 힘겹게 거슬러올라간 스테판은 16번 국도의 경계석이 있는 곳까지 내키지 않는 발걸음을 옮겼다. 헌병대 보고서에 따르면, 그는 바로 그곳에서 브레이크를 밟기 시작했다. 그는 아직도 선명한 바퀴자국을 향해 몸을 숙였다. 급격한 곡선을 이루고 있는 바퀴자국은 그의 차가 궤도를 이탈하기 전까지 3미터에 걸쳐 나 있었다.

스테판은 사고 당시의 매 순간을 다시 떠올렸다. 사고가 나기 직전의 순간과 함께. 헌병대는 도로에 난 바퀴자국에 의거해, 스테판이 사슴이나 멧돼지를 피하기 위해 브레이크를 밟은 것으로 결론을 내렸다. 표지판이 알려주듯, 이 지역에 야생동물이 종종 출몰한다는 것은 익히 알려진 사실이었다.

하지만 스테판은 사슴이나 멧돼지를 본 적이 없었다. 사람들은 그가 머리에 심한 충격을 입어 기억하지 못하는 거라고 주장했다. 하지만 그는 정반대의 사실을 확신하고 있었다. 자신은 '아무것'도 보지 못했다는 것을.

그는 도로와 주변을 또다시 주의깊게 살폈다. 하지만 그가 미치지 않았음을 입증해주는 것은 아무것도 없었다. 그는 아무런 이유 없이 브레이크를 밟았던 것이다.

숲속으로 들어간 스테판은 다시 오솔길을 따라 문제의 나무 옆으로 돌아갔다. 그곳에서 땅바닥에 주저앉은 채 녹음기를 꺼내들었다. 저장된 파일을 뒤진 끝에, 한 달 반쯤 전인 2007년 3월 18일에 친구가 그에게 시행한 최면요법 녹음 파일을 찾아냈다. 그가 병원에서 퇴원하고 며칠 지난 때였다. 처음으로 그 내용을 다시 들어보았다.

"……차가 옆으로 미끄러지고 있어! 내가 마구 소리쳐, 난……"

"그만! 자넨 내 목소리, 오직 내 목소리만 들을 수 있는 거야. 조금만 뒤로 돌아가봐. 브레이크를 밟기 직전으로. 알겠나?"

"응."

"자넨 지금 운전을 하고 있어. 라모를레를 출발해서 16번 국도로 들어선 거야. 그다음은?"

"난 라디오를 켰어. 〈다른 어떤 것도 중요하지 않아〉라는 노래가 나와. 난 그 노래를 무척 좋아해."

"기분이 좋았나, 그날?"

"아주 좋았어. 큰 주문 건 때문에 함께 일하는 미술감독과 영화 제작자를 만나기로 했거든. 게다가 하늘이 파랗고 날씨도 온화했지. 그래서 창문을 내리고 운전했어."

"좋아. 자넨 이제 커브길에 거의 다다랐어. 10미터 정도를 남겨놓고 있는 거야. 시속 몇 킬로미터로 달리고 있지?"

"65킬로미터 정도. 난…… 빠르게 달리는 자동차와 마주쳐 지나갔어."

"어떤 차인데?"

"그건 잘 모르겠어."

"그런 다음엔?"

"속도를 더 늦추었어. 산길을 올라가고 있었거든. 그리고…… 곧 커브가 나올 테니까."

"아주 잘했어. 그러고는 뭘 했지?"

"오…… 오른쪽으로 노란색과 흰색으로 칠해진 경계석이 보였어. 그 위엔…… 16번 국도라고 쓰여 있었어! 16번 국도! 난 브레이크를 밟기 시작했어! 있는 힘껏 브레이크 페달을 밟은 거야!"

"왜? 왜 브레이크를 밟은 거지? 16번 국도 경계석 앞뒤에서 뭘 본 거지? 잘 봐, 스테판. 뭐가 있는지 잘 보란 말이야."

"아무것도. 다른 건 아무것도 없어. 단지 경계석만 보일 뿐이야."

"좋아, 경계석밖에 없다고 치자고. 그런데 왜 브레이크를 밟은 거지?"

"나도 몰라. 정말 모른다고!"

"조금 뒤로 다시 돌아가보자고. 자넨 편안하게 운전을 하고 있어…… 음악을 들으면서…… 그러다가 경계석을 발견한 거야…… 그런데 자넨 갑자기 브레이크 페달을 밟았어. 있는 힘껏 말이야. 대체 왜 그런 거지?"

"왜냐하면……"

"왜냐하면 뭐?"

"브레이크를 밟는 내 모습을 봤기 때문이야! 난 바로 그 지점에서 브레이크를 밟는 나를 봤어. 그래서 브레이크를 밟은 거야!"

"언제 브레이크를 밟는 자신을 보았지?"

"그건…… 잘 모르겠어……"

"꿈속에서였나?"

"아니. 난 꿈을 절대로 기억하지 못해."

"절대로, 결코?"

"결코."

"그럼 실제로 자신이 브레이크를 밟는 걸 봤다는 건가? 데자뷔처럼?"

"그건…… 잘 모르겠어. 정말 모르겠어!"

"이제 일어나, 스테판!"

스테판은 녹음기를 멈추고 그대로 손에서 놓아버렸다. 땅바닥으로 떨어진 녹음기 옆에는 헌병대 보고서의 복사본이 놓여 있었고, 쓰고 있던 모자는 땀에 흠뻑 젖어 있었다.

그는 주변의 것들에 무감각한 상태로 한참을 머물러 있었다. 브레이크를 밟는 날카로운 마찰음과 노란색과 하얀색의 경계석만이 그의 머릿속을 맴돌 뿐이었다.

그러다가 갑작스럽게 아드레날린이 치솟는 것을 느끼며 몸을 벌떡 일으켰다.

시계를 들여다본 그는 전속력으로 달리기 시작했다.

어쩌면 아직 시간이 있을지도 몰랐다.

*

그녀는 거기 서 있었다. 발목까지 내려오는 꼭 끼는 검은색 웃옷을 입고. 굽은 어깨와 목까지 내려온 헝클어진 머리는 그녀를 확연히 나이 들어 보이게 했다. 가엘 몽티외의 엄마는 마흔 살에 삶의 의미를 상실한 채 살아가고 있었다.

꽃병에 담긴 국화꽃이 그것이 상징하는 고통 속에서 아름다움을 발하며 가볍게 떨렸다.

여인은 스테판을 향해 돌아섰다가는 또다시 무덤을 뚫어져라 응시했다.

"꽃들…… 당신일 거라고 생각했어요. 그런 줄 알고 있었어요……"

그녀는 대리석으로 된 석판에 눈길을 고정하고 있었다. 눈물은 흘리지 않았다. 몇 초의 침묵이 흐른 뒤, 스테판은 용기를 내어 입을 열었다.

"몽티외 부인…… 전 알아야만 합니다…… 저한테는 아주 중요한 일이라서요…… 매우 중요한 일입니다…… 헌병대의 보고서에서 본 바로는, 부인께서는 남편분과…… 일 년에 여러 차례 그 길을 따라 산책을 하셨다고 하더군요……"

"뭘 알고 싶은 거죠?"

그녀가 차갑고 날카로운 어조로 되물었다. 스테판은 떨어진 국화 한 송이를 주워 제자리에 꽂아놓았다. 그는 소녀의 엄마를 차마 똑바로 바라보지 못하고 이야기를 계속했다.

"커브길에 있는 노란색과 흰색으로 칠해진 경계석에 대해 기억나는 게 없으신지 말해주세요."

에바 몽티외는 무덤 앞에 웅크리고 앉아 묘석의 매끄러운 표면을 어루만지며 말했다.

"탐정 친구가 당신에 대해 알아봐주었어요."

"나에 대해서요? 하지만……"

"경찰 보고서에는 언급되지 않은 것들에 대해서요. 그들은 관심을 두지 않았지만, 내게는 매우 흥미로운 것들이더군요. 당신의 과거 말이에요."

스테판은 라텍스로 얼룩진 자신의 청바지를 움켜쥐었다.

"내 과거라고요? 하지만…… 왜 그런 일을?"

"내 딸을 죽인 살인자에 관해 모든 것을 알고 싶었어요. 당신이 전에 어디 살았는지, 당신 부모의 이름과 당신 직업, 당신이 좋아하는 것까지 모두를. 그리고 당신의 그 저주받은 차가 그 순간 왜 하필 그곳에 있었는지를."

"부인은…… 나에 대해 아무것도 모릅니다……"

"입양아로 사는 게 힘들던가요?"

소녀의 엄마는 따가운 시선으로 스테판을 쏘아보았다.

"아직도 내가 아무것도 모른다고 말할 건가요?"

스테판은 발밑의 땅이 꺼지는 것 같은 느낌이었다. 그녀의 말은 비수처럼 날아와 그의 가슴에 박혔다.

"나에게 닥친 엄청난 불행 가운데서도 위안이 되는 게 하나 있더군요." 그녀는 더욱더 냉혹하게 느껴지는 목소리로 말했다. "당신은 아이에게 당신이 늙어가는 모습을 결코 보여줄 수 없다는 사실. 왜냐하면 당신은 아이를 가질 수 없으니까. 그래서 어딘가에는 정의가 존재한다는 걸 알게 되었죠."

스테판은 뺨 안쪽을 깨물었다. 그의 눈에 눈물이 고였다.

"내 의료기록을, 내가 불임이라는 걸 당신이 어떻게……"

그녀는 국화꽃의 꽃잎을 하나씩 떼어냈다.

"돈만 있으면 못할 게 없다는 걸 당신도 잘 알 텐데요. 그럼 뤼디빈 코켈이라는 여자아이에 대해 얘기해보는 건 어때요?"

"아뇨, 난……"

"1992년 7월, 당신이 열다섯 살 때의 일이죠. 기억나나요? 코이의 철길에서 있었던 일이? 라모를레에서 불과 몇 킬로미터 떨어진 곳이죠. 그렇겠죠, 물론. 어떻게 잊어버릴 수가 있겠어요?"

"그만!"

"그리고 1995년의 일은?"

"그만, 그만하라고 했습니다!"

에바 몽티외는 국화 꽃송이를 세게 움켜쥐었다. 그리고 마치 신들린 사람처럼 얘기를 이어갔다.

"1995년 7월. 당신은 막 운전면허를 따고 곧바로 사고를 냈죠! 도로를 달리다가 목장으로 뛰어들어 울타리를 부수고 양 두 마리를 죽였어요. 인명피해는 없었지만, 당신이 브레이크를 밟은 것에 대한 논리적인 설명이 전혀 없었죠. 당신은 '거기 누군가가 있을 거라고 생각했다'고 해명했지만요. 그로 인해 한동안 정신과 상담을 받고 약을 복용해야 했죠. 그리고 1998년, 당신은 달리는 기차의 비상제동장치를 작동시키고 곧바로 뛰어내렸죠, 아무런 이유 없이. 비록 중상을 입긴 했지만 기적적으로 목숨을 부지할 수 있었고요. 하지만 다른 수많은 승객들은 당신과 같은 행운을 누리지 못했죠…… 그들은 당신 때문에 죽은 거예요! 당신이 비상제동장치를 작동시키면서 브레이크 고장을 야기했고, 그로 인해 기차가 탈선했기 때문이죠! 당신은 법적으로는 아무런 처벌도 받지 않았지만 또다시 정신과 치료를 받아야만 했고요. 정말 대단한 정신과 편력이더군요…… 당신 부인은 그런 당신에 대해 어떻게 생각하는지 정말 궁금하군요."

스테판은 그 자리에서 펄쩍 뛰면서 그녀의 목을 조르고 싶은 마음을 애써 억눌러야만 했다.

"그만, 그만하라고! 내 말 안 들려요?"

"스테판 키스메, 당신은 대체 누군가요? 대체 누구이기에 그렇게 많은 비극을 몰고 다니는 거죠?"

그는 고개를 가로저었다.

"나도 몰라요. 나도 정말 아무것도 모른단 말입니다."

그녀는 증오심은 물론 모든 것을 비워낸 표정으로 또다시 무덤을 응시하며 담담하게 말했다.

"당신의 삶은 이해할 수 없는 사건들로 점철되어 있어요. 내 딸도 이제 그것들의 일부가 되었고요. 그런데 왜 하필 내 딸이죠? 어째서 당신의 그 저주받은 운명이 내 딸의 삶을 짓밟아놓았느냐고요!"

스테판은 손등으로 눈물을 훔쳤다.

"나도 그 이유를 알고 싶습니다."

"내가 이해할 수 없는 건…… 내 딸은 진심으로 신을 믿었어요. 매일같이 기도를 했죠. 그애는…… 살았어야만 해요. 당신도 신을 믿긴 하나요?"

"내가 어떻게 신을 믿을 수 있겠습니까?"

잠시 무거운 침묵이 흐른 후 그가 덧붙였다.

"난 교회에 발을 들여놓은 적이 한 번도 없습니다."

"왜죠?"

"왜냐하면…… 그럴 수가 없으니까요."

"악마도 교회에 못 들어가죠."

묘지에는 더이상 아무런 소리도 들리지 않았다. 아주 작은 숨소리조차도. 자연마저 호흡을 멈추고 있는 듯했다. 에바 몽티외는 뺨에 흐르는 눈물을 닦지 않은 채 억지 미소를 지어 보였다.

"뤽…… 그리고 가엘과 함께 산책에서 돌아오는 길이면 숲을 가로질러 흐르는 강을 보러 가곤 했어요. 행운을 가져다준다는 작은 강 말이에요. 우린 늘 함께 갔죠, 셋이서."

그녀는 터져나오려는 오열을 억누르며 덧붙였다.

"난 그 시나리오를 수백 번도 더 생각해봤어요."

스테판은 그녀의 손을 잡고 조금이라도 위로해주고 싶었다. 하지만 아무것도 할 수가 없었다. 그녀의 눈에는 여전히 그가 자신의 딸을 죽인 괴물로 비칠 터였다.

"어떤 시나리오 말인가요?"

"사고 시나리오요."

"내게 말해주세요."

"그때 우린 숲속을 걷고 있었죠. 국도에서 조금 떨어진 곳에서요. 우린 강으로 가기 위해 20미터 정도 떨어진 곳에 있는 그 경계석 앞 도로를 가로지르곤 했어요. 그때 가엘이 우리한테 잠시 걸음을 멈추자고 하더군요. 운동화 끈을 다시 매야 한다면서. 그래서 우린…… 당신이 들이받은 나무 옆으로 가서 섰지요. 끈의 매듭이 잘 풀리지 않는 바람에 일 분 정도 시간이 걸렸던 것 같아요. 그리고 마침내 끈을 다 매고 딸아이가 몸을 다시 일으켰을 때 당신의 그 끔찍한 브레이크 소리가 들린 거예요. 만약…… 만약 가엘이 운동화 끈을 고쳐 매지 않았다면, 우린 아마도 도로 한가운데에 있었을 거예요. 당신이 브레이크를 밟기 시작한 그 지점에서 몇 미터 떨어진 곳에 말이에요."

스테판은 블랙홀에 빠져들듯 아득한 절망의 나락으로 빠져드는 느낌이었다.

"참으로 기막힌 운명 아닌가요?" 에바 몽티외가 손수건으로 양쪽 뺨에 흘러내린 눈물을 두드려 닦아내며 그에게 되물었다. "생각해보면 당신은, 운동화 매듭만 아니라면 내 딸이 본래 있었을 자리에서 그 아이를 치는 것을 피하려다가 다른 곳에서 그애를 죽인 거예요…… 마치…… 당신이 어떻게 하든 가엘을 죽일 수밖에 없었던 것처럼요. 이제 난 당신이 누구인지, 당신이 왜 이 세상에 와 있는지 알 것 같아요. 당신은 사람들의 목숨을 빼앗으러 이곳에 온 거예요."

그녀는 시선을 떨구었다가 다시 고개를 들어 그를 쳐다보며 말했다.

"당신은 죽음의 화신이 분명해요."

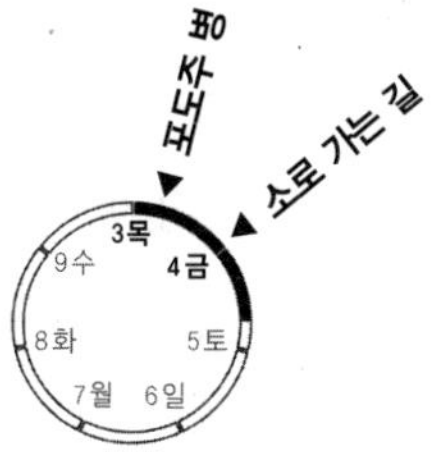

16. 5월 4일 금요일, 17시 53분

빅 마르샬이 점퍼를 걸치고 사무실을 막 나가려던 순간, 왕이 몹시 지쳐 보이는 얼굴로 안으로 들어섰다. 흑단으로 만든 주발처럼 언제나 깨끗하고 단정하던 그의 검은 머리가 이번에는 엉망으로 곤두서 있었다.

"그사이 뭐 좀 찾아냈나?" 왕이 물었다.

빅은 벌게진 눈으로 컴퓨터를 껐다.

"파리 지역을 광범위하게 조사했지만 아직은 별다른 게 없습니다. 아직 서너 군데 전화해볼 곳이 남아 있긴 하지만요. 지금까지 조사한 바로는, 괴저에 걸린 발가락 때문에 썩어가던 다리를 앙리 몽도르 병원에서 절단한 88세 노인과…… 사고로 도끼에 발이 절단돼 생사를 넘나들던 청년 하나…… 그리고 우리가 찾는 사람과는 일치하지 않는 몇몇 케이스가 있었습니다. 물론 좀더 철저히 조사를 해봐야겠지만요."

"모르핀에 관한 건 어떻게 됐나?"

빅은 늘어지게 하품을 했다. 그의 머릿속엔 한 가지 생각밖에 없었다. 속히 집에 돌아가 잠을 자는 것이었다.

"그건 간단한 문제가 아니에요. 모르핀을 도난당하는 건 너무나 빈번히 일어나는 일이라서요. 약국, 병원 등에서 눈에 띄지 않게 사라지는 물량이 워낙 많다고 하더군요. 좀더 시간이 필요할 것 같아요. 머리도 굴려야 하고요."

"머리, 물론이지. 언제나 그게 제일 중요하지."

"선배님은 뭐 좀 건지셨습니까?"

왕은 '용의 숨결'을 입에 넣었다.

"하나 줄까?"

"아닙니다, 괜찮습니다."

"포르노 관련 사항과 르루아가 예전에 알고 지낸 남자들을 조사하려면 역시 시간이 적지 않게 걸릴 듯하네. 벌써 꽤 많은 사람들을 만나보았는데, 그들 중 대부분은 그녀가 아직 16구에 살고 있는 걸로 알고 있더라고. 아니면 그날 밤의 알리바이가 있거나. 포르노 분야에서 일하는 사람들이 재미있는 건 대부분이 밤에 알리바이가 있다는 거야. 우리 같은 정상적인 사람들과는 반대로 말이지."

"선배님은 우리가 정상이라고 생각하십니까?"

"절반은."

"그 말을 들으니 안심이 되네요. 절반이라도 정상이라니……"

"이 사건과 관련한 기술적인 측면에서는 성과가 있었다고 해야겠지. 조프루아가 실험실에서 소식을 가져왔더군. 그…… 이름이 뭐였지. 입에 끼우는 거시기 말이야."

"리트랙터요."

"리트랙터. 그래, 그거. 1차세계대전 당시 얼굴이 깨진 부상자들을 치료할 때 턱을 움직이지 못하게 하기 위해 사용하던 것이라더군. 아주 오래된 거지. 그 당시엔 외과수술이라는 게 고작해야 톱이나 망치 같은 걸 사용하는 정도였으니까."

"거의 백 년이나 된 거로군요. 왜 좀더 최근 것을 사용하지 않았을까요? 특이한 수집 취향이 있는 자는 아닐까요? 아님 전쟁광?"

"그럴지도…… 인형들도 무척 오래되어 보이던데. 고물상이나 벼룩시장 같은 데를 한 바퀴 돌아봐야 할 것 같아. 결론적으로 조사할 곳이 더 늘어난 셈이지."

"그 밖에 다른 건 없나요?"

왕이 고개를 한 바퀴 돌렸다.

"자네 재미있는 것 좀 구경할 생각 없나?"

"별로요…… 그럼 전 이만 가보겠습니다."

"잠깐만 이리 와보게."

빅은 시계를 들여다보았다.

"정말 가야 합니다. 간밤에도 제대로 못 잤어요. 아내도 기다리고 있고요."

"아내들을 기다리는 데 익숙하게 만들어야 하는 거야. 날 따라오게……"

왕은 빅을 1층에 있는 대기실 앞으로 데리고 갔다.

"와우!" 빅이 인상을 찌푸리며 외쳤다. "대체 누구예요, 저 친구?"

"캘런드럼 영화사 스튜디오 근처에서 찾아냈지. 코가 저렇게 큰 사람을 본 적이 있나?"

"진짜 코예요?"

"100프로."

"맙소사……"

그들은 가까이 다가갔다.

"매일 르루아가 살던 곳 근처를 배회한다고 하더군. 영화 촬영이 있을 때는 더 자주."

"영화 팬인 걸까요?"

"자네 눈엔 저 친구가 영화 팬으로 보이나?"

"르루아의 집 앞에 쌓여 있던 포도주 병, 그게 저 친구 짓인가요?"

"그렇다네. 촬영팀이 식당 쓰레기통에 버린 음식물 찌꺼기를 매일 수거하러 온다더군. 특히 마시다 버린 술병을 말이야. 그로선 요즘이 축제나 마찬가지지. 보름 전부터 막대한 예산을 투입한 호러영화를 찍고 있거든. 카를라 마르티네즈 주연의 〈피의 계곡〉이라나."

빅은 깜짝 놀라며 두 눈을 크게 떴다.

"선배님 지금 뭐라고 했어요? 내가 그 여배우를 얼마나 좋아하는데! 직접 보신 겁니까?"

왕이 자신의 새끼손가락 손톱을 들여다보며 말했다.

"물론이지, 친구."

"그런데요?"

"그게 말이야, 온통 피로 범벅이 되어 있더라고. 물어보니까 돼지 피를 쓴다고 하더군. 그건 그렇고, 저 친구 이름은 레몽이야. 레레라고도 한다더군. 저치가 살인사건이 있던 날 밤 뭔가를 봤다고 주장하고 있어."

남자는 도마뱀처럼 생긴 눈을 멍하게 뜬 채 구석에 다리를 벌리고 앉아 있었다. 나이는 쉰 살, 혹은 마흔 살 정도 돼 보였다. 어쩌면 서른 살인지도 몰랐다.

왕은 철창 앞에 쭈그리고 앉아 그에게 말을 건넸다.

"이봐, 레레! 자네가 엊그제 본 걸 한번 더 얘기해줄 수 있겠나?"

초라한 행색의 남자는 파리를 쫓듯 손을 앞으로 내저었다.

"정말 귀찮게 구는군……"

"잔뜩 취한 것 같은데요." 빅이 속삭이듯 말했다. "선배님이 저한테 직접 얘기해주시는 게 시간 절약이 될 것 같은데요."

레레는 검지를 앞으로 내밀었다.

"저 남자도 그 천사를 본 적이 있나?"

"그래, 레레. 그 천사 말이야. 그녀가 어떻게 생겼는지 기억나나?"

레레는 코를 문지르면서 대답했다.

"오! 정말 죽여줬지! 이렇게 조그맣고……"

그러면서 머리 위로 팔을 추켜들었다.

"조그맣고 새까만 눈에."

빅은 눈썹을 치켜세우면서 이마를 문질렀다.

"그 여자가 뭘 했지, 그 천사가?" 왕이 질문을 계속했다.

"자기 집에…… 친구들하고 같이 들어갔어. 그런데 당신이 브루스 리를 닮았다는 말을 내가 했던가?"

"그래, 한 시간 전에 했어. 그녀가 집에 어떻게 들어갔지?"

남자는 큰 몸짓으로 날갯짓을 흉내냈다.

"그녀는 걸어가지 않았어. 날아갔다고, 이렇게! 날개 대신 하얀 철망을 달고 있었어!"

"아, 그녀가 날아갔군. 그럼 여자가 맞는 거군?"

"천사니까 당연히 여자지. 당신은 키만 작은 게 아니라 머리도 나쁜 것 같군."

"그녀가 어떤 친구들하고 함께 들어갔지?"

"난쟁이들이었어. 애벌레처럼 벌거벗었고 대머리에다가……"

두 수사관은 의미심장한 눈길을 주고받았다. 두 사람 모두 현장의 인형들을 떠올리고 있었다. 빅은 왕 옆으로 가서 쪼그리고 앉았다.

"또 뭐가 있었지? 다른 건 더 없나? 그녀가 타고 있던 자동차는?"

레레는 덥수룩한 은빛 수염 아래로 미소를 지었다. 그러면서 눈앞에 있는 가상의 별들을 가리켰다.

"그건 회색의 금속으로 된 우주선이었어."

"그때가 몇시였는지 기억할 수 있나?"

더이상 아무런 대답도 없었다. 접속이 끊어진 듯했다.

빅과 왕은 몸을 일으켰다.

"술이 깨기를 기다려야 할 것 같네요." 빅이 짜증스러운 듯 말했다.

"저 친구는 지금 술 취한 게 아니네."

"젠장."

"더 자세한 건 말하지 않고, 계속 똑같은 말만 중얼거리고 있어. 하얀 날개가 달린 천사, 친구들, 회색 우주선 등등. 도무지 앞뒤가 맞지 않는 얘기들만 늘어놓고 있다니까."

"혹시 회색 자동차나 소형 트럭을 말하는 게 아닐까요?"

"이런, 정말 그렇게 생각하나? 저런 자가 하는 말을 믿을 수 있다고? 자네 눈으로 직접 보고도 그러나?"

"그럼 천사 얘긴 뭐죠? 어떤 여자를 봤다는 얘기잖아요, 안 그래요?"

"아님 하마나 기린을 봤을 수도 있고. 저 친구 헛소리가 여간 심해야지."

"저 친구가 그 지역에 매일 나타난다고 했나요?"

"영화 촬영팀 말로는, 매일 그들의 쓰레기통을 뒤진다더군. 르루아가 살던 집 맞은편을 무단점거해 살면서 말이야. 아침마다 창고 주인이 저 친구가 사는 곳 앞에 버려져 있는 빈 포도주 병을 줍는다고 하더라고."

빅은 손가락으로 입술을 만지작거렸다.

"그건 살인자가 르루아의 집에 '고객'으로 드나든 인물이 아니라는 걸 입증하는 겁니다. 만약 그랬다면 저 친구가 거기 산다는 걸 알고 조심했을 테니까요. 또한 자신의 제물이 될 사람을 시간을 두고 미리 살피는 타입이 아니라는 것도 말해주는 거고요. 〈레드 드래곤〉에서처럼 말이죠."

"〈레드 드래곤〉. 그래, 나도 그 영화 알아." 왕이 맞장구를 쳤다.

빅은 턱을 문지르면서 생각에 잠겼다.

"하지만 다른 한편으로 보면 매우 세심한 자인 게 분명합니다. 인형이며 바늘, 모르핀, 식초를 생각해보더라도……"

그는 점퍼의 지퍼를 목까지 끌어올렸다.

"어쩌면 그는 르루아를 한 번, 딱 한 번 우연히 마주친 뒤 자신의 제물로 결정했을 수도 있어요. 그런 다음 아주 신속하게, 채 일주일도 안 걸려서 자신의 계획을 실행에 옮겼는지도 모릅니다. 사디즘의 최고봉을 보여주듯 모든 것을 치밀하게 계획하고 실행에 옮기면서 촬영까지 한 거죠. 그 속엔 어떤 메시지를 전달하고자 하는 의도가 다분히 담겨 있고요. 제길, 겁나네요. 선배님은 이 모든 게 뭘 뜻하는지 알 것 같습니까?"

왕이 턱을 문지르며 대꾸했다.

"그만해, 친구. 십오 년 동안 이 일을 해왔지만, 그런 놈은 딱 한 번밖엔 보지 못했어."

"십오 년에 한 번씩 나타날 수도 있죠, 안 그래요?"

"그런 헛소릴랑 그만하고 이제 그만 가보게. 가서 〈레드 드래곤〉이나 감상하는 게 낫겠어. 연쇄살인범 같은 문제로 날 성가시게 하지 말라고. 분명히 말해두지만 이건 일회성 범죄일 뿐이야! 요즘 젊은 수사관들은 그런 말을 왜 그렇게 쉽게 내뱉는 거지?"

"제가 한 말이 아닙니다. 전 연쇄살인범이라는 말을 한 적이 없습니다. 선배님이 하셨죠."

왕이 그에게 가운뎃손가락을 내밀면서 말했다.

"한 시간 후에 한잔하러 가기로 했네. 조프루아 그리고 다른 수사관 둘과 함께. 금요일 저녁마다 모여서 한잔하곤 하거든. 자네도 함께 갈 텐가?"

"아뇨, 미안하지만 전 안 되겠어요. 셀린이 기다리거든요."

"다른 친구들도 다들 집에서 기다리는 사람이 있네. 그런데 그게 왜? 내가 충고 하나 할까? 우리와 함께 가는 게 좋을 거야. 우린 아직 자네가 취한 모습을 보지 못했거든."

빅은 고개를 저었다.

"전 술을 못 마십니다. 유감스럽게도."

"그렇다면 동료들이 자넬 거칠게 다루더라도 불평하지 말게, 친구. 운동화를 신고 나타나고 모르티에 반장의 마음에 들었다고 해서 동료들이 자네를 인정해줄 것 같나? 수사관은 사건현장에 어슬렁거리는 것이 전부가 아니란 말이네."

그 말에 빅은 돌아서서 그곳을 나왔다.

왕의 얼굴에 주먹을 한 대 갈기고 싶은 마음을 간신히 억누른 채.

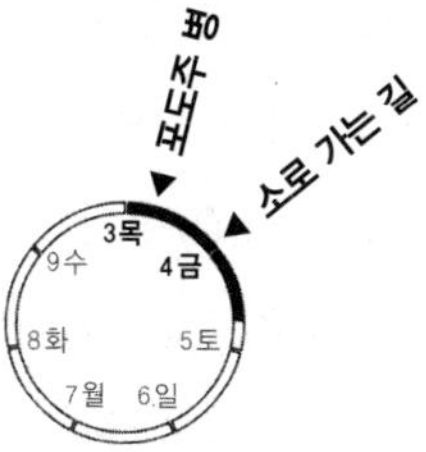

17. 5월 4일 금요일, 17시 53분

묘지에서 돌아온 스테판은 위스키를 한 잔 마신 다음 다크랜드의 음침함 속으로 틀어박혔다. 실비는 부엌 테이블에 메모를 남겨놓고 미용실에 가고 없었다. 그 역시 메시지를 남겨놓았다. '아틀리에에서 작업중. 방해하지 말기 바람. 곧 올라오겠음.' 그리고 이렇게 덧붙였다. '뽀뽀.'

카를라 마르티네즈의 상반신은 미완성인 채로 놓여 있었다. 만들다 만 속눈썹과 반쯤 베여 있는 목, 고통으로 일그러진 입으로 그를 응시하는 듯했다. 예리한 칼로 자신의 목숨을 앗아간 살인마와 마주하기라도 한 것처럼. 스테판은 유리로 만든 눈알을 작은 그릇에 내려놓았다. 그 빌어먹을 마네킹은 실제보다 더 진짜 같아 보였다.

그는 혼티드마우스와 다크니스 사이의 구석자리에 담요를 깔고 앉아, 타버린 얼굴 모형을 옆으로 던져버렸다. 온몸이 떨려왔다. 에바 몽티외의 차가운 얼굴과 그녀의 악의에 찬 말들이 계속 그를 따라다녔다.

무엇보다 한 가지 생각이 그의 머릿속을 끊임없이 맴돌았다. 운동화 끈을 고쳐 매지 않았다면 소녀는 분명 도로 위, 그의 차 앞에 서 있었을 것이다. 따라서 그는 미친 것이 아니었다. 그가 급제동을 한 데는 그럴 만한 이유가 있었던 것이다. 공간이 아닌 시간의 관점에서 생각해볼 때.

그렇다, 그는 도로를 가로지르는 가엘의 모습을 보았던 것이다. 어쩌면 이제는 기억하지 못하는 꿈속에서 본 건지도 몰랐다. 그리고 그 꿈의 일부가 그의 의식 표면으로 올라와 어디선가 본 듯한 데자뷰의 느낌을 불러일으킨 것일 수도 있다.

그 속에서 뭔가가 잘못되었다는 사실만 제외하고는. 가상과 실제 사이의 괴리가 그로 하여금 비극을 막지 못하게 한 것이다. 문제의 풀어진 운동화 끈이……

어쩌면 아주 어릴 적부터 그의 꿈은 그에게 뭔가를 암시하며 불행에 대해 경고하고자 했던 것인지도 몰랐다. 그는 학창 시절에 자신이 그렸던 그림들을 떠올렸다. 정신과 의사들이 관심을 보였던 그 그림들은 다른 사람들뿐만 아니라 그 자신에게도 무의미하고 불가해한 것이었다.

스테판은 그의 앞에 있는 다크니스를 응시했다. 자신의 얼굴을 본떠 만든, 뚫린 두개골 안에 축소된 또하나의 자아가 들어 있는 괴물이었다.

그것은 또다른 그의 모습이기도 했다……

그는 전율했다.

'당신도 신을 믿긴 하나요?'

그런데 어제부터, 2007년 5월 3일 목요일, 6시 30분부터 뭔가가 달라지기 시작했다. 스테판으로서는 삶 전체를 뒤흔드는 일생일대의 사건인 셈이었다. 자신의 꿈을 또렷이 기억하게 된 것이다.

그가 꿈속에서 본 것은 분명 아름다운 것은 아니었다. 그것들은 단지 어떤 신호에 불과한 걸까? 그의 주변에서 일어날 수 있는 일들을 과장하거나 음울하게 변형시켜 보여준 것뿐일까? 그에게 경고하기 위해?

하지만 누가 그에게 그런 경고를 한단 말인가? 무엇에 대해? 그리고 왜 하필 그란 말인가?

그는 다시금 에바 몽티외의 말을 떠올렸다. 그의 운명이 어린 소녀의 삶을 짓밟아놓았다는 사실을. 만약 그가 어쨌거나 일어나고 말았을 사고를 피하려 했던 거라면? 뭔가를 바꾸고자 했던 거라면?

스테판은 눈을 감았다. 이곳 지하실에서는 오래된 배관에서 나는 윙윙거리는 소리와 난방장치에서 물 데워지는 소리가 아득하게 들려올 뿐이었다. 최면 상태에 빠져 편안히 잠들게 하기에 완벽한 소음이었다.

그의 꿈을 만나러 가야 했다. 그리하여 그 의미를 파악해야만 했다.

그는 담요를 둘둘 말아 몸을 감쌌다. 너무 많은 이미지들과 비명소리들이 그의 머릿속을 가득 채우고 있었다. 실비를 몰이해 속에 내버려둬야 하는 자신이 몹시 원망스러웠다. 물론 소녀의 엄마와 나눈 대화에 대해 그녀에게 말할 수는 없었다. 그랬다가는 이미 나빠질 대로 나빠진 상황에 더욱더 불을 지피게 될 것이 불 보듯 뻔했다. 실비는 그 때문에 이미 수많은 어려움을 견뎌낸 터였다. 그가 기차에서 뛰어내린 후 회복하는 동안, 그리고 가엘 몽티외를 죽게 한 사고에서 입은 머리의 외상을 치료하는 동안 큰 어려움을 감내했다. 심리학자와 최면술사, 정신과 의사와의 면담. 긴 정신적 위기와 자폐 행동, 정신을 약화시키는 수많은 약들.

무엇보다 그녀를 힘들게 한 것은 남편이 영원히 그런 상태에 머물지도 모른다는 두려움이었다.

스테판은 혼란스럽고 무력한 느낌을 떨쳐버릴 수 없었다. 이 모든 것을 혼자서만 간직해야 하는 걸까? 스스로도 이해하지 못한다면 누가 이런 그를 이해할 수 있을까? 이런 식으로 실비가 얼마나 더 견딜 수 있을까?

그리고 그 자신 역시 이 거대한 저택의 지하실 구석에 틀어박힌 채 얼마 동안이나 견뎌낼 수 있을 것인가?

그는 불을 껐다. 옆에 수면제 한 통을 놓아둔 채. 어떻게든 잠들어야만 했다. 필요하면 수면제를 먹고라도.

요 며칠 제대로 자지 못한 때문인지 몇 분이 지나자 이내 구름 위를 떠다니는 기분이 들었다. 실비는 희미한 그림자로 변했고, 가엘의 비명 소리는 길을 잃고 그의 무의식 속에 파묻혀버렸다. 괴물들의 실루엣들이 추는 춤이 차갑고 음습한 방을 가득 메우고 있었다.

눈꺼풀이 두 짝의 묵직한 문처럼 아래로 내리깔리자, 그는 자신이 준비되었음을 느꼈다.

악몽 속의 지옥과 대면할 준비가.

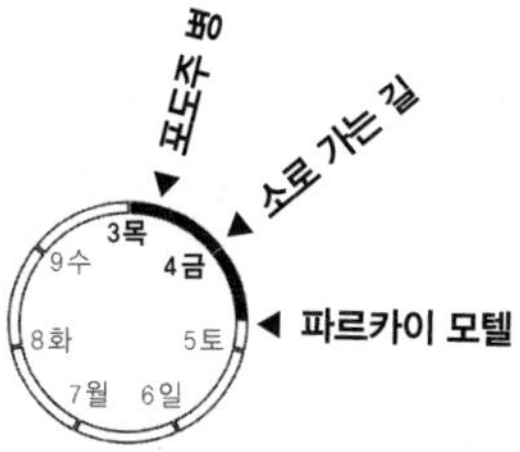

18. 5월 4일 금요일, 18시 25분
세번째 꿈: 파르카이 모텔

머리를 짧게 깎은 모습으로 거울 앞에 선 스테판은 눈을 찡그리면서 뺨을 잡아당겨보았다. 세 군데의 할퀸 상처는 이제 옅은 분홍빛 자국을 길게 남기며 아물어가고 있었다. 그는 인상을 쓰면서 한쪽 눈을 만져본 후 수도꼭지를 틀어 차가운 물로 얼굴을 적셨다.

그런 다음 노란 줄무늬가 있는 초록색 벽지를 바른 작은 방으로 향했다. 그는 조그만 벽장 위쪽에 걸려 있는 텔레비전의 볼륨을 높였다.

그리고 침대 시트와 볼품없는 흰색 이불이 덮여 있는 더블 침대로 다가갔다. 볼륨을 최대한으로 높였지만, 텔레비전 소리는 옆방에서 들려오는 헐떡거림과 귀에 거슬리는 소음을 덮어버리기엔 역부족이었다.

바깥에서는 전기톱 소리가 요란하게 울려댈 때마다 나무들이 귀를 멍하게 만드는 둔탁한 소리를 내며 잘려나갔다.

스테판은 매트리스 위에 걸터앉았다. 그의 맞은편 벽에는 그의 필체로 다음과 같이 적혀 있었다. '멜린다에게서 멀리 떨어져 있을 것', '실비를 잘 감시할 것'. 그 아래 왼쪽에는 '당장 실비와 함께 집에서 멀리 도망갈 것', '꿈을 무시할 것'. 그리고 'PO Box 101, 너 자신의 메시지', '노엘 시리엘'……

스테판은 불현듯 고개를 들어 텔레비전을 바라보았다. 지방 소식이 흘러나오고 있었다.

그는 천천히 시그사우어를 추켜들어 총구를 입속에 밀어넣었다. 앞니에 차가운 금속의 촉감이 느껴졌다. 방아쇠를 잡은 검지가 떨리고 있었다. 그는 총을 빼낸 후 앞으로 고꾸라지며 울분을 토해냈다. 그리고 벽장을 향해 권총을 힘껏 내던졌다.

그는 꺼진 휴대폰과 라텍스 가면, 이발기 옆에 놓인 실비의 사진을 집어 쓰다듬었다. 낡은 폴라로이드 카메라로 찍은 사진 속에서 그의 아내는 웃고 있지 않았다. 남자처럼 아주 짧은 머리를 한 그녀의 눈은 분노로 이글거리고 있었다. 언제나 긴 머리를 하고 있던 그녀의 사진 속 모습은 그에게 두려움마저 느끼게 했다.

스테판은 사진을 내려놓고, 필름 결함으로 왼쪽 귀퉁이가 얼룩져 있는 또다른 사진들을 집어들었다. 누가 아직도 이런 오래된 카메라를 사용한단 말인가?

사진 속 광경에는 도처에 유혈이 낭자했다. 끈적거리는 붉은 피로 얼룩진 매트리스와 베개. 그리고 얼굴 하나가 보였다. 아니, 형체를 알아볼 수 없을 정도로 짓이겨진 덩어리라고 하는 편이 맞을 터였다. 양쪽으로 벌어지고 깨져버린 턱. 입술도 혀도 없는 상태로 뭉개져버린 입. 손가락 마디도 모두 잘려나가고 없었다. 몸을 자세히 살펴보니 가슴과 엉덩이에 신세대의 문신이 새겨져 있었다. 난도질당해 죽은 여인은 매우 젊어 보였다.

스테판은 사진을 한 손으로 구겨버렸다.

이런 장면들은 그의 주변에 널려 있었다.

그때 갑자기 쾅 하고 문 닫히는 소리가 났다. 퍼뜩 정신을 차린 스테판은 손에 권총을 들고 창가로 달려갔다. 수상한 낌새는 보이지 않았다. 배낭을 메고 모텔로 향하는 두 젊은이가 눈에 띌 뿐이었다. 남자는 얼굴에 화상을 입은 상대의 엉덩이를 두드리고 있었다. 마음이 놓인 스테판은 휴대폰을 켜기로 했다.

하지만 액정화면이 깨져 있어서 연락처 검색을 위해 여러 차례 버튼을 누른 끝에야 그가 찾던 번호로 전화를 걸 수 있었다.

"스테판?"

"나야……"

"맙소사, 대체 어떻게 된 거야? 지금 어디 있나? 경찰이 도처에서 자넬 찾고 있다고!"

창백한 얼굴의 스테판은 곧 쓰러질 것처럼 휴대폰을 간신히 손에 들고 있었다.

"벌써…… 연거푸 세번째야…… 꿈을 꾸지 않고 잔 게."

수화기 반대편의 사람은 거칠게 숨을 몰아쉬고 있었다.

"자넨 자수해야만 해! 내가 도와줄게! 도와주겠다고 약속할게! 자넬 거기서 나오게 해줄 거야. 우린 할 수 있어!"

다시 실비의 폴라로이드 사진을 집어든 스테판은 그녀의 얼굴을, 생생한 그녀의 모습을 쓰다듬으며 침울한 목소리로 물었다.

"자네 부인은 좀 어떤가?"

긴 침묵이 이어졌다.

"그게…… 힘들어…… 내 아내는…… 제기랄…… 이럴 때 내가 아내 곁에 있어줘야 하는데."

스테판은 한숨을 쉬었다.

"얼른 자네 부인한테로 가. 그러지 않으면 평생 후회하게 될 거야. 제발 내가 시키는 대로 해. 얼른 그녀에게 가란 말이야."

"난 못해, 스테판. 난 못해…… 어떻게 죽음이 그렇게 갑자기 닥칠 수 있는 거지? 아무것도 아닌 것 때문에 운명이 바뀔 수 있다니 말도 안 돼. 46번, 47번, 그런 게 대체 무슨 의미가 있는 거냐고!"

"47번은 애초부터 존재하지 않았던 거야!"

"과학이니 뭐니 하는 것들이 다 증오스러워. 빌어먹을, 자넨 왜 그걸 막지 못했지?"

"노력했어, 빅토르. 난 진심으로 노력했다고."

"더 노력했어야 해. 더 많이……"

"내가 뭘 어쨌어야 하는데? 임신부를 납치라도 했어야 하나? 분명히 말하지만, 이렇게 된 건…… 자네 때문이야!"

그때 누군가가 문을 두드렸다. 스테판은 서둘러 전화를 끊었다.

라텍스 가면을 쓰고 시그사우어를 움켜쥔 그는 조용히 문 쪽으로 향했다. 그의 뒤쪽 텔레비전에서 요란한 소리가 흘러나오고 있었다.

"소리 좀 못 낮춰, 멍청아? 이 세상에 너 혼자 있는 줄 아는 거야, 뭐야?" 낯선 목소리가 소리쳤다.

그러자 또다른 목소리들이 합류해 외쳤다.

"6호실 말인가요? 하지만…… 거긴 지금 아무도 없다고요! 이게 대체 무슨 소란이지?"

그리고 열쇠가 달그락거리는 소리가 들렸다. 문이 열리자 스테판은 손에 권총을 든 채 앞으로 돌진했다. 그러자 불구로 보이는 그림자들이 옆으로 비켜섰다.

밖으로 뛰쳐나간 그는 마지막으로 '파르카이'라는 모텔 간판을 돌아 본 뒤 숲속으로 사라졌다.

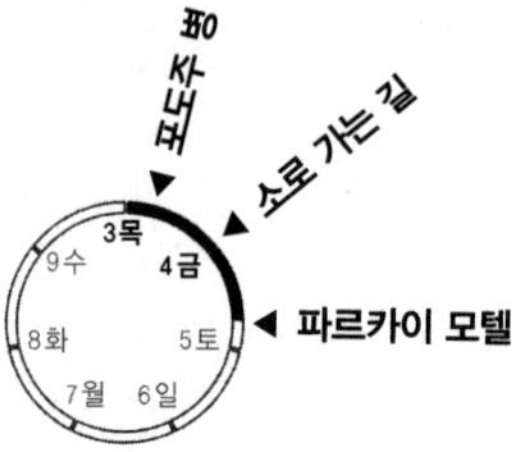

19. 5월 4일 금요일, 18시 31분

스테판은 휴대폰을 귀에 댄 채 다크랜드 안을 계속 서성이고 있었다. 실비가 전화를 받았다.

"스테판?"

"당신 지금 어디야? 어디 있는지 말해!"

"미용실이야. 부엌에 메모 남겼잖아. 그걸 보긴 했겠지?"

"봤어! 바로 그것 때문에 전화한 거야! 난……"

"이제 곧 내 차례야. 전화에 대고 소리 좀 지르지 않을 수 없어?"

"난 당신이 머리를 짧게 자르는 걸 원치 않아!"

"지금 무슨 얘길 하는 거야?"

"절대 짧게 자르지 마, 알았지?"

스테판의 귀에 남자 목소리가 들려왔다. 누군가가 실비에게 말을 건

네고 있었다. 그녀는 곧 간다고 대답한 뒤 조그맣게 속삭였다.

"내가 머리를 짧게 자를 거라는 말을 대체 어디서 들은 거야? 우리가 만난 후로 내가 그런 적이 한 번이라도 있었는지 생각해봐. 난 머리를 다듬으러 온 것뿐이야."

그녀는 잠시 미용사에게 몇 마디 말을 건넨 다음 스테판과 이야기를 계속했다.

"내가 머리를 짧게 자르길 바라는 거야? 그게 당신이 원하는 거야? 그러면 나를 좀더 여자로 바라봐줄 수 있겠어?"

"아니, 아니, 절대 아니야!"

"사실 못할 것도 없지, 안 그래? 난 진정으로 변화가 필요하거든. 그렇게 해서 우리 사이가 달라질 수만 있다면 말이야."

스테판은 계단을 올라가 부엌으로 달려갔다. 이제 그는 소리를 지르고 있었다.

"아니, 난 지금 농담하는 게 아니야! 당신은……"

배터리가 다 됐음을 알려주는 삐 소리가 들려왔다. 그는 즉시 다시 전화를 걸었지만 연결이 되지 않았다.

"제기랄!"

패닉 상태가 된 그는 포드의 열쇠를 움켜쥐었다. 하지만 차에 오르려는 순간, 아내가 가 있는 미용실의 주소조차 모른다는 사실을 깨달았다. 그녀는 대체 어디로 간 것일까? 라모를레, 샹티이, 구비외, 상리스?

스테판은 쏜살같이 지하실로 달려내려가 세번째 꿈을 기록한 수첩을 집어들었다. 그리고 낱장으로 떨어지는 종이들을 아무렇게나 다시 수첩 안으로 구겨넣었다.

경찰, 경찰에 서둘러 알려야만 했다. 사진 속 난도질된 시신의 모습이 아직도 눈앞에 선명하게 떠올랐다. 짓이겨진 얼굴. 살해당한 여인들. 처절한 고문.

혹시 이미 늦어버린 건 아닐까? 아니면 그 여자들을 도울 시간이 아직 남아 있는 걸까? 이 모든 일이 대체 그와 무슨 상관이 있단 말인가?

경찰에 신고 전화를 하기 전 스테판은 어떤 질문을 할 것인지 생각해보았다. 먼저 연쇄살인사건에 대한 수사가 현재 진행중인지 알아야 했다. 피살자의 입술과 혀, 그리고 손가락 마디를 잘라낸 살인범을 경찰에서 쫓고 있지 않은지. 여자의 육체를 갈기갈기 찢어놓은 사디스트 살인마를.

두 사람이었다…… 그는 분명 각기 다른 두 명의 여인을 보았다. 왼쪽 허벅지에 뱀 문신이 새겨져 있고 온몸에 바늘이 꽂혀 있던 금발의 여인. 또 한 명, 짧게 깎은 갈색 머리의 여인은 가시철사로 옷장에 꽁꽁 묶여 있었다. 마찬가지로 참혹하게 얼굴이 짓이겨진 채로.

하지만 전화를 하려는 찰나 그는 생각을 바꾸었다. 경찰에서 발신자를 추적하기라도 하면? 잠재적 피살자의 사진을 꿈속에서 보았다는 것을 어떻게 설명할 것인가? 게다가 그들을 어떻게 돕겠다는 건가? 꿈에서 본 처참하게 일그러진 시신의 모습을 기억해내는 것 외엔 아무것도 할 수 있는 게 없지 않은가.

전화를 걸어 이 모든 걸 털어놓으면, 십중팔구 미친 사람이나 용의자 취급을 받을 게 분명했다. 그의 정신과 병력만으로도 충분히 그럴 수 있었다.

스테판은 함정에 빠진 것 같은 느낌이 들었다. 좀더 자세한 정보를 확보하기 전에는 아무것도 할 수가 없었다.

그는 인터넷에서 자신이 꿈에서 본 방식대로 살인을 저지르는 살인자에 대한 정보를 검색해보았다. 또한 포털 사이트와 뉴스 사이트, 그리고 연쇄살인범에 대한 정보를 모아놓은 특수 사이트까지 샅샅이 훑었다. 하지만 아무런 특이사항도 눈에 띄지 않았다. 인터넷이 모든 문제를 해결해줄 수는 없었다.

이번에는 자판을 두드려보았다. '노엘 시리엘'. 하지만 일치하는 정보가 전혀 발견되지 않았다. 전화번호부 검색 결과 역시 마찬가지였다. 정보를 비공개로 해둔 게 분명했다. 노엘 시리엘이 대체 누구일까? 또다른 스테판이 벽에 이름을 적어놓을 정도로 중요한 인물인 걸까?

그리고 그 옆에 적힌 'PO Box 101, 너 자신의 메시지'는 무엇을 의미하는 걸까? 우편사서함을 가리키는 걸까? 내일 라모를레의 우체국에 들러야겠다는 생각이 들었다. 확인해야 했다. 모든 것을 하나도 빠짐없이 확인해야만 했다.

이번에는 꿈속의 스테판이 은신하고 있던 모텔을 떠올렸다. 주차장으로 내려와 숲속으로 도망치기 전에 돌아본 녹슨 간판에 적혀 있던 이름이 기억났다. '파르카이'.

검색창에 이름을 입력하자 수많은 결과가 주르르 떴다. 대부분이 신화와 관련된 것이었는데, 그중에서 그가 찾는 것과 일치하는 듯한 검색결과 하나가 눈에 띄었다. 페티시스트들이 모이는 카페에 어느 네티즌이 올려놓은 글이었다. 스테판은 파르카이 모텔에 관한 그 글을 읽어보았다. 그곳은 파리 서쪽 숲 한가운데 덩그러니 위치한 식당 겸 모텔이었다. 글을 올린 사람의 얘기에 의하면, 식도락가들을 위한 곳은 아닌 듯했다.

스테판은 굳은 얼굴로 컴퓨터를 껐다. 그가 한 번도 가보지 못한 곳이 실제로 존재하고 있었던 것이다. 직간접적으로 그와 관련 있는 곳이. 이번에는 기억상실증이나 정신병으로 치부할 수 있는 성질의 것이 아니었다. 그러기엔 너무, 지나치게 상세했다. 또다른 스테판의 얼굴에 난 할퀸 자국이나 눈가의 부어오른 상처가 꿈이 진행됨에 따라 아물어가는 것처럼. 그것들은 그 꿈들이 단지 꿈이 아니라, 미래의 시간 속에서 그 자신과 같은 속도로 변화해가는 존재를 보여주는 섬광 같은 순간의 장면임을 입증해주는 것이었다.

꿈속의 스테판은 권총을 입속에 넣고 방아쇠를 당기려 했다. 어째서 그토록 절망감에 빠져 있었던 걸까? 멜린다라는 소녀 때문일까? 피로 얼룩진 분홍색 손수건은 그 소녀의 것이었을까? 그와 전화통화를 한 '빅토르'는 대체 누구일까? 46번, 47번 같은 숫자 얘기는 또 뭐란 말인가?

위층으로 올라간 그는 바구니에서 사과 두 개를 꺼낸 다음 회색 재킷을 걸치고 포드에 올라탔다. 사고 이후 운전을 하지 않았지만, 이젠 다시 할 때가 된 것이다.

엔진이 힘차게 울부짖기 시작했지만 어떤 두려움도 떨림도 느껴지지 않았다. 평소처럼 먼저 후진을 했다가 다시 앞으로 달려나가면 그뿐이었다.

파르카이 모텔을 향해.

앞으로는 타당한 이유 없이 브레이크를 밟거나 도로를 벗어나지 않으리라 굳게 다짐하면서.

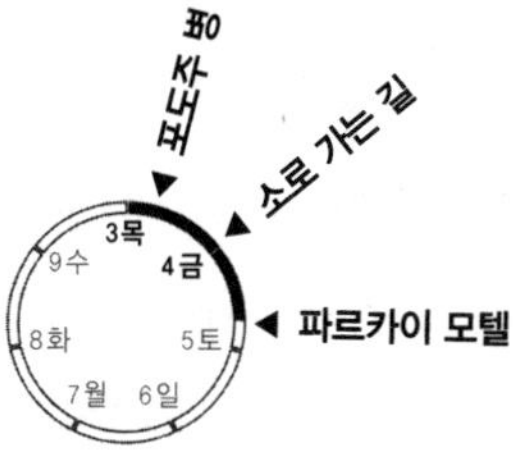

20. 5월 4일 금요일, 18시 54분

빅은 늦게 귀가한다고 셸린에게 알린 뒤 아르장퇴유에 있는 빅토르 뒤푸이 병원으로 향했다. 지난번 통화에서 어떤 단서를 포착했을지도 모른다는 기대감이 생긴 것이다. 그의 전화를 받았던 응급실 담당의사는 두 달 전 심각한 괴저로 고통받는 한 남자 환자가 찾아왔었다고 알려주었다.

"아주 희귀한 케이스였죠." 의사는 병원 앞에서 박하향 담배에 불을 붙이며 이야기를 꺼냈다. "손등이 뜨거우면서 푸르죽죽한 색으로 변해 있었고, 수포와 함께 특이한 악취가 풍겼어요. MRI 검사를 한 결과, 박테리아에서 배출된 독소가 세포조직에까지 널리 퍼져 있는 것으로 밝혀졌습니다. 괴저가 한참 진행된 상태였지요. 지체 없이 팔을 절단해야 하는 경우였어요. 그래서 즉시 손 수술 전문병원으로 그를 이송해야 했습니다. 며칠만 늦었다면 독소로 인해 쇼크사할 뻔했지요."

"어떻게 해서 다쳤는지 이유를 설명하던가요?"

"목공 일을 하다가 전기톱을 잘못 놀려서 새끼손가락이 절단됐다고 하더군요. 그러고는 집에서 자체적으로 치료하려 했다고 둘러대더라고요. 전쟁터에서 싸운 경험이 있는 선조들이 어쩌고저쩌고 하는, 그 말도 안 되는 치료법을 들먹이면서 말이죠."

그는 분개하는 몸짓으로 손을 앞으로 내흔들었다.

"하지만 다 헛소리였습니다. 엑스레이 촬영 결과 뼈는 아주 깨끗하게 잘린 것으로 드러났거든요. 지저분하게 부러진 흔적이 전혀 없었어요. 도끼 같은 것으로 단번에 잘라낸 것 같았습니다. 제 생각이 어떤지 듣고 싶으십니까?"

"그것 때문에 제가 여기 찾아온 겁니다."

"그 남자는 매우 건장한 체격에, 온몸에 문신이 있고 강한 인상을 풍겼어요. 그를 보자마자 야쿠자 간의 보복 같은 것이 아닐까 하는 생각이 들었습니다. 그래서 괴저가 생기도록 상처를 방치했던 거고요. 손가락이 잘려나가면 병원부터 찾는 게 순서 아닌가요?"

"다행스럽게도 손가락이 잘려본 적은 아직 없습니다. 하지만 만약 그런 일이 생긴다면 당연히 병원부터 찾겠죠."

빅은 데버티의 존재와 자해도 불사하지 않는 그들의 극단적인 성도착 행위에 대해 그에게 언급할 필요성을 느끼지 않았다.

"수술 후에 그 남자의 팔이 또다시 감염될 수도 있습니까?"

젊은 의사는 박하향 담배를 연신 빨아댔다.

"네, 그럴 수 있습니다. 병원에서는 나중에 인공 보철구를 착용할 수 있도록 잘린 단면이 깨끗하게 절단을 합니다. 하지만 더 중요한 건 수술 후의 처치입니다. 대부분의 치료가 병원에서 행해지긴 하지만, 그후엔 간호사가 집으로 방문해 처치를 해줍니다. 그때 혈액순환을 방해하지 않도록 기술적으로 붕대를 감아야 합니다. 너무 죄어서 괴저가 발생하거나, 느슨해서 살이 늘어지게 하면 안 되거든요. 그러면 잘린 단면의 모양이 변형되기 때문이죠. 환자 역시 팔의 위치를 늘 신경써서 혈액순환이 원활히 이루어지도록 해야 합니다. 주치의를 정기적으로 찾아가 검사를 받아야 하는 건 물론이고요."

"그 환자의 의료기록에 그 모든 사실이 적혀 있나요?"

"물론이죠. 하지만 우리가 아니라, 절단수술을 한 의사가 그 기록을 보관하고 있습니다. 이곳 응급실에선 문제를 찾아내고 어느 정도 처치를 할 뿐 수술은 하지 않으니까요. 그다음은 우리 소관이 아닙니다. 그런데 아무리 경찰이라고 해도 그 의료기록을 볼 수는 없을 겁니다."

빅은 주먹을 불끈 쥐었다.

"그래도 환자의 이름 정도는 알려주실 수 있겠죠?"

"네, 그건 가능합니다. 절 따라오시죠."

젊은 의사는 자신의 컴퓨터 자판을 두드렸다.

"이 환자가 대체 무슨 짓을 한 겁니까?"

"그게…… 손에 괴저가 생겨서 시체가 썩는 것 같은 냄새를 풍기는 사람이라면, 얼마나 오래 살 수 있을까요?"

"그런 악취를 풍긴다는 건 피부 속에 독소가 가득찼다는 걸 의미합니다. 따라서 피부가 약해지면서 갈색이나 검은색으로 변하게 되지요. 그리고 며칠 내로 환자는 발열과 심한 통증을 느끼면서 동맥압이 감소하고 혼수상태에 빠지게 됩니다. 항생제나 소독약으로 기껏해야 병의 진행을 며칠 정도 늦출 수 있을 뿐이죠. 외과수술 없이는 결국 똑같은 결과를 낳게 됩니다."

"죽음에 이르게 된다는 말이군요."

빅은 혼란을 느꼈다. 발열, 통증, 혼수상태…… 괴저의 흔적을 좇는 것이 과연 옳은 일일까?

"여기 있군요. 그레고리 마슈. 여기서 그리 멀지 않은 곳에 살고 있네요. 메종라피트 부근에. 그런데 왜 이 환자를 찾고 있는지 알려줄 생각이 여전히 없으신가요?"

빅은 고개를 저으며 대답했다.

"모르시는 게 나을 겁니다……"

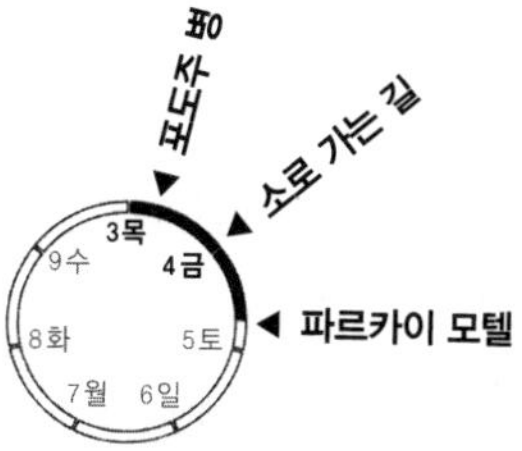

21. 5월 4일 금요일, 19시 05분

파리에서 서쪽으로 30킬로미터쯤 떨어진 숲속으로 들어가자, 떡갈나무와 너도밤나무 사이로 해가 지는 것이 보였다. 잠시 후 커브를 돌아가자, 나무들로 둘러싸인 모텔이 스테판의 눈에 들어왔다. 꿈속에서 본 것과 비슷하게 생긴 건물이었다. 넓은 주차장만 덩그러니 딸려 있는 단일 건물에는 광고판이나 안내문 하나 없이 '파르카이'라는 표지판만 깜빡거리고 있었다.

인터넷에서 찾아낸 정보에 의하면, 이 모텔에서는 공식적으로는 불법적인 구석을 전혀 찾아볼 수 없었다. 이곳에서도 다른 여느 모텔과 마찬가지로 묵어갈 방을 빌릴 수 있었다. 다만 이곳에서는, 정말로 그러고 싶은 마음이 절실해야 가능한 일이었다.

스테판은 운전석에 몸을 깊숙이 파묻은 채 주변을 살피면서 사과 하나를 베어물었다.

주차장에는 승용차들과 소형 트럭들, 그리고 할리데이비슨 한 대가 주차되어 있었다. 자동차들은 헤드라이트 불빛으로 서로 교신하면서 그곳을 드나들었다. 주차한 채 주위를 살피는 운전자들도 보였다. 스테판은 그들과 조금 떨어져서 자동차들의 움직임을 주의깊게 관찰했다. 저들은 대체 누구일까? 스와핑을 하려는 사람들? 사도마조히스트? 페티시스트? 저들 중 한 사람과 접촉해야 하는 걸까? 그는 대체 무엇 때문에 이곳에 온 것일까?

어쩌면 독신이라고 소개하며 늑대굴로 직접 뛰어드는 편이 나을지도 몰랐다. 그는 결혼반지를 글로브박스에 감추려다가 문득 생각을 바꾸었다. 꿈속에서 그는 반지를 끼고 있지 않았다. 그러니 어쩌면 반지가 그로 하여금 나쁜 운명을 비켜가게 해주지 않을까 하는 생각이 들었던 것이다.

그는 눈 바로 위까지 모자를 푹 눌러쓰고는 고개를 숙인 채 모텔을 향해 걸어갔다.

검은 터틀넥 스웨터에 헐렁한 가죽 조끼를 걸친 남자가 모텔의 카운터를 지키고 있었다. 그의 얼굴에는 마치 포도주 얼룩 같은 커다란 보랏빛 반점이 있었다. 실내장식은 고딕풍으로, 부엉이, 박쥐, 올빼미와 같은 야행성 동물들의 그림으로 이루어져 있었으며, 박제된 사슴과 멧돼지 머리 두세 개, 불 꺼진 초로 장식된 커다란 샹들리에도 보였다.

숨어 지내기엔 이상적인 장소로군, 스테판은 속으로 중얼거렸다. 꿈속에서 그는 남의 눈을 피해 머리를 짧게 밀어버리고 라텍스 가면으로 얼굴을 가린 채 돌아다녔다.

"빈방 없습니다." 남자는 스테판에게는 눈길도 주지 않은 채 글보다는 사진으로 가득한 잡지들을 카운터 밑에 정리하면서 무심하게 말했다.

스테판은 야릇한 흥분을 느꼈다. 진짜 경찰처럼 수사하고 있는 듯한 느낌이 과히 나쁘지 않았다.

"하지만 열쇠가 많이 남아 있는 것 같은데요, 당신 뒤에."

"글쎄요. 어쨌거나 방이 없습니다."

스테판은 누군가가 나타나지 않을까 주의를 기울이면서 조심스럽게 주위를 둘러보았다.

"하지만 난 방이 필요하오, 6호실로."

남자는 카운터에 팔뚝을 기댄 채 몸을 앞으로 숙이면서 대꾸했다.

"내 말 분명히 들었을 텐데요? 꽉 찼단 말입니다."

스테판은 100유로 지폐 열 장을 꺼내놓으며 반복해서 말했다.

"거듭 말하지만 6호실이 필요하오……"

"혹시 경찰인가요?"

"당신이 보기엔?"

"이렇게 긴 머리를 한 경찰이라니, 우습군요. 미용사는 바로 당신 같은 사람들을 위해 있는 게 아니겠소?"

그때 거구의 사내 하나가 붉은색 양탄자가 깔린 계단을 급히 뛰어내려왔다. 키가 1미터 95센티미터는 족히 되어 보였다. 목에 꽉 끼는 가죽 목걸이를 했고, 웃옷의 소매 하나는 주머니 속에 들어가 있었다. 척 보기에도 손 하나가 없다는 걸 알 수 있었다.

스테판은 그가 자신의 꿈속에서 시끄러운 텔레비전 소리 때문에 방문을 두드린 남자임을 금세 알아보았다. 믿을 수가 없었다.

"무슨 문제라도 있나?" 사내가 맥주병을 비우면서 물었다.

카운터의 남자는 지폐를 주머니에 집어넣으며 진정하라는 손짓을 했다.

"별일 아니네, 마신…… 이분이 우리와 함께 하룻밤 조용히 보내고 싫어하네. 곧 일행이 찾아오겠죠? 혼자 고독하게 즐기길 원하는 게 아니라면?"

"한두 시간 후에 친구들이 찾아올 거요." 스테판은 그곳 분위기에 적응하려고 애쓰며 대꾸했다.

거구의 사내는 낮게 깔리는 목소리로 스테판에게 팔을 올리라고 요구한 다음 한 손으로 그의 몸을 뒤졌다.

"전에 우리가 만난 적이 있던가요?" 스테판이 물었다.

아무런 대꾸가 없었다. 스테판은 어색한 미소를 지어 보였다.

"한편으론 다행이군. 그런데 꼭 이렇게 뒤져야만 하는 거요?"

말이 없는 헐크 사내를 대신해 카운터의 남자가 대답했다.

"이곳에선 낯선 사람들이 별로 환영받지 못하기 때문이죠."

스테판은 그에게 질문 공세를 퍼붓고 싶었지만, 호기심을 감추고 그곳에 어울리는 고객 흉내를 내야만 했다.

포도주 얼룩의 남자가 그에게 열쇠를 내밀었다.

"18호실입니다. 6호실에는 이미 사람이 들어 있어서. 미안하게 됐군요. 방은 3층에 있습니다. 그런데 이름이 뭐죠? 당신 친구들이 오면 알려줘야 할 테니까요."

"케이지…… 니콜라스 케이지……"

멀어져가는 스테판을 향해 남자가 외쳤다.

"가방이나 장비 같은 건 가져오지 않았나요?"

"차 트렁크에 낚싯대가 있소."

남자는 미심쩍어하는 시선으로 그를 쏘아보았다.

"친구들이 모두 준비해오기로 했소." 스테판은 그를 안심시키기 위해 둘러댔다.

"아, 당신 와이프는 심심하진 않겠군요."

스테판은 18호실로 들어가 문을 잠갔다. 잠시 후, 복도에서 바닥이 삐걱거리는 소리가 들려왔다. 마신이라는 사내가 그를 감시하고 있는 게 분명했다.

그는 잠시 매트리스 위에 누워 있다가 조용히 몸을 일으켰다. 창문 밖을 흘끗 내다보았다. 주차장과 숲이 보였다. 그의 집에서 50여 킬로미터 떨어진 곳에 영화 〈사이코〉에 등장하는 모텔만큼 매력적인 곳이 있었다니. 노먼 베이츠와 그의 정감 어린 작은 칼만 있다면 완벽한 그림이 그려질 듯싶었다.

스테판은 지난번 꿈에 관해 수첩에 기록해놓은 내용을 읽어보았다. 이 18호실은 몇 가지 세부만 빼고는 그가 꿈속에서 본 것과 닮아 있었다. 텔레비전이 없고, 침대가 훨씬 더 넓고, 노란 줄무늬의 초록색 벽지 대신 근사한 파란색 벽지로 되어 있는 것이 다른 점이었다. 옆방에서 들려오는 소음도 별다르지 않았다. 신음 소리, 억눌린 비명소리, 침대의 쇠창살에 수갑이 부딪히는 소리.

그는 문에 귀를 바짝 붙인 채 이십여 분간 기다리다가 밖으로 나갔다. 복도는 영화 〈샤이닝〉에 나오는 것처럼 어둡고 무척이나 길어 보였다. 복도를 통과해 2층으로 내려갔다. 카운터의 남자가 거짓말을 한 게 아니었다. 6호실에서 여자들의 낄낄거리는 웃음소리가 새어나왔다.

스테판은 살며시 노크를 했다. 그러자 안에서 들려오던 소리가 멈추면서, 침대가 삐걱거리는 소리, 화들짝 놀라는 움직임이 느껴졌다.

"이 분만요! 이 분, 오케이?" 무척 가냘픈 목소리가 외쳤다.

잠시 후, 반짝거리는 두 눈을 가진 여자가 문을 열어주었다. 스무 살 남짓에 머리가 적갈색이고 코를 비롯한 몇 군데에 피어싱을 한 모습이었다. 여자는 이마가 땀에 젖은 채 손등으로 입술을 문지르고는 물었다.

"무슨 일이죠?"

당황한 스테판은 주머니에서 100유로짜리 지폐를 꺼내며 말했다.

"이 방이 꼭 필요합니다. 제 방과 바꿔주세요. 18호실입니다."

방에서 누군가가 소곤거리는 소리가 들려왔다. 여자는 지폐에서 눈을 떼지 않았다.

"뭐예요, 경찰인가요?"

"그런 건 아닙니다. 이 방이 제 꿈속에 나왔거든요."

"쉽게 얘기하시죠."

"그래서 돈을 받을 건가요, 말 건가요?"

두 번 반복할 필요가 없는 말이었다. 돈은 어느새 여자의 손으로 사라져버리고 없었다.

"우린 당신 방 같은 건 필요 없어요. 어차피 가려던 참이었으니까. 일분이면 돼요, 오케이?"

스테판은 문을 밀고 재빠르게 방안으로 돌진했다. 짧은 갈색 머리에 입술에 링을 하고 있는 또다른 여자가 카메라 정돈을 막 끝낸 참이었다.

"이 남자 뭐야, 대체?"

스테판은 문을 닫고 그들에게 목소리를 낮추라고 손짓했다.

"난 사람들이 이 모텔에서 뭘 하는지를 알고 싶을 뿐입니다."

그는 침대 위에 200유로를 더 내려놓았다. 갈색 머리 여자가 경계하는 눈빛으로 지폐를 집어들었다.

"골치 아픈 건 딱 질색이에요. 우린……"

"난 경찰이 아닙니다. 다만 정보를 알고 싶은 것뿐입니다."

"그러니까 여기서 어슬렁거리면서도 여기가 어떤 곳인지 모른다는 건가요?"

"눈치가 빠르시군요."

"뭔지 알 것 같네요."

두 여자는 서로 눈짓을 주고받았고, 적갈색 머리의 여자가 먼저 입을 열었다.

"100유로 더 주셔야겠어요."

"프랑을 쓰던 시절이 그립군요. 그때 같았으면 당신은 내게 '100프랑을 더 줘요'라고 말했을 테고, 그럼 돈이 덜 들었을 테니까요."

여자는 지폐를 집어넣고 그의 질문에 대답했다.

"여긴 그러니까…… 약간 특이한 취향을 가진 사람들이 섹스를 하는 곳이에요."

"그런 줄 대충 짐작은 했습니다. 그런데 어떤 취향을 말하는 건가요?"

"그게……"

그녀는 손가락으로 아래쪽을 가리켰다. 스테판은 잠시 말문이 막혔다. 적갈색 머리 여자의 양쪽 발에는 발가락이 각각 여섯 개씩 있었다.

"그래요." 여자가 미소를 지으며 말했다.

"이곳에 오는 사람들은 특이한 모습을 한 상대와 섹스하는 걸 즐기죠. 얼굴이 불에 탄 사람이나 기형이 있는 사람 말이에요. 유방이 세 개인 여자는 없지만 그 비슷한 건 있죠. '프릭 쇼'라고 들어본 적 있나요?"

"네, 조금. 내 지하실에 그와 관련된 수집품들이 있거든요."

"여기도 마찬가지예요. 그것을 즐기는 사람들이 자발적으로 벌이는 현대식 프릭 쇼라고 보면 돼요. 이곳에선 다양한 취향에 맞는 섹스 파트너를 찾을 수 있거든요."

스테판은 꿈속에서 본, 얼굴에 화상 입은 남자를 떠올렸다. 손 하나가 없는 거구의 사내와 얼굴에 거대한 보랏빛 반점이 있는 카운터의 남자. 주차장에서 본 험상궂은 실루엣들과 헤드라이트로 서로 교신하던 광경.

"당신들은 어떻게 만났죠?"

순간, 뒤쪽에서 가방 지퍼를 닫던 갈색 머리 여자가 친구의 팔을 잡아끌며 소리쳤다.

"입 닥치고 얼른 여기서 나가자고. 아무리 돈을 받았다고 해도 모든 걸 털어놓을 필요는 없잖아, 빌어먹을!"

당황한 스테판은 무엇을 물어야 할지, 어디서부터 찾아야 할지 전혀 생각이 떠오르지 않았다.

"저기 말이죠, 당신들 이름을 알아야 합니다. 혹시 필요한 일이 있을지 모르거든요."

"왜 필요한데요?" 적갈색 머리의 여자가 물었다.

"그건 말해줄 수 없습니다."

"그럼 얼른 꺼져주시지. 이 더러운 변태 같으니라고."

여자는 스테판의 발밑에 6호실과 18호실의 열쇠를 내던졌다. 그리고 깔깔거리고 웃으면서 자신의 파트너와 함께 그곳을 떠났다.

스테판은 넋이 나간 것 같은 표정으로 침대에 주저앉았다. 내가 어떻게 이런 장소를 알고 있단 말인가?

발가락이 여섯 개씩 달린 여자의 발이 눈앞에 어른거렸다. 선천성기형, 유전자에 의해 전해지는 기형…… 불현듯 그와 연관되어 떠오르는 것이 있었다. 뒤퓌트랑. 해부학적 기형 사례들을 모아놓은 박물관…… 그곳에 갔던 일이 꿈속의 스테판을 이곳 파르카이 모텔까지 이끈 것일까?

그는 자신의 꿈들이 서로 연결되어 있음을 다시금 깨달았다. 그 속에 어떤 논리가 포함되어 있다는 것을. 그의 꿈들 사이에는 어떤 일관성이 존재했다. 꿈속의 스테판은 뭔가에 대해 조사를 하고 있었던 것이다. 그는 대체 무엇을 찾고 있었을까?

스테판은 주위를 꼼꼼히 둘러보았다. 텔레비전은 그가 본 것과 똑같은 자리에 놓여 있었다. 침대와 삐걱거리는 소리도 마찬가지였다. 하지만 뭔가 석연치 않았다. 그는 수첩을 꺼내 벽지 색을 적어놓은 부분을 찾아보았다. 분명 노란 줄무늬가 있는 초록색이라고 적혀 있었다. 그런데 여기는 18호실과 마찬가지로 파란색이었다. 이상했다. 그의 꿈과 현실 사이에 처음으로 변화가 생긴 것이다. 기록을 잘못한 걸까? 아니면 이러한 불일치가 정상인 걸까? 따지고 보면 결국 꿈이 아닌가.

꿈은 꿈일 뿐인 것을……

욕실 거울 앞에 선 스테판은 자신의 얼굴을 자세히 들여다보았다. 아무것도 없었다. 할퀸 자국 하나 보이지 않았다. 또다른 스테판의 얼굴은 멍과 할퀸 상처, 혈종으로 얼룩져 있었다. 어쩌면 누군가와 싸우고 경찰의 권총을 훔친 다음, 공개 수배되었다는 방송을 라디오에서 듣고 이곳으로 숨어들었는지도 모를 일이었다.

스테판은 수첩을 손에 든 채 방안을 계속 서성였다. 혹시 예전부터 이곳을 알고 있었는데 1998년도의 기차 사고로 인해 잊어버린 것은 아닐까? 그 기간 동안의 기억상실로 인해…… 그렇다면 벽지 색깔이 달라진 것이 설명될 수도 있을 터였다. 그러다가 어느 날 갑자기 무의식적으로 기억이 되살아나 그의 꿈속에 나타난 것은 아닐까?

꿈속의 남자와의 전화통화 기록을 다시 읽어보았다. 빅토르. 그는 빅토르라는 이름의 남자를 알지 못했다.

수첩에 끼워넣었던 종이가 바닥으로 떨어졌다. 스테판은 그것을 주워 주머니에 쑤셔넣은 다음 카운터로 내려가 다소 숨찬 목소리로 물었다.

"혹시 노엘 시리엘이라는 이름을 들어본 적 있소?"

스테판은 꿈속에서 벽에 적혀 있던 이름을 기억해냈다. '노엘 시리엘'.

"전혀."

"그럼 멜린다는? 아니면 존 레인은? 엑토르 아리에는?"

"전화번호부에 있는 이름들을 다 읊을 작정인가요? 난 전혀 모르는 이름들입니다."

"그럼 빅토르라는 이름은?"

"아무것도 모른단 말입니다!"

"6호실에 묵었던 사람들의 명단이 필요해요. 그 방에서 무슨 일이 있었던 게 틀림없어요."

"1990년부터 지금까지 모두?"

"그래요, 바로 그거요!"

남자는 어이가 없다는 듯 웃음을 터뜨렸다.

"지금 나하고 농담하자는 거요, 뭐요? 여기서 그런 기록을 남길 거라고 생각하다니, 아주 큰 착각을 하고 있군. 이유는 모르겠지만 6호실에 몹시 집착하는 것 같던데. 여자 둘이 떠나면서 얘기해줬소. 자기들한테 꽤 많은 돈까지 줬다고 말이오. 당신은 '정상적으로' 보이는 남자치곤 돈을 너무 물 쓰듯 하는 것 같아. 대체 왜 그러는 거지? 뭘 알고 싶은 거요?"

"그 여자들…… 그 여자들의 이름과 주소를 알려주시오."

"지금 무슨 헛소리를 하는 거요?"

스테판은 눈을 감았다. 적갈색 머리의 여자는 그의 꿈과 아무런 상관이 없었다. 하지만 피어싱과 문신들로 볼 때 짧은 갈색 머리 여자는 어쩌면…… 사진에서 본 얼굴이 일그러진 여자, 가시철사로 꽁꽁 묶여 있던 여자일지도 몰랐다. 정말로 그 여자가……

"꼭 알아야 합니다! 갈색 머리 여자의 주소를 알려주시오! 어쩌면 죽을지도 모른단 말이오!"

"그 얘기는 이제 그만두쇼. 안 그럼 마신을 부르겠소."

스테판은 두 팔을 위로 올리며 뒤로 물러섰다.

"오케이, 알았소…… 하지만 6호실은 돈을 지불한 거니까 내일 아침까지 묵어도 되는 거죠?"

"대체 어쩔 작정이오? 갈 거요, 말 거요?"

"그게…… 잘 모르겠어요. 어쩌면 다시 돌아올지도 모르고."

"당신 정말 미친 거 아니오? 혹시 그런 말 들어본 적 없소?"

스테판은 밖으로 뛰쳐나갔다. 모텔 앞에는 헤드라이트로 교신을 하는 차들이 오가고 있었다. 끝없이 늘어서 있는 듯한 나무들도 보였다. 그러나 아무것도, 아무것도 기억나지 않았다! 그는 이곳에서 대체 뭘 한 걸까? 혹시 정말로 미쳐버린 것은 아닐까?

그는 한적한 도로에서 홀로 포드의 엔진을 시험하듯 전속력으로 차를 몰았다. 이 지긋지긋한 환영들을 떨쳐버릴 수만 있다면! 점점 더 미궁 속으로 빠져드는 기분이었다! 그의 꿈들은 마치 끈에 묶인 개를 다루듯 그를 가지고 놀고 있었다. 이런 식으로 계속하다가는 결국엔 그는 그 자신과 그들 부부의 삶을 모두 망가뜨리고 말 터였다. 결정적으로.

다시는 아무런 이유 없이 브레이크를 밟지 않을 것이다. 망상도 모두 끝이었다!

그때 베어낸 나무를 잔뜩 실은 트럭이 마주쳐 지나가자, 스테판은…… 급브레이크를 밟았다.

차는 아스팔트 위에 길게 자국을 남기고야 멈춰 섰다. 그가 방금 목격한 것으로 인한 충격에서 벗어날 때까지 그의 차는 길 한복판에 머물러 있었다.

다시 뒤로 돌아 모텔로 향했다.

카운터의 남자는 싸늘한 눈빛으로 그를 노려보았다.

"또 뭐요, 이번엔?"

"전기톱!"

"전기톱이라니? 그게 뭐 어쨌다는 거요?"

스테판은 숨을 헐떡거렸다. 꿈속에서 들었던 소리가 귓가에 생생하게 들려오는 것 같았다.

"혹시…… 혹시 곧 나무를 벨 예정입니까?"

남자는 눈살을 찌푸렸다.

"당신 대체 누구요?"

"대답해요!"

"모텔의 미관을 해치는 나뭇가지를 베러 기술팀이 오기로 했소. 그런데 그런 건 왜 묻는 거요?"

스테판은 숨이 막힐 것 같았다. 꿈속에서 그는 사물을 보기만 한 게 아니었다. 소리를 듣기도 했다. 그는 6호실 창문 너머로 들려온 전기톱의 소음을 들은 것이다.

"언제? 언제 시작하기로 했죠?"

"다음주 월요일부터. 금요일까지 일주일 내내 할 겁니다."

차로 달려간 스테판은 서둘러 수첩을 펼쳐보았다. 오늘은 금요일 밤이었다. 그리고 가지치기 작업은 다음주 월요일부터 하기로 예정되어 있었다, 닷새 동안.

"맙소사, 어떻게 이럴 수가!"

이제는, 더이상 기억상실 문제로 돌릴 수가 없었다. 미래에 들려올 소리를 미리 들을 수는 없는 것 아닌가.

이 모든 것에서 두 가지 결론을 도출해낼 수 있었다. 첫째, 그는 미치지 않았다. 둘째, 그는 자신의 꿈과 관련된 시간대를 알고 있었다. 그가 직접적으로 연루된 사건이 5월 7일에서 11일 사이에 일어날지도 모르는 상황이었다.

그리고 오늘은 5월 4일이었다. 벌써.

스테판은 수첩의 페이지를 뒤적이면서, 문장과 단어 하나하나를 손가락으로 짚어가며 좀더 상세한 시간적 지표를 찾아보았다.

어제, 첫번째 꿈 '포도주 병'. 그는 손이 피투성이가 된 채 지하실로 향했다. 불이 들어오지 않아 사방이 어두웠다. 밤이었을까? 언제? 5월 7일 월요일 밤? 8일 화요일 밤?

두번째 꿈 '소로 가는 길'. 라디오에서 뉴스 속보와 광고가 흘러나오고 있었다. 그는 눈을 감은 채 애써 기억을 떠올렸다…… 도로에 속도 제한 표지판과 방향 표지판이 보였다. 그리고…… 차 앞유리창 너머로 뭔가가 보였다.

달이었다.

얼이 빠진 표정으로 차 밖으로 나온 스테판은 초라한 주차장 구석에서 하늘을 향해 눈을 치켜들었다.

저 위 나무들 사이로 점점 커져가는 상현달이 보였다.

수첩에 적힌 바로는, 차 앞유리창 너머로 그가 본 것은 꽉 찬 보름달이었다.

이십팔 일마다 한 번씩 볼 수 있는 진정한, 아름다운 만월이었다.

그는 달의 주기를 훤히 꿰고 있었다. 실비와 함께 별에 푹 빠져 지내던 시절이 있었다. 별마다 잔의 눈, 텐트 천, 바보의 다이아몬드 같은 우스꽝스러운 별명을 붙이기도 했던 아득한 과거의 일이었다.

오늘 떠 있는 달은 구 일째의 것이었다. 보름달은 십사 일째가 되어야 볼 수 있다.

스테판은 재빨리 계산을 해보았다. 그는 어제, 5월 3일 목요일에 꿈속에서 보름달을 보았다. 그리고 오늘 저녁, 꿈속에서 전기톱 소리를 들었다. 그것은 다음주로 예정된 일이었다.

그는 차로 돌아가 차문에 기대섰다. 머리가 터져버릴 것만 같았다. 마치 판타지 영화 속으로 빠져드는 기분이었다.

이 모든 것은 도무지 가능한 일이 아니었다.

하지만……

엿새. 그가 꿈을 꾸는 것과 그 꿈이 현실로 나타나는 시점 사이에는 엿새의 시간 차가 존재했다.

이 계산이 정확하다면, 그가 피투성이 손으로 집안을 돌아다닐 시간이 나흘밖에 남지 않았다는 얘기였다. 에노크의 채석장에서 물에 빠져 죽은 멜린다를 발견하기까지는 닷새. 난도질당해 살해된 여인들의 끔찍한 사진을 옆에 둔 채 범죄자 신세가 되어 이 모텔에 숨어 있게 될 날 또한 닷새밖에 남지 않았다.

오늘은 금요일.

그러니까 어쩌면 다음주 수요일이나 목요일이 될지도 몰랐다.

그는 또다시 눈을 들어 하늘을 바라보았다.

어떻게 이런 일을 믿을 수 있단 말인가? 어떻게 그가 미래를 볼 수 있단 말인가? 그런 일들이 일어나는 것을 막는 건 아주 간단하지 않을까! 지금 이곳에서 스스로 목숨을 끊지 말란 법도 없지 않은가? 다크랜드에 틀어박혀 폭풍우가 지나가기를 기다린다면? 실비와 함께 이곳에서 멀리 떨어진 곳으로 한 달간 여행이라도 떠나는 건 어떨까?

그 무엇도 그가 자신의 삶을 마음대로 하는 것을 가로막지는 못할 터였다.

그는 차 안으로 들어와 글로브박스에서 스위스 칼을 꺼내 오른쪽 팔뚝을 그을 태세를 갖추었다. 꿈속에서, 주삿바늘 자국이 나 있던 곳이었다.

혹시 칼에 베인 상처가 마치 마술처럼 다음번 꿈속에 나타나는 건 아닐까? 그럼으로써 스스로 하나의 모순을 야기하는 건 아닐까? 불가능한 비틀림, 하나의 역설을? 꿈속의 스테판은 정말 그 자신이 맞는 걸까?

아니면 또다른 평행한 세계에서 변화해가는 또하나의 스테판인 걸까?

그는 접힌 칼날을 펼쳐서 천천히 팔 가까이로 가져갔다. 자신이 하려는 행위의 심각성을 또렷하게 인식하면서. 그러자 그의 의식 속에 갖가지 말들이 울려퍼졌다. 환각. 정신분열증. 자상……

그가 칼로 팔뚝을 그으려는 찰나, 누군가가 차의 보닛을 세게 내리쳤다. 그리고 마신이 그의 옷깃을 움켜쥐며 소리쳤다.

"여기서 이런 짓을 하는 건 절대 허락할 수 없어, 재수없는 놈 같으니라고! 여기서 당장 꺼지지 못해!"

거구의 사내는 스테판을 거세게 차 안쪽 깊숙이 밀쳤다. 스테판의 손목이 차문에 부딪히면서 칼이 바닥으로 떨어졌다.

"당신 칼은 내가 기념으로 간직하지." 마신은 칼을 주우면서 퉁명스럽게 내뱉었다. "당신은 돈이 많으니까, 이걸 되찾고 싶으면 대가를 지불해야 할 거야."

정신이 반쯤 나간 스테판은 즉시 시동을 걸었다. 그때 차 앞유리창에 금이 간 푸조 자동차에서 내리는 한 남자가 눈에 띄었다. 스테판은 그가 어떤 부류의 사람일지 궁금해졌다. 어떤 음울한 충동이 저들로 하여금 자신의 어두운 일부분과 마주하게 만드는 걸까?

스테판은 더이상 아무것도 이해할 수 없었다. 누군가와 이야기를 해야만 했다. 그를 기다리고 있는 상황이 어떤 것인지 제대로 이해하고, 미래 속으로 뛰어들어 그 근본적인 법칙을 뒤엎어야만 했다.

즉각 그곳을 떠난 그는 잠시 후 달리던 차를 세우고 휴대폰을 꺼내 전화를 걸었다. 그의 오랜 친구, 물리학자 자키 뒤발에게.

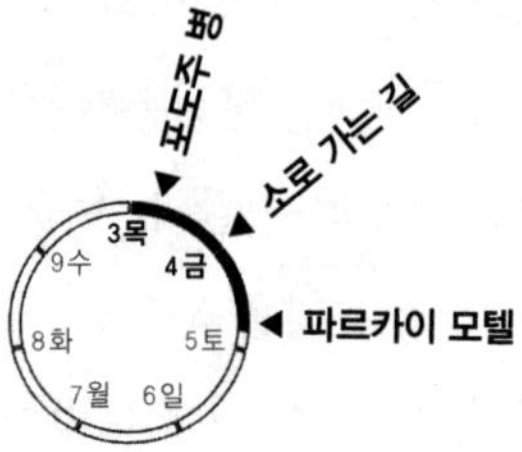

22. 5월 4일 금요일, 20시 41분

빅은 혼자 그레고리 마슈를 찾아가 정보를 확인한다는 게 영 내키지 않았다. 기본 규칙을 어긴다는 것은 그로서는 있을 수 없는 일이었다. 그는 원칙을 중시하면서, 관례를 벗어나는 것은 되도록 피하고자 했다. 하지만 이번에는 자신도 잘할 수 있다는 것을 증명해 보이고 싶었다. 배지에 걸맞은 자격이 있음을 보여주고 싶었다.

그는 아르장퇴유 병원에 먼저 들렀다가 메종라피트 서쪽으로 몇 킬로미터 떨어진 곳에 있는 마슈의 집으로 향하기로 마음먹었다. 그의 집 문을 노크한 다음, 이웃인 척하거나 세일즈맨인 것처럼 가장해서 그의 잘린 손이 어떤 상태인지 확인할 생각이었다. 그것은 간단하면서도 위험이 적은 방법에 속했다.

하지만 내비게이션이 그를 이끈 곳은 그의 기대처럼 도시의 여느 가

정집이 아니었다. 그가 이른 곳은 생제르맹 숲속에 덩그러니 위치한 어느 음침한 모텔이었다.

그는 꺾어진 길로 들어가 주차장에 차를 세우고 자신의 푸조 안에서 바깥을 관찰했다. 석양으로 붉게 물든 땅 위에서 자동차들과 빛의 군무가 인상적으로 펼쳐지고 있었다. 차들은 유일한 소통 수단으로 헤드라이트를 깜빡이면서 천천히 오갔다. 운전자들은 연거푸 세 번 불을 깜빡이고는 차 밖으로 나와 함께 모텔로 들어갔다.

빅이 지켜보는 가운데 순간적으로 커플 하나가 이루어졌다. 남자는 '정상적'으로 보였지만, 여자는 너무 심하게 다리를 절어서 한 발짝 내디딜 때마다 몸이 해체돼버릴 것만 같았다.

그제야 빅은 깨달았다. 이곳이 만남의 장소라는 것을. 이 주차장에 모여든 사람들은 서로를 관찰하면서 신체적 기형의 정도를 평가하고 있었다. 그러다가 서로에게 끌릴 경우엔……

마슈라는 남자는 이 모텔의 주인일까?

빅은 토끼장 같은 아파트에서 셀린이 홀로 자신을 기다리고 있을 시각에 이런 지저분한 곳에서 헤매고 있다는 사실에 죄책감을 느꼈다. 무엇보다 역겨운 것은 이곳 사람들이 그를 자기들과 같은 부류로 여길지도 모른다는 사실이었다. 그는 그들이 속한 세계와는 아무런 관련이 없음에도 불구하고.

모든 것이 급속도로 명백하게 다가왔다. 아나벨 르루아는 틀림없이 이곳에 와서 또다른 데버티를 만났을 것이고, 그중에 그레고리 마슈가 포함되어 있었을 것이다. 자신 혹은 파트너의 성적 판타지를 만족시키기 위해 스스로 손가락을 자르고 괴저를 야기한 정신병자가.

빅은 고개를 들었다. 오른쪽 구석에서 다툼이 일어난 걸 알 수 있었다. 그는 차 앞유리창 쪽으로 몸을 숙여 그곳을 살폈다. 멀리서 거구의 사내가 한 남자의 멱살을 잡고 차 안으로 거세게 밀어넣는 모습이 보였다. 그런 다음 사내는 바닥에 떨어진 칼을 주웠다.

사내가 자신이 있는 쪽을 돌아보자 빅은 등골이 오싹해졌다. 그의 소맷자락은 손발이 절단된 사람들이 장애를 감추기 위해 그러듯 바지 안에 들어가 있었다. 럭비 선수처럼 떡 벌어진 체격과 목의 문신도 보였다. 의심의 여지가 없었다. 그레고리 마슈가 분명했다.

신참내기 수사관은 두려움에 사로잡혔다. 무엇을 어떻게 해야 하나? 지원병을 불러야 하나? 당장 나서야 하나? 그냥 이 자리를 떠나 저 남자들이 서로 치고받도록 내버려둔다면? 그런 다음 나중에 다시 돌아오면 어떨까? 아니, 그럴 수는 없었다. 한 사내가 다른 사내에게 칼을 겨누고 있는 상황이었다.

그리고 그는 경찰이 아닌가.

잠시 머뭇거리던 그는 차에서 나와 잰걸음으로 마슈를 향해 걸어갔다. 그사이 다른 남자의 차는 먼지구름을 일으키며 쏜살같이 사라졌다.

"괜찮습니까?" 빅은 어느 정도 거리를 유지한 채 외쳤다. "여기서 보니까 무슨 문제가 있는 것 같아서요……"

마신은 칼을 접어 주머니에 넣으며 소리쳤다.

"네가 참견할 일이 아니야, 멍청아."

거구의 사내가 위협적인 태도로 다가오자, 빅은 서툰 몸짓으로 자신의 시그사우어를 꺼내들었다.

"손들어!"

"오! 오! 진정하라고, 오케이?"

"손들라는 말이 안 들리나?"

마신은 그 자리에서 움직이지 않았다. 언짢은 기분을 간신히 억누르고 있는 듯 각진 얼굴이 벌겋게 달아올랐다.

"내가 손을 들 수 없다는 걸 보면 모르겠나? 뭘 어쩌자는 거지? 날 죽이기라도 할 셈인가?"

그들 뒤쪽에서는 차들이 하나둘씩 주차장을 벗어나고 있었다. 불을 모두 끄고 계기판 밑으로 머리를 숙인 채. 마신은 이를 악물었다.

"나한테 원하는 게 뭐냐고, 빌어먹을."

방아쇠에 걸린 빅의 손가락이 떨려왔다. 이제 어떻게 해야 하지? 이 거인이 갑자기 덮치기라도 하면? 두려움 때문에 속이 뒤틀리는 것 같았지만 그는 짐짓 침착한 태도를 유지하려고 애썼다.

"난 당신의 왼쪽 팔을 봐야겠소…… 그걸 보여주기만 하면 아무 문제 없을 거요."

마신은 냉소적인 웃음을 터뜨렸다.

"지금 나하고 장난치자는 건가?"

빅은 권총을 더욱더 세게 움켜쥐었다. 팔에 통증이 엄습하지 않기만을 바라면서. 적어도 지금은.

"그렇게 보이나?"

"보통 총을 들이대면서 그런 요구를 하진 않으니까."

마신은 빅 앞으로 천천히 다가왔다. 빅은 뒤로 물러섰다.

"팔을 보여달라니까, 제길!"

그때 보랏빛 반점의 사내가 모텔 입구에 모습을 드러냈다.

"대체 이게 무슨……"

빅은 이마에 땀이 흥건한 채로 그에게도 총을 겨누며 한 발 더 뒤로 물러섰다. 그러고는 재빠른 손짓으로 그에게 마신 옆에 가서 서라고 명령했다. 상황이 점차 심각한 양상을 띠어갔다.

"대체 웬 소란인가?" 카운터의 남자가 투덜거리며 물었다.

그레고리 마슈는 육중한 어깨를 들썩여 보였다.

"나도 모르겠네. 저 작자가 내 팔을 보여달라는군."

"그럼 보여주면 되잖아, 젠장. 저 변태새끼가 원하는 대로!"

마신은 순순히 그의 말에 따랐다. 그는 절단된 팔을 가리고 있던 소매를 천천히 걷어올렸다.

절단된 팔의 단면은 배어나오는 진물이나 피가 없이 매끄럽게 아물어 있었다. 진이 빠져버린 빅은 들고 있던 권총을 거두었다. 멍청하게도 이런 헛수고를 하다니! 이렇게 해서 어떻게 진짜 살인자들을 상대할 수 있단 말인가? 그동안 익혀온 정지명령, 불심검문, 수갑 채우기 같은 이론과 훈련이 기억에서 한순간 지워져버리고 그는 즉흥적인 행동과 두려움에 사로잡혔다.

"이제 됐소? 이제 내 주차장에서 얌전하게 있을 거요? 당신 때문에 고객들이 모두 달아나게 생겼단 말이오!"

아직 충격에서 벗어나지 못한 빅은 경찰 신분증을 맥없이 흔들어 보인 뒤 그들과 함께 안으로 들어갔다.

"그걸 이제야 보여주다니!" 마신은 소맷자락을 다시 주머니에 집어넣으면서 흥분해서 외쳤다. "벌벌 떠는 모습을 보니 경찰이 아니라 마약중독자 같더군. 내 팔에 무슨 유감이라도 있는 거요?"

빅은 카운터 위에 증명사진 한 장을 내려놓았다.

"아나벨 르루아…… 아는 여자입니까?"

"네. 가끔씩 여길 들르곤 했죠. 하지만 본 지 한참 됐어요."

"얼마나?"

"글쎄요, 두세 달 정도? 그렇지 않나, 마신?"

"누구와 함께 왔었습니까?"

"오로지 여자들하고만요."

"팔다리가 절단된 여자들 말인가요?"

"네. 별로 놀라지 않는군요. 자네도 봤나, 마신. 경찰 나리께서 놀라지도 않는 거."

빅은 그제야 비로소 정상적인 심장박동을 되찾을 수 있었다.

"어디서 온 여자들이죠? 파리?"

"그런 건 몰라요. 원칙적으로 여기선 질문 같은 건 하지 않으니까. 그래서 사람들이 여길 오는 거고."

"당신이 이 모텔 주인인가요?"

"나와 마신이 공동으로 경영하고 있습니다. 우린 모든 게 합법적입니다. 왜, 무슨 문제라도 있습니까?"

빅은 주차장을 가리켰다.

"서로 어떻게 만나는 겁니까?"

"그게 무슨 말이죠?"

"여긴 미인대회장이 아니잖소. 고객들이 어떻게 알고 이곳을 찾아오는 건가요?"

"광고 같은 건 안 해요. 어차피 할 수도 없지만. 인터넷을 통해 입소문이 나는 거죠. 평판을 듣고 찾아오기도 하고."

"아, 그래요, 평판이라."

빅은 그레고리 마슈를 향해 돌아섰다. 팔이 절단된 거구의 사내는 서른 살이 채 안 돼 보였다.

"괴저에 대해 잘 아시오?"

마신은 주먹을 불끈 쥐었다. 빅이 정곡을 찌른 것이다.

"지금 무슨 수작을 부리는 거요?"

빅은 침을 삼켰다.

"최근 이곳에 들른 사람들 중 팔에 괴저가 있는 사람을 찾고 있소. 시체 썩는 듯한 악취를 풍기는. 혹시 떠오르는 사람 없소?"

"전혀."

그의 대답에는 어떤 떨림이나 머뭇거림도 느껴지지 않았다. 빅은 돈을 세고 있는 모텔 주인을 흘끗 쳐다보았다.

"당신은?"

"전혀. 여기가 무슨 동물보호협회쯤 되는 줄 아시오? 이봐, 마신, 여긴 그런 데가 아니라고 설명 좀 해드리게."

보랏빛 반점의 사내는 금전등록기를 닫으며 빅에게 쏘아붙였다.

"이거 보시오, 그 경찰 신분증 따위로 우릴 성가시게 하지 말고 방금 여기서 달아난 남자나 찾아보는 게 좋을 거요."

"왜 그런 말을 하는 거죠?"

"아주 별난 남자더군요. 안 그래, 마신? 우리한테 온갖 질문을 퍼부으며 몹시 귀찮게 굴었거든요. 게다가 자신이 뭘 원하는지도 잘 모르는 것 같고."

"별난 건 이곳의 특징 아닌가요?"

모텔 주인은 빅의 빈정거림을 못 들은 척했다.

"별나다기보다는 완전히 미쳤다는 게 맞을 거요." 마슈가 덧붙였다. "막무가내로 한 여성 고객의 주소를 알려달라고 하더군요. 거금을 지불하고 그 여자가 묵고 있는 6호실까지 찾아가 성가시게 하면서. 게다가 주차장에서 자기 손목을 칼로 그으려고 하질 않나. 내가 보기엔 정신병원에서 도망쳐나온 사람 같았소. 아니면 자해를 하는 게 취미든지."

빅은 그레고리 마슈의 절단된 팔을 가리키며 말했다.

"그건 당신도 마찬가지 같은데. 미안하지만 지구상의 모든 정신병자들을 일일이 신경쓸 겨를이 없어서."

시계를 들여다보니 어느덧 9시가 넘어 있었다. 셀린에게 또다시 잔소리를 들을 게 분명했다. 그곳을 떠나려던 빅은 걸음을 멈추고 다시 카운터로 돌아가 분노를 억누른 채 말했다.

"젠장, 대체 왜 이런 짓을 하는 거요? 이런 끔찍한 짓이 아니면 흥분이 되지 않는 거요?"

보랏빛 반점의 남자는 손짓으로 빅을 불러서 그의 귀에 대고 속삭였다.

"점잖은 가장 흉내를 내며 살아가는 당신 방식과는 거리가 멀겠지, 안 그렇소? 하지만 인간의 본능은 어쩔 수 없는 거란 말이지. 우리 중에는 괴물을 피하는 게 아니라 오히려 더 가까이하고 싶어하는 사람들이 있거든. 세상 사람들은 얼굴이 일그러졌거나 타버린 사람들을 배척하지만, 다행히 이곳에는 그들을 좋아하는 사람들이 있단 말이지. 그게 무슨 문제라도 되나?"

"딱히 문제가 있는 건 아니지만."

"백 가지가 넘는 성적 일탈행위에 대해 당신에게 늘어놓고 싶은 생각은 없소. 그것들 대부분은 당신을 역겹게 할 테니까. 그런데 그거 아시오? 당신이 역겨워 뱉어낸 것조차 좋아하는 사람이 있다는 걸? 그런 걸 보며 꼴리는 사람들이 있다 한들 우리가 뭘 어쩌겠소? 그건 우리가 간섭할 문제가 아니란 말이지. 안 그래, 마신?"

그는 마치 마법사처럼 손가락을 딱 부딪치면서 빅에게 제안했다.

"그 놀라운 세계 속으로 한번 빠져보지 않겠소, 친구? 물론 경찰 흉내는 내지 않는다는 조건으로 말이오."

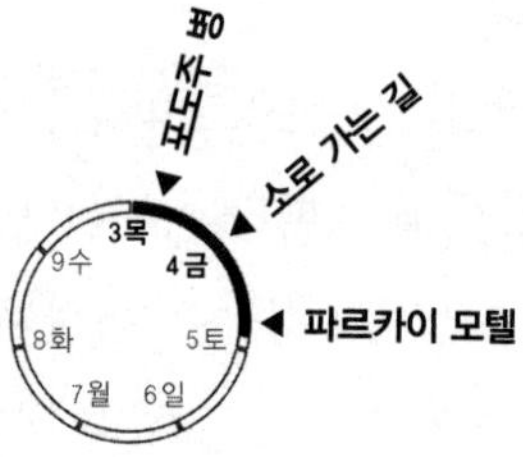

23. 5월 4일 금요일, 22시 02분

"몇 년 전에 자네가 우리한테 해준 이야기에 관해 다시 설명을 듣고 싶네. 시간여행에 관한 자네의 생각 말일세."

"갑자기 H. G. 웰스의 팬이라도 된 건가?"

"그런 건 아니고."

자키 뒤발은 국립 과학연구센터 소속 연구원으로, 신경세포에 심취하여 나노 차원의 물질 개발과 그 구조를 연구하고 있었다. 그와 그의 팀은 최첨단 기계를 사용해 단백질로부터 머리카락의 십억분의 일에 불과한 분자막대를 만들어낼 수 있었다. 지금으로선 별로 쓸모없어 보이는 일이지만, 자키는 미래에 극소 수술 및 수많은 첨단 분야에서 분자막대를 사용하게 될 거라고 확신하고 있었다.

"영화 때문에 그러는 건가?"

"그래, 영화 때문이야. 내 삶이라는 영화 때문이라는 게 맞을 거야."

자키는 파리의 클리시 광장 부근에 있는 아파트에 살고 있었다. 그의 아파트는 책과 잡지, 전자공학 관련 부품들과 오실로스코프*로 가득차 있었다. 스테판이 초인종을 눌렀을 때, 그는 작은 판 위에 집광 장치를 설치하는 중이었다.

"미안하지만 잠시만 기다려주게." 그가 용접용 인두를 내려놓으면서 말했다.

"뭘 만들고 있는 건가?"

"전자식 해충 퇴치 장치네. 여동생한테 선물하려고."

"정말 작동하는 건가?"

"살충제를 함께 뿌려놓으면 그렇다네."

두 남자는 중학교 시절부터 알던 친구로 정기적으로 만나는 사이였다. 스테판은 친구의 실험실에 있는 초정밀 현미경을 통해 박테리아나 기생충, 세균 등을 관찰하면서 괴물 제작에 관한 아이디어를 얻곤 했다.

마침내 자키가 확대경을 벗고 검은 테 안경을 다시 썼다. 안경은 그의 아파트에서 유일하게 평범해 보이는 물건이었다.

"자네 오늘 좀 이상하군. 마치 불면증에 시달린 사람 같은 얼굴을 하고 있는걸. 괜찮은 건가?"

"혹시 술 한잔 마실 수 있을까?"

"위스키?"

"적어도 그 정도는……"

자키는 J&B 한 병을 꺼내 그랜다이저 그림으로 장식된 싸구려 술잔

* 변화가 심한 전기 현상의 파형을 눈으로 관찰하는 장치.

에 가득 따랐다. 그는 술을 마시지 않고 외출이나 외식도 전혀 하지 않았다. 척 봐도 그렇게 보이는 타입이었다.

"밤 10시에 내 집엘 다 오다니, 대체 무슨 일인가? 실비와 무슨 문제라도 있나? 아니면 일이 너무 힘든 건가?"

"그래, 맞아. 일이 너무 힘들어서 그래."

물리학자는 시선을 살짝 떨구었다.

"그동안 자네를 보러 가지 못한 건 미안하게 됐네…… 병원에서 퇴원한 이후에 말이야. 하지만……"

"자네도 일이 많으니까. 우리 둘 다 한가한 사람들이 아니잖은가."

술잔들이 쨍그랑 하고 부딪쳤다. 위스키가 담긴 잔과 물이 담긴 잔이.

"내 말 좀 들어보게." 자키가 말했다. "뭔가를 탐색하고 있는 연구원은 찾아볼 수 있지만, 뭔가를 찾아낸 연구원은 여전히 탐색해야 하지. 어때, 재미있지 않은가?"

"그렇군. 그럼 자네는, 자네는 어느 부류에 속하지?"

"솔직히 잘 모르겠어. 무엇을 찾아내야 할지 아직 탐색하는 중이라고 할까."

스테판은 따라놓은 술을 단숨에 들이켰다. 농담하고 싶은 마음이 별로 들지 않았다.

"시간여행에 관해 설명해주게, 전에 했던 것처럼."

"친구들 머리를 지끈지끈 아프게 했던 이야기 말인가?"

"아니, 난 물리학적 접근을 원하는 게 아니야. 공간과 시간의 연속체라든가 슈뢰딩거의 고양이, 양자역학 이론 그런 거 말고, 다만…… 자네의 단순화된 관점을 알고 싶을 뿐이네. 한 남자가 미래의 시간 속에서 변화해가는 자신의 분신을 보게 된다는 대전제하에 출발해서 말이야. 그것도 꿈속에서 몇 분간만."

"그 남자가 어떻게 했는데? 소용돌이 속으로 휘말려 들어가기라도 했나? 아니면 유성을 타고 날아갔나?"

"난 심각해, 자키."

물리학자는 고급 코냑이라도 되는 것처럼 물잔을 흔들었다.

"학교를 졸업한 후로 많은 것이 변했다네. 나이가 들어갈수록 생각은 점점 더 이성적으로 변하지. 곡선은 직선이 되고, 무지개는 태양광선의 회절回折 현상으로, 별은 원소의 합성에 의해 에너지를 발산하는 천체로 인식되는 것처럼. 좀 유감스러운 일이긴 하지만."

스테판은 친구가 목에 걸고 있는 금 목걸이를 가리키며 물었다.

"자넨 아직도 그 펜던트를 걸고 다니나? 자네 집엔 아직 신이 살고 있는 거야?"

자키는 거북스러운 표정을 지으며 낡은 체크무늬 셔츠의 깃을 재빨리 매만졌다.

"요즘은 신이 별로 도움이 안 되는 것 같더군."

"하지만 예전에 자넨 예정된 운명에 대해 늘 얘기하곤 했지. 그리고……"

"난 언제나 과학은 발견돼야 할 것을 발견하면 된다고 믿어왔네. 우연이란 것은 우리가 여전히 이해할 수 없는 것들을 설명하기 위해 존재하는 잡동사니 창고 같은 거라고 생각하면서 말이야. 하지만 자연에는 수많은 신비가 숨어 있다는 걸 깨닫게 되었다네. 나는 수없이 머리를 쥐어짜야 했지. 수많은 밤을 뜬눈으로 지새우기도 했어. 뭔가를 발견하고자 하는 욕망, 더 잘 물러서기 위해 앞으로 나아가고자 하는 욕망이 거의 강박관념이 되다시피 했어. 정말 끔찍한 일이지…… 뭔가를 찾아낼수록 연구하고 탐색할 것이 더 많아지게 된 거야."

자키 역시 상태가 그다지 좋아 보이지 않았다. 눈 밑의 다크서클이 그것을 입증해주고 있었다.

그는 물잔을 거칠게 내려놓았다.

"그런데 자네는? 그런 힘든 일들을 겪고 난 후에도 여전히 자신의 운명을 바꿀 수 있다고 믿는 건가? 그러니까…… 일어나게 되어 있는 일들을 일어나지 못하도록 막을 수 있다고 생각하는 거냐고."

"그렇게 확신하고 있네. 더욱더, 그 어느 때보다도 더."

"이런, 이런……"

"하지만 난 지금 괜찮네, 분명히 말하지만." 스테판은 어색한 미소를 지어 보였다. "그러니까 내 경우에 대해 설명해주게, 부탁이네."

자키는 지친 듯한 표정으로 한숨을 내쉬었다.

"알았네, 알았다고…… 좋아…… 자네 경우를 들어서 여러 가지 가능성을 따져보자고. 자네가 이해하기 쉽도록 아주 간단하게 설명하도록 하지."

"시원찮은 내 머리를 고려해주니 고맙네."

"일단 누군가가 자네를 창고에 가두었다고 상상해보자고. 그리고 그곳에서 나오려면 그 안 어딘가에 감춰놓은 열쇠를 찾아야만 하는 거야. 자 이제 자넬 2007년 5월 4일의 그 창고 안에 가두는 거야. 알겠나?"

"그래."

"그로부터 일주일 후인 2007년 5월 11일, 자넨 여전히 그 안에 머물러 있어. 아직 열쇠를 발견하지 못했기 때문이지. 그런 자네를 이제부터 토퓌르Tofur라고 부르도록 하자고. '미래의 자네Toi futur'라는 의미로."

스테판은 희망이 조금씩 샘솟는 것을 느꼈다. 자키가 불가능한 것에 대한 해답을 가져다주기라도 할 것처럼.

"이제 토퓌르에 대해 이야기해보자고." 스테판은 다소 활기가 느껴지는 목소리로 대꾸했다.

자키는 십오 년 전 고등학교의 잔디밭 위에서 그랬던 것처럼 거실을 성큼성큼 걸어다니기 시작했다. 어떤 것들은 시간의 흐름에 따라 변화하고 늙어가지만, 결코 변하지 않는 것도 있는 법이다.

"그리고 외부의 어느 관찰자가 과거로 돌아가는 능력이 있다고 가정해보세. 이제 토장Tosent, 즉 '현재의 자네Toi présent'인 또하나의 자네가 똑같은 과제를 부여받고 아까와 똑같은 창고에 갇히게 되었어. 2007년 5월 4일에."

"그러니까…… 토퀴르와는 또다른 나란 말이지?"

"토장은 2007년 5월 4일의 토퀴르인 셈이지."

"오케이, 무슨 말인지 알겠어."

"토장은 열쇠를 찾기 시작하지만, 외부의 관찰자는 그가 열쇠를 찾지 못할 거라는 걸 알고 있지. 왜냐하면 토퀴르 역시 아직 찾고 있으니까. 여기까지는 이해가 되나?"

"무척 논리적이군. 토퀴르가 열쇠를 찾지 못했으니 토장 역시 찾지 못하겠지. 왜냐하면 토장과 토퀴르는 똑같은 생각과 반응을 보이는 똑같은 인물이니까. 서로 다르게 행동할 이유가 없는 거지."

"바로 그거야. 그리고 토장이 '전조적前兆的'인 꿈들을 꾸게 되는 거야. 어느 날 밤 토장은 토퀴르에 대한 꿈을 꾸지. 꿈속에서 토장은 토퀴르가 열쇠 옆을 지나치는 걸 보게 돼! 열쇠는 창고 구석의 커다란 흰색 상자 옆에 있었어! 그런데 토장은 그걸 보지만 토퀴르는 보지 못하는 거라고!"

스테판은 술잔에 위스키를 다시 따라서 조금씩 두 모금을 마셨다.

"그렇다면 잠에서 깨어난 토장이 흰색 상자가 있는 곳으로 가서 열쇠를 발견하고 즉시 창고 밖으로 나가게 되겠군! 그다음엔 어떻게 되는 거지?"

자키는 검지를 치켜들면서 계속 이야기했다.

"이제부터가 흥미로워. 이 단계에선 여러 가지 옵션이 존재하기 때문이지. 첫째 옵션은 자네 말대로 잠에서 깨어난 토장이 꿈을 기억해내고는 즉각 열쇠를 찾아 창고 밖으로 나가는 거야. 그리고 집에 돌아가 잠이 드는 거지. 그러자 그는 또다시 토퀴르를 꿈속에서 보게 돼. 그런데 그 꿈속에서 그가 본 건 뭘까? 여전히 창고에서 열쇠를 찾고 있는 토퀴르일까?"

스테판은 말을 삼켰다. 그의 친구가 묘사한 것이 그의 경우와 정확하게 일치했던 것이다.

"아니, 그렇지 않아. 그의 운명이…… 바뀌었으니까. 토장이 열쇠를 발견했기 때문이지."

소파에 털썩 주저앉은 채 머리를 뒤로 젖히고 있던 자키가 다시 몸을 일으켰다.

"과연 그럴까? 갑자기 토퀴르가 염력이라도 발휘해 완전히 다른 상황의 시간 속으로 옮겨가게 될까? 과거 속에서 그는 열쇠를 발견하지 못했어! 그 꿈으로 인해 토장의 미래는 변할 수 있지만, 토퀴르의 과거는 변하지 않아. 왜냐하면 그의 과거는 이미 일어난 것이기 때문이지! 다시 말해 토퀴르는 계속 열쇠를 찾아야 하는 거야!"

자키가 설명하는 동안 스테판은 눈을 찡그렸다.

"자넨 이해가 잘 안 될 거야. 그게 당연한 거네. 이런 경우 우린 완벽한 모순에 처하게 되는 셈이니까. 평행한 세상들이 동시에 존재한다는 평행우주 이론을 배제하면, 물리적으로는 해결할 수 없는 극단적인 모순인 거지."

"예를 들면 어떤 종류의 모순을 말하는 거지?"

"말하자면 자네 어머니가 자네를 낳기 전부터 자네가 존재했다거나,

자네가 자네 부친보다 나이가 더 많은 것과 같은 거지. 더 심한 예를 들자면, 자네가 길에서 자네 자신과 마주치기도 하고 말이야."

"그럼 평행우주 이론에 비추어 생각하면?"

"그건 다 객설에 불과한 거야. 난 그런 걸 믿지 않네."

그는 잠시 머뭇거리다가 얘기를 계속했다.

"이런 모순들을 생각해보면, 시간여행에 관념적으로 접근하는 것이 얼마나 어려운 일인지 이해할 수 있을 걸세. 지나치게 합리적이거나 과학적인 사람의 경우에 말이야."

"합리적인 생각들을 배제한다면?"

자키는 고개를 가로저었다.

"또다른 옵션은 자네 마음에 들지 않을 거야. 과학자들 역시 좋아하지 않지. 그건 내 관점이기도 하고, 몇몇 철학자들의 생각이기도 하다네. 하지만 그것에 관해서는 얘기하지 않는 게 좋을 것 같네."

스테판은 그에게 가까이 다가갔다.

"그래도 해보게."

자키가 다시 입을 여는 데는 그리 오랜 시간이 걸리지 않았다.

"무엇을 하든, 미래는 결코 바꿀 수 없다는 거지. 앞으로 어떤 일이 일어날지 알고 있다 할지라도. 일어나게 되어 있는 일은 어떻게든 일어난다는 거야. 약간의 차이는 있을지라도. 라이프니츠가 우연성과 필연성에 관해 예를 든 것을 자네도 알고 있는지 모르겠군…… 이 철학자의 주장에 의하면, 카이사르는 황제가 되어야 했기 때문에 반드시 루비콘강을 건너야만 했다는 거야. 따라서 그 자체는 우연적인 사건으로 보일지 모르지만, 강을 건넌다는 행위는 카이사르라는 인물의 개념 자체에 포함되어 있다는 거지."

스테판은 친구의 설명에 불편한 느낌을 감출 수 없었다. 그것은 즉 모든 것이 이미 정해져 있어서 우리가 변화시킬 수 있는 건 아무것도 없다고 믿는 것이 아닌가. 그는 커브길에서의 급제동을 떠올렸다. 가엘을 치지 않기 위해 한 행동이 결국 그녀를 죽게 했던 것이다. 어쩌면 그 아이가 죽는 것은 이미 예정된 사실이었기 때문에 그 무엇도 그것을 막을 수 없었던 건 아닐까. 그는 영화 〈파이널 데스티네이션〉에 나오는 젊은이들을 떠올렸다. 그들 역시 죽기로 예정되어 있는 자신들의 운명을 피할 수 없었다.

그럼에도 불구하고 그는 두려움을 떨쳐버리기 위해 자키의 말에 이의를 제기했다.

"하지만…… 꿈속에서 토장은 열쇠가 어디 있는지 보지 않았나! 커다란 흰색 상자 옆! 그래서 꿈에서 깨어나자마자 그걸 찾아가지고 밖으로 나온 거라고! 그런데 어떻게 일주일 후에도 여전히 그 창고 안에서 계속 열쇠를 찾을 수 있는 거지!"

"실제로는 열쇠가 흰색 상자가 아닌 검은색 상자 옆에 놓여 있었던 거라면?"

"그건…… 무슨 말인지 잘 모르겠군."

"이틀 동안 갇혀 있던 토뤼르가 토장이 꿈을 꾸기 전에 이미 열쇠를 찾았다고 가정해보자고. 커다란 검은색 상자 옆에 있던 열쇠를 말이지. 그것을 주워든 그는 신이 나서 창고 입구를 향해 달려갔어. 그러다가 바닥에 있던 밧줄에 발이 걸리는 바람에 넘어져서 머리를 부딪히고 말아. 그때 열쇠는 그의 손에서 떨어져 커다란 흰색 상자 옆에 놓이게 되지. 토뤼르는 그때의 충격으로 기억을 잃게 돼. 그 바람에 자신이 뭘 하고 있는지도 모른 채 그 안을 헤매는 거야. 자넨 꿈속에서 그가 열쇠를 발견하지 못한 채 그 옆을 지나쳐 돌아다니는 걸 보게 되는 거고. 잠에서 깬 자네는 열쇠가 흰색 상자 옆에 있을 거라고 생각하지만, 아니,

사실은 검은색 상자 옆에 있었던 거지! 이번에는 자네가 토퓌르가 했던 것처럼 열쇠를 찾아다니게 되는 거야. 그러니까 자네의 꿈은 자네한테 아무런 도움이 되지 못했을 뿐만 아니라 자네를 속이기까지 한 셈이지. 왜냐하면 자넨 자세한 상황을 알 수 없었고 제대로 된 관찰 창구를 지니지도 못했기 때문이야. 따라서 자네는 토퓌르가 열쇠를 발견한 것과 같은 순간, 같은 장소에서만 그걸 발견할 수 있는 거야. 그리고 토퓌르와 마찬가지로 달려가다가 밧줄에 발이 걸려 넘어지게 될 거고. 결국 모든 일이 똑같이 일어나게 되는 셈이지. 꿈을 꾸건 꾸지 않건 간에. 그렇게 되풀이되는 거라고. 결론적으로 우린 뫼비우스의 띠 위를 걷고 있는 거야."

"뫼비우스의 띠?"

자키는 미소를 지으며 손으로 무한대의 상징을 만들어 보였다. 꼬여 있는 8자 형태의 띠를.

"경계가 하나밖에 없는 흥미로운 위상수학*적 도형이지. 한번 발을 내디디면 결코 밖으로 빠져나갈 수 없는 길과 같은 거야. 다시 말해 자네는 무엇을 하든 반복해서 똑같은 길을 따라갈 수밖에 없는 거지. 끝없이 다시 시작하면서 말이야."

"자네가 말하는 것들은 다분히 억지스러운 면이 있는 것 같군."

"전혀 그렇지 않네. 자네가 궁금해하는 것에 답하기 위해 들려줄 납득할 만한 이론이 하나 더 있네. '강물 속 물방울 이론'이라고 하는 것이지."

스테판은 한숨을 내쉬었다.

* 도형의 길이, 크기 따위의 양적 관계를 무시하고 상호 위치나 연결 방식 따위를 통해 도형의 불변적 성질을 연구하는 학문.

"설명해보게……"

"론 강에 물을 한 방울 더하거나 덜어낸다 해도 달라질 건 없다는 이론이야. 강물은 변함없이 지중해로 흘러들어갈 테니까. 바꿔 말해 강물이 자네의 운명을 상징한다고 볼 때, 자네가 어떤 행위를 하든 하지 않든 그 근본적인 궤도는 달라지지 않는다는 얘기지. 즉 일어날 일은 언젠가는 일어나게 되어 있다는 말이야. 어쩌면 이런 관점이 그래도 가장 수긍할 만한 것인지도 모르지만. 왜냐하면 우연과 자유의지라는 것에 어느 정도 여지를 주기 때문이지. 우리 경우를 예로 들어 열쇠가 처음부터 흰색 상자 옆에 있고 토퀴르가 그걸 발견하지 못했다고 가정해 보자고. 그리고 꿈에서 깨어난 자네가 그 상자로 달려가 열쇠를 찾아낸 거야!"

"내 말이 바로 그거야! 그러니까 내 운명은 이제 바뀔 수밖에 없는 거지. 꿈을 꾼 덕분에 말이야!"

"유감스럽지만 그렇다고 해서 근본 궤도가 바뀌는 건 아니네. 자네를 자유롭게 해줄 물건을 찾으러 가는 중에 마음이 다급해진 자네가 예의 밧줄에 발이 걸려 머리를 부딪히면서…… 그 열쇠가 어디 있는지 기억을 못하게 되거든! 이 경우에 물방울은 자네가 겪게 되는 가벼운 기억상실 증세라고 볼 수 있지. 토퀴르에겐 영향을 미치지 않는. 그러니까 자넨 론 강이 변함없이 흘러가듯, 무엇을 하든 간에 그 창고 안에서 헤매게 된다는 얘기네."

"아니, 그럴 리가…… 말도 안 되는 얘기야……"

자키는 갑자기 몸을 일으켜 앉으며 웃음을 터뜨렸다.

"그래, 그렇게 생각하나? 그럼 자넨 모순을 원하는 건가? 자네 그거 아나, 모순은 존재하지 않는 게 훨씬 낫다는 걸. 왜냐하면 그건……"

그는 팡 하고 폭발을 흉내내는 손짓을 한 뒤 덧붙였다.

"아스타 라 비스타,* 베이비. 염력으로 이동하거나 해체되는 건 극심한 고통을 동반할 거란 말이지."

자키는 신경질적인 몸짓으로 두툼한 입술을 문질렀다.

"최악은 시간 속을 여행하는 게 가능하다는 거야. 양자역학적 관점에서나 염력 등을 이용해서 말이지. 상대성 이론은 빛의 속도에 접근하게 되면 시간이 팽창한다는 것을 잘 보여주고 있지. 지구에서보다 시간이 느리게 가는 인공위성 GPS가 그 사실을 입증해주고 있고. 우리가 그런 인공위성에 타고 있다면, 지구상에 있는 것보다 하루에 몇백만분의 일 초씩 덜 늙게 될 거야! 그러니까 과학적 관점에서 볼 때 시간여행은 가능한 거지. 물론 지금으로선 불가능해. 아직은 어떤 입자도 빛보다 빨리 이동할 수 없기 때문이야."

"하지만 내 꿈은 그럴 수 있었던 것 같네."

스테판은 뭘 어떻게 해야 할지 갈피를 잡을 수가 없었다. 그의 꿈이 맞는다면, 이제 며칠 후면 프랑스의 모든 경찰이 그를 찾게 될 것이다. 그가 알지도 못하는 어린 소녀를 죽인 용의자로 그를 지목하고서. 그런데 그런 끔찍한 일이 일어나는 것을 두 손 놓고 보고만 있어야 한단 말인가? 뭔가를 바꾸려는 노력조차 하지 않은 채?

그는 눈앞의 허공을 응시하면서 다시 몸을 일으켜 앉았다. 운명을 조금이나마 변화시킬 수 있을 거라는 생각이 들었다. 말도 안 되는 그 일들이 실제로 일어나지 못하도록 막을 수 있을 거라는 생각이. 하지만 운명에 개입하려다가 예의 그 밧줄에 발이 걸려 넘어진다면? 16번 국도의 경계석 앞에서 급브레이크를 밟았던 것처럼…… 기차의 탈선을 막기 위해 비상제동장치를 작동시켰던 것처럼…… 그리고 뤼디빈 코

* '다음에 또 봅시다'라는 뜻의 스페인어 작별 인사.

켈의 끔찍한 죽음……

미래를 피하려는 몸짓이 도리어 그런 사건들을 야기하는 건 아닐까?

그렇다면 어떻게 해야 하나? 행동할 것인가 아니면 꿈을 무시해버릴 것인가?

'꿈을 무시할 것'.

순간 스테판은 흥분하며 수첩을 꺼냈다.

"'꿈을 무시할 것'! 그는…… 그는 내게 알리려고 모텔 벽에 이 말을 적어놓은 거였어! 맙소사! 그가…… 미래의 스테판이 그런 거였어……"

불현듯 볼륨을 최대한으로 높인 라디오와 텔레비전 소리가 기억났다. 첫번째 꿈에서 지하실에 백묵으로 적혀 있던 것들. 벽에 마커로 쓰여 있던 글씨들. '노엘 시리엘'. 'PO Box 101, 너 자신의 메시지'. 그것들은 바로 미래의 스테판이 모든 수단을 동원해 그와 교신하고 싶어한다는 것을 보여주는 명백한 증거였다.

스테판은 술병을 집어 잔에 넘치게 술을 따랐다. 술병이 유리잔 가장자리에 부딪히며 투명한 소리를 냈다.

"그는…… 그는 내가 여기 있다는 걸 알고 있어. 내가 자신의 꿈을 꾼다는 걸 알고 있다고! 내가 자신의 말을 듣고 있다는 걸 확신하기 위해 라디오나 텔레비전을 크게 틀어놓는 거야! 그리고…… 벽에 메시지를 남겨놓았고! 맙소사, 자키, 미래의 내가 지금의 나와 교신을 하려는 거야. 내게 뭔가를 알려주려고!"

물리학자는 머리를 긁으면서 반신반의하는 표정으로 스테판을 바라보았다.

"자네 혹시 여기 오기 전부터 술 마셨나?"

스테판은 방안을 계속 서성이면서 손을 잘근잘근 깨물었다.

"그건 즉, 어쩌면 그는 나와 다르면서 실제로 미래에 존재한다는 걸 의미하는 것인지도 몰라. 어쩌면…… 내가 자신에게 신호를 보내주기를, 답변을 해주기를 기다리고 있는지도 모른다고."

그는 연필꽂이에서 검은색 마커를 꺼내들었다.

"이것 좀 가져가겠네, 자네가 괜찮다면."

"그러니까 자네 영화 속에서는 주인공이 벽에 메시지를 적어넣어서 '미래의 그'에게 응답한다, 그건가? 그리고 그 메시지가 시간을 가로질러 마치 마법처럼 눈앞에 나타난다?"

"바로 그거네."

"아니, 그럴 순 없어. 아까도 말했지만, 모순이란 건 절대 존재……"

"아니, 모순은 존재하네. 그 망할 시간적 모순이란 것이 실제로 존재한단 말이네. 난 우리의 자유의지대로 무엇이든 할 수 있다고 믿고 있네. 자신의 운명을 의지로 바꿀 수 있다고 말이야. 난 결코 뫼비우스의 띠 같은 것 위에서 살아가지 않을 거야. 난 꼭두각시가 아니니까."

"운명이란 몹시 깐깐한 놈이네. 결코 자네 마음대로 하게 내버려두지 않을 거야."

"나 역시 쉽게 휘둘리진 않을 걸세."

스테판은 종이 위에 무언가를 갈겨쓴 다음 자키에게 내밀었다.

"고맙네, 자키. 난 이제 그만 가봐야겠네. 아주 급한 일이 생겼거든."

물리학자는 메모지를 집어들고 물었다.

"4-5-19-20-9-14? 이게 대체 뭔가?"

"아마도 다음주 수요일에 추첨할 로또 1등 당첨번호일 거야. 자네한테 감사의 뜻으로 선물하는 거네."

"멋진 선물이군. 고맙네. 자넨 아직 괜찮아 보이는군. 아직 유머 감각을 잃지 않은 걸 보니. 조금도 변하지 않았어."

"그 번호로 로또를 해보기를 적극 권하는 바이네."

"그럴 일은 없을 걸세. 난 로또 같은 건 절대로 하지 않거든."

밖으로 나온 스테판은 혼잣말로 그에게 대꾸했다.

"하지만 이번엔 예외적으로 하게 될 거야. 난 알 수 있어. 왜냐하면 그게 자네의 운명일 테니까."

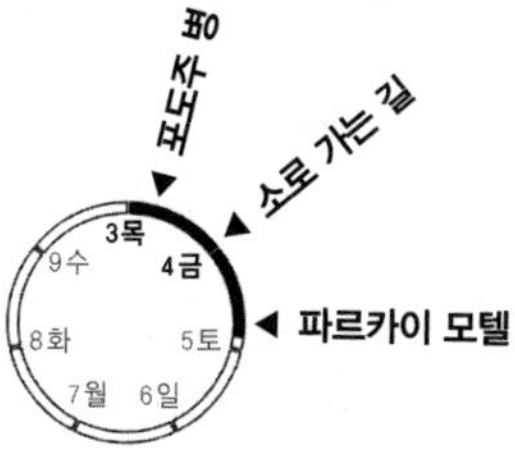

24. 5월 4일 금요일, 22시 34분

"내일은 토요일이니까, 어디 숲으로 바람이나 쐬러 가면 좋겠어. 피크닉을 가거나……"

옆에 누워 있던 빅은 셀린의 입술 위에 손가락을 갖다대면서 말했다.

"내가 지금 큰 사건을 수사하고 있는 거 알지? 아주아주 중요한 사건이라는 것도?"

"당신 아버지도 오늘 전화를 해서 나한테 똑같은 말을 하더라. 당신이 이 사건을 잘 수사할 수 있도록 마음 편하게 해줘야 한다고. 물론 나 같은 건 아무 상관 없다는 듯이. 내가 잘 지내는지, 하루종일 어떻게 지내는지 그런 건 묻지도 않았지. 그분은 오직 당신과 당신 일에만 관심 있으니까. 마치 자신의 일이라도 되는 것처럼."

"아버지가 어떤 분인지 잘 알잖아……"

희미한 야등이 칠흑같이 어두운 밤을 밝히며 벌거벗은 두 육체의 곡선을 돋보이게 했다.

"당신은 지금껏 주말에 나를 혼자 놔둔 적이 없었어. 그리고 그럴 일은 절대 없을 거라고 약속했고. 난 당신이 나와 함께 있어주기를 원해."

빅은 셀린의 몸 위를 넘어가 그녀를 뒤에서 껴안았다. 천장에 그림자들이 어른거렸다. 기괴한 모습의 실루엣, 일그러진 얼굴, 손발이 잘려나간 육체. 그는 눈살을 찌푸리면서 아내의 새까만 긴 머리에 코를 박았다. 그의 손가락 놀림이 점점 더 대담해지자, 셀린은 한숨을 내쉬며 속삭였다.

"그래서, 내일은 어쩔 건데?"

"중요한 건 지금이야…… 지금 우리가 할 일 말이야. 그게 이 세상의 모든 숲보다 더 중요해."

빅이 거친 동작으로 셀린의 몸을 돌리자, 그들의 두 육체가 마주보며 밀착했다.

"이런, 살살 해!" 셀린이 미소를 지으며 속삭였다. "아기 생각을 해야지."

빅도 미소를 지어 보였다.

"멋진 인형극을 보여주려는데 우리 아이가 반대할 것 같진 않은데?"

"아휴! 그런 말도 안 되는 소릴 하다니. 아기가 다 듣는다고!"

"아, 그렇지 참! 우리 아기가 다 듣고 있지!"

그는 셀린의 배를 향해 몸을 숙였다.

"너 그거 아니? 네 엄마와 내가 내 생일날 널 만들었다는 걸. 포장도 뜯지 않은 체스판 위에서!"

"쉿!"

"네 엄마한테 체스판은 체스를 두는 데만 사용하는 물건이 아니란

다!"

"그만하지 못해!"

"그 체스판이 바로 여기 있는 거 알아, 당신?"

"지금 나보고 그런 곡예를 하라고? 머지않아 당신이랑 사랑을 나누지도 못하게 될 거야. 한참 동안 인내해야 할 거라고. 그러니까 할 수 있을 때 열심히 해두는 게 좋을걸."

"성채와 기사, 그리고 여왕한테 둘러싸인 행복한 왕처럼 인내하란 말이지."

셀린이 눈을 감고 말했다.

"난 우리가 평온한 삶을 살 수 있길 바라. 당신이 학교로 아이들을 마중 가서 스포츠클럽에 데려다주고, 연말 파티도 아이들과 함께하면서 아이들이 커가는 걸 지켜볼 수 있는 삶 말이야. 당신 아버지처럼 살지 말고."

"우리 아버지 얘기는 그만하지……"

그녀는 빅의 손을 부드럽게 잡고 그의 손가락 끝을 가볍게 스쳤다. 그러자 빅은 눈을 찡그렸다. 이번에는 그가 아내의 손가락을 스치면서 여러 번 같은 동작을 반복했다.

"이게 그렇게 당신을 흥분시켜?" 셀린이 속삭였다.

빅은 그녀의 입술에 자신의 입술을 포갰다. 그러다가 갑자기 몸을 벌떡 일으켰다.

"맙소사!……"

그는 자신의 혀끝을 더듬었다.

"전…… 전화를 해야 해! 잠깐이면 돼, 확인할 게 있거든!"

순간 셀린이 뒤로 물러나면서 말했다.

"지금 농담하는 거지?"

빅은 벌거벗은 채로 자신의 재킷을 향해 달려가 법의학자의 명함을 꺼냈다.

"이 초만, 오케이? 이 초면 돼!"

"안 돼, 빅! 그러지 마!"

"이 초면 된다니까!"

그는 부엌으로 달려가 유선전화로 전화를 걸었다.

"드멕탱 박사님? 빅 마르샬입니다."

"누구시라고요?"

"어젯밤 아나벨 르루아의 부검 때 뵈었죠."

"아, 네. 그 젊은 수사관이시군요. 무슨 일인가요?"

"피살자의 사체가 훼손된 것에 대해 곰곰이 생각해보았는데요……"

"이렇게 늦은 시각에 말인가요? 다른 할 일이 없었던가요?"

빅은 방금 불이 꺼진 방을 흘끗 쳐다보았다.

"한 가지만 대답해주시면 됩니다. 혀와 입술은 우리 몸에서 가장 민감한 감각기관이라고 알고 있습니다. 손가락 끝과 마찬가지로요."

"그래요. 그곳은 우리 피부에서 가장 많은 신경말단을 포함하고 있어요. 따라서 접촉에 가장 예민한 곳이죠. 2제곱미터에 달하는 우리 피부에는 대략 70만 개의 신경말단이 분포되어 있어요. 그런데 손가락 끝의 피부에만 1제곱센티미터마다 2500개가 넘는 감각수용기가 있죠. 그 세 군데는 우리 몸에서 촉각이 가장 발달한 곳이에요. 우리가 키스할 때 왜 혀를 사용하는지 의문을 가져본 적 없나요?"

"그게…… 그러니까 그는 르루아가 살아 있을 때 그 부분들을 잘라냈다고 하셨죠?"

"맞아요, 보고서를 다시 읽어보세요."

"냄새…… 촉각…… 살인범은 감각에 무척 예민한 자인 것 같군요.

촉각은 어떻게 작용하는 건가요?"

"간단히 설명하도록 하죠. 우리 몸에는 다양한 종류의 신경말단이 분포되어 있어요. 그중에서 통증에 민감하게 반응하는 것을 통각수용기라고 합니다. 그것은 우리가 견딜 수 있는 한계를 넘어서는 해로운 자극이 가해질 때만 활성화되어, 척수를 통해 뇌에 신호를 보내 위험을 경고하는 역할을 하죠. 그런데 이 통각수용기보다 훨씬 더 민감하면서 촉각을 전달하는 또다른 신경말단들이 존재해요. 물질과 접촉할 때 활성화되는 기계적 감각수용기와 온도 변화에 반응하는 온도수용기가 그것들이죠. 물에 손을 담근 채 45도까지 온도를 높이면, 온도수용기에서 점점 고통스러워지지만 아직은 참을 만하다는 신호를 보냅니다. 하지만 45도를 넘어서게 되면 통각수용기가 그 바통을 이어받아 뇌에 경고를 보내죠. 견디기 힘든 뜨거움의 고통을 느끼게 되는 거예요. 말하자면 통각수용기는 우리 몸을 온전하게 지켜주는 수호자와 같은 거라고 보면 됩니다. 이런 관점에서 본다면, 고통은 우리에게 꼭 필요한 거라는 걸 알 수 있죠. 고통을 느끼지 못한다면 우리는 상처를 의식하지 못한 채 죽고 말 테니까요…… 다른 질문은 없나요? 시신이 부검 테이블에서 날 기다리고 있어서요."

"답변 감사합니다."

빅이 뒤를 돌아보니 셀린이 배에 손을 올려놓은 채 알몸으로 문간에서 있었다. 그녀의 얼굴은 딱딱하게 굳어 있었다.

"당신은 섹스할 때도 그런 생각을 해? 나를…… 만질 때조차도?"

"아니, 그런 게 아니야."

빅은 그녀 뒤편의 허공을 응시했다. 마타도르가 촉각기관을 잘라낸 것은 피살자가 자신을 만지는 걸 원치 않았기 때문이 아닐까? 그 정도로 르루아가 그를 역겹게 했던 것일까? 그녀가 자신을 더럽히지 못하도록 하기 위해서였을까? 아니면 그녀가 자신을 만지는 것이 두려웠던 걸까? 과거의 트라우마 때문에? 어릴 적 학대를 받았던 기억 때문에?

어디선가 목소리가 울려퍼졌다.

"……당신은 당신 아버지의 외모만 물려받은 게 아니야. 똑같은 강박관념을 가지고 있어. 파괴적인 강박관념 말이야."

빅은 고개를 저었다.

"곧 갈게, 여보. 곧 간다고, 오케이? 사랑을 나눌 거야, 당신하고……"

"난 더이상 하고 싶은 생각이 없어. 내가 바라는 건 당신이 예전의 빅으로 돌아가는 것뿐이야."

"어떤 빅 말이야? 선견지명이 있는 빅? 미리 정해진 길을 따라가는 빅? 체스판 앞에 얌전하게 앉아 있는 빅?"

"그게 당신의 천성인 걸 어떡해. 아무리 시체 부검을 참관하고 강한 척해도 당신의 본성은 결코 변하지 않을 거야. 그들은 당신을 가지고 놀 거야, 빅. 말 잘 듣는 개처럼 부려먹을 거라고. 당신은 진정한 경찰이 아니니까. 낙하산에 불과하니까."

문이 다시 쾅 하고 닫혔다. 빅은 어깨를 으쓱하고는 냉장고로 가서 맥주를 찾았다. 맥주가 보이지 않자 마시던 코냑 병을 집어 한 잔 가득 따랐다.

"낙하산, 그래, 맞아! 그래서 그게 뭐 어쨌다는 건데?"

그는 한 잔을 단번에 넘긴 다음, 다시 한 잔을 더 따랐다. 지극한 행복감이 몰려왔다. 술 한 잔과 함께 맛난 담배 한 대를 피울 수만 있다면.

아니, 담배는 용납되지 않았다. 그는 결코 유혹에 넘어가지 않으리라 다짐했다.

한 잔을 더 비우는 동안 그는 법의학자와의 통화 내용에 대해 계속 생각했다.

촉각이 예민한 신체 부위를 '훔쳐간 것'은 어쩌면 순전히 상징적인 행위인지도 몰랐다.

살인자는 전형적인 성적 도식에 따라 피살자를 소유하고자 하지 않았다. 그 대신, 그녀의 감각 중 하나인 촉각을 제거해버렸다. 자신은 그녀를 맨손으로 만지면서. 라텍스 장갑 안쪽에서 주로 볼 수 있는 옥수수 전분의 흔적이 바로 그 증거였다.

이제 그 이유를 알아내는 일이 남아 있었다.

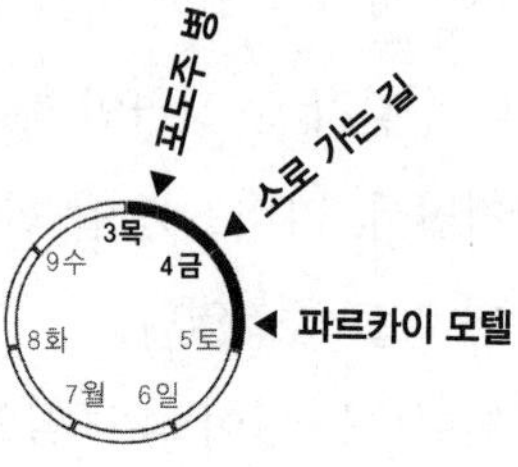

25. 5월 4일 금요일, 22시 52분

스테판은 파르카이 모텔 카운터의 남자에게 두둑한 지폐 뭉치를 내밀었다.

"6호실 열쇠를 주시오. 일주일간 방을 빌리겠소."

보랏빛 반점의 남자가 돈을 집어넣고 미소 지으며 그에게 열쇠를 건넸다. 그리고 멀어져가는 스테판의 등뒤에 대고 외쳤다.

"그런데 경찰이 자네를 찾는 것 같던데."

스테판은 걸음을 멈추고 뒤로 돌아섰다.

"경…… 경찰이 나를?"

"보아하니 뭔가 켕기는 구석이 있는 모양이군. 그 수사관이 자네랑 닮은 데가 좀 있더라고. 어떤 여자에 관해 알고 싶어했지. 금발머리에 절단 장애자를 좋아하는 여잔데, 이름이 아나벨 르루아라던가. 혹시 아는 여자인가?"

스테판은 어두운 표정으로 카운터로 되돌아갔다.

"왜 나를 찾는지 이유를 말하던가?"

"그게…… 어쩌면 그가 찾는 사람이 자네가 아닐 수도 있어. 그가 막 도착했을 때 자네가 서둘러 떠났기 때문에 그럴 수도 있다고 생각한 거니까."

스테판은 '앞유리창에 금이 간 차'를 기억해냈다.

"그 수사관 이름이 뭐라고 했나?"

"이름은 말하지 않았네."

스테판은 미래의 스테판이 늘어놓고 보던 시신 사진들을 떠올렸다.

"혹시 그 여자, 아나벨 르루아의…… 왼쪽 허벅지에 문신이 새겨져 있진 않았나? 뱀 모양의?"

"글쎄. 그런 걸 확인해본 적이 없어서. 하지만 자넨 뭘 좀 아는 것 같군…… 흠…… 입을 다물어줄 수는 있네. 하지만 내가 그러길 원한다면……"

"그게 무슨 말이지?"

남자는 혀로 입술을 핥았다.

"내 말뜻을 모르겠나? 난 자네 차와 번호판을 모두 기억하고 있어. 전화 한 통이면 끝나는 일이란 말이지. 이제 알겠나?"

스테판은 가슴이 짓눌리면서 숨이 막힐 것 같았다. 드디어 경찰이 무대에 등장한 것이다. 그가 꿈꾼 음침한 세계가 서서히 그러나 확실하게 그의 주위에서 현실로 나타나기 시작한 것처럼.

그는 역겨움을 느끼면서 마지못해 100유로짜리 지폐 세 장을 카운터 위에 내려놓고 2층으로 올라갔다.

6호실로 들어간 스테판은 주머니에서 검은색 마커를 꺼내 텔레비전

맞은편 파란색 벽지 위에 다음과 같이 써내려갔다. '난 스테판이야. 미래의 네가 내 앞의 벽에 써놓은 메시지를 읽었어. 오늘은 5월 4일 금요일, 자정이 다 되어가는 시각이야. 그곳은 지금 며칠이지? 난 네 메시지를 모두 읽지는 못했어. 그러니까 내가 널 어떻게 도울 수 있는지 말해줘야만 해. 사람들이 왜 너를 찾고 있는지를. 경찰이 이곳 파르카이에는 왜 온 거지?'

그는 문득 자신의 행위가 내포하고 있는 모순을 깨닫고 흠칫 뒤로 물러섰다. 그는 엿새의 시간 차를 두고 미래의 스테판이 존재함을 전제하고 있었던 것이다. 이 순간에도 미래의 스테판이 그의 미래를 조종하고 있음을. 하지만 그건 매우 개연성이 있어 보이는 일이었다. 그의 시간적 쌍둥이가 그에게 전달하는 메시지들 때문에 그는 '근본적으로' 그와는 전혀 상관없는 사건에 휘말리고 있었기 때문이다.

그때 갑자기 매우 중요한 변수가 생각났다. 만약 미래의 스테판이 이 모텔로 다시 돌아오지 않는다면, 이 메시지를 어떻게 읽을 수 있겠는가?

6호실 열쇠를 자동차 차양 뒤에 넣어두는 순간, 그는 현재의 메시지를 미래로 전달할 수 있는 기막힌 방법을 생각해냈다.

그는 티셔츠 자락을 천천히 걷어올렸다.

*

"정말 괜찮겠어요?"

"네. 이 문장을 한 마디도 빼지 말고 그대로 새겨주세요."

머리를 짧게 깎은 남자는 갈색 눈썹을 치켜세우며 말했다.

"하긴, 고객이 왕이니까요. 어떤 서체로 해드릴까요? 고딕체? 타호

마?"

"아무거나 상관없어요. 가장 잘 읽히는 걸로 해주세요."

따닥따닥 소리가 작업실에 울려퍼졌다. 사방 벽면에는 총천연색의 멋진 문신 견본들이 걸려 있었다. 독수리, 켈트십자가, 알록달록한 용의 모습 등이. 타투이스트의 팔뚝에도 근사한 늑대 머리가 새겨져 있었다.

"참 이상하군요. 예전에 지금과 똑같은 일을 겪은 듯한 느낌이 들어요. 혹시 우리 예전에 만난 적이 있지 않나요? 제가 다른 문신을 해드린 적 없나요?"

"전혀. 난 문신 같은 걸 아주 싫어합니다. 그리고 신경쓰지 마세요. 데자뷔는 나한테는 수시로 일어나는 일이니까요."

스테판은 왼쪽 허리에 새긴 메시지가 한동안 실비의 주의를 끌지 않기를 바랐다. 그녀가 이 사실을 알게 되는 날엔 어떤 반응을 보일지 상상조차 하기 힘들었다.

새하얀 그의 피부에 검푸른빛의 글씨들이 하나씩 자리를 잡아갔다. 실내의 네온 불빛 아래 드러난 그의 피부는 건강이 좋지 못한 사람, 아픈 사람의 피부처럼 보였다. 혹시 정말로 아픈 건 아닐까? 정신적으로? 그는 러셀 크로가 주연을 맡은 영화 〈뷰티풀 마인드〉를 떠올렸다. 영화에서 정신분열증을 앓는 천재수학자 존 내쉬는 자신이 정부를 위한 비밀 임무를 띠고 있다고 믿었다.

정신분열증……

"손님, 지금 떨고 계신가요?"

"아뇨, 아닙니다. 괜찮아요……"

스테판은 시선을 아래로 떨구었다. 지금 그는 누구를 구하려는 것일까? 그 자신일까, 혹은 또다른 스테판일까? 이제 미래의 스테판의 몸에는 어떤 변화가 생겨날까? 몸에 새겨진 메시지가 제대로 '전달'될까?

어쩌면 미래의 스테판은 또다른 세상에서 변화해가는 물리적으로 개별적인 존재가 아닐까? 스테판은 슈뢰딩거의 고양이를 떠올렸다. 상자 속에 갇힌 채, 양자역학의 원리에 따라, 상자를 열지 않는 한 죽기도 하고 살기도 하는 것으로 간주되는 고양이를. 하지만 상자를 열게 되는 순간 하나의 선택이 이루어지는 것이다. 그러면 고양이의 가능한 상태를 하나씩 보여주는 두 개의 뚜렷한 세계가 생겨난다. 고양이가 죽었거나 살아 있는 각각의 세계가. 또한 이론적으로 관찰자와 그를 둘러싼 것들 역시 각각의 세계에서 서로 다른 양상을 띠게 된다.

타투이스트의 목소리가 스테판의 생각을 중단시켰다.

"다 됐습니다, 손님. 마음에 드시나요?"

스테판은 자신의 허리를 내려다보았다.

"완벽하군요." 그는 걷어올린 티셔츠를 내리며 말했다.

*

스테판은 조용히 침대 시트 속으로 미끄러져 들어갔다. 실비의 따뜻한 몸이 살짝 꿈틀거렸다.

"왜 불을 켜지 않아?" 그녀가 차갑게 내뱉듯 말했다. "날 깨우지 않으려는 거야, 아니면 새벽 3시가 다 되어 돌아와서 그러는 거야?"

"당신을 깨우고 싶지 않아서 그랬어."

"아직 날 사랑하긴 해?"

"물론이지, 당신을 사랑해."

한숨 소리가 들렸다.

"당신 누구 만나는 사람 있어?"

방의 냉랭한 어둠 속에서 스테판은 아내에게 등을 돌리고 누우면서 대답했다.

"아니, 아무도 없어. 당신이 말하는 그런 의미로는. 당신은 걱정이 너무 많은 것 같아."

그는 은밀하게 왼쪽 허리로 손을 가져갔다. 그의 머릿속에는 한 가지 생각뿐이었다. 빨리 잠들고 싶다는 것. 미래의 스테판과 교신이 이루어졌는지, 그가 모텔로 돌아가 메시지를 읽고 꿈의 의미를 설명해줄 것인지 알기 위해서.

"당신한테서 술냄새가 나. 당신은 내 전화를 받지 않고, 우린 더이상 사랑을 나누지도 않아. 그러니까 걱정하는 게 당연하지. 지금까지 대체 어디 있다 온 거야?"

"자키 집에. 물리학자인 내 친구 말이야."

실비는 그의 즉각적인 대답에 당황하는 듯했다.

"자키? 그랬구나…… 하지만 이렇게 늦은 시각에 파리까지 가야 할 정도로 중요한 일이 뭐가 있는데? 게다가 당신은 운전을 하면 안 된다는 걸 잊었어?"

스테판은 시트를 꼭 움켜쥐었다. 그가 어떤 대답을 하건 결론은 똑같을 터였다. 실비는 불같이 화를 내며 자리에서 일어나 거실로 나가버릴 게 뻔했다. 아니면 차를 타고 어디론가 떠나버리거나.

"남자들끼리 얘기를 할 필요가 있었어. 그러다보면 마음이 좀 편해지니까. 난 지금 아주 힘든 시기를 보내고 있어. 그래서 시간이 좀 필요한 것뿐이야."

"내일 오후 3시에 로보프스키 박사와 약속을 잡아놓았어."

"심리학자야, 정신과 의사야?"

"정신과 의사야. 당신은 다시 치료를 받아야 해. 전문가와 이야기하면서 당신을 괴롭히는 것들을 쫓아내야만 한다고. 물리학자가 필요한 게 아니라."

스테판은 조용히 안도의 숨을 내쉬었다.

"갈게, 당신이 원한다면."

"이건 원하고 말고의 문제가 아니야. 난 당신이 바뀔 거라고 믿었어. 당신이 당신의 일과 당신만의 음침한 세계에 휘둘리지 않을 수 있을 거라고. 삶은 영화가 아니야. 난 필름에 찍힌 그림자 같은 존재가 아니란 말이야. 내 안에는 감정, 기쁨, 고통이 모두 존재한다고."

실비는 베개를 겨드랑이에 낀 채 자리에서 일어나 덮고 있던 이불을 끌어당겼다. 그리고 갑자기 불을 켰다. 스테판은 그녀의 시선을 피해 몸을 웅크렸다.

"당신 언제부터 팬티를 입고 잤어?" 그녀가 놀라 물었다.

"좀 추워서……"

실비의 눈에 울컥 눈물이 솟구쳤다.

"난 언제나 당신 편이었어. 당신이 병원에 입원해 있을 때도 밤낮으로 당신을 이해하고자 노력했고, 온몸의 뼈가 거의 다 부러진 당신을 보기도 했어. 우린 우리가 이해할 수 없는 것들과 함께 맞서왔지. 여기로 이사한 것도 당신이 원해서였고, 난 언제나 그랬듯이 불평 한마디 없이 당신을 따라온 거야. 왜냐하면…… 당신을 사랑하니까……"

이제 그녀는 울고 있었다. 스테판은 웅크린 자세로 계속 머물러 있었다. 몸을 일으킬 수도, 그녀를 꼭 껴안아줄 수도 없었다.

"하지만 이번에는 당신을 더이상 두고볼 수가 없어. 당신한테 일어나고 있는 일, 당신이 나한테 감추고 있는 일은 대단히 놀라운 일이 아니야. 당신은 늘 그렇다고 주장해왔지만. 그건 단지 환각일 뿐이야…… 징글징글한 환각일 뿐이라고."

마침내 스테판이 그녀를 향해 고개를 들었다.

"그건 절대로……"

그는 입을 벌린 채 그 자리에 굳어버렸다. 실비가 그에게 다가와 침대 위에 사진 한 장을 내려놓았다.

"당신을 기다리면서 우리 결혼식 때 선물 받은 폴라로이드 카메라로 찍은 거야. 우리 결혼식 기억나? 이 사진을 잘 간직해둬. 어쩌면 당신한테 내 유일한 추억으로 남게 될지도 모르니까. 난 아직 여자로서 아름답게 보이고 싶어, 스테판. 더이상 날 안아주지 않고 치료도 거부하는 남편 옆에서 이대로 늙어 죽을 수는 없어."

실비는 검은 진바지와 회색 스웨터를 입고 그의 곁을 떠나며 덧붙였다.

"진작 깨달아야 했어. 당신은 이미 수년 전부터 문제를 가지고 있었어. 하지만 나 역시 당신처럼 의사들 말을 믿지 않으려 했지. 그런데 그들 말이 모두 옳았던 거야, 처음부터."

스테판은 자리에서 일어나 떨리는 손으로 사진을 집어들었다.

잠시 후, 자동차 엔진 소리가 밤의 정적을 갈랐다.

실비는 종종 그랬던 것처럼 어디론가 떠났다. 그가 모르는 곳으로.

스테판은 폴라로이드 사진을 뚫어져라 응시했다.

머리를 짧게 자른 실비가 그 속에 있었다. 매끄러운 광택지 위에 딱딱하게 굳은 표정을 짓고 있는 그녀가 보였다. 그가 꿈속에서 본 것과 똑같은 모습으로.

홀로 남은 스테판은 두려움에 사로잡힌 채 위스키 병을 집어 벌컥벌컥 들이켰다.

몸에 새겨진 문신 위에 손을 올려놓은 채 잠 속으로 빠져들 때까지.

문신은 이렇게 말하고 있었다. '멜린다에 관해 얘기해줘. 내 메시지는 6호실 벽에 적어놓았어. 파르카이 모텔. 그곳에 네 메시지를 남겨줘.'

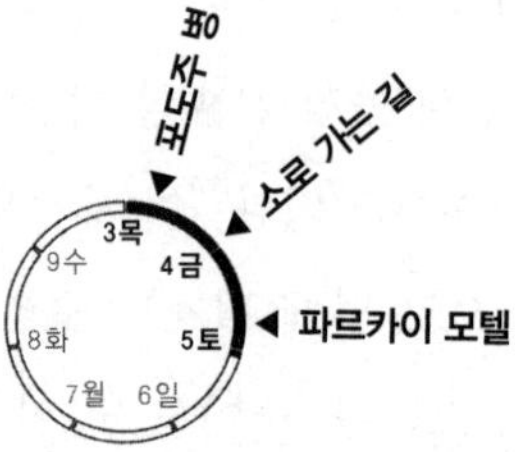

26. 5월 5일 토요일, 02시 21분

카상드라 리베르망은 쥐고 있던 컴퓨터 마우스를 놓고 벨소리가 울리는 휴대폰을 집어들었다. 새벽 2시가 넘도록 메신저로 채팅을 하던 중이었다.

"안녕, 사촌. 좋은 소식이라도 있어?" 그녀가 물었다.

"한 건 잡았어. 잘됐다고."

"개인실이야?"

"그래."

"손 상태는 어때?"

"캐비어야."

"캐비어라니?"

"최상급이라고. 나만 믿어. 별 볼 일 없는 걸로 너한테 연락하진 않으니까."

"수술은 언제 시작하는데?"

"몇 시간 후에. 그러니까 서둘러. 지금 아니면 기회가 없을 테니까."

"곧 갈게. 한 시간 후면 도착할 거야. 거기서 꼼짝 말고 기다려."

"내가 어딜 가겠어?"

카상드라는 만면에 미소를 띠며 전화를 끊었다. 자크의 말이 사실이라면, 오늘밤은 멋지게 마무리할 수 있을 것 같았다.

그녀는 여자친구인 아망딘과 하던 채팅을 서둘러 끝냈다. 진바지와 검은색 닥터마틴 신발이 그려진 검은색 티셔츠를 입은 다음, 가방에 사진 장비를 재빨리 챙겨넣고 슈브뢰즈에 있는 집을 나서 크레믈랭비세트르 병원으로 달려갔다. 꽤 먼길이지만 그럴 만한 가치가 충분히 있었다.

사촌 자크는 결코 질문을 하지 않는다는 점이 무엇보다 좋았다. 그녀의 직업에서는 그와 같은 사람이 필요했다.

병원 앞에 도착하자 자크는 못마땅한 표정으로 그녀를 맞이했다.

"그런 옷을 입고 오면 어떡해, 젠장. 사람들 눈에 띄면 곤란하다고."

"박쥐보다 더 은밀한 게 있겠어?"

그는 어느새 자동문 뒤로 사라지고 보이지 않았다. 카상드라는 서둘러 그를 뒤쫓아갔다. 그들은 네온 조명이 밝히고 있는 텅 빈 복도를 종종걸음으로 걸어갔다.

"정말 문제없을까, 네 환자?"

"시간을 오래 끌지만 않는다면."

그들은 18호실 앞에 멈춰 섰다.

"여기야." 자크가 말했다.

"이런, 또 18호야? 말도 안 돼!"

"왜, 18에 무슨 유감이라도 있어?"

"오후에 그럴 일이 좀 있었거든."

자크는 경고의 표시로 검지를 내밀었다.

"딱 오 분만이야. 혹시라도 누가 오면……"

"날 모르는 사람이라고 해."

카상드라는 방으로 들어섰다.

"에르베 투렐 씨?"

남자는 보고 있던 텔레비전에서 천천히 시선을 돌렸다.

"난 카상드라 리베르망이에요. 간호사에게서 내 얘길 들으셨겠지만, 사진을 찍으러 왔어요."

쉰 살 정도 되어 보이는 남자는 볼이 불그레하고 배가 불룩 튀어나와 있었다. 그는 젊은 여성을 보고 놀라는 듯했다.

"하얀 가운을 입은 여자가 아니라서 실망하셨나요?"

"아뇨, 아뇨, 그게 아니라…… 의학사전을 위한 사진을 찍는다고 해서 난…… 내 말뜻 이해하겠지요?"

카상드라는 짙은 갈색 머리를 거의 밀다시피 짧게 깎고 여기저기 피어싱을 했으며 손가락은 반지로 뒤덮여 있었다.

"글쎄요, 잘 모르겠지만…… 몇 분이면 됩니다. 당신 손만 찍을 거예요. 물론 철저히 익명으로 할 거고요. 손을 좀 봐도 될까요?"

남자는 시트 아래에서 천천히 오른손을 꺼냈다.

카상드라는 애써 기쁨을 감추고 프로다운 자세를 유지하고자 노력했다. 지금까지 이토록 뚜렷하게 진행된 뒤퓌트랑 구축증*은 본 적이 없었다. 완벽함 그 자체였다. 다섯째 손가락이 손바닥과 완전히 직각으로

* 손바닥의 피부와 힘줄 사이에 있는 건막이 비정상적으로 두꺼워지는 병으로, 손가락의 운동에 제한을 가져올 수 있다. 심한 경우에는 손바닥에서 손가락까지 피부 밑에 띠가 형성돼 손가락이 굽어 완전히 펼 수 없게 되기도 한다.

굽어 있었다.

"손가락을 전혀 움직일 수 없나요?"

"전혀."

'근사해.' 그녀는 속으로 환호했다.

마치 엄지손가락 아래쪽과 새끼손가락 사이가 팽팽한 굵은 줄로 이어져 있는 듯했다. 그 때문에 손가락의 움직임이 불가능해지면서 나머지 세 손가락마저 굽어 있었다. 마치 멋진 독수리 발톱을 보는 듯했다.

"아주 좋군요." 카상드라는 짐짓 학자연하는 어조로 말했다. "수술은 언제죠?"

"내일 아침이에요. 아니, 몇 시간 후죠. 푹 자두라더군요. 웃기는 얘기죠."

"혹시 발바닥 섬유종증이나 음경만곡증에 걸린 사람을 알고 있나요? 자료가 필요해서요."

"우리가 끼리끼리 모이기라도 하는 줄 아쇼? 난 당신이 무슨 얘길 하는지도 모르겠소."

"신경쓰지 마세요."

카상드라는 그의 손을 부드럽게 잡아서 시트 위에 올려놓은 다음, 가방에서 디지털카메라를 꺼내 70-200밀리 렌즈와 전문가용 플래시를 장착했다.

"이제 찍을게요."

그녀는 오그라든 섬유성 조직의 사진을 여러 각도에서 서른 장가량 찍었다. 손 전체의 모습과 소결절 부분을 클로즈업으로 촬영하고, 경화된 조직과 피부 밖으로 돌출된 힘줄 등 질병의 주요 증상을 카메라에 담았다.

"이렇게 늦게까지 일하면 힘들지 않나요?" 환자가 물었다.

"어쩔 수 없으니까요."

그녀는 파파라치가 하는 것처럼 재빨리 사진 장비를 가방에 집어넣은 뒤 목에 둘러멨다.

"감사합니다, 투렐 씨. 덕분에 과학이 한 걸음 더 발전할 겁니다."

그는 자부심이 느껴지는 미소를 지어 보였다.

"사전은 언제 나오나요?"

"아마도 내년쯤에 나올 겁니다."

카상드라는 주머니에서 펜을 꺼냈다.

"주소를 알려주시면 한 권 보내드릴게요."

남자가 주소를 적어주었고, 그녀는 인사를 한 뒤 그곳에서 나왔다. 복도에서는 자크가 초조하게 기다리고 있었다.

"내가 오 분이라고 했지! 그런데 무려 십오 분이나 있었잖아, 젠장!"

카상드라는 주소가 적힌 종이를 휴지통에 던져버렸다.

"됐어, 필요한 걸 다 찍었어. 이제 가자."

"넌 가고 난 남는 거지."

그녀는 그의 뺨에 입을 맞추었다.

"안녕, 사촌. 다른 게 또 있으면……"

"언젠가는 나한테 설명해줘야 해. 대체 무슨 꿍꿍이속으로 이런 사진들을 찍고 다니는 건지. 전시회를 하기 위한 거라는 네 말, 난 반도 안 믿으니까."

"조만간 직접 와보면 알 거 아냐. 지금 리옹의 민간 호스피스 병원에서 전시중이니까. 아주 특별한 것들만 모아놓았다고. 사람들의 관심을 끌려면 괴기하고 음산한 것만큼 좋은 게 없거든. 게다가 사람들은 그런 걸 즐기기까지 한단 말이지."

"그런가. 하지만 난 앉은뱅이나 원숭이 인간 같은 것엔 영 끌리지 않아서."

집으로 돌아온 카상드라는 컴퓨터를 켜고 포토샵 프로그램을 작동시켰다.

한 시간 후, 그녀는 맥주 석 잔을 비운 다음 컬러 레이저프린터에서 30×45 크기의 사진 한 장을 출력했다.

"근사해…… 정말 멋져…… 맙소사, 이건 예술이잖아."

그녀는 오디오를 끄고 1차세계대전 당시의 턱과 안면 외과술에 관한 서적들 옆에 스매싱 펌킨스의 앨범을 꽂아놓았다. 그런 다음, 알몸에 목욕가운만 걸친 채로 손전등을 들고 지하실로 향했다. 기온이 현저히 내려간 탓에 한기가 엄습해와서 양쪽 뺨이 따끔거렸다.

낡은 나무문에 열쇠를 꽂고 돌리자, 날카롭게 삐걱거리는 소리가 길게 울려퍼졌다.

카상드라는 몸을 숙인 채 자신만의 은밀한 공간으로 들어섰다. 와인색 카펫과 검은색 벽지로 꾸며진 그곳에는 매트리스, 두개골 모양의 재떨이와 대마초가 있었다. 사방 벽에는 다양한 사진들이 빼곡하게 붙어 있었다. 골육종, 깨진 얼굴, 끔찍한 기형의 모습을 담은 사진들이 미키 루크, 조니 뎁, 커트 코베인 같은 스타들의 사진과 함께 뒤섞여 있었다. 벽 위쪽에는 정원으로 통하는 환기구가 있었다. 카상드라는 그 구멍을 천조각으로 막았다.

그런 다음 방금 출력한 사진을 조그만 탁자 위에 내려놓고 9도짜리 맥주를 시원하게 한 모금 들이켰다. 약간의 취기가 느껴졌다. 그녀가 원하던 딱 그만큼.

조명 또한 환상에 젖기엔 완벽한 분위기였다. 완벽 그 자체였다. 카상드라는 매트리스 위에 누워 오랫동안 자위에 심취했다. 그녀의 앞에는 데이비드 보위의 사진에 에르베 투렐의 기괴한 손을 디지털로 '접합'한 사진이 놓여 있었다.

그녀는 절정에 이르기 직전에 매번 동작을 멈추고 다시 시작하기를 반복했다.

"젠장, 데이비드, 넌 그런 손을 가지기엔 너무 품격이 넘쳐."

갑자기 어디선가 나뭇가지 부러지는 소리가 났을 때는 이미 새벽 5시가 가까운 시각이었다. 화들짝 놀란 그녀는 잽싸게 불을 끄고 어둠 속에서 숨을 죽였다.

저 위쪽, 정원 어딘가에서 발자국 소리가 들려왔다.

당황한 카상드라는 더듬거리며 목욕가운을 찾다가 바닥에 떨어진 천 조각을 발견하고 소스라치게 놀랐다. 눈을 들어 환기구를 쳐다보니 하늘에 떠 있는 상현달이 보였다. 바람 한 점 없는 밤이었다.

천조각이 혼자 저절로 떨어질 수는 없었다.

"맙소사…… 이럴 수가……"

정신없이 위층으로 뛰어올라간 카상드라는 부엌 서랍에서 칼을 꺼내 들고 창가로 달려가 창문을 벌컥 열었다.

"누구야! 거기 누구냐고!"

아무런 인기척도 느껴지지 않았다. 그리고 조금 떨어진 곳에서 자동차 엔진 소리가 들려왔다. 잠시 비틀거리던 카상드라는 현관문을 향해 달려갔다. 오솔길 끝 나무 옆에서 막 출발하는 자동차가 보였다. 차가 가로등 밑을 통과할 무렵 차의 색깔이 눈에 들어왔다. 흰색 혹은 회색. 그렇다, 회색이 맞는 듯했다.

"미친 변태새끼! 또 오기만 해봐라!"

조심스럽게 정원으로 나가 환기구 근처를 둘러보던 카상드라는 기겁을 하며 코를 틀어막았다.

"이게 대체 무슨 냄새지?"

그녀는 그 자리에서 토하고 싶은 것을 간신히 참았다. 고름이나 썩은 고기에서 풍기는 것 같은 역한 냄새가 사방에 진동했다.

주위의 풀들 또한 누군가가 밟고 지나간 흔적이 역력했다.

카상드라는 소름이 돋은 팔을 문질렀다. 환기구를 시멘트로 막아버려야 할 것 같았다.

사실 제정신이 아닌 누군가가 그녀의 주소를 알아내는 일이 처음도 아니었다. 언젠가는 이런 일이 일어날 줄 예상한 바였다. 그녀는 만나는 사람마다 명함을 건넸다. 그리고 전시회의 군중 속에는 변태나 정신이상자들이 언제나 있기 마련이었다.

카상드라는 파르카이 모텔에서 마주쳤던 남자를 떠올렸다. 수면부족으로 초췌해진 얼굴로 찾아와, 그들이 묵고 있던 6호실과 방을 바꿔달라고 했던 검은 장발의 남자. 어쩌면 그들에게 접근하기 위한 핑계가 아니었을까? 편법을 써서 그녀의 주소를 알아낸 것은 아닐까? 혹시 그곳의 카운터 남자가 알려준 걸까? 아니, 그럴 리는 없었다. 그녀는 항상 신중하게 행동해왔다. 파르카이 모텔은 투숙객의 신상정보를 요구하는 곳이 아니었다. 그녀는 항상 현금으로 숙박비를 지불했고, 은밀하게 사진을 찍은 다음 조용히 사라지곤 했다.

집안으로 들어간 카상드라는 문을 이중으로 잠근 뒤 치밀어오르는 분노를 억누르며 곧바로 잠자리에 들었다. 그 변태는 그녀가 기괴한 사진들 앞에서 자위하는 모습을 지켜본 것이다.

생각할수록 기분이 찜찜하고 불안했다……

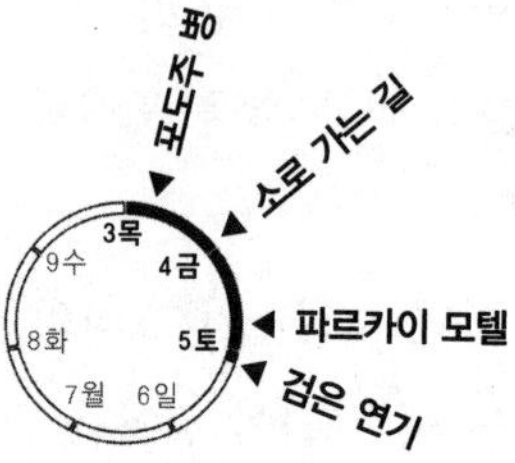

27. 5월 5일 토요일, 04시 05분
네번째 꿈: 검은 연기

스테판은 손으로 목을 움켜잡은 채 우왕좌왕하며 기침과 연기를 뱉어냈다. 그의 앞에서는 시커먼 실루엣들이 소리를 지르면서 빨려들듯 계단으로 내려가고 있었다. 곳곳에서 검은 연기가 몰려왔다. 분노하는 괴물의 형상을 닮은 시커먼 연기가 문틈 사이로 스며들어 사방으로 퍼져나갔다.

스테판은 다른 사람들과 반대 방향으로 달려가고 있었다. 불을 향해 정면으로 돌진하면서.

바닥에 놓여 있는 가죽가방을 건너뛴 그는 검은색 머플러를 주워 코를 막았다. 그의 앞에 방 하나가 나타났다. 플렉시 유리로 된 창문과 커다란 거울이 있는 그 방의 벽에는 글씨가 가득 쓰인 커다란 백지가 붙어 있었다.

스테판이 방으로 들어가려는 찰나, 손 하나가 그의 옷깃을 잡아당겼다.

"여기서 뭐하는 거야! 얼른 이곳을 빠져나가야 해!" 누군가가 그를 향해 소리쳤다.

스테판은 뒤를 돌아보았다. 마치 신기루처럼 모든 것이 뿌옇게 보이면서 시야가 흐려졌다. 매캐한 연기가 그의 코와 입 속으로 침투해 들어오면서 눈을 따갑게 했다. 시뻘건 불길이 널름거리며 그를 덮치려 하고 있었다.

"잠깐만!" 스테판이 외쳤다. "잠깐만 안에 들어가면 돼! 그가 알아야만 해! 그에게 설명해야 한다고!"

"몇 분 후면 늦어! 산 채로 타버리고 말 거라고! 시간이 없어! 어서 가야 해!"

"안 돼!"

"어서 가!"

스테판은 마지막으로 방을 흘끗 돌아보고는 마지못해 그곳을 빠져나가는 사람들을 따라갔다. 아수라장 같은 광경 속에서 커다란 검은색 군화 한 쌍이 그의 눈에 들어왔다.

그는 비틀거리며 빨려들듯 계단으로 내려갔다. 갑자기 주위의 모든 것이 작아지기 시작했다.

그리고 모든 것이 검게 변했다. 완벽한 암흑이었다.

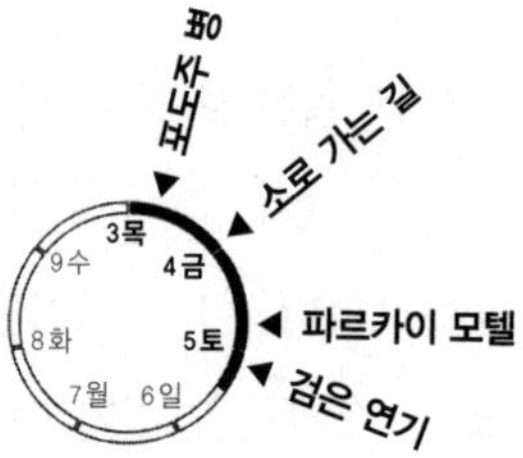

28. 5월 5일 토요일, 09시 14분

수사관 빅 마르샬은 주머니에 손을 찔러넣은 채 잰걸음으로 과학수사대의 실험실로 향했다. 바람이 돌발적으로 불어오는 가운데, 시커먼 구름 뒤의 해가 간헐적으로 모습을 드러내고 있었다. 봄이 무척이나 더디 오는 듯했다.

조금 전 조프루아가 전화를 걸어 그에게 아나벨 르루아의 오른손에서 발견된 피부 조각의 조직검사 결과를 찾아오라고 했다. 빅은 괴저 건을 수사하던 중 르루아가 출입하던 파르카이 모텔에 다녀온 사실을 전했다. 그러자 조프루아 역시 단짝인 왕과 함께 그곳에 가보겠다고 했다.

눈매가 날카로운 생물학 담당 요원의 이름은 세자르 라비치였다. 그의 뒤에는 또다른 남자가 빅을 기다리고 있었다. 라비치보다 작은 키에 머리숱이 적은 그에게서는 전문가의 면모가 풍겼다.

"에티엔 랑베르를 소개하죠. 태아의학을 전공한 친구입니다." 라비치가 그를 소개했다.

"태아의학 전공이라고요? 우리 사건과 무슨 관련이라도?" 그에게 인사하면서 빅이 되물었다.

"아주 밀접한 관련이 있죠. 우리를 따라오시겠습니까."

과학수사대의 실험실은 구체적이고 조용한 동작들과 움직임들로 바쁘게 돌아가고 있었다. 그곳에서는 각자 자신의 역할을 완벽하게 알고 있었다. 범죄현장에서 수집한 증거물들이 이곳 지하 실험실에 도착하면 적절한 부서로 나뉘어 전달된다. 탄도학, 마약, 화재 및 폭발물, 독극물학, 물리화학, 생물학…… 그러면 그들은 그 속에서 눈에 보이지 않는 것을 찾아 분석해낸다. 살인자의 범행 동기를 찾는 것이 아니라, 그가 현장에 남긴 그의 일부, 즉 범인이 은밀하게 남긴 물질적인 증거를 찾아내는 것이다.

세 남자는 분자생물학 부서 앞에 멈춰 섰다. 그곳에서는 DNA, RNA, 게놈지도 또는 PCR법* 등에 관한 이야기를 주로 들을 수 있었다. 피펫과 모니터, 마이크로튜브와 마이크로플레이트, 원심기, 저온박스 등으로 이루어진 세계. 인간과 과학이 힘을 합쳐 한없이 작은 것을 분석해내는 곳이었다.

라비치는 라벨이 붙은 유리판 앞에서 걸음을 멈추었다. 두 개의 얇은 유리판 사이에 피부 조각이 놓여 있었다.

"피살자의 손에서 발견된 피부 조각입니다. 현재로선 가장 빠른 방법인 PCR법을 사용해 분석했고요. 기존의 방식보다 열흘이나 시간을 단

---

* 중합효소 연쇄반응(Polymerase Chain Reaction)의 약자로, DNA의 일부분을 복제, 증폭시키는 기술이다. 핵산 증폭 검사라고도 한다.

축할 수 있거든요."

빅은 부글거리며 끓어오르는 듯한 열기를 뿜어내는 그곳을 유심히 관찰했다. 범죄를 퇴치하기 위한 기술적, 인간적 노력이 그에게 깊은 인상을 주었다. 한 사람이 살인을 저지를 때마다, 눈에 보이지 않는 것을 찾아내기 위해 수백만 유로에 달하는 장비와 수많은 이들의 노고가 동원된다는 것을 살인범은 생각지 못할 터였다.

"무엇을 찾아내셨나요?" 빅이 물었다.

라비치는 달라붙은 두 개의 유리판을 집어 그림자가 생기지 않는 특수 조명에 피부 조각을 비추었다. 빛이 통과하자 피부 조각이 계란의 막처럼 투명하게 변했다.

"검사하기 전에 이상했던 점은 이 샘플이 마치 뱀의 피부처럼 보였다는 사실입니다. 정상적이고 건강한 사람은 이렇게 피부가 벗겨질 수가 없거든요. 그런데 PCR법과 다른 여러 가지 분석법을 통해 분석한 결과, 소닉 헤지호그라는 특수한 유전자가 돌연변이를 일으켰다는 사실을 알게 되었습니다."

"지금 돌연변이라고 하셨나요?"

태아의학 전문가는 설명을 계속했다.

"SHH 단백질, 즉 소닉 헤지호그 유전자는 태아의 척추발달 단계에서 중요한 역할을 하는 유전자로, 특히 신경관세포들을…… 그러니까, 흠…… 어떻게 설명해야 할지. 그러니까……"

"신경관이란 것은 뇌와 척수, 피부 등을 포함하고 있는 중추신경이 관 모양으로 형성된 걸 가리키는 게 아닌가요?"

에티엔 랑베르는 빅의 부연설명에 고개를 끄덕거리면서 놀라움을 표했다.

"그런 걸 어떻게 알고 있죠?"

"아이가 나오기를 기다리고 있거든요."

"하지만 예비 아빠들 모두가 그런 걸 알고 있는 건 아니죠."

"태아에 관한 정보를 많이 찾아봤거든요. 이것저것 찾아보는 걸 좋아해서요."

"어쨌거나 다시 우리 주제로 돌아가죠. SHH 유전자에 생긴 돌연변이는 다양한 선천성기형을 유발하고 태아의 발달을 약화시킵니다. 이러한 기형은 원칙적으로 낭배가 형성되는 시기에 자리를 잡게 되죠. 즉 수태 후 3주 정도 후에요. 낭배는 기형을 야기하는 공격에 매우 민감합니다."

"기형을 야기한다…… 기형학에 관한 얘기를 하시는 건가요?"

"기형학은 선천성기형의 원인과 발달을 연구하는 학문 분야죠. 좀더 쉽게 말하면, 기형아에 관한 것을 연구하는 학문이라고 할까요. 수태되는 순간의 태아는 완벽하게 정상입니다. 자궁 안에서 발달하는 중에 기형이 형성되는 것이죠. 돌연변이의 종류에 따라, 즉 기형의 정도에 따라 매우 높은 사망률을 동반한 채로 태아는 태어나거나 자라나게 되는 겁니다."

빅은 투명한 유리판을 세심히 살펴보았다. 사건현장에 다른 인형들과 함께 놓여 있던, 얼굴이 괴물처럼 일그러진 인형이 떠올랐다.

"그러니까 이 피부 조각을 분석해본 결과, 아나벨 르루아의 살인범에게 선천적으로 중대한 기형이 있다는 건가요?"

라비치가 빅의 질문에 대답했다.

"살인범에게 그런 기형이 있다고 생각하는 건 아닙니다. 우리가 말하는 기형의 경우는 대개 아주 일찍 사망하니까요. 단 며칠 만에요."

빅은 그의 말이 잘 이해되지 않았다.

"그럼 살인범이 두 명일 수도 있다는 말씀인가요?"

빅이 당혹스러워하는 기색을 간파한 라비치는 랑베르를 돌아보았다.

"그걸 보여드리겠나?"

태아의학 전문가는 입을 꾹 다문 채 가죽 봉투에서 사진 한 장을 꺼내 빅에게 내밀었다.

빅은 눈살을 찌푸렸다. 그의 눈앞에 있는 것은 얼굴이 부풀어오르고 귀가 거대하게 변형된 모습에, 마치 자루 속에 갇힌 것처럼 두 다리가 서로 달라붙어 있는 어린아이의 사진이었다.

랑베르는 검지로 광택지를 쓰다듬으며 설명했다.

"미단부퇴행증후군입니다. 이 경우엔 인어증후군에 속한다고 볼 수 있죠."

"인어증후군이라고요?"

"그렇습니다. 전문용어로 시레노멜리아 혹은 유로멜리아라고 일컫는 것이죠."

빅은 고개를 가로저었다.

"시레노멜리아? 혹시 지금……"

"피살자의 손에서 발견된 피부 조각은 인어아기의 것이 분명해요. 그래요, 확실합니다."

빅은 이마로 손을 가져갔다. 끔찍한 사진에서 눈을 떼지 못하던 그는 주머니 깊숙이 넣어둔 휴대폰을 움켜쥐었다. 셸린에게 전화를 걸어 아무 일 없는지, 뱃속에서 어떤 통증이 느껴지지는 않는지 묻고 싶은 마음이 간절해졌다.

그는 다시 정신을 가다듬었다. 일에 집중해야 했다. 다른 생각은 잠시 접어둔 채.

"괜찮으십니까?" 라비치가 물었다. "안색이 좋지 않은 것 같군요. 혹시 살인사건이 처음이신가요?"

"네, 3주 됐습니다. 그런데 이 인어아기가 설마…… 살아 있었던 건 아니죠?"

"예, 그건 아닙니다. 피부 상태로 볼 때 죽어 있던 게 확실합니다. 게다가 아주 희귀한 경우를 제외하고는 시레노멜리아는 생존 확률이 희박합니다. 인어아기는 단지 피부조직 안에 두 다리가 갇혀 있기만 한 것이 아니거든요. 대부분 방광이나 항문이 없고 신장과 허리 부분의 이상을 동반하죠. 그 밖의 문제들도 많고요. 라비치 씨가 말한 것처럼 그들은 대부분 며칠밖엔 살지 못합니다. 어떤 경우엔 몇 시간 정도 사는 게 고작이고요."

빅은 아나벨 르루아가 겪었을 지옥 같은 고통을 감히 상상조차 할 수 없었다. 자신의 침대에 십자가 모양으로 꽁꽁 묶인 채, 이런 기괴한 것을 얼굴 가까이 들이미는 악마를 견뎌내야 했을 그 고통을.

"그런데…… 살인범이 이런…… 것을 어디서 구했을까요?"

"혹시 '프릭 쇼'라고 들어보셨나요?" 태아의학 전문가가 되물었다.

"괴물 전시회 말인가요?"

"말씀하신 대로 괴물 전시회는 기형학 수집품 전시장이나 마찬가지죠. 샴쌍둥이, 머리가 두 개 달린 소, 자웅동체 동물, 신경섬유종증 등등의 기형이 망라되어 있으니까요. 역사적으로 가장 잘 알려진 것 중 하나가 일명 엘리펀트맨이라고 불렸던 존 메릭의 경우일 겁니다. 그 밖에도 코벨코프, 조니 에크 또는 블라제크 샴쌍둥이 자매 같은 수많은 예를 들 수 있지요. 호러영화에나 나올 법한 자연의 창조물이 얼마나 많은지 알면 아마 놀라실 겁니다. 지금은 몇몇 공공 혹은 개인 수집품에서나 그 일부를 볼 수 있지만요."

빅은 손가락으로 사진을 가리켰다.

"그러니까 인어아기는 수집품에 속해 있던 거라는 말씀이군요."

랑베르는 고개를 끄덕였다.

"혹은 박물관에서 온 것일 수도 있고요. 피살자의 손에서 발견된 피부 조각은 오래돼서 쪼그라든 것이었어요. 죽은 지 오래됐다는 얘기죠."

"질량분석기로 분석해본 결과 피부에서 포르말린이 검출됐습니다." 라비치가 부연설명을 했다. "따라서 오래전에 그랬던 것처럼 병 속에 보존되었던 것일 가능성이 다분합니다."

세 남자는 아무 말 없이 서로를 바라보았다.

"이 모든 사실을 팩스로 모르티에 반장님에게 전달하도록 하죠." 라비치가 말했다.

"물론 살인범의 DNA는 검출되지 않았겠지요?"

"네. 인어아기의 것만 알 수 있었습니다. 수사에 그리 도움이 될 거라고 생각하진 않지만요."

빅은 명료한 정신을 유지하려 애썼다.

"우리가 인어아기의 흔적까지 거슬러올라갈 거라고 살인범이 예상했다고 보시나요?"

"그는 자신의 흔적은 모두 지운 반면, 이 피부 조각은 굳이 없애려고 하지 않았습니다. 그가 저지른 살인의 유형이나 피살자의 독특한 취향에 비추어볼 때, 그가 선천성기형에 관심이 많다는 걸 미루어 짐작할 수 있고요. 더구나 요즘 유행하는 텔레비전 시리즈물을 보기라도 했다면, 그렇습니다, 충분히 예상하고도 남을 일이지요."

실험실 밖으로 나온 빅에게는 평화롭게 흘러가는 센 강도 더이상 눈에 들어오지 않았고, 수송선에 부딪히는 강물이 찰랑거리는 소리도 더이상 귀에 들리지 않았다. 침대에 묶인 채 자신의 손에 끔찍한 물체를 쥐여주는 미치광이 살인마와 마주하고 절규하는 한 여인의 외침만이 그의 머릿속을 가득 채우고 있었다.

아나벨 르루아는 잔인한 운명에 의해 가혹하게 다루어진, 절단된 육체를 지닌 불행한 존재들과 어울리기를 즐겼다.

그녀가 가까이하고자 했던 것은 여인과 황소의 결합으로 태어나 미궁 속에 갇힌 괴물 미노타우로스였다.

하지만 이번에는 미노타우로스가 그녀에게로 온 것이었다.

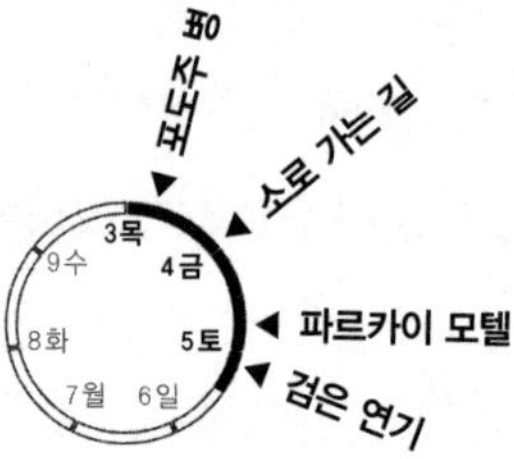

29. 5월 5일 토요일, 10시 34분

포드의 운전석에 앉은 스테판은 분노를 터뜨렸다. 모든 것이 그의 예상과 빗나갔다. 그는 간밤의 꿈을 거의 기억하지 못했다. 전날 밤 위스키를 많이 마셔서 혹은 실비와 언쟁을 벌여서 그런지도 몰랐다. 단편적인 기억만 떠오를 뿐이었다. 붉은 색조, 연기, 가쁜 숨을 몰아쉬던 사람들, 계단에 놓여 있던 검은색 군화 한 쌍. 그 외엔 아무것도 기억나지 않았다. 미래의 스테판은 허리에 문신으로 새긴 메시지를 전달받았을까? 파르카이 모텔 6호실로 돌아가, 그가 벽에 남겨놓은 메시지를 읽었을까?

스테판은 자책하고 있었다. 퍼즐 조각 하나가 부족했던 것이다. 그는 물리학자인 자키가 했던 말을 여러 각도로 뒤집어가며 곱씹어보았다. 모순과 뫼비우스의 띠, 평행한 두 세계, 운명에 관한 이야기들을. 하지만 깊이 생각할수록 점점 더 이해가 되지 않았다. 예를 들어 모텔이 등장하는 꿈에서 미래의 스테판은 빅토르라는 인물에게 전화를 걸어 자신이 더이상 꿈을 꾸지 않는다고 했다. 미래의 스테판 역시 꿈속에서 자신의 미래를 보는 걸까? 그리고 그에 따라 행동하는 걸까? 그 경우, 미래의 스테판은 그의 꿈속에서, 더욱더 먼 미래 속에서 변화해가는 또 다른 미래의 스테판을 지켜보는 것은 아닐까? 스테판은 자키가 말한 뫼비우스의 띠와 그동안 경험한 데자뷰의 느낌들을 떠올리면서 큰 소리로 울부짖고 싶은 충동에 사로잡혔다. 이건 러시아 인형 마트료시카보다도 더 그 끝을 알 수 없는 이야기가 아닌가. 어쩌면 정신과 의사와의 면담이 정말로 필요할지도 모른다는 생각이 들었다.

그때 그의 휴대폰이 울렸다.

"실비?"

"아니, 에브라르네. 대체 지금 뭘 하고 있는 건가? 이틀 동안 전화도 받지 않고! 모형은 준비된 건가?"

에브라르. 생각지도 못하고 있었다.

"열심히 하고 있네. 곧 준비될 걸세."

"언제? 촬영이 다음주 화요일이라는 걸 잊진 않았겠지!"

"곧 된다니까! 늦어도 월요일까진 스튜디오로 가지고 가겠네. 그럼 되겠나?"

"그러는 게 좋을 거야. 마르티네즈는 한 성격 하는 배우거든. 마음에 들지 않으면 촬영장과 팀 전체의 분위기를 엉망으로 만들어버리지. 약속을 지키지 못하는 경우엔 어떤 불이익을 당하게 될지 자네도 알고 있겠지? 이건 계약에 관한 문제란 말이네, 친구. 그러니까 서두르라고."

스테판은 자신도 모르는 사이에 적색 신호등을 지나치고 말았다.

"잠깐! 잠깐만 기다려봐! 엑토르 아리에, 일명 존 레인이라는 친구도 영화에 참여하고 있나?"

"영화 세트 작업을 두 군데 맡고 있지. 그런데 그건 왜 묻나?"

"지금 자네 옆에 있나?"

"아니, 아마 소의 자기 집에 있을 거야."

"그 친구 전화번호 좀 알려주게."

스테판은 번호를 외운 다음 덧붙였다.

"모형은 다음주 월요일까지 꼭 가지고 가겠네."

그는 전화를 끊고 휴대폰에 아리에의 번호를 입력했다. 그사이 그의 차는 어느덧 우아즈 지방의 다리를 건너고 있었다. 무심히 운전하는 바람에 메리를 지나친 것이다. 다시 뒤로 돌아가야 했다.

너무 많은 이미지들과 의문들이 그의 머릿속을 혼란스럽게 하고 있었다. 이곳으로 오기 전, 그는 라모를레의 우체국에 들러 사서함 101번을 예약했다. 모텔의 벽에 쓰여 있던 그 'PO Box 101' 때문이었다. 그것이 우편사서함을 의미하는 것인지, 그 우편사서함이 라모를레의 우체국 것인지 확신할 수는 없었지만. 어쨌든 사서함 100번과 102번은 이미 차 있었지만 101번은 아직 비어 있는 상태였다. 그는 필요한 서류를 가져와 양식을 기입한 후에야 쓸 수 있는 사서함을 우선 예약해두었다.

스테판은 자신이 직감에 의해 나아가고 있음을 알았다. 왜 미래의 스테판은 좀더 명확한 메시지를 남겨놓지 않는 것일까?

'왜냐하면 미래의 스테판은 바로 너 자신이기 때문이야, 이 멍청아. 명확하고 객관적으로 설명하는 건 너와는 거리가 먼 일이니까. 지금까지 메독을 수없이 마셔댔으니 이제 그 여파가 미치는 것 아니겠냐고.'

그는 헌병들을 발견하고는 브레이크를 밟은 뒤 차를 조금 뒤로 뺐다. 그리고 스스로에게 질문을 던지면서 한참 동안 머물러 있었다. 유니폼

차림의 저 사람들, 아니, 저들의 미래의 분신들은 어쩌면 미래의 스테판을 쫓고 있을지도 몰랐다.

스테판은 좀 떨어진 곳에 주차를 한 다음, 눈과 긴 머리를 감추기 위해 모자를 깊이 눌러쓴 채 헌병대 안으로 들어갔다.

"라파르그 헌병대장님과 얘기를 좀 할 수 있을까요?" 그는 안내를 담당하는 헌병에게 물었다.

꿈속 라디오 인터뷰에 나온, 멜린다 사건 담당 수사관의 이름을 기억해낸 것이다.

"누구시라고 전할까요?"

스테판은 망치로 머리를 얻어맞은 느낌이 들었다.

"그럼…… 그 사람이 정말로 존재한단 말인가요?"

"누구 말씀이시죠?"

"라파르그."

헌병은 야릇한 표정을 지으며 그를 아래위로 훑어보았다.

"그렇습니다."

"그럼…… 지금 무슨 사건을 맡고 있습니까?"

헌병은 두 손을 허리에 올리면서 되물었다.

"대체 무슨 일 때문에 그러시죠?"

"안녕히 계세요. 다시는 만날 일이 없으면 좋겠군요, 다시는."

서둘러 그곳을 나온 스테판은 이번에는 주소를 알아낸 다섯 곳의 초등학교 중 한 곳으로 향했다. 멜린다라는 이름의 소녀를 찾기 위해서였다.

초록색 지붕의 벽돌 건물로 들어서면서 그는 가슴이 뭉클해지는 것을 느꼈다. 학교 운동장을 가로질러갔던 게 대체 언제였던가? 아이들의 웃음소리를 마지막으로 들어본 게 언제인가?

바닥에 돌차기 그림판이 보였다. 도랑 속에 깨진 유리구슬도 눈에 띄었다. 바람에 흔들리는 밤나무 꼭대기에는 벌써 영글기 시작한 밤들이 보였다. 어린 시절의 기억들이 한꺼번에 솟구치듯 수면 밖으로 떠올랐다. 나무들 사이를 누비며 왁자지껄하게 뛰놀던 순간들. 치아를 엷은 보랏빛으로 물들이면서 강렬하게 혀를 자극하던 신기한 사탕. 학교를 마치고, 보주 산맥을 뒤로한 채 양부모 집으로 향하던 순간.

스테판은 향수 어린 미소를 입가에 띤 채 어느 교실 앞에 멈춰 섰다. 여선생님이 느릿한 동작으로 쓴 글자들을 아이들이 혀를 날름거리면서 공책에 따라 적었다. 그들 뒤편으로는 대벌레와 무당벌레를 키우는 곤충사육통이 보였다. 주변에는 다양한 색깔로 그린 그림들이 줄지어 붙어 있었다.

스테판은 실비처럼 파란 눈을 가진 금발머리 소녀를 한참 동안 바라보았다. 1992년 7월의 기억이 되살아났다. 뤼디빈 코켈의 눈도 이 소녀의 눈처럼 파란색이었다.

"……저기…… 누구신가요?"

스테판은 뒤를 돌아보았다.

"무슨 일이시죠?" 머리를 하나로 묶은 한 여성이 그에게 말을 건넸다.

그는 모자를 벗고 물었다.

"이 학교 교장 선생님이신가요?"

"그렇습니다. 학교 건물에 들어오는 게 금지되어 있다는 건 아시나요?"

스테판은 유리창 너머로 보이는 벽에 붙은 그림을 가리켰다.

"난 어릴 적에 종종 무지개를 그리곤 했어요. 그럴 때마다 그 아래에 회색 옷을 입은 남자를 아주 작게 그려넣었죠. 거의 눈에 띄지 않을 정도로 작게요. 집들도 마찬가지였죠. 그림을 그릴 때마다 항상 그랬어요. 그 남자는 때로는 하늘 아래, 때로는 땅속에, 또 어떤 때는 어딘가에 숨어 있기도 했지만 늘 나를 따라다녔어요. 그런데 난 왜 내가 항상 그를 그려넣는지 이유를 알지 못했어요. 아무도 내게 그 이유를 명확하게 설명해주지 못했거든요. 선생님은 설명해주실 수 있나요, 혹시?"

젊은 여성은 어이가 없다는 표정으로 팔짱을 낀 채 그에게 대꾸했다.

"아뇨. 하지만 댁은 왜 이 4학년 교실 앞에 서 있는 건지 그 이유를 나한테 설명해줄 수 있겠죠?"

스테판은 미소를 지으며 그녀를 바라보았다.

"난 멜린다를 찾고 있습니다. 그 아이가 이 학교에 다니고 있는지 알고 싶어서 왔습니다."

"성이 어떻게 되죠?"

"그건 모릅니다. 그애 엄마가 재혼을 했는데, 그 남편의 성을 모르거든요. 멜린다가 열 살이라는 것밖에 모릅니다."

"댁은 누구신데요?"

"난 멜린다의 외삼촌입니다. 세 살 이후로 그 아이를 본 적이 없지요. 그게…… 누이하고 사이가 좋지 않았거든요. 그냥 그애를 한번 보고 싶을 뿐입니다. 어떻게 변했는지 알고 싶어서요. 난 오늘밤 뉴욕으로 가는 비행기를 타야 하거든요, 그래서……"

교장은 엄격한 표정을 지어 보였다.

"유감스럽지만 우린 학생들을 보호해야 합니다. 댁한테는 아무것도 말해줄 수가 없어요. 하굣길에 학생을 데려가고 싶으면 부모가 사인한 허가증이 있어야 합니다. 부모가 자필로 작성한 것이어야 하고요."

"하지만 난 그 아이를 데려가려는 게 아닙니다! 그냥 한번 보기만 하면 된다고요!"

교장은 건물 밖으로 나가라는 의미로 스테판의 등을 살짝 떠밀었다. 하지만 그는 그 자리에서 움직이지 않은 채 주먹을 더 꽉 움켜쥐었다.

"적어도 성만이라도 가르쳐달란 말입니다! 아니면 그 아이가 이 학교에 다니고 있는지 그것만이라도 말해주든가요!"

교장은 단호한 태도로 비켜서며 그에게 경고했다.

"여기서 당장 나가세요! 그러지 않으면 경찰을 부르겠어요!"

스테판은 어쩌면 곧 채석장 안에서 죽어 있는 멜린다를 발견하게 될지도 모른다고 외치고 싶은 마음을 애써 억눌러야 했다. 그는 더이상 버티지 않고 순순히 그녀의 말에 따랐다. 말이 통할 것 같지 않았기 때문이다.

그는 건물 밖으로 나와 조금 떨어진 곳에 주차해둔 차에 올라탔다. 차 번호판이 노출되어서는 안 될 터였다. 무엇보다 학교 근처에서 얼쩡거릴 때는 더욱 주의를 기울여야 했다.

이번에는 작은 숲 근처, 메리의 언덕 위에 자리잡은 다른 학교를 택해 소형 트럭 뒤에 주차했다. 수업이 끝나고 나오는 아이들을 몰래 살펴보기 위해서였다.

11시 30분이 되자, 알록달록한 색깔과 경쾌한 목소리, 금발머리와 갈색 머리의 아이들이 한꺼번에 우르르 몰려나왔다. 부모들은 웃고 떠들면서 자신의 아이에게 오전을 어떻게 보냈는지 물었다. 학교로 아이를 마중 가고, 자라면서 활짝 피어나는 아이들의 모습을 지켜본다는 건 얼마나 행복한 일일까. 운전대를 잡은 스테판의 손에 힘이 들어갔다. 그는 친부모가 누구인지 알지 못하고, 양부모와도 더이상 연락을 하지 않았다. 그리고 평생 동안 자신의 아이를 가질 수 없을 터였다.

그는 자기 앞을 지나가는 아이들을 하나하나 유심히 살펴보았다. 삶의 생기로 넘치는 아이들의 머리가 갑자기 불어온 바람에 흩날리고 있었다. 어쩌면 그중에 어린 멜린다가 있을지도 몰랐다. 주차되어 있던 소형 트럭이 그 자리를 떠나 길모퉁이로 사라져갔다. 그의 포드를 가려줄 수 있는 건 더이상 아무것도 없었다. 스테판은 차에서 내려 조금 떨어진 곳으로 가서 기다렸다.

정오가 다 되어갈 무렵, 한 남자가 밖으로 나와 철로 된 학교 정문을 열쇠로 잠그는 게 보였다.

스테판은 재빨리 길을 거슬러올라가 교문을 향해 달려갔다. 그는 철책을 넘기 위해 기어오르다가 반대편으로 떨어지면서 왼쪽 허리를 땅에 부딪혔다. 그 순간 그의 수첩이 바람에 날리면서 떨어져나온 종이들이 춤을 추듯 사방으로 흩어지기 시작했다.

"안 돼!"

몸을 일으켜 잡으려고 했지만 이미 대여섯 장이 길 쪽으로 사라져 보이지 않았다.

"이럴 수가."

스테판은 한 손에는 수첩을, 다른 한 손에는 떨어져나온 종이들을 움켜쥔 채 절뚝거리면서 건물 뒤로 달려갔다. 그곳에선 사람들의 눈에 띄지 않을 수 있었다.

그는 호흡을 가다듬으면서 한참 동안 허벅지를 문지른 다음 주머니를 뒤졌다. 휴대폰을 꺼내 뚜껑을 열어보니 액정화면이 깨져 있었다.

순간, 모든 걸 포기하고 싶다는 생각이 간절하게 들었다. 실비의 짧게 자른 머리, 깨진 휴대폰 액정화면. 꿈속에서 본 것들이 그의 눈앞에 현실로 나타나기 시작했다. 별 의미 없어 보였던, 일어날 것 같지 않았던 일들이 실제로 일어나고 있었다.

지금 당장, 모든 걸 그만둬야만 했다. '멜린다에게서 멀리 떨어져 있을 것.'

그는 되돌아갈까 잠시 망설였지만 계속 나아가기로 마음먹었다. 운명은 그에게 이대로 포기할 것을 종용하고 있었다. 하지만 그럼으로써 그 모든 일들이 실제로 일어나게 되는 건 아닐까? 대체 어떻게 하는 것이 옳은 것일까?

그래, 가는 데까지 가보는 거야!

스테판은 주워모은 종이들을 수첩에 다시 끼워넣었다. 어떤 부분들을 잃어버린 걸까? 두번째 꿈 '소로 가는 길'에서 시그사우어 권총을 들고 아리에의 집으로 쳐들어가던 장면, 그리고 파르카이 모텔에서 숲속으로 도망가던 마지막 부분이 사라지고 없었다.

그는 수첩을 주머니에 넣고 재빨리 웃옷을 벗어 주먹에 둘둘 감은 뒤 유리창 모퉁이를 내리쳤다. 박살난 유리 조각들이 바닥으로 흩어졌다.

몇 분 후, 그는 교장실로 들어갈 수 있었다. 그리고 빗장을 질러놓은 서류보관함의 문을 발로 세게 걷어찼다.

그 속엔 학생들에 관한 기록들이 보관되어 있었다.

그는 모든 것에 직접 손을 대지 않고 웃옷을 이용해 만졌다.

멜린다는 열 살이니 4학년이나 5학년쯤 될 터였다. 클레르나 마리처럼 매우 흔한 이름이 아닌 게 다행이었다. 그는 대략적인 리스트를 추려내어 세심하게 살펴보았다. 각각 다른 반에 모두 두 명의 멜린다가 존재했다. 운이 없었다.

스테판은 또다시 서랍을 뒤져 두 아이의 개인 신상기록을 찾아냈다.

우선 멜린다 포티에에 관한 정보를 훑어보았다. 적갈색 머리에 둥근 얼굴, 턱까지 주근깨가 뒤덮여 있는 무척 귀엽게 생긴 소녀로, 치과의사인 아버지, 주부인 엄마와 함께 메리에 살고 있었다.

또다른 서류를 읽어보았다. 멜린다 그라프. 앞니가 하나 빠진 채로 미소 짓고 있는 모습이었다. 밝은 밤색 곱슬머리에 초록빛 눈, 목에는 십자가 목걸이를 하고 있었다. 소녀와 스테판 사이에 순간적으로 전류가 흘렀다. 설명하기 힘든 데자뷔의 느낌이 전해져왔다. 자신이 찾는 소녀가 그 아이라는 걸 알 수 있었다.

그는 소녀의 주소를 적은 뒤 서류들을 다시 제자리에 꽂아놓았다. 무단침입에 대한 수사가 진행되겠지만, 불량소년들의 소행쯤으로 치부될 터였다. 결코 그에게까지 수사가 미칠 수는 없을 것이다.

스테판은 이마에 땀이 흥건한 채로 아무도 마주치지 않고 자신의 차로 돌아갔다.

드디어 멜린다를 찾아낸 것이다. 어린 소녀의 운명이 자신의 손에 달려 있다는 느낌이 이런 것일 줄이야……

십 분 후, 그는 그라프 가족의 집 맞은편에 있는 한 담뱃가게 겸 카페 앞에 주차했다. 소녀의 집은 우아즈 강변에 위치한 정원이 딸린 아름다운 하얀색 석조 주택이었다. 차 두 대가 집 앞에 주차되어 있는 걸로 보아 집에 사람들이 있는 게 분명했다.

이제 뭘 해야 하지? 안으로 들어가 미소를 지어 보이면서 그들에게 자신의 꿈을 설명해야 하나? 이제 곧, 일반인들의 출입이 금지된 채석장 깊은 곳에서 아이가 물에 빠져 죽게 될 거라고? 게다가 첫번째 살인 용의자가 바로 그라고? 그럴 수는 없는 일이었다.

그런데 어째서 사람들은 그를 의심하는 걸까? 왜 라디오에서는 그의 인상착의가 흘러나오는 걸까? 이 사건에서 그는 대체 어떤 역할을 하고 있는 걸까? 그는 꿈속의 스테판이 파르카이 모텔의 방 벽에 남긴 메시지를 다시 떠올렸다. '멜린다에게서 멀리 떨어져 있을 것.' 미래의 스테판은 좀더 자세한 얘기를 해줄 수는 없었던 걸까? 사실 생각해보면, 암시적인 간단한 말투, 이해하기 힘든 메시지, 안개처럼 모호한 정신상태, 그 모든 것이 바로 스테판 자신이었다. 스테판 키스메의 전형적인 모습임을 인정해야만 했다.

그렇다면? 멀찌감치 떨어져 소녀를 지켜보며 그대로 죽게 내버려둬야 하는 걸까? 어느 미치광이가 소녀를 납치해서 성폭행한 다음 물에 빠뜨려 죽이도록?

누군가가 이 어여쁜 소녀를 그의 운명의 일부가 되게 했다. 어쩌면 그가 여섯 살 때부터 그리는 그림마다 늘 그를 따라다녔던 조그만 회색 남자가 그런 것은 아닐까. 어쩌면 그 환영은 수년 전부터 스테판에게 닥칠 불행을 알리고자 애썼던 미래의 스테판은 아니었을까? 그가 결코 기억해내지 못한 수많은 꿈들을 통해서. 어쩌면 미래의 스테판은 엿새의 시간 차를 두고 내내 그를 따라다닌 것인지도 몰랐다.

스테판은 운전석 깊이 몸을 파묻었다. 불현듯 자신의 삶의 의미를 깨달은 듯한 느낌이, 그의 삶에 드리워졌던 검은 장막이 벗겨진 것 같은 느낌이 들었다.

1시 30분. 가슴이 쿵쾅거리며 빠르게 뛰기 시작했다.

집에서 나오는 멜린다가 보였다. 밝은색 원피스에, 하얀 양말과 발목까지 올라오는 새빨간 반장화를 신고 있었다. 십자가 목걸이가 원피스 위에서 돋보였다. 귀엽기 그지없는 소녀였다…… 스테판은 차에 앉은 채로 은밀하게 소녀의 사진을 찍은 다음 디지털카메라를 조수석에 내려놓았다.

그런 다음 차에서 내려 길을 건너려는 찰나, 한 남자의 목소리가 들려왔다.

"멜린다! 기다려, 얘야!"

순간 스테판은 몸을 틀어 방향을 바꾸었다. 충분히 멀어진 다음 뒤를 돌아보았다. 멜린다와 아이의 부모가 SUV 차량에 올라타는 모습이 보였다.

차는 그의 앞을 지나쳐갔다. 소녀는 차창에 손을 붙인 채 스테판을 무심하게 흘끗 쳐다보고는 헤드폰을 머리에 썼다.

잠시 후 차는 길모퉁이로 사라졌다.

시간을 확인한 스테판은 정신과 의사와의 면담에 가지 않으리라 결심했다. 이곳에 남아 기다리면서 주변을 관찰하고 감시할 생각이었다. 불과 며칠 후면 어떤 미치광이가 멜린다를 해칠지도 모르는 상황이었다. 어쩌면 그가 이미 이곳을 살피고 있는지도 모를 일이었다.

만약 그게 사실이라면, 반드시 그를 찾아내야만 했다. 스테판은 어떤 방법을 써서라도 반드시 소녀를 지켜내고야 말리라 마음먹었다.

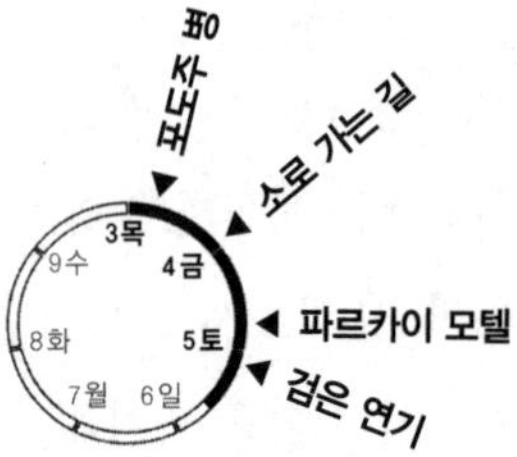

30. 5월 5일 토요일, 14시 07분

“마르샬, 이제 자네 차례네……”

왕과 조프루아, 모르티에 반장, 그리고 빅은 창문도 없는 조그만 방에 모여 있었다. 배관과 전기공사, 리모델링 작업 때문에 사무실을 비워야 했다. 이제 며칠 후면, 법무부의 새로운 직원들을 맞이하기 위한 준비 때문에 완전히 비워진 건물에서 본격적인 공사가 시작될 예정이었다.

빅은 자판기에서 커피를 뽑아 한 모금 마신 다음 이야기를 시작했다.

“우선 단서에 관한 것입니다. 먼저 인어아기와 관련해 계속 알아보고 있습니다. 박물관, 병원, 전시회 같은 곳을요. 모르핀으로 말하자면, 지금으로선 너무 광범위해서 어려움을 겪고 있고요. 리트랙터와 인형 역시 너무 모호한 상황이라 시간이 좀더 필요할 것 같습니다. 괴저 증상을 보이는 손을 추적하는 것 역시 별다른 성과가 없고요. 하지만 르루아가 파르카이라는 이름의 모텔에 가끔씩 들러서 성적 판타지를 해소하곤 했다는 사실을 알아냈습니다. 왕 수사관과 조프루아 경사가 오늘 아침에 확인해본 바와 같이, 그곳은 기형적인 신체를 가진 사람들과 그들을 선호하는 사람들이 모여드는 곳입니다. 사고를 당해 불구가 되었거나 화상을 입은 사람들, 손발이 하나 없거나 한 사람들을 그곳에서 만날 수 있습니다."

"그 방면으로 앞으로 많은 정보를 확보할 수 있을 겁니다." 조프루아가 끼어들었다. "그곳에 드나든 적이 있는 고객들을 찾아내 신문하기 위해 수사관 두 명을 배치해놓았거든요. 마타도르 역시 변태적인 성 유희의 추종자일 가능성이 큰데다가 그 모텔을 모를 리 없으니까요."

"테킬라를 몹시 즐기는 사디스트이신 쥘리에트 퐁슬레는 어떤가? 그녀도 그곳을 알고 있던가?" 모르티에 반장이 질문을 던졌다.

"아뇨. 그녀는 사도마조히즘 행위가…… 기형적인 외모에 열광하는 것과는 아무런 관련이 없다고 단언하더군요." 왕이 대답했다.

"글쎄, 어떤 게 더 나은지 난 잘 모르겠군. 퐁슬레에 의해 불알이 짓이겨지는 것과 수염 난 여자와 섹스를 하는 것 중에서."

그들은 반장의 농담에 웃음을 터뜨렸다. 모르티에가 빅에게 브리핑을 계속하라고 지시했다.

"계속하게, 마르샬."

"그러니까…… 단서의 측면에서는 아직 아무것도 건진 게 없습니다. 이제 살인 동기에 대해 말씀드릴까요?"

모르티에 반장은 불이 꺼진 담배를 손가락 사이에 넣고 빙빙 돌렸다.

"그건 조프루아 수사관이 얘기할 걸세. 어서 하지, 조프루아."

빅이 입을 꾹 다문 채 자기 자리로 물러나자, 퍼펙토 가죽점퍼를 입은 조프루아가 바통을 이어받았다.

"이번 사건의 경우 단순한 원한보다는 좀더 복잡한 것이 얽혀 있다는 사실엔 모두 동의하리라 믿습니다."

"말하자면?" 모르티에 반장이 물었다.

"먹잇감을 죽이는 데서 쾌락을 느끼는 미치광이 살인마의 소행이라는 사실 말입니다. 살인을 성적 충동이나 성적 판타지를 해소하는 수단으로 이용하는 것이죠. 이번 사건은 살인범의 외모나 고통, 성도착증과 관련이 있는 것으로 보입니다. 우선 행위 자체에 관해 이야기해보죠. 그는 촉각, 즉 만지는 것에 큰 의미를 부여하고 있습니다. 피살자의 몸 전체에 식초를 바르기 위해 오랫동안 그녀를 만진 것이 분명합니다. 그런 다음, 준비해온 바늘로 서서히 몸의 각 부분을 탐색해나갔습니다. 옥수수 전분이 검출된 사실은 그가 그녀의 음부를 만지기 위해 장갑을 벗었음을 입증합니다. 피부를 직접 만지고 싶었기 때문일 겁니다. 반면에 그는 르루아가 자신의 몸을 만지는 것은 원치 않았습니다. 그래서 그녀를 단단히 묶어놓았을 뿐만 아니라, 그녀의 촉각을 제거해버린 겁니다. 촉각이 가장 예민한 세 군데, 즉 손가락 마디와 입술, 혀끝을 잘라냄으로써 말이죠."

"아무것도 모르는 바보처럼 멍청한 질문을 하나 하겠네. 낙하산이 혹시 이해하지 못할지도 모르니까. 마타도르는 어째서 르루아가 자신을 만지지 못하게 했을까?"

모르티에 반장의 질문에 모두가 웃음을 터뜨렸다. 빅만 빼고. 조프루아는 브리핑을 계속했다.

"어쩌면 그녀에게서 역겨움을 느꼈기 때문이 아닐까요. 식초를 바르는 행위는 하나의 상징입니다. 그는 피살자가 오염되는 걸 방지하려고 한 게 아니라, 식초로 그녀를 소독한 것입니다. 마타도르는 그녀가 더럽고 불결하다고 생각한 거죠. 불구자나 괴물 같은 존재들과 섹스를 했으니까요."

빅은 마음속으로 분노했다. 조프루아는 회의 직전에 빅이 한 말을 그대로 읊고 있었고, 왕은 그런 광경을 즐기는 듯 보였다.

"이 사건은 결국 선천성 질병과 육체적 기형의 문제로 귀착되고 있음을 알 수 있습니다. 모습이 훼손된 인형, 르루아의 특이한 성적 취향과 인어아기의 존재까지 모두 고려할 때 말이죠. 이런 사실들로 유추해볼 때 우리가 쫓는 살인범은 심각한 선천성기형을 지니고 있으며, 모르핀 사용 가능성으로 보아 매우 고통스러운 질병을 앓고 있는 것으로 추측됩니다. 하지만 피살자의 눈을 가리지 않은 걸로 봐서, 그는 타인이 자신을 만지는 건 거부하면서도 타인의 시선은 비교적 잘 견디는 타입이고요. 따라서 자신이 남과 다르다는 걸 충분히 받아들일 수 있는 성숙한 연령대의 인물로 보입니다. 혹은 그의 질병이 외부로 드러나지 않는 내적인 것일 수도 있고요. 그 경우 수사에 좀더 어려움을 겪을 수도 있을 것입니다."

"내적인 질병이라고? 구체적으로 어떤?"

"그것에 관해서는 아직 밝혀진 것이 없습니다. 전문가에게 물어봐야 할 것 같습니다. 어쨌거나 확실한 건 마타도르가 수치심을 느끼지 않는다는 사실입니다. 그는 살인을 통해 자신의 힘을 보여주고자 하는 것입니다. 마타도르가 선천성 질병을 앓고 있다고 가정할 때, 그는 그로 인해 매우 어릴 때부터 고통을 받아왔을 것으로 추측됩니다. 집단으로 가혹행위를 당하거나 따돌림을 받는 식으로요. 특히 가장 예민한 중고등학교 시절에 말이죠. 이렇게 볼 때, 사건현장에 있던 열여덟 개의 인형은 어쩌면 그가 속했던 학급의 학생들이나 일반 대중을 의미할 수도 있습니다. 정상적인 사람들 그리고 그들과 다른 자신을 상징한 것이죠."

"나쁘지 않군." 모르티에 반장은 그의 해석에 수긍을 표했다. "한 가지 덧붙이자면, 르루아의 과거를 철저히 뒤져봐야 할 거야. 마타도르가 학창 시절부터 그녀를 알고 있었는지도 모르니까. 어쩌면 다른 루트를 통해서라도. 가운데 엘리펀트맨이 앉아 있는 졸업 사진, 뭐 그런 거 있잖아."

"분명한 건, 이제 마타도르는 자신의 성적 판타지를 충족시키기 위해 타인의 불행을 이용하는 르루아 같은 부류를 더이상 보고만 있지는 않을 거라는 사실입니다. 그녀는 그가 과거에 당한 모든 수치스러운 일들을 상징하고 있으며, 그런 이유로 그의 복수의 대상이 된 것입니다. 이런 맥락으로 볼 때, 인어아기를 선택한 것 역시 의미가 있는 행위로 보입니다. 인어란 매혹적이고 아름다운 외모 이면에, 사람들을 불행에 빠뜨리고자 하는 유일한 목적을 숨기고 있는 부도덕한 존재니까요. 마타도르의 눈에는 르루아가 바로 그런 신화적 괴물의 화신이나 다름없었던 것입니다."

"악을 악으로 갚는 셈이군."

"그렇습니다. 마지막으로 하나 더 말하자면, 마타도르는 절대적인 통제 능력을 가지고 있는 것으로 보입니다. 치밀한 계획을 세워서 범행했고, 두려움을 전혀 느끼지 않았으니까요. 부랑자의 말을 모두 믿긴 어렵겠지만, 그의 증언에 의하면 마타도르는 회색 차량에서 살인에 필요한 장비와 인형, 인어아기 등을 매우 침착한 몸짓으로 꺼낸 것으로 보입니다. 아무 일도 없다는 듯이 말이죠."

조프루아는 잠시 말을 멈추었다가 덧붙여 말했다.

"살인범이 여자일 가능성도 열어두어야 할 것 같습니다."

"여자라고? 여자가 그런 짓을 할 수 있을 거라고 생각하나?"

"오늘 아침, 파트너의 손가락이나 손을 자르게 했다는 여자 얘기를 듣기 전까진 저도 생각지 못했던 일입니다."

"파르카이 모텔에서 만난 그레고리 마슈라는 사내가 얘기해준 겁니다." 왕이 말했다. "그와 정기적으로 섹스를 하러 오던 여자가 그의 손을 자르게 했다더군요. 그 여자는 몇 주 전부터 모습을 보이지 않고 있고요. 인상착의를 아니까 곧 찾게 될 겁니다."

"그게 다인가?"

"네, 그게 다입니다."

"마타도르가 피살자를 촬영한 사실에 대해서는 어떻게 생각하나?"

"행위를 연장하는 방식이 아닐까요. 살인의 쾌감을 무한 반복해서 느끼기 위해서요."

조프루아의 대답에 모르티에는 그다지 열의 없는 박수를 보냈다.

"수고했네. 정신과 의사 입에서 나옴직한 얘기지만, 사실 내 생각도 크게 다르지 않네. 제길, 치밀한 성도착자와 한판 승부를 벌이게 생겼군. 그건 그렇고…… 선천성기형에 대해 조사한 사람 혹시 있나?"

그의 물음에 반응을 보이는 사람은 아무도 없었다.

"선천성 질병에 걸린 사람 중에서 전문병원을 거쳐간 사람들에 대한 자료가 필요하네. 어떤 질병이 완연하게 눈에 띄는 신체적 기형을 야기하는지, 밖으로 그다지 드러나지 않거나 외견상으로는 전혀 알 수 없는 증상을 야기하는 질병은 어떤 것들이 있는지 등을 알아야겠단 말일세. 관련 진료기관과 환자들의 명단을 조사해오게. 그걸 모르핀에 관한 정보와 대조해보면 뭔가를 알아낼 수 있을 거야. 조프루아, 자넨 르루아의 과거를 캐도록 하게. 왕, 자넨 파르카이 모텔의 남자들을 맡고. 필요하다면 누구든 서슴지 말고 신문하도록. 마르샬, 자넨 선천성기형에 관해 이미 조사를 시작했으니 그쪽을 계속 맡도록 하게. 그 밖에 또 뭐가 있지? 땀에 관해서는? 고기 썩는 냄새는? 78/100이라는 숫자에 대해

선 뭐 좀 알아낸 게 있나? 도둑맞은 퓨즈에 관한 건? 덧붙일 말 있는 사람?"

세 남자는 고개를 저었다.

"흠…… 마르샬, 더 할 말 있나?"

"조프루아 경사가 이미 다 얘기했습니다. 저라도 더 잘할 수는 없었을 겁니다."

빅은 잠시 머뭇거리다가 덧붙여 말했다.

"저기…… 한 가지 말씀드릴 게 있습니다…… 이 사건에 지대한 관심을 보이는 의사 친구에게 현장…… 사진을 보냈습니다."

"자네 지금 날 놀리는 건가?"

순간 빅은 움찔했다. 반장이 매섭게 그를 노려보았다.

"전 그 친구가 우리 수사에 도움을 줄 수 있을 거라고 생각했습니다. 식초에 관한 정보를 제공한 것도 그 친구였고요. 이건 제 생각이지만, 살인범은 어떤 메시지를 남기고자 사건현장을 연출한 겁니다. 인형의 위치도 다분히 인위적인 면이 있고 말이죠. 아이를 보호하려는 엄마의 모습을 표현한 것이죠. 이건 의도적 연출이 분명합니다. 시신의 얼굴 표정을 보면 마치 절규하는 듯한 모습이고요. 어쩌면 살인범은 구체적인 도식을 따라가고 있는 게 아닐까요?"

"앞으로 다시는 그런 짓 하지 말게. 그러면 자넬 당장 해고해버릴 테니까."

빅이 주눅든 표정으로 고개를 끄덕이는 순간, 주머니 속에 넣어둔 휴대폰이 울렸다. 그는 양해를 구하고 밖으로 나가 전화를 받았다.

불과 삼십여 초 후, 그가 다시 문을 열고 고개를 내밀었다.

"반장님?"

"뭔가?"

“인어아기에 관해 알아냈습니다. 도난당한 것이라고 합니다. 석 달 전쯤 한 박물관 관리인이 신고를 했었다는군요. 박물관 문이 부서진 걸 발견하고 신고했답니다.”

“빙고! 어느 박물관이라던가?”

“뒤퓌트랑입니다. 선천성 질병에 관한 자료들이 전시된 박물관이죠.”

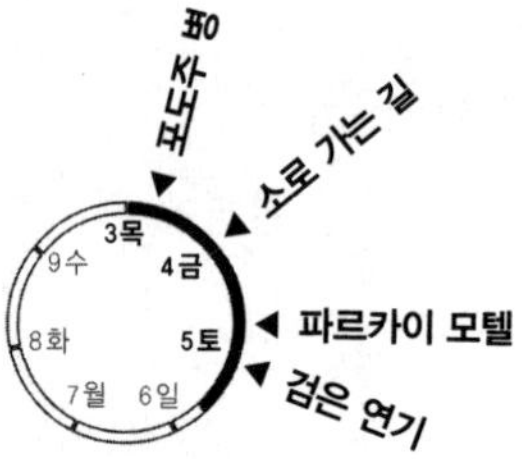

31. 5월 5일 토요일, 16시 07분

빅의 머릿속은 하루를 빨리 끝내고 싶다는 생각으로 꽉 차 있었다. 길을 가로막는 이 끔찍한 것들과 성가신 사람들과의 일을 모두 잊고 싶었다. 오늘 저녁엔 셀린과 함께 샹젤리제에서 술을 한잔 한 다음, 콩고 식당으로 자리를 옮겨 콩고식 전통 닭고기 요리 모암베와 악어고기 혹은 구운 영양고기를 먹을 계획을 세워놓은 터였다. 세상에서 가장 아름다운 거리에서 아프리카 야생 속으로 옮겨가는 프로그램이 그녀의 마음에 들 게 틀림없었다.

젊은 수사관은 레콜 드 메드신 가에 위치한 텅 빈 대학교 안으로 들어갔다. 길게 이어져 있는 아치형 통로 아래로 자신의 발소리가 울려퍼지자 왠지 모를 전율이 느껴졌다.

아실 델사르는 나무로 된 육중한 박물관 출입문 앞에서 그를 기다리고 있었다. 고리타분해 보이는 노인을 떠올렸던 빅의 예상과는 달리, 관리인은 1미터 80센티미터 정도의 키에 머리를 짧게 깎은, 흰색 셔츠와 나이키 운동화가 잘 어울리는 잘생긴 젊은이였다. 두 남자는 악수를 했고, 빅은 호의를 표하는 미소를 지어 보였다.

"이렇게 시간을 내주셔서 감사합니다. 학교가 닫혀 있는 시각인 건 알지만……"

"대단한 일도 아닌걸요. 기다리는 동안 분류를 하고 있었습니다. 두개골, 뼈 등등. 늘 반복하는 일이죠. 그리고 학교에서 외부인을 만나는 건 언제나 반가운 일입니다."

"시간을 오래 빼앗지는 않을 겁니다. 저도 중요한 약속이 있거든요."

"집에서 부인이 기다리시나보죠?" 아실이 자신의 결혼반지를 보여주며 말했다. "저도 마찬가지 입장이거든요."

빅은 고개를 끄덕이며 문의 새 잠금장치를 가리켰다.

"설명을 좀 해주시겠습니까?"

"지난 2월 오전 8시경에 문이 부서져 있는 걸 발견했지요. 제가 즉시 근처의 경찰서에 신고했고요. 박물관이 생긴 이후로 처음 있는 일이었습니다."

빅은 가까이 다가가 문을 살펴본 다음 다시 돌아서서 주변을 둘러보았다. 아치형 통로, 중앙 정원, 여러 층에 걸쳐 나란히 붙어 있는 강의실에 달린 백여 개의 창문이 보였다.

"박물관이 처음 문을 연 게 언제입니까?"

"아! 1835년도입니다. 의과대학의 외과학 교수였던 기욤 뒤퓌트랑이 남긴 수집품을 기반으로 병리해부학 강의가 개설된 것이 시초가 되었지요. 오늘날엔 박물관 유지비용의 상당 부분이 개인 기부금으로 충당되고 있고요. 덕분에 우리가 수준 높은 전시회를 개최하고, 박물관을 유지, 발전시키면서 선천성기형에 관한 다양한 연구를 할 수 있는 것이지요."

"그 개인 기부금은 누가 내는 건가요?"

아실은 빅에게 손짓을 해 박물관 안으로 들어갈 것을 권했다.

"나이 많은 어느 컬렉터인데, 연락처는 행정실에 보관돼 있습니다. 원하시면 가시기 전에 알려드리죠."

빅은 휴대폰을 꺼냈다가 다시 집어넣었다. 이제 휴대폰이 방전돼 있는 일은 예사였다.

"감사합니다. 의대 학생들은 무료 입장인가요?"

그들은 수백 권의 파리 해부학협회 학회지와 온갖 종류의 암, 종양, 낭종에 관한 책들이 보관되어 있는 문서보관실 앞을 지나갔다. 이윽고 기다란 유리 진열장이 나타났다. 빅은 호기심에 사로잡히는 동시에 적잖은 당혹스러움을 느꼈다. 물론 그 기형적인 존재들은 그를 역겹게 했지만, 다른 한편으로는 강렬한 호기심이 이는 것을 부인할 수 없었던 것이다.

"물론입니다. 학생들은 이곳에 마음대로 출입할 수 있습니다. 이곳 뒤퓌트랑은 반드시 거쳐가야만 하는 곳이거든요. 그리고 오후에만 문을 열고요."

빅은 1932년에 토드 브라우닝이 제작한 영화 〈프릭스〉의 포스터를 흘끗 쳐다보았다.

"걸작이죠, 그 영화. 당시로서는 매우 파격적인 기괴한 존재들을 모아놓았거든요. 몸통만 있는 사람, 소두증에 걸린 사람, 난쟁이 등등. 학생들 이야기를 다시 하자면, 유럽에서 유일하게 볼 수 있는 표본들이 이곳에 모여 있기 때문에 의대생이라면 평생에 한 번은 꼭 이곳에 와봐야 합니다."

"손가락이 일곱 개 달린 손이나 발가락이 여덟 개 달린 발 같은 것 말인가요?"

"다지증, 합지증, 굴지증, 상피병, 과도하게 비대해진 손가락 등 손의 경우만 예로 들더라도 한나절은 읊을 수 있을 겁니다."

빅은 거대한 두개골과 변형된 뼈로 이루어진 채 마치 상상 속의 문지기처럼 늘어서 있는 해골들로부터 눈을 뗄 수 없었다.

"이제 도난당한 인어아기에 관해 말해주시죠."

아실 델사르는 손으로 어딘가를 가리켰다.

"박물관 안쪽으로 가시죠. 그런데 무슨 일로 석 달이나 지난 지금에 와서 갑자기 그 사건에 관심을 갖는지 이유를 좀 알 수 있을까요?"

"미안하지만 그건 말씀드릴 수 없습니다."

빅은 일련의 기이한 초상화들 앞에서 문득 걸음을 멈추었다.

"이 사진들은 우리 박물관 것이 아닙니다. 여기서 개최하는 전시회를 위해 브뤼셀 의과대학에서 빌려준 것입니다. 이쪽으로 오시겠어요? 보여드릴 것이 있거든요."

그들은 엘리펀트맨의 사진이 있는 커다란 포스터 앞에 멈춰 섰다.

"존 메릭과 잭 더 리퍼 사이에 무슨 연관이 있는지 알고 계신가요?"

"두 사람 다 다른 사람들에게 괴물로 비치는 존재들이 아닐까요. 하나는 신체적 괴물, 다른 하나는 정신적 괴물로요."

"그보다 더 고약합니다. 사람들은 그들을 동일시했습니다. 1888년 그 두 사람은 신문의 1면을 독차지했죠. 당시 사람들은 오직 메릭 같은 인물만이 잭 더 리퍼가 저지른 끔찍한 살인을 자행할 수 있다고 여겼습니다. 실제로 메릭은 용의자로 지목되기도 했는데, 그의 장애와 거동조차 힘든 몸을 생각하면 말도 안 되는 얘기였죠. 사람들은 희대의 살인마가 수사관님이나 저처럼 정상적인 몸과 얼굴을 지닌 사람일 수는 없다고 생각했던 겁니다."

"테드 번디나 로베르토 수코 같은 인물도 있다는 걸 몰랐군요."

"문학이나 영화에서도 미묘하고 무의식적인 방식을 통해 그 두 사람을 연관지었던 게 사실입니다. 잭 더 리퍼에 관한 책을 쓴 퍼트리샤 콘웰도 메릭과 하이드를 언급했으니까요. 앨버트 휴즈와 앨런 휴즈도 그들의 영화 〈프롬 헬〉에서 메릭에 관해 언급하는 걸 잊지 않았고요. 왜 메릭 말고 당시의 화가나 작가, 예술가를 언급하지 않았을까요? 프로테우스 증후군* 같은 희귀 질병에 걸린 불행한 사람과 인류가 배출한 흉악한 살인범을 무조건 관련짓는 건 깊이 생각해볼 문제가 아닐 수 없습니다. 누구나 자신이 생각하는 바를 자유롭게 말할 수는 있겠지만, 메릭이 스물일곱 살에 단지 질병 때문이 아니라 절망감으로 인해 죽었음을 잊지 말아야 할 겁니다."

빅은 수긍하는 표정으로 고개를 끄덕였다. 아실은 한 여인의 사진이 담긴 액자로 다가가 액자를 바로잡았다.

"그레이스 맥 대니얼스라는 이름의 이 여성은 스터지 베버 증후군**이라는 유전성 질병으로 고통받았습니다. 이 사진은 1935년에 찍은 것인데, 이 불행한 여인은 세계 추녀 대회에서 우승한 후 아메리카 쇼 비즈니스의 스타가 되었죠. 마흔 살로 사망할 당시엔 더이상 인간의 것이라고 볼 수 없는 얼굴을 지니고 있었습니다. 하지만 구경거리를 좋아하는 수많은 사람들은 아직도 입장료를 내가면서 그녀의 시신을 구경하고

---

* 피부와 피하에 과다 색소침착, 이상혈관 형성, 불규칙한 뼈의 성장 등 다양한 기형이 발견되는 질병. 부분적 거인증이 나타나고 손가락이 지나치게 길게 자라는 한편, 몸의 일부는 성장이 제대로 이뤄지지 않는 등 몸의 극단적인 변형을 유발한다. 엘리펀트맨으로 알려진 존 메릭도 이 질환으로 고통받은 것으로 알려져 있다.

** 뇌의 미세혈관 구조에 영향을 주는 신경피부 증후군. 얼굴의 반점, 경련, 발달장애 및 정신지체, 두통, 녹내장, 눈의 비대 등이 증상으로 나타난다.

있는 실정입니다."

"정말 끔찍하군요……"

"뭐가 말입니까? 그녀 혹은 사람들의 태도, 둘 중 어느 쪽을 말하는 거죠?"

"사람들의 태도 말입니다. 괴기한 것들을 보며 그토록 열광한다는 게 나로서는 잘 이해가 되지 않는군요."

아실은 고개를 끄덕이며 그의 말에 동의를 표했다.

"요즘 사람들은 주름 하나라도 없애려고 안달하면서 보톡스로 입술을 부풀리기도 하죠. 하지만 이곳에 발을 들여놓은 사람들은 무서운 현실을 마주하게 됩니다. 그래서 자신들이 건강한 몸을 가졌다는 게 얼마나 큰 축복인지 깨닫고 이곳에서 나가게 되죠."

"과연 이곳에선 상대적으로 자신을 다시 돌아보게 될 것 같군요."

"이 진열장 뒤에 있는 해골들과 괴기한 형체들은 모두 실제로 존재했던 사람들의 것입니다. 고대 그리스에서는 그들을 구덩이에 빠뜨리기도 하고, 중세에는 이단으로 몰아 화형에 처하기도 했지요. 20세기 초반에는 그들을 지칭하는 온갖 역겨운 별명들이 동원되기도 했습니다. '형언하기 힘든 자' '아일랜드의 암캐' '엘리펀트맨' '고래 여인' '네르비오 노노' 등등. 온몸이 털로 뒤덮인 아기가 태어나면, 그 엄마가 동물이나 악마와 교접했다고 비난했고요. 얼굴에 침을 뱉거나 돌을 던지기도 했죠."

빅은 조금 전에 본 것보다 더 끔찍한 모습이 담긴 사진들 앞에서 잠시 지체했다. 그러다가 다시 걸어가면서 수사와 관련된 이야기를 이어갔다.

"이런 선천성 질병들이나 기형들은 증상이 반드시 밖으로 드러나나요?"

"꼭 그렇지는 않습니다. 우리의 눈은 얼굴이나 몸에서 밖으로 보이는 부분을 주시하는 경향이 있지만, 반음양증*이나 털이 난 혀, 무질서하게 자라는 이처럼 은밀하고 내적인 질병도 많거든요."

"무질서하게 자라는 이라고요?"

"이가 콧속이나 구개, 혀 밑, 심지어 눈꺼풀 속에서 자라는 경우도 있습니다."

빅이 보고 듣고 있는 것들은 그의 이성으로 이해할 수 있는 한계를 훨씬 넘어서고 있었다.

"다른 건 또 뭐가 있죠?"

"오, 그 밖에도 수많은 희귀질병들이 존재하지요. 특이한 정도에 차이는 있지만요. 티노 로시의 경우와 같은 성대 기형, 심장이 오른쪽에 위치하거나 두 개의 폐가 한쪽으로 치우친 경우처럼 내장역위증이라고 불리는 기형도 있고요. 또 몸안에 수킬로그램에 달하는 낭종 덩어리를 지니고 있는 경우도 있습니다. 최고기록이 6~7킬로그램 정도 되는 걸로 알고 있습니다. 그 밖에 혈액형과 관련된 기형도 있습니다. 분류되지 않은 혈액형에 속하는 사람들이지요. 예를 들어 A-H형 혈액형을 지닌 사람은 전 세계에 열 명도 채 안 됩니다. 디트로이트에 사는 조 토머스라는 사람은 안티루이스 B 항체라는 매우 희귀한 항체를 몸안에서 다량으로 만들어내고 있습니다. 유명한 제약회사에 1리터당 1500달러를 받고 팔고 있지요. 오십여 년간 약 1000리터의 항체를 팔았다고 합니다."

그들은 저장용 병들과 밀랍들이 진열되어 있는 곳에 이르렀다. 아실은 외눈박이 고양이와 무뇌 태아 옆, 인어아기가 보관되어 있는 커다란

* 한 몸에 남녀의 성징이 동시에 나타나거나 남녀의 중간 성질을 보여주는 증상.

유리용기 앞에 멈춰 섰다.

“여성 표본만 도둑맞았습니다. 1956년에 사산된 아기였죠.”

커다란 병 속에는 실핏줄이 비쳐 보이는 투명한 눈꺼풀이 눈을 덮은 채 얼굴을 찌푸리고 있는 것처럼 보이는 인어아기의 시신이 들어 있었다. 발이 없는 조그만 두 다리가 피부에 감싸인 채였다.

“그런데…… 그 밖에 다른 건 없어지지 않았습니까?” 빅이 물었다.

아실은 고개를 가로저었다.

“아뇨, 그러잖아도 그 점이 참 이상하다고 생각했습니다. 취향이 무척 특이한 수집가 같아서요. 이 박물관엔 그것보다 훨씬 더 희귀한 자료들이 많은데 말이죠.”

‘살인범이 그걸로 무슨 짓을 했는지 알면……’ 빅은 몇 가지 사항을 메모하며 생각했다.

“혹시 뭔가를 본 사람은 없나요?”

“전 월요일 아침에야 도난 사실을 알았습니다. 이 대학에는 도난방지 장치 같은 것이 전혀 설치되어 있지 않습니다. 그러니 아무나 들어올 수 있지요.”

빅은 살인범이 미리 이곳을 살피고 갔을 거라고 생각했다.

“혹시 방문객 명단을 보관하고 있지는 않나요?”

“전혀요. 전 입장권을 나눠주고, 대학 소속이 아닌 사람은 5유로를 내고 들어오면 그만이거든요. 게다가 대부분 현금으로 지불합니다.”

“뭔가 이상한 점도 전혀 발견하지 못했나요? 예를 들면 누군가가 여러 차례 방문을 했다거나, 겉으로 확연하게 드러나는 기형을 지녔다거나, 뭐 그런.”

“방문객 중에는 기형을 지닌 사람들이 종종 눈에 띄지요. 이곳에서 어떤 정보를 얻거나, 어쩌면 자신과 비슷한 존재를 보면서 소외감을 덜 느끼기 위해 오는지도 모르겠지만요. 하지만 그들의 인적사항을 알 수 있는 방법은 없습니다."

빅은 주머니에서 르루아의 사진을 꺼냈다.

"혹시 이런 여성을 본 적이 있나요?"

아실은 사진을 자세히 살펴본 다음 대답했다.

"아뇨. 한 번도 본 적이 없는데요. 어쨌든 대학에 적을 둔 사람은 확실히 아닌 것 같군요. 그렇다면 제가 모를 리 없으니까요."

"맞습니다. 대학에 적을 둔 사람은 아닙니다."

빅은 사진을 다시 주머니에 집어넣었다. 또다시 막다른 골목에 다다른 느낌이었다. 그는 아실에게 명함을 건넸다. 그의 머릿속은 서둘러 일을 끝내고 셀린이 기다리는 집으로 속히 돌아가고 싶다는 생각으로 가득차 있었다.

"혹시 기억나는 게 있으면 여기로 연락 주세요. 아주 작은 거라도 상관없습니다."

박물관 관리인은 고개를 숙인 채 잠시 생각에 잠기는 듯했다.

"혹시 관심이 있으실지 모르겠는데…… 어제 오후 일찍 한 남자가 아내와 함께 여길 찾아왔었습니다. 참으로 이상했던 게, 뭔가를 찾고 있으면서 그게 정확히 뭔지 자신도 모르는 거예요. 박물관을 둘러보고는, 혹시 평소와 다른 점이 눈에 띄면 꼭 알려달라고 신신당부하더군요. 물론 전 그에게 아무 얘기도 하지 않았습니다. 그 남자가 무척 공격적이었거든요. 마치 수사관님처럼 무슨 수사라도 하는 것 같았습니다."

순간 빅은 정신이 번쩍 드는 것 같았다. 어젯밤 파르카이 모텔에서 이미 들어본 얘기였던 것이다. 그런데 지금 이곳, 뒤퓌트랑 박물관에서 또다시 같은 얘기를 듣게 되다니.

"수사를 하는 것 같았다고요? 무슨 일로요?"

"말씀드렸듯이 전 아무것도 모릅니다. 더 이상한 건 그 남자 자신도 그걸 모르고 있었다는 거예요. 수상한 일이 생기거나 누군가가 이상한 질문을 하면 꼭 연락해달라고 부탁을 하더군요. 지금 생각해보니 수사관님이 이곳을 방문할 것을 예견하고 있었던 게 분명합니다."

"자기한테 연락을 달라고 했다고요? 그럼……"

아실은 다소 과시하는 듯한 표정으로 주머니에서 명함을 꺼내 빅에게 내밀었다.

"그 남자의 연락처입니다. 관심 있으신가요?"

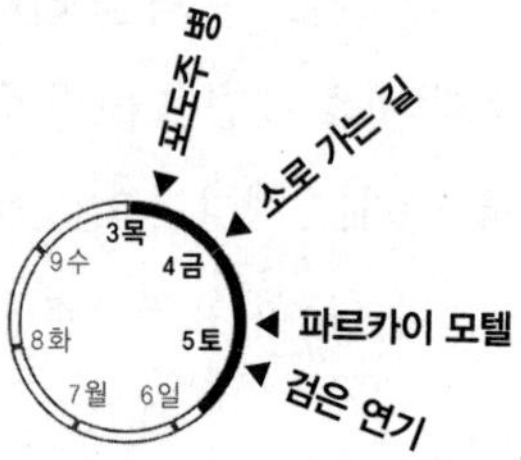

32. 5월 5일 토요일, 18시 14분

빅은 배터리가 거의 방전된 휴대폰으로 간신히 통화를 한 다음, 라모를레 초입에 막 들어섰다. 한 시간 삼십 분 전 뒤퀴트랑 박물관에서 나온 그는 수사본부에 들러 왕을 태우고 오는 길이었다.

"전화 목소리를 들어보니 자네 부인 기분이 별로 좋지 않은 눈치더군." 왕이 고추맛 사탕을 빨아먹으면서 말했다.

"그래요? 그럴 만도 할 겁니다. 이 일을 시작한 후로 집에 일찍 들어간 적이 한 번도 없으니까요."

"안심하게, 나 역시 그러니까. 이십 년간 쭉 말이야."

마지막 커브길을 통과한 차는 정문을 지나 널찍한 숲속 길로 들어섰다. 저물어가는 해가 울창한 나뭇잎 사이로 간간이 모습을 드러내고 있었다. 500여 미터를 더 가자, 숲 한가운데에 거대한 하얀색 저택이 모습을 드러냈다.

"와우! 이건 뭐 앨커트래즈 감옥*의 부르주아 버전 같구먼."

차에서 내린 그들은 나뭇가지가 바스락거리는 소리에 뒤를 돌아보았다. 회색 아우디가 천천히 다가오고 있었다. 날렵하고 눈부신 미모의 금발 여인이 양손에 쇼핑 봉투를 들고 차에서 내렸다. 그녀는 즉각 눈살을 찌푸렸다.

"무슨 일이시죠?"

왕은 그녀를 위에서 아래로 훑어보았다. 쭉 뻗은 다리에 짧은 머리, 그중에서도 금발머리 여성은 그가 가장 좋아하는 타입이었다. 그는 입가에 미소를 띠며 경찰 신분증을 꺼내 흔들었다.

"키스메 씨에게 몇 가지 질문할 것이 있어서 왔습니다."

"파리의 강력반 형사님들이 이곳 라모를레까지? 대체…… 무슨 일 때문에 그러시죠?"

"살인사건 때문에 몇 가지 여쭤볼 게 있어서요."

순간 실비의 표정이 굳어졌다. 빅은 그녀에게 짐을 들어주겠다고 제안했다.

"걱정하지 않으셔도 됩니다. 종종 사건과 직접적인 관련이 없는 사람들도 만나봐야 할 때가 있거든요. 예를 들어 피살자의 거래 은행 직원이나 딸의 선생님이라든지 뭐 그런. 그러니까 지레 겁먹지 않으셔도 됩니다."

"그럼 내 남편은 무슨 관련이 있는 건가요?"

두 수사관은 잠시 서로를 마주보았다. 이윽고 왕이 대답했다.

* 미국 캘리포니아 주 샌프란시스코의 동명의 작은 섬에 위치한 감옥. 높은 절벽 위에 세워졌으며 흉악범들을 수감하였다.

"그러니까 그게…… 수사를 하다보면 가끔 좀 특이한 곳에 가게 되는 경우가 있습니다. 그런데 최근에 남편께서 그런 곳에 다녀간 사실을 알게 됐거든요."

"그것뿐인가요?"

"수사라는 게 종종 관례를 따르게 돼 있어서요. 실례가 안 된다면 안에 들어가서 계속 얘기해도 될까요?"

실비는 그들이 자신을 따라오도록 했다. 세 사람은 육중한 돌계단을 함께 올라갔다.

"남편이 어디를 갔었는데요?"

"선천성 질병에 관한 박물관과…… 파르카이라는 모텔입니다."

그들은 널따란 홀을 가로질러 부엌으로 갔다. 곳곳에 포장된 짐들과 전기난방기, 톱, 금속절단기, 시멘트, 석고 같은 건축 장비들이 널려 있었다. 천장의 높이가 5미터는 족히 되어 보이는 거대한 공간이었다. 벽에는 딱딱한 표정에 수수한 옷차림의 초상화들이 걸려 있었다. 오랜 세월 쌓인 듯한 으스스한 기운이 뼛속 깊이 느껴지는 묘한 집이었다.

"자, 부인, 이제 뒤퓌트랑 박물관과 파르카이 모텔에 관해 아는 대로 얘기를 좀 해주시겠습니까?" 왕이 재촉했다.

실비는 가방을 테이블 위에 내려놓으면서 한숨을 내쉬었다.

"어제 그이가 파리 6구에 있는 괴기스러운 박물관으로 날 데리고 갔어요. 느닷없이 그럴 때가 종종 있거든요. 그이는 분장사 겸 모형 제작 일을 하고 있어요. 영화를 위한 괴물 모형을 만드는 거죠. 다양한 전시회를 위해 프랑스 전역에 있는 박물관들과 같이 일하기도 하고요. 지금은 리옹에 있는 박물관과 함께 전시회를 준비하고 있죠."

빅은 의심쩍은 표정으로 그녀를 응시했다.

"저도 뒤퓌트랑에 다녀왔습니다. 관리인이 그러는데, 키스메 씨는 자신이 왜 그곳에 왔는지조차 잘 모르는 것 같았다고 하더군요. 심지어 공격적이기까지 했다고 하던데요."

"그분이 뭔가 오해한 것 같군요. 남편은 성격이 무척 엉뚱하고 쉽게 흥분하는 편이죠. 그래서 그냥 즉흥적으로 장난을 쳐본 것뿐이에요. 사람들을 놀리는 걸 워낙 좋아하거든요. 자기가 만드는 모형을 통해서가 아닌 다른 방식으로 그러는 거라고 보면 돼요. 그것도 죄가 되나요?"

실비가 앉으라고 권하지 않는 바람에 두 수사관은 부엌 입구에 선 채로 질문을 계속해야 했다.

"그럼 파르카이 모텔에 간 건 어떻게 설명하실 건가요?" 왕은 질문의 고삐를 늦추지 않았다.

실비는 돌아서서 싱크대에서 손을 씻었다. 그녀의 고양이가 가르랑거리며 발목 사이로 지나갔다.

"난 모르는 일이에요. 지금 무슨 얘기를 하시는 건지도 잘 모르겠고요."

"파르카이 모텔은 별로 평범하지 않은 만남의 장소죠. 다시 말하면…… 신체적으로 혐오감을 유발하는 특별한 사람들이 모이는 곳입니다."

그들은 실비가 순간적으로 멈칫하는 것을 간과하지 않았다.

"부인께서 알고 계신 걸 모두 얘기해주셔야만 합니다. 결국엔 우리가 모두 알아내고 말 테니까요. 그러니까 협조적으로 나오시는 게 좋을 겁니다."

"스테판이 파르카이 모텔에 간 게 그렇게 이상한 일인가요?"

"그렇죠, 물론. 아내가 있는 남자가 갈 만한 곳은 아니니까요."

실비는 다소 신경질적인 웃음을 터뜨렸다.

"하지만 나는 별로 이상하게 생각되지 않는데요? 남편은 어둡고 기이한 것과, 공포를 느끼거나 느끼게 하는 것을 좋아해요. 괴물들을 제작하기 위해 새로운 영감을 불러일으키는 것들을 끊임없이 찾아다니죠. 단지 상상에만 의존하는 게 아니라, 인간의 본성이나 다양한 장애 속에서도 소재를 발견하기 때문이죠. 아마 악마의 진정한 모습을 볼 수만 있다면 지옥에 내려가는 것도 서슴지 않을 거예요. 반드시 그럴 거라고요."

실비는 수건으로 손을 닦으면서 말을 이었다.

"남편이 돌아올 때까지 기다리셔야겠네요. 그이가 두 분께 직접 해명해드릴 거예요."

"지금 어디 계신가요?"

"그건 나도 몰라요."

실비는 테이블을 향해 돌아서서 장 봐온 것을 꺼내놓았다. 잠시라도 손을 놀리지 않으면 안 되는 것처럼.

"두 분이 왜 여기까지 왔는지 모르겠지만, 내 남편은 나쁜 짓을 하지 않았어요. 그이가 수사관님이 말한 그 두 곳에 간 건 전혀 특별한 일이 아니라고요. 모두 그이의 일과 관련이 있으니까요. 두 분은 지금 남편의 사생활을 침범하고 있는 거라고요, 아시겠어요?"

"무슨 말씀인지 잘 알겠습니다." 왕은 머리 뒤쪽을 긁적거렸다.

"5월 2일 수요일 저녁에서 5월 3일 목요일 새벽 사이에 남편분이 어디 계셨는지 말씀해주실 수 있나요?"

실비는 잠시 생각에 잠겼고, 이내 평정심을 되찾은 듯 보였다.

"솔직히 요즘은 예전처럼 자주 함께 외출하진 않지만, 그날은 오랜만에 외식을 했죠. 샹티이에 있는 라 크라비슈 다르장이라는 레스토랑에서요."

또다시 쇼핑 봉투를 뒤적이던 그녀는 수사관들이 그대로 서 있는 것을 보고는 설명을 덧붙였다.

"아 물론 더 자세한 설명이 필요하겠죠. 그러니까, 밤 10시경 레스토랑에 도착해서…… 오, 적어도 새벽 1시 30분경에나 그곳을 떠난 것 같아요. 그날따라 오랫동안 이런저런 이야기를 많이 나누었거든요. 그날 우리와 함께 있던 사람들이 수십 명은 될 테니 증인을 찾기가 어렵진 않을 거예요. 레스토랑에 사람이 많았거든요."

실비는 빅의 눈을 똑바로 쳐다보며 물었다.

"그날 먹은 메뉴도 알려드릴까요?"

"아뇨, 그걸로 충분합니다."

"충분히 대답이 됐나요? 그럼 전 이만……"

"남편분을 만나봐야 할 것 같아서요. 남편분 말씀도 직접 들어본 후에야 이곳을 떠날 수 있을 것 같습니다."

"분명히 말하지만, 난 지금 그이가 어디 있는지 모른다고요!"

"하지만 남편분의 휴대폰이 있을 거 아닙니까. 전화를 해보시면 금세 알 수 있지 않나요?"

"죄송하지만 난 휴대폰 같은 거 무척 싫어하거든요."

실비는 구석에 놓여 있던 박스의 포장을 풀어 도자로 된 조그맣고 아름다운 조각상 한 쌍을 꺼내놓은 다음 그들을 돌아보며 말했다.

"이 베트남산 조각상 역시 남편의 일과 관련이 있기 때문에 구입한 거예요. 그의 꿈과 환상을 위해서요…… 난 사실 이런 것에 별로 관심이 없는데, 그이가 어찌나 얘기를 많이 하는지……"

실비가 거실로 향하자 두 수사관은 그녀를 따라갔다. 조각상 하나는 검은 나무로 된 조그만 테이블과 꼭 어울렸다. 스테판의 생각이 옳았다. 그 자리는 조각상을 완벽하게 돋보이게 했다. 그녀는 다른 조각상을 구석의 상자 뒤에 세워놓았다.

빅이 가까이 다가가 조각상을 천천히 어루만졌다.

"남편께서 괴물을 만든다고 하셨지요. 혹시 작업실에 가면 남편분을 만날 수 있지 않을까요?"

"그럴 수 없을 것 같군요. 작업실은 바로 이곳 지하실에 있거든요."

"그럼 그곳을 한번 둘러볼 수 있을까요? 잠시만이라도?"

실비는 잠시 주저했다. 이 남자들은 정말 포기라곤 모르는 것 같았다.

"좋아요. 그러면 두 분도 왜 남편이 그런 박물관이나 이상한 곳에 가는지 이해할 수 있을 테니까요. 무슨 일 때문에 그이를 의심하는지 모르겠지만, 그렇게 해서 그이에게 아무 죄가 없다는 걸 입증할 수만 있다면야."

왕이 잘했다는 의미로 빅에게 눈을 찡긋해 보이는 사이 실비는 벌써 문으로 향하고 있었다.

"처음에 어떻게 해서 괴물을 만들게 되었나요?" 빅은 재빨리 그녀를 따라가며 물었다.

그들은 어두컴컴한 계단을 조심스레 내려갔다.

"남편은 배우가 되겠다는 희망을 가슴에 품고 무일푼으로 파리로 갔어요. 그는 연기에 정말 소질이 있거든요. 하지만 아시다시피 그 분야 일이란 게 참 힘들잖아요…… 그래서 이런저런 단역을 전전하며 겨우 살아갔죠. 그러다가 단역배우들을 통솔하는 팀장 자리에 오르게 되었어요. 동시에 영화 분장실에서 일을 하게 되었고요. 그러던 중 그 방면에 재능이 있다는 걸 깨닫게 된 거예요."

"정확히 어떤 종류의 재능을 말하는 건가요?"

"아주 특별한 형상들을 창조해내는 거예요. 사람들의 상상 속 말고는 이 세상 어디에서도 만날 수 없는 존재들이죠. 스테판은 이 분야에서 독보적인 재능을 인정받고 있어요."

그때 갑자기 빅이 왼손으로 오른쪽 팔뚝을 움켜잡은 채 앞으로 고꾸라졌다. 그리고 이를 악물었다. 왕이 그를 돌아보며 물었다.

"이봐, 마르샬, 왜 그래?"

빅은 얼굴이 하얗게 질린 채 다시 몸을 일으켰다.

"괜찮아요…… 아무것도 아닙니다……" 그는 턱을 꽉 다물었다. "팔뚝에 통증이 좀 느껴져서요. 요즘 집에서 팔운동을 너무 많이 해서 그런가. 아무래도 팔을 삐었거나 다른 문제가 생긴 것 같습니다. 먼저 가세요. 곧 뒤따라갈 테니까……"

"정말 괜찮으시겠어요?" 실비가 물었다.

"네, 괜찮습니다."

그들이 등을 돌리자마자 빅은 십여 차례 주먹을 세게 쥐었다. 지긋지긋한 통증이 마침내 사라지자 그는 서둘러 일행을 뒤쫓아갔다.

"이게 무슨 냄새죠?" 빅이 물었다.

실비는 양어깨를 문질렀다. 지하실의 음습한 한기가 뼛속 깊이 스며들었다.

"암모니아예요. 라텍스 안정제로 쓰죠. 난 이젠 냄새도 안 느껴져요."

"지하실이 엄청나게 넓군요. 대체 방이 몇 개나 되나요?"

"열다섯 개 정도예요. 여긴 옛날에 사냥용 별장으로 쓰던 곳이에요. 바로 이곳에서 귀족 집안 하나를 충분히 대접할 만큼의 작업이 이루어졌죠. 세탁장, 부엌, 사냥한 짐승을 보관하고 가죽을 벗겨서 훈제로 만드는 작업실 등이 모두 모여 있었거든요. 그런 이유로 천장에 갈고리가 걸려 있는 거고요. 지금으로부터 사십여 년 전에는 영화 촬영장으로도 쓰였어요. 위층과 이곳 지하실의 일부는 아직도 그때의 상태로 보존돼 있답니다."

그녀가 방문 하나를 열었다. 빅은 흠칫 놀라며 뒤로 물러섰다. 피로 범벅이 된 채 긁힌 자국이 남아 있는 벽에 손톱이 그대로 박혀 있었고,

바닥은 갈색 액체에 엉겨붙은 머리카락으로 뒤덮여 있었다.

"이게 다 뭡니까?" 황급히 경계 태세를 취하면서 왕이 물었다.

실비는 가던 길을 계속 가면서 설명했다.

"진짜 피가 아니니 안심하세요. 예전에 영화 촬영 배경으로 쓰인 곳이에요. 곧 리모델링을 하게 되면 모두 사라져버릴 거고요."

통로를 따라가는 동안 그들은 나무로 된 문들을 차례로 지나쳐갔다. 그러던 중 형체가 일그러진 아기의 그림이 빅의 눈에 들어왔다. 빅은 멈춰 서서 문을 열려고 했다. 그러자 실비가 달려들어 그의 손 위에 자신의 손을 올려놓으며 말했다.

"안 돼요. 여긴 보시면 안 돼요."

놀란 빅은 잠시 그대로 머물러 있었다. 실비가 얼른 손을 거두면서 자신의 행동에 대해 해명했다.

"남편과 나는…… 우리는 아이를 가질 수 없거든요, 평생 동안. 그이가…… 어쨌든 여긴 들어가시면 안 돼요. 이 안에 있는 그림들을 그릴 때 스테판은 정상이 아니었어요. 그래서 그 그림들에는…… 출생에 대한 아주아주 암울한 시선이 담겨 있죠. 그걸 보면 남편에 대해 별로 좋은 이미지를 가질 수 없을 거예요."

빅의 등줄기를 따라 전율이 전해져왔다. 모레면 셀린이 양수천자*를 할 예정이었다.

"그래도 보고 싶군요, 부탁합니다."

실비는 마지못해 고개를 끄덕였다.

"그럼 두 분이서만 들어가 보세요. 이곳은…… 유일하게 들어갈 용기가 나지 않는 곳이에요. 스위치는 왼쪽에 있어요."

---

* 임신 12주 정도에 양수를 외과적으로 채취해 태아의 유전병을 진단하는 검사 방법.

두 수사관은 차례로 안으로 들어갔다. 빅은 문을 닫고 불을 켰다. 전등이 켜지는 소리가 마치 바람 소리처럼 귓전을 스쳤다.

바닥에서 천장까지 사방 벽에 거대한 벽화가 펼쳐져 있었다. 목탄으로 그린 수백 점의 그림들이었다.

"이 친구, 아무래도 정상이 아닌 것 같아. 레스토랑 알리바이만 없다면 우리가 찾는 범인이라고 생각했을 거야."

왕이 속삭이는 말에 빅은 아무런 대꾸도 하지 않았다. 그들의 눈앞에 모습을 드러낸 것은 엄청난 괴기스러움 그 자체였다. 일그러진 어린아이의 모습을 표현한 수많은 그림들 밑에 그 어린아이가 앓고 있는 병의 이름이 적혀 있었다. 반운동실조증*이나 반음양증, 샴쌍둥이 같은 단순 기형뿐만 아니라, 인어아기나 뇌탈기형**, 이두기형***, 이마 한가운데 눈이 하나 달린 단안증 같은 선천성기형을 타고난 자생 기형도 있었다. 자세히 살펴볼수록 끔찍함은 도를 더해갔다. 몸이라고는 주머니 모양으로 된 피부에 탯줄로 연결돼 있는 형태가 전부인, 기형적 태반을 가진 태아, 비대칭적으로 서로 기생하는 쌍둥이 기형……

왕이 인어아기 그림을 가리키며 말했다.

"이거 봤나? 우연치고는 참 이상하지, 안 그런가?"

빅은 마주 놓여 있는 두 개의 거울 사이로 들어가 무수히 반복되는 자신의 반영을 바라보며 대답했다.

"처음부터 우연의 일치가 많은 편이었죠. 내 생각엔 우리가 너무 민

---

* 몸의 반쪽에서 수의 운동이 원활하게 이루어지지 않는 증상.

** 뇌가 두개골 밖으로 튀어나와 있거나, 얼굴 위쪽이 단순한 수막헤르니아로 뒤덮여 있는 증상.

*** 좌우의 귀가 아래턱이 있어야 하는 위치에 유합되는 기형을 가리킨다. 얼굴 중앙에 코 대신 눈 하나만 달리는 경우도 있다.

감하게 반응하는 것 같습니다. 내 말은, 인어아기나 괴물들을 포함한 이 모든 것이 그를 살인범으로 단정짓게 하진 못한다는 거예요. 이 사람의 세계는 파르카이 모텔이나 뒤퓌트랑 박물관과도 논리적 연관성이 충분히 있어 보이니까요. 이 사람 부인이 말한 것처럼, 우린 그의 영역을 침범하고 있는 겁니다. 그가 아니라 우리가 침입자인 셈이죠."

왕은 작고 검은 눈으로 각각의 그림들을 집어삼키듯 하나하나 계속 살펴보았다.

"이 사람 부인 말이야, 그 여자는 어떤 것 같나? 뭔가 숨기는 것 같지 않나?"

"부부간에 문제가 있는 건 분명해 보입니다. 남편이 어디 있는지도 모르고, 남편에 대해 마치 낯선 사람처럼 말하는 걸 보면요. 선배님 그거 아세요, 사람들은 때로 서로에게서 달아나기 위해 큰 집에 산다는 거. 이제 그만 여기서 나가는 게 좋겠습니다. 여기선 숨쉬기가 힘드네요."

"난 조금만 더 있겠네."

"그러세요, 그럼. 전 밖에서 기다릴게요."

빅은 조금 떨어진 곳에서 그들을 기다리고 있는 실비한테로 갔다.

"아까 왜 그런 말을 하셨는지 이해할 수 있을 것 같군요. 정말 인상적이었어요."

그는 잠시 동안 아무 말도 하지 못했다. 방금 본 광경으로 인한 충격을 쉽게 떨쳐버릴 수 없을 것 같았다. 오늘은 정말…… 여기…… 그리고 뒤퓌트랑…… 빅은 박물관 관리인과 나눈 이야기들을 떠올렸다. 그중에서도, 밖으로 드러나거나 드러나지 않는 기형에 관한 이야기가 그의 머릿속을 맴돌았다. 그는 나지막한 목소리로 물었다.

"남편분께서 어떤 병을 앓고 계신지 알고 싶습니다. 아이를 낳을 수 없는 이유 말입니다. 저만 알고 있을 테니 그 점은 염려하지 않으셔도 됩니다."

그의 말에 실비는 발끈하며 화를 냈다.

"내가 왜 댁한테 그런 얘기를 해야 하죠? 그건 전적으로 개인적인 문제라고요."

빅은 모든 승부수를 던지기로 했다.

"제가 지금 부인에게 하는 말 역시 전적으로 개인적인 문제입니다." 그는 속삭이듯 말했다. "저와 제 아내 역시 아이를 가질 수 없거든요. 분명한 건 저한테 원인이 있다는 거예요. 하지만 지금으로선 뭐가 잘못되었는지 모릅니다. 수많은 검사를 해왔지만…… 이런 상황은 참으로 견디기 힘들군요…… 그게 바로 제가 그 문제에 관심을 가지는 이유입니다."

그러자 실비의 입에서 자신도 모르게 말이 튀어나왔다.

"남편에게는 선천적으로 수정관이 없거든요."

빅은 눈살을 살짝 찌푸렸다.

"그러니까…… 드러나지 않는 질병인가요?"

"드러나지 않는다고요? 그게 무슨 의미죠?"

"그러니까…… 외관상으로는요."

"전혀 보이지 않아요."

실비는 고개를 숙였다가 다시 그를 쳐다보며 말했다.

"동료분을 찾아서 얼른 마저 둘러보시고 이 얘기를 끝내면 좋겠군요."

잠시 후 그들은 다시 앞으로 나아가면서 이 방 저 방을 둘러보았다. 어떤 방에는 수백 장에 달하는 호러영화 포스터가 쌓여 있고, 수천 배로 확대한 곤충 사진들이 붙어 있는 방도 있었다. 이의 다리, 진드기의 배, 모기의 흡관 등이. 게다가 여기저기에 잘린 머리, 떨어져나간 팔, 가짜 피가 들어 있는 통과 가짜 토사물 등도 보였다.

"남편분께서는 이런 모형들과 함께 냄새도 만들어내나요?" 빅이 물었다.

"그게 무슨 말이죠?"

"시체 모형을 만들 때 썩는 냄새도 함께 만들지 않나요? 미국의 어떤 감독들은 촬영현장을 더 실감나게 하고 배우들이 연기에 몰입할 수 있도록 그런 방법을 쓰기도 하는 걸로 알고 있거든요."

"미국에선 그럴지 몰라도 여긴 아니에요. 암모니아 냄새를 맡을 수 있을 뿐이죠."

실비는 그들로 하여금 다크랜드를 둘러보게 했다. 빅의 눈이 어린아이처럼 반짝였다. 그는 날카로운 이빨과 고무로 된 눈꺼풀, 유리 눈과 합성수지로 만든 귀를 손가락으로 만져보며 즐거워했다. 왕이 작업대 앞에 우뚝 멈춰 섰다.

"이건…… 카를라 마르티네즈가 아닙니까?"

"맞아요. 남편은 지금 그녀가 나오는 영화 촬영팀과 함께 일하고 있거든요. 영화 제목이……"

"〈피의 계곡〉이죠." 왕은 빅을 응시하면서 그녀의 말에 이어 말했다. "캘런드럼 스튜디오에서 촬영중인 영화고요. 촬영장이 이번 사건의 피살자가 발견된 장소에서 100미터밖에 안 떨어져 있죠."

그의 말에 분위기가 싸늘하게 얼어붙었다. 실비는 다소 놀란 표정으로 바퀴 달린 의자에 털썩 주저앉았다.

"그래서요?"

빅은 다크니스에게로 가까이 다가갔다. 하나의 괴물 속에 또다른 괴물이 들어 있는 것 같은, 복잡하고도 기괴하게 생긴 창조물이었다. 그가 호기심 어린 눈으로 그것을 꼼꼼히 살피는 동안, 왕은 신문을 계속했다.

"이제 우리한테 설명해주셔야 하는 거 아닌가요?"

"대체 뭘 설명하라는 거죠? 이 작업실이 그 설명을 대신하고 있지 않나요? 보시다시피 내 남편의 세계는 괴물들로 가득차 있다고요! 모든 건…… 우연의 일치일 뿐이란 말이에요!"

"솔직하게 얘기해주시죠, 키스메 부인."

실비는 손가락을 만지작거렸다.

"댁이 말하는 살인범은 어쩌면 영화광이 아닐까요? 그럴 수 있잖아요, 네? 난…… 난 아무것도 해줄 말이 없어요. 이제 그만 여기서 나가주세요."

그때 라텍스로 된 장갑을 발견한 빅이 차분한 목소리로 말했다.

"조금 전 부엌 냉장고 옆에 놓인 약을 봤습니다. 이펙사*더군요. 남편분께서 지금 정신과 치료를 받고 계신가요?"

순간 실비는 몸을 바짝 움츠렸다.

"아니에요, 그건 내 거예요…… 내가 먹는 거라고요."

그녀는 가슴이 점점 더 세게 옥죄어오는 느낌이 들었다. 스테판을 괴롭히려는 낯선 사람들에게 그의 얘기를 털어놓고 싶지 않았다.

왕은 마치 압축 롤러처럼 그녀에게 서서히 다가가며 질문의 고삐를 늦추지 않았다.

"구석에 담요가 있고, 그 옆엔 커피잔들이 잔뜩 쌓여 있군요. 남편분이 여기 지하실에서 주무시나보죠? 혹시 인격장애라도 앓고 있는 건 아닌가요? 정신과 의사를 만나본 적은 없습니까?"

실비는 자신의 머릿속 생각을 모두 들켜버린 것 같은 불쾌한 느낌에 자리에서 벌떡 일어섰다.

* 항우울제 상표명.

"당신이 대체 무슨 자격으로 그런 말을 하는 거죠? 당신은 여기, 내 집에 와서 내 남편을 죄인 취급했어요! 그런데 그것도 모자라서 이젠 정신병자로 몰아요?"

그때 〈랩소디 인 블루〉의 멜로디가 그들의 대화를 중단시켰다. 실비가 꺼내든 휴대폰 화면에는 '스테판'이라는 이름이 떠 있었다. 휴대폰을 열어 전화를 받으려는 찰나, 왕이 그녀의 손을 저지하면서 재빨리 쏘아붙였다.

"이러면서 휴대폰을 좋아하지 않는다고 하셨나요? 스피커폰을 켜고 그에게 지금 어디 있느냐고 물어보세요. 우리가 여기 있다는 말은 절대로 하면 안 됩니다. 안 그러면 반드시 후회하게 될 겁니다. 내 말 아시겠습니까?"

실비는 거친 동작으로 손을 뿌리친 다음 스피커폰을 작동시키고 전화를 받았다.

"스테판? 당신 대체 지금 어디 있는 거야? 벌써 7시가 다 돼가잖아!"

"내 말 잘 들어! 지금 당장 인터넷에서 검색을 해줘야겠어! 아무것도 묻지 말고, 알았지?"

왕은 그녀에게 고갯짓을 해 스테판의 말대로 하라고 지시했다. 실비는 컴퓨터로 달려가 검색엔진을 작동시켰다.

"이제 얘기해봐."

"영화 사이트에 접속해. 즐겨찾기에 있으니까. 거기서 〈심연의 비밀〉을 검색해봐. 1988년에 나온 영화야."

실비는 그가 시키는 대로 했다. 바로 뒤에서 지켜보고 있는 두 수사관의 존재가 눈에 보이지 않는 압력을 가해왔다.

"찾았어? 그럼 그 영화의 세부 정보를 살펴보고 미술감독이 누구인지 알려줘."

마우스의 클릭 소리가 들리고, 실비의 표정이 굳어졌다. 바로 옆에 웅크리고 있던 왕은 그녀의 얼굴에 스쳐가는 당혹감을 놓치지 않았다.

"……존 레인이야."

"그래 맞았어! 바로 그가……"

"당신 지금 어디 있는 거야?" 실비는 스테판의 말을 가로막고 물었다. "제발 얼른 돌아와줘. 우리 둘이서 편안한 시간을 보내고 싶어."

"그럴 수 없어. 난 메리를 떠나 이제 엑토르 아리에의 집으로 가야 해."

실비는 눈을 감았다. 스테판은 혼잣말처럼 계속 말했다.

"당신은 결코 내 말을 믿지 않을 거야. 멜린다는……"

실비는 서둘러 전화를 끊었다. 왕이 그녀를 다그쳤다.

"왜 전화를 끊는 거죠?"

그녀는 점점 더 불편한 기색을 노골적으로 드러냈다.

"당신들 앞에서 우리 사생활을 낱낱이 까발리고 싶지 않으니까요. 난 당신들이 이렇게 불쑥 찾아온 것이 법적으로 문제가 없는지조차 의심스러워요. 그러니 이제 그만 여기서 나가주시죠."

"존 레인과 엑토르 아리에는 누구죠?"

"같은 사람이에요. 존 레인은 예명이죠."

"그렇군요. 그 사람 주소를 알려주시겠어요?"

실비는 연필을 집어 종이에 주소를 갈겨썼다. 빅은 그녀의 손이 떨리는 것에 주목했다. 항우울제를 복용하기 때문일까?

"이 남자는 누굽니까?"

실비는 더이상 참을 수가 없었다. 이들을 속히 쫓아버려야 했다.

"이 사이트에 나온 대로 영화 미술감독이에요. 스테판하고 여러 차례 만난 적이 있고요. 그이가 거기로 가는 건 작업에 관해 상의할 것이 있어서일 거예요."

왕이 빅의 어깨를 잡고 조금 떨어진 곳으로 이끌었다.

"자네가 지금 거기로 가줘야겠네."

"네? 지금 농담하십니까? 지금이 몇시인지 아세요?"

왕은 두 손으로 머리를 감싼 채 의자 위에 쪼그리고 앉아 있는 실비를 흘끗 쳐다보았다.

"난 분명 가라고 했네. 그는 자네보다 겨우 30킬로미터 앞서 있어. 서두르면 그가 도착한 직후에 엑토르 아리에의 집에서 그를 만날 수 있을 거야. 그의 말이 부인이 한 말과 일치하는지 확인하란 말일세. 난 그사이에 저 여자가 그에게 미리 귀띔하지 못하도록 여기서 지키고 있겠네. 레스토랑 알리바이도 확인해보고 말이야."

"그런데 너무하다고 생각하지 않으세요? 저한테도 사생활이 있다고요!"

"자넨 와이프한테 이미 찍히지 않았나. 이런다고 별로 달라질 것도 없을 텐데 뭘 그러나."

빅은 잠시 머뭇거렸다. 만약 가지 않으면 이 일이 모르티에 반장의 귀에 들어갈 게 뻔했다.

"알겠습니다…… 그런데 선배님 휴대폰을 좀 가져가야겠어요. 제 건 배터리가 방전됐거든요. 대신 제 휴대폰과 충전기를 두고 갈게요. 문제가 생기면 연락해야 할 테니까."

왕이 인상을 쓰며 말했다.

"내 장난감을 함부로 다루지 않는 게 좋을 거야. 그랬다간 가만두지 않을 테니까."

그때 실비가 끼어들어 빅을 향해 말했다.

"저기……"

빅이 그녀를 향해 돌아섰다.

"네?"

"조금 전에 댁이 훔친 라텍스 장갑이 주머니 밖으로 튀어나와 있군요. 당신들 절대로 가만두지 않을 거예요. 두 사람 모두."

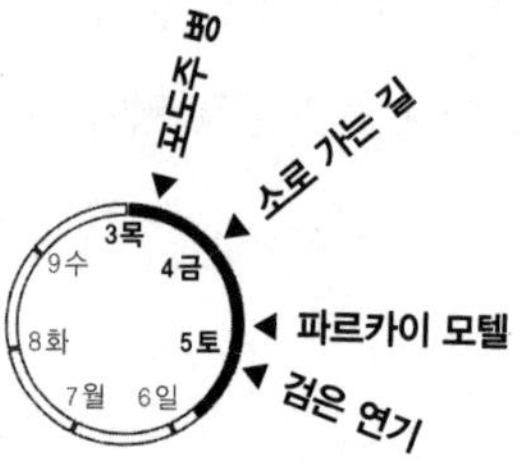

33. 5월 5일 토요일, 20시 28분

스테판은 엑토르 아리에의 붉은색 포르셰 뒤편에 주차했다. 8866 BCL 92 번호판을 보자, '소로 가는 길'이라고 이름 붙인 꿈에서 본 장면들이 머릿속을 스쳐갔다. 멜린다의 죽음과 관련된 인물을 찾던 라디오 방송이 아직도 귓전에 울리는 것 같았다. 자동차 조수석에 놓여 있던 분홍색 손수건과, 머리를 짧게 밀고 이마가 땀에 흠뻑 젖은 채 권총을 들고 포드에서 내리던 꿈속의 자신에 대한 기억도 떠올랐다.

"스테판 키스메 씨?" 빅토리아 아리에가 문을 열어주며 놀란 표정을 지었다. "또 무슨 일이죠?"

"존을 만나야 합니다. 지금 즉시."

금발의 젊은 여인은 주춤하며 뒤로 물러섰다.

"무슨 일로 그러시죠?"

스테판은 단호한 몸짓으로 앞으로 다가섰다.

"그래야만 하니까요."

빅토리아는 의심스러운 눈으로 그를 훑어보았다. 흐트러진 머리, 구겨진 옷, 땀냄새. 그녀는 마지못한 듯 말했다.

"남편은 지금 일하는 중이에요. 들어오세요. 불러올게요."

"아닙니다, 나도 함께 가겠습니다. 그와 단둘이 얘기해야 해서요. 그런데 그전에 부인께 한 가지 물어볼 게 있습니다."

"뭐죠?"

"혹시 남편의 스케줄을 알고 계시나요?"

"어느 정도는요. 그런데 그건 왜 물으시죠?"

"오는 8일과 9일엔 뭘 하기로 돼 있습니까?"

빅토리아는 잠시 생각에 잠겼다.

"잘 모르겠어요. 하지만 요즘은 〈피의 계곡〉 건으로 무척 바쁜 편이에요. 그리고 5월 9일은 우리 결혼기념일이고요. 육 주년이죠."

"축하드립니다." 스테판은 기계적으로 인사를 건넸다.

그들은 화려한 가구로 장식된 방들을 통과해 엑토르 아리에의 서재에 이르렀다. 빅토리아는 가볍게 두 번 노크를 한 다음 문을 살짝 열었다.

"여보? 스테판 키스메 씨가 오셨어요. 당신을 꼭 만나야겠다는군요."

"스테판 키스메라고?"

잠시 후 문이 열리면서, 큰 키에 섬세한 얼굴, 코가 살짝 휜 듯 보이는 남자가 나타났다. 그는 회색 버뮤다 반바지와 초록색 라코스테 폴로셔츠를 입고 있었다.

"스테판?"

"잘 지냈나요, 엑토르. 둘이 조용히 얘기 좀 할 수 있을까요?"

아리에는 잠시 머뭇거렸다. 겉으로는 잘 감지되지 않는 그의 미묘한 태도에 스테판은 자신의 직감이 맞았음을 확신했다. 마침내 아리에는 스테판에게 안으로 들어와 앉으라고 권한 뒤, 아내를 포옹하고 문을 닫았다. 그리고 아무 말 없이 크리스털 위스키 병을 집어 두터운 잔에 술을 따랐다. 타이거 우즈, 파드리그 해링턴, 재크 존슨 같은 유명한 골프 선수들이 사인한 사진들이 벽을 장식하고 있었다.

"손을 떨고 있군요. 무슨 걱정이라도?" 스테판이 말했다.

"그냥 좀 피곤해서 그런 것뿐입니다. 하루종일 일에 치이다보니. 아직 다 끝난 것도 아니고요. 게다가 날 몹시 열받게 한 메일에 답장을 해야 했거든요. 그런데 주말에, 더구나 이렇게 늦은 시각에 날 보러 오다니 대체 무슨 일입니까?"

그는 스테판에게 등을 돌린 채로 말했다. 스테판은 재빨리 그의 서재를 둘러보았다. 특별한 장식 없이 간결하게 잘 정돈된 방이었다. 깨끗한 유리창, 잘 다듬어진 연필들. 구석엔 촬영기, 삼각대, 카메라 같은 비디오 장비가 놓여 있었다. 스테판의 어수선한 다크랜드와는 모든 것이 대조적이었다.

"내가 왜 왔을 거라고 생각합니까?"

엑토르는 스테판에게 잔을 건넸다. 그의 이마에는 땀이 촉촉이 배어 나와 있었다.

"당신은 위스키를 좋아하는 것 같더군요. 이건 애버펠디 25년산 싱글몰트 위스키입니다."

스테판은 그의 허를 찌르기로 마음먹었다.

"멜린다 그라프에 관해 얘기해주세요."

"누구?"

"멜린다 그라프. 메리쉬르우아즈에 사는 열 살짜리 소녀 말입니다."

엑토르 아리에의 얼굴에 엷은 미소가 스쳤다. 스테판이 계속 그를 응시하지 않았더라면 알아차리지 못하고 지나쳤을 터였다.

"멜린다 그라프라는 여자아이를 아는지 물어보려고 여기까지 왔단 말입니까?"

"그렇습니다."

"전화로 물어볼 순 없었던 겁니까?"

"그렇습니다."

아리에는 술잔을 입술에 갖다댄 채 위스키가 미각 돌기를 흥분시키기를 기다렸다가 한 모금 삼켰다. 무심한 표정으로.

"난 처음 듣는 이름인데. 배우인가요?"

"나한테 거짓말할 생각일랑 하지 않는 게 좋을 겁니다! 초록색 눈에 앞니가 하나 빠진 곱슬머리 소녀를 잘 알 텐데요."

아리에는 뒤로 몇 걸음 물러나서는 작업중이던 컴퓨터 화면을 껐다.

"아니, 난 모릅니다. 그런 여자아이는 정말 몰라요."

스테판은 마치 물소처럼 코로 숨을 내쉬었다.

"그럼 에노크는. 그곳도 모른다고 할 겁니까?"

아리에는 천천히 고개를 저었다.

"난 정말 아무것도 모릅니다. 대체 나한테 원하는 게 뭔가요? 어제도 당신 행동이 이상했다고 빅토리아가 말하더군요. 그런데 오늘도 별로 좋아진 것 같진 않군요."

스테판은 아무런 표정 변화 없이 단번에 위스키를 들이켰다.

"당신들이 생각하는 것과 반대로 난 지금 아주 멀쩡해. 기억이 안 나는 것 같으니 내가 대신 기억을 되살려드리지. 당신은 1988년에 제작된 〈심연의 비밀〉이라는 영화를 위해 에노크 채석장 깊은 곳에 세트를 제작했지. 당신이 그 영화의 미술감독이었고."

아리에는 검지로 자신의 관자놀이를 톡톡 두드리며 대꾸했다.

"그 말을 들으니 생각이 나는 것 같군요…… 하지만 내가 작업했던 장소를 모두 기억하고 있을 수는 없지 않나요? 게다가 이미 오래전 얘기고요, 안 그래요?"

"당신은 지금 거짓말을 하고 있어. 난 그걸 알아."

점점 더 언성을 높이는 스테판을 보며 아리에는 방어적인 태도를 취하기 시작했다.

"대체 나한테 왜 이러는지 그 이유라도 설명해줘야 하는 거 아닌가요? 예의에 어긋나는 건 차치하고라도, 이틀 연속 내 집에 불쑥 찾아와서 기이한 말들을 늘어놓는 이유가 뭐냔 말입니다. 혹시 에브라르와 무슨 문제가 있는 겁니까? 그 사람이 당신이 제작하고 있는 마르티네즈 모형에 관한 얘기를 하더군요. 그것 때문에 스트레스가 너무 심한 것 아닌가요? 혹시 내가 도울 일이라도 있습니까?"

스테판은 자리에서 일어나 책상 위에 술잔을 세게 내려놓으면서 공격적인 태도를 취했다.

"지금 마르티네즈 모형 같은 게 문제가 아니라고! 그리고 난 지금 그 어느 때보다 정신이 온전해! 당장 당신 스케줄을 확인해야겠어! 당신이 5월 8일과 9일에 뭘 할 건지 알아야 하니까!"

"지금 무슨 헛소리를 하는 거요?"

스테판은 책상 위에 놓인 수첩을 낚아채듯 집어들었고, 아리에는 스테판에게서 그것을 다시 빼앗았다.

"건드리지 말아요!"

스테판은 그를 향해 위협적으로 손가락질을 하며 외쳤다.

"당신이 요즘 메리쉬르우아즈에 자주 가는 걸 다 알고 있어, 아닌가? 당신은…… 멜린다 그라프라는 어린 소녀를 주시하러 가는 거야. 어쩌면 포르셰를 타고 가지 않는지도 모르지. 너무 눈에 띌 테니까. 렌트한 작은 트럭을 타고 갈지도. 물론 가명을 사용할 거고. 어떤 이름이지? 이번에는 어떤 이름을 사용하는 거지?"

"당신 정말 미친 거 아니야? 다짜고짜 내 집에 쳐들어와서는 날 이상한 사람 취급하다니! 당신은 정신과 치료를 받아야만 해, 키스메!"

스테판은 더이상 자신을 제어하지 못한 채 마구 날뛰기 시작했다.

"당신이 지금 무슨 생각을 하는지 난 다 알고 있어, 아리에. 절대 당신 마음대로 하게 내버려두지 않을 거야. 그 아이를 절대 해치지 못하게 할 거라고. 일어나게 돼 있는 일이 결코 일어나지 못하게 하고 말 거야."

엑토르 아리에는 억센 손으로 스테판의 어깨를 잡고 문을 열어 밖으로 밀어냈다.

"당신 같은 미치광이하고 사는 부인이 정말 불쌍하군! 당신한테 필요한 건 의사가 아니라 정신병원이야! 이제 그만 여기서 꺼져주시지!"

스테판은 얼굴이 숯불처럼 벌겋게 달아올라 있었다. 그는 그곳을 나서기 전에 빅토리아 아리에를 향해 외쳤다.

"남편을 잘 감시하세요, 부인! 그는 당신이 생각하는 그런 남자가 아니란 말입니다!"

스테판은 주차해둔 포드로 향했다. 극도로 흥분한 채 시동을 걸고 출발하려는 순간, 조수석의 문이 열리면서 한 남자가 올라탔다. 남자는 하마터면 좌석 위에 놓여 있던 디지털카메라를 깔고 앉을 뻔했다.

그 순간 스테판은 그가 바로 자신이 꿈속에서 본 빅토르라는 인물임을 즉각 알 수 있었다.

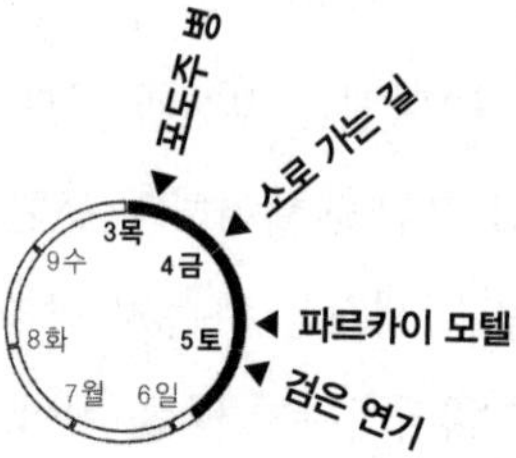

34. 5월 5일 토요일, 20시 48분

"저쪽으로 차를 대시죠." 빅은 경찰 신분증을 다시 주머니에 넣으면서 말했다. "저기, 내 차 바로 뒤에요."

차의 색깔, 금이 간 앞유리창…… 파르카이 모텔 주차장에서 마주쳤던 차라는 것을 스테판은 단번에 알 수 있었다.

"날 어떻게 찾아냈죠?"

이것이 그의 머릿속에 떠오른 유일한 생각이었다. 빅은 조금 놀란 표정으로 그를 바라보았다.

"그게 그렇게 중요한가요?"

스테판은 자신이 미쳐가는 중은 아닌지 불안한 생각마저 들었다.

"당신 총이 혹시 시그사우어인가요?"

"그렇습니다. 그런데 그걸 어떻게 알았죠?"

"수…… 수사물을 찍을 때 사용하는 것이니까요."

스테판은 더이상 무슨 말을 해야 할지, 무엇을 해야 할지 혼란스러웠다. 그가 꿈속에서 본 권총은 이 수사관의 것이 틀림없는 듯했다. 그런데 그게 어떻게 그의 손에 들어오게 되었을까?

"참으로 이상하군요." 스테판의 흥분상태를 간파한 빅이 말했다. "경찰이 느닷없이 자기 차에 올라탔는데, 무슨 일이냐고 묻는 게 아니라, 어떻게 나를 찾아냈느냐고 묻다니 말입니다. 일하다보면 경찰이 차에 올라타는 일이 종종 있나보군요?"

스테판은 쏟아지는 질문 공세에 신중히 대처해야 한다는 것을 잘 알고 있었다. 경찰과 예감에 관해 얘기할 수는 없는 노릇이었다. 그들에게 그 말은 계획적인 범죄와 동일하게 취급될 수도 있었다. 또 한편으로는, 난도질당해 죽은 여인들에 관해 가능한 한 많은 정보를 알아내야만 했다. 스테판은 그럴듯한 이야기를 즉흥적으로 꾸며내기로 했다.

"파르카이 모텔에서 카운터를 보는 남자가 경찰이 날 찾는 것 같다고 말해주더군요. 아마도 수사중에 그 음침한 장소까지 간 것 같은데, 나 역시 그곳에 갔었기 때문에 날 신문하려는 게 아닌가요? 의례적인 절차 때문에?"

빅은 미소를 지으며 고개를 끄덕였다. 스테판은 그의 미소 속에서 상대방의 젊음과 경험 부족을 읽을 수 있었다.

"정확하게 아시는군요. 바로 내가 하려던 말입니다. 마치 앞일을 예견이라도 하는 것 같네요."

"그런지도 모르죠. 살인사건인가요?"

"놀라운걸요. 어떻게 그렇게 잘 아시죠?"

"하찮은 좀도둑이나 잡으려고 여기까지 온 건 아닐 테니까요. 조금 놀라운 건 당신 나이입니다. 말투도 그렇고…… 혹시 신참인가요?"

빅은 다시 정색을 하고 좀더 단호한 표정을 지어 보였다.

"이제 본론으로 들어가도록 하죠. 당신은 지금 캘런드럼 스튜디오에서 촬영중인 〈피의 계곡〉과 관련된 작업을 하고 있다고 들었습니다. 최근에 그곳에 간 적이 있나요?"

"마지막으로 간 게 보름 전쯤인 것 같은데요. 그런 건 왜 묻죠?"

"어제 파르카이 모텔에선 뭘 하셨죠?"

스테판은 차분한 어조를 유지했다.

"관찰했습니다."

빅은 자기 앞에 올려놓은 디지털카메라를 흘끗 쳐다보았다.

"관찰을 했다…… 뭘 말인가요? 날아가는 철새들을? 떡갈나무에 도토리라도 열렸는지 확인하려고?"

"유머를 구사하는 수사관이라. 내 생각이 맞는 것 같군요. 당신은 이 일이 처음이라는 거. 난 새로운 괴물들을 창조하기 위해 끊임없이 영감을 찾아다닙니다. 특이한 장소들을 닥치는 대로 찾아 사방을 헤매곤 하죠. 지하묘지, 생물학 실험실, 공동묘지, 음산한 모텔 등. 그런 다음 머릿속에서 그 모든 것을 휘휘 뒤섞어 영감을 얻는 겁니다."

빅은 눈을 반쯤 감은 채 멀리 앞쪽을 바라보았다.

"손 하나가 없는 그레고리 마슈라는 남자의 말에 의하면, 당신이 차 안에서 칼로 자해를 시도했다더군요. 단순한 관찰자치곤 참으로 기이한 행동 같은데요."

스테판은 몸을 숙여 좌석 밑에 굴러다니던 사과 하나를 집어들었다. 파르카이 모텔에 갈 때 가지고 갔던 것이었다.

"사과를 깎아 먹으려고 하는데 그 무뢰한이 내 차에 뛰어들었어요. 그리고 내 칼을 빼앗아간 겁니다. 나에겐 매우 소중한 것인데 말이죠. 내 양아버지가 주신 거거든요. 그걸로 물고기를 함께 손질하곤 했죠."

"그렇군요."

"그런데…… 특이한 곳들을 찾아다니는 동안, 선천성 질병과 관련된 아주 특별한 박물관을 하나 발견했습니다. 뒤퓌트랑이라고, 혹시 들어본 적 있나요?"

빅의 턱이 미세하게 떨렸다. 키스메의 이야기는 그의 부인의 해명과 완벽하게 들어맞았다. 게다가 그사이 왕은 레스토랑 알리바이가 거짓이 아님을 확인했다고 빅에게 알려왔다.

스테판 키스메는 살인범이 아닌 게 확실했다.

"그런데 왜 그쪽에서 날 신문하는 것 같은 느낌이 드는 거죠? 그 반대가 아니라?" 젊은 수사관이 말했다.

"내가 어디 있는지 정확하게 아는 한 남자가 내 차로 뛰어들어와서는 자기 마음대로 내 옆에 자리를 잡고 앉았어요. 그러니 나도 어찌된 연유인지 좀더 알 권리가 있는 것 아닌가요?"

"좋습니다. 아까 하던 얘기로 돌아가죠. 파르카이 모텔에서 관찰을 하기 시작한 게 언제부터죠?"

"오, 겨우 어제부터입니다. 인터넷에서 검색을 하던 중에 매우 흥미로운 곳이 있다는 걸 알게 됐거든요. 그래서 곧장 그곳으로 달려갔죠."

"그러니까 오후엔 뒤퓌트랑, 그리고 저녁엔 파르카이에 간 건가요?"

"내가 오후에 뒤퓌트랑에 간 걸 어떻게 알죠? 그렇다면……"

순간 스테판의 얼굴이 화끈거렸다. 일의 양상이 단번에 그의 머릿속에 확연히 그려졌다.

"그렇군요! 당신도, 당신 역시 그곳에 갔었군요! 당신이 맡은 사건 때문에!"

"그렇습니다."

스테판은 손가락을 딱 하고 부딪쳤다. 그는 흥분에 겨워 몸을 떨었다.

"그렇게 해서 날 찾아낸 거군요. 내가 관리인에게 준 명함 때문에! 그리고 내 집에 찾아가서는…… 아내와의 통화 내용을 모두 엿들은 거고요! 어쩐지 실비의 태도가 이상하더라니!"

"정확히 보셨습니다. 당신한테는 아무것도 숨길 수가 없군요."

스테판은 실비가 글로브박스 위에 올려두었던 노란색의 박물관 입장권을 가리키며 말했다.

"수사관님이 무슨 일로 그 박물관까지 가셨는지 나도 알아야겠습니다."

"내가 왜 당신한테 그 얘기를 해야 하죠?"

"왜냐하면…… 이유는 모르지만, 내가 그 일에 연루된 것 같아서요. 이봐요 빅토르, 난 우리가 만난 건 운명이라고 생각해요."

"지금 뭐라고 하셨죠?"

"우리가 만난 건 운명……"

"아니, 그전에 한 말요. 날 뭐라고 불렀죠?"

"빅토르. 뭐가 잘못됐나요?"

젊은 수사관은 눈살을 찌푸렸다.

"내 이름이 빅토르인 건 어떻게 알았습니까? 날 빅토르라고 부르는 사람은 아무도 없는데요."

스테판의 윗입술이 떨리기 시작했다.

"왜냐하면…… 당신 경찰 신분증에 그렇게 적혀 있으니까요."

두 남자는 말없이 서로를 응시했다. 빅은 숨을 깊이 들이마신 다음 자기 앞에 놓인 디지털카메라를 집어들었다.

"카메라가 멋지군요. 난 아직 DSLR 카메라와 일반 컴팩트 하이엔드 카메라 사이에서 망설이고 있어요. 둘 사이에 정말 대단한 차이가 있나요?"

"그건 그냥 놔두시죠, 부탁입니다."

빅은 손으로 카메라 무게를 가늠해보면서 렌즈에 관심을 보이는 척하다가 카메라를 작동시켰다.

"화면이 정말 근사한데요. 무척 밝군요."

"지금 뭐하는 겁니까?"

빅은 스테판이 카메라를 빼앗지 못하도록 가로막으면서 조그만 LCD 화면에 사진을 차례로 넘겨보았다. 처음엔 인공 보철구의 사진들, 그리고…… 스테판이 차 안에서 찍은 어린 소녀의 모습이 보였다.

빅은 어두운 시선으로 스테판을 올려다보며 물었다.

"왜 소녀를 몰래 찍은 거죠?"

"그건…… 말해줄 수 없어요. 말해봐야 믿지 않을 테니까."

"일단 말해보시죠. 판단은 그다음에 하면 되니까."

"그럴 수 없어요. 당신부터 먼저 뒤퓌트랑 박물관에서 뭘 했는지 얘기해줘야 합니다. 꼭 알아야겠습니다."

빅은 운전대를 힘주어 움켜잡고 있는 스테판 키스메의 손을 뚫어져라 응시했다. 그는 뭔가를 믿고 있었다. 뭔가를 철석같이 믿고 있었다. 하지만 그게 뭔지 도무지 감을 잡을 수 없었다.

실마리를 풀기 위해서는 자신이 한발 물러서야 한다는 생각이 들었다.

"도난사건을 조사하던 중이었습니다."

"부서져 있던 문…… 관리인이 나한테 거짓말을 했군요. 뭘 도난당했죠?"

"인어아기요. 혹시 뭐 짚이는 게 있나요?"

순간 두 남자의 시선에 전류가 흐르는 듯했다. 빅은 키스메가 연극을 하고 있지 않다는 것을 알 수 있었다. 키스메는 그에게 아무것도 숨기는 게 없었다.

"도둑이 인어아기를 훔쳐갔다고요? 대체 왜?"

"그건 수사상의 비밀이라 말씀드릴 수 없습니다. 그런데 어째서 이 일에 그토록 관심을 가지는 겁니까?"

"나는…… 자극적이고 깜짝 놀랄 만한 것들을 찾고 있으니까요. 그래서 그런 겁니다." 스테판은 즉흥적으로 둘러댔다. "괴물을 훔친 도둑도 결국 괴물이 아닐까 하는 생각이 들어서요."

그는 잠시 눈을 감은 채 자신의 꿈 전체를 기억해내고자 애썼다. 난도질당해 죽은 여인들의 사진, 6호실 벽에 쓰여 있던 메시지, 이 남자와의 전화통화. 하지만 인어아기와 관련 있어 보이는 건 아무것도 없었다.

"이제 그쪽에서 얘기할 차례인 것 같은데요." 빅이 그를 채근했다.

스테판은 마치 불장난을 하는 기분이 들었지만, 어떻게든 이 수사관의 입을 열게 해야 했다.

"내 아내가 아무 말도 하지 않던가요? 내 과거에 대해서? 내가…… 섬광 같은 것을 보곤 한다고?"

"전혀. 단지 당신이 하는 일에 관한 얘길 들었을 뿐입니다."

"난 아주 어릴 때부터…… 섬광처럼 떠오르는 장면을 보곤 했어요. 어떤 일이 일어나기 직전에 그 장면을 미리 눈앞에 보는 거죠."

빅은 전혀 동요하는 기색을 보이지 않았다. 셀린 역시 그런 터무니없는 것들을 믿고 있었다. 정신의 힘, 카르마, 운명이니 인연이니 하는 것들을. 하지만 그는 아니었다. 살인사건 전담반의 수사관이자 열렬한 체스광이며 경찰 집안의 후손인 그가 그럴 수는 없었다. 하지만 그는 계속 연극을 하기로 했다. 키스메는 살인사건이 일어난 날 밤의 알리바이가 있었으므로 그가 살인범이 아니란 걸 알고 있음에도 불구하고.

"환영 같은 걸 말하는 건가요?"

"그런 것하고는 다릅니다. 직감이나 예감 같은 것과도 다르고요. 어떻게 설명해야 할지 잘 모르겠군요. 사실상 난 지금까지 꿈을 꿔본 적이 없어요. 아니, 다른 사람들처럼 꿈을 꾸긴 하지만, 아무것도 기억을 못하는 거죠. 몽유병자들에게 종종 그런 현상이 나타납니다."

"나 역시 꿈을 거의 기억하지 못해요. 이 사실이 위안이 될지 모르겠지만요. 그런데 몽유병을 앓고 있습니까?"

"어릴 때부터 죽. 하지만 다행스럽게도 매일 밤 그런 건 아닙니다. 잠자리에서 정말로 멀리 간 적은 한 번도 없었고요. 내가 열 살 정도 됐을 무렵, 양아버지는 낚시를 하기 위해 보주 산맥에 있는 계곡으로 날 데려가고 싶어했어요. 그런데 나는 아침 일찍 일어나는 게 너무 고역이었죠. 그래서 양아버지는 날 깨우기 위해 얼굴에 오래된 드라큘라 가면을 썼어요. 고무줄이 달린 흉측한 플라스틱 가면요. 그러고는 내가 방바닥, 침대, 방구석 어디서 잠을 자든 날 내려다보며 내 팔을 조용히 흔들었어요. 그러면 나는 눈을 뜨고……"

"어린아이를 깨우는 방법치곤 특이했군요."

"그런데 그게 효과가 있었어요. 매번 내가 소스라치듯 놀라서 일어나곤 했으니까. 양아버지는 내가 강한 사람으로 자라나길 원했어요. 날 진정한 남자로 만들고 싶어했죠. 양아버지는 산사나이였어요. 이해가 되나요?"

"물론이죠."

"대개의 부모들이 머리맡에서 공주가 등장하는 동화를 들려줄 시각에, 양아버지는 내게 괴물과 늑대인간 얘기를 해주었어요. 밤에 계속 돌아다니거나 울기라도 하면 그들이 날 잡아갈 거라고 겁을 주면서. 그래서 난 밤마다 두려움에 휩싸인 채 잠들곤 했죠. 하지만 자다가 깜짝 놀라서 일어나거나 악몽을 꾼 적은 없었습니다. 내 의식 밖으로 나온 것은 아무것도 없었어요. 모든 것이…… 그 속에 차곡차곡 저장되고 있었던 겁니다."

"그래서…… 괴물을 만들게 된 거군요. 그 모든 것이 이제 당신 손을 거쳐 밖으로 나오는 거고요."

"내가 상담을 받았던 정신과 의사들도 그런 말을 하더군요."

잠시 정적이 흐른 뒤, 스테판은 계속 이야기했다.

"난 꿈을 꾼 적이 없었어요. 적어도 그렇게 믿고 있었죠. 그런데 지금까지 살아오는 동안 내내…… 어떤 행동을 하는 나 자신이 보이는 겁니다, 너무나 생생하게. 그래서 난 실제로 그렇게 행동해야만 했어요. 데자뷔와 비슷한 것 같지만 이건 그보다 훨씬 더 강력해서……"

빅이 그의 말을 가로막았다.

"이런 거 말이죠. 계단을 오르는데 이런 생각이 드는 겁니다. '이 계단은 예전에도 올라가본 적이 있어. 이제 한 여자가 층계참에 나타날 거야.' 당신이 그런 생각을 하는 순간 여자가 실제로 층계참에 나타납니다. 그런데 당신은 그녀가 나타나기 직전에 그런 생각을 한 건지, 그녀가 나타나는 바로 그 순간에 그런 생각을 한 건지 구분이 잘 안 되는 거죠. 살다보면 그런 일이 종종 일어납니다. 그런데 그건 어찌 보면 물리적 현상일 뿐입니다. 양쪽 눈에서 각각 정보를 받아들이는 시간에 차이가 나면서 머릿속에서 혼란이 느껴지는 거라고요."

"아뇨, 내 경우는 그런 것과는 전혀 다릅니다. 내가 하는 행동은 논리적 순서와는 아무런 상관이 없단 말입니다. 1998년에 난 렌으로 가는 급행열차를 타고 있었어요. 당시만 해도 창문을 열어 기차에서 뛰어내릴 수 있었죠. 기차가 전속력으로 달리는데, 갑자기 붉은색 벽돌집이 눈에 들어오는 겁니다. 검은색 기와지붕에 백색 기왓장으로 1918년이라는 연도를 표시해놓은 집이었어요. 그런데 그 순간 기차가 탈선하는 광경이 눈앞에 떠오르는 거예요. 그 장면이 너무도 생생해서 난 급하게 경보장치를 작동시킨 다음 창문으로 뛰어내렸죠."

"와우!"

"그리고 중상을 입고 병원에 입원했어요. 뼈가 열 군데 넘게 부러졌고 온몸에 피멍이 들었지요. 다른 사람 같았으면 분명 죽었을 텐데, 난 기적적으로 살아났습니다."

"기차는 어떻게 됐나요?"

스테판의 얼굴이 일그러졌다.

"난 기차가 한창 커브를 도는 중에 뛰어내렸어요. 생존자들의 말에 의하면, 기차가 갑자기 멈춰 서면서 탈선을 했다더군요. 전문가들은 브레이크 결함 때문이라고 했고요."

빅은 머리받침대에 목을 기댄 채 잠시 침묵을 지켰다.

"맙소사…… 그러니까 기차가 탈선할 거라고 생각하면서 스스로 탈선을 야기한 셈이군요."

"난…… 어쨌거나 기차는 탈선했을 거라고 믿어요. 사실 기와지붕 집을 봤을 때, 실제로 기차가 탈선하는 장면을 본 건 아닙니다. 다만 기차가 탈선할 거라는 것을 '알았을' 뿐이죠. 나의 일부분이 그 사실을 알고 있었던 겁니다. 마치…… 누군가가 내 귀에 그 말을 속삭이기라도 한 것처럼. 그래서 경보장치를 작동시키고 기차에서 뛰어내리는 것 외엔 다른 선택이 없었던 겁니다. 그후 이 이야기를 솔직하게 털어놓은 뒤, 난 오랫동안 정신과 치료를 받아야 했어요. 내 잘못으로 죽거나 다친 사람들의 망령이 날 계속 따라다녔거든요. 전문가들은 똑같은 말을 반복했죠. '시각적 환각상태' '자살 성향' '정신분열증'. 하지만 난 정신분열증 환자가 아닙니다. 모든 게 사실이라고요. 정말로 사실인 건 아니지만. 그러니까 내 말은……"

빅은 고개를 끄덕였다.

"알겠습니다, 키스메 씨……"

"당신도 내 말을 못 믿는 거죠, 그렇죠?"

"사실 그렇습니다, 솔직하게 말하면."

스테판은 어깨를 으쓱해 보였다.

"당연하죠. 경찰관은 지극히 현실적이어야 하니까요. 내 아내조차도 내 말을 믿지 않는걸요. 그녀가 찾아낸 유일한 해결책은 날 정신과 의사에게 보내는 것이었어요. 내가 자처한 일이라고 하면서요."

빅은 숨을 들이쉬면서 다시 자세를 고쳐 앉았다.

"예감 같은 건 내 취향이 아니거든요. 우리 주위에서는 의식하지 못하는 사이에 수많은 일들이 끊임없이 일어나다보니 그런 착각을 하게 되는 게 아닐까요. 고등학교 시절 어떤 선생님이 로버트슨이라는 작가에 대해 얘기해준 적이 있죠. 1898년에……"

"……십사 년 뒤 현실로 나타난, 타이타닉 호의 비극을 예견한 듯한 소설을 썼죠. 나도 알고 있습니다. 당신 선생님이 무슨 말을 했을지도 짐작할 수 있고요. 이 세상에는 수십만 권의 책과 수많은 사건들이 존재하며 또한 그만큼의 이야기가 존재한다고, 따라서 우연과 확률, 그리고 흘러가는 시간으로 이루어진 법칙으로 인해 언젠가는 그 이야기 중 하나가 결국 일어나게 돼 있다고 말예요. 물론 세부의 차이는 있겠지만. 책이나 이미지, 이야기, 사건 같은 것이 더 많이 존재할수록 더 많은…… 예감이 생겨날 수밖에 없는 거죠……"

"그렇게 말할 수 있겠네요, 그래요. 예감 혹은 우연의 일치, 어떻게 부르든 마찬가지겠죠."

빅은 디지털카메라를 가리키며 물었다.

"그렇다면 소녀의 사진도? 그것도 당신의 예감과 관련이 있는 건가요?"

스테판은 눈을 감았다.

"그 소녀는 죽을 겁니다, 곧."

빅은 자신의 조급함과 속히 집으로 가고 싶은 마음을 되도록 드러내지 않으려고 애썼다.

"그래요?…… 하지만 어떻게?"

"에노크 채석장 안쪽에서 물에 빠져 죽을 겁니다. 난 엑토르 아리에가 이 일과 관련이 있다고 믿습니다."

"그래서 여길 온 거군요."

비로소 빅은 파르카이 모텔 카운터 남자와 박물관 관리인의 이야기를 이해할 수 있을 것 같았다. 그들은 모두 스테판 키스메의 기이한 행동과 공격적인 태도를 공통적으로 언급했다. 또한 실비 키스메가 얼마나 절망감을 느낄지도 공감할 수 있었다. 이 남자는 정말로 심각한 정신적 문제가 있어 보였다.

"혹시 항우울제를 복용하나요? 아니면 신경이완제나 진정제 같은 약을?"

"그런 건 이제 안 먹어요. 다 부질없는 것들이니까. 그래서 엑토르 아리에에 관해 수사를 할 건가요?"

"미안하지만, 그런 식으로 수사를 할 순 없습니다."

"아…… 혹시 아이가 있습니까?"

"아뇨."

"만약 멜린다 또래의 아이가 있다면 내 심정을 이해할 수 있을 겁니다."

스테판은 앞쪽에 나 있는 도로를 응시하며 말했다.

"이제 얼마 남지 않았죠?"

"뭐가 말입니까?"

"출산요."

빅은 놀라움을 애써 감추기 위해 정색을 하며 대꾸했다.

"지금 무슨 말을 하는 겁니까? 내 아내는 아이를 기다리고 있지 않아요. 그건 또 무슨 헛소리인가요, 대체?"

"왜 거짓말을 하는 겁니까?"

"이제 제발 그만하시죠, 네?"

"임신에 무슨 문제라도 있습니까?"

"입 닥치라고 했습니다! 안 그러면 얼굴을 날려버릴지도 모르니까!"

신문 아닌 신문은 이것으로 충분했다. 빅은 스테판에게 명함 두 장을 내밀었다. 이 불쌍한 남자는 명백한 정신적 문제들과 많은 걱정거리를 안고 있는 듯했지만, 그중에서 빅이 수사를 진척시키는 데 도움이 될 만한 것은 아무것도 없었다.

"내 연락처들입니다. 업무상의 연락처, 그리고 위급한 경우에 연락할 수 있는 개인 연락처."

"이게 전부입니까?"

"그래요, 이게 전부입니다! 대체 뭘 원하는 거죠? 당신이 꾸며내는 미운 오리새끼의 모험 얘기라도 계속 듣고 있으라는 건가요? 필요하면 연락드리죠. 오늘은 이걸로 끝입니다. 그리고 내가 당신이라면, 부인의 충고대로 정신과 의사를 찾아갈 겁니다."

빅이 차에서 내리자, 스테판은 그를 따라 나가 앞을 가로막고 말했다.

"당신이 수사하는 사건에 대해 더 알아야 합니다. 날 더 신문하란 말입니다."

빅은 어이가 없다는 듯 웃음을 터뜨렸다.

"이런, 이거야말로 듣도 보도 못한 일이군요! 경찰이 자신을 신문해 주길 바라다니! 필요하면 서로 연락하도록 하죠, 오케이?"

“내 말 잘 들어요! 이제 곧 끔찍한 일이 일어날 거란 말입니다. 그리고……”

“끔찍한 일은 매일같이 일어나고 있어요. 그러니 이제 그만 좀 비켜주시죠.”

스테판이 빅의 어깨를 붙잡았다. 빅은 그를 세차게 밀어냈다.

“당장 비키라고요!”

“미…… 미안합니다. 이러려던 건 아닌데. 아무튼 지금 몇 건의 살인사건을 수사하고 있는지라도 말해달란 말입니다! 두 건? 맞나요?”

“한 건입니다. 그것만으로도 충분하고요.”

“금발? 아니면 갈색 머리?”

“당신의 그 대단한 예감으로 한번 맞혀보시죠?” 빅이 짜증스럽게 쏘아붙였다.

“갈색 머리?”

“유감스럽지만 금발입니다. 당신이 말하는 예감이라는 것도 별로 믿을 게 못 되는 것 같군요.”

스테판은 깊이를 알 수 없는 절망감에 사로잡혔다. 무수한 바늘이 꽂혀 있는 금발머리 여인의 시신과 옷장에 가시철사로 꽁꽁 묶인 채 죽어 있는 갈색 머리 여자에 대해 이야기한다면, 그는 감옥행을 면할 수 없을 터였다.

스테판은 빅이 건네준 명함을 들여다보았다. 그는 이제 곧 자신이 화면이 깨진 휴대폰으로 빅토르 마르샬의 번호를 누르게 될 것임을 알고 있었다. 두 사람이 곧 다시 만나게 되리라는 것도. 심지어 그의 꿈속에서 두 사람은 친근한 사이처럼 말을 놓기까지 했다.

또한 그는 사진 속 갈색 머리의 여인이 곧 죽을 거라는 것도 알고 있었다. 그런 일이 일어나지 않도록 아무런 조치도 취하지 못한 채.

빅이 시동을 걸자, 스테판은 차로 달려가 유리창을 두드렸다. 빅은 한숨을 쉬면서 차창을 내렸다.

"또 뭡니까?"

"하나만, 딱 하나만요."

"간단하게 말하시죠."

"혹시 46이나 47이라는 숫자에 대해 뭐 아는 것 없습니까?"

"내가 왜 그런 걸 알아야 하죠? 그럼 이만, 키스메 씨."

스테판은 젊은 수사관에게서 눈을 떼지 않은 채 뒷걸음치면서 말했다.

"당신…… 당신은 지금 부인과 함께 있어야만 해요."

그들 뒤로 까마귀 울음소리가 길게 울려퍼졌다. 까마귀 한 마리가 날아오르면서 나뭇가지를 휘어지게 했다. 그 광경을 응시하던 스테판이 빅에게 말했다.

"보이나요, 저 까마귀가? 인도에서는 까마귀를 죽음의 전령으로 여깁니다. 저 새는 지금 우리에게 피할 수 없는 불행을 예고하는 거라고요."

빅은 폭발하기 일보 직전이었다.

"대체 왜 나한테 그런 얘기들을 하는 겁니까?"

"오늘, 난 실패했어요. 일어날 일들을 막을 방법이 없단 말입니다. 그러니…… 우린 곧 다시 만나게 될 겁니다, 반드시."

혼란스러운 마음으로 도로 끝에 다다른 빅은 차도 한가운데 꼼짝 않고 서 있는 스테판을 백미러를 통해 바라보았다.

이 광경을 어디선가 본 적이 있는 것 같은 강렬한 느낌과 함께.

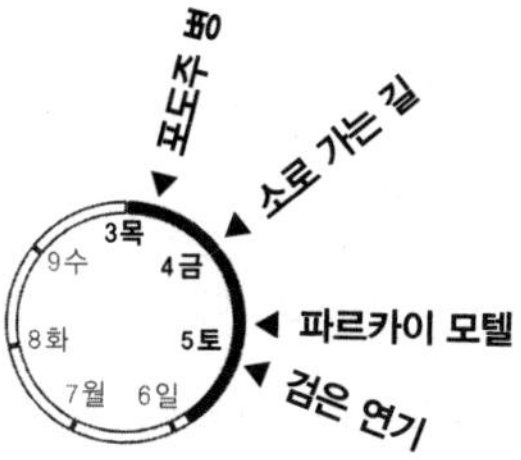

35. 5월 5일 토요일, 20시 55분

카상드라 리베르망은 지칠 대로 지쳐 있었다. 여행을 떠나기 위한 막바지 준비를 하느라 하루종일 쇼핑을 하고, 각종 서류 때문에 관공서를 들락거린 탓이었다. 부르키나파소를 거쳐 마다가스카르로 향할 예정이었다. 그녀는 한 달로 예정된 이번 여행이 자신의 짧은 경력에 결정적인 전환점이 되어주리라 확신하고 있었다.

집으로 돌아온 카상드라는 사가지고 온 최신형 렌즈들을 풀어놓았다. 인물 사진을 찍기 위한 렌즈와 접사렌즈, 광각렌즈 등을 구입하느라 5000유로 정도를 써야 했지만, 가치가 충분히 있는 투자였다. 존 둑스나 앉은뱅이 트럼펫 연주자인 제임스 엘로이 같은 스타들이 등장한 '특별한 구경거리'가 존재했던 시대처럼 수많은 사람들을 끌어모을 수 있는 사진 컬렉션을 가지고 돌아오게 될 테니까.

카상드라는 진정한 광맥을 발견했음을 확신하고 있었다. 인간의 육체가 보여주는 최악의 기형적인 모습들을 찾아내 분류하고 촬영한 다음, 자신의 이름을 내걸고 명성 있는 갤러리에서 전시를 하는 일이었다. 그런 면에서 아프리카는 최고의 구경거리가 될 기괴함과 특이한 질병의 보고나 다름없었다.

그날 밤 카상드라는 행복한 꿈을 꾸며 잠들었다.

얼마 후, 그녀는 비몽사몽간에 이상한 느낌이 들어 잠에서 깨어났다.

질식할 것처럼 더운 열기가 느껴졌다.

라디오 시계를 흘끗 보니 밤 11시 53분밖에 되지 않았다. 그런데도 무척 오래 잔 것 같은 기분이 들었다.

그녀는 힘없이 자리에서 일어나 야등을 켰다. 손과 이마, 시트와 베개가 땀으로 흠뻑 젖어 있었다!

어떻게 이렇게 더울 수가 있단 말인가?

카상드라는 땀에 젖어 축축해진 깃털 베개를 옆으로 던져버렸다. 그리고 완전한 알몸으로 자리에서 일어나 창문을 열었다. 바깥 기온은 10도 정도 되는 듯했다. 가슴과 얼굴, 귀 뒤에까지 와닿는 차가운 공기가 느껴졌다. 오롯한 행복감이 몰려왔다.

맞은편에는, 부풀어오른 달 앞에서 나무들이 마치 밤을 지키는 파수꾼이라도 되는 양 가늘게 몸을 떨고 있었다. 칠흑 같은 어둠을 뚫고 사방에서 스산한 바람 소리가 들려왔다.

등골이 오싹해진 카상드라는 서둘러 창문을 닫고 얇은 검은색 셔츠를 걸친 뒤 아래층으로 내려가보기로 했다. 난방장치가 말썽을 일으킨 듯했다. 최신형 온도조절장치가 설치된 새집이었지만, 뭐든지 처음이란 게 있는 법이니까.

그녀는 여전히 잠이 덜 깬 채로 불을 차례로 켜면서 거실을 향해 한 걸음씩 나아갔다. 집 전체에 깔려 있는 불안한 정적 속에서 가전제품이 작동하는 미세한 소리까지도 모두 들려왔다. 컴퓨터, 냉장고, 냉동고가 윙윙 소리를 내며 돌아가고 있었다. 기괴한 것들을 좋아하는 그녀였지만, 숲 외곽에 덩그러니 위치한 집에서 혼자 살아가는 스물네 살 먹은 여자로서 두려움을 느끼지 않는 것은 아니었다. 더구나 카상드라는 이처럼 한밤중에 잠을 깨는 것을 무엇보다 싫어했다.

식당으로 간 그녀는 부엌 옆의 벽에 붙어 있는 조절장치의 온도계를 확인했다. 뜨거운 열기 때문에 폐까지 익어버릴 것 같았다. 대체 온도가 얼마나 되길래 이렇단 말인가?

"28도? 대체 이게 어떻게 된 거지?"

카상드라는 설정 온도가 15도가 될 때까지 '-' 버튼을 계속 눌렀다. 그녀는 서늘한 것을 좋아했다. 이래서 전자제품이 좋다니까, 말썽을 부릴 때만 빼면.

그녀는 잠시 컴퓨터를 켜서 아망딘이 MSN 메신저에 접속해 있는 것을 확인하고는 간단한 메시지를 보냈다. '내일 봐, 내 사랑. 파르카이에서 네 발가락 열두 개를 빨고 싶어 미치겠어. 굿나잇! ☺'

그런 다음 늘어지게 하품을 하고 부엌으로 향했다. 화덕 같은 더위 때문에 목이 바짝 말라 있었다.

냉장고 문을 여는데 소름이 돋을 정도로 차가운 뭔가가 발밑에 닿는 느낌이 들었다. 아래를 내려다보았다.

물이 약간 고여 있었다.

카상드라는 눈살을 찌푸리며 그 자리에 쪼그리고 앉았다. 물은 얼음처럼 차가웠다. 그녀는 냉장고 밑을 살펴보기 위해 타일 바닥에 뺨을 갖다댔다. 뭔가가 보였다…… 그녀는 인상을 쓰면서 손을 내밀었다.

그리고 얼음 조각 하나를 끄집어냈다.

순간 카상드라는 갑작스러운 공포에 소스라치며 몸을 일으켰다. 주위엔 아무것도 보이지 않았다. 아무 소리도 들리지 않았다. 자리가 바뀐 물건도 없었다.

그녀는 자신이 바보 같다고 생각했다. 얼음은 필시 냉장고 문을 열 때 냉동실에서 떨어졌을 것이다. 그리고 더운 열기에 즉시 녹기 시작한 것이 틀림없었다.

카상드라는 발작적으로 웃음을 터뜨렸다. 겁쟁이 같으니라고!

차가운 생수 반병을 단숨에 들이켠 뒤, 나머지로는 얼굴과 목덜미를 적셨다. 더없이 상쾌한 느낌이 온몸을 감싸는 것 같았다.

다시 냉장고에 물병을 집어넣던 그녀는 냉동실 쪽을 흘끗 쳐다보았다. 문은 제대로 닫혀 있었다. 그런데 어떻게 얼음이 밖으로 떨어질 수 있지?

굳이 문을 열어 확인해볼 필요는 없었다. 무엇 때문에 이해할 수 없는 것을 이해하려고 애쓴단 말인가? 아무것도 아닌 일로 지레 겁먹을 이유가 없지 않은가? 냉장고 문을 닫고 돌아가 다시 잠들면 그만이었다.

그러나 그녀의 손은 어느새 냉동실 손잡이로 향하고 있었다. 알아야만 했다. 유령 같은 건 존재하지 않는다는 것을 확인하기 위해서라도.

카상드라는 냉동실 문을 열었다. 심장박동이 빨라졌다. 세 걸음을 물러선 그녀는 떨리는 손으로 칼을 집어들었다.

얼음통은 분명 제자리에 있었지만, 완전히 비어 있었다.

전날 밤 분명 물을 가득 채워두었는데.

누군가가 집에 숨어 있는 게 틀림없었다.

카상드라는 경직된 손을 반대쪽 어깨 위에 올려놓은 채, 다른 한 손으로는 날카로운 칼을 꽉 움켜잡았다.

대체 어떻게 된 것일까? 혹시 자신이 헛것을 보고 있는 건 아닐까?

아니, 아니었다. 얼음통은 분명 텅 비어 있었다.

냉장고가 더욱더 큰 소리를 내며 돌아가기 시작했다.

몸이 마구 떨려왔다. 이대로 계속 있다가는 두려움으로 인해 죽을 것만 같았다. 전속력으로 다시 방에 올라가 문을 잠그고 휴대폰으로 경찰에 신고해야 했다. 그렇다, 이대로 내달려야만 했다. 침입자가 아직 집안에 있는지 아니면 이미 가버렸는지 확인하는 건 중요하지 않았다.

카상드라는 까치발로 부엌 입구까지 나아갔다. 계단은 왼쪽 3~4미터 거리에 있었다. 카상드라는 한껏 심호흡을 한 뒤, 칼을 앞으로 추켜든 채 홀을 가로질러 달려갔다. 그런 다음 숨을 헐떡거리면서 전속력으로 계단을 올라갔다. 절대 뒤돌아보지 않으면서. 어쩌면 누군가가 쫓아오고 있을지도 몰랐다. 위층에 다다른 그녀는 방을 향해 힘껏 내달았다.

카상드라는 방안으로 들어가 문을 잠그고 거듭 확인했다. 그제야 비로소 마음이 놓이는 것 같았다.

문에 이마를 대고 크게 숨을 내쉬는 순간, 역한 냄새가 그녀의 코를 강하게 자극했다.

마치 시체가 썩는 것 같은 역겨운 냄새였다.

간밤에 정원에서 맡은 것과 똑같은 냄새.

카상드라는 떨리는 손으로 문손잡이를 움켜잡은 채 감히 움직일 엄두를 내지 못했다.

등뒤에서 마룻바닥이 삐걱거리는 소리가 들려왔다.

그녀는 소리를 지르면서, 움직이지 않는 몸을 추슬러 간신히 뒤를 돌아보았다.

그리고 들고 있던 칼을 미처 휘두르지도 못하고 바닥에 떨어뜨렸다.

그녀의 목 주위로 공포가 엄습해왔다.

순간 모든 것이 암흑으로 변했다.

그녀가 마지막으로 본 것은 괴물의 모습이었다.

평생을 통틀어 본 것 중 가장 끔찍한 모습이었다.

얼마 되지 않는 그녀의 짧은 일생에서……

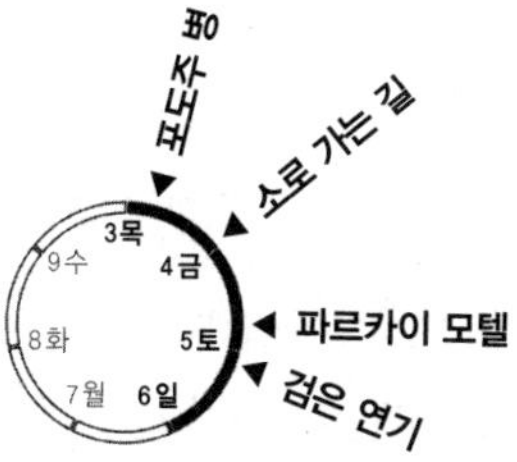

36. 5월 6일 일요일, 02시 12분

실비는 무릎을 가슴에 대고 소파에 웅크린 채 흐느끼고 있었다.

그녀 앞에 있는 텔레비전에서는 수없이 반복해 보느라 낡아서 직직거리는 그녀의 결혼식 비디오테이프가 계속 돌아가고 있었다. 가짜 턱수염을 붙이고 경쾌한 옷차림을 한 스테판이 단 위에 올라가 두 형제와 친구들과 함께 익살스러운 포즈를 취하고 있는 모습이 보였다. 식장에 모인 하객들은 재미있다는 듯 웃음을 터뜨렸다. 삶의 기쁨으로 충만한 스테판은 더없이 행복해 보였다.

그러나 머릿속에 반복적으로 떠오르는 음울한 이미지에 시달리던 젊은 여인의 눈에는 더이상 아무것도 들어오지 않았다. 해가 거듭될수록 작업실에 틀어박힌 채 괴물을 만드는 데만 몰두하고, 과도한 주문을 받아 점점 더 자신을 혹사하는 남편. 모든 인간관계를 단절한 남편. 이웃들과 친구들, 심지어 그녀의 형제들과도 교류하지 않으며, 그들로부터 자살 성향이 있는 정신분열증 환자와 어떻게 함께 사는지 이해할 수 없다는 비난을 감수하게 만드는 남편. 시간이 갈수록 점점 더 심한 광기를 보이는 남편. 너무도…… 다른 남편. 다르고, 아픈 남편.

갑자기 현관문이 열리는 소리에 소스라치게 놀란 실비는 자리를 박차고 일어나 홀을 향해 달려갔다.

술에 잔뜩 취한 스테판이 바닥에 무릎을 꿇고 앉아 있었다. 그는 자기 앞에 놓인 도자 조각상을 넋 나간 표정으로 응시하고 있었다. 꿈속에서 본 것들 중 또하나가 눈앞에 현실로 나타난 것이다.

실비는 그에게 달려들어 그의 가슴팍을 주먹으로 마구 쳤다.

"이 나쁜 인간 같으니라고!" 그녀는 소리를 치면서 또다시 흐느끼기 시작했다. "난…… 당신한테 무슨 일이 생긴 줄 알았단 말이야! 왜 내 전화를 안 받는 거야! 왜! 왜!"

스테판은 비틀거리며 다시 몸을 일으켰다.

"모든 것이 내 안에 들어 있어. 모든 환영들이…… 당신이 상상하는 것 이상으로 날 괴롭히고 있다고. 날 결코 그냥 내버려두질 않아. 팔다리가 잘려나간 끔찍한 시신들의 사진, 내 머릿속에서 들려오던 목소리들. 나 때문에 일어난 사고들, 그 많은 죽음들…… 모든 게 뒤죽박죽이야. 난…… 난 이제 아무것도 모르겠어, 실비. 날 도와줘…… 제발 부탁이야, 날 좀 도와줘."

실비는 그의 옆에 주저앉았다.

"어떻게? 내가 어떻게 당신을 도울 수 있지? 내가 뭘 할 수 있는데?"

스테판은 벌게진 눈으로 그녀를 돌아보았다. 뺨을 타고 흘러내린 눈물이 그의 입속으로 들어갔다.

"날 믿는 것…… 당신은 내 말을 믿어줘야만 해."

실비는 그를 부축해 일으켰다.

"그건 내 힘에 부치는 일이야. 당신은 치료를 받아야만 해. 당신이 다시 일어설 수 있도록 의사가 도와줄 거야, 반드시. 예전에 그랬던 것처럼."

그녀는 고통스러운 표정으로 길게 숨을 들이쉬고는 말을 이었다.

"간밤에 당신 허리에 새겨진 문신을 봤어. 아무 의미도 없는 말들을 왜 그렇게 새겨놓았는지 도무지 이해할 수가 없어."

"내겐 의미가 있어."

"그리고 오늘 수사관들이 왔었어. 그 사람들이…… 당신이 범죄와 관련된 장소에 갔었다고 하더라고. 난 최선을 다해 당신을 변호하고, 심지어 당신을 위해 거짓말까지 했어. 하지만 스테판, 당신이 아무 소식도 없이 사라지곤 한 게 벌써 몇번째인지 몰라. 그리고 점점 더 이상한 소리를 하면서 이해할 수 없는 행동들을 거듭하잖아. 난 두려워. 당신이 무슨 짓을 했는지 몰라 두렵단 말이야."

스테판은 벽에 기대선 채 말했다.

"당신 설마 내가 나쁜 짓을 했을 거라고 정말로 믿는 건 아니겠지?"

실비는 아무런 대꾸도 하지 않았다. 그녀는 꽉 쥔 주먹을 입가에 갖다댄 채 어둠 속으로 뒷걸음쳤다. 날로 악화되는 스테판의 상황이 그녀를 두렵게 했다.

스테판은 벽을 타고 서서히 미끄러져내리다가 바닥에 털썩 주저앉았다. 입에서는 위스키 냄새가 풍겼다.

"엑토르 아리에…… 그자가 그 아이를 죽이고 말 거야. 내 꿈속에 나왔던 어린 멜린다를…… 모든 것이 이미 시작됐어, 실비. 이젠 돌이킬 수가 없다고. 너무 늦어버렸어. 난 단지…… 구경꾼에 불과해. 아무것도 하지 못하고 무기력하게 지켜봐야만 하는 구경꾼 말이야."

실비는 터져나오는 울음을 억누를 수가 없었다.

거실에서 환호 소리가 들려왔다. 결혼식 비디오 속에서 스테판이 샴페인 병을 딴 듯했다.

"저 소리 들려?" 스테판이 다시 독백하듯 말했다. "우리가 얼마나 행복했는지 당신도 듣고 있어? 우리가 처음 만났던 때를 기억해? 우리가 단역을 하던 시절이었지. 당신은 해변을 거니는 여인이었고, 난 물에 빠진 바보 같은 남자 역할을 했던……"

"이젠 다 아득한 과거일 뿐이야."

스테판은 실비를 향해 눈을 치켜떴다.

"당신은 머리를 자르지 말아야 했어. 이 아시아산 조각상도 사지 말아야 했고. 그런데 왜 그랬지?"

"난 당신의 관심을 받고 싶었을 뿐이야. 나의 존재를 당신이 알아주길 바랐다고."

스테판은 눈물을 훔치면서 말했다.

"오늘 그 젊은 수사관을 만났어, 여기 왔던 그 남자. 똑똑한 친구더군. 행복해 보였어. 부인이 아이를 가졌거든. 모든 것이 순조로운 것 같았어. 누구나 그렇게 행복해질 수 있는 거야. 혹은 행복하다고 생각할 수도 있는 거고."

"나한테 자기는 아이를 가질 수 없다고 하던데." 실비가 놀란 얼굴로 말했다.

"당신한테 거짓말을 한 거야. 그의 부인은 임신중이야. 우린 모두 거짓말을 하게 돼 있지, 언젠가는…… 영웅들도 거짓말을 할까? 그들 역시?"

"영웅들이라니?"

실비는 기진맥진한 채 자리에서 일어났다.

"나도 당신처럼 해야 할 것 같아. 술을 한 잔 마셔야겠어, 큰 잔에 가득 따라서. 그러면 나도, 나 자신을 다른 존재로 착각할지도 모르잖아. 그리고 혹시 알아, 어쩌면 나도 우리의 미래를 알아맞힐 수 있을지. 아주 암울해 보이는 미래 말이야."

오 분 후 그녀가 다시 돌아왔을 때, 스테판은 바닥에 쓰러져 잠들어 있었다.

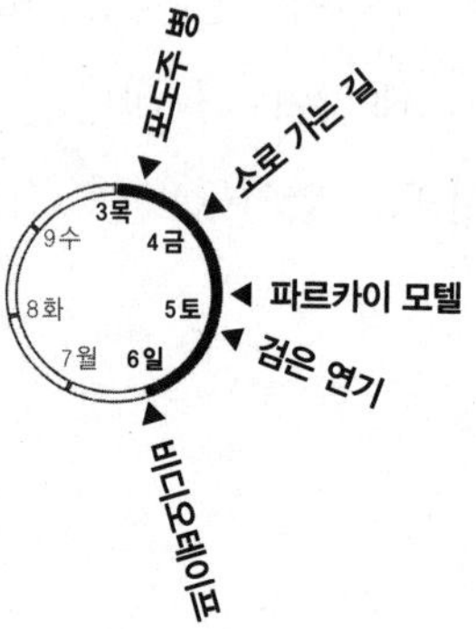

37. 5월 6일 일요일, 04시 25분
다섯번째 꿈: 비디오테이프

"뭐야, 안 올 거야?" 빅이 재촉했다.

"잠깐만! 오줌 누는 중이야!" 스테판이 소리쳤다.

그의 허리 왼쪽에 문신이 드러나 보였다. '멜린다에 관해 얘기해줘. 내 메시지는 6호실 벽에 적어놓았어. 파르카이 모텔. 그곳에 네 메시지를 남겨줘.'

비틀거리면서 화장실에서 나온 스테판은 널따란 홀을 가로질러갔다. 조각상은 산산조각이 난 채 여전히 바닥에 놓여 있었다. 그는 근엄해 보이는 레유 남작부인의 초상화 아래를 지나 거실에 있는 빅에게로 갔다. 젊은 수사관은 며칠 전부터 수염을 깎지 않아 얼굴이 덥수룩했다.

그는 말보로 한 개비를 피우고 있었다.

나지막한 테이블 위에는 빈 맥주병들이 나뒹굴고 있었다.

"왜 이렇게 더운 거야." 스테판이 말했다. "맥주만 마시면 늘 이렇다니까. 실비가 있었으면……"

"자넨 그만 마시는 게 좋겠어. 너무 많이 마신 것 같아. 그러다간 쓰러지고 말 거라고."

"아무러면 어때. 내가 쓰러지면 안 되는 이유라도 있나, 그래? 말해보란 말이야."

"그래야만 하니까. 내가 테이프를 조금 되감았네. 자세히 보라고."

빅은 담배를 입에 문 채로 비디오의 '플레이' 버튼을 눌렀다.

스테판은 저급한 화질의 이미지를 주의깊게 응시했다. 이미지를 촬영한 카메라는 가로등 가까이에 위치한 모퉁이 높은 곳에 설치된 것 같았다. 멀리 뒤편으로는, 높은 굴뚝이 우뚝 서 있는 기하학적 형태의 공장이 검은색 그림자처럼 언뜻 비쳐 보였다. 화면 아래쪽에는 2007년 5월 5일 토요일, 22시 09분이라는 날짜와 시간이 찍혀 있었다.

"아까하고 똑같은 거잖아." 스테판이 한숨을 내쉬었다. "헛수고를 한 거야."

"잠깐만, 기다려봐…… 자, 지금이야!"

화면 속에는 비가 억수같이 쏟아지고 있었다. 그때 갑자기 누군가가 나타나 철책에 나 있는 구멍을 향해 다가갔다. 배낭을 멘 그는 장갑을 끼고 기다란 레인코트를 걸치고 있었다. 그가 가로등 불빛 아래로 지나가는 순간 빅은 이미지를 멈추었다.

"저자가 우리가 찾는 살인자가 틀림없어." 빅이 마시던 맥주를 마저 들이켠 다음 말했다.

"달라진 건 아무것도 없어. 아무것도……"

내리는 빗줄기와 선명하지 않은 화질에도 불구하고, 화면 속 모습은 끔찍함 그 자체임을 알 수 있었다. 온통 부풀어오른 얼굴의 살덩어리 아래로 눈이 있는 자리를 겨우 구분할 수 있을 정도였다. 두건을 쓰고 있어 머리는 보이지 않았다. 빅은 화면의 밝기를 최대한으로 높였다.

"자네가 보기엔 가면을 쓰고 있는 것 같나?"

스테판은 자리에서 일어나 화면 가까이 다가갔다. 비디오 아래 놓여 있는 오디오 시계가 2007년 5월 13일, 0시 20분을 가리키고 있었다.

"글쎄, 잘 모르겠는데. 이 비디오테이프로는 확실하게 알 수가 없군. 어두운데다 비까지 오니 말이야. 내가 자네한테 준 가면과 닮은 것도 같고, 안 그래?"

"약간의 세부만 빼고는 그런 것 같아."

"이게 전부인가?"

"그래. 그자는 마치 바람과 같은 놈이라서 말이야." 빅이 고개를 숙이고 말했다.

그는 자신의 운명을 받아들이기로 한 듯했다.

스테판은 또다른 맥주병의 마개를 따면서 우울의 극치가 느껴지는 어조로 말했다.

"우리의 불행을 위해……"

그는 맥주병을 앞으로 높이 추켜들고 이렇게 덧붙였다.

"스테판, 지금 우리를 지켜보고 있나. 모쪼록 용기를 내기를. 자네를 위해 건배를 들겠네, 불쌍한 친구."

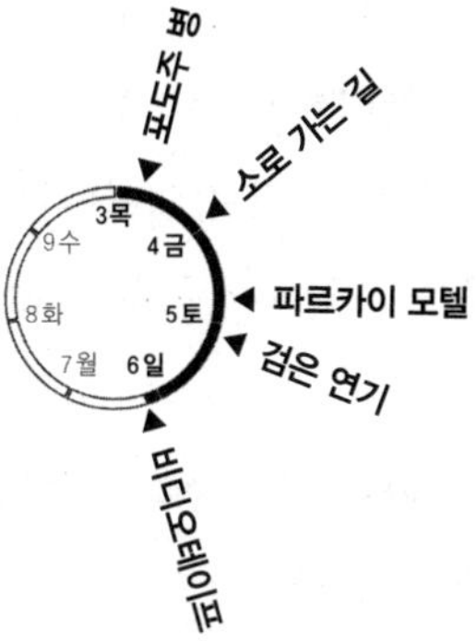

38. 5월 6일 일요일, 04시 30분

스테판은 소스라치게 놀라며 잠에서 깨어났다. 주위를 둘러본 그는 어째서 자신이 홀에 누워 있는지 의아해했다.

그는 천천히 몸을 일으킨 다음 전날의 기억을 되살리고자 애썼다. 엑토르 아리에의 집 앞에서 젊은 수사관과 대화를 나눈 뒤, 돌아오는 길에 바에 들러 위스키를 연신 들이켠 일, 실비와의 언쟁, 그리고…… 그 다음은 전혀 기억이 나지 않았다.

머리가 깨질 듯이 아파왔다. 거실로 간 그는 오디오 시계를 흘끗 쳐다보았다. 시계는 5월 6일 일요일, 새벽 4시 33분을 가리키고 있었다.

그러자 꿈에 대한 기억이 한꺼번에 몰려왔다. 초췌한 얼굴을 한 빅 마르샬이 담배를 입에 물고 있는 모습이 떠올랐다. 미래의 스테판이 텔레비전 가까이 다가가 화면을 들여다보던 모습과 함께. 오디오 시계의 날짜는 2007년 5월 13일 일요일, 0시 20분을 가리키고 있었다.

그는 주먹을 불끈 쥐었다. 이제 꿈과 현실 사이의 시간 차를 정확히 알 수 있었다. 엿새 그리고 스무 시간이었다.

스테판은 엄청난 두려움에 사로잡혔다. 꿈은 점점 더 구체화되고 있었다. 그리고 첫번째 꿈이 현실로 나타날 기일이 무서운 속도로 다가오고 있었다. 그것은 수요일에서 목요일로 넘어가는 밤으로 예정되어 있었다.

그는 마음을 가라앉히고 상황을 이해하고자 애썼다. 마지막 꿈을 통해, 꿈속에 등장하는 미래의 인물들이 꿈에서 꿈으로 이어지는 실제 시간 속에서 변화하고 있다는 사실을 확신할 수 있었다. 그들 역시 그와 똑같이 삶을 이어가며, 먹고 잠을 잤으며, 상처가 아물어갔다…… 그들 역시 현재의 시간과 똑같은 시간의 흐름 속에서 실제와 같은 삶을 살고 있었다. 육십 분으로 이루어진 시간과 육십 초로 이루어진 분을 살고 있었다.

따라서 꿈이 사실이라면, 문제의 비디오 장면은 바로 어젯밤, 5월 5일 밤 10시경에 감시카메라에 찍혔다는 얘기였다.

어젯밤 10시에 괴물 같은 얼굴을 한 남자가 공장 안에서 뭔가를 훔쳐 배낭에 넣고 그곳을 빠져나간 게 틀림없었다. 젊은 수사관이 찾고 있던 문제의 살인마. 금발머리의 여인을 살해했으며, 머지않아 가시철사로 온몸이 칭칭 감긴 채 발견될 갈색 머리의 여인마저 살해한 자가 분명했다.

그는 무엇을 훔친 것일까? 그리고 미래의 스테판은 그 비디오테이프를 어떻게 손에 넣었을까?

스테판은 지하실로 달려가 다크랜드로 들어간 뒤 문을 잠갔다. 그는 극도로 흥분해 있었다. 그곳에서 허리 위쪽을 손가락으로 더듬었다. 문신 작전이 효과를 발휘했다. 미래의 스테판이 그와 똑같은 위치에 똑같은 글귀의 문신을 지니고 있었다.

그에게 메시지를 전달하는 데 성공한 것이다. 물론 그것은 몸에 새겨진 표식에 불과했지만, 적어도 꿈속의 인물은 누군가가 자신을 이해하려 하고 관찰하고 있음을 알고 있었다.

'스테판, 지금 우리를 지켜보고 있나. 모쪼록 용기를 내기를. 자네를 위해 건배를 들겠네……' 그의 말이 계속해서 스테판의 머릿속에 울려 퍼졌다. 그가 맥주병을 추켜들고 자신을 향해 건배하는 모습이 떠올랐다. 그러자 안에서 분노가 치밀어올랐다.

"한심한 술주정뱅이 같으니!" 스테판은 연필을 부러뜨리면서 소리쳤다. "고작 맥주나 마시는 것 말고 다른 생각은 못하는 거냐고! 무슨 비디오테이프를 본 건지 나한테 말 좀 해주면 안 되나? 그런 것도 생각 못할 정도로 머리가 나쁜가, 그런 거야?"

그는 작업대를 주먹으로 내리치면서 카를라 마르티네즈 모형을 손등으로 쓰러뜨렸다. 에브라르를 포함한 다른 것들은 아무래도 상관없었다. 지금 그가 겪고 있는 것에 비하면 모든 것이 하찮아 보일 뿐이었다.

미래의 스테판은 왜 그를 돕지 않는 걸까? 왜 그가 읽고 이해할 수 있도록 주변 곳곳에 메시지를 남기지 않는 걸까?

스테판은 두 손으로 머리를 감싸쥐었다. 어쩌면 그의 분신인 미래의 스테판에게는 선택의 여지가 없는 것인지도 몰랐다. 생각해보면 그 역시 마음대로 어쩌지 못하는 상황에 처해 있을 수도 있었다. 어쩌면 그는 스테판이 언제 그의 꿈을 꾸는지를 모르고 있을지도 몰랐다. 게다가 꿈은 고작 몇 분밖에 지속되지 않았다.

미래의 스테판은 파르카이 모텔로 돌아갈 수 있었을까? 만약 어떤 이유로든 그곳에 다시 가지 못했다면? 전국의 경찰이 그를 찾고 있는 마당에 한가하게 빅토르와 함께 집에서 맥주를 마시고 있다니, 대체 어찌 된 영문일까? 그사이 무슨 일이 있었기에 상황이 그렇게 변한 걸까?

혹시 스테판 자신 때문은 아닐까? 지금 그가 하는 행동과 분석이 상황을 달라지게 한 것은 아닐까?

그는 손가락을 딱 하고 부딪치면서 몸을 일으켰다. 그래, 그거야! 그렇다면 지금 그가 하는 행동들이 멜린다의 죽음을 막을 수도 있지 않을까? 그리하여 예정된 사건들의 진행과 미래를 바꿀 수 있지 않을까?

그렇다! 아리에를 향한 경고가 그로 하여금 살인을 포기하게 만든 것이 분명했다.

스테판은 검은색 마커를 집어들고 다크랜드의 벽에 메시지를 써내려가기 시작했다. 문신이 효과를 발휘했다면, 벽에 남긴 메시지 역시 전달될 것이 분명했다. 마지막 꿈에서 본 것처럼 미래의 스테판이 집으로 돌아왔다면 이곳에서 대부분의 시간을 보낼 것이다. 따라서 이 메시지를 읽을 수도 있을 것이다.

스테판은 다음과 같이 적었다. '넌 내게 멜린다에 관한 모든 것을 말해주어야만 해. 빅토르라는 수사관은 어떻게 다시 만난 거지? 그 사람은 지금 누굴 쫓고 있는 거지? 너희들이 본 비디오테이프는 무엇에 관한 거야? 무슨 수사가 진행되고 있는 건지 말해줘. 내가 언제 네 꿈을 꾸는지 넌 모르고 있다는 걸 알아. 하지만 제발 부탁이야…… 벽에 메시지를 남겨줘. 그리고 이곳에 남아서 그걸 계속 응시해줘. 네 눈이 나한테는 카메라와 같다는 걸 명심해. 난 알아야만 해! 우린 미래를 바꿀 수 있어! 그 사람들의 목숨을 구해야만 한다고!'

그는 쓰고 또 써내려갔다.

그리고 회전의자에 털썩 주저앉았다. 모든 것이 그 속에 담겨 있었다. 그를 괴롭히던 모든 질문들이. 그 자신과 미래의 스테판, 설명할 수 없는 기이한 현상들에 관한 질문들이.

이제 미래의 스테판이 그처럼 벽에 답변을 적어놓기만 하면 된다. 그러면 모든 의문이 풀릴 것이다.

한껏 들뜬 그는 식어버린 커피를 마저 따라 마셨다. 어쩌면 미래는 물리학자인 자키가 주장하는 것처럼 불변이 아닐지도 몰랐다. 우리 각자는 자신의 운명을 통제하고, 예정된 일의 흐름을 변화시킬 수 있지 않을까. 각자의 자유의지에 따라.

스테판은 수첩을 꺼내 제대로 다시 이어붙인 페이지에 꿈의 내용을 기록했다. 감시카메라에 찍힌 비디오테이프에서 본 이미지, 그리고 날짜와 시간 모두를. 그런 다음 그 속에서 본 괴물의 얼굴을 가능한 한 상세히 묘사했다. 어떤 기록은 극도로 세밀했고, 그보다 대략적인 기록도 있었다. 무엇보다 스테판은 빅토르와 미래의 스테판 사이의 대화를 도무지 이해할 수 없었다. 두 남자는 가면에 관한 이야기를 주고받았다. 그들의 말에 의하면, 미래의 스테판이 빅토르에게 살인범의 얼굴과 닮은 가면을 주었다고 했다. 언제, 어디서? 지금으로부터 며칠 후에?

순간 그의 머릿속에 기발한 생각이 떠올랐다. 그는 펜을 내려놓고, 폴리스틸렌과 플라스틱으로 만든 마네킹의 머리와 팔, 다리가 잔뜩 쌓여 있는 옆방으로 달려갔다. 그곳을 한참 뒤진 끝에 적당한 머리를 찾아낸 그는 작업대의 마르티네즈 흉상 옆에 그것을 세워놓았다.

그리고 미리 가황 처리*를 한 라텍스 세 통을 열어 모형을 만들기 시작했다. 그는 기막히게 빠른 속도로 손을 놀리며 반죽하고 치대고 윤을 냈다. 튀어나오고 들어간 부분과 곡선이 자리를 잡아갔다. 그러자 비디오테이프에서 본 것처럼 뒤틀리고 괴물 같은 형상이 점차 모습을 드러

* 천연고무나 합성고무의 물리적 성질을 개선하는 화학 공정.

냈다. 문제의 남자는 가면을 쓰고 있었을까? 어떤 병에 걸렸기에 그토록 살이 썩고 일그러진 것일까?

스테판은 가혹한 운명이 망가뜨린 낯선 얼굴과 마주하고 있었다. 살인자의 얼굴. 그가 며칠 후에야 보게 될 얼굴이었다.

그는 미래를 앞서가고 있었던 것이다.

운명을 바꾸기 위해.

스테판은 자신이 만든 비인간적인 얼굴을 향해 눈을 치켜들었다. 순간 그는 온몸에 전율을 느끼며 흠칫 뒤로 물러섰다. 그의 앞에 보이는 것은 악의 화신 그 자체였다. 그가 대면해야만 하는 악마였다. 어쩌면 그가 지닌 예지력은 그 순간을 위한 것이 아니었을까……

시계는 9시 45분을 가리키고 있었다.

그는 일을 중단하고 세면대로 달려가 손을 씻은 다음, 황급히 위층으로 뛰어올라갔다.

실비는 침대에서 깊이 잠들어 있었고, 그녀 곁에는 바닥이 드러난 보드카 병이 놓여 있었다. 그녀의 뺨과 시트 그리고 베개 위에 화장 자국이 묻어 있는 것이 보였다.

컴퓨터에 연결되어 있는 디지털카메라가 눈에 들어왔다. 그가 자신의 포드 안에 두었던 것이다. 실비는 왜 그 속에 담긴 사진에 관심을 가지는 걸까?

'실비를 잘 감시할 것.' 세번째 꿈속의 미래의 스테판은 모텔 벽에 그렇게 적어놓았다. 왜 그런 말을 한 것일까?

그는 검은색 진바지와 반팔 셔츠를 입고 재빨리 머리를 빗은 후 집을 나섰다.

한 손에는 자동차 열쇠와 〈마스크〉에 등장했던 초록색 가면이, 다른 한 손에는 커다란 부엌칼이 들려 있었다.

9시 55분이었다. 메리쉬르우아즈에 충분히 제시간에 도착할 수 있을 것이다.

예배는 11시에나 시작할 테니까.

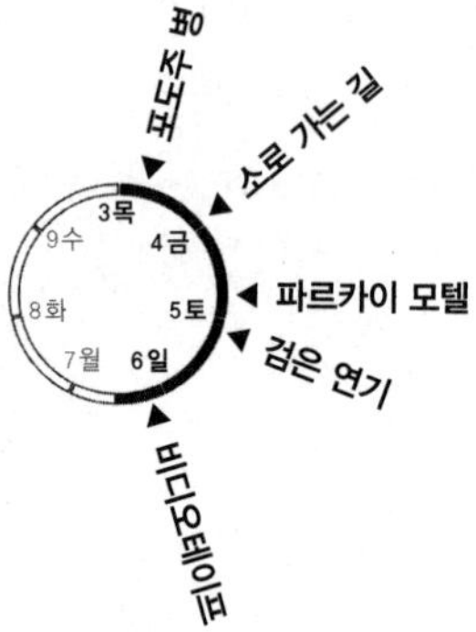

39. 5월 6일 일요일, 10시 23분

빅은 끊임없이 자책했다. 불로뉴비양쿠르에서 슈브뢰즈까지 가는 동안 그의 머릿속은 셀린에 대한 생각으로 가득차 있었다. 오늘 아침 그녀에게 아무 말도 하지 않고 집을 나선 것도 후회되었다. 전날 밤의 격렬한 언쟁 때문에 또다시 각방을 써야 했다. 그는 아이 방의 간이 매트리스에서 웅크린 채 잠을 자야 했다. 아내는 침실에서 울면서 잠을 청했다. 그러면서 며칠간 아비뇽에 있는 어머니 집에 가 있겠다고 으름장을 놓았다.

오늘 아침, 새로운 살인사건이 발생했음을 알리는 모르티에 반장의 전화에 빅은 홀로 아침식사를 하던 중 도망치듯 집을 나섰다. 일요일을 이용해 셀린과의 화해를 시도하려던 계획과는 달리, 그는 사건현장을 향해 달리고 있었다.

빅이 일을 시작한 지 겨우 3주밖에 되지 않았는데, 그들 부부 사이는 날로 악화되고 있었다. 그 와중에 몇 달 후 아이가 태어나는 것은 참으로 다행스러운 일이 아닐 수 없었다. 왕의 말이 옳았다. 이 사건은 그와 같은 초짜에겐 어울리지 않는 일이었다. 빅은 나흘간의 수사 끝에 그 사실을 진지하게 받아들이기 시작했다.

그는 숲 외곽에 벽돌로 지은 근사한 저택으로 향하는 길로 접어들었다. 카상드라 리베르망의 집 주위에는 이웃이라곤 전혀 찾아볼 수 없었다. 이번 사건 역시 증인을 확보하기가 무척 어려울 듯했다……

푸조에서 내린 빅은 이미 분주하게 움직이고 있는 여러 분야의 수사관들 사이를 뚫고 지나갔다. 살인현장에는 베르사유 지방경찰청 소속 경찰들과 과학수사대 그리고 헌병대가 모여 있었다. 시신을 발견한 적갈색 머리의 젊은 여성 아망딘 고슬랭의 신고를 받고 제일 먼저 출동한 것은 파란색 모자를 쓴 헌병대였다.

왕과 조프루아는 현관에서 담배를 피우고, 모르티에 반장은 베르사유 지방경찰청의 수사반장과 이야기를 나누고 있었다. 모두 사방에서 각자 맡은 역할에 몰두했다. 정원, 통로, 여러 군데의 출입문과 창문, 그리고 물론 집안에서도. 모두들 예외 없이 무표정하고 딱딱하게 굳은 얼굴을 하고 있었다. 빅은 같은 팀의 두 수사관에게 다가가 인사를 건넸다.

"어때요, 같은 자의 소행으로 보입니까?" 그가 맥빠진 목소리로 물었다.

"글쎄, 그렇게 생각하나?" 조프루아가 퉁명스럽게 대꾸했다. "이번에도 아침을 안 먹었길 바라네."

"이번엔 먹었습니다. 일요일에 이런 곳에 오게 될 줄은 몰랐거든요. 선배님은 안 그런가요?"

"앞으로 이런 일에 익숙해져야만 할 거야. 자네 부친이 그런 이야기는 하지 않으시던가?"

"제 부친은 일의 어두운 면에 관해서는 별 얘길 안 하셨거든요."

"그렇다면 아무 말도 하지 않은 것과 같군그래."

그들이 담배를 피우는 모습을 바라보던 빅의 마음속에 위험한 욕구가 치밀어올랐다. 이번엔 저 안으로 들어가야만 했다. 미지근한 피 웅덩이 속에 잠긴 시신이 채 식지도 않은, 갓 발생한 살인현장 속으로. 그는 껌을 씹으며 최악의 사태에 대비하려고 애썼다.

"무슨 일이 일어난 겁니까?" 그가 물었다.

왕이 발뒤꿈치로 담배꽁초를 비벼 껐다. 그조차도 마음이 편치 않아 보였다.

"들어가서 직접 보도록 하게, 친구. 이번엔 도무지 말로 설명할 수가 없어서 말이야."

"참으로 마음이 놓이는 얘기군요." 빅은 두 손을 비비며 왕의 말에 대꾸했다.

"우린 자네 마음을 편하게 해주려고 여기 와 있는 게 아니니까."

창백한 얼굴의 요원 한 명이 층계참으로 나와 크게 한숨을 들이쉬었다. 그리고 몇 초 후 다시 방안으로 들어갔다.

빅은 말없이 침을 삼켰다.

"일주일도 안 돼서 두 명이나 살해되다니. 뭐 짚이는 거 없으세요?"

"눈앞에서 움직이는 건 뭐든 죽이는 정신이상자가 아니고서야 이런 짓을 할 리가 없지." 왕이 대답했다.

"죽은 여자와 르루아 사이에 연관성은요?"

조프루아가 검지로 관자놀이를 문지르며 쏘아붙였다.

"자넨 대체 생각이 있긴 한 건가? 우린 이제 막 시신을 발견했네, 낙하산! 알아듣겠나? 그리고 그걸 알아내는 게 바로 자네가 해야 할 일이고! 자넨 이제 텔레비전 앞에 우두커니 앉아 구경만 하는 관객이 아니란 말일세!"

평소에 조프루아는 까다롭게 구는 성격이 아니었다. 하지만 오늘은 까칠하기 이를 데 없는 반응을 보이고 있었다. 그 역시 개인적인 문제가 있어 보였다. 빅은 왕을 돌아보며 물었다.

"모 선배님, 같이 들어가줄 수 있으세요?"

왕은 고개를 저었다.

"난 담배를 한 대 더 피워야겠네. 그렇게라도 해야 할 것 같아. 자넨 드멕탱 박사한테 가보게. 시신을 옮기기 전에 샘플 채취를 하고 있을 거야. 대개는 사건현장에까지 출동하지는 않는데, 며칠 전부터 매일이 축제 분위기라서 말이지."

잠시 머뭇거리던 빅은 베르사유 경찰청 수사반장과 이야기를 나누고 있는 모르티에 반장을 흘끗 쳐다보고는 안으로 들어가기로 마음먹었다. 거실로 들어선 그는 씹던 껌을 휴지통에 버린 다음, 과학수사대 요원 옆에 놓여 있는 작업복을 집어들었다.

"어떻게 된 겁니까?" 그는 처음 보는 남자에게 퉁명스러운 어조로 물었다.

"위층으로 가보시죠. 마스크도 써야 할 겁니다."

"악취 때문인가요?"

"네. 지독한 냄새가 나거든요."

빅은 말없이 바지 위에 작업복을 덧입고 가운을 걸친 다음, 장갑과 모자, 덧신을 챙기고 마스크를 썼다.

가야 했다. 모든 것을 잊어야만 했다. 미소, 감정, 인간성, 모두를. 그리고 악과 대면해야 했다. 그럼으로써 이 끔찍한 직업을 이행해야만 했다.

위층으로 올라가자 첫번째 살인현장에서 풍기던 것과 똑같은 악취에 위가 뒤틀렸다. 빅은 과학수사대 팀에서 표시해놓은 길을 따라 조심스럽게 앞으로 나아갔다. 이 일을 계속할 것인지 회의가 몰려왔다. 제기랄, 일요일에 이게 뭐하는 짓인지. 남들은 쉬면서 스포츠를 즐기거나 텔레비전 앞에서 한가롭게 맥주를 마시고 있을 시각에.

빅은 방문 앞에서 잠시 멈춰 선 채 눈을 감았다가 다시 뜨고는 머릿속을 비우고자 노력했다. 그리고 방안으로 들어갔다.

그는 먼저 침대와 오리털 이불로 눈길을 던졌다. 하지만 이번에는 그곳이 살육현장이 아닌 듯했다. 그의 오른쪽 벽면에는 더없이 음산한 분위기를 풍기는 천이 드리워 있었다.

빅은 인상을 찌푸리며 구역질을 간신히 참아내야 했다. 진지한 표정의 얼굴들이 그를 돌아본 후, 다시 각자 맡은 일에 몰두했다. 그들은 사진을 찍고, 조직을 채취하고, 무게를 잰 다음 기록했다. 그들이 작업하는 광경은 끔찍한 현장의 모습과 인상적인 대조를 이루고 있었다. 가장 원초적인 야만성과 마주한 최첨단 기술이었다.

여자는 가시철사로 꽁꽁 묶인 채 견고한 옷장 문에 매달려 죽어 있었다. 팔은 양옆으로 축 늘어져 있고, 아무것도 신지 않은 두 발은 철사에 찢긴 채 한데 묶여 있었다. 손가락 끝마디들이 모두 잘려나갔고, 흘러나온 피가 마치 종유석처럼 엉긴 채 손가락 끝에 매달려 있었다.

하지만 그 정도는 아직 최악이라고 말할 수 없었다. 최악은 머리였다.

오른쪽으로 기울어져 있는 머리부터 어깨까지는 갈색 천이, 어깨부터 발목까지는 파란색 천이 길게 드리워 있었다. 얼굴은 처참하게 짓이겨져 있었다. 입술과 혀가 잘려나갔고, 턱을 뚫은 거대한 갈고리가 아랫입술 쪽으로 튀어나와 있었다. 그 양끝에 드리워진 줄에는 크기와 무게가 각각 다른 천 주머니들이 매달려 있었다. 주머니들이 모두 합쳐진 엄청난 무게로 인해 아래턱이 빠져버린 것을 알 수 있었다. 시선은 극심한 고통으로 인해 허공을 응시하는 듯했다.

빅은 이 여인이 마지막 순간에 겪었을 지옥 같은 고통을 감히 상상조차 할 수 없었다. 온몸을 파고드는 가시철사, 갈고리, 찢겨나간 살, 그리고 그 모든 것으로 인해 겪었을 공포를.

법의학자 지젤 드멕탱이 멍하니 서 있는 빅에게로 다가와 말을 걸었다.

"보기가 과히 좋지 않죠?"

그녀는 들것과 날카로운 집게를 들고 들어오는 신원확인팀을 향해 고갯짓으로 인사를 건넸다. 빅도 시신 가까이 다가갔다. 시신의 머리 위쪽 옷장에 '82/100'이라는 숫자가 백묵으로 쓰여 있었다.

"사망 추정 시각이 언제입니까?" 빅이 물었다.

"언뜻 보기엔 오전 8시에서 12시 사이로 보이는군요. 일혈점이 생긴 걸로 볼 때 질식사가 아닌가 싶고요. 아래턱이 부러져서 고인 피를 뱉어낼 수가 없었을 거예요. 따라서 피가 폐 속으로 흘러들어갔을 거고요. 말하자면 자신의 핏속에 빠져 죽은 셈이죠."

머릿속까지 마비시키는 것 같은 역한 냄새 때문에 입으로 숨을 쉬어야만 했다.

"이번 피살자의 팔뚝에도 주삿바늘 자국이 있던가요?"

법의학자가 고개를 끄덕였다.

"이 여성에게도 모르핀을 주사한 것 같더군요. 피살자의 아래턱에 매달려 있는 곡물 주머니를 잘 보세요. 각각 무게가 다르다는 걸 알 수 있죠. 가장 무거운 것부터 매달았을 거예요. 턱을 최대한으로 벌리고 턱과 얼굴 근육을 자극하기 위해서죠. 그리고 근육의 탄성한계에 도달하기 위해 점차 가벼운 것을 추가한 거예요. 턱이 부러지기 직전까지요.

그러다가 모르핀의 효과가 멈췄을 때 그 고통이 어땠을지 한번 상상해 보세요."

드멕탱은 안경을 벗고 수건으로 이마의 땀을 닦아냈다.

"얼굴의 이 부분은 수많은 근육과 신경을 포함하고 있는 곳이에요. 고통에 특별히 민감한 영역이죠. 첫번째 살인사건처럼, 이번 피살자 역시 엄청나게 땀을 많이 흘린 것을 알 수 있어요. 그건 곧 피살자가 아주 오랫동안 고통을 겪었음을 입증하는 것이죠. 역시 온몸이 식초로 뒤덮여 있고요."

빅은 숨이 막히는 것 같았다. 마스크를 벗어서 바닥에 내팽개치고 집으로 돌아가 아내를 꼭 안고 싶다는 강렬한 욕구가 느껴졌다.

"혹시…… 성폭행 흔적은?"

"없었어요."

법의학자는 장갑을 벗고 신원확인팀에게 시신을 옮기도록 지시한 다음 덧붙였다.

"아, 또하나 있네요. 살인범은 지난번처럼 피살자의 오른손 옆에 뭔가를 놓고 갔어요. 옷장 손잡이에 35-200밀리 카메라 렌즈가 걸려 있었어요."

빅은 등뒤에 누군가가 서 있는 기척을 느꼈다. 왕이었다.

"그래, 어떤가? 나흘 만에 두번째 살인사건이라. 살인사건 전담반에 들어온 지 한 달도 안 돼서 말이야. 이제 자넨 고수의 세계로 입문해도 되겠네, 친구."

"차라리 하수가 되는 게 낫겠다는 생각이 드네요."

드멕탱은 그들에게 인사를 하고 그곳을 떠났다.

"내가 이 일에 맞는 사람인지 회의가 듭니다, 제길." 빅이 투덜거렸다.

"누구나 적어도 한 번쯤은 그런 질문을 하게 되지. 자넨 그러기엔 너무 이르지만."

왕은 주머니에서 고추맛 사탕을 꺼냈다.

"그 사이코는 방마다 거울이란 거울은 몽땅 부숴버렸더군." 그가 사탕을 입안에 넣기 전에 말했다. "지하실에서 다락방까지 모두."

빅은 눈살을 찌푸렸다.

"지금 뭐라고 하셨습니까?"

"말한 그대로네. 자네가 예전에 〈레드 드래곤〉 얘길 한 적이 있지. 그거랑 똑같았어. 거울을 박살냈다고."

"르루아 때도 그랬었나요?"

"아니. 어쨌거나 내 생각에 마타도르는 자기 얼굴을 좋아하지 않는 것 같아. 어쩌면 그래서 여자들의 얼굴을 짓이겨놓은 게 아닐까. 자신을 닮도록 말이야. 이번 피살자 역시 마찬가지고. 게다가 저 숫자 보이나? 100점 만점에 82점? 저건 어쩌면 예술적인 만족도를 나타내는 점수가 아닐까? 아니면 닮은꼴 지수? 여자들의 얼굴을 망가뜨려놓은 후에 자신과 닮은 정도를 나타내는 지수 같은 거? 르루아는 78점밖에 얻지 못했지. 이번엔 좀더 발전한 셈이군……"

왕은 리놀륨 바닥을 가리켰다.

"자네도 주목했는지 모르지만, 르루아의 집에서처럼 여기도 곳곳에 물이 조금씩 고여 있더군. 부엌, 방문 앞, 그리고 피살자 가까이에."

"수돗물인가요?"

"그런 것 같아, 확인해봐야겠지만. 그걸로 뭘 했는지는 모르겠고."

"이번에도 백묵이 발견됐나요?"

"이번엔 아니야. 지금으로선 지문도 전혀 남아 있지 않고. 그 점 역시 그로서는 발전한 셈이지. 하지만 유일하게 방안에 있는 카펫 위에 여전히 삼각대 자국을 남겼더군. 그는 또다시 촬영을 했고, 그 사실을 우리가 알기를 바란 거야. 장비를 다른 곳에 설치할 수도 있었는데 굳이 그렇게 한 걸 보면."

빅은 또렷한 정신을 유지하기도, 왕이 전하는 정보를 즉각적으로 이해하기도 힘들었다. 그는 벽에 몸을 기댔다.

"자네 오늘 유난히 말이 없는 것 같군." 왕이 말했다.

"간밤에 잠을 거의 못 잤거든요. 속도 울렁거리고."

"그런데 한마디만 더 해도 되겠나?"

빅은 길게 한숨을 내쉬었다.

"괜찮으니까 얘기해보세요…… 상태가 별로 좋진 않지만, 참을 만하니까요."

"전기가 전혀 들어오지 않더군."

"그러니까…… 퓨즈가 끊겼다는 말인가요?"

"증발해버렸네, 르루아의 집에서처럼. 이건 뭐, 모두 두 손 들었네. 도무지 이해가 안 된단 말이지. 살인범이 불빛을 두려워하는 걸까? 혹시 뱀파이어는 아닐까?"

"창문을 좀 열어도 될까요?" 빅이 신원확인팀에게 물었다.

"그러세요. 이쪽은 다 끝났습니다."

빅은 마스크를 벗고 신선한 공기를 들이마셨다. 그리고 눈을 감고 다른 곳으로 날아갔다. 아비뇽, 뜨거운 태양, 귀뚜라미 소리. 잠시 후 그는 좀더 맑아진 정신으로 뒤를 돌아보며 물었다.

"그런데 왜 이런 식으로 옷을 입혀놓은 걸까요? 머리에 두건 같은 것을 씌워놓은 이유는 또 뭘까요? 아마도 피살자에게 어떤 포즈를 취하게 한 것 같은데. 처음 봤을 때 그런 느낌이 들었거든요. 늘어뜨린 천이나 고갯짓 등이 자연스럽지 않아서요."

"턱에 20킬로그램의 추를 달고 자연스러운 자세를 취할 순 없었겠지."

"아니, 그런 말이 아니라, 르루아 사건 때의 인형을 생각해보세요. 마치…… 의도된 연출 같단 말이죠. 이번엔 시신 옆에 카메라 렌즈를 놓고 갔더군요. 혹시 피살자가 사진작가인가요?"

"맞아, 잘 봤네."

"그자는 그런 물건들을 배치함으로써 우리에게 뭔가를 보여주려고 한 게 아닐까요."

"지난번에 얘기한 의사인지 역사학자인지 하는 자네 친구 말이야. 그 사람 르루아와 인형에 관해서 뭐 좀 알아낸 게 있나?"

"아직 아무런 소식이 없네요. 게다가 망할 내 휴대폰이 늘 방전되어 있어서요."

"이참에 새것으로 하나 마련하지 그러나. 자네 차 앞유리창도 갈아야 할 것 같더군."

"그런가요? 그런데 언제 그런 시간을 낼 수 있겠어요?"

"자네 무슨 걱정 있나?" 왕이 주머니에 손을 찔러넣은 채 물었다.

"제 아내에 비하면 아무것도 아니죠, 제기랄. 그건 그렇고, 시신을 발견한 피살자의 친구한테서는 뭘 좀 알아냈습니까?"

"지금 신문하는 중이네. 심리학자와 조프루아, 베르사유 경찰청 친구들과 함께 있어. 목격자가 받았을 충격에 대해선 새삼 말할 필요도 없겠고. 그런데 신문 결과가 나오면 알게 되겠지만, 뭔가 수상한 냄새가 난단 말이지……"

"어떤?"

"피살자가 사진작가인 건 맞네. 그런데 그게 좀 특별한 분야라서 말이야. 자네한테 보여줄 게 있네."

그들은 아래층으로 내려가 지하실로 통하는 계단을 내려갔다. 그리고 두터운 나무문이 가로막고 있는 조그만 공간으로 들어갔다. 열쇠전문가를 동원해 열어본 방이었다. 아직 그곳에 남아 있는 몇몇 요원들이 사진을 찍고 지문을 채취하고 있었다.

방 한가운데 선 빅은 주위를 빙 둘러보았다. 사방 벽이 포스터로 둘러싸여 있었다. 디지털 합성사진들 가운데는 손가락이 여섯 개 달린 미키 루크, 엘리펀트맨처럼 얼굴이 일그러진 조니 뎁, 팔 한쪽이 없는 브루스 윌리스도 있었다.

"또다시 괴물들의 등장이군. 이럴 수가." 빅은 주먹을 꽉 쥐면서 중얼거렸다.

그는 허공에 대고 발길질을 했다.

"왕 선배님?"

"왜 그러나?"

"저도 담배 한 대 주세요."

"정말인가? 괜찮겠나?"

빅은 주머니 속에 있는 성냥갑을 손끝으로 만지작거렸다.

"네…… 한 대 주세요……"

왕은 짓궂은 미소를 지으며 그에게 담배를 내밀었다.

"오래 못 갈 줄 알고 있었네."

"누가요?"

"모두들."

"선배님도?"

"내가 특별히 더 그랬지."

담배를 건네받은 빅은 향수에 젖은 듯 냄새를 맡은 다음 미키 루크의 사진 앞으로 다가갔다. 그리고 담배를 그의 얼굴에 바짝 갖다대면서 말했다.

"손가락 여섯 개보다는 담배가 더 잘 어울리지 않나요, 어때요?"

그가 허공으로 담배를 던지자, 왕이 재빠르게 낚아챘다.

"모두들 엿 먹으라고 해요, 선배님 그리고 모두들. 내가 담배를 다시 피우는 일은 결코 없을 겁니다. 악마를 똑바로 쳐다보게 되는 한이 있더라도."

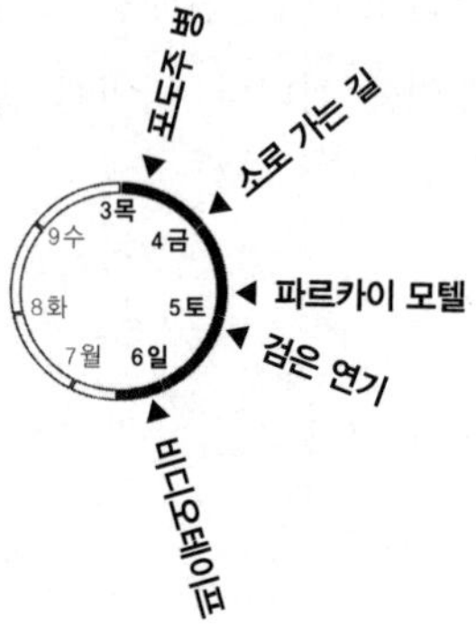

40. 5월 6일 일요일, 10시 45분

기다린 지 이십 분이 지났지만 멜린다는 여전히 보이지 않았다. 만약 아이가 예배에 가지 않는다면? 그럴 경우, 어떻게 아이에게 접근할 수 있을까? 월요일에 학교가 파한 후, 학교 친구들의 눈에 띌 위험을 무릅쓰고?

라디오에서 롤링 스톤스의 곡조가 은은히 울려퍼지는 가운데, 스테판은 사과를 한입 베어물었다. 멀리서 한 남자가 자동차 보닛을 열자 하얀 연기가 피어오르는 모습이 보였다. 무심코 고개를 돌리니 약간 비껴 왼쪽으로 담뱃가게 겸 카페가 보였다. 일요일에도 문을 연 듯했다. 스테판은 머릿속에 숫자의 멋진 나열을 떠올리며 차 밖으로 나왔다. 따지고 보면, 미래에 대해 부정적으로만 생각할 필요는 없었다. 파르카이 모텔과 관련된 꿈은 그에게 수요일에 발표될 로또 결과를 알려주었다.

그것을 누려야만 했다.

카페에는 단골손님 몇몇이 자리를 지키고 있었다. 스테판은 자신을 짓누르는 운명의 무게를 느끼면서 여섯 칸으로 나누어진 로또 용지를 집어 4-5-19-20-9-14에 표시했다. 결국 로또는 운명의 상징이 아니던가? 빠르게 돌아가는 구형의 통 속에서 뒤섞이던 마흔아홉 개의 공이 천삼백만분의 일의 확률을 뚫고 멈춰 서는 순간 여섯 개의 숫자로 이루어진 조합이 생겨나는 것이다. 어떻게 운명이 그렇게 작은 것, 그토록 미세한 것까지 통제할 수 있는 것일까?

"똑같은 번호들로만 여러 개를? 정말 믿나보군요, 그 번호를." 주인이 의아스럽다는 표정으로 물었다.

스테판은 그의 앞에 50유로짜리 지폐를 내밀었다.

"난 미래를 예측하는 능력을 지녔거든요. 하지만 솔직히 말하면, 이 번호들이 맞지 않았으면 좋겠군요."

"바로 그런 묘미 때문에 게임을 하는 거죠." 주인이 로또 용지를 카운터 위에 올려놓으면서 말했다.

스테판은 초조한 눈빛으로 멜린다의 집 쪽을 계속 돌아보았다. 어느 순간, 갑자기 그의 맥박이 빨라지기 시작했다. 멜린다의 부모가 아이를 배웅한 다음 현관문을 잠그는 모습이 보였다.

홀로 거리로 나선 멜린다는 경쾌한 걸음으로 걸어가기 시작했다.

스테판은 반사적으로 문을 향해 달려갔다.

"이것 봐요! 로또 용지 가져가야죠!" 그의 뒤에서 손님 한 사람이 외쳤다.

하지만 스테판은 이미 밖으로 뛰쳐나간 후였다.

차 안에서 〈마스크〉의 가면을 꺼낸 그는 맞은편 보도 위를 걸어가는 멜린다를 향해 달려갔다.

처음에 멜린다는 그의 존재를 의식하지 못했다. 멜린다는 메리의 교회까지 가는 정확한 걸음 수를 세어보는 것을 좋아했다. 그러나 갑자기 놀이를 멈춰야만 했다.

누군가가 그녀가 좋아하는 영화 〈마스크〉에 나오는 가면을 쓰고 그녀 왼쪽에서 미친 사람 같은 몸짓을 하고 있었던 것이다. 깡충거리면서 뛰고, 돌고, 팔을 사방으로 휘저으면서. 나무가 있는 공원으로 들어서던 멜린다는 그를 못 본 척하려고 했다. 하지만 그럴 수가 없었다. 새하얗고 커다란 이와 '할리우드'표 추잉껌 색깔 같은 초록색 얼굴, 두꺼비 같은 눈을 가진 남자가 너무나 우스웠기 때문이다.

가면을 쓴 남자는 휘파람을 불고 깡충거리면서 소녀의 앞을 지나갔다. 그리고 물구나무를 선 채로 걷다가 쿵 하고 넘어지고 말았다. 그의 신음 소리를 듣고 멜린다는 마스크맨이 몹시 아파한다는 것을 알았다. 멜린다는 가던 걸음을 멈추고 꼭 쥔 두 주먹을 입가로 가져갔다.

스테판은 가면을 벗고 고통으로 일그러진 얼굴을 드러냈다.

"광대 짓도 아무나 하는 게 아니군. 이런 묘기를 부리기엔 난 너무 늙었어."

소녀는 자신의 귀를 믿을 수가 없었다.

"영화에서랑 똑같아요, 아저씨 목소리!"

"유감스럽게도 난 짐 캐리가 아니라는 것만 빼면 말이지! 짐 캐리, 그가 진짜 마스크맨이지. 게다가 그는 나보다 훨씬 유연하거든!"

스테판은 주위를 조심스럽게 둘러보았다. 공원에는 멀리서 개를 끌고 산책하는 노부인 외엔 아무도 보이지 않았다. 그는 소녀 앞에 쪼그리고 앉았다. 소녀는 파란색 원피스와 흰색 조끼 그리고 발목까지 올라오는 검은색 구두를 신고 있었다. 반짝이는 초록색 눈을 가진 참으로 아름다운 소녀였다.

"멜린다, 내 말 좀 들어볼래. 마스크맨이 너한테 뭘 좀 보여주고 싶어 하거든."

"내 이름을 아세요?"

"너도 내 이름을 알잖아, 그렇지?"

"네. 하지만 아저씬 유명하고, 난 아니잖아요."

스테판은 라텍스로 만든 가면을 소녀에게 내밀었다.

"자, 이걸 가져. 망가뜨리지 않도록 조심해서 다뤄야 한다. 이건 진짜거든. 내가 몹시 아끼는 거라서 말이야."

"정말 진짜예요?"

"100프로 진짜야. 짐 캐리가 직접 나한테 선물로 준 거야. 너 에노크 채석장 알고 있니?"

멜린다는 고개를 끄덕이고는 만지작거리던 초록색 마스크를 자랑스럽게 얼굴에 썼다.

"알아요. 우리집에서 별로 멀지 않거든요. 하지만 아빠가 그곳에 가지 말라고 했어요. 위험하다고 하면서요."

"그래, 멜린다. 아주 똑똑하구나. 네 말이 맞아. 나하고 마스크맨은 거기서 너에게 뭔가를 보여주려는 것뿐이란다. 너한테 아주 중요한 걸 말이야."

소녀는 고개를 가로저었다.

"아뇨, 안 돼요, 그럴 수 없어요. 난 예배를 드리러 가야 해요. 그리고 처음 보는 사람은 절대로 따라가지 말랬어요."

스테판은 소녀가 쓰고 있는 가면을 살며시 벗겼다.

"내가 아직도 너한테 낯선 사람이니? 마스크맨도?"

"아뇨…… 그런데 이상해요, 전에도 아저씨를 본 것 같아요. 예전에 이 공원에 온 적 있으세요?"

"어쩌면 그럴지도 모르지. 네 부모님한테는 예배에 갔다고 말하면 되잖아. 어차피 일요일마다 늘 똑같은 얘기만 할 테니 말이야."

그는 또다시 가면을 쓰고는 목사님 흉내를 내기 시작했다. 등을 구부린 채 양 손바닥을 위로 향하고 과장된 몸짓으로 기도하는 모습을 흉내내자, 소녀가 다시 웃음을 터뜨렸다.

"이제 나하고 같이 갈래? 가보면 너도 틀림없이 좋아할 거야."

마스크의 도움으로 스테판은 간신히 주위의 시선을 피해 자신의 포드에 올라타도록 멜린다를 설득할 수 있었다. 이미 에노크 주위의 지형을 살펴둔 그는 경사진 작은 길에 차를 세운 다음 멜린다의 손을 잡고 빽빽한 덤불숲을 통과해 앞으로 나아갔다. 숲 뒤로 높은 철책이 설치돼 있었지만, 그들은 그곳에서 3미터 정도 왼편에 나 있는 커다란 구멍을 통과해 채석장 안으로 들어갈 수 있었다.

"여기로 지나갈 수 있는지 몰랐어요." 멜린다가 놀란 표정을 지으며 말했다.

"여기 와본 적이 있니?"

"아뇨. 예전에 남자아이들이 날 여기로 데려오려고 했는데 내가 싫다고 했어요. 남자애들은 가지 말라고 하는 데를 자꾸만 가려고 하거든요."

"그래, 네 말이 맞아. 넌 그런 데는 절대로 가면 안 된다."

"난 절대로 안 가요."

"그런 것 같구나."

스테판의 손에는 손전등이 들려 있었다. 바지 속에 숨겨놓은 칼 때문에 움직일 때마다 오른쪽 다리가 따끔거렸다.

그들 주위에는 나무들이 빽빽하게 들어차 있어서 그 누구의 눈에도 띄지 않을 수 있었다.

"우리는 모험가들이다!" 스테판이 해적 목소리를 흉내내면서 소리쳤다. "잭 스패로와 그 부하들이다! 돌격!"

"돌격!" 멜린다도 팔을 치켜들면서 그를 따라 외쳤다.

먼저 동굴 속으로 들어간 스테판은 손전등을 켰다.

"날 따라오렴."

멜린다는 뒤를 돌아보며 잠시 머뭇거리다가 스테판이 있는 곳으로 걸음을 옮겼다.

"어때, 여기가 교회보다 낫지 않니?"

사방에 물방울이 맺혀 있었다. 정적이 흐르는 동굴 벽면에 부딪힌 목소리가 메아리처럼 울려퍼졌다.

"네. 더 좋아요."

"당연하지. 그런데, 왜 일요일마다 교회에 가는지 그 이유를 알고 있니?"

"아뇨. 솔직히 말하면, 그냥 가야 하니까 가는 것뿐이에요."

스테판은 소녀의 손을 잡고 조심스럽게 앞으로 나아갔다. 길은 점점 더 위험해졌다. 틈새로 스며든 물과 울퉁불퉁한 바위들, 그리고 눈에 보이지 않는 경사 때문에 미끄러웠다. 그들 앞에는 86, 87, 88…… 번호가 붙은 지하통로들이 길게 이어졌다. 대체 어디에 홍수가 났다는 걸까? 어디로 가야 할까?

자기 곁에 있는 이 어린 소녀가 삼사 일 후 이 채석장에서 죽게 될 거라는 사실을 스테판은 받아들일 수 없었다.

"정말 멋져요. 계속 갈 거예요?" 멜린다는 천진스러운 눈을 크게 뜨며 놀라워했다.

스테판은 눈살을 찌푸리며 손전등을 내려놓고는 또다시 멜린다 앞에 쪼그리고 앉았다.

"아니, 멜린다. 이제 그만 갈 거야. 여기가 끝이야."

그는 느린 동작으로 바지 속에 손을 집어넣어 칼을 꺼내 흔들었다. 멜린다가 소리를 지르려고 하자, 스테판은 멜린다의 입을 손으로 막고 소리쳤다.

"아니, 아니야! 오, 미안해! 제발 소리지르지 마! 소리지르지 않고 내 말을 들어주겠다고 약속해, 그럴 수 있니?"

멜린다는 불안한 눈빛으로 고개를 끄덕였다.

"이 칼은 너를 위한 거야! 너를 해치려는 게 아니라고!"

"네?"

"난 사람을 설득하는 재주가 없어서…… 이 칼은 바로 여기 바위 밑에 숨겨놓을 거야."

스테판은 다시 몸을 일으키고서 멜린다 손 높이의 조그만 구멍 속에 칼을 숨기며 말했다.

"이거 보이지? 이곳을 잘 기억해야 해. 여기서 내려가려면 이곳을 반드시 지나가야 하거든. 지금 내 말을 꼭 기억해야 해."

"왜 그러는 건데요? 왜 여기다 칼을 숨겨놓는 건데요?"

"멜린다, 절대로, 절대로 모르는 사람을 따라가면 안 되는 거야. 내 말 알겠니? 난 낯선 사람이고, 그래서 너한테 나쁜 짓을 할 수도 있었거든."

"하지만 아저씨는 친절하고 또……"

스테판은 고개를 가로저었다.

"낯선 사람들은 언제나 친절하단다. 그들은 너를 웃길 수도 있고, 뭔가를 약속하거나 마스크맨, 도널드, 미키 아니면 다른 것들을 흉내낼 수도 있어. 하지만 그런 건 다 가짜야. 네 관심을 끌려고 그러는 거거든. 널 여기에 데려와서 보여주려던 게 바로 이것이었어."

"네…… 네, 잘 알겠어요."

그런 다음 스테판은 엑토르 아리에의 모습을 상세히 묘사했다.

"만약 이렇게 생긴 남자가 널 강제로 데리고 와서 나쁜 짓을 하려고 하면, 그땐 이 칼을 꺼내서 그 남자의 배를 찌르는 거야. 그러고는 입구를 향해 달려가야 해, 알겠니?"

"알았어요. 이제 다시 올라갈래요. 추워요."

"이제 올라갈 거야. 오늘은 일요일이야. 화요일이나 수요일엔 처음 보는 사람 말을 절대로 믿으면 안 돼, 알겠니? 마스크맨이 말한 걸 절대 잊어버리지 않겠지? 모르는 사람은 결코 따라가면 안 되는 거야."

"잊어버리지 않을게요."

"나한테 약속해. 여기에 절대로 다시 오지 않겠다고."

"약속할게요."

그들은 지하 동굴 밖으로 나왔다. 다시 차에 오르기 전, 스테판은 트렁크에서 키친타월을 꺼내 멜린다의 신발에 묻은 진흙을 닦아냈다.

"마지막으로 하나만 더 말할게, 멜린다. 우리가 만났다는 사실을 누구한테도 얘기하면 안 돼. 부모님한테도 말이야. 잊지 마, 넌 교회에 갔던 거야. 알겠니?"

"네, 네, 알았어요."

"그래, 좋아…… 보통 몇시쯤 집에 돌아가니?"

"12시 15분쯤에요."

"이제 가면 되겠구나."

스테판은 멜린다를 집 모퉁이에 내려주기 전에 이마에 다정하게 입맞춤을 했다.

"널 많이 사랑한다, 멜린다. 내가 너보다 좀더 컸을 때, 널 많이 닮은 아주 특별한 친구가 있었단다. 이름이 뤼디빈이었지."

"이젠 못 만나나요?"

스테판은 시선을 떨구었다.

"부디 조심해야 한다. 이제 마스크를 돌려주겠니? 내가 무척 아끼는 것이거든."

멜린다는 마지못해 마스크를 돌려주었다.

"절 다시 만나러 오실 거예요?"

"그럴 것 같진 않구나. 하지만 언제나 네 곁에 있을 거야. 약속할게."

멜린다는 그의 딸일 수도 있는 나이였다. 결코 이룰 수 없는 꿈이지만.

스테판은 자신이 해야 할 일을 했다는 만족감과 함께 멀어지는 아이를 지켜보았다. 멜린다는 결코 낯선 사람을 따라가지 않을 것이다. 그가 모든 걸 바꾼 것이다, 결정적으로. 그건 분명한 사실이었다.

그리고 조수석을 흘끗 보았을 때 그것이 그의 눈에 들어왔다. 멜린다의 주머니에서 떨어진 것이었다.

곰 인형이 예쁘게 수놓인, 아주 깨끗하고 조그만 분홍색 손수건.

그의 꿈속에서 본 피 묻은 손수건.

멜린다라는 소녀의 살해 용의자로 몰린 그를 찾는 라디오 방송이 흘러나오던 꿈속에서 본 그 손수건이었다.

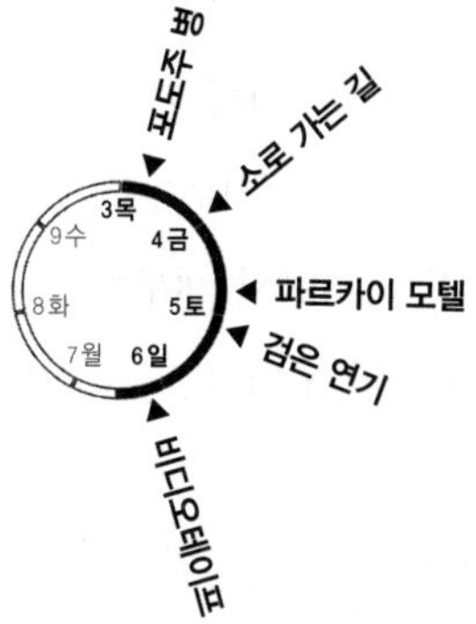

41. 5월 6일 일요일, 12시 29분

조프루아 수사관이 도착했을 때, 모르티에 반장과 빅은 커피가 담긴 플라스틱 컵을 손에 들고 카상드라 리베르망의 집 앞에서 기다리고 있었다. 그들 뒤로 심리학자를 동반하고 경찰차에 오르는 아망딘 고슬랭의 모습이 보였다. 적갈색 머리의 젊은 여성은 큼직한 담요를 몸에 두르고 있었다. 이제 그녀는 결코 예전의 삶으로 돌아갈 수 없을 터였다.

"뭘 좀 알아냈나?"

모르티에 반장의 물음에 대답하기 전 조프루아는 자신의 차 트렁크에서 보온병을 꺼내 커피를 한 잔 따랐다. 왕은 과학수사대의 요원들, 그리고 몇몇 용기 있는 팀원들과 함께 안에 남아 수사를 계속하고 있었다.

"두 여성이 서로를 알게 된 지는 얼마 안 되더군요. 어디서 만났는지 맞혀보시죠?"

"파르카이 모텔?"

"빙고!"

조프루아는 피살자의 집을 향해 플라스틱 컵을 추켜들면서 말했다.

"고슬랭의 말에 의하면, 리베르망은 기형에 무척이나 심취해 있었다는군요. 고슬랭은 양쪽 발에 발가락이 여섯 개씩 있는데, 리베르망은 그것들을 계속 사진 찍으면서 애무하거나…… 빨곤 했답니다. 그녀의 컴퓨터를 뒤져보면 자신의 발을 찍은 사진만 백여 장은 족히 나올 거라는군요. 아주 지독한 페티시스트였던 것 같습니다."

모르티에 반장이 얼굴을 찌푸렸다.

"그럼 마타도르는 그 모텔에 드나드는 고객들 중에서 살해 대상을 골랐다는 얘긴가?"

"그런 것 같습니다. 그가 관심을 가진 건 기형을 지닌 여자들이 아니라, 자신의 성적 판타지를 충족시키기 위해 그런 장애를 가진 사람들을 이용하는 여성들이었던 것으로 보입니다. 그의 눈에는 타인의 불행을 악용하는 것으로 보였는지도…… 그들의 행위나 매우 특별한 관심사 등에 대해 잘 알고 있는 것으로 볼 때, 최근이나 예전에 그들과 접촉했던 인물이 분명합니다. 파르카이든 다른 어디서든 말이죠."

"그래서, 파르카이 모텔은 계속 감시하고 있는 건가?"

"네."

모르티에 반장은 만족스러운 표정을 지었다.

"좋아. 그 밖에 다른 건?"

조프루아는 그들을 건물 측면에 나 있는 환기구 가까이로 데리고 갔다.

"피살자는 죽기 전날 밤 MSN 메신저를 통해 아망던 고슬랭에게 이곳에서 누군가가 자신을 훔쳐봤다는 얘기를 했다고 합니다. 마치 시체가 썩는 것 같은 냄새와 회색 차량에 대해서도 언급했고요."

"잔디에서 무슨 흔적을 찾아냈나?"

"아무것도 없었습니다."

모르티에는 그 자리에 쪼그리고 앉아 환기구를 흘끗 들여다보고는 혼잣말처럼 중얼거렸다.

"여기서 한가롭게 눈요기를 한 뒤 그다음날 다시 찾아왔다 그거지? 전혀 서두르지 않고 현관문을 따고 들어갔을 테고…… 그런 다음 장비를 가지고 아주 여유 있게 위층으로 올라간 거야. 그리고 여자를 깨운 다음, 가지고 온 가시철사로 옷장에 꽁꽁 묶고 팔에 모르핀 주사를 놓았지. 그런 다음 작업을 시작한 거야, 이 쳐죽일 놈 같으니! 대체 그 여자가 무슨 엄청난 죄를 저질렀길래 그런 짓을 한 거지? 왜 얼굴을 그토록 처참하게 짓이겨놓은 거냐고? 여자들의 손가락을 자르면서 그들이 널 똑바로 쳐다보도록 강요했겠지? 그런 모습이 널 흥분시키던가? 그들의 절규를 들으면서 쾌감을 느꼈냐고!"

모르티에는 두 손으로 얼굴을 감쌌다. 그 순간 빅은 냉엄해 보이는 수사관의 모습 뒤에 아내와 자녀, 걱정과 기쁨, 고통을 지닌 한 남자가 존재한다는 것을 깨달았다. 모르티에 반장은 한숨을 내뱉으며 몸을 다시 일으켰다. 조프루아는 브리핑을 계속했다.

"고슬랭은 한 달 전쯤 어느 파티에서 파르카이에 대한 얘기를 듣고 호기심에 그곳에 가보게 되었다고 합니다. 바로 거기서 장애를 가진 사람들의 사진을 찍기 위해 그들에게 돈을 주거나, 그들과 섹스를 하는 카상드라 리베르망을 알게 되었고요. 리베르망은 제정신이 아니었던 것 같습니다. 조만간 아프리카로 떠나 온갖 종류의 끔찍한 질병에 걸린 사람들의 사진을 찍으려고 했다더군요."

"이거야말로 점입가경이군."

"고슬랭은 더이상의 것은 알지 못했습니다. 누군가가 자신들을 관찰하거나 따라다니는 것 같은 느낌을 받은 적은 한 번도 없었다고 하고요. 그녀와 리베르망은 파르카이에서 아주 은밀하게 행동했거든요. 그래서 달리 수상쩍은 일 같은 건 없었답니다. 사건 전날 밤 반드시 6호실에 묵어야겠다고 우기던 이상한 남자의 경우만 빼고는요. 게다가 그 남자는 리베르망의 주소를 알려달라고 요구하기도 했다는군요."

"스테판 키스메 말입니까?"

"그렇다네."

모르티에 반장은 빅을 돌아보고 고갯짓을 해 이어서 설명하도록 했다.

"이미 설명드린 바처럼, 끊임없이 횡설수설하는, 엉뚱하고 약간 맛이 간 친구입니다. 꿈과 예감에 관해 얘기하더군요. 첫번째 살인사건과 관련해서는 레스토랑에 있었던 알리바이가 있고, 타고 다니는 차는 회색이 아닌 파란색이고요."

"그의 부인 차는 회색이지." 왕이 덧붙였다.

"저나 반장님, 그리고 수많은 사람들의 차도 회색이지요. 키스메는 자신의 집 지하실에서 대부분의 시간을 보내고 있습니다. 영화를 위한 괴물이나 특수 효과물을 제작하는 일을 하고 있고, 어디를 가든 눈에 띄는 행동을 하는 인물입니다. 게다가 백묵 위에 있던 지문과 비교하기 위해 그가 쓰던 라텍스 장갑 하나를 실험실로 보냈는데 검사 결과 지문도 달랐고, 그 안에서 옥수수 전분도 발견되지 않았습니다. 그는 우리가 찾는 살인범이 아닙니다."

"낙하산 말이 맞습니다." 조프루아가 그의 말을 거들고 나섰다. "마지막으로 알아본 바에 의하면, 그는 파르카이 모텔의 6호실을 일주일간 빌렸다고 합니다. 모텔 카운터를 보는 남자가 몹시 화가 난 것 같더군요. 그…… 키스메라는 친구가 마커로 벽지에 온통 낙서를 해놓았다는 거예요. 잠깐만요……"

그는 주머니에서 종이 한 장을 꺼냈다.

"어떤 내용인지 들어보시겠습니까. 의미심장한 것 같아서요. '난 스테판이야. 미래의 네가 내 앞의 벽에 써놓은 메시지를 읽었어. 오늘은 5월 4일 금요일, 자정이 다 되어가는 시각이야. 그곳은 지금 며칠이지? 난 네 메시지를 모두 읽지는 못했어. 그러니까 내가 널 어떻게 도울 수 있는지 말해줘야만 해. 사람들이 왜 너를 찾고 있는지를. 경찰이 이곳 파르카이에는 왜 온 거지?'"

세 남자는 동의한다는 표정으로 서로를 바라보았다.

"무슨 얘기를 하는 건지 알겠네." 모르티에 반장이 먼저 입을 열었다. "일종의 자폐증, 고립 상태, 누군가가 자신을 염탐하거나 자신이 음모의 희생양이라는 황당한 생각 또는 강박증 같은 거겠지. 정신분열증을 앓는 사촌이 하나 있는데, 그와 유사한 증세를 보이고 있거든. 그렇더라도 그를 염두에 두고 계속 주시하도록 하게. 어쩌면 뭔가를 봤을지도 모르니까 말이야. 혹시 사건현장에 있었는지도 모르는 거잖아? 자네 생각은 어떤가, 낙하산?"

빅은 손에 들고 있던 플라스틱 컵을 그대로 쭈그러뜨렸다. 그는 아직도 자신이 목격한 것에 대한 충격에서 헤어나지 못하고 있었다.

"먼저 첫번째 피살자인 르루아에 대해 얘기해볼까요. 그녀는 자신의 판타지를 통해 기형적인 존재들에게 접근했죠. 팔다리가 잘린 사람들과 섹스를 하면서 희열을 느끼는, 세이렌과 같은 사악한 요정이었던 셈이죠. 따라서 마타도르는 똑같은 방식으로 그녀를 벌준 것입니다. 르루아와 아기인어를 연관시키면서요."

"똑같은 방식으로 복수를 한 거군."

"그렇습니다. 두번째 피살자의 경우에도 똑같은 일이 반복되었고요. 카상드라 리베르망은 사진을 통해 괴기한 것들에 접근했습니다. 그 결과 살인범은 그녀의 얼굴을 망가뜨리고, 연출을 통해 상징적으로 카메라 렌즈를 남겨두었던 것입니다."

"말하자면 피살자의 프로필에 맞춰 살인을 저지른 게로군."

"바로 그겁니다. 그들의 직업 및 그들이 지녔던 환상과 관련된 방식으로 살인을 자행한 것이죠. 그는 신체적 차이에 대한 그들의 경멸적인 시선에 응징을 가한 것입니다. 따라서 처음부터 우리가 추측한 대로, 살인범 역시 신체적으로 문제가 있는 사람인 게 확실합니다. 그는 자신을 향한 사람들의 시선을 못 견뎌했을 겁니다. 다른 사람들이 자신을 만지는 것도 참지 못할 테고요. 피살자들의 입술과 손가락, 혀를 자른 것도 그래서일 겁니다. 그런 사실에 근거해볼 때, 그는 독신에 비사교적이고 타인의 시선을 피할 수 있는 직업을 갖고 있을 것으로 추정됩니다. 야간 경비원이나 창고 관리인, 정비공처럼 사람들 눈에 잘 띄지 않는 직업 말입니다. 그는 오랫동안, 아주 오랫동안 사람들의 경멸적인 태도와 공격적인 언사, 조롱을 참아내야 했을 겁니다. 그러다가 신체적으로나 지적으로 성숙한 나이에 이르자 반격을 시작한 것입니다. 그는 스물다섯 살에서 서른다섯 살 사이의 남성으로 추정됩니다."

"그런데 왜 여자들을 성폭행하지 않은 걸까?"

"그런 것에는 관심이 없어서가 아닐까요."

"혹은 그럴 수 없어서가 아닐까. 어쩌면 키스메처럼 성불구인지도 모르지. 그래서 신체의 나머지 부분을 훼손하면서 복수하는 건지도. 그는 리베르망의 얼굴을 짓이겨놓았어. 마치 얼굴 한가운데에 폭탄이라도 터진 것처럼. 왜 르루아보다 그녀를 더 집중적으로 공격한 걸까? 그 점에 대해 설명해줄 수 있겠나?"

빅은 고개를 가로저었다.

"그가 르루아를 더 봐줬다고 말하긴 좀 그렇고…… 그 점에 대해선 잘 모르겠습니다. 리베르망은 자신이 촬영한 사람들의 고통을 이용해 이익을 얻었습니다. 그래서 마타도르는 모든 이들을 대신해 그녀에게 대가를 치르게 한 게 아닐까요. 얼굴을 집중적으로 훼손하면서 말이죠. 얼굴은 사람들의 시선이 처음으로 향하는 곳입니다. 그 사람의 정체성과 인격, 그리고 다름을 나타내죠. 르루아는 100점에 78점을, 리베르망은 100점에 82점을 받은 걸 기억하시나요? 그는 무엇을 추구했던 걸까요? 100점에 100점 만점? 정확히 무엇에 점수를 매긴 걸까요? 어쩌면 자신과 닮은 점에 점수를 매긴 것은 아닐까요? 또한 르루아의 경우엔 고통으로 일그러졌던 입 모양에 주목해야 한다고 생각합니다. 그는 그 부분을 매우 중요하게 생각하는 게 분명합니다."

왕이 커다란 앨범을 들고 와 그들에게 보여주었다.

"리베르망은 기형을 사진에 담는 데 그치지 않았습니다. 인간의 신체와 관련된 기형을 역사적으로 연구하기도 했더군요. 고문과 종교재판, 해부, 외과술에 대한 수많은 책을 소장하고 있었습니다. 하지만 무엇보다 놀라운 것은……"

그는 앨범을 앞으로 들어올렸다.

"서랍 속 깊숙이 감춰져 있어서 힘들게 꺼내야 했습니다. 그러니 살인범은 이것을 볼 수 없었을 겁니다. 이 속엔 끔찍한 광경을 찍은 수많은 흑백 필름들이 보관돼 있습니다. 리베르망이 1차세계대전 당시의 기록들을 손에 넣은 것 같습니다."

"자네가 그동안 보아온 것들보다 더 끔찍한가?" 모르티에 반장이 물었다.

"막상막하라고 볼 수 있습니다. 게다가 감사 편지도 들어 있더군요. 그 자료에 의하면, 이 필름으로 뽑은 사진들이 지금 리옹의 민간 호스피스 박물관에 전시되고 있을 겁니다. 하지만 무엇보다도……"

왕은 필름 하나를 꺼내 모르티에 반장에게 내밀었다.

수사반장은 하늘을 향해 필름을 추켜들었다. 가까이 다가가 살펴보던 조프루아와 빅의 얼굴이 일그러졌다. 필름 속에 보이는 것은 여기저기 온통 찢겨나간 얼굴을 조잡하게 꿰맨 남자의 모습이었다. 턱의 아래쪽으로 갈고리가 관통하고 있고, 그 끝에는 다양한 무게의 자루들이 매달려 있었다.

1차세계대전 당시 심각한 부상을 입은 병사의 끔찍한 얼굴이었다. 마타도르는 카상드라 리베르망의 얼굴에 그것과 똑같은 모습을 재현한 것이다.

잠시 침묵을 지키던 모르티에 반장이 빅을 돌아보며 말했다.

"자넨 박물관에 관심이 많은 걸로 알고 있네. 이 길로 즉시 TGV*를 타고 리옹으로 달려가게. 그곳과 뒤퓌트랑 박물관, 파르카이 모텔의 공통점을 찾아보도록. 어떤 방식을 사용하건 상관하지 않겠네."

"반장님, 오늘은 일요일입니다……"

"그래? 일요일이라고? 그래서 무슨 문제 있나?"

"없습니다."

"그 미치광이 살인마를 당장 내 앞으로 데리고 오란 말이야. 가능한 한 빨리."

빅은 한숨을 내쉬고는 모르티에 반장을 향해 담담한 어조로 말했다.

"제 휴대폰 배터리가 나가서 그러는데, 아내에게 연락할 수 있도록 반장님 휴대폰을 좀 빌릴 수 있을까요? 지나친 요구가 아니라면 말입니다. 적어도 알려주기는 해야 할 테니까요."

---

* 프랑스 고속철도.

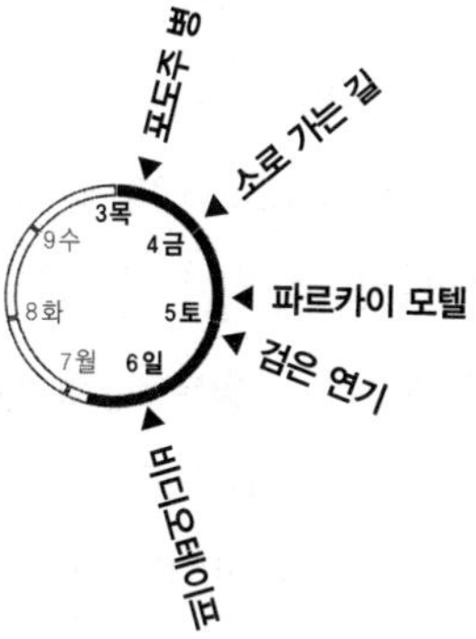

42. 5월 6일 일요일, 16시 34분

스테판은 적막감이 감도는 너른 저택에서 홀로 자신만의 세계에 틀어박혀 있었다. 빛이라고는 조도를 최소한으로 낮춘 할로겐 조명이 전부였다. 음울한 존재들의 묘지와도 같은 이곳에서 그는 외부 세계와 격리된 채 미래의 스테판에게 보내는 메시지들에 둘러싸여 있었다.

그는 수첩을 유심히 들여다보며 새로운 단서와 수사 방법을 찾는 데 몰두했다. 이미 꿈속에 등장한 아리에와 수사관 빅토르, 멜린다를 만났고, 뒤퀴트랑 박물관과 파르카이 모텔, 에노크 채석장을 찾아냈다. 또한 하얀색 백묵과 아시아산 조각상, 그리고 그 밖의 다른 것들이 실제로 존재함을 확인했다. 하지만 이젠 그 모든 것을 다시 되짚어본 뒤 뒤엉킨 매듭을 풀고 행동에 나서야 했다.

스테판은 꿈속에서 미래의 스테판이 변해가는 과정을 마음속으로 다시 그려보았다. 모호한 부분들이 있긴 하지만, 그동안 기록해놓은 메모와 계산에 따라 모든 것이 5월 10일 목요일, 새벽 2시 30분경에 시작되었음을 알 수 있었다. 앞으로 나흘이 채 지나지 않아 피 묻은 손으로 울부짖으며 이 집을 사방으로 뛰어다니게 될지도 모르는 상황이었다. 그리고 계단을 뛰어내려가 포도주 병 앞에 멈춰 서게 될 것이다. 그곳에서 빅토르 마르샬의 시그사우어 권총을 관자놀이에 겨누는 자신의 모습이 떠올랐다. 스테판은 머릿속을 맴도는 의문을 이리저리 뒤집어가며 생각해보았지만, 손에 묻은 피의 근원에 대해서는 한 가지밖에 떠올릴 수 없었다. 그것은 멜린다의 피가 틀림없었다……

그리고 두번째 꿈 '소로 가는 길'에서도 마찬가지로 미래의 스테판은, 5월 10일 저녁 7시 30분, 빅의 권총을 가지고 포드를 타고서 엑토르 아리에의 집에 불쑥 쳐들어갔다. 어떻게 그가 수사관의 권총을 지니고 있는 걸까? 차의 조수석에는 온통 피범벅이 된 멜린다의 조그만 분홍색 손수건과 옷가지가 놓여 있었다. 그중에는 그의 양아버지의 낚시 조끼도 보였다. 이미 수년 전에 보주 산맥 어딘가에서 잃어버린 것이었다.

이 끔찍한 일들이 실제로 일어나지 않도록 막아야 했다. 사건들의 가차없는 진행에 제동을 걸어야만 했다. 어떤 방법을 써서라도.

스테판은 고개를 저으며 지하의 포도주 창고로 달려내려갔다.

첫번째 꿈을 꾼 뒤 그는 실비와 함께 이곳으로 내려와 꿈속에서처럼 부르고뉴산 포도주와 보르도산 포도주의 자리를 바꿔놓았었다. 보이지 않는 누군가가, 혹은 무언가가 꼭두각시를 조종하듯 그의 꿈이 현실로 나타나도록 조종하고 있는 듯했다. 약간의 세부를 제외하고는. 하지만 이제 스테판은 그 누군가와 맞서 싸우기로 마음먹었다.

그러기 위해서는 모든 것을 시도해봐야 했다. 무엇보다 가장 단순한 것부터. 따라서 포도주 병들을 본래의 위치로 돌려놓는 것부터 시작하기로 했다. 보르도를 아래로, 부르고뉴를 위로. 어쩌면 우스꽝스러워 보이는 작은 행동 하나가 모든 것을 바꿔놓을 수도 있지 않을까. 그의 꿈을 거짓으로 만들어버릴 수도, 연쇄적으로 일어나는 사건을 저지할 수 있을지도 몰랐다.

스테판은 이번에는 위층으로 올라가 아시아산 조각상을 집어 바닥에 내동댕이쳤다. 그리고 흩어진 조각들을 모아 쓰레기봉투 속에 집어넣었다. 이제 존재하지 않는 조각상이 미래에 이 테이블 위에 놓여 있는 일은 없을 것이다. 이제 멜린다의 손수건을 처분하는 일만 남았다. 잠시 망설이던 그는 이 말도 안 되는 일들이 모두 끝나면 소녀에게 손수건을 돌려주리라 다짐했다. 그는 그 소녀를 다시 만날 수 있기를 바랐다. 손수건은 좋은 핑계가 될 수 있을 것이다.

그는 다크랜드로 돌아가 또다시 꿈을 떠올리며 분석에 몰두했다. 두 번째 꿈에서 미래의 스테판은 포드를 운전하면서 라디오를 듣고 있었다. 방송에 나온 리포터는 멜린다가 에노크 채석장에서 익사체로 발견되었다고 했다. 미래의 스테판이 살인 용의자로 지목되어 수배중인 것이 틀림없었다.

스테판은 식어버린 커피잔을 입으로 가져갔다. 그는 어떻게 이 모든 사실을 알고 있으면서도 소녀의 죽음에 휘말릴 수 있었을까? 혹시 어떤 음모의 희생양이 된 건 아닐까? 아리에가 소녀를 죽이지 못하도록 막으려다가 그 혐의를 뒤집어쓰게 된 건 아닐까? 그래, 그럴 수도 있을 것이다. 아니, 충분히 일리 있는 추측이었다. 어쩌면 그래서 꿈속에서 그가 시그사우어 권총을 들고 아리에의 집에 나타난 것인지도 모른다. 복수를 하기 위해서.

이제야 알 것 같았다. 그가 아무것도 변화시키지 않거나 운명과 맞서 싸우지 않는다면 앞으로 어떤 일이 일어날지 점점 더 명료하게 이해되기 시작했다.

다음번 꿈 '파르카이 모텔'은 그다음날인 5월 11일 오후 2시경에 벌어지는 일들을 보여주고 있었다. 미래의 스테판은 모텔방에 몸을 숨기고 있는 처지였다. 짧게 깎은 머리에, 신분을 감추기 위해 얼굴에 라텍스 가면을 쓴 모습으로. 그의 침대 위에는 끔찍한 살인현장을 보여주는 사진들이 널려 있었다. 금발과 갈색 머리의 여자들. 둘 다 극도로 잔인한 방식으로 살해된 모습이었다. 어떻게 해서 그 사진들이 그의 손에 들어가게 된 걸까? 빅토르라는 젊은 수사관이 그에게 준 것일까? 꿈속의 스테판은 절망적인 상황에 처해 있음이 분명했다. 침대에 걸터앉아 입속에 총부리를 넣고 방아쇠를 당기려 하다니. 그는 대체 무슨 짓을 한 걸까? 무슨 대단한 잘못을 저질렀길래 그렇게까지 자책을 하는 걸까?

스테판은 주먹을 꼭 쥐었다. 아니, 그는 결코 누구에게도 해를 입히지 않을 것이다.

하지만 그의 삶은 이미 여러 사람의 죽음으로 점철되어 있었다. 뤼디빈 코켈. 가엘 몽티와. 그리고 기차가 탈선할 당시 희생된 사람들.

스테판은 예의 꿈속에서 벽에 쓰여 있던 메시지를 다시 떠올렸다. 무엇 때문에 '멜린다에게서 멀리 떨어져 있을 것'이라고 적어놓은 걸까? 그는 비로소 자신이 해야 할 일을 했음을 깨달았다. 이제 멜린다가 자신의 충고를 이해했기를 바랄 뿐이었다. 절대 낯선 이를 따라가지 않기를. 스테판은 메시지의 내용을 따르지 않음으로써 상황을 더 악화시키지는 않을 거라고 확신했다.

하지만 아내와 관련된 또다른 메시지는 그를 더욱 두렵게 했다. '실비를 잘 감시할 것.' 대체 왜? 그녀가 이 일과 무슨 상관이 있다고? 그녀도 자책할 만한 일을 한 걸까? 무슨 이유로 '당장 실비와 함께 집에서 멀리 도망갈 것'이라고 충고했을까? 미래의 스테판과 실비가 위험에 처한 걸까? 누군가가 그들을 협박하기라도 한 걸까? '노엘 시리엘' 'PO Box 101, 너 자신의 메시지' 같은 것들은 또 무슨 얘기란 말인가?

스테판은 사서함 101번을 사용하기 위한 서류를 아직 작성하지 않은 사실을 기억해냈다. 조만간 꼭 해야 할 일이었다.

마지막으로 모텔방에서 미래의 스테판이 빅토르와 했던 전화통화가 기억났다. 그들은 46과 47이라는 숫자와 과학에 관해 이해할 수 없는 대화를 나누었다.

'아무것도 아닌 것 때문에 운명이 바뀔 수 있다니 말도 안 돼. 46번, 47번, 그런 게 대체 무슨 의미가 있는 거냐고!'

스테판은 눈을 감았다. 꿈속에서 미래의 스테판은 수사관의 부인에 관한 소식을 물었다. 빅토르의 어조로 미루어 짐작할 때, 그들 부부의 관계는 최악인 듯했다. 게다가 미래의 스테판은 그에게 그녀 곁으로 돌아가라고 충고했다.

빅토르는 왜 실비에게 자신의 아내가 임신중이라는 사실을 숨겼을까? 남자들은 대개 그런 사실을 자랑스럽게 떠벌리는 법이다. 그런데 왜 그는 그렇게 반응한 걸까? 무엇이 그를 두렵게 한 걸까? '자넨 왜 그걸 막지 못했지?' 빅토르는 미래의 스테판에게 그렇게 말했다. 무엇을 막지 못했다는 얘기일까? 그들의 결별을? 사고를? 아니면 그의 부인이 죽기라도 한 걸까? 스테판 자신은 그 여자가 누구인지 알지도 못하는데!

그는 젊은 수사관의 명함을 꺼냈다. 그가 사는 불로뉴비양쿠르로 가봐야 하는 걸까?

스테판은 열에 들뜬 몸을 일으키며 흉측하게 생긴 마스크 옆에 커피잔을 내려놓았다. 비디오테이프에서 언뜻 본, 어쩌면 두 여자를 살해한 범인일지도 모르는 얼굴을 재현한 마스크였다.

'대체 넌 누구지? 어디 숨어 있는 거야? 그날 밤 공장에서 뭘 훔쳤지? 어떻게 하면 널 찾을 수 있는 거냐고!'

신선한 공기, 공기가 필요했다.

복도로 나간 스테판은 그만의 은밀한 공간의 문이 살짝 열려 있는 것을 발견했다. 추악한 벽화로 가득찬 방. 그는 눈살을 찌푸리면서 안으로 들어갔다. 누가 이곳에 들어왔던 걸까? 실비일 리는 없었다. 그렇다면 수사관들이? 빅토르 마르샬이?

스테판은 그의 모습을 무한대로 비춰주는 거울 가운데에 멈춰 서서 아무것도 달라진 것이 없음을 확인했다. 그리고 자신이 그린 인어아기를 응시했다. 수사관들도 이 그림을 분명 보았을 것이다. 그리고 몹시 흥미로운 우연의 일치라고 생각했을 것이다. 하지만 이건 정말 우연의 일치였다. 그는 뒤퓌트랑 박물관에서 인어아기를 도난당한 일과는 아무런 관련이 없었다.

밖으로 나가려던 그는 방 한가운데에서 걸음을 멈추었다. 납작하고 큰 코, 두 눈 사이가 비정상적으로 멀고 길쭉한 머리를 가진 아이의 모습이 그의 눈길을 끌었다.

다운증후군에 걸린 아기의 기형적인 모습이었다.

순간 그의 심장이 빠르게 뛰기 시작했다.

47이라는 숫자.

'47번은 애초부터 존재하지 않았던 거야.'

그것은 다름 아닌 다운증후군에 걸린 아기의 염색체 수를 의미했다. 양쪽 부모로부터 각각 물려받은 스물세 개씩의 염색체 외에 또하나의 염색체가 유전적 기형을 초래하는 것이다……

스테판은 황급히 휴대폰을 집어 젊은 수사관의 번호를 눌렀다. 그러자 신호음 대신 곧바로 음성메시지로 연결되었다. 전화기를 꺼놓은 모양이었다.

그는 서둘러 위층으로 올라가 실비에게 메모를 남겨놓고 차를 향해 뛰어갔다.

그리고 불로뉴비양쿠르를 향해 달려갔다.

미래의 스테판은 비극을 막지 못한 것으로 되어 있었다. 아마도 아이나 산모의 죽음을 의미하는 것일 터였다.

하지만 그는 반드시 해내고 말리라 다짐했다.

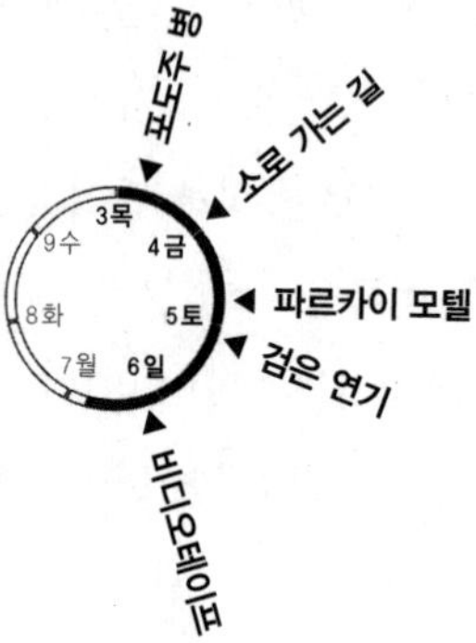

43. 5월 6일 일요일, 17시 12분

파리에서 출발한 지 두 시간 후, TGV는 리옹 파르디외 역으로 들어섰다. 기차에서 내린 빅은 승강장에서 포옹하고 있는 커플들을 보며 깊은 슬픔을 느껴야 했다. 그가 아닌 다른 사람, 밤낮을 가리지 않고 현장을 뛰어다녀야 하는 수사관이라는 직업에 꼭 어울리는 누군가는 어쩌면 일요일에 길을 나서는 것을 즐길지도 몰랐다. 하지만 그는 그렇지 못했다. 그는 아내와 곧 태어날 아이에게 자신의 아버지가 강요했던 것을 물려주고 싶지 않았다. 가장의 부재를.

리옹에서 홀로 거리를 거니는 동안, 어쩌면 자신이 직업을 잘못 선택했는지도 모른다는 생각이 들었다. 이 세상에는 이보다 덜 우울하고 덜 파괴적이며, 그처럼 세밀하고 집요한 성격과 학문적 소양을 갖춘 사람에게 적합한 일이 많이 있을 터였다.

빅은 휴일 당번 약국으로 들어가 구론산 한 통을 샀다. 각성제나 수면제, 마약 같은 것을 증오하는 편이지만, 이번에는 그로서도 참아내기 힘들었다.

그는 택시를 불러 시립병원으로 가달라고 했다. 민간 호스피스 박물관의 관리자인 도미니크 세르티스와 만나기로 약속이 되어 있었다.

쉰 살 정도 되어 보이는 남자는 왕만큼이나 키가 작았지만 몸 전체에서 기품이 느껴지는 인물이었다.

빅은 대뜸 그에게 자신이 찾아온 이유가 카상드라 리베르망이 잔혹하게 살해되었기 때문이라고 밝혔다. 그런 다음 그에게 전시회를 둘러볼 수 있겠느냐고 물었다. 빅의 머릿속은 되도록 빨리 집에 돌아가고 싶다는 생각으로 가득차 있었다. 도미니크 세르티스가 전시회장 홀에서 빅에게 커피를 건넸다.

"그야말로 대성황입니다. 지금까지 수천 명의 방문객이 이곳을 다녀갔어요. 그래서 6월 말까지 전시회를 연장하기로 결정했습니다."

그들은 의료시술에 쓰이던 기구와 관련 물건들이 전시되어 있는 첫번째 방으로 들어갔다. 외과, 산과, 비뇨기과, 구강외과……

"어떻게 이런 전시회를 열게 된 건가요?"

"20세기 초, 복원에 목적을 둔 외과술이 어떻게 시작되었는지를 대중에게 보여주기 위해 이 전시회를 기획하게 된 것입니다. 우린 즉시 리베르망 양에게 연락을 취했죠. 그녀는 진귀한 사진들로 이루어진 굉장한 수집품을 소유하고 있었거든요. 그 독특한 사진들 외에도, 전쟁으로 망가진 얼굴들을 사진과 증언으로 똑같이 재현한 모형 여덟 개를 주문했지요. 전시회는 또한 망가진 얼굴의 복원에 사용된 기술과, 보철구와 피부 및 장기 이식 등의 초기 상태에 관해서도 알려주고 있습니다. 곧 보면 아시겠지만, 모두가 아주 오래된 것들입니다."

빅은 의례적인 질문들을 던졌지만 수사를 위한 단서가 될 만한 정보는 알아내지 못했다. 그는 대수롭지 않은 사항들을 메모한 다음 관리자의 안내에 따라 전시장을 계속 둘러보았다.

고문서를 보관한 방의 끝에 이르자 간략한 설명이 첨부된 흑백사진들이 눈에 들어왔다. 인간 광기의 극한을 보여주는 소굴에 또다시 들어온 기분이 들었다. 흉측한 몰골을 담은 사진들은 그의 상상력의 한계를 넘어서고 있었다.

"카상드라는 컴퓨터 보정 작업을 통해 본래의 이미지들을 더 선명하고 밝게 표현해냈지요. 대단한 솜씨예요, 정말."

"그녀와 잘 알고 지내는 사이였나요?"

"아뇨, 전시 준비로 서너 번 만난 게 전부입니다. 의문스러운 점이 있기도 했지만, 열정적이고 프로다운 기질이 넘치는 여성이었죠."

"그 열정이 간접적으로 그녀를 죽게 한 겁니다."

빅은 무척 어려 보이는 군인들의 모습을 확대한 사진 가까이 다가갔다. 훼손되고, 불에 타고, 갈기갈기 찢겨나간 얼굴들이 보였다. 야만스럽게 생긴 금속 기구들이 그들의 살과 뒤섞여 있었다. 팔과 허벅지 같은 몸의 다른 부분에서 떼어낸 피부 조각들이 그들의 턱에 이식되어 있었다. 빅은 르루아의 살인범이 사용한 것과 여러모로 유사한 리트랙터를 알아볼 수 있었다.

"이 사람들 얘기를 들려주세요. 이 불쌍한 남자들의 사연을 알고 싶습니다." 빅이 떨리는 목소리로 말했다.

세르티스는 비뚤어진 액자를 세심한 손길로 바로잡으며 말했다.

"세계대전은 우리의 상상을 넘어서는 끔찍한 상흔들을 남겨놓았습니다. 사람들은 사망자에 대해서만 이야기할 뿐, 그보다 훨씬 더 많은 부상자들이 생겨난다는 사실을 간과하고 있습니다. 세계대전이라는 참혹한 전쟁은 약 삼백만 명의 부상자를 남겼고, 그중에서 대략 삼십만 명은 팔다리가 잘려나갔습니다. 무엇이 그들을 그렇게 만든지 아십니까?"

"인간들? 지휘자들? 군대? 세상의 어리석음?"

"포탄입니다. 부상의 70프로를 야기하는 건 포탄의 파편이거든요. 그에 비하면 총알이나 총검은 아주 적은 수의 사람만을 죽게 했을 뿐입니다. 포탄은 파편으로 부서지는 과정에서도 속도가 줄어들지 않도록 만들어졌어요. 사람의 살에 닿는 순간조차도. 인간 육체의 어떤 부분이든 망가뜨리면서 수십 미터를 계속 날아갈 수 있지요. 그러다보면 부상자의 몸에서 찢겨나간 살덩어리들이 동료의 몸에 가서 박히는 경우도 생깁니다. 들것을 든 후송병들이 최전선에 도착했을 때는, 특히 적의 공격을 피하기 위해 야밤에 도착했을 때는 산 자와 죽은 자를 구분하기가 불가능할 정도였지요. 살아 있는 이들 중에서도 누구를 먼저 살릴지 선택을 해야 했고요. 수많은 부상자들이 오랫동안 전장에 방치된 채 서서히 죽어갔습니다. 더이상 희망이 없다고 판단되었기 때문이죠. 끔찍한 모습에 익숙해질 대로 익숙해진 후송병들조차도 요한묵시록에 나오는 것 같은 처참한 광경들을 제대로 쳐다볼 수 없을 지경이었습니다. 여기 이 사진 아래 그들이 남긴 증언을 읽어보시죠."

빅은 적혀 있는 글귀를 큰 소리로 읽었다.

"'차마 눈뜨고 볼 수 없는 광경에 즉시 시선을 돌렸지만, 내가 본 것을 결코 잊을 수는 없을 것이다. 앞으로 백 년을 더 산다 할지라도. 내가 본 것 중에는 사람의 얼굴 대신 피가 철철 흐르는 구멍도 있었다. 코도, 양 뺨도 보이지 않았고, 모든 것이 사라져버리고 없었다. 뻥 뚫린 구멍 뒤로는 목구멍 안쪽의 기관들이 움직이는 모습이 보였다. 눈이 형체도 없이 사라져버린 자리에는 눈꺼풀 조각만 너덜거리며 매달려 있었다……'"

빅은 떨리는 손을 이마로 가져가며 물었다.

"정말 끔찍하군요…… 그 사람들…… 그들이 혹시 무슨 냄새 같은 걸 풍기나요? 내 말은 그러니까…… 그들의 상처에서……"

"물론입니다. 마치 시체 썩는 것 같은 냄새가 나죠. 끊임없이 침을 흘리고, 소독을 해도 하루 만에 상처가 다시 감염되면서 지독한 악취를 풍깁니다."

세르티스는 어깨를 으쓱해 보이면서 덧붙였다.

"전쟁이 남긴 최악의 유산은, 여기 보시다시피 얼굴이 깨져나간 이들일 것입니다."

그렇다, 그것은 누구도 부인할 수 없는 사실이었다. 그리고 마타도르 역시 자신의 행위가 주목받기를 원했다. 뒤퓌트랑과 인어아기에서 볼 수 있듯이, 자신의 행위와 일그러진 얼굴들의 연관성이 알려지기를 원했다. 끔찍함을 즐기거나 호기심의 대상으로 삼아서는 안 된다는 것을 보여주고자 한 것이다. 르루아와 리베르망은 인간의 비극을 경멸한 대가를 치른 셈이었다.

또다른 사진들을 들여다보던 빅은 왕 수사관이 보여주었던 필름을 현상한 사진 앞에 멈춰 섰다. 관리인이 설명을 덧붙였다.

"턱이 수축하는 것을 방지하기 위해 턱에 자루를 매단 것입니다."

마타도르는 자신의 '작업'의 완성도를 높이기 위해 그 사진 속의 방식을 따라 한 게 분명했다.

"1차세계대전은 갑자기 발발한 전쟁이었습니다. 수많은 사람들에게 닥쳐올 일들을 그 누구도 예측할 수가 없었지요. 쏟아지는 포탄 앞에서 병원들은 놀라운 속도로 환자들로 채워져갔습니다. 심지어 얼굴이 깨진 부상자들을 거부하기도 했지요. 당시엔 그들을 '침 흘리는 사람들'이라고 불렀습니다. 만 오천에서 삼만여 명에 이르는 얼굴 부상자들로 인해, 그때까지는 거의 존재하지 않았던 턱과 안면을 다루는 외과술이 발달하기 시작한 겁니다. 턱에 자루를 매다는 방식은 얼굴 재건술에서 가장 잔인했던 방법 중 하나입니다. 얼굴이 수축하는 걸 막기 위해 턱 아래쪽 살에 갈고리를 박아 거기에 자루를 매단다…… 그 처절한 고통을 매일 견뎌야 하는 부상자가 느꼈을 공포를 한번 상상해보세요."

또다른 사진 속 장면이 그들의 시선을 끌었다.

"끔찍하게 생긴 이 기구들을 좀 보세요. 배 모양으로 생긴 이것과 나선형 기구는 입을 억지로 벌리는 데 주로 쓰인 일종의 확장 기구들입니다. 이런 시술을 받은 부상자들은 물론 살아남기도 했지만, 얼마나 많은 이들이 병원에서 자살을 했는지 모릅니다. 가족에게 버림받은 이들은 또 얼마나 많았을까요? 절망감으로 죽어간 이들은 또 얼마일지?"

뒤퓌트랑의 아실 델사르 역시 존 메릭에 관해 언급하면서 똑같은 말을 했다. 양쪽 박물관의 두 관리인은 매우 비슷한 얘기를 하고 있었다. 인간의 그토록 끔찍한 비극 앞에서는 필연적으로 겸허한 마음을 갖게 되는 듯했다.

빅은 사진 속 배경에 있는 거울을 가리켰다.

"거울이 깨져 있는 것 같은데요?"

"잘 보셨습니다. 얼굴 부상자들은 대부분 스스로의 모습에 공포를 느꼈죠. 그래서 스스로를 인정하지 않거나, 자신의 정확한 모습을 알고 싶어하지 않았습니다. 그런 이유로, 그들이 '불행을 가져다주는 물건'이라고 여겼던 거울은 어떤 곳에서는 금지 품목이기도 했지요."

빅은 놀라움을 금치 못했다. 마타도르는 그와 같은 디테일을 하나도 놓치지 않고 연출한 것이다.

그들은 얼굴 부상자들의 모습이 실물 크기로 제작되어 있는 옆방으로 자리를 옮겼다. 마치 살아 있는 사람처럼 보이는 군복 차림의 마네킹들이 일렬로 서 있었다. 그들의 모습은 차마 눈뜨고 마주하기 힘들 정도로 처참했다.

"정말 놀랍군요. 이런 모습들이 실제로 존재했다니……"

"이 밀랍 인형들 꼭 진짜 같지 않나요? 스테판 키스메 씨는 정말 굉장한 재주를 지녔어요."

빅은 망치로 머리를 세게 얻어맞은 느낌이었다.

"그…… 영화 쪽 일을 하는 스테판 키스메 말씀인가요? 검은색 긴 머리에…… 우아즈에 사는?"

"그렇습니다. 여기 보이는 것처럼 그의 작품들은 모두 목덜미에 'S.K.'라는 이니셜이 새겨져 있지요."

"그럼…… 그와 리베르망이 서로 알고 있었나요?"

세르티스는 고개를 저었다.

"아뇨. 적어도 내가 아는 한에는 아닙니다. 사진전과 밀랍 제작은 별도로 진행되거든요. 그리고 키스메 씨는 우리하고만 일하는 게 아닙니다. 그는 해부학과 관련된 수많은 박물관을 위해 밀랍 모형을 제작하거든요. 따라서 이런 종류의 전시회를 둘러보다보면 언제나 그의 작품들을 만나게 된다고 해도 과언이 아닐 겁니다. 그는 이 분야에선 최고로 인정받는 인물이거든요."

빅은 고개를 끄덕이며 그의 말에 수긍을 표했다. 키스메는 파르카이 모텔 6호실 앞에서 카상드라 리베르망과 마주치긴 했지만, 아망딘 고슬랭과 모텔 카운터 남자의 증언에 의하면 그들은 서로 알지 못하는 사이인 게 분명했다.

이번에도 또다시 단순한 우연의 일치인 걸까?

빅은 자기 앞에 서 있는 밀랍 인형들을 뚫어져라 바라보았다. 자신의 얼굴 한쪽이 떨어져나가고 이가 산산조각나 흩어진 채 구원의 손길이

오기만을 기다려야 하는 것보다, 동료들이 갈기갈기 찢겨나가는 광경을 지켜봐야 하는 것보다 이 지구상에서 더 끔찍한 고통이 있을까? 둘 중에 어떤 것이 더 고통스러울까? 살아남는 것일까, 아니면 죽는 것일까?

르루아와 리베르망은 전장의 병사들처럼 차라리 목숨을 끊어주기를 애원하지는 않았을까? 처절한 고통을 멈춰주기를?

그들 역시 차라리 죽기를 원했던 건 아닐까?

그 순간 빅은 불현듯 머리를 스친 생각에 걸음을 멈추었다.

"맙소사! 벽에 적어놓은 게 바로 그것이었어!"

"네?"

"고통! 그 숫자들은 고통을 나타내는 지수였던 거야!"

빅은 마네킹 사이를 오가기 시작했다. 마타도르는 자신의 제물들에게 모르핀을 주사하고 의식을 집행했다. 르루아의 혀와 손가락을 잘라내고, 온몸의 근육에 바늘을 꽂고, 리베르망의 몸에는 가시철사를 감고 자루를 매단 다음 그들의 육체가 다시 깨어나기를 기다렸다. 그는 그들 앞에 버티고 선 채, 그들의 눈과 비명소리, 요동치는 온몸의 신경에서 동시에 터져나오는 강렬한 고통의 파동을 측정한 것이 틀림없었다.

마타도르는 피살자들이 느끼는 고통의 극점을 마치 승전비처럼 벽에 기록했던 것이다. 고통은 말하거나 묘사할 수 없는 것이다. 고통을 느낄 수 있는 유일한 방법은 직접 경험하거나 가까이서 보는 것이다. 아주 가까이서 지켜보는 것. 일그러지는 표정을 지켜보거나, 입에 물린 재갈을 통과해 새어나오는 처절한 외침과 이 갈리는 소리를 직접 듣는 것.

'네가 고통스럽다는 걸 알아. 아주아주 많이 고통스러울 거야. 얼마나, 얼마만큼 고통스러운 거지? 70점? 80점? 너의 고통스러운 비명소리가 그걸 말해주고 있지. 난 내 방식대로 너의 고통에 점수를 매길 거

야. 아주 만족스러운 점수를 주겠어.'

어쩌면 그 역시 고통을 느끼는 것은 아닐까. 규칙적으로 모르핀을 투여해야만 하는 질병에 의한 극심한 육체적 고통을.

빅은 주먹을 꼭 쥔 채 자신의 팔뚝을 바라보았다. 그의 몸안에도 음흉한 질병이 도사리고 있었다. MRI나 근전도 검사, 엑스레이로도 찾아낼 수 없는, 눈에 보이지 않는 신경통이 그의 목과 팔 사이를 오가며 시시때때로 그를 괴롭히고 있었다. 오직 그 자신만이 소중하게 간직하고 있는, 그의 주치의만 알고 있는 질병. 언젠가는 분명 그로 하여금 더이상 총을 잡지 못하게 할 사악한 짐승과도 같은 질병이었다.

하지만 마타도르, 그는 자신의 고통을 함께 나누기를 원했다. 그것도 폭발하듯 강렬하게.

다음번엔 리베르망의 82점을 넘어서기 위해 또 어떤 엽기적인 방식을 선택할 것인가? 언제, 어디서 그 사악함을 펼쳐 보일 것인가?

그리고 이번에는 고통을 시험하는 표적으로 누구를 선택할 것인가?

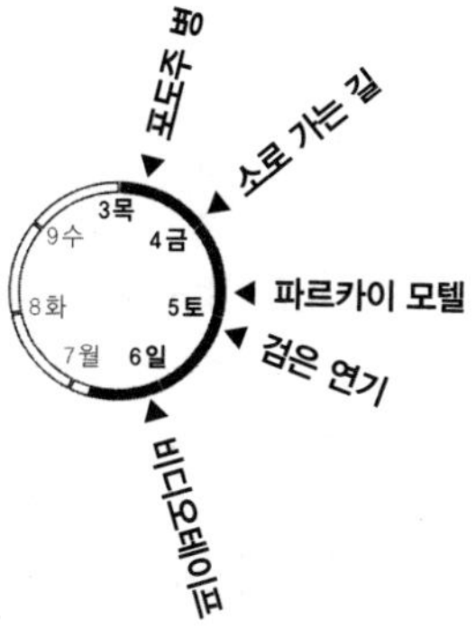

44. 5월 6일 일요일, 17시 53분

빅이 아침 일찍 서둘러 길을 떠난 후, 셀린은 생각을 비워내기 위해 집안 대청소를 하기로 했다. 남편은 수사대의 호출을 받자마자 인사조차 건네지 않고 집을 나섰다. 그가 할 수 있는 일의 한계를 정하지 않는다면, 아마도 그들은 달을 따오라는 지시를 내릴 수도 있을 터였다.

그녀는 그가 이 모든 것을 내팽개치기를 이기적인 마음으로 기도했다. 너무 늦어버리기 전에 함께 아비뇽으로 돌아갈 수 있기를.

셀린은 이사한 후 아직 포장을 뜯지도 않은 유모차를 상자에서 꺼냈다. 그리고 자랑스럽게 펼쳐서 거실에서 테스트해보았다. 처음 옹알이를 하는 아기의 모습이 벌써부터 머릿속에 그려졌다. 어서 아기를 만나게 되기를.

아기 방으로 간 셀린이 주황색과 노란색 곰 인형을 비롯한 몇몇 아기

용품을 세심하게 정돈하고 다시 문을 닫는 순간 인터폰이 울렸다.

그녀는 놀란 기색으로 수화기를 들었다. 혹시 빅의 아버지가 찾아온 건 아닐까?

"마르샬 부인?"

"그런데요?"

"전 빅토르의 친구입니다. 지금 집에 있나요?"

"그이는 지금 리옹에 갔어요."

"드릴 말씀이 있습니다."

셀린은 잠시 망설이다가 버튼을 눌렀다. 이곳 파리에 빅의 친구가 있다고?

그녀는 욕실로 달려가 서둘러 머리에 빗질을 했다. 조깅 팬츠에, 간밤에 뒤척이며 밤을 지새우느라 부어오른 눈. 몰골이 형편없었다! 세수라도 하고 싶었지만, 이미 두번째 초인종 소리가 들려왔다.

"네, 네! 나가요!"

문을 연 셀린은 흠칫 놀라는 표정을 지었다. 앞에 서 있는 남자는 강렬한 눈매와 조그만 입을 비롯해 어딘지 모르게 그녀의 남편을 닮아 있었던 것이다.

초조한 기색의 스테판이 목소리를 가다듬고 물었다.

"저…… 실례가 안 된다면 잠시 들어가도 될까요?"

셀린은 머리를 귀 뒤로 넘기면서 말했다.

"그게요…… 네, 물론이에요. 들어오세요. 차림새가 이런 걸 이해하세요. 집 정리를 좀 하느라……"

"괜찮습니다."

현관도, 그리고 그녀가 안내한 거실도 비좁았다. 젊은 수사관의 사생활 속으로 불쑥 뛰어드는 것 같아 스테판은 마음이 편치 않았다.

그는 파란색과 흰색이 섞인 낙낙한 블라우스 아래로 젊은 여인의 배를 은밀히 관찰했다. 아직 임신 여부를 거의 알아차리지 못할 정도였다.

셀린은 그에게 소파에 앉으라고 권한 다음 맞은편에 앉아 그가 용건을 말하기를 기다렸다. 스테판은 어디서부터 얘기를 시작해야 할지, 어떻게 얘기를 꺼내야 할지 난감했다. 게다가 자신이 무슨 얘기를 하러 왔는지조차 정확히 알지 못했다.

그는 빅에게서 받은 명함을 꺼내 테이블 위에 올려놓았다.

"솔직히 말씀드리면, 전 남편분의 친구가 아닙니다."

"그런 줄로 짐작했어요. 그를 빅토르라고 부르는 친구는 없거든요. 남편의 동료이신가요?"

"사실 그렇지도 않습니다. 그는 어젯밤에 수사와 관련해 저에게 질문을 하러 왔습니다. 다만 전 참고인에 불과하니 불안해하지 않으셔도 됩니다. 실은 남편분께 꼭 알려드려야 할 중요한 정보가 있어서 이렇게 찾아온 겁니다."

셀린은 눈살을 찌푸리며 대꾸했다.

"그런데 왜 여기까지 찾아오셨는지 모르겠군요. 남편 휴대폰으로 연락할 수도 있지 않았나요?"

"여러 번 시도했지만 연결이 되지 않더군요."

셀린은 고개를 저으면서 한숨을 내쉬었다.

"알아요. 그이 휴대폰은 늘 배터리가 방전돼 있죠. 그런데도 아직 휴대폰 바꿀 시간조차 내지 못하고 있답니다. 아니, 그들이 그럴 시간을 허락해주지 않는다는 말이 맞을 거예요."

"그들이라면 동료 수사관들을 말하는 건가요? 아니면 상관?"

스테판은 상대방이 자신의 눈길을 피하고 있다는 걸 알아차렸다. 자신과 함께 있는 것이 못내 불편한 것 같았다. 그는 자세를 바로하고 셀린에게 손을 내밀었다.

"이런! 제가 실례를 했군요. 제 소개도 하지 않고요. 전 스테판 키스메라고 합니다. 영화 쪽에서 일하고 있죠. 좀더 정확히 말하면 특수 분장 일을 하고 있습니다. ET나 에일리언 같은 괴물들을 만드는 일이라고 보시면 됩니다."

"제가 텔레비전을 잘 안 봐서요."

"다른 사람들이 모두 부인 같지 않아서 다행이군요. 그렇다면 제가 다른 일을 알아봐야 할 테니까요."

셀린은 억지 미소를 지어 보였다. 스테판이 그녀를 향해 몸을 숙이며 물었다.

"남편께서 제 얘기를 하지 않던가요?"

"전혀요. 그이는 집에서 일 얘기를 거의 하지 않는 편이에요. 요즘은 살인사건에 대해 수사를 하는 것 같지만, 전 더이상은 아는 게 없어요. 연락처를 남겨주시면 남편이 돌아오는 대로 연락하라고 할게요."

순간 스테판의 눈이 반짝였다.

"혹시 지금 임신중이신가요?"

셀린의 뺨에 조그맣게 볼우물이 팼다.

"아직 티가 나지 않을 텐데요! 어떻게 아셨죠?"

"오, 부엌 식탁 위에 있는 포장된 젖병을 언뜻 봤을 뿐입니다. 출산 예정일이 언제인가요?"

"10월이에요."

"아들인가요, 딸인가요?"

셀린은 대답을 망설였다. 이 남자는 왜 가지 않는 것일까?

"난 알고 싶지 않아요. 빅은 알고 싶어하지만, 난 미신을 믿는 편이거든요. 마지막까지 놀라움을 간직하고 싶기도 하고요."

"베트남에는 태아의 성별을 알아맞히는 민간 방식이 전해내려오고 있죠. 수태가 월요일이나 수요일, 혹은 금요일에 이루어졌으면 아들이라고 믿는 것과 같은."

셀린은 이 남자가 보기보다는 많은 걸 알고 있다는 생각과 함께 고개를 끄덕이며 그의 말에 동의를 표했다. 하지만 지금은 일요일 오후 늦은 시각이었다. 왜 내일까지 기다렸다가 빅을 만날 생각을 하지 못한 걸까? 대체 무슨 이유로 이곳까지 직접 찾아온 걸까? 그리고 남편의 부재에도 불구하고 여기까지 올라온 이유는 또 뭐란 말인가?

셀린은 왠지 모를 두려움이 느껴졌지만 애써 침착한 어조를 유지하려 했다.

"베트남의 전통에 관해 나보다 더 잘 아시는 것 같군요. 그곳은 내 조국인데도요."

"아, 그러세요? 베트남은 내가 몹시 좋아하는 나라입니다. 청소년 시절부터 관심이 무척 많았죠. 내가 처음으로 저금통을 깬 적이 있는데, 바로 남띠엔에 관한 책을 사기 위해서였어요."

"남쪽을 향한 전진이라는 뜻이죠……"

스테판은 고개를 끄덕이며 덧붙였다.

"아내와 그곳으로 바캉스를 떠나기로 했었거든요."

"떠나기로 '했었다'고요?"

"네. 좀 복잡한 얘기라 설명드리긴 어렵지만요."

셀린은 자리에서 일어나며 공손하게 말했다.

"아까도 말씀드렸듯이, 남편은 오늘 많이 늦을 거예요. 그리고…… 죄송하지만 저도 좀 바빠서요."

하지만 스테판은 앉은 자리에서 꼼짝도 하지 않았다. 셀린은 뭔가가 잘못돼가고 있음을 깨달았다.

"부인의 남편 얘기를 해주세요. 억양을 들어보니 두 분은 파리 태생이 아닌 것 같더군요."

셀린은 그가 점점 더 불편해졌다. 언젠가 빅이 사람들의 손을 보면 그들의 감정 상태와 행동의 동기 등을 알 수 있다고 얘기한 적이 있다. 그런데 이 남자는 끊임없이 신경질적으로 두 손을 비벼대고 있었다.

셀린은 그와 좀더 거리를 두면서 그가 즉각 돌아가주길 바랐다.

"여길 왜 오셨는지 이유를 분명하게 말해주실 수 없나요? 제가 남편에게 메시지를 전하면 안 될까요?"

그러자 스테판은 자리에서 벌떡 일어나 그녀의 눈을 똑바로 응시했다.

"사실 난 빅토르를 보러 온 게 아닙니다. 부인을 만나러 왔습니다."

셀린의 심장박동이 급속도로 빨라지기 시작했다.

"나를요? 하지만 왜……"

"부인 혹은 부인의 아기에게 심각한 문제가 일어날지도 모르기 때문입니다."

그가 두 주먹을 꼭 움켜쥐었다. 셀린은 손가락으로 현관문을 가리키며 떨리는 목소리로 말했다.

"제발…… 부탁이에요. 여기서 나가주세요."

스테판은 두 손을 내저으며 그녀에게로 좀더 가까이 다가갔다.

"아니, 아니에요. 두려워하지 마세요! 날 겁내지 마시라고요! 내겐 사람들을 편하게 해주는 재주가 없는 게 사실이지만요…… 아무튼 지금 뭔가를 오해하고 계신 겁니다! 절대로 두려워하면 안 됩니다."

"제발 나를 혼자 내버려두란 말이에요."

"아…… 압니다. 이 시각에 내가 여기까지 찾아온 게 이상해 보이겠지요. 하지만 혹시 아기에 대해 뭔가 걱정하고 계신 건 아닌가요?"

"뭐라고요? 내 아기요? 지금 무슨 얘길 하는 거예요?"

"혹시 다운증후군 검사를 받은 적이 있지 않나요?"

셀린은 거실 벽에 바짝 붙은 채로 서 있었다. 아주 짧은 순간 그녀는 자기 안에서 몹시 기이한 현상이 일어나는 것을 느꼈다. 자신이 하고 싶었던 말을 아주 천천히, 슬로모션으로 막 입 밖에 내뱉은 것 같은 느낌이 들었던 것이다. 그 사실이 그녀를 더욱더 두렵게 했다.

"나한테 왜 이러는 거예요? 대체 뭘 원하는 거죠? 이제 그만 여기서 나가줘요, 부탁이에요."

하지만 스테판은 꼼짝도 하지 않았다.

"내 질문에 대답해주기를 바라는 것뿐입니다. 대답을 해주시면 즉시 여길 떠나겠다고 약속드리죠."

"대체 왜……"

"대답해주세요, 제발. 당신 아기에 관해서."

셀린은 마침내 폭발하고 말았다. 더이상 참을 수가 없었다.

"아뇨! 그건 프라이버시라고요! 당장 나가지 않으면 소리를 지르겠어요!"

스테판은 딱딱하게 굳은 표정으로 그녀 가까이 다가갔다. 꿈속에서 들었던 말들이 다시 그의 머릿속을 맴돌았다.

'자넨 왜 그걸 막지 못했지?'

'내가 뭘 어쨌어야 하는데? 임신부를 납치라도 했어야 하나?'

스테판은 차갑기 그지없는 어조로 반복해서 말했다.

"대답을 듣지 않고는 절대로 떠나지 않을 겁니다, 아시겠어요!"

셀린이 옆으로 비켜서자 스테판은 순간적으로 그녀의 멱살을 움켜쥐었다. 셀린은 비명을 지르며 그의 팔뚝을 할퀴었다. 놀란 스테판이 세게 내동댕이치는 바람에 셀린은 왼쪽 옆구리를 소파에 부딪히며 쓰러졌다.

간신히 다시 몸을 일으킨 그녀는 잔뜩 겁에 질려 있었다.

스테판은 어쩔 줄 몰라하며 두 손을 위로 치켜들고 더듬거렸다.

"미안합니다! 정말 미안해요…… 이럴 생각은 정말 아니었는데요!"

그가 다가가려고 하자 셀린은 두 팔로 얼굴을 가리며 뒤로 물러섰다.

"날 믿어야 합니다! 당신에게 해를 끼칠 생각은 조금도 없어요!"

셀린은 그 자리에서 꼼짝도 하지 않았다. 이 남자는 아무래도 정상이 아닌 듯했다.

"만약…… 당신이 알고 싶은 걸 얘기해주면, 정말 나한테 아무 짓도 하지 않는다고 약속할 수 있나요?"

"난 부인한테 해를 끼칠 생각이 조금도 없습니다! 대체 날 뭘로 보는 겁니까? 정신병자? 당신도 그렇게 믿는 건가요?"

스테판은 흥분을 참지 못하고 소리를 질렀다. 그리고 한참 동안 심호흡을 하며 마음을 가라앉히려고 애썼다.

"약속드리지요. 하지만, 날 괴물 취급하진 말아주세요."

바짝 얼어붙은 셀린은 소파 팔걸이에 걸터앉아 두 손으로 어깨를 감싼 채 떨리는 목소리로 이야기를 시작했다.

"임신 4개월째 찍은 초음파에서 다운증후군이 의심되는 증상들이 발견됐어요. 그런데 어떻게…… 당신이 그걸 어떻게 알고 있나요? 내 주치의인 세네샬 박사를 만나기라도 한 건가요? 아니면 빅이 당신한테 얘기해주었나요? 그것도 아니면, 우리를 엿보기라도 한 거예요?"

"아니, 그런 게 아니에요! 난 당신 주치의를 만나거나 당신을 몰래 훔쳐보는 짓 같은 건 하지 않았어요. 그런 생각일랑 제발 하지 말아주세요!"

"그럼 어떻게 알아낸 거죠?"

"환영을 보았습니다."

"환영이라고요?"

스테판은 손끝을 물어뜯으면서 몸을 조금씩 흔들었다.

"난 진실을 알고 싶을 뿐입니다. 당신을 돕기 위해 이러는 거라고요. 어찌된 연유인지는 모르겠지만, 당신과 당신 아기에게 불행한 일이 생길 거라는 것을 알게 되었거든요. 앞으로 며칠 내로요."

셀린은 전율했다. 이 남자는 그녀를 정말 두렵게 하고 있었다. 언제든 무슨 짓을 저지르고야 말 정신병자가 틀림없었다. 어떻게든 이곳에서 빠져나가 도망쳐야 했다.

"어떤 종류의 불행한 일을 말하는 거죠?"

"부인의 남편을 완전히 망가뜨릴 수도 있는 비극 같은 거요. 그는…… 과학을 증오한다고 말했어요. 난 그가 잉여 염색체에 관해 얘기한 거라고 생각합니다. 혹시 곧 검사를 받을 계획이신가요? 부인의 임신과 관련해서?"

셀린은 아무런 대꾸도 하지 않았다. 그녀 앞에 있는 미치광이는 뱃속의 태아를 해칠 생각을 하고 있었다. 그는 정신분열증 환자이고 정신병원에서 탈출해 그녀 주치의의 서류를 훔쳐본 것이 틀림없었다. 그리고 자신의 환영을 잠재우기 위해 그녀의 배를 가르고 태아를 죽이려 하고 있었다. 식탁 위에 놓여 있는 가위가 눈에 띄었다. 운이 좋으면 그보다 먼저 움직일 수도 있을 터였다.

하지만 셀린은 이내 생각을 고쳐먹었다. 그는 그녀보다 훨씬 더 강한 남자였다. 그녀는 시간을 벌기 위해 그의 질문에 대답하기로 마음먹었다.

"내일 아침에 양수천자를 하기로 했어요. 좀더 정확한 검사를 위해…… 양수를 채취하는 거예요."

스테판은 손가락을 딱 하고 부딪쳤다.

"그거야! 바로 그거였다고!"

그는 셀린에게로 달려가 그녀의 손목을 붙잡고 세게 힘을 주며 외쳤다.

"절대로 그 검사를 받으러 가서는 안 됩니다! 가는 길에 교통사고가 날 수도 있고 병원에서 무슨 일이 있을지도 모른다고요. 당신 아기는 다운증후군이 아니에요! '47번은 애초부터 존재하지 않았던 거'라고요!"

셀린은 울음을 터뜨렸다.

"아파요…… 제발 날 좀……"

하지만 스테판은 그녀를 잡은 손에 더욱더 힘을 가하며 되풀이해 외쳤다.

"아뇨, 당신은 아직 내 말을 이해하지 못하고 있어요! 난 당신을 해치려는 게 아니라, 반대로 당신을 지켜주려는 거란 말입니다! 내일 그 검사를 받으러 가면 당신 아기를 잃게 될 겁니다! 그러기를 원하나요? 아기가 죽게 내버려두고 싶어요?"

"아뇨! 절대로 그럴 순 없어요!"

스테판은 셀린을 놓아주며 말했다.

"당신한테 아무것도 증명해 보일 순 없지만, 내 말을 믿어야 합니다."

"당신을…… 당신을 믿어요. 내일 검사받으러 가지 않을게요. 가지 않겠다고…… 약속할게요."

잠시 환해졌던 스테판의 얼굴이 또다시 어두워졌다.

"당신은 지금 거짓말을 하고 있어요."

"아니에요."

"당신을 어떻게 믿죠?"

이 정신병자가 뭔가를 확신하고 있다면 그의 심기를 거스르는 언행은

삼가는 것이 현명할 터였다. 셀린은 기지를 발휘해 그에게 대꾸했다.

"왜냐하면 내가 그렇게 말하니까요. 난 당신을 믿어요. 그러니까 당신도 내 말을 믿어야 하는 거예요."

이번에는 그녀가 그의 손목을 움켜쥐었다. 그리고 강렬한 눈빛으로 그를 똑바로 응시하며 말했다.

"당신은 날 믿어야만 해요."

진이 빠져버린 스테판은 현관문을 향해 뒷걸음쳤다. 그리고 그곳에서 문손잡이를 움켜잡은 채 셀린을 향해 말했다.

"당신은 미신을 믿으니까 내 말도 믿을 수 있을 겁니다. 분명히 말하지만, 부인의 아기는 다운증후군이 아닙니다. 내일 여기서 나가게 되면 운명이란 놈이 당신 아기를 훔쳐갈지도 모른다는 것을 명심하십시오."

그 말을 마지막으로 스테판은 조심스럽게 문을 닫고 조용히 사라져 갔다.

45. 5월 6일 일요일, 23시 05분

수면제가 서서히 효력을 발휘하기 시작했다. 지하실의 냉기와 자신이 만든 괴물들, 그리고 사방 벽에 적힌 메시지들 가운데서 스테판은 마음이 평온해지는 것을 느꼈다. 바깥세상과 멀리 동떨어진 채, 마치 구름 위를 걷는 기분이었다.

이제 곧 꿈을 꾸게 될 것이다. 미래와의 교신, 지옥과의 만남이 시작되는 것이다. 미래의 스테판은 다크랜드의 벽에 써놓은 메시지를 접수했을까? 그리고 그 역시 같은 방식으로 응답했을까? 이제 그러한 의문조차 희미해지기 시작했다. 정신이 몽롱해져왔다.

완전히 잠 속에 빠져들려는 순간, 그는 소스라치며 다시 몸을 일으켰다. 정신이 도로 깨어나는 것 같았다.

소리가, 망치 소리 같은 것이 들려왔다. 위층에서 나는 소리였다. 현관문을 두드리는 소리.

스테판은 수면제 기운 탓에 여전히 몽롱한 가운데 위층으로 올라갔다. 대체 누가 이렇게 늦은 시각에 문을 저토록 세게 두드린단 말인가? 그는 즉시 최악의 상황을 떠올렸다. 어떤 비극적인 일이 일어난 건 아닐까? 그래서 경찰이 찾아온 거라면? 헌병대는 아닐까? 혹시 멜린다가……

거실로 들어선 그는 계단 위쪽을 흘끗 쳐다보았다. 파란색 실크 파자마에 두툼한 가운을 걸친 실비가 난간을 꽉 움켜잡고 있었다. 벌게진 눈이 그녀가 또 울면서 밤을 지새우고 있었음을 증명해주었다. 그들은 불안한 눈길을 주고받았다. 대체 누구일까?

스테판이 문을 열자마자 정체를 알 수 없는 누군가가 몸을 날려 그를 바닥에 내동댕이쳤다. 동시에 그의 왼쪽 눈두덩에 둔탁하고 강렬한 충격이 전해져왔다.

실비의 비명소리가 집안에 울려퍼졌다.

그녀는 맨발로 허겁지겁 계단을 내려왔다.

"멈춰요! 멈추라고요, 맙소사!"

바닥에 쓰러진 스테판의 배와 가슴, 옆구리에 계속 발길질이 퍼부어졌다. 스테판은 두 손으로 얼굴을 가린 채 태아처럼 몸을 바짝 웅크렸다.

"이 나쁜 놈! 비열한 놈!" 남자가 큰 소리로 외쳤다.

그는 뒤에서 자신의 옷자락을 잡아당기는 실비를 세차게 밀쳐내고는, 제정신이 아닌 듯 사방으로 주먹을 마구 휘둘렀다. 싸움이라고는 난생처음 해보는 사람처럼.

"대체 왜 이러는 거예요? 당신 미쳤어요?" 실비가 스테판을 향해 몸을 숙이며 외쳤다.

빅은 성난 야수처럼 숨을 헐떡였다. 그러고는 위협적으로 스테판을 가리키며 말했다.

"당신의…… 당신의 미치광이 남편이 내 아내를 찾아왔단 말입니다! 우리집에 불쑥 나타나서는, 그녀를…… 폭행하다시피 했다고요!"

스테판은 힘겹게 몸을 일으켰다. 왼쪽 눈에 이미 시퍼렇게 멍이 들어 있었다. 입으로 손을 가져가자 피가 묻어났다.

"젠장…… 당신 보기보다 제법이군."

실비가 온몸을 부르르 떨면서 외쳤다.

"당신을 고소할 거예요! 절대로 그냥 두지 않겠어요!"

"그럴 필요 없어…… 그럴 필요 없다고. 고소 같은 건 하지 않을 거야." 스테판이 한숨을 내쉬며 그녀를 향해 말했다.

"뭐라고? 당신 미쳤어? 이 남자가 우리집에 불쑥 쳐들어와서는……"

"그만하라니까, 알겠어?"

빅은 분노를 삭이지 못한 채 여전히 씩씩거렸다.

"한 번만 더 그런 짓을 하면 당신을 죽여버릴 거야! 다시는 내 아내한테 접근하지 말란 말이야!"

실비가 있는 힘껏 소리를 질러댔다.

"이게 대체 무슨 일이에요? 지금 무슨 얘길 하는 거냐고요!"

"내 아내는 지금 임신중입니다! 그런데 이 미친 작자가 그녀에게 우리 아이가 죽을 거라고 했단 말입니다!"

실비는 절망적인 눈빛으로 스테판을 응시했다. 흐릿한 눈빛에서 그녀가 수사관의 말을 믿고 있음을 읽을 수 있었다. 그녀는 경직된 몸짓으로 두 손을 주머니에 집어넣으며 말했다.

"이 사람 이야기가 사실이 아니라고 말해. 이 사람 아내를 만나러 가지 않았다고 말하란 말이야…… 그녀의 아기가 죽을 거라는 말을 한 적이 없다고, 이번에도 다시 환영을 본 게 아니라고 말해."

스테판은 시선을 떨구면서 대답했다.

"이 사람 말이 맞아…… 모든 게 사실이야. 그 아기는 죽고 말 거야."

뒷걸음질하던 실비는 벽에 부딪히며 멈춰 섰다.

"맙소사……"

스테판은 고통스러운 표정으로 옆구리를 주무르며 빅을 향해 말했다.

"내 말을 믿어야 합니다. 정신병자의 말처럼 들릴지 모르지만, 그래도 내 말을 믿어야 해요. 내일 당신 부인이 주치의를 만나러 가면 당신 아이는 죽고 말 거라고요. 왜 내가 당신한테 거짓말을 할 거라고 생각해요? 난 당신들을 도우려는 것뿐이란 말입니다!"

"당신의 그 정신 나간 소리보다 더 기막힌 게 뭔지 알아? 셀린이 당신 말을 믿는다는 거야. 집에 들어가보니 구석에 쪼그리고 앉아서 펑펑 울고 있더군. 내일 그 망할 검사를 하러 가도록 설득하느라 내가 얼마나 애먹었는지 아느냐고."

젊은 수사관은 자신의 팔뚝을 신경질적으로 문질렀다.

"하지만 내 아내는 검사를 받으러 갈 거야. 아무렴, 반드시 가고말고!"

"후회하게 될 겁니다. 이건 당신 아이의 생명이 달린 일이잖소!"

"지금 내가 가장 후회하는 건 당신을 진작 정신병원에 보내지 않았다는 거야."

스테판은 시선을 떨구고 두 손으로 머리를 감싼 채 혼잣말처럼 중얼거렸다.

"너무 늦어버린 후에 나를 찾아와서 후회의 눈물이나 흘리지 마시오."

빅은 느린 걸음으로 문을 향해 걸어가면서 말했다.

"앞으로 다시 내 눈에 띄는 일은 없어야 할 거야. 그리고 부인도 아내로서 뭔가 조치를 취해야 할 겁니다. 이런 미치광이가 이대로 거리를 활보하도록 내버려두면 안 될 테니까요."

스테판은 휴지로 입가를 닦아내면서 빅에게 대꾸했다.

"앞으로 나한테 뭔가를 할 수 있었을 거라는 책망 같은 건 절대 하지 마시오. 왜 당신한테 미리 경고하지 않았느냐는 이야기 따위도."

하지만 빅은 이미 사라지고 보이지 않았다. 멀리서 자동차 타이어의 마찰음이 밤의 정적을 뚫고 길게 들려왔다.

뒤를 돌아본 스테판은 아내의 눈빛에서 형언할 수 없는 두려움을 읽었다. 그것은 몰이해도 연민도 아닌, 어린아이가 느끼는 공포 같은 것이었다.

"당신도 곧 이 모든 게 사실이라는 걸 알게 될 거야. 하지만 그때는 이미 늦어버린 후일 거라고." 스테판이 희미한 목소리로 중얼거렸다.

그러고는 축 처진 어깨로 다시 지하실로 향했다.

그는 아무런 흥미도 의지도 없이, 마치 꼭두각시가 된 듯한 느낌으로 거울 속 자신의 모습을 들여다보았다. 아직 주삿바늘 자국도, 얼굴에 할퀸 상처도 보이지 않았다…… 하지만 이미 눈가에 혈종이 생겨 있지 않은가.

꿈속에서 본 것과 똑같은 상태로.

그로서는 더이상 할 수 있는 것이 아무것도 없었다. 사건들의 가차없는 진행을 거스를 수 있는 어떤 힘도 그에게는 없었다.

그는 이제 무엇을 하든지 자신의 첫번째 꿈이 현실로 나타나고 말 것임을 확신했다. 고스란히 그대로.

그는 앞으로 사흘 후면 벗어날 수 없는 거대한 운명의 톱니바퀴가 자신의 삶을 지배하게 될 거라는 끔찍한 예감과 함께 힘겹게 잠을 청했다.

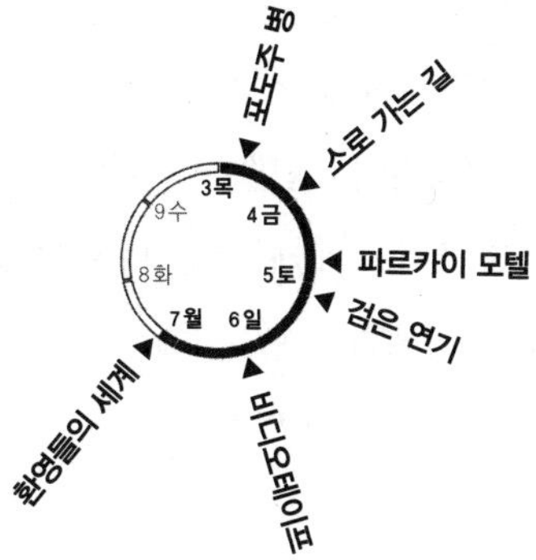

46. 5월 7일 월요일, 06시 30분
여섯번째 꿈: 환영들의 세계

스테판은 다 쓴 목탄을 던져버리고 새것을 집어들었다. 시그사우어 옆에 놓여 있는 그림 위로 땀방울이 떨어져내렸다. 그는 고개를 들고 위스키 병을 집어 몇 모금 들이켰다. 그러고는 자리에서 일어나 벽을 향해 병을 집어던졌다. 그곳엔 이미 박살이 난 라디오 수신기 조각이 흩어져 있었다.

다크랜드는 이제 그가 만든 형상들도, 그의 영혼과 삶 그 어느 것도 남아 있지 않은 버려진 공간으로 변해 있었다. 괴물들은 흰색 천으로 뒤덮인 채 구석에 한데 모여 있었다. 다크니스만 제외하고. 그리고 거친 터치로 아무렇게나 칠한 듯 보이는 강렬한 붉은색 페인트가 사방 벽을 뒤덮다시피 하고 있었다.

비틀거리는 걸음으로 벽으로 다가간 스테판은 붓질 아래에 아직 부분적으로 남아 있는 메시지를 더듬거리며 읽어내려갔다. '……너희들이 본 비디오테이프…… 무슨 수사가 진행되고 있는 건지 말해줘. 넌 내가 언제 네 꿈을 꾸는지를 모르고 있다는 걸 알아. 하지만……'

"너와 난 할 만큼 한 거야. 정말 노력했다고. 조금만 더 했다면 해낼 수 있었을 텐데. 하지만 우리에게 부족한 건 언제나 바로 그 조금만이었지. 모든 것이 너무나 이해하기 힘들었고, 우리에겐 시간이 너무도 부족했어. 널 좋아해, 친구. 지금 내 말을 듣고 있다면 이 말을 해주고 싶어. 널 좋아한다고……"

스테판은 마네킹들을 향해 다가가 그것들을 덮고 있는 시트를 하나씩 벗겨냈다. 그런 다음 두개골이 열려 있는 다크니스 앞에서 멈춰 섰다. 남은 힘을 추슬러 뇌 대신 들어 있는 또하나의 머리를 끄집어냈다. 라텍스 덩어리로 된 머리가 그의 손안에 들어왔다.

"이제 모든 게 끝났어. 넌 결코 날 돕지 못했어. 나 역시 널 이해하지 못했듯이."

그는 다시 뒤로 돌아 조금 전에 그리기 시작한 얼굴을 다시 그려나갔다. 종이 위에는 짧은 머리에 반듯하고 매끈한 실비의 얼굴이 그려져 있었다. 하지만 스테판은 그녀의 얼굴을 점차 추악하게 변형시켜나갔다. 확대된 눈에 뒤틀린 턱, 움푹 팬 뺨에 혹들이 더해진, 괴물의 형상을 닮은 모습으로. 그는 목탄으로 종이를 힘주어 누르면서 시커먼 자국들을 곳곳에 남겨놓았다.

"왜? 왜? 대체 왜?"

스테판은 절망적인 심정으로 목탄을 바닥에 내팽개쳤다. 그는 테이블 위에 팔꿈치를 기댔다가 그대로 팔을 쭉 뻗었다. 그리고 자신이 그린 그림 바로 옆에서 흐느끼다가 그대로 잠 속으로 빠져들었다.

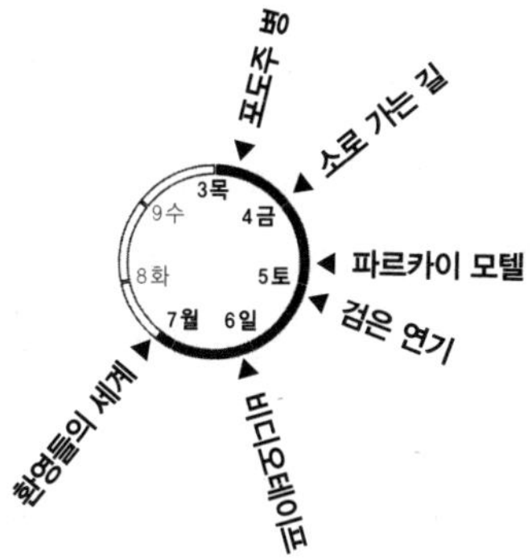

47. 5월 7일 월요일, 07시 30분

욕실에 스테판의 목소리가 마치 단두대의 칼날이 내려치듯 매섭게 울려퍼졌다.

"당신 어디 가는 거야?"

실비는 소스라치게 놀랐다. 스테판이 욕실 입구에 불쑥 모습을 드러낸 것이다. 아무렇게나 헝클어진 긴 머리, 충혈된 눈, 덥수룩한 수염. 게다가 왼쪽 눈가는 부기가 아직 가라앉지 않은 채 누렇게 변해 있었다.

"당신 몰골이 겁주기엔 딱 알맞네. 게다가 술냄새에 땀냄새까지 풍기고 있으니. 날이 갈수록 우리 안에 웅크리고 있는 짐승을 닮아가는 것 같아."

스테판은 소름 끼치는 웃음을 지어 보였다.

"내가 두려운가보지? 아니, 오히려 내가 당신을 두려워해야 할 것 같은데.”

실비는 마스카라 뚜껑을 닫으며 말했다.

“지금 무슨 얘길 하는 거야? 또 꿈 얘기야?”

스테판은 욕실 문틀에 기대서며 대꾸했다.

“당신 요즘 외출이 너무 잦더군. 그것도 하루종일. 밤에도 나와 다투거나 내가 다크랜드에 머물 때면 어김없이 어딘가로 가곤 했지. 난 당신이 방에 있는 줄로 알았다가 나중에야 아닌 걸 알았어. 대체 어딜 그렇게 다닌 거지?”

실비가 밖으로 나가려고 하자, 스테판은 위협적인 태도로 그녀를 가로막았다.

“또 어딜 가려고?”

실비는 당당한 표정으로 그를 쏘아보았다.

“나탈리 집에. 내가 어딜 가든 당신이 무슨 상관인데?”

“운이 없군. 내가 벌써 전화를 해봤거든. 당신을 본 지 보름 정도 됐다더군. 어떻게 생각해?”

실비는 아무런 대꾸 없이 고개를 숙인 채 그를 밀어냈다. 스테판은 그녀를 뒤따라가 팔을 붙잡으며 외쳤다.

“매일 밤 어딜 다녀오는 건지 말해!”

“이거 놔!”

“뭔가 켕기는 게 있나보지? 당신, 멜린다하고 무슨 관련이 있는 거야? 그 끔찍한 살인사건들과 무슨 관련이 있는 거냐고! 괴물 같은 얼굴에 대해서도 뭔가 할말이 있을 것 같은데?”

“아야! 아프단 말이야!”

스테판은 점점 더 신경질적으로 반응했다.

“당신이 내 주위에서 일어나는 일들과 뭔가 연관이 있는 거지?”

"절대 아니야!"

"당신은 아시아산 조각상을 사들이고, 내가 그토록 만류했는데도 머리를 짧게 잘랐어! 내 꿈을 현실인 것처럼 보이게 하려고 의도적으로 그런 거야! 게다가 정신과 의사들과 면담하라고 억지로 약속을 잡아두고, 메독 포도주를 계속 마시도록 권하기도 했지. '이걸 마셔봐! 이것도!' 하면서. 대체 무슨 꿍꿍이로 그런 거지?"

실비는 그를 격렬하게 밀어붙이고는 계단을 달려내려가 핸드백을 집어들고 사라져버렸다.

스테판은 위층 창가로 달려갔다. 차에 오른 실비가 시동을 걸기 직전 휴대폰을 꺼내 귀에 갖다대는 모습이 보였다.

"더러운 계집 같으니…… 누구한테 전화를 하는 거지?"

스테판은 그동안 꾸었던 꿈들을 다시 떠올렸다. 이곳과 모텔에서 일어난 일들을. 젊은 수사관과의 일, 자신의 손가락에 결혼반지가 보이지 않던 일…… 미래의 스테판은 실비에 관해서는 언급한 적이 거의 없었다. 빅토르와 미래의 스테판이 거실에서 비디오를 보는 동안 그녀는 어디에 있었던 걸까? 오늘 새벽 꾼 꿈속에서 자신이 실비에게 비디오테이프에서 본 괴물과 닮은 모습을 그려넣은 이유는 무엇일까? 무의식적 투사, 혹은 망상일까? 미래의 스테판은 현재의 스테판이 아직 모르는 것을 알고 있는 건 아닐까? '실비를 잘 감시할 것'이라는 그의 메시지는 무엇을 의미하는 걸까? 자신의 괴물들에게 흰색 천을 씌워놓은 건 누구일까? 다크랜드의 벽에 적어놓은 메시지를 붉은색 페인트로 지워버리려 한 사람은 또 누구란 말인가? 누군가가 그들의 교신을 방해하려는 것은 아닐까? 혹시 실비일까? 자신의 아내인 그녀가?

침실로 간 스테판은 전날 밤 컴퓨터의 USB 포트에 연결돼 있던 디지털카메라를 발견했다. 그 속에 있던 사진들은 더이상 보이지 않았다.

메모리가 모두 삭제돼버린 것을 알 수 있었다.

컴퓨터를 켜자 패스워드 입력 화면이 떴다. 그는 실비가 늘 사용하던 패스워드인 'edelweiss'를 입력했다.

곧바로 사진 목록을 확인했지만, 사진 목록 역시 모두 비어 있었다.

"그것들을 어디에 감춰놓은 거지?"

스테판은 떨리는 손으로 입술을 문질렀다. 문서들 중에서 감춰진 파일들을 찾아낸 그는 'jpeg' 확장자로 검색을 시도했다. 그러자 일치하는 파일이 나타났다. 그는 시스템 속에 교묘히 숨겨진 파일에 마우스를 가져가 클릭했다.

눈앞에 펼쳐지는 이미지들에 스테판은 아연실색했다. 바닥에 쪼그리고 앉은 채 잠들어 있는 그의 모습이 여러 각도에서 찍혀 있었던 것이다. 다크랜드와 괴물들, 마르티네즈의 부서진 흉상, 비디오테이프 속 괴물 모습의 라텍스 가면 사진도 들어 있었고, 그 밖에도 수많은 사진들이 저장되어 있었다. 그의 옆에 놓인 수면제를 가까이서 확대 촬영한 사진. 위스키가 가득 든 병과 반쯤 비어 있거나 완전히 비어 있는 병의 사진. 그의 문신 사진. 부풀어오른 눈두덩 사진. 마지막 사진은 간밤에 찍은 것이었다. 실비는 몰래 그를 엿보고 있었던 것이다. 파일 속에는 그가 차 안에서 몰래 찍은 멜린다의 사진도 숨겨져 있었다.

아내는 무슨 계략을 꾸미고 있는 걸까? 대체 무엇을 입증해 보이려는 걸까? 그의 깊은 내면에서 조그만 목소리가 그에게 뭔가를 속삭이고 있었다. 상상조차 할 수 없는 뭔가를.

스테판은 좀더 확실한 증거를 찾고자 했다.

찾아낸 파일의 상위 단계로 거슬러올라가자 또다른 목록이 나왔다.

녹음된 음성파일이었다. 첫번째 오디오 파일을 클릭했다.

그는 자신의 귀를 의심했다.

실비는 의식적으로 모든 것을 녹음해놓았던 것이다. 그들이 나눈 대화…… 다크랜드에서 그가 홀로 떠든 얘기들…… 심지어 수사관과의 언쟁까지도! '이 사람 이야기가 사실이 아니라고 말해. 이 사람 아내를 만나러 가지 않았다고 말하란 말이야…… 그녀의 아기가 죽을 거라는 말을 한 적이 없다고, 이번에도 다시 환영을 본 게 아니라고 말해.' 스테판은 당시의 기억을 떠올렸다. 젊은 수사관이 그를 쓰러뜨렸을 때, 실비는 두 손을 주머니에 넣은 채 이 말을 읊어댔다. 마치…… 증거를 확보해놓으려던 것처럼.

스테판은 참담한 심정으로 메일함을 열어보았지만 특별히 수상한 것을 찾아내지는 못했다. 어쩌면 그녀에게 불리하게 작용할 수 있는 이메일을 사진보다 더 세심하게 주의를 기울여 모두 삭제해버린 것인지도 몰랐다.

자리에서 일어난 스테판은 주변을 둘러보았다. 책상 위에 놓여 있는 서류들을 뒤지다 책상 서랍으로 눈길이 향했다. 서랍을 열려고 했지만 헛수고였다. 서랍은 열쇠로 잠겨 있었다. 세게 힘주어 손잡이를 잡아당기자 잠금장치가 뜯겨나가면서 서랍이 열렸다.

서랍 속에는 아주 작은 디지털녹음기가 들어 있었다. 좀더 뒤지자, 녹음기 밑에서 그가 가엘 몽티외를 죽게 한 사고를 냈을 당시 찍은 엑스레이 사진이 나왔다. 머리에 외상을 입은 후 찍은 그의 두개골 MRI 사진이었다. 그 밖에도 수많은 서류들이 함께 보관돼 있었다. 수년 전 그의 정신분석 결과를 복사한 것과 당시 담당 의사가 사인한 편지들. 항우울제와 진정제, 수면제 등의 처방전. 자동차 사고에 관한 서류. 그가 병원과 개인 클리닉에 입원과 면담을 반복했던 기록들이 빠짐없이 들어 있었다.

스테판은 책상에 몸을 기대야 했다. 그대로 쓰러져버릴 것 같았다.

아내는 그의 정신상태가 점점 더 나빠지고 있음을 입증하기 위해 이 모든 자료들을 모으고 있었던 것이다. 사람들이 그를 미친 사람으로 인정하게 하기 위해서.

스테판은 눈을 감았다. 꿈속에서 본 메시지들이 다시 떠올랐다. '실비를 잘 감시할 것.' 미래의 스테판이 전달하려 했던 메시지의 의미를 이제야 비로소 알 것 같았다.

실비는 그를 정신병원에 입원시킬 계획을 세우고 있었던 것이다.

순간, 그는 꿈속에서 자신의 팔뚝에 나 있던 주삿바늘 자국이 생각났다.

망연자실하며 뒷걸음치던 스테판은 침대에 부딪히면서 그대로 주저앉고 말았다. 함정에 빠진 셈이었다. 이 세상에서 믿어주는 사람 하나 없이 외톨이가 된 기분이었다.

미래의 스테판이 충고한 대로 멀리 도망가지 않는다면, 어쩌면 머지않아 독방에 갇히는 신세가 될지도 몰랐다. 하지만 어디로 도망을 간단 말인가? 양부모 집으로? 그건 안 될 말이었다. 보주 협곡으로 숨어들 경우, 예전에 잃어버린 줄 알았던 문제의 낚시조끼를 입게 될 것이고, 어떤 방식으로든 피투성이가 된 손으로 지하실에 나타나게 될지도 모를 일이었다. 꿈속에서 본 모습대로.

아니, 그는 도망가지 않을 것이다. 나를 감금하고 싶은가? 그렇다면 감금하라지!

"어서 오시지! 와서 날 데려가보라고! 이중 잠금장치로 날 가두란 말이야! 일어나기로 돼 있던 일들은 결코 일어나지 않을 거야! 보다시피 난 완전히 미쳤거든, 알겠어? 그러니까 어서 날 가두란 말이야. 나한테는 그보다 더 고마운 일이 없을 테니까!"

그는 침대 위에 쪼그리고 앉아 흐느끼기 시작했다. 실비, 그의 아내가…… 하지만 그녀를 원망할 수도 없었다. 그녀는 이미 여러 차례 경고를 하지 않았던가? 하지만 이기적으로 자신밖에 몰랐던 그는 그런 그녀를 무시했다. 그녀는 사랑을 원했지만, 그는 이해할 수 없는 모습들을 보이며 그녀에게 정신적 고통만을 안겨주었을 뿐이다.

그때 누군가가 문을 두드렸다. 아주 절박하게. 모든 감각들이 곤두서는 듯했다. 경찰인가? 아니면 정신병원에서 보낸 간호사들? 이렇게 빨리?

그는 황급히 계단을 내려가 야구 방망이를 들고 방어자세를 취한 다음 문을 열었다.

"이런! 환영 인사가 너무 요란한 거 아닌가, 친구?"

기다란 사슴가죽 외투에 파묻힌 에브라르가 눈을 크게 떴다.

"와우! 가면이라도 쓴 건가, 아님 자네 얼굴이 원래 그런 건가?"

스테판은 잠시 멍하니 서 있었다.

"미안하네…… 내가 좀 아파서."

ZFX 멜리에스 영화사의 제작자가 문틈으로 들어오며 말했다.

"그런 것 같군. 마르티네즈 모형은 다 됐겠지? 그게 필요하네, 지금 당장. 내일 아침 10시에 촬영을 시작하거든."

"그게 말이지, 미안하게 됐네. 내가 좀 바빠서……"

순간 에브라르의 표정이 굳어졌다.

"스테프! 오, 스테프! 내 귀가 차마 듣고 싶어하지 않는 얘길랑은 하지 말아주게, 알겠나? 어서 흉상을 가져다주게. 그러면 바로 사라져줄 테니까. 젠장, 여기서 낭비할 시간이 없다고. 내가 신경쓸 일이 얼마나 많은 줄 아나."

"나만큼은 아닐 걸세, 진심으로."

"아, 그래? 무슨 일인데? 오십 명이 넘는 사람들이 자네의 그 망할 모형을 기다리고 있다고. 그러니까 반드시 그걸 내게 넘겨줘야만 할 거야!"

스테판은 그를 진정시키고자 했다.

"갖다주면 될 거 아닌가, 오케이?"

에브라르는 그의 어깨를 두드렸다.

"이런 짓궂은 친구 같으니라고! 아무튼 자넨 절대로 변하지 않을 거야."

지하실에서 다시 올라온 스테판은 아직 모습이 제대로 갖춰지지 않은 흉상과 유리 눈알을 에브라르의 양손에 각각 쥐여주었다.

"자, 이걸로 어떻게 해보게. 이제 여기서 그만 가주면 좋겠군."

에브라르는 잠시 할말을 잊은 채 멍하니 서 있었다. 그러다가 손가락 끝으로 라텍스 덩어리를 찍어 스테판의 얼굴 앞에 내밀며 말했다.

"이게 무슨…… 자네 지금 날 놀리나?"

"그래 보이나? 난 지금 전염병에 걸려 있네. 내가 자네라면 더이상 여기서 어슬렁거리지 않을 걸세."

에브라르는 분노로 얼굴이 벌겋게 달아올랐다.

"아무짝에도 쓸모없는 알코올중독자 같으니! 감히 이런 식으로 날 엿먹여?"

"나도 어쩔 수가 없네. 정말 어쩔 수가 없었다니까."

"변호사들이 줄줄이 자넬 찾을 테니 그리 알라고!"

"그런 건 아무래도 상관없어. 난 사흘 후면 어떻게 될지 모르는 신세거든. 어쩌면 정신병원에서 생을 마치게 될지도 몰라. 곧 죽을 수도 있고. 그러니 얼마든지 보내라고, 자네가 말하는 그 변호사들을. 그래서 부디 내가 감옥에 가게 해주게. 그러면 너무나 고마울 것 같군. 그러니 지금 당장은……"

그는 에브라르를 밖으로 떠밀었다.

"여기서 좀 나가주면 좋겠네."

에브라르는 닫힌 문 앞에서 마구 욕설을 퍼붓다가 잠시 후 그곳을 떠났다.

충격에서 아직 벗어나지 못한 스테판은 위스키를 한 잔 가득 따른 다음 거실 소파로 가서 앉았다. 그리고 화면이 깨진 휴대폰을 꺼내 전화번호부에서 멜린다 부모의 전화번호를 찾아 전화를 걸었다. 아이 엄마가 전화를 받자, 그는 학교 교장인 척하며 아이에게 별일이 없는지 물었다.

다행히 소녀는 아직 살아 있었다, 아직까지는.

그는 반쯤은 안심한 표정으로 숨을 깊이 들이쉬었다. 아직 또다른 문제가 남아 있었다. 이제 몇 시간 후면, 젊은 수사관의 부인인 아름다운 베트남 여인이 아마도 그녀의 인생에서 최악의 비극을 겪게 될 것이기 때문이었다.

그 사실을 잘 알고 있었지만, 그로서도 더이상 할 수 있는 일이 없었다.

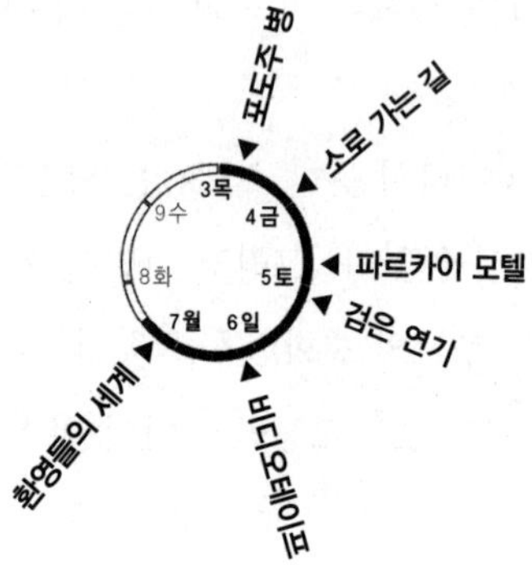

48. 5월 7일 월요일, 10시 30분

"이리 와보게, 마르샬! 나한테 좋은 생각이 떠올랐어. 아주 기막힌 생각이야. 그래서 차가 필요하네!"

리베르망에 관한 법의학 보고서를 읽고 있던 빅은 고개를 들어 왕을 쳐다보며 대꾸했다.

"이제 선배님 운전사 노릇도 힘들어서 못해먹겠습니다. 아내한테서 올 중요한 전화를 기다리는 중이기도 하고요. 오늘 아침에 검사를 받기로 했거든요. 그래서 자리를 비울 수가 없습니다."

"빈둥거리려고 수사대에 들어온 게 아닐 텐데. 자네 부인 일은 자네가 알아서 하고, 얼른 이리 오라니까!"

왕은 충전기에 꽂혀 있던 빅의 휴대폰을 빼앗아 그의 손목을 움켜쥐고 사무실 밖으로 끌어냈다. 그러고는 그들의 임시 사무실에서 일하고 있는 용접공을 가리키며 말했다.

"저 친구를 보라고, 유심히 한번 살펴보란 말이야." 왕은 조그만 유리병을 한 손에 든 채 빠른 걸음으로 계단을 향해 걸어갔다. "땀을 흘리고 있지. 왜냐하면 더우니까. 저 친구가 들고 있는 용접기가 열을 뿜어내기 때문이지. 우리 살인사건의 피살자들도 그랬어. 땀을 엄청나게 흘렸지."

"나도 압니다. 상상할 수 없는 엄청난 고통을 오랫동안 겪었기 때문이란 것도 잘 알고요. 이런! 선배님 내 말 듣고 있어요?"

계단을 두 개씩 뛰어내려간 왕은 이미 아래층으로 사라지고 보이지 않았다. 빅은 한숨을 내쉬며 서둘러 그를 따라 내려갔다.

*

카상드라 리베르망의 집은 이제 벽돌로 된 무덤에 불과했다. 사람들의 머릿속에 두고두고 끔찍한 살육현장으로 기억될 소름 끼치는 장소. 사람이 살 수 없게 된 집, 팔지도 못하는 집이 돼버린 것이다.

왕은 현관문 앞에 가로질러 쳐놓은 줄을 떼어낸 다음, 열쇠로 문을 열고 먼저 안으로 들어갔다. 그들이 들어간 후 바람에 문이 쾅 닫히자, 빅은 소스라치게 놀랐다. 텅 비어버린 너른 공간 곳곳에는 아직도 역한 냄새가 깊숙이 배어 있었다.

"휴……" 빅은 한숨을 내쉬었다. "이제 말해주시죠. 아니면 단지 운전사가 필요했던 건가요?"

왕은 거실 쪽으로 걸음을 옮기며 말했다.

"살인현장의 온도에 관해 법의학자가 했던 말 기억하나, 리베르망과 르루아 두 건 모두?"

"자세히 기억나진 않아요. 사망 시각을 결정하는 데 참고가 된다고 했던 것 같긴 한데."

"두 경우 모두 실내 온도가 18도였어. 둘 다 똑같이 말이야."

빅은 어깨를 으쓱해 보였다.

"그래서요?"

"실내 온도가 18도면 굳이 두꺼운 이불을 덮고 잘 필요가 없겠지. 리베르망의 방에 있는 것과 같은."

"흠…… 그게 다입니까?"

모 왕은 두 손을 주머니에 찔러넣은 채 온도조절장치 가까이 다가갔다.

"드멕탱 박사는 피살자들한테서 옥수수 전분이 발견됐다고도 했지."

"그건 알고 있습니다. 라텍스 장갑을 끼고 있던 살인범이 피살자들을 만질 때는 장갑을 벗었기 때문이잖아요. 그런 다음 다시 장갑을 꼈을 테고."

왕은 주머니에서 새 장갑 하나를 꺼냈다.

"이걸 꼈다가 뺀 다음, 다시 껴보도록 하게……"

빅은 의아한 표정으로 그의 말에 따랐다. 그러자 왕이 장갑 바깥쪽 끝을 가리켰다.

"이게 뭔가?"

"가루잖아요."

"바로 그거네. 장갑을 빼면 손에 가루가 잔뜩 남지. 그리고 다른 손으로 장갑을 다시 끼게 되면 장갑 바깥에 이 가루가 묻는 거야."

"그래서요?"

"그러니까, 다시 장갑을 낀 손으로 뭔가를 만지면 아주 적은 양의 전분 가루가 묻어난다는 얘기네."

왕은 주머니에서 조그만 병을 꺼내 그 속의 액체를 온도조절장치 버튼에 부었다. 그러자 버튼이 연보랏빛을 띠었다.

"빙고. 옥수수 전분은 요오드에 반응해서 색깔이 변하거든."

빅이 턱을 문지르며 말했다.

"그러니까, 우선 실내 온도를 높였다가 살인을 저지른 뒤 다시 18도로 낮췄다는 얘긴가요?"

왕은 고개를 끄덕이면서 담배를 꺼내 불을 붙이지 않은 채 들고 있었다.

"바로 그거야. 그런데 그게 전부가 아니네. 지금부터 내가 하는 얘길 잘 듣게, 웃지 말고."

"어차피 별로 웃을 기분도 아닙니다."

"르루아의 머리카락 일부가 살짝 그을려 있었던 것 기억하나?"

"예. 하지만 보고서에 의하면 리베르망의 경우는 그렇지 않았죠."

"맞아. 난 그게 이해가 되지 않았거든. 그래서 계속 생각했지. 왜 르루아일까? 리베르망이 아니라?"

"그래서요?"

"리베르망은 머리가 짧고, 르루아는 길어서?"

"그건 좀 납득이 가지 않는 얘기군요."

"머리를 그을리는 데 뭘 사용했을 것 같나? 전기난방기야. 살인자는 휴대용 전기난방기를 가지고 왔던 거야."

"전기난방기라뇨?"

"레레가 한 말을 잘 생각해봐. 엄청나게 큰 코를 가진 그 부랑자 말이야. 그는 살인자가 '철망'을 가지고 들어가는 걸 봤다고 했어. 그게 바로 전기난방기였을 거야. 살인범은 그걸 피살자 가까운 곳에 놓고 전기를 꽂았을 거고. 그때 너무 가까이 있던 머리카락 일부가 타버린 거지. 그는 살해 시각을 속이기 위해 온도를 많이 높이려고 했던 거야."

빅은 벌어진 입을 다물지 못했다.

"와우! 대단한 추리력인데요."

"퓨즈를 훔쳐간 이유는 두 가지로 생각해볼 수 있어. 첫째는 우리를 조롱하려고 마치 하나의 상징처럼 가져가버린 거지. '머리를 잔뜩 굴리면서 한참 고민해보시지, 이 멍청이들아. 그동안 난 한껏 즐기고 있을 테니.' 이렇게 말하려는 것처럼. 또다른 이유는, 이게 좀더 일관성이 있는데, 전기난방기의 온도를 점점 높이다보니 과부하가 걸려서 퓨즈가 터져버린 거야. 그래서 현장을 떠나면서, 단서를 없애기 위해 퓨즈를 몽땅 가져가버린 게 아닐까."

왕은 잰걸음으로 같은 자리를 오가며 설명을 계속했다.

"사망 시각을 측정하기 위해 법의학자는 헨스게 도표와 체액 내 포타슘 농도 중 선택을 할 수 있어. 드멕탱은 첫번째 방법을 선호하지. 그게 더 믿을 만하다고 생각하거든. 다양한 변수들을 고려하는 도표에 근거하고 있기 때문이지. 내부, 외부, 습하거나 메마른 주변 환경 등등. 18도 정도의 온도에서는 사후 두 시간 동안은 시신의 체온이 거의 변하지 않다가 그후부터 점차 내려가기 시작하지. 법의학자는 이 모든 걸 고려해 사망 시각을 결정하는 거야. 하지만 범행현장의 실내 온도와 피살자의 체온을 미리 많이 높여놓으면 사망 시각을 제대로 측정할 수 없겠지. 시신의 체온이 내려가는 데 시간이 훨씬 많이 걸릴 테니까. 예를 들어 자정에 살인을 한 것처럼 보이지만 실제로는 훨씬 더 일찍 죽였을 거란 얘기야. 아침이 되어서야 나타난 우리로서는 그걸 알 도리가 없지. 왜냐하면 그땐 이미 주변 온도가 본래 온도조절장치에 맞춰진 대로 18도로 떨어져 있으니까. 몇 년 전에 이와 유사한 경우가 있었네. 사악한 살인범이 피살자의 시신을 담요로 둘둘 말아두었다가 나중에 담요를 걷은 거야. 하지만 담요의 섬유가 피살자의 몸에 남아 있었지. 그런데 전기난방기는…… 아무런 흔적을 남기지 않지. 피살자들이 엄청나게 흘린 땀을 제외하고는."

왕은 긴 손톱으로 귀를 긁으면서 이어 말했다.

"게다가 그놈은 잔꾀까지 부렸어. 일부러 다른 사람의 지문이 있는 백묵 조각을 남겨놓기까지 했으니까. 결론적으로 내가 지금 누굴 의심하고 있을 것 같나?"

빅은 고개를 들어 천장을 쳐다보았다.

"선배님은 지금 키스메를 의심하고 있군요, 그렇죠?"

"그의 레스토랑 알리바이는 더이상 아무런 의미가 없어. 범행은 법의학자가 추정한 시각 이전에 일어났을 가능성이 크니까. 잘 생각해보면 자네도 이 모든 것이 아주 논리적으로 연결돼 있다는 데 동의하게 될 거야. 파르카이 모텔, 그가 만든 괴물들, 뒤퓌트랑 박물관, 그리고 리옹에서 리베르망과 함께 준비한 전시회까지 모두. 게다가 그의 집에 찾아갔을 때 잡동사니 속에서 전기난방기도 발견했고 말이야."

"우리집에도 그런 게 두 개나 있는데요."

"그래, 하지만 이건 우연의 일치라고 보기엔 너무 지나치지 않은가 말이야. 난 그 친구를 좀더 유심히 살펴볼 필요가 있다고 생각해."

빅은 고개를 가로저었다.

"아니, 아닙니다…… 키스메는 절대로 아니에요. 그 사람은 이 사건과 아무런 관련이 없습니다. 너무…… 유난스럽거든요. 가는 데마다 반드시 눈에 띄는 타입이죠. 박물관, 파르카이 모텔, 어디서나. 우리가 찾는 살인범은 치밀하고 철저합니다. 일을 즉흥적으로 저지르는 법이 없어요. 반면 키스메는 혼란스럽고 뒤죽박죽인 스타일이죠."

그는 잠시 생각에 잠겼다가 덧붙여 말했다.

"게다가 보고서에 의하면 두번째 피살자는 새벽 2~3시경에 살해됐습니다. 선배님이 말한 전기난방기를 고려한다면 밤 10시, 어쩌면 더 이른 시각으로 거슬러올라갈 수도 있겠죠. 그런데 그 시각에 키스메가 어디 있었는지 아십니까? 엑토르 아리에의 집에, 그것도 나와 함께 있었다고요. 소가 슈브뢰즈에서 그리 멀지는 않다 해도, 이곳으로 다시 와서 리베르망을 잔혹하게 살해하고 여러 가지를 연출하기엔 시간이 너무 부족하단 말입니다."

"모든 건 단지 추정일 뿐이네."

그때 빅의 휴대폰이 울렸다. 그는 전화기를 손에 꼭 쥐었다. 셀린……

"잠깐 실례하겠습니다."

그는 부엌으로 가서 전화를 받았다.

"셀린 당신이야?"

"아닙니다."

전화기 반대편에서 들려온 목소리는 그의 아내가 아닌 낯선 남자의 것이었다.

그녀의 주치의는 진지하고 단조로운 어조로 용건을 말했다.

빅은 그 자리에 맥없이 꿇어앉았다.

곧이어 그의 절규가 텅 빈 집안에 울려퍼졌다.

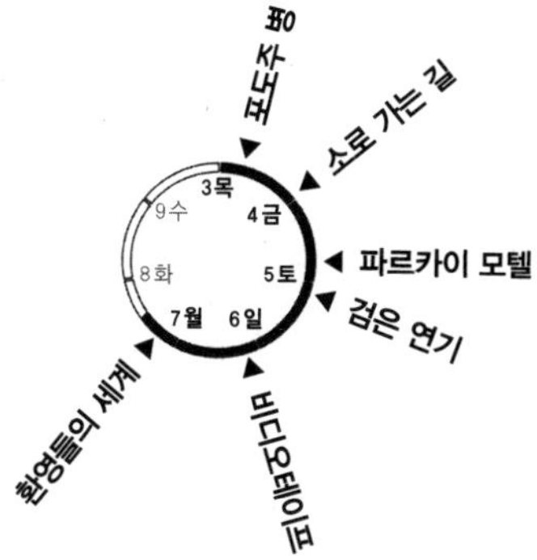

49. 5월 7일 월요일, 12시 23분

셀린은 깊은 슬픔에 잠긴 채 병원 침대에 누워 미동도 하지 않았다. 네온 불빛이 그녀의 얼굴을 또렷하게 부각하고 있었다. 옆에서 그녀를 지켜보던 주치의 세네샬 박사가 빅에게 설명했다.

"자궁절개수술을 하기 위해 전신마취가 필요했습니다. 깨어나려면 시간이 좀 걸릴 겁니다. 적어도 목요일까지는 입원해 있어야 합니다…… 심리학자가 저녁에 두 분과 면담을 할 거고요."

빅은 눈물이 그렁그렁한 채로 아내의 머리를 쓰다듬고는 의사를 돌아보며 물었다.

"대체 어떻게 된 일입니까."

의사는 양수검사를 시행하던 중 태반에 문제가 생겼다고 설명했다. 태반의 조기박리가 야기된 매우 드문 경우였다.

정신적으로 충격을 받은 빅은 한참 동안 아무 말도 하지 못했다. 스테판 키스메가 했던 경고가 머릿속에 울려퍼졌다. 마침내 그가 다시 입을 열었다.

"그래도 양수검사를 해주셨으면 합니다."

"하지만…… 무엇 때문에?"

빅은 의사의 눈을 응시했다.

"내 아이가 다운증후군이었는지 아니었는지 알고 싶습니다. 그 사람이…… 진실을 말한 것인지를."

"누굴 말하는 거죠? 그리고 진실이라뇨?"

세네샬 박사는 연민 어린 눈빛으로 그를 바라보았다.

"이미 일어난 일을 되돌릴 수는 없어요. 왜 헛되이 고통을 자초하려 하십니까? 되도록 빠른 시간에 상처를 치유하도록 부인과 함께 노력하셔야 합니다. 이런 경우 해드릴 수 있는 충고라면 대개……"

빅은 의사의 손목을 움켜쥐고 말했다.

"날 위해 그렇게 해주세요, 부탁입니다."

잠시 후 의사는 굳은 표정으로 대답했다.

"결과가 나오는 대로 연락드리도록 하겠습니다."

빅은 셀린의 이마에 입을 맞춘 다음 의사에게 마지막 질문을 했다.

"내…… 아이가…… 아들이었나요, 딸이었나요?"

"아들이요. 사내아이였습니다."

입원실 밖으로 나온 빅은 화장실로 달려가 차가운 물을 얼굴에 마구 끼얹었다. 어떻게 이 모든 일이 이토록 순식간에 일어날 수 있단 말인가? 셀린이 깨어나면 얼마나 참담해할까? 이제 그녀는 파리에서의 삶을 무슨 힘으로 견딜 수 있을까? 이미 다 꾸며놓은 아기 방은 또 어찌해야 하나? 유모차, 젖병, 턱받이, 곰 인형 들은?

절망감에 진이 빠져버린 빅은 성냥갑을 꺼내든 채 거울 속에 비친 자신의 모습을 응시했다. 언제 어디서든 갑자기 죽을 수 있는데 스스로에게 한계를 정할 필요가 있을까? 스스로를 절제할 이유가 무엇이란 말인가? 세상에서 가장 안전하고 보호받을 수 있는 장소인 엄마 뱃속에서조차 이렇게 죽어버릴 수 있는 것을. 우리의 삶과 죽음을 결정하는 이가 따로 있다면 애써 절제하며 금욕할 이유가 무엇이란 말인가? 하루에 담배를 세 갑씩 피우는 사람들도 생을 다하고 늙어서 죽는다. 반면 열심히 살던 건강한 젊은이가 뇌출혈로 순식간에 죽기도 하지 않는가. 아이들이 화재로 불타 죽기도 한다. 대체 누가 그들의 운명을 결정하는 걸까? 어떤 기준으로?

복도로 나선 그는 휴대폰으로 아비뇽에 전화를 했다. 셀린의 어머니에게…… 충격을 받은 그녀는 무너질 듯 슬퍼했다.

셀린의 어머니는 그날 TGV를 타고 즉시 파리에 올라오기로 했다.

빅은 다시 세네샬 박사를 찾아가서 물었다.

"아내가 언제쯤 깨어날까요?"

"대여섯 시간은 족히 걸릴 것 같은데요. 마취에서 깨어나더라도 좀더 수면을 취해야 할 겁니다. 부인은 여기 도착했을 때 이미 상당히 지쳐 보였거든요. 언제부터 잠을 제대로 못 잔 겁니까?"

빅은 잠시 생각에 잠겼다가 십여 초 후에야 대답을 했다.

"최근에 우리 둘 다 잠을 잘 못 잤습니다. 무슨 문제가 있으면 곧바로 연락 주십시오."

"여기 남아 계시지 않을 건가요?"

빅의 눈빛이 흐려졌다.

"누굴 좀 만나러 가야 해서요. 아주 특별한 사람을."

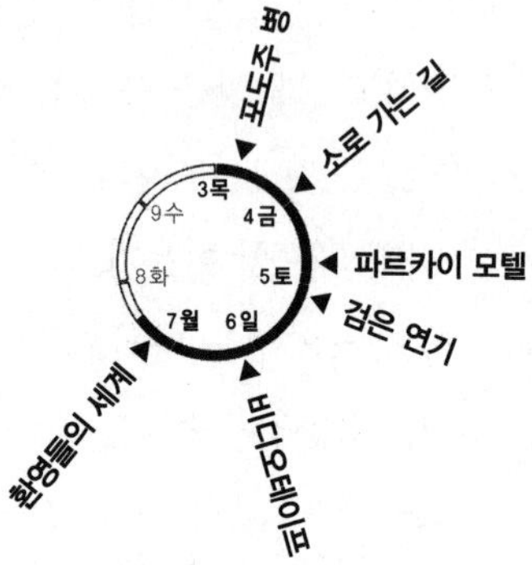

50. 5월 7일 월요일, 14시 11분

"결국 그렇게 되고 말았군요…… 그렇죠?"

스테판은 빅의 대답을 미처 듣기도 전에 다크랜드로 함께 내려가기를 청했다.

주변을 둘러본 젊은 수사관은 경악을 금치 못했다. 거대한 혼란이 지배하는 그곳의 사방 벽은 수십, 수백 개의 문장들로 뒤덮여 있었다. 스테판 키스메는 그 문장들을 통해 앞뒤가 맞지 않는 얘기들을 늘어놓고 있었다. 날짜, 죽음, 미래, 멜린다, 아리에, 그리고 질병들의 이름이 적혀 있었다. 그는 대체 누구에게 이런 얘기들을 하고 있는 것일까? 보이지 않는 존재에게? 영령에게? 무엇 때문에? 누구든 이 방을 처음 보는 사람은 즉각적으로 미친 사람의 소굴이라고 생각할 터였다. 어쩌면 스테판 키스메는 정말로 미쳐버린 게 아닐까? 그는 미래를 예견하는 능력을 지닌 미치광이가 아닐까?

빅은 굳은 표정으로 고개를 숙였다.

"당신 말이 맞았어요. 모두 다 맞았다고요, 제기랄."

"아이가 그렇게 된 건 정말 유감입니다."

빅은 괴물과 광기로 가득찬 세계 속으로 좀더 가까이 다가갔다. 마치 스테판 키스메의 머릿속으로 들어가는 기분이었다. 가장 끔찍한 악몽이 생겨나는 그의 무의식 깊숙이. 심장이 마구 뛰기 시작했다.

"당신은…… 내 아내가 임신한 것과 우리 아이가 어쩌면 다운증후군일지도 모른다는 사실을 알아맞혔어요. 그리고 날 빅토르라고 불렀죠. 게다가…… 우리 아이가 죽을 거라고 예고도 했고. 또 우리가 운명적으로 만나게 돼 있었다고도 했죠. 난 이 모든 것에 대한 해명을 들어야겠습니다. 처음부터 하나도 빠짐없이 모두 다."

스테판은 비닐봉지에서 위스키 한 병을 꺼냈다.

"한잔할래요?"

"가득 따라주세요. 사흘 전만 해도 난 술을 싫어했죠…… 하지만 지금은 잠을 이룰 수도, 먹을 수도 없어서 약으로 버티고 있는 실정입니다…… 지금 필요한 건 담배고."

그는 주머니에서 새 담배 한 갑과 성냥갑을 꺼냈다.

"여기서 피워도 될까요?"

"그래요. 하지만 오늘부터 다시 피우기 시작했다는 말은 하지 말아요."

빅은 온전한 성냥을 여러 번 그은 끝에 마침내 불을 붙이는 데 성공했다. 그가 담배를 입으로 가져가면서 말했다.

"맞아요. 지금 당신 앞에서 다시 피우기 시작하는 겁니다. 그리고 후회하는 일은 없을 겁니다, 절대로."

"후회할 일은 하지 말아야죠."

"그런 걱정은 사양하고 싶군요. 나한테 이래라저래라 하는 사람들은 이미 충분히 많으니까. 신물이 난다고요."

"나는 우리가 함께 비디오테이프를 보는 꿈을 꾼 적도 있어요. 그 속에서 당신은 담배를 피우고 있었고 말이죠. 그러니까 당신이 다시 담배를 피우는 건 이미 예정되어 있던 일입니다. 당신 역시 운명의 지배를 받고 있었던 거라고요, 나처럼."

빅은 기침을 했다. 연기가 서서히 그의 폐를 향해 내려갔다. 특별한 즐거움이 느껴지지는 않았지만, 금기를 깨뜨린다는 사실만으로도 기분이 좋아졌다. 처음으로 자유로움을 느꼈다.

"부인은 좀 어떤가요?" 스테판이 물었다.

빅은 작업대 위에 놓인 흉측하게 생긴 가면을 응시하면서 위스키를 한 모금 쭉 들이켰다.

"나한테 설명해줘요, 제발. 당신이 보았다는 그 환영들에 대해서. 당신이 알고 있는 걸 모두 말해달란 말입니다."

스테판은 회전의자에 앉아 팔짱을 꼈다.

"내가 그럴 수 있을지 모르겠군요. 무엇보다 당신이 날 믿어야 하기 때문이죠. 하지만 당신은……"

"아무것도 이해할 순 없지만, 어떻게 당신을 믿지 않을 수 있겠어요? 내 아이가 죽었어요. 당신은 그렇게 될 거란 걸 알고 있었고. 그런 일이 일어날 확률은 거의 제로인데도 불구하고. 다른 의사나 다른 순간, 다른 장소, 파란불이 아닌 빨간불이었다면 어쩌면 아이는 죽지 않았을지도 모르는데. 그런데도 당신은 너무도 상세하게 그걸 예고했단 말입니다……"

위스키를 단번에 삼킨 스테판은 뒤로 돌아 수첩을 집어들고는 앞장서서 걷기 시작했다.

"나를 따라와요. 여기서 몇 킬로미터 떨어지지 않은 곳이에요. 거기서부터 설명하도록 하죠. 이 모든 것이 시작된 그곳에서. 아주 오래전에……"

*

코이라포레 방향으로 달리던 스테판은 지방도로로 접어들었다. 그리고 오 분 후 갓길에 주차했다. 두 남자는 숲속을 통과해 오래된 철길 가까운 곳에 이르렀다. 스테판은 흔들거리는 철책을 기어올라가 철길 위에 가서 섰다.

"안 올 거요?"

빅도 그를 따라 했고, 두 남자는 철길 사이에 깔린 자갈 위를 걷기 시작했다. 스테판이 조금씩 자기 이야기를 꺼내놓았다.

"1992년 7월, 내가 열다섯 살 때였죠. 보주에 살던 내 양부모님은 여름휴가 때마다 친척들을 만나기 위해 이곳 코이에 오곤 했어요. 나는 이 마을이 마음에 들었어요. 이웃에 사는 뤼디빈 코켈이라는 여자친구를 매년 만날 수 있었거든요. 우린 일곱 살 때부터 알고 지내던 사이였죠."

그는 막대기 하나를 주워 멀리 던지고는 또다시 철길 사이를 걷기 시작했다.

"뤼디빈과 나는 종종 여기서 놀곤 했어요. 기차가 다니지 않는 철길이라고 생각했거든요."

"그런데 그렇지가 않았군요?"

"그래요."

스테판은 그들 앞 100여 미터 정도 떨어진 곳에 보이는 커브를 가리켰다.

"바로 저기서 그 일이 일어났어요."

"그런데 이 철길 위를 걸으면 안 되는 것 아닌가요."

"아무 일도 없을 테니 안심해요. 적어도 오늘은 그런 일이 없을 테니까. 이럴 땐 미래를 예견해주는 꿈이 편리한 면도 있죠."

그는 걸음을 재촉하며 떨리는 목소리로 계속 말했다.

"우린 정확히 이 길을 따라 걷고 있었죠…… 뤼디빈이 나보다 조금 앞서서…… 왼쪽 철길에서 균형을 잡고 있었어요. 새의 날개처럼 펼친 그애의 팔과 바람에 흩날리던 그애의 머리카락이 지금도 눈앞에 보이는 것 같아요. 아직도 모든 것이 너무나 선명하게 내 안에 각인돼 있어요. 많은 것을 잊어버렸지만, 그 순간만은 결코 잊히지가 않아요. 그렇게 이 앞을 지나가는데……"

스테판은 10여 미터를 더 전진해 갈라진 나무판 위에 발을 올려놓았다.

"……바로 이 침목, 다른 것들보다 색깔이 더 밝은 이 침목 위를 지나가는데, 머릿속에 뭔가가 보이는 거예요…… 커브에서 갑자기 솟아나듯 기차가 나타났죠."

그는 착잡한 표정을 지으며 눈을 감았다.

"그래서 나는…… 순간적으로 소리를 지르며 오른쪽으로 몸을 날렸어요. '기차가 와! 옆으로 피해, 뤼디빈! 어서!' 하지만 뤼디빈은 날 돌아보고 웃으며 이렇게 외치는 거예요. '올 테면 오라지!' 그리고 이 초 후, 거대한 괴물 같은 기차가 정말로 모습을 드러냈어요."

빅은 그 자리에 멈춰 서서 고개를 저었다.

"맙소사…… 그녀는 미처 피하지 못했군요. 당신은 살아났지만."

스테판은 한동안 침묵을 지키다가 이야기를 이어갔다.

"난 믿을 수 없는 일들을 겪으면서 지금까지 끈질기게 살아남았죠.

이 일은 아내나 주변 사람들, 그 누구도 알지 못해요. 그때의 장면들이 뱃속의 혹처럼 지금도 나를 괴롭히고 있어요…… 두 달 전 내가 사고로 어린 가엘 몽티외를 죽게 했을 때, 헌병들은 이곳 코이에서 일어난 사건과 연관을 짓지 않았죠. 십오 년이나 지난 일이니까 미처 생각을 못 했겠지만. 만약 그들이 여기서 일어난 일을 알았다면, 지금쯤 내가 어떻게 됐을지 상상조차 하기 싫군요."

"하지만 따지고 보면 당신 잘못이 아니잖아요."

"난 옆으로 피하기 전에 그애를 구할 수도 있었어요. 그애에게 달려가 밀쳐낼 수도 있었다고요."

그는 멀리 앞쪽을 바라보았다.

"그때로부터 육 년 뒤, 나는 달리던 기차에서 경보장치를 잡아당겨 기차를 멈추려고 했어요. 번쩍하는 섬광 속에서 기차가 사고를 당하는 장면이 떠올랐기 때문이죠. 하지만 그런 내 행동 때문에 제동 시스템에 결함이 생겨서 수십 명의 승객이 사망하고 말았어요. 난 또다시 살아남았고요. 다른 사람이 나처럼 기차에서 뛰어내렸다면 분명 죽었을 겁니다. 그리고 지금으로부터 정확히 육십이 일 전, 난 섬광 속에서 어떤 장소에 서 있던 한 소녀를 피하려다가, 실제로는 좀더 멀리 떨어진 곳에 있던 그 아이를 차로 치어 죽이고 말았어요. 나는 나무에 가서 부딪혔는데, 그때도 또다시 기적적으로 살아남았죠. 늘 타고 다니던 낡은 포드 대신 메르세데스를 타고 있었기 때문에요."

"당신은 여기서 아주 가까운 곳에 살고 있어요…… 그러니까 십오 년이 지나 그때의 일을 이해하기 위해 이곳을 다시 찾아온 거군요, 그렇죠?"

스테판의 입가에 경련이 일었다.

"석 달 전 이사를 한 직후, 난 이곳을 다시 찾았습니다…… 그때의 일을 떠올리기 위해서. 아주 오래된 일이었으니까요."

그는 시선을 아래로 떨구었다.

"그리고 불과 며칠 전부터, 내가 꾸는 꿈을 기억하게 된 이후에야 깨달았어요. 꿈속에 나타나는 나의 분신, 즉 미래의 스테판이 항상 나와 함께해왔다는 것을. 학창 시절 내가 그린 그림마다 어김없이 등장했던 조그만 수호신 같은 인물이 바로 꿈속에서 본 스테판이었던 겁니다. 기차의 경보장치를 잡아당기게 한 것도 그였고, 16번 국도 경계석 앞에서 브레이크를 밟게 한 것도 그였어요. 기차가 다가온다고 뤼디빈에게 경고하게 만든 것도 그였고요. 이제 그는 꿈을 통해 나에게 예고하며 자신이 알고 있는 사고들을 막으려 하고 있어요. 하지만 아무 소용이 없어요. 그런다고 불행한 일이 일어나지 않는 게 아니니까. 모든 일들은 운명의 지배를 받고 있기 때문이죠. 어쨌거나 난 지금까지 살아남았죠. 어쩌면 내가 그런 식으로 죽는 것을 운명이 원치 않았기 때문인지도 모릅니다. 그 망할 운명이란 놈은 집요하기 짝이 없거든요. 당신 부인 일을 생각해보더라도…… 난 그녀가 검사받으러 가는 것을 막으려고 온갖 노력을 다했어요. 하지만…… 내가 무슨 짓을 하든, 일어나게 돼 있는 일은 결국 일어나고야 말 거라는 얘깁니다."

스테판은 빅에게 다가가 그의 눈을 똑바로 들여다보며 말했다.

"이제 당신이 수사중인 사건에 대해 내가 아는 걸 모두 설명할 때가 된 것 같군요. 이 일로 날 감옥에 넣는다면 나로선 차라리 잘된 일일 겁니다. 앞으로 일어나게 돼 있는 일들을 계속 겪는 것보다는 그 편이 차라리 나을 테니까. 난 더이상 죽음을 내 마음에 담아두고 싶지 않아요. 그들의 비명소리와 처참한 모습을 기억에서 지울 수가 없기 때문이죠, 이해가 됩니까?"

빅은 담배를 한 개비 꺼내 불을 붙이려고 했지만 성냥을 찾을 수가 없었다. 그러자 화를 내며 담배를 바닥으로 던져버렸다.

"아무것도 이해되지는 않지만, 한번 들어나보죠."

"난 지난 목요일부터 내가 꾸는 꿈들을 기억해내기 시작했어요. 어쩌면 어린 시절부터 줄곧 날 따라다니던 꿈들인지도 모르겠어요. 난 엿새 그리고 스무 시간 차이가 나는 미래에서 변화해가는 나 자신을 본 겁니다. 모든 걸 이 수첩에 기록해놓았으니 읽어보시죠. 몇 페이지가 떨어져나가긴 했지만, 중요한 건 모두 들어 있으니까. 당신한테 얻어맞아 부은 내 왼쪽 눈두덩, 깨진 내 휴대폰 화면, 정확하게 나흘 뒤 당신이 내게 할 전화통화. 그 전화통화에서 당신은 내게 당신 부인과 46, 47이라는 숫자에 대해 말하게 될 겁니다. 다운증후군 아이의 염색체 숫자에 관해서. 모든 것이, 이 모든 것이 현실로 나타날 거란 말입니다. 그런데도 난 그 어느 것도 바꿀 수가 없어요."

빅은 수첩을 집어들었다.

"이 모든 걸 일이 일어난 후에 기록하지 않았다고 어떻게 확신할 수 있지?"

"일단 읽어보게…… 그 속에 적힌 걸 읽어보라고. 그러면 알 수 있을 거야…… 우리가 지금처럼 서로 말을 놓게 된다는 것까지도 모두 기록돼 있으니까. 또하나의 퍼즐 조각이 맞춰진 셈이지."

철길에서 물러난 빅은 나무 아래 기대앉아 불가해한 세계 속으로 빠져들었다. 그는 수첩에 기록된 내용을 꼼꼼히 읽어내려갔다.

"맙소사, 이럴 수가!"

페이지를 넘길 때마다 그의 얼굴빛이 변했다.

"자넨 범행현장을 찍은 사진이 필름 결함으로 왼쪽 귀퉁이 부분이 잘못 나온 것까지 말하고 있어! 이건 극비에 속하는 사항인데 어떻게? 대체 어떻게 이런 것까지 알아낸 거지?"

"그냥 보였어. 그뿐이야."

"가시철사에 묶인 피살자…… 입속에 꿰인 갈고리…… 맙소사…… 리베르망이 죽은 건 일요일 새벽인데, 자넨 금요일에 이 일을 예견하고 적어놓았다니."

"리베르망…… 어디선가 들어본 것 같은 이름인데."

"리옹에서 전쟁 부상자들에 관한 전시회를 하던 여자네. 파르카이 모텔 6호실에서 자네와 마주쳤던 갈색 머리 여자."

스테판은 빅의 설명에 충격을 받고 더욱더 깊은 절망감을 느꼈다.

"모든 것이 연관돼 있었어…… 마치 우연의 일치로 똘똘 뭉쳐 있는 실타래 속에 갇힌 기분이야."

빅은 수첩에 적힌 기록들을 읽으며 손톱을 물어뜯었다. 그러다가 불편한 심기를 감추지 못하고 그예 수첩을 내려놓았다.

"자네 팔뚝의 주삿바늘 자국, 이 얘긴……"

"아직은 생기지 않았어. 뭐 짚이는 거라도 있나?"

"살인범은 죽은 여자들의 오른쪽 팔뚝에 모르핀을 주사했어."

스테판은 격한 표정으로 자신의 소맷자락을 걷어올렸다.

"그럼 첫번째 꿈에서 내 손에 묻어 있던 피가…… 그가 날 죽이려고 했다는 건가? 그런데 내가 간신히 도망쳤다는 얘기야?"

"그는 자네 세계와 관련 있는 사람들을 차례로 죽이고 있어. 다른 사람의 기형을 대중에게 공개하거나, 자신의 욕망을 채우기 위해 그것을 이용하는 사람들이 그 대상이지. 리베르망, 르루아와 같은. 자네 역시 그가 노리는 살해 대상에 해당하고."

스테판의 얼굴이 백지장처럼 창백해졌다. 빅은 몸을 일으켜 앞으로 걸어가면서 큰 소리로 외쳤다.

"아니야, 이럴 순 없어. 어떻게 이런 일이 있을 수 있느냐고. 미래에

닥칠 일을 미리 알 수는 없는 법인데. 이건 말도 안 돼. 자네가……"

"뭐? 내가 미쳤다는 말이라도 하고 싶은 건가? 아니면 내가 바로 자네가 쫓고 있는 살인범이라는 얘길 하고 싶은 거야? 내가 그 여자들을 죽였다고 생각하는 거냐고. 내가 오늘 아침에 자네 아이를 죽게 했다고? 그럼 필름의 결함은 어떻게 설명할 건데? 자네 입으로 극비 사항이라고 말했잖아! 그런데 어떻게, 내가 어떻게 그걸 알아맞힐 수 있었겠냐고!"

빅은 커다란 돌멩이 하나를 집어 나무를 향해 힘껏 던졌다.

"빌어먹을! 어떻게 이런 일이 있을 수 있는 거지?"

"나도 몰라, 빅토르. 나도 정말 아무것도 모르겠어. 하지만 이건 나에게 분명히 일어나는 일이야. 그리고 나로선 정말 감당하기 힘든 일이라고. 어쩌면 다음번 로또 당첨번호를 알아맞힐 수 있을지도 모르지만, 그런 게 나한테 일어나는 끔찍한 일들을 보상해주진 못하지. 이건 저주보다 더 무서운 일이야."

빅이 수첩을 눈앞에 흔들며 외쳤다.

"자넨 여기에 살인범의 얼굴까지 묘사해놓았어! 오직 경찰만 알 수 있는 걸 말하고 있다고! 어떻게 자네가 이 모든 일과 얽힐 수 있었던 거지? 이런 것들을 어떻게 알 수 있었지, 아무리 꿈속에서라도?"

스테판은 두 팔을 벌리면서 당연하다는 표정을 지어 보였다.

"그게…… 자네 정말 아직도 모르겠나?"

"뭘 모른다는 거지? 내가 지금 엄청난 예지력을 지닌 예언자와 얘길 하고 있다는 건가?"

"아니! 우린 시간의 고리 속에서 움직이고 있다는 말일세! 내가 이 모든 일에 얽혀들게 된 건…… 꿈에서 본 미래가 바로 현실로 나타나고 있기 때문이란 말이지! 그러니까 자네는 언젠가 어떤 식으로든 그 현장

사진을 나한테 주게 될 거란 말이야! 난 처음부터…… 이 모든 것을 피하려고 애쓰다가, 실제로는 내 꿈의 내용을 현실로 만들어버린 셈이 된 거지. 노란색의 박물관 티켓을 예로 들어 생각해보자고. 난 그것을 꿈속에서 보았고, 그 사실 때문에 뒤퓌트랑에 가게 된 거야. 또 그 일이 아니었다면 우리가 서로를 알게 되는 일은 없었을 테고. 내가 그곳에 갔기 때문에 자네가 나를 찾아낼 수 있었던 거니까."

스테판은 굳은 얼굴로 철로의 침목을 유심히 바라보았다.

"이제 약 이틀 뒤면 첫번째 악몽이 현실로 나타날 거야. 이틀 뒤 밤이 되면…… 우리가 이대로 아무것도 하지 않는다면……"

빅이 그의 말을 가로막았다.

"그렇다면 이 말도 안 되는 얘기들이 뭘 의미하는지를 하루 동안에 알아내야 한다는 건가? 게다가 중간에 내용도 빠져 있다고 하지 않았나."

순간 스테판의 눈빛이 반짝거렸다.

"자네의 동료 수사관들이…… 동시에 행동에 나서는 건 어떨까? 한 사람은 엑토르 아리에를 감시하고, 다른 한 사람은 멜린다를 지켜보는 거야. 나 역시 보호받기를 원하고 말이야. 난 죽고 싶지 않아. 불쌍한 여자들이 당한 것처럼…… 그런 끔찍한 일을 당하고 싶지 않다고."

"하지만 내가 뭘 할 수 있을 거라고 생각하나? 상관 앞에 불쑥 나서서, 사람 여럿을 죽인 살인범의 얼굴이 상세히 묘사돼 있는 마법의 수첩을 가지고 있다고 얘기라도 하란 말인가?"

스테판은 빅의 얼굴을 뚫어져라 응시했다.

"적어도 이제 난 혼자가 아니잖나. 우리가 오늘 이 철길 위에 함께 서 있었던 건 우연한 일이 아니야. 우리 두 사람의 운명은 이 철길처럼 나란히 가게 돼 있었던 거야…… 서로 의지하면서 함께 가는 운명인 거지. 우린 서로 만나도록 예정돼 있었던 거라고."

"멋진 선물을 선사해줘서 무척 고맙군."

스테판은 수첩을 가리키면서 말했다.

"이 속에 적힌 것들을 다시 잘 읽어봐. 자넨 나로선 도무지 이해가 안 되는 것들을 이해할 수도 있을 테니까. 찾아내는 것이 자네가 하는 일 아닌가, 안 그래? 찾아, 그 속에서 뭐라도 찾아내란 말이야! 충분히 머리를 굴릴 가치가 있을 테니까!"

빅은 수첩의 페이지를 뒤적였다. 대부분의 종이가 뜯겨나간 터라 페이지가 뒤섞이지 않도록 주의를 기울여야 했다.

"이 이상한 문신은 자네 허리에…… 정말로 한 건가?"

스테판은 자신의 티셔츠를 걷어올렸다.

"알았네. 자네가 기록한 대로라면, 살인범은…… 잡히기까지 시간이 걸리겠군. 미래에도 여전히 그를 쫓고 있는 것으로 나와 있는 걸 보면."

"자네가 거기 적힌 그 알 수 없는 말들이 무슨 의미인지 알아내지 못한다면 그렇겠지."

빅은 입술을 꽉 다문 채 계속 읽어나갔다.

잠시 후, 눈살을 찌푸리는 그를 보고 스테판이 물었다.

"무슨 단서라도 찾은 건가?"

빅은 주머니에서 메모지 하나를 꺼냈다. 뒤퓌트랑 박물관에서 아실 델사르가 가르쳐준 주소를 적은 메모지였다.

"맙소사! 자넨 여기에 '노엘 시리엘'이라고 적어놓았어! 노엘 시리엘이 누군지 아나?"

"아니, 난 전혀 아는 바 없네."

"바로 뒤퓌트랑을 후원하는 인물이야!"

빅은 휴대폰을 열었다.

"당장 수사대에 알려야겠어."

그러나 스테판은 달려들어 그를 막았다.

"안 돼, 하지 마. 아무한테도 알리면 안 돼. 방금 자네 입으로 말하지 않았나. 일관성 없는 해명을 할 수는 없다고."

"뭐라고? 그럼 나 혼자 그를 만나러 가란 말인가? 자네 때문에 내가 곤경에 처하기라도 하면 어떻게 할 건데?"

"그럴 일은 없을 걸세. 내가 함께 갈 거니까."

빅은 스테판의 가슴에 손을 갖다대며 단호하게 말했다.

"아니, 자넨 잠을 자야 해."

"난 자넬 돕고 싶다고! 그 미치광이를 잡고 싶단 말이야……"

빅은 그의 얼굴을 똑바로 쳐다보며 대꾸했다.

"자네가 날 도울 수 있는 길은 다시 꿈을 꾸는 거라는 걸 아직도 모르겠나?"

빅은 수첩을 챙겨넣으면서 말했다.

"이건 당분간 내가 보관하겠네. 자넨 머릿속에 다 입력해뒀을 테니까."

"그렇지도 않아. 이젠 모든 것들이 빠른 속도로 마구 뒤섞이고 있어서 말이야……"

"곧 돌려주겠네. 그리고 무엇보다도, 지금부터는 나 아닌 그 누구에게도 시리엘에 관한 일이나 우리가 만난 일, 자네의 환영에 대해 절대로 말해서는 안 되네. 이 모든 것은 법이나 우리가 배운 상식을 벗어나는 일이니까. 우린…… 더이상 논리적인 세상에서 움직이는 것이 아니니까 말이야."

빅은 멀어져가면서 마지막으로 덧붙였다.

"셀린과 난 아비뇽 근처에 매물로 내놓은 오래된 농장 앞을 지날 때마다 그곳에서 사는 꿈을 꾸곤 했지. 운명은 내게서 아이를 빼앗아갔어. 이제 난 내가 하는 일을 증오하게 될 것 같아서 두려워. 자네가 수첩에 적어놓은 로또 당첨번호, 그걸 응모해볼 생각이야. 아직 완전하게 믿진 못하지만……"

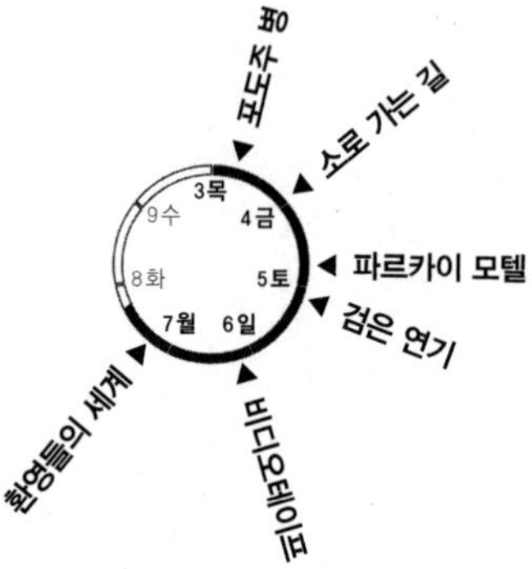

51. 5월 7일 월요일, 18시 39분

빅은 파리 북쪽에 위치한 알라트 숲을 홀로 통과하고 있었다. 그는 고속도로를 벗어나 국도와 지방도로를 차례로 지나왔다. 뒤퓌트랑 박물관 관리인이 알려준 주소와 내비게이션에 나온 대로라면, 노엘 시리엘의 집까지는 이제 몇 킬로미터가 남아 있었다.

빅은 시계를 들여다보았다. 셀린의 어머니는 아비뇽에서 출발한 지 세 시간이 채 안 돼 병원에 도착했을 터였다. 그는 전화를 걸어 셀린은 아직 더 잠을 잘 것이며, 가능한 한 빨리 돌아가겠노라고 말했다. 무슨 일로 자리를 비워야 했는지는 미처 설명할 시간이 없었다. 그의 휴대폰 배터리가 또다시 방전되면서 연락이 두절된 것이다.

갑자기 도로의 움푹 팬 곳을 지나면서 빅은 정신이 번쩍 들었다. 차축이 흔들리면서 차가 옆으로 살짝 엇나가는 바람에 운전대를 단단히 바로잡아야 했다. 머리 위로 해가 지고 있는 모습이 보였다. 숲에는 그를 압도하듯 유난히 나무가 빽빽하게 들어차 있었다. 왠지 모르지만 어떤 경고 같은 것이 느껴졌다. 도로 가에 있는 집들의 수가 점차 줄어들었다.

이리저리 생각을 해보았지만 어떻게 해서 미래의 스테판이 벽에 시리엘의 이름을 써놓을 수 있었는지 도무지 이해가 되지 않았다. 이 음산한 사건들 속에서 나이든 수집가는 대체 어떤 역할을 하고 있는 것일까? 스테판은 어떻게 그토록 놀라운 예지력을 지니게 된 것일까? 이 모든 것 속에 논리라곤 도무지 찾아볼 수 없었다.

빅은 숲속으로 100여 미터쯤 나 있는 길로 접어들었다. 길 끝에는 견고한 정문과, 그 양쪽에 높은 아치형 벽돌담이 보였다. 그 뒤로 거대하고 오래돼 보이는 저택이 눈에 들어왔다. 빅은 정문의 철책 앞에 차를 세운 뒤 정문으로 가 인터폰을 눌렀다. 인터폰 바로 위에는 감시카메라가 설치되어 있었다.

다소 거친 목소리의 남자가 응답했다.

"누구시죠?"

빅은 카메라 렌즈 앞에 경찰 신분증을 내밀었다.

"빅 마르샬, 경찰입니다. 시리엘 씨를 만나러 왔습니다."

짧은 침묵이 흐른 후 인터폰에서 딸깍 하는 소리가 들려왔다.

"문을 열어드리죠. 현관문을 통과해서 오른쪽에 있는 거실로 들어오면 됩니다."

육중한 철문이 양쪽으로 벌어지자 수풀이 우거진 너른 정원이 나타났다. 늘어선 나무들 뒤로 주차돼 있는 강력한 사륜구동 지프 한 대가 눈에 들어왔다. 저택 전면을 뒤덮다시피 한 담쟁이덩굴이 연기를 뱉어내는 높은 굴뚝이 솟은 지붕까지 뻗어 있었다. 바짝 긴장한 빅은 조심스럽게 앞으로 나아갔다. 키스메를 제외하면 지금 그가 숲속 깊숙한 이곳에 와 있다는 사실을 아는 사람은 아무도 없었다. 혹시라도 상관들이 이 사실을 알게 되면 어떤 변명도 통하지 않을 터였다. 그러니 이 방문은 비밀에 부쳐져야 했다. 무슨 일이 있어도.

그는 권총을 손에 든 채 현관문을 밀고 안으로 들어갔다.

원형의 거대한 홀은 유난히 어두웠다. 종교와 전쟁에 관련된 음울한 분위기의 대형 그림들이 사방 벽을 빙 둘러싸고 있었다. 웅장함과 더불어 비장미마저 느껴지는 그 그림들은 모두 죽음과 폭력성, 고통을 표현하고 있었다. 공포와 신성을 한데 나타내면서 전쟁의 비극성과 인간의 광기, 신과 종교를 이야기하고 있었다. 사람들의 일그러진 표정은 극단적인 고통이 어떤 것인지를 보여주는 듯했다. 전율이 느껴졌다. 뒤를 돌아본 빅은 어떤 그림을 보고 몸이 그대로 굳어버렸다.

그의 눈앞에 걸려 있는 금빛 액자 속 그림 밑에는 '죄 없는 이들의 학살'이라는 제목이 붙어 있었다. 전경에는 칼에 찔려 죽은 어린아이의 시신 둘이 보였고, 뒤에는 절망적인 표정을 한 여인들이 자신의 아기를 품에 꼭 안은 채 우왕좌왕하며 도망가는 광경이 펼쳐졌다. 자줏빛 천으로 몸을 감고 구원을 호소하듯 하늘을 바라보는 여인들의 표정에서 말로 형언하기 힘든 공포가 느껴졌다.

아나벨 르루아의 시신에서 본 것과 똑같은 표정이었다. 여인들이 품에 안은 아이들은 피살자의 침대 다리 밑에 놓여 있던 열여덟 개의 인형을 직접적으로 떠올려주었다.

"굉장하지 않소, 귀도 레니의 그 그림?"

빅은 소스라쳐 놀라며 뒤를 돌아보았다. 회색 플란넬 바지와 파란 셔츠를 입은 예순, 어쩌면 일흔 살쯤 돼 보이는 노인이 빅의 뒤쪽으로 꽤 떨어져 있는 다른 방에서 그를 지켜보며 서 있었다. 노인의 얼굴을 본 빅은 애써 놀라움을 감춰야 했다. 시리엘의 뺨과 이마에는 마치 물고기 비늘 같은 두꺼운 회색 딱지가 가득했다. 가냘프고 등마저 약간 굽은 그의 체격으로 볼 때, 그가 리베르망의 시신을 옮겨놓는 것은 역부족일 듯했다.

시리엘은 그 자리에 움직이지 않고 선 채로 이야기를 계속했다.

“살인마들로부터 자신의 아이를 보호하려는 여인들을 통해 레니는 가장 절망적인 사랑의 행위를 표현하려고 했던 것이죠. 저기 있는 벨리니, 푸생, 그리고 또다른 그림들도 잘 보시죠. 고통의 표현에 관한 한, 당신은 지금 가장 뛰어난 걸작으로 평가받는 그림들을 보고 있는 겁니다.”

노엘 시리엘은 빅에게 거실로 오라고 손짓하면서 멀어져갔다.

“이리 들어오시오. 하지만 내게 가까이 다가오지는 마시오…… 거리를 유지해야 합니다, 아시겠소?”

빅은 시리엘의 말에 의문을 품은 채 앞으로 나아갔다. 그의 병이 전염성이기 때문일까? 아니면 의심이 많아서일까? 그는 엄지와 검지 사이에 쥔 연질 캡슐을 다이아몬드라도 되는 양 주의깊게 살피고 있었다. 화려한 장정의 책들로 가득찬 인상적인 서재로 빅이 들어가자, 시리엘은 방 한가운데 위치한 벽난로 가까이로 자리를 옮겼다. 벽난로 속에서는 거의 다 타버린 장작들이 마지막 온기를 뿜어내고 있었다.

시리엘은 자신은 그대로 선 채 빅에게 멀리 떨어진 곳에 앉으라고 권했다. 그들 사이에는 나무 그루터기를 다듬어 만든 것 같은 테이블이 가로놓여 있었고, 오른쪽에는 정문의 인터폰 주위를 비추는 감시카메라 화면이 보였다.

“야심만만한 젊은 수사관께서 무슨 연유로 날 찾아오셨는지 얘기해줄 수 있겠소?”

“야심이라뇨?”

"그렇지 않다면, 두 사람이 함께 왔을 테니까. 대개 그렇게들 하지 않소?"

빅은 곧바로 치고 들어가기로 마음먹었다.

"잔인하기 이를 데 없는 살인사건을 수사하던 중, 뒤퓌트랑 박물관이 관련돼 있음을 알아냈습니다. 그래서 당연한 수순으로 가장 중요한 후원자를 만나러 온 겁니다. 바로 당신이죠."

"대단한 논리군요. 그래서요?"

"그런데 역시 내 생각이 옳았던 것 같군요. 살인범은 당신이 소유한 그림 중 하나에서 영감을 받은 게 분명하니까요. 귀도 레니. 우연의 일치치곤 이상하다고 생각하지 않나요? 뒤퓌트랑, 그리고 이젠 그 그림까지……"

시리엘은 옅은 미소를 지었다. 파란 눈 위로 짙은 회색 눈썹이 두드러져 보였다.

"아, 레니 말이오. 내가 가장 좋아하는 그림이지요. 하지만 유감스럽게도 내가 가지고 있는 건 모조품이라오. 아주 훌륭한 모조품이긴 하지만. 원본은 돈이 있다고 살 수 있는 게 아니니까. 하지만 다른 몇몇 작품은 원본을 가지고 있지요. 난 내 수집품들을 최상의 상태로 보존하기 위해 최적의 습도와 빛, 그리고 온도를 유지시키는 시설을 갖춰놓았다오. 이제 곧 여기서 나와 함께 사라지고 말 것들이지만. 난 그 어느 것도 세상에 남겨놓지 않을 생각이오."

"내 질문에 답해주시죠. 살인범이 어떻게 당신 그림에서 영감을 받을 수 있었던 거죠?"

"내 그림에서? '죄 없는 이들의 학살'을 주제로 그림을 그린 화가는 수십 명이 넘어요. 레니만 그린 게 아니란 말이오. 그건 단지 우연의 일치일 뿐이라는 걸 모르겠소?"

"우연의 일치, 물론 그렇겠죠. 당신이 내게 우연의 일치를 말한다는 게 참 우습군요."

시리엘은 손수건을 꺼내 분무기로 물을 적셔 입술을 꼼꼼히 두드렸다. 그를 지켜보는 빅은 이해할 수가 없었다. 왜 저토록 불 가까이 서 있는 걸까? 왜 여기로 와서 앉지 않는 걸까?

"어떤 종류의 살인사건에 대해 수사중이죠?" 시리엘이 물었다.

"정말 모르시나요?"

"물론이오. 그걸 내가 어떻게 알겠소? 혹시 날 의심해서 여길 찾아온 거요?"

빅은 자신이 왜 이 저택에 와 있는지 정확한 이유는 알지 못했지만, 뭔가 수상한 냄새가 나는 것을 직감적으로 느낄 수 있었다. 스테판의 수첩에 적인 시리엘의 이름, 그리고 그림들. 수사의 맥락과 완벽하게 일치하는 것들이었다. 게다가…… 희귀한 피부병으로 인해 흉측하게 변한 시리엘의 얼굴과…… 그가 보여주는 극도의 경계심까지…… 그는 살인사건과 관련 있는 인물임이 분명했다.

"살인범은 범행현장에 지독한 냄새를 남겨놓았습니다. 필시 심각한 신체적 기형이 있거나, 어쩌면 선천성 질병을 앓고 있는 자일 수도……"

시리엘은 눈을 감고 길게 숨을 들이마셨다.

"그래서 더욱더 나를 의심할 수도 있겠군요…… 좀더 자세히 이야기해줄 수 있겠소?"

"왜죠?"

"어쩌면 내가 도울 수 있을지도 모르잖소? 보다시피, 선천성 질병이라면 내가 좀 아니 말이오……"

빅은 잠시 머뭇거렸다. 모든 것을 사실대로 밝히면서 속내를 드러내야 하나, 아니면 아무것도 보여주지 않은 채 그와 맞섬으로써 그가 더 욱더 안으로 움츠러들 위험을 감수해야 하나? 빅은 첫번째 옵션을 택해 정면승부를 하기로 했다.

"그는 여자들을 묶고 모르핀을 주사한 다음 고문을 가했습니다. 정확한 사망 시각을 추정해내지 못하도록 시신의 체온을 높여놓기도 했고요. 하지만 그의 계략은 통하지 않았습니다. 우린 그의 생각 이상으로 앞서가고 있으니까요."

시리엘은 진지한 표정으로 빅을 응시했다. 불 가까이 있음에도 불구하고 땀 한 방울 흘리지 않았다. 빅은 설명을 계속했다.

"살인범은 지금까지 끔찍한 방법으로 두 명의 여성을 살해했습니다. 두 경우 모두 촉각이 가장 예민한 신체 부위를 잘라냈고요. 아마도 과거의 트라우마로 인해 피살자들이 자신을 만지는 것을 용납하지 못했던 것 같습니다. 반면에 그는 자신의 제물이 된 여자들을 만지는 것을 즐긴 것 같더군요. 라텍스로 된 장갑을 벗기까지 했으니까요."

"여자들을 강간했나요?"

"아뇨. 피살자 중 한 명은 온몸에 바늘이 꽂힌 채 내장이 드러나 있었습니다. 레니의 그림 속 절규하는 여인처럼 얼굴이 일그러져 있었고요. 시신 주변에는 열여덟 개의 인형이 놓여 있었는데, 그중 하나는 모습이 변형돼 있었습니다. 또다른 여성에게는 추를 사용한 고문을 가했습니다. 1차세계대전 당시 포탄에 얼굴이 깨진 사람들을 치료할 때 했던 것처럼 턱에 추를 매달았지요. 살인범은 또한 매번 벽에 백묵으로 점수를 적어놓았습니다."

시리엘은 빅의 말을 하나도 빠짐없이 주의깊게 듣고 있었다.

"무슨 점수를 말하는 거죠?"

"피살자들의 고통을 평가한 것입니다."

"고통이라. 마음이 찡해지는군요."

"왜죠?"

"내 그림들의 공통점이 뭔지 아시오?"

"고통인가요?"

"절규라오. 품속의 예수를 빼앗겼을 때의 마리아의 절규. 자신의 아이가 죽는 걸 지켜봐야 하는 어머니의 절규. 전장에서 죽어가는 군인의 절규. 절규는 정지된 장면에서 고통을 전달할 수 있는 유일한 방식입니다. 모든 예술가들이 이 사실을 말해줄 수 있을 겁니다. 절규는 시각과 신체 그리고 소리와 관련된 감각이 응축되어 한꺼번에 폭발하는 것이기 때문이죠. 그럼으로써 고통의 정도를 가늠할 수 있게 해주는 것입니다. 인간은 소리 내어 절규함으로써 잠재돼 있던 본연의 모습으로 돌아가게 되는 것이죠. 즉 동물이 되는 겁니다. 살아남기 위해, 자신을 해치려는 자에게 목숨을 구걸하는 방어수단이라곤 절규하는 것밖에는 없는, 동물 같은 존재가 되는 거죠. 따라서 누군가의 절규를 이끌어내는 것은, 그에 대한 우위와 함께 그를 지배하고 소유하는 것을 의미하는 것입니다."

시리엘은 빅의 눈을 똑바로 응시했다. 그의 얼굴에선 그 어떤 감정 변화도 읽을 수 없었다.

"내 이야기를 듣고 갑자기 영감이 떠올랐나보군요. 괜찮으시다면 이제 당신 이야기를 좀 들었으면 하는데요." 빅이 말했다.

"내 이야기는 별로 흥미로울 게 없어서 말이오."

"어떻게 뒤퓌트랑 박물관 같은 곳을 후원하게 됐는지 얘기해주실 수 있습니까?"

시리엘은 들고 있던 연질 캡슐을 다시금 불빛에 비추면서 유심히 들여다보았다.

"비타민 D. 이게 어디 쓰이는 건지 알고 계시오?"

"자세히는…… 그리고 지금 그런 얘긴……"

"비타민 D는 대부분 햇볕을 쬘 때 피부를 통해 만들어지지요. 뼈와 이를 건강하게 유지하는 데 반드시 필요하며, 결핍되면 다발성 경화증, 고혈압, 심혈관 질환, 그리고 온갖 종류의 암을 유발하기도 합니다. 난 지금 암에 걸려 있소. 불치의 골수암이어서 이제 살날이 기껏해야 몇 주밖에 남지 않았죠."

빅은 또다시 그를 채근했다.

"유감이군요. 그런데 왜 뒤퓌트랑을 후원한 거죠?"

"기괴함이나 기형은 신이 만든 다양함의 일부일 뿐이라는 것을 사람들이 알아야 하기 때문이죠. 난 그들이 얼굴에 섬유종이나 낭종이 있는 사람을 보고 웃지 않기를 바라는 겁니다. 자신의 이웃이 어떤 신체를 지녔든 그를 존중할 줄 알아야 하는 거지요. 뒤퓌트랑은 우리가 사는 세상을 있는 그대로 보여주는 산증인과도 같은 곳이죠. 그런 박물관은 이 세상에 반드시 존재해야 합니다."

빅은 몸을 일으켜 나무 테이블 위에 두 손을 올려놓고 물었다.

"시리엘 씨, 이 살인사건들이 당신과 무슨 관련이 있습니까?"

시리엘이 셔츠 아랫자락을 천천히 들어올렸다. 빅은 속으로 눈살을 찌푸렸다. 딱지는 얼굴뿐만 아니라 그의 온몸을 뒤덮고 있었다.

"난 태어날 때부터 유난히 심한 건피증*을 앓아왔소. 내 피부를 이처럼 보기 역겹게 만든 유전성 질환이죠. 하지만 질병보다 나를 더 힘들게 한 게 뭔지 아시오? 이 병 때문에 아프거나 죽지는 않아요. 다행스럽

---

* 피부 가장 바깥쪽 각질층이 지나치게 자라나 피부를 건조하게 하고 비늘처럼 보이게 하는 유전성 질환.

게도 요즘엔 피부가 더 갈라지는 것을 방지하는 좋은 약들도 있고 말이오. 질병 그 자체보다 나를 더 고통스럽게 한 건……"

그는 주먹을 꽉 움켜쥐었다. 이제 그의 얼굴에서는 말로 표현하기 힘든 증오가 뿜어져나오고 있었다.

"……바로 인간의 사악함이었소. 내 유년기와 청소년기는 지옥 그 자체였소. 고립, 배척, 타인의 차가운 시선과 냉대…… 그들이 내게 해준 거라곤, 날 조롱하고 손가락질하거나 괴물 취급하는 게 전부였으니까."

그는 접은 손수건으로 또다시 입술을 적셨다.

"그들에게 우리는 서커스단의 동물이나 다름없었소. '프릭', 괴물 말이오."

"우리라고요?"

"그렇소, 우리……"

"추악한 살인을 저지르는 사람들을 말하는 건가요? 왜 그런 짓을?"

시리엘은 극도로 침착한 태도를 유지했다. 그 무엇도 그를 동요하게 할 수 없을 듯했다.

"난 모르는 일이오."

"당신은 지금 거짓말을 하고 있어요."

노인은 현관 쪽을 가리켰다.

"난 더이상 해줄 말이 없소. 저기로 나가면 되오. 배웅은 하지 않겠소."

빅은 그를 쏘아보며 말했다.

"다시 찾아오겠습니다. 반드시 찾아오겠다고 약속드리죠. 그때는 동료와 함께 오겠습니다."

"그러기를 바라오. 내 집은 누구에게나 항상 열려 있으니까."

빅이 홀을 향해 걸어가려는 순간, 시리엘은 그를 다시 불러 세웠다.

빅의 눈이 휘둥그레졌다. 노인이 그를 향해 권총을 겨누고 있었다.

"그래서, 대답을 듣지도 않고 이대로 날 버려두고 갈 생각인가? 정말 한심한 경찰이군. 지금까지 내가 만나본 수사관 중에서 최악인 것 같군. 거기 벽에 등을 대고 좀 앉으시지. 잠깐 얘기를 좀 해야 할 것 같으니까."

그는 딱하다는 표정으로 빅을 바라보며 고개를 가로저었다.

"인어아기의 피부 조각, 식초, 살인현장에 남은 괴저 냄새, 〈죄 없는 이들의 학살〉, 그리고 그레고리 마슈라는 남자, 이 모든 단서들을 통해 당신들이 나라는 존재를 신속하게 찾아내리라 기대했지. 그런데 아무리 기다려도 아무도 오지 않더군. 그래서 이대로 죽게 되는 줄만 알았는데."

빅은 등골이 오싹해졌다. 시리엘은 이미 모든 것을 알고 있었던 것이다.

"그레고리 마슈? 그럼……"

"그는 그저 관리인일 뿐이오. 파르카이 모텔의 주인은 바로 나요."

시리엘은 부지깽이를 집어 불붙은 장작을 마룻바닥으로 밀어냈다.

"이제 모두 끝났소. 당신이 여기에 옴으로써 난 마침내 자유로운 몸이 된 거요. 내 역사는 막을 내리고, 또다른 역사가 시작될 거요. 인계도 이미 다 마쳐놓았으니, 내 후계자가 잘해내리라 믿소."

불이 따닥따닥 경쾌한 소리를 내며 서가의 나무를 향해 서서히 옮겨붙기 시작했다. 빅이 몸을 일으키려고 하자, 시리엘은 그의 오른쪽 어깨에서 1미터 정도 떨어진 곳에 총을 쏘아 그를 저지했다.

"다 알기도 전에 그냥 떠날 작정이오?"

"뭘 알아야 한다는 거죠?"

"당신의 무능력은 정말 나를 실망시키는군."

시리엘은 불 붙은 장작을 여기저기로 굴리면서 곳곳에 불씨를 흩뜨려놓았다.

"당신들이 쫓는 사람은 고통의 메커니즘을 누구보다도 잘 아는 인물이오. 고통이 어떻게 작용하는지, 어떻게 변질될 수 있는지, 그리고 그 역사까지 모두를. 그는 모든 시대를 초월한 고통의 흔적을 찾아가는 중이지. 레니의 그림, 전쟁 부상자들, 프리다 칼로, 또는 이번 살인사건의 피해자 한 사람처럼 몸에 천을 드리운 벤탈라*의 여인…… 카상드라 리베르망의 시신 연출에서 그런 것을 못 느꼈단 말이오?"

"대체 누가 그런 짓을 한 겁니까?"

시리엘은 연질 캡슐을 이 사이에 넣고 얼굴을 찡그리며 깨물었다. 빅이 또다시 몸을 일으키려고 하자, 이번에는 그의 몸에서 50센티미터 떨어진 곳으로 총알이 발사되었다.

"이 독은 어떤 고통도 느끼지 않으면서 몇 분 내로 죽음을 맞이하게 해주지. 곧 알게 되겠지만…… 당신이 찾는 남자는 괴물이 아니란 것만 알아두시오. 교통사고로 모습이 일그러진 이들을 비뚤어진 시선으로 바라보는 사람들, 다른 이들의 불행을 즐기는 사람들이 바로 괴물이오. 이 사회가 곧 괴물이란 말이오. 따라서 사회 전체가 그 대가를 치러야 하는 거요."

불길은 이미 벽면을 따라 퍼져나가 책들을 불태우고 있었다. 빅은 가슴에 무릎을 대고 쪼그린 채 몸을 웅크렸다. 그로서는 달리 방법이 없었다. 시리엘은 빅이 인터폰을 누르는 순간 모든 것을 치밀하게 준비해놓은 것이다.

---

* 1997년 내전으로 인한 대량 학살사건이 일어난 알제리의 지역. 사백여 명이 손발과 목이 잘리거나 몸이 토막나고 배가 갈리는 등 잔인한 방식으로 살해되었다.

"언제 또 살인을 할 작정입니까?"

"곧…… 머지않아 곧. 복수를 위한 머신이 이미 작동을 시작했소. 난 다음번 희생자가 누구인지도 알고 있지. 이제 다른 세상에서 그의 고통을 즐기게 되겠지만."

그는 주머니에 넣어두었던 DVD를 꺼내 미소를 띤 채 바라보며 중얼거렸다.

"이 속에 모든 것이 들어 있지. 당신이 오기만을 기다려온 녀석이지. 당신이 궁금해하는 것에 대한 모든 답을 가지고 있는."

시리엘은 그것을 벽난로 속에 던졌다.

"이제 안타깝게도 당신이 무력하게 지켜보는 가운데 재로 변하게 되겠지만. 당신은 당신이 간직한 환상을 이미지로 구체화해본 적이 있나? 이 세상의 돈을 다 준다 해도 얻을 수 없는…… 그 오묘한 실체를 눈으로 확인한 적이 있나? 난 그런 적이 있지…… 난 내가 간직해온 환상을 실제 영상으로 볼 수 있었지. 그걸 만든 이는 그것을 통해 자신의 고통을 구체화했던 거고. 그래서…… 그와 난 서로를 잘 이해할 수 있었던 거야."

앞으로 고꾸라지는 시리엘의 입에서 시커먼 액체가 흘러나왔다. 그는 손수건으로 입을 문지르면서 힘없이 중얼거렸다.

"생각보다…… 아프지 않은 것도 아니군…… 제기랄……"

"누군지 말해달란 말입니다!" 빅은 점차 가까이 다가오며 위협하는 불길을 피해 오른쪽으로 비키며 외쳤다.

"당신이 그랬지…… 그가 시신을 데웠다고…… 놀라운 추리력이군…… 혹시 그 근처에서 물을 발견하진 않았나?"

"맞아! 바닥에 물기가 남아 있었어. 어째서? 어째서 그런 거지?"

시리엘의 얼굴이 점차 일그러졌다. 이제 불길은 홀로 통하는 문 앞까지 번져 있었다. 두텁고 검은 연기가 사방으로 퍼져나갔다.

"언제나…… 아주 작은 것에 주목해야 하는 법이지. 그는 뭔가를 늦추기 위해 시신을 데운 게 아니야. 그가 그렇게 어리석은 줄 아나? 당신의 그…… 경찰 교과서에서 배운 알량한 지식일랑 잊어버리는 게 좋을 거야. 그리고 자연이 우리에게 부여해준 능력에 집중할 줄 알아야……"

"지금 감각을 말하는 건가?"

"오감을 넘어서서…… 좀더 멀리 보는 법을 배우기를…… 결핍을 무엇으로 메울 수 있겠나? 당신이 훌륭한 수사관이라면, 그 순간, 뜨거운 육체 앞에서 살인범이 느낀 것을 느낄 수 있어야 할 거야. 그래야 비로소 이해할 수 있을 거라고. 상반되는 것들을 잘 생각해보면 당신의 의문도 풀릴 것이고."

"더 말해봐! 말하라고! 좀더! 그가 대체 누구지?"

격렬한 경련과 함께 앞으로 고꾸라진 시리엘은 허공으로 눈을 치켜뜬 채 바닥에 쓰러졌다. 빅은 재빨리 달려가 그를 마구 흔들며 소리쳤다.

"말해, 말하란 말이야!"

하지만 노인은 이미 숨을 거둔 후였다.

빅은 몸을 일으켜 벽난로를 확인했다. DVD는 불타버린 채 시커멓게 변해 있었고, 주변의 모든 것이 불길에 휩싸여 있었다. 책과 문서, 가구 등 모든 것이. 건질 것이 아무것도 남아 있지 않았다. 그는 시뻘건 혀를 날름거리며 앞길을 가로막고 있는 불의 장막을 향해 돌진했다. 웃옷 자락에 불이 옮겨붙었지만, 소리를 지르면서 벗어던진 후 그림이 걸려 있는 홀을 향해 질주했다. 그리고 마침내 밖으로 나올 수 있었다.

신선한 공기. 숲. 삶.

순간 심한 한기가 느껴졌다. 웃옷을 불길 속에 내던지고 온 것이다.

더구나 스테판의 수첩마저 그 속에서 연기로 사라져버리고 말았다……

빅은 숨을 헐떡거리며 저택 정문을 향해 달려갔다. 시리엘은 자신의 집 밖으로 어떤 비밀도 새나가지 않게 하기 위해, 자기 삶의 모든 흔적과 희귀한 수집품마저 모두 불태우고 말았다. 자신이 저지른 끔찍한 행위의 흔적과 함께.

하지만 그는 죽기 전에 자신의 증오심을 다른 이에게 물려주는 치밀함을 잊지 않았다. 자신을 대신할, 아마도 결코 살인을 멈추지 않을 살인마에게.

저택 한가운데 멈춰 선 빅이 갑자기 고개를 들었다. 뒤에서 바스락거리는 소리가 들려왔다. 뒤를 돌아보았다. 그의 바로 앞으로 짙은 어둠 속에 늘어선 나무들이 보였다. 바람에 나뭇잎이 흔들렸다. 빅은 권총을 꺼내든 채 사방을 둘러보았다. 그리고 주차해둔 차를 향해 잰걸음으로 걷기 시작했다.

어느 순간 그의 콧방울이 벌름거리기 시작했다.

냄새. 시체 썩는 냄새였다.

그가 어딘가에 숨어 있는 게 틀림없었다.

빅은 오른쪽, 왼쪽, 앞뒤의 허공을 향해 마구 총을 겨누었다. 심장이 터져나갈 것처럼 빠르게 뛰기 시작했다.

또다시 나뭇잎 스치는 소리가 조금 전보다 더 잦은 간격으로 들려왔다. 두려움을 느낀 빅은 총을 세 발 연속 발사했다. 시그사우어가 진동하는 동시에 어깨에 극렬한 통증이 느껴졌다. 빅은 입을 앙다물고 손으로 팔뚝을 부여잡은 채 앞으로 고꾸라졌다. 그의 몸속을 흐르던 피가 무수한 바늘로 변해 온몸을 찔러대는 것 같았다. 그는 손에서 권총을 떨어뜨렸다. 그를 괴롭히는 지독한 통증 외에는 아무것도 존재하지 않는 듯했다.

잠시 후 마침내 통증이 사라졌을 때, 빅은 땅바닥에 몸을 움츠린 채 떨고 있었다.

머리 위를 비추던 달마저 갑자기 사라진 듯 자취를 감추고 보이지 않았다. 하지만 하늘에는 구름 한 점 찾아볼 수 없었다.

갑자기 어디선가 풍겨온 역겨운 냄새가 그의 코를 자극했다.

왼쪽 풀밭에서 바스락 소리가 들려왔다. 그의 귀와 아주 가까운 곳에서.

그리고 차가운 물체가 그의 관자놀이에 와 닿았다.

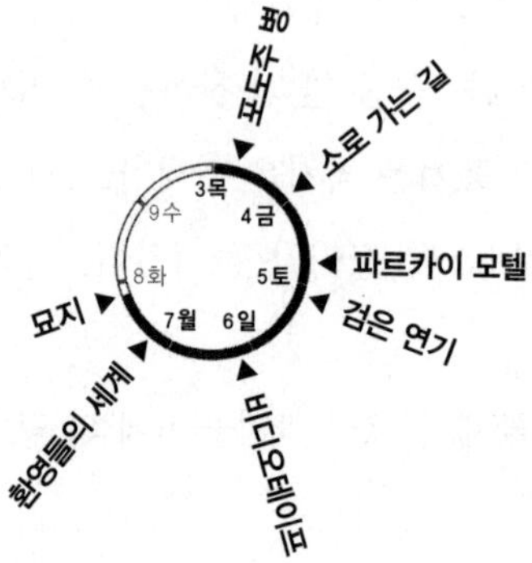

52. 5월 7일 월요일, 21시 18분

마지막 꿈: 묘지

비가 내리고 있었다. 하늘에 구멍이라도 뚫린 듯 세차게 퍼부으며 대지를 물에 잠그고 여린 꽃들을 고개 숙이게 하는 얼음장처럼 차가운 빗줄기가. 스테판은 라모를레 공동묘지 입구를 향해 서 있었다. 검은 옷과 모자를 쓰고 우산을 든 긴 행렬이 차례로 차에 올라타고 마을로 떠나는 광경을 한참 동안 지켜보면서.

그는 두 주먹을 꽉 쥐고 팔을 길게 늘어뜨린 채 미동도 하지 않았다. 차가운 빗줄기가 그의 뺨과 머리, 목덜미로 흘러내리며 한기를 더했다.

"내가 말했지, 이 모든 것이 아무 소용 없을 거라고. 내가 좀더 현명했더라면…… 하지만 어떻게? 내 머릿속이 온갖 끔찍한 것들로 가득차 있는데 어떻게 그럴 수 있었겠느냐고. 그 모든 일들을 겪으면서? 어떻게 내가 제정신일 수 있었겠어?"

검은 양복에 흰 셔츠, 짙은 색 넥타이를 맨 빅 마르샬이 스테판과 마주선 채 커다란 우산을 받쳐주며 위로했다.

"자넨 최선을 다한 거야. 이 모든 건 너무나…… 비논리적이야. 그러니 뭘 믿을 수 있겠어?"

빅은 멍하니 허공을 바라보며 담배를 입에 물고 차분히 불을 붙였다. 그들의 머리 위로 빗방울이 우산에 부딪히는 소리가 들려왔다.

"그놈을 곧 잡을 수 있을 거야, 스테판. 반드시 잡겠다고 약속할게. 이제 얼마 남지 않았다고."

"그런다고 달라지는 건 아무것도 없어. 그녀는 죽었어. 그놈한테 잔인하게 살해당했다고. 이제 그 무엇도 그녀를 되살리지 못해."

스테판은 고통스럽게 한숨을 내쉬며 비에 젖은 자신의 얼굴을 한참 동안 어루만졌다.

"무엇보다 날 고통스럽게 하는 건, 내가 이 모든 걸 꿈에서 이미 봤다는 사실이야…… 마지막 꿈에서 우리 둘이 이렇게 비 내리는 날 이것과 똑같은 우산을 쓰고 저 사람들과 함께 이 무덤 앞에 서 있는 장면을 봤어. 무덤에 놓인 꽃도 똑같고, 대리석 색깔도, 꽃병 색깔마저 똑같았다고. 이 모든 걸 그토록 정확하게 알고 있었는데도 어떻게 이 일을 막지 못한 거지?"

"가장 중요한 요소들이 빠져 있었기 때문일 거야. 퍼즐은 모든 조각을 갖추어야 완성할 수 있는 거니까."

스테판은 꽃과 묘석으로 덮인 무덤을 향해 천천히 돌아섰다. 그리고 몸을 숙여 바닥에 놓인 꽃들을 집어 꼼꼼히 한데 모았다. 그는 대리석에 새겨진 묘비명을 손등으로 어루만지면서 비통한 표정을 지었다.

'실비 키스메, 1974~2007'

"꿈속에서 난 이 묘비명을 보았어. 아내가 죽을 거라는 걸 알고 있었다고."

스테판은 그 자리에 꿇어앉은 채 절규했다.

"왜? 어째서 난 당신을 구하지 못한 거지? 내 사랑!"

그는 목이 메도록 울고 또 울었다. 빗줄기가 더욱더 거세지고 있었다.

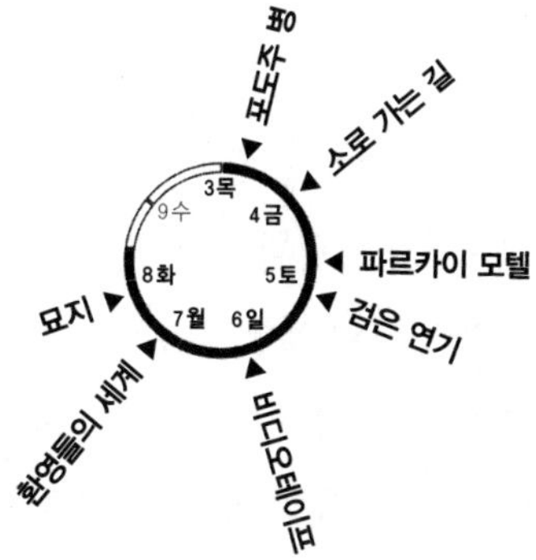

53. 5월 8일 화요일, 07시 22분

스테판은 소스라치게 놀라며 잠에서 깨어났다. 다크랜드에서 뛰쳐나온 그는 위층으로 내달았다.

"실비! 실비! 오, 안 돼!"

침대는 비어 있었다. 벌써 7시 24분이었다. 왜 이제야 일어난 걸까? 수면제. 좀더 빨리 잠들기 위해 수면제를 먹은 탓이었다…… 맙소사!

벌써 화요일이었다. 이제 내일밤이 되면 그는 피투성이가 된 손으로 이 집안을 헤매고 있을 것이다. 그건 실비의 피가 틀림없었다. 이제 그는 분명히 알 수 있었다.

스테판은 두려움에 사로잡힌 채 창가로 달려갔다. 실비의 회색 아우디가 보이지 않았다. 휴대폰으로 그녀에게 전화를 걸자 곧바로 자동응답기로 연결되었다. 패닉 상태가 된 그는 음성메시지를 남겼다.

"당신은 지금 위험에 처해 있어. 지금 당장 경찰서로 가야 해!"

스테판은 서둘러 깨끗한 청바지와 티셔츠로 갈아입었다. 세수를 하거나 머리를 매만질 시간조차 없었다. 헝클어진 긴 머리가 어깨까지 아무렇게나 내려오고, 수염이 지저분하게 자라나 있었다. 그는 부엌에서 수면제 세 알을 으깨 물병에 넣고 흔들었다.

그리고 포드를 전속력으로 출발시켰다.

도심에서 그토록 빨리 달린 것은 그로서는 처음 있는 일이었다. 수시로 다른 차를 추월했다가 다시 끼어들기를 반복하면서, 다른 차들의 클랙슨과 헤드라이트 신호를 유발했다. 그러다가 프랑실리엔 구역에서 교통 체증이 발생해 더이상 앞으로 나아갈 수 없었다. 스테판은 실비에게 계속 전화를 걸었다. 자동응답기에 새로운 메시지들이 쌓여갔다. 다른 차들의 운전자들이 의아해하는 얼굴로 그를 흘끗흘끗 쳐다보았다.

"뭐가 잘못됐나?" 스테판은 그들을 향해 외쳤다. "내가 미친놈 같아? 난 평생 동안 미친놈 취급을 받아야 해? 그래, 난 미쳤어. 완전히 미쳤다고!"

마침내 그는 파리 외곽순환도로로 진입할 수 있었다. 시각은 8시 43분을 가리키고 있었다. 스테판은 파리의 길고 널찍한 도로를 지나 실비가 일하는 부동산 중개소가 있는 도로로 접어들었다. 그는 건물 입구 바로 앞 보도에 주차한 다음 건물 안으로 뛰어들어갔다.

"실비! 실비 키스메를 만나야 합니다! 난 그녀의 남편입니다. 내 아내를 당장 만나야 한다고요!"

입구에 있던 안내 직원이 경계하는 눈빛으로 그를 쳐다보며 수화기를 들고 내선 번호를 눌렀다.

"아직 출근 전이신 것 같네요. 조금만 기다리시면……"

스테판은 숨을 몰아쉬면서 다시 뒤로 돌아 건물 입구로 향했다. 평소대로라면 파리 북역에 도착한 실비는 지하철로 갈아탄 후 사무실 근처 역에서 내려 걸어오는 중일 터였다. 그냥 조금 늦는 것뿐, 무슨 일이 생긴 건 아닐 거야. 스테판은 초조한 기색으로 건물 입구 부근을 서성거렸다. 그저 기다리는 수밖에 달리 할 수 있는 일이 없었다.

한없이 길게 느껴진 몇 분이 지나자, 도로 끝에 말쑥한 베이지색 정장 차림으로 걸어오는 실비가 보였다. 스테판은 그녀를 향해 달려갔다.

"실비! 오!"

스테판을 쳐다보는 실비의 눈빛에서 놀라움과 두려움이 동시에 느껴졌다.

"날 그냥 내버려둬!" 그녀는 계속 걸어가면서 차갑게 쏘아붙였다. "집으로 돌아가! 난 오늘 할 일이 많아. 당신과 실랑이할 시간이 없단 말이야!"

스테판은 그녀의 뒤를 바짝 쫓아가며 말했다.

"당신은 지금 위험에 처해 있어. 그가…… 살인범이 당신을 노리고 있다고."

"이젠 별소리를 다 하네."

"내 말을 믿어야 해!"

"당신 말을 믿어. 뭐든 믿을 테니 제발 집으로 돌아가."

포드를 세워둔 곳에 이르자, 스테판은 실비의 손목을 움켜잡았다.

"당신은 나와 함께 가야 해! 여기서 멀리 도망가야 한다고! 그래야만……"

실비는 그에게서 벗어나려고 버둥거렸다. 그녀의 뺨이 벌겋게 달아올랐다.

"날 그냥 내버려두라니까. 안 그러면 소리지를 거야!"

스테판은 주변을 둘러본 다음 단호한 몸짓으로 그녀를 끌고 가 차 안으로 밀어넣었다. 그러자 실비는 더욱더 큰 소리로 외쳤다.

"지금 뭐하는 거야? 이러지 마! 이러지 말란 말이야!"

스테판은 실비를 저지하면서 간신히 조수석의 문을 닫아 잠그는 데 성공했다. 밖에서는 지나가던 행인들이 멈춰 선 채 의심쩍은 표정으로 그들을 지켜보고 있었다. 발버둥치던 실비는 스테판의 얼굴을 손톱으로 할퀴었다. 그의 뺨에 할퀸 자국이 세 줄로 선명하게 생겨났다. 실비가 차 밖으로 나가려고 온 힘을 다해 잡아당기는 바람에 문손잡이가 빠지고 말았다. 그러자 스테판은 순간적으로 그녀의 뺨을 때렸다.

"오, 이런! 미안해! 이러려던 게 아니었는데."

그는 차를 출발시켜 도로 끝까지 달려간 다음 차를 세웠다. 그곳에서 실비를 좌석 등받이에 바짝 밀어붙인 다음, 수면제를 탄 물병을 위협적으로 그녀의 입으로 가져갔다.

"마셔! 이걸 마시란 말이야!"

실비는 울음을 터뜨렸다.

"제발 이러지 마…… 싫어……"

"마셔!"

그녀는 스테판이 시키는 대로 물을 삼키고 겁에 질린 눈으로 애원하듯 말했다.

"날 해치지 않겠다고 약속해줘……"

"절대로! 절대로 당신을 해치지 않을 거야! 당신이 날 미친놈 취급하는 건 알지만, 난 당신을 지키려고 이러는 거라고. 며칠만…… 딱 며칠만 참으면 다 괜찮아질 거야, 예전처럼."

"지금까지 괜찮은 건 아무것도 없었어. 날 그냥 내버려둬, 스테판. 제발 부탁이야. 난 두렵단 말이야."

스테판은 자동차 차양에 달린 작은 거울을 들여다보았다. 그의 얼굴에 생긴 할퀸 자국. 뽑힌 채 바닥에 내팽개쳐진 문손잡이. 그가 꿈속에서 본 것과 똑같은 상황이 발생한 것이다.

"어떻게 이런 일이 일어날 수 있지?"

실비는 이 지경까지 망가진 남편을 바라보며 한없는 슬픔을 느꼈다. 그의 광기는 이제 치유가 불가능해 보였다. 그녀는 희미해진 의식 속에서 가냘픈 목소리로 중얼거렸다.

"어디…… 날 어디로 데려가는 거야?"

"집은 아니야. 집으로는 절대 가지 않을 거야."

그들이 탄 차는 복잡한 파리의 도심을 벗어나 '리옹' 방향 표지판을 따라가다가 6번 고속도로로 접어들었다. 실비는 깨어 있기 위해 이를 악물었다. 잠시 후, 스테판은 잠든 그녀를 지켜보면서 생각했다. 참으로 아름다운 여자가 아닌가. 이 여자를 반드시 지켜내고야 말 것이다. 그 누구도 이런 나를 가로막지 못할 것이다. 그리고 그녀에겐 아무 일도 일어나지 않을 것이다. 이번에는 반드시 내가 이기고 말 테니까.

하지만 그는 갑자기 차의 속도를 늦추면서, 되돌아가고 싶은 마음과 힘겹게 싸워야 했다. 그가 파리에서 멀리 달아난다면, 멜린다를 어떻게 감시할 수 있겠는가? 멜린다 역시 보호해야 할 대상이 아닌가? 운전대를 잡은 그의 손에 경련이 일었다. 소녀와 아내 중에서 선택을 해야만 했다.

마침내 스테판은 일생을 통해 가장 고통스러운 결정을 내렸다. 멜린다를 포기하기로 한 것이다. 그 아이의 곱슬곱슬한 머리와 앞니 빠진 천진스러움을 외면해야만 했다.

"정말 미안하구나, 멜린다. 날 용서해라. 오, 부디 날 용서해줘……"

몇 시간 후 그는 고속도로 휴게소에서 차를 멈추었다. 물 반병을 들이켠 뒤, 그 틈을 이용해 자신의 휴대폰 배터리를 빼버렸다. 실비의 옷

주머니에서 휴대폰을 찾았지만 보이지 않았다. 그녀의 핸드백 역시 사무실 앞에서 실랑이를 벌일 때 잃어버린 듯했다. 신분증, 지갑 모두를…… 유감이지만 그에게는 그보다 더 중요한 것이 있었다.

그는 다시 길을 떠났다. 세 시간을 더 달려가자 산악 지대가 눈에 들어오기 시작했다.

그것은 운명의 가차없는 손길이 그를 기다리고 있을지도 모르는 보주 산맥이 아닌, 아르데슈의 산들이었다.

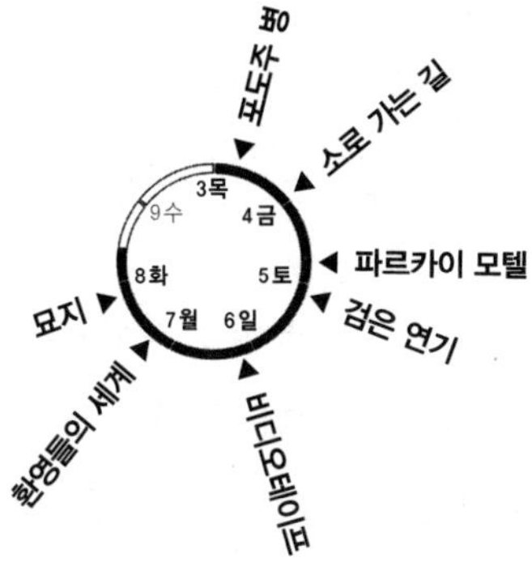

54. 5월 8일 화요일, 09시 45분

삼십여 분 전부터 빅은 셀린 옆에 놓인 병원 소파에서 쉬고 있었다. 병원으로 다시 오기 전 그는 개인 클리닉에 들러 뇌 검사를 받았다. 엑스레이 검사 결과 특별한 외상의 징후는 보이지 않았다. 그는 아파트 계단에서 굴러떨어지면서 머리를 세게 부딪혔다고 둘러댔다.

하지만 실상은 그보다 훨씬 더 위험했다. 살인범은 권총 손잡이로 그의 머리 뒤쪽을 세게 내리쳤고, 그는 몇 분간 의식을 잃고 누워 있다가 겨우 다시 정신을 차려 차를 타고 그곳을 빠져나올 수 있었다. 그사이 시리엘의 저택은 잿더미로 변해 있었다.

그때부터 한 가지 의문이 그를 괴롭혔다. 살인범은 왜 그를 죽이지 않고 기절만 시킨 걸까? 자신은 누구보다도 우월한 존재라고 생각하면서 그를 살려준 걸까? 어쩌면 빅은 애초부터 살해 대상에 포함돼 있지 않았기 때문인지도 몰랐다.

살인사건 전담 수사관 빅 마르샬, 프랑스에서 가장 명성이 자자했던 수사관 중 한 명의 아들인 그는 경찰 자격 박탈보다 더 큰 위기에 처했다. 사건의 중요한 열쇠를 쥐고 있던 인물인 노엘 시리엘이 그로 인해 스스로 목숨을 끊은 것이다. 그 사실은 그에게 매우 심각한 문제를 초래할 수도 있었다.

늙은 사디스트는 이제 더이상 이 세상에 존재하지 않았다. 그의 비밀은 그와 함께 영영 사라져버렸다. 수사를 위해서나 빅의 동료들, 미래의 희생자들을 생각하면 참으로 유감스러운 일이 아닐 수 없었다. 빅은 비밀을 지켜야만 했다. 어떻게 해서든지.

셀린은 빅이 온 이후로 거의 입을 열지 않았다. 바짝 메마른 입술로 몸을 웅크린 채 허공을 응시할 뿐이었다. 어떤 말도 그녀에게 위로가 되지 않았다. 그녀가 뱃속에 품고 움직임을 느끼던 아이였다. 이제 그 무엇도 그녀가 느끼는 상실감을 대신해줄 수는 없을 터였다.

"그 남자……" 마침내 셀린이 한숨과 함께 간신히 말을 뱉어냈다. "전에 나를 찾아왔던 그 남자가…… 우리 아이가 죽을 거라고 경고했었어……"

"난 그 사람을 다시 만나지 못했어." 빅은 거짓말을 했다. "그 사람이 누군지도 몰라. 당신도 이제 그만 생각해. 모든 기억을 지워버리라고. 파리, 내 직업, 아이까지 모두. 당신 어머니와 내가 당신을 돌볼 거야. 알았지, 여보?"

셀린은 한숨을 내쉰 다음 눈을 감고 그대로 잠들어버렸다.

한 시간 후, 충전기에 꽂아놓은 빅의 휴대폰에서 메시지 수신음이 울렸다. 그는 조용히 일어나 휴대폰을 가지고 왔다. 전날 밤 남겨진 메시지를 미처 듣지 못했던 것이다. 의사인 그의 친구가 남긴 메시지였다.

빅은 전화기를 귀에 바짝 갖다댔다.

“빅, 질이네. 연락이 늦어서 미안해. 몸이 좀 안 좋았거든. 자네가 보내준 사건현장 사진을 살펴보았어. 그리고 알아냈네. 온몸에 바늘이 꽂힌 채 죽은 여인, 인형들, 그리고 시신의 고통스러운 표정. 의심의 여지가 거의 없었지. 그런데도 답변이 늦어진 것, 다시 한번 미안하게 생각하네. 자네가 쫓는 살인범은 중요한 두 가지 근거에서 영감을 얻은 것 같더군. 정신적 그리고 육체적 고통과 관련된 예술작품들에서 말이야. 자세한 건 직접 만나서 얘기하겠지만, 우선 간략하게 설명하도록 하지. 먼저 금발머리 여성을 살해할 때 연출된 방식은 프리다 칼로의 자화상과 너무도 흡사하게 닮아 있더군. 자네도 알고 있겠지만, 온몸에 바늘을 꽂은 자신의 모습을 표현한 것으로 유명한 멕시코의 여성 화가 말이야. 그녀는 여덟 살에 소아마비에 걸려 오른쪽 발이 변형되었어. 그래서 ‘불구자 프리다’라는 별명을 얻었지. 열여덟 살 되던 해에는 미술학교에서 돌아오던 길에 그녀가 탄 버스와 전차가 충돌하는 대형 사고를 당했어. 당시 그녀의 배를 뚫고 들어온 쇠막대가 그녀의 질까지 파고들었지. 그 사고의 후유증으로 그녀는 아주아주 오랫동안 형언할 수 없는 극심한 고통에 시달려야만 했어. 그것이 바로 금발머리 여성의 온몸에 꽂혀 있는 바늘의 의미인 거야. 인간은 고통받기 위해 이 세상에 태어난다고 말하려는 것처럼 말이야. 훗날 칼로는 몸 전체에 통증이 느껴지는 섬유근통증후군이라는 불치의 병을 앓게 돼. 즉 자네가 잡으려는 살인범은 그녀 안에서 자신의 모습을 보는 거야. 밖으로 드러나지 않는 지속적인 고통 그리고 그로 인한 정신적 고통의 관계 속에서 실마리를 찾아보라고. 살인범 역시 섬유근통증후군을 앓고 있는 건 아닐까? 눈에 보이지 않는 내부의 질병 같은? 아무튼 다시 사진 얘기를 하자면, 시신에 천을 휘감아놓은 것, 인형들을 사용한 연출 등은 성서에 근거한 그림을 떠올리게 하더군. 〈죄 없는 이들의 학살〉이라는 그림. 전화로는 전부 설명할 수 없으니까, 시간 되는 대로 연락 주게나……"

들고 있는 휴대폰에서 다시 신호음이 울리기 시작했다. 빅은 소파에서 몸을 일으켜 조용히 병실을 빠져나왔다. 모르티에 반장이었다. 빅은 심호흡을 한 뒤 전화를 받았다.

"자네 지금 어딘가?" 그의 상관은 다짜고짜 쏘아붙였다.

"병원에 아내와 함께 있습니다. 미리 연락을 드렸어야 하는데……"

"살인범이 누군지 알아냈네."

빅의 얼굴이 일그러졌다.

"네?"

"거의 알아냈다고. 이제 시간문제일 뿐이야. 유력한 제보가 들어왔거든. 한 남자가 대로에서 어떤 여성을 강제로 차에 태우고 달아났다는 거야. 그 여자의 핸드백이 발견됐는데, 실비 키스메의 것이었어. 그 남자가 누구인지 알겠나?"

"스테판 키스메?"

"빙고! 그가 주장한 레스토랑 알리바이는 전기난방기에 관한 의문이 풀리면서 더이상 아무런 효력이 없게 됐잖아."

"하지만 두번째 살인사건이 발생했을 때 그는 저와 함께 있었습니다. 그리고……"

"그가 또다른 술책을 부린 건지 알 게 뭔가? 그를 데려와 신문해보면 모두 밝혀지겠지만. 분명한 건 그 미치광이한테는 브레이크가 없다는 거야. 이젠 자기 부인까지 해치려 하고 있으니 말이지."

빅은 아무런 대꾸도 하지 못했다. 모르티에 반장은 크나큰 오해를 하고 있었다. 스테판 키스메는 요란스럽게 떠나야 할 만큼 매우 심각한 꿈을 꾼 것이 분명했다.

"어이, 마르샬? 지금 내 얘기 듣고 있나?"

"네, 반장님…… 좀 놀라서요. 전 키스메가 범인이라고 생각하지……"

"아니, 자넨 생각을 제대로 하지 않은 거야. 바로 그게 문제였다고. 난 안부나 물으려고 자네에게 전화한 게 아니네. 이번에 자네는 실패했네. 그러니 그에 합당한 문책을 기대하고 있는 게 좋을 거야."

빅은 오금이 저려왔다. 그는 스테판의 휴대폰 음성메시지에 자신에게 즉시 연락하라는 메시지를 남겨놓은 터였다. 혹시라도 동료들이 그걸 손에 넣게 된다면…… 그나마 다행스럽게도, 그 속에서 시리엘에 관한 이야기는 하지 않았지만.

"그가…… 지금 어디 있는지 알아냈나요?"

"아직은 아니네. 하지만 키스메나 그 부인의 휴대폰 신호가 포착되는 대로 곧 알 수 있겠지. 고속도로 톨게이트 감시카메라나 주유소 CCTV 등을 살펴볼 수도 있고. 이젠 도망자가 어디서건 오랫동안 숨어 있을 수 있는 시대가 아니란 말이지. 우리가 바라는 건, 그 미치광이 살인마가 그녀에게 또다시 극악한 짓을 하기 전에 그를 붙잡는 것이네."

"그럼 전 뭘 하면 됩니까?"

"자넨 자네가 하고 싶은 걸 하게."

반장은 전화를 끊었다. 잠시 동안 멍하니 서 있던 빅은 담배를 피우러 병원 밖으로 나갔다. 어째서 스테판은 자기 아내를 강제로 차에 태우고 도망간 걸까? 대체 무엇이, 누가 두려워서 그런 걸까? 왜 자신에게 연락하지 않는 걸까?

빅은 벤치에 앉아 두 손으로 머리를 감쌌다. 그는 스테판의 꿈이 기록된 수첩과 함께 자신의 기회를 허공에 날려보냈다. 스테판의 행동을 이해할 수 있는 열쇠와 로또 당첨 기회도 함께. 그와 셀린이 꿈꾸어오던 농장도…… 운명은 예정된 것들을 결국 일어나게 하고야 만다는 스테판의 말이 떠올랐다. 운명을 변화시키려는 어떤 의지나 노력도 헛되게 만들면서.

빅은 머리가 지끈거리며 아파왔다. 수사, 셀린의 유산, 스테판의 꿈들, 그리고 한 남자가 미래를 예견한다는 사실을 받아들여야만 했다. 벅찼다. 한 사람이 감당하기엔 너무나 힘겨운 것들이었다.

어쩌면 스테판 키스메는 모든 진실을 알고 있을지도 몰랐다. 앞으로 무슨 일이 일어날지를. 그는 결백하면서도 살인범으로 체포될 위기에 처해 있었다.

빅은 기도했다. 불쌍한 키스메가 머지않아 붙잡히게 되더라도 시리엘에 관한 이야기만은 결코 하지 말아주기를.

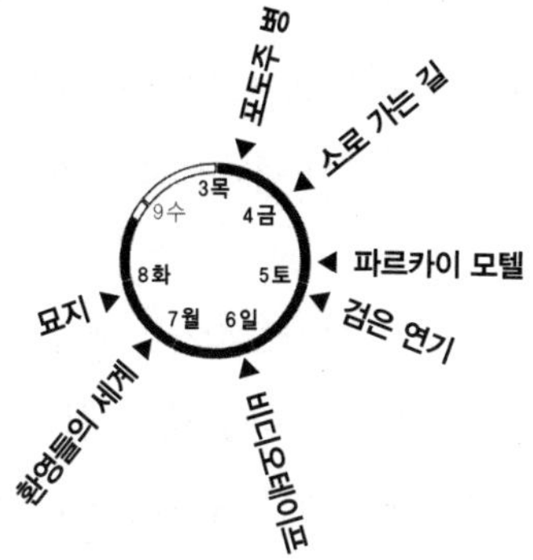

55. 5월 8일 화요일, 17시 30분

라봄은 절벽의 바위 위에 조성된 마을이었다. 길의 경사가 매우 급하고 좁아서 차량이 통과할 수 없었다. 아르데슈 강의 지류인 봄 강을 굽어보는 마을은 마치 바깥세상과는 담을 쌓고 살아가는 듯 보였다. 거리를 돌아다니는 사람도, 창의 덧문이 열린 곳도 눈에 띄지 않았고, 돌벽에 부딪히는 불안한 바람 소리를 제외하고는 아무 소리도 들리지 않았다. 이십여 년 동안 변한 것이라곤 아무것도 없는 듯했다.

가족간의 불화로 모든 관계가 단절되기 전까지 스테판은 양부모와 함께 가끔씩 이곳을 다녀가곤 했다. 그럴 때마다 그들은 양아버지의 동생 쥘리앵의 집에서 머물렀다. 스테판은 그의 집이 비어 있기를 바라면서 문을 두드렸다. 쥘리앵이 대개 프로방스의 집에서 머물곤 했던 기억이 떠올랐다.

안에는 아무런 인기척도 느껴지지 않았다. 처음으로 행운의 여신이 그의 편인 듯했다. 완벽한 은신처를 발견한 것이다. 스테판은 조그만 돌계단을 조심스럽게 내려가 집 뒤로 돌아갔다. 그리고 티셔츠를 벗어 주먹에 감은 다음 창문을 깼다. 안으로 들어가는 데 성공한 그는 현관문의 빗장을 열어둔 채 다시 뒤쪽으로 나와 자갈길 끝에 숨겨둔 차로 향했다.

그는 해가 진 뒤에야 고속도로 휴게소에서 사둔 음식과 실비를 품에 안고 집안으로 들어갔다. 그런 다음 숨을 헐떡거리면서 주변에 아무도 없는 것을 몇 번씩 확인한 후에야 마음을 놓고 현관문을 잠갔다.

경찰에서 그를 쫓는다 해도 이곳까지 뒤져볼 생각을 하지는 못할 터였다. 쥘리앵은 그의 양부모에게조차 더이상 존재하지 않는 사람이나 마찬가지였으니까.

그의 손목시계는 밤 10시 39분을 가리키고 있었다. 이제 첫번째 꿈인 '포도주 병'이 현실로 나타나기까지 스물네 시간 조금 넘는 시간이 남아 있을 뿐이었다. 그가 손에 실비의 피를 잔뜩 묻힌 채 자신의 집 지하실로 뛰어내려가던 꿈.

스테판은 침대에 누워 잠들어 있는 아내를 애정과 슬픔이 뒤섞인 마음으로 바라보았다. 자신의 운명이 이 순간에조차 바뀌고 있다는 생각에 참으로 이상한 기분이 들었다. 이제 실비는 살아났다. 잔인한 살인마의 손에 죽기로 예정돼 있던 그녀의 운명이 바뀐 것이다. 왜 그녀였을까? 왜 하필 그녀였을까?

잠시 후, 잠에서 깨어난 실비의 눈에 공포의 빛이 가득 서렸다. 그녀는 입을 헤벌린 채 주변을 둘러보았다. 사방이 돌로 만들어진 벽, 오래된 가구, 먼지, 꼭 닫힌 덧문, 희미한 불빛……

"여기가 대체 어디야?"

"당신한테 한 번도 말한 적 없는 어떤 아저씨 집이야. 어렸을 때 이후 만난 적이 없는 분이지. 여기라면 안심할 수 있어."

스테판은 그녀의 어깨에 담요를 둘러주었다.

"방이 춥지. 어렸을 때 난 이 낡은 집에서 자는 걸 무척 싫어했지."

실비는 몸을 웅크린 채 손가락으로 입술을 매만졌다.

하품을 하던 스테판은 벽에 걸린 빛바랜 사진을 발견했다. 사진 속 쥘리앵은 커다란 송어를 자랑스럽게 추켜들고 있었다. 스테판은 그의 얼굴도 목소리도 기억하지 못했다. 아주 오래된 기억의 단편들만 희미하게 남아 있을 뿐이었다. 웃음소리, 언쟁을 벌이던 일…… 그는 자리에서 일어나 서랍장을 열었다. 사진앨범 하나가 들어 있었다. 스테판은 경건한 몸짓으로 그것을 꺼내 표면에 쌓인 먼지를 입으로 불어냈다.

쥘리앵 아저씨의 삶은 고독으로 점철돼 있었다. 그에게는 아내도 자식도 없었다. 앨범 속에는 강가에서 찍은 빛바래고 오래된 스냅사진들뿐이었다. 강물에 발을 담근 모습이 찍힌 양부모의 사진을 발견한 스테판의 눈에 눈물이 왈칵 솟구쳤다. 폴과 마리였다. 얼마나 오랫동안 그들과 연락을 하지 않고 살았던가?

스테판은 머리카락을 뒤로 넘기고는 앨범의 또다른 페이지를 넘겼다. 그러다가 갑자기 정신이 아뜩해지는 것을 느꼈다.

사진 속에서 그의 양아버지가 낚시조끼를 입고 다리를 무릎까지 물에 담근 채 웃고 있었다. 잃어버린 줄만 알았던 문제의 낚시조끼였다! 그것이 어쩌면 이곳에 있을지도 모른다! 여기, 아르데슈에!

순간, 긴장한 스테판의 몸이 부르르 떨려왔다. 불길한 한 편의 연극을 보는 것 같은 느낌이 그를 엄습했다. 스테판은 실비가 불안한 눈빛으로 지켜보는 가운데 육중한 옷장을 향해 달려갔다. 옷장 안 왼쪽에는 나프탈렌 냄새가 밴 양모 스웨터와 두꺼운 체크무늬 셔츠, 낡은 방수복

등이 정돈돼 있었다. 이윽고 옷장 오른쪽 깊숙이 놓여 있는 카키색 조끼가 그의 눈에 들어왔다. 주머니에 달린 녹슨 금속 고리, 찢어진 주머니 덮개, 목 부분의 기름 자국. 모든 것이 그가 꿈에서 본 것과 일치했다. 조끼는 절망하는 스테판에게 미소를 보내는 듯했다.

옷장에서 조끼를 꺼내 찢으려고 했지만 뜻대로 되지 않았다. 그는 마치 도전장을 던지듯 조끼를 입고 위를 올려다보며 외쳤다.

"이게 보이나? 내가 입고 있는 이 조끼가 보이느냔 말이야! 이게 바로 당신이 원하던 것이지! 그래서, 이제 뭘 어떻게 할 건데? 원격조종으로 날 붙잡아가기라도 할 건가?"

그는 조그만 부엌으로 달려가 커다란 사냥용 칼을 집어들고 방으로 돌아왔다. 실비가 큰 소리로 흐느끼기 시작했다. 스테판은 눈을 크게 뜨고 그녀에게 칼을 들이밀며 소리쳤다.

"당신 왜 그래? 혹시 내가 이 칼로 당신을 해칠지도 모른다고 생각하는 거야? 당신 목이라도 자를까봐? 그래, 어쩌면 당신 생각이 맞을지도 모르지. 당신은 날 정신병원에 입원시키려고까지 했잖아, 안 그래? 내가 컴퓨터 옆에서 서류를 찾아냈다고! 내가 당신 계획을 망쳐서 아쉬운 거야?"

"하지만 그건……"

그때 갑자기 현관문 쪽에서 엄청나게 요란한 소리가 들려왔다. 그리고 눈 깜짝할 사이에 총을 든 남자들이 방안으로 들어와 스테판을 바닥에 쓰러뜨렸다. 어떻게 된 영문인지 미처 이해할 틈도 없이. 그가 소리를 지르며 반항하는 사이, 어느새 그의 손목에는 수갑이 채워져 있었다.

모르티에 반장이 새파랗게 질려 있는 실비에게로 다가가 말했다.

"괜찮으신가요, 부인?"

"네…… 그런데 그 사람을 놔줘요! 그 사람은 날 해치려고 한 게 아니에요. 그 사람은 내 남편이라고요!"

그녀는 멍한 눈빛으로 수사관을 쳐다보며 물었다.

"우릴 어떻게 찾아냈죠?"

"부인 휴대폰 덕분에요⋯⋯ 부인이 탄 차에 떨어져 있었던 것 같더군요. 그 신호를 따라온 겁니다."

스테판이 히스테리 증세를 보이며 계속 소리를 지르자, 모르티에 반장은 굳은 표정으로 돌아보며 짜증스러운 듯 내뱉었다.

"제기랄, 어떻게 좀 해보란 말이야. 이 미치광이가 내 귀에 대고 악쓰는 소리를 들으려고 800킬로미터를 달려온 게 아니니까!"

그러자 수사대 소속 의사가 다가와 스테판의 팔에 주사기를 꽂았다.

하지만 격분한 스테판이 있는 힘을 다해 저항하는 바람에 주삿바늘이 그대로 부러져버렸다. 부러진 주삿바늘 구멍에서 솟구친 피가 그의 얼굴까지 튀어올랐다.

"잘 좀 잡아!"

"안 돼!" 스테판이 외쳤다. "안 돼! 내 아내가 곧 죽을 거야! 제발, 안 돼!"

그러자 수사관들이 달려들어 그를 저지했고, 또다시 주삿바늘이 그의 오른쪽 팔뚝에 가서 꽂혔다.

그의 혈관 속으로 뭔가가 흘러들어갔다.

아주 강력한 뭔가가.

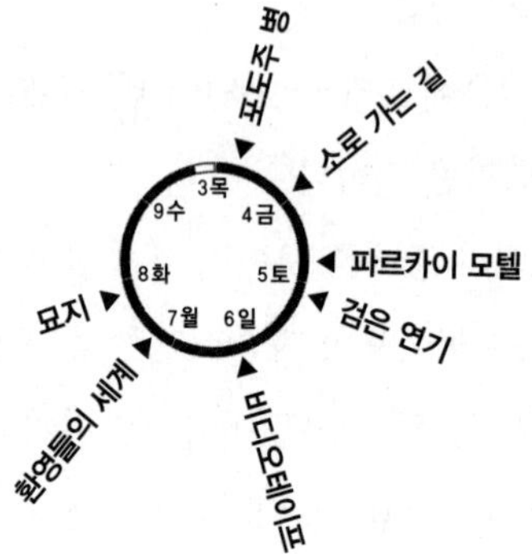

56. 5월 9일 수요일, 17시 32분

"그를 만나야 합니다."

"자넨 그를 만날 수 없네, 마르샬. 아직은 안 돼. 그는 이제 겨우 깨어났어. 데려오느라 주사를 놓았거든. 지금 한창 신문하는 중이네. 그가 아르데슈에 몸을 숨긴 이유가 무엇인지 알아내기 위해서."

빅은 주먹으로 벽을 세게 내리쳤다.

"제기랄!"

조프루아는 담담한 표정으로 재떨이에 담배를 문질러 껐다.

"그렇다고 수사대를 다 부술 필요까진 없고…… 왕이 곧 자백을 받아낼 걸세. 그런 다음 법원에서 형량을 결정할 테고. 하지만 그는 감옥에 가지 않으려고 어떻게든 미친놈 행세를 할 거야. 난 그가 죽을 때까지 감옥에서 썩기를 바라. 자신이 한 짓을 반성도 하기 전에 쉽게 죽게 할 수는 없지. 백번을 죽여도 시원치 않을 놈이지만!"

빅은 초조함을 감출 수 없었다.

"그럼 언제쯤 그를 만날 수 있습니까?"

"그냥 집에 돌아가서 편히 쉬는 게 좋을 거야. 한밤중까지 기다려야 할지도 몰라. 왕이 쉽게 놓아주지 않을 테니 말이야."

"나한테 집으로 가라는 말은 그만하세요. 아시겠어요?"

가늘게 떨리던 빅의 입에서 마침내 다음과 같은 말이 흘러나왔다.

"그는 이번 사건과 아무 상관이 없다고요."

"두고 보면 알겠지. 그는 리베르망이 죽던 날 밤, 자넬 만난 뒤 바에 들러 술을 마셨다고 주장하더군. 하지만 난 그의 말을 전혀 믿지 않네."

빅은 자신의 동료를 당당하게 응시하면서 말했다.

"그 사람은 절대로 범인이 아니란 말입니다."

조프루아는 어깨를 으쓱해 보였다.

"확실히…… 반장님 말이 옳았어. 자네는 이 일에 어울리지 않는 것 같아. 게다가 자네가 저지른 실수 외에도 문제가 더 있는 것 같으니 각오를 단단히 해두는 게 좋을 거야. 자넨 우리한테 알리지도 않고 그를 다시 만난 것 같더군. 자네가 그의 휴대폰에 남긴 음성메시지가 확인됐어. 자네가 그자와 대체 무슨 관련이 있는 거지?"

"그 친구와 조금 친해진 것뿐입니다. 그러면 안 된다는 법이라도 있습니까?"

"참 특이한 사람들과 가까이 지내는군."

"선배님의 변태 같은 짓거리보다 더 특이할 것도 없죠. 내 서랍 속에 두루마리 휴지를 넣어둔 사람이 선배님이라는 거 다 알고 있습니다. 안쪽에서 비스킷 부스러기를 찾아냈거든요. 그런 짓을 하니 재미있던가요, 변태 양반?"

퍼펙토 가죽점퍼 차림의 조프루아 수사관은 빅을 향해 검지를 내밀며 빈정거렸다.

"진정해. 진정하라고, 낙하산, 오케이?"

빅은 극도로 흥분해 있었다. 그의 이마 한가운데에 시퍼런 핏줄이 튀어나왔다.

"그 친구가 왜 자기 아내를 납치했는지, 그 이유만이라도 말해달란 말입니다. 그가 뭐라고 하던가요?"

"자네 정말 정신이 어떻게 된 거 아닌가? 이 일을 한 지 한 달 정도밖에 안 됐으면서. 낙하산치고는 성적이 아주 나쁜 편은 아니지만."

조프루아는 문을 쾅 닫고 사무실에서 나가버렸다. 뒤따라 밖으로 나온 빅은 자신의 차로 향했다. 그는 머리를 운전대에 마구 들이받으며 욕을 퍼부어댔다. 야비한 인간들 같으니라고! 그는 그들을 증오했다, 모두를. 하지만 자신을 증오하는 만큼은 아니었다. 그는 담배에 불을 붙여 코로 연기를 내뿜은 다음 차를 출발시켰다. 그러다가 인적이 드문 길에 차를 세우고는 주위에 아무도 없는 걸 확인한 다음 좌석을 뒤로 젖히고 오랫동안 흐느꼈다.

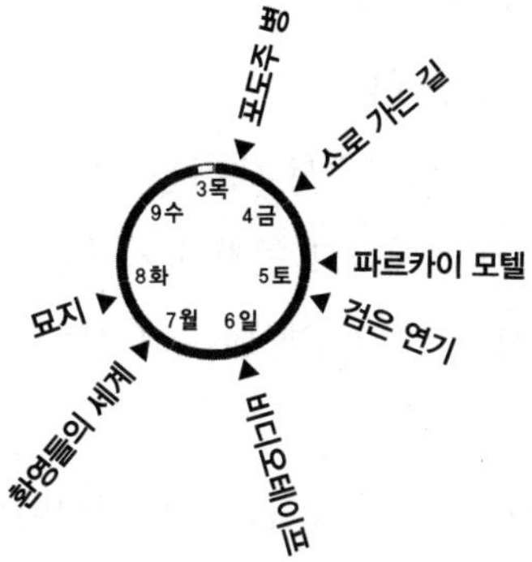

57. 5월 9일 수요일, 20시 36분

라디오에서 U2의 〈원〉이 흘러나오는 가운데, 감각을 마비시키는 듯한 무기력함이 다크랜드를 짓누르고 있었다. 사다리 받침대 위에 올라선 실비는 붉은색 페인트를 묻힌 롤러를 사방으로 굴리면서 벽에 적힌 끔찍한 말들을 지워나갔다. 힘겨웠지만 어떻게든 손을 놀리면서 머릿속을 비워내고 스테판의 악몽에 관한 흔적들을 없애버려야 했다. 이 방을 이 상태로 내버려두는 것은 남편의 광기를 또다시 감당해야 하는 것이나 다름없었다. 이 모든 망상의 흔적들이 모두 사라져야만 했다. 가능한 한 빨리.

그러다가 몹시 기이한 꿈을 묘사해놓은 글귀에 실비의 눈길이 멈췄다. 그녀는 롤러를 놀리던 손길을 멈추고 멍한 상태로, 스테판이 적어놓은 문장들을 하나하나 읽어내려가기 시작했다. 어떻게 이런 일이 가능한 걸까? 다리가 후들거리는 바람에 그녀는 떨어지지 않기 위해 받침대를 꼭 붙잡아야 했다.

노래가 끝났을 때, 지하실 안쪽에서 무슨 소리가 들려왔다.

"거기…… 거기 누구예요?"

얼굴을 찡그리며 사다리에서 내려온 실비는 롤러를 내려놓고 문을 향해 조용히 나아갔다. 어둡고 먼지가 자욱한 복도를 흘끗 둘러보았지만 쥐새끼 한 마리도 보이지 않았다. 그녀는 어깨를 으쓱했다. 아마도 고양이인 듯했다.

하지만 뒤로 돌아섰을 때 등뒤에서 인기척이 느껴졌다. 미처 돌아서서 확인할 틈도 없이 누군가의 손이 그녀의 얼굴을 가렸다. 실비는 외마디소리를 질렀다.

"오, 이런! 진정해! 나야!" 남자의 목소리였다.

뒤를 돌아본 실비는 엑토르 아리에를 뜨겁게 껴안았다.

"맙소사, 노크를 했어야지! 심장마비 걸릴 뻔했잖아!"

"문이 열려 있어서."

그녀는 안도의 한숨을 길게 내쉬었다.

"고마워…… 이렇게 와줘서. 난……"

엑토르는 그녀의 눈을 그윽하게 응시하며 말했다.

"오래 있지는 못해. 아내가 기다리거든. 오늘이 결혼기념일이라서."

"오, 하지만……"

그는 실비에게 뜨겁게 키스했고, 그녀 역시 그를 열렬히 포옹했다.

"당신이 얼마나 보고 싶었는지 몰라." 엑토르가 실비의 귀에 대고 속삭였다. "난 매일 당신 생각을 한다고."

"이제 곧 모든 게 끝날 거야. 난…… 난 정말 그 사람을 구하기 위해 최선을 다했어. 그를 정말 사랑했으니까. 진심으로……"

"그 정신병자는 당신을 죽이려고 했어. 입원 수속에 필요한 건 다 준비됐지?"

"응…… 내일 서류에 사인만 하면 돼."

실비는 시선을 아래로 떨구었다. 그녀의 입술이 가늘게 떨렸다.

"왜 그래? 대체 뭐 때문에 그러는 거야?"

"벽에 적힌 메모들이 마음에 걸려서. 이리 좀 와볼래?"

그들은 방 한가운데로 나아갔다. 실비는 라디오를 껐다.

"이건…… 정말 끔찍하군. 어떻게 이런 걸 적어놓을 수가 있지?"

"남편은 일주일쯤 전부터 자기가 꾼 꿈에 대해서만 이야기했어."

"꿈이라고? 당신 설마 이런 걸 믿는 건 아니겠지?"

실비는 잠시 머뭇거리다가 이야기를 시작했다.

"내가 여기 들어와서 처음으로 한 일이 이 여섯 개의 흉측한 괴물들을 구석에 몰아넣고 흰색 천으로 덮어씌우는 것이었어. 더이상 보고 싶지 않았거든. 그런 다음…… 이 붉은색 페인트 통을 집어들었어. 모두…… 모두 지워버리려고."

"잘했어."

실비는 손가락으로 문장 하나를 가리켰다.

"읽어봐…… 저기 쓰인 걸 읽어보라고. 난 지우려고 하는 순간에야 저걸 봤어."

"'비디오테이프를……'"

"아니, 그 옆에 있는 거."

"'혼티드마우스, 페퍼브레인 등의 괴물들은 흰색 천으로 덮여 있었다. 그리고 아무렇게나 칠한 듯한 붉은색 페인트가 사방 벽을……'"

아리에는 눈살을 찌푸렸다.

"그런데?"

"그런데라니? 난 지금 붉은색 페인트를 벽에 칠하던 중이었다고! 그가 지금보다 훨씬 이전에 써놓은 것과 똑같이. 난 이 글귀를 한 번도 읽어본 적이 없는데도."

"단지 우연일 뿐이야. 그뿐이라고."

"그리고 다른 것들이 또 있어. 어떤 일들은 마치 지금 바로 이 순간에 현실로 나타나고 있는 것 같다고."

실비의 말이 끝나기가 무섭게 엑토르는 흰색 천 하나를 걷어냈다. 그러자 다크니스가 모습을 드러냈다.

"그렇다면 운명의 흐름을 거스르면 되는 거야! 이런 예언이 모두 엉터리라는 걸 증명하기 위해 이 천들을 걷어버리면 된다고."

실비는 그를 향해 달려가 떨리는 손으로 흰색 천을 제자리로 돌려놓았다.

"안 돼! 그냥 놔둬, 제발. 이걸 보라고, 여기를. 모든 괴물들이 흰색 천으로 덮여 있었다, 다크니스만 제외하고, 라고 쓰여 있는 게 안 보여? 그런데 지금 당신이 그 천을 벗긴 거라고. 우연치곤 너무 이상하다고 생각하지 않아?"

아리에는 실비에게 달려들어 그녀를 책상 위에 눕혔다. 실비는 그의 손길에 몸을 맡겼다. 그들은 라텍스 가면과 표본 저장용 병들 사이에서 사랑을 나누었다.

"당신 평소와는 좀 다른 것 같군." 아리에가 옷을 추슬러 입으며 말했다.

"내가 어떻길 바라는데?"

그는 손등으로 그녀의 턱을 부드럽게 어루만졌다.

"당신이 원한다면 이틀 후에 다시 올게. 내일은 집에서 아내와 함께 보내야 하거든. 의심받지 않으려면 봉사를 해야 하니까. 그리고 잠시 서로 조심하는 게 좋을 거야. 당신 괜찮겠어?"

"남편 말에 의하면 오늘밤 내가 죽을 거라는데, 그런 여자 기분이 어떨 것 같아?…… 오늘 나하고 같이 있어줄 수 없어? 무슨 핑계를 만들어봐, 아무거나…… 갑자기 급한 일이 생겼다거나. 당신 그런 거 잘하잖아!"

"아니, 미안해. 오늘밤은 정말 안 돼…… 차라리 우리가 머물던 호텔에 가서 자는 건 어때?"

"아니, 그건 안 돼…… 내일까지 서류를 모두 매듭지어야 해. 그런 다음 나탈리 집에 가서 1~2주쯤 지내다 올 생각이야."

아리에의 시선이 스테판이 두번째 꿈을 기록해놓은 구절에 가서 멈췄다. 스테판이 권총을 들고 소의 그의 집으로 쳐들어간다는 내용이었다. 게다가 그 일은 바로 내일로 예정돼 있었다. 갑자기 불편함을 느낀 아리에는 웃옷의 단추를 다시 채우면서 말했다.

"어쨌든 내일 오후 늦게 전화할게."

"내 휴대폰은 수사관들이 가지고 갔어. 새로 놓은 집 전화번호를 알려줄게. 적을래?"

아리에는 번호를 메모했다. 실비는 현관까지 그를 배웅해 그가 멀어져가는 모습을 지켜보았다.

"그런데 참!" 아리에가 차에 오르면서 외쳤다. "근처에서 지독한 냄새가 나던데. 내일 아침에 확인해보라고. 집 앞 어딘가에 야생동물 사체가 있는 게 분명해."

불을 켜지 않은 채 한참을 달려가던 그는 빠른 속도로 16번 국도에 진입하기 직전에야 헤드라이트를 켰다.

실비는 몸을 떨면서 문을 이중으로 꽁꽁 잠갔다. 엑토르의 말이 옳았다. 역겹기 그지없는 냄새가 홀 전체에서 풍겨왔다. 하수관이 막히기라도 한 걸까?

그녀는 지하실로 달려가 라디오를 다시 켠 다음 페인트로 벽을 다시 칠하기 시작했다. 지워야 했다, 모든 흔적을 없애야만 했다.

라디오에서 곧 로또 추첨이 있을 거라는 예고가 흘러나왔다. 실비는 동작을 멈추고 재빠르게 사다리에서 내려와 시선을 벽으로 향했다. 그래, 여기쯤이야. 왼쪽에 적혀 있었지. 숫자들이. 4-5-19-20-9-14.

"로또…… 왜 하필 지금이지?"

추첨이 시작되자, 지금 이 순간 실비에게는 방안에 울려퍼지는 진행자의 목소리 외에는 아무것도 존재하지 않는 듯했다.

"4……"

4. 가슴이 쿵 하고 내려앉았다. 있다. 이 망할 숫자가 포함되어 있다. 실비는 신경질적으로 입술을 문질렀다. 별일 아니야, 또 한번의 우연일 뿐이야. 사실 숫자가 일치하는 건 드문 일도 아니지 않은가.

"5……"

이번엔 심장에 메스를 갖다대는 것 같았다. 실비는 미처 지우지 못한 글귀들을 하나씩 읽어내려갔다.

"'수놓인 작은 분홍색 손수건…… 실비를 믿지 말 것…… 엑토르 아리에가 멜린다를 죽일지도 모른다.'"

"19……"

그녀의 마음속에 거센 파도가, 그녀를 온통 집어삼키는 거대한 해일이 몰려오는 듯했다. 실비는 최근에 있었던 당혹스러운 우연의 일치들을 떠올렸다. 스테판이 꿈에서 엑토르 아리에의 차 번호판을 본 일. 아리에와의 관계를 들킨 줄 알고 마음 졸이던 순간도 떠올랐다.

"'엿새 그리고 스무 시간의 시간 차. 첫번째 꿈: 5월 10일 목요일, 새벽 2시 35분…… 피투성이가 된 손.'"

실비는 자신의 손목시계를 들여다보았다. 5월 9일 수요일, 밤 9시가 가까워오고 있었다. 그녀는 롤러를 다시 집어들고 마구 휘두르듯 메모들을 지워냈다. 이런 것들은 모두 사라져야 해! 하나도 남김없이!

'이십, 이십, 이십, 이십.'

실비는 마음속으로 생각했다.

"20……"

머릿속에서 모든 것이 마구 충돌했다. 작은 부분들, 아주 작은 부분들이. 그녀가 집에 돌아와 다시 제자리에 갖다놓은 쌍둥이 조각상. 머리를 짧게 자른 일. 자리가 뒤바뀐 포도주 병. 악몽들…… 그 끔찍한 악몽들이 그녀의 눈앞에 현실로 나타나고 있었던 것이다.

"9……"

안 돼! 그녀의 삶이 모두 연기처럼 사라지는 것 같았다. 머릿속에 섬광이 스쳐지나갔다. 기차에서 뛰어내리는 스테판. 아무 이유 없이 급브레이크를 밟는 스테판. 사고로 온몸이 부서진 스테판. 스테판이 데리고 간 낯선 장소. 하지만 그에게는 이미 익숙한 듯한 그곳. 혹시라도 그가 미친 게 아니라면? 그가 그 모든 환영들을 본 게 사실이라면?

"실비, 당신은 지금 위험에 처해 있어. 살인마가 당신을 노리고 있다고." 스테판은 강제로 차에 실려 끌려가면서 그녀에게 소리쳤다.

이제 실비는 라디오를 듣고 있지 않았다. 필연적으로 14가 나올 수밖에 없음을 알고 있었기 때문이다.

"그리고 마지막으로, 14입니다……"

그녀는 롤러를 바닥에 내팽개치고 포도주 저장고로 달려가 어둠 속에서 재빨리 포도주 병의 순서를 바꿔놓았다. 갑자기 꿈을 거슬러 운명을 바꾸기라도 할 수 있는 것처럼. 그녀의 남편은 오랫동안 영문도 모른 채 운명과 싸워온 것이다. 어째서 그녀는 조각상을 스테판의 꿈속에서와 똑같은 자리에 갖다놓은 것일까? 스테판이 이미 똑같이 생긴 조각상 하나를 박살내버린 마당에. 애초에 그녀는 왜 똑같은 조각상을 두 개나 샀던 것일까? 이 모든 게 처음부터 예정돼 있던 건 아닐까? 실비는 두 손으로 머리를 감쌌다. 그녀도 스테판처럼 미쳐버린 건 아닐까?

순간 그녀는 한 가지 사실을 확신할 수 있었다. 빅토르 마르샬이라는 수사관에게 연락을 해야겠다는 생각이 들었다. 스테판이 정신병자가 아니라는 것을 그에게 설명해야 했다. 어쩌면 스테판은 선천적인 예지력과 특별한 감각 능력을 타고난 사람인지도 몰랐다. 그의 꿈이 그들이 수사하는 살인사건들과 관련돼 있음이 틀림없었다. 실비는 젊은 수사관의 연락처를 찾기 위해 다크랜드로 돌아가 책상 서랍을 향해 달려갔다. 하지만 무언가가 그녀의 발길을 멈추게 했다.

냄새. 시체 썩는 것처럼 역겨운 냄새가 다크니스로부터 풍겨나오고 있었다.

엄습해오는 두려움에 실비의 심장이 쿵쾅거리며 마구 뛰기 시작했다. 그녀는 뒤로 돌아 어두컴컴한 공간을 재빨리 훑어보았다. 표본 저장용 병들, 구석에 쌓여 있는 낡은 장비들, 천으로 덮여 있는 여섯 개의 괴물들……

실비는 숨이 멎는 것만 같았다. 다크니스가 괴기스러운 눈으로 그녀를 응시하고 있었다. 그 위를 덮고 있던 흰색 천은 사라지고 없었다. 벽 위의 메시지가 예고한 것처럼.

실비는 그 자리에 발이 얼어붙은 채 천으로 덮여 있는 괴물들의 숫자를 세기 시작했다. 하나…… 둘…… 셋…… 넷…… 다섯…… 그리고 여섯……

괴물들의 수는 다섯이어야 했다.

흰색 천 하나가 천천히 움직이기 시작하더니 꼭두각시처럼 건들거리며 그녀를 향해 걸어왔다.

유령은 실비가 미처 도망가기도 전에 그녀를 덮치고 천으로 그녀를 감싼 채 음산한 죽음의 춤을 추었다.

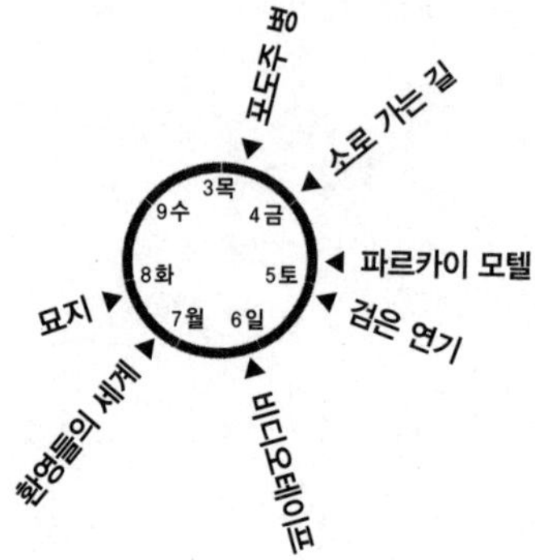

58. 5월 9일 수요일, 23시 23분

왕 수사관과 모르티에 반장은 땀에 흠뻑 젖은 채 일그러진 얼굴로 취조실을 나왔다. 빅이 주머니에 두 손을 찔러넣은 채 복도에서 초조하게 그들을 기다리고 있었다.

"어떻게 됐습니까?"

왕은 어깨를 으쓱했다.

"이런 작자는 정말 처음이야. 자기 아내하고 얘길 해야 한다면서 어찌나 소리를 질러대던지. 그녀가 죽을 거라는 말만 계속 반복하면서 말이야. 성난 짐승보다 더 사납더군. 아마 죽을 만큼 고문을 해도 자기 나이조차 밝히지 않을 거야."

"죽을 만큼 고문하는 건 선배님 전공 아닌가요? 레이저로 지운 선배님의 문신, 용 문신 말입니다…… 그건 과거에 중국 마피아의……"

"입 닥치지 못하겠나!"

왕이 인상을 쓰며 멀어져가자, 빅은 모르티에 반장을 돌아보며 말했다.

"키스메의 집에 누군가를 보내야 합니다, 지금 즉시."

"자네도 그 얘긴가? 그러잖아도 그를 진정시키기 위해 방금 조치를 취해놓았네. 자기 부인한테 전화도 할 수 있게 해주었고. 실비 키스메가 전화를 받지 않자 메시지를 남기더군. 뭐 대략 이런 식으로. '경찰이 곧 갈 거야. 하지만 당신은 지금 당장 그곳에서 달아나야 해. 그러지 않으면 그놈이 당신을 죽이고 말 거야. 새벽 2시 35분이 되기 전에 그자가 당신을 죽이고 말 거라고!' 어때, 이 정도면 제대로 미친 거 아닌가, 안 그래?"

빅은 시계를 들여다보았다. 밤 11시 41분이었다.

"순찰대가 언제 떠났습니까?"

"곧 도착할 걸세."

"왜 그를 풀어주지 않는 겁니까? 조프루아 수사관이 방금 말해주었는데, 리베르망이 죽던 날 밤의 그의 알리바이가 확인됐다면서요."

모르티에 반장은 담배에 불을 붙였다. 건물 바닥 여기저기에 널려 있는 전선이 보였다.

"자네 말대로, 사건이 일어나던 날 밤 그가 라모를레의 바에서 시간을 보냈다는 것을 한 시간 전에 확인했네. 그가 살인범이 아니라는 게 밝혀진 셈이지. 아르데슈로 도망간 일에 대해서는 당사자인 그의 아내가 고소를 원치 않아. 그러니까, 그래, 곧 그를 풀어줘야겠지. 실비 키스메는 그 일이 자신이 추진중인 법적 문제와 얽히기를 원치 않거든. 듣기로는, 내일 그를 병원으로 보낼 거라더군. 이제 서류에 사인하는 일만 남아 있는 것 같아. 스테판 키스메가 정신병원으로 직행하게 된단 말이지."

"그를 풀어줘야 합니다! 지금 당장!"

"그건 안 될 말이네. 그의 부인이 입원 수속을 밟기 전에 그를 풀어주는 걸 원치 않거든. 그래서 작은 구실을 만들어 그를 좀더 데리고 있기로 했네. 주거침입 같은 걸로. 그런데 자넨 왜 그 친구한테 그렇게 관심이 많은 거지? 그의 휴대폰에 메시지를 남겼더군…… 도대체 그와 무슨 관계인가?"

더이상 물러설 곳이 없음을 느낀 빅은 솔직하게 털어놓는 편을 택했다. 안에서 끓어오르는 감정을 애써 억누르면서.

"그는 내 아이가 죽을 거라는 사실을 예고했습니다. 그런 와중에 알게 된 것뿐입니다. 혹시라도 그의 직감이 맞을 수 있다는 생각을 해보신 적은 없습니까? 그의 아내가 '실제로' 위험에 처해 있을지도 모른다는 생각 말입니다."

모르티에 반장이 못마땅한 표정으로 그를 쏘아보며 말했다.

"자네 지금 그걸 농담이라고 하는 건가?"

"스테판 키스메는 피살자들의 프로필과 정확하게 일치합니다. 그도 기괴함을 이용해 이익을 얻는 사람 중 하나란 말입니다. 따라서 살인자는 그의 아내를 살해함으로써 그에게 고통을 가하려고 할 수도 있습니다. 그건 육체적 죽음을 넘어서서 정신적으로까지 그를 고문하는 것이 될 테니까요."

"그런 터무니없는 추측일랑 그만두게!"

그때 모르티에 반장의 휴대폰이 울리기 시작했다.

"순찰대에서 연락이 왔군……"

전화를 받은 모르티에 반장의 얼굴이 일그러졌다. 통화를 마친 그는 당혹한 눈빛으로 이를 악물었다.

무슨 일인지 설명할 필요조차 없었다.

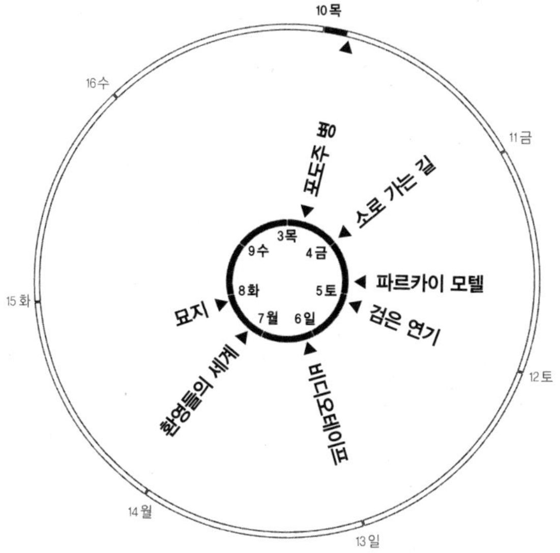

59. 5월 10일 목요일, 02시 28분

빅의 차에서 뛰어내린 스테판은 집을 향해 쏜살같이 달려갔다. 저택의 나무 아래 서 있는 경찰차의 경광등이 붉은색과 푸른색으로 나무를 물들이고 있었다. 무전기로 교신하는 사람들, 그곳을 떠나는 차들. 집 앞에 둘러쳐진 노란색 접근금지 테이프가 바람에 펄럭이고 있었다. 모든 것이 이미 끝난 듯했다.

스테판은 절망이 가득한 얼굴로 음산한 분위기가 감도는 집안으로 뛰어들어갔다. 그를 뒤따라가던 빅은 앰뷸런스 유리창 너머로 법의학자 드멕탱의 모습을 언뜻 보았다. 시신은 이미 치워진 듯했다. 상심한 빅은 동료들이 있는 곳에서 멈춰 섰다.

계단을 뛰어올라간 스테판은 침실로 달려갔다. 그곳에서는 작업복을 입은 현장 요원들이 증거물 수집을 막 끝낸 상태였다.

"이봐! 거기 당신!" 그들 중 하나가 그를 향해 소리쳤다.

그들의 만류를 뿌리치고 침대로 달려든 스테판은 피 묻은 시트를 움켜쥐고 절규했다. 방안에는 후덥지근한 열기와 견디기 힘든 역한 냄새가 진동하고 있었다.

"실비! 오, 맙소사! 어디…… 어디 있습니까, 지금 내 아내는?"

한 남자가 그를 붙잡자, 스테판은 버둥거리며 저항했다. 하지만 얼마 남아 있지 않은 힘이 이내 몸에서 다 빠져 기진맥진한 채 밖으로 끌려나갔다. 피투성이가 된 자신의 손을 망연자실한 표정으로 바라보면서.

"부인 일은 유감입니다. 시신은 이미 라모를레의 법의학 연구소로 떠났습니다. 이 손전등을 받으세요. 전기가 모두 끊겼거든요. 그리고 우리가 작업을 마저 끝내도록 해주시면……"

문이 다시 묵직하게 닫히기 전에, 살인범이 실비를 묶었던 끈과 실비가 흘린 피가 문틈 사이로 언뜻 보였다. 눈물범벅이 된 스테판은 간신히 몸을 일으켜 손전등을 켠 다음 계단에 핏자국을 남기면서 아래층으로 내려갔다. 눈앞의 모든 것이 빙글빙글 돌았다. 비틀거리면서 전기 스위치를 눌렀지만 불은 켜지지 않았다. 레유 남작부인의 초상화를 지나친 그는 첫번째 꿈에서 본 조각상이 홀에 그대로 놓여 있는 것을 발견했다. 그는 전에 없던 거친 동작으로 조각상을 박살낸 다음 지하실로 통하는 문으로 향했다. 그리고 계단을 내려가기 시작했다. 꿈에서 본 그대로, 그 빌어먹을 여덟 개의 계단을.

스테판은 이제 자신이 무엇을 할 것인지 정확하게 알고 있었다. 그는 꿈을 꾸었고, 이제 그것을 실제로 겪고 있는 것이다. 그의 미래가 정면에서 그를 후려치고 있었다.

손전등의 노르께한 빛이 거울을 비추었다. 절망감에 사로잡힌 스테판은 거울 앞에 멈춰 선 채 각각의 세부를 확인했다. 눈 위의 혈종, 세 군데의 할퀸 자국, 낚시조끼…… 모든 것이 꿈에서 본 그대로였다. 하나도 빠짐없이! 고통에 짓눌려 자제력을 잃어버린 스테판은 있는 힘을 다해 주먹으로 거울을 내리쳤다.

시간이 흐름에 따라 점점 더 이해가 되기 시작했다.

이해할 수 없었던 것이 이해되었다.

지금 이 순간, 시간의 순환 고리가 닫히면서 다시 시작되고 있는 것이다.

스테판은 이제 미래의 스테판이 되었다. 그는 언제나 하나였다. 그가 꿈에서 본 또다른 스테판은 애초부터 존재하지 않았다. 또다른 스테판은 바로 그 자신이었다. 바로 지금 이곳에 있는.

그는 고개를 저으며 포도주 저장고를 향해 내달렸다. 포도주 병들이 그의 꿈속에서처럼 놓여 있을 리가 없었다. 그가 위치를 다시 바꿔놓았으니까! 그는 포도주 병들이 그 자리에 그대로 있어주기를 간절히 바랐다. 그리하여 그의 운명의 아주 작은 부분이라도 달라질 수 있기를 바랐다. 자신이 한낱 꼭두각시가 아님을 스스로에게 입증하고 싶었다. 다른 방법을 써서라도 실비의 목숨을 구할 수 있었음을, 괴물의 마수로부터 그녀를 구해낼 수 있었음을 입증하고 싶었다.

손전등의 불빛이 서서히 아래로 향하면서 포도주 병들을 비추었다. 스테판은 눈물이 그렁그렁한 눈으로 병들의 위치를 자세히 살펴보았다.

보르도가 위에, 부르고뉴가 아래에 놓여 있었다.

그의 꿈속에서와 똑같이. 그 망할 놈의 병들은 그가 꿈속에서 본 것과 똑같은 자리에 놓여 있었다. 누군가가, 필시 실비가 그것들의 자리를 또다시 바꾸어놓은 게 틀림없었다. 실비…… 그의 아내는 생의 마지막 순간에 그의 말을 믿은 것이다.

스테판은 그 자리에 맥없이 꿇어앉은 채 신음 소리를 길게 토해냈다.

바닥에 떨어진 손전등에서 나온 빛이 그의 팔뚝에 나 있는 주삿바늘 자국을 비추었다. 그는 바닥에 이마를 대고 코와 입에 먼지를 가득 머금은 채 흐느꼈다. 그리고 치밀어오르는 분노를 느끼며 다시 벌떡 일어섰다.

이제 그는 미래의 스테판이 되었다. 그가 꿈속에서 본 그 스테판이!

절망 속에서도 비로소 이 모든 것의 의미를 알 것 같았다. 과거의 스테판은 지금의 그에 대한 꿈을 꾸고 있을 것이다. 항우울제 복용을 중단한 과거의 스테판. 꿈을 꾸고, 그 속에서 미래를 예견한다는 사실을 깨닫게 되는 스테판. 그리고 결국 아무것도 바꿀 수 없음을 깨닫게 되는 스테판.

엿새 그리고 스무 시간 동안 변화해온 과거의 스테판.

이제 그는 과거의 스테판이 미래의 스테판이라고 불렀던 사람이 되어 있었다. 과거의 스테판이 꿈속에서 볼 그 스테판이.

모든 것이 그의 머릿속에서 뒤엉켰다. 시작과 끝이 끊임없이 반복되는 뫼비우스의 띠였다.

스테판의 머리 한구석에서 도움을 청하는 아내의 울부짖음이 들려왔다.

과거의 스테판에게 이 사실을 어떻게 알릴 것인가? 그는 언제 꿈을 꿀까? 그리하여 언제쯤 그와 소통하게 될까?

그리고 실비……

손전등을 집어들고 주변을 뒤져 조개탄더미에서 백묵 하나를 찾아낸 그는 벽에 메시지를 써내려가기 시작했다.

"언제? 너는 대체 언제 이걸 읽을 거지?"

시트에 묻은 실비의 피가 눈앞에 어른거리고, 고기 썩는 역겨운 냄새가 여전히 느껴지는 가운데, 스테판은 가능한 한 모든 걸 적어나갔다. 차분히 생각할 겨를도 없이, 어떤 논리도 생각하지 않고. '네가 지금 엿새 그리고 스무 시간의 시간 차가 나는 꿈을 꾸고 있다는 걸 알아. 그 꿈들을 무시해야 해. 모두 무시해버려야만 해! 멜린다의 일도 생각하지 말고, 나란 존재도 신경쓰지 말고, 네가 무시할 수 있는 건 모두 무시해버려. 5월 10일에 실비가 죽을 거야. 그녀를 구해. 그녀를 구하라고, 알겠어?' 그는 자신이 아무것도 보이지 않는 어둠 속에서 글을 써내려갔음을 깨달았다. 게다가 그가 써내려간 말들은 모호함과 무의미함의 연속일 뿐이었다. 실비가 곧 죽을 거라는 사실을 분명하게 예고하면서, 어떻게 과거의 스테판이 꿈에 개의치 않기를 바랄 수 있겠는가? 그는 '실비가 죽을 거야'라는 문장을 지워버렸다. 백묵이 다 닳아 없어질 때까지 지우고 또 지웠다. 그리고 손전등을 집어들려는 순간, 누군가가 등뒤에서 그에게 권총을 겨누었다.

빅은 떨리는 손으로 시그사우어를 주머니에 다시 집어넣었다.

"자네가 소리지르는 걸 들었네. 그래서 혹시나 해서……"

스테판은 벽에 몸을 기댔다. 그의 머릿속에는 실비의 모습 외에는 아무것도 떠오르지 않았다.

"내 아내…… 그놈이 그녀에게 무슨 짓을 한 건가……"

빅은 이를 악물었다. 불현듯 자신의 직업이, 이곳이 싫어졌다. 경찰은 그에게 어울리지 않는다는 깨달음이 새삼 명확하게 다가왔다. 자신을 인정하지 않는 수사관들, 피비린내 자욱한 시신들과 하루종일 씨름해야 하는 일이 혐오스럽게 느껴졌다.

"그녀의 시신은 법의학 연구소로 보내졌네. 법의학자인 드멕탱 박사가 최대한으로 존중하면서 필요한 절차를 밟을 걸세."

"존중한다고?"

스테판은 몸을 웅크리면서 두 손으로 머리를 감쌌다.

"일이 어떻게 진행되는지 내가 모를 거라고 생각하나?"

"자네가 장례식을 잘 치러주면 되지 않겠나."

"장례식이라고…… 장례식…… 그날은, 비가 올 거야. 그리고 자넨, 묘지를 바라보며 내 옆에 서 있을 거고."

그의 눈에서 굵은 눈물방울이 하염없이 흘러내렸다.

"실비가 그렇게 죽게 내버려두고, 난 이제 어떻게 살아가야 할지 모르겠네, 빅. 도저히 살아갈 자신이 없어. 그런데도…… 스스로 죽을 용기조차 없다는 걸 잘 알아. 왜냐하면…… 왜냐하면……"

빅은 스테판 앞에 꿇어앉은 채 그의 두 손을 꼭 잡았다.

"증거물을 확보했어, 스테판. 이 사건이 발생한 이후 처음으로 단서를 찾은 거야. 그리고 그건 바로 자네 덕분이야. 자네 덕분이라고, 알겠나?"

스테판은 고개를 들어 슬픈 눈빛으로 그를 쳐다보며 말했다.

"이제 내겐 아무것도 중요하지 않아…… 이 모든 걸 피하기 위해 한 노력들은 오히려 꿈을 현실로 나타나게 했을 뿐이라고. 결국 난 끝없는 순환 고리 위에서 움직이고 있는 하나의 점에 불과한 거야."

"아니, 그렇지 않아. 잘 생각해봐. 자네가 밤 11시경에 수사대에서 부인에게 했던 전화 말이야. 침실에 전화벨이 울렸고, 살인범은 자네가 남긴 메시지를 들었던 거야. 그래서 당황한 그가 실수를 저지른 거란 말이지."

빅의 말은 스테판에게 공허한 울림으로 다가올 뿐이었다. 무표정한 얼굴을 한 그의 머릿속은 실비의 죽음에 관한 생각으로 꽉 차 있었다.

"놀라서 달아나는 바람에 배낭을 빠뜨리고 갔거든. 그 배낭 안에서 동물의 썩은 고깃조각들이 가득 든 밀폐용기가 나왔어."

"동물의 썩은 고기라고……"

“그래서 사건현장마다 시신이 썩는 것 같은 역한 냄새가 났던 거야. 자넨 미래를 바꾼 거야, 스테판. 정말로 미래를 바꾼 거라고. 자네 덕분에 어쩌면 앞으로 생겨날 뻔했던 또다른 희생자가 목숨을 건질 수도 있는 거고 말이야.”

“난 꿈속에서 그자가 살해한 다른 여자들의 시신 사진을 봤어.” 스테판이 꺼져가는 목소리로 대꾸했다. “그들에게 어떤 끔찍한 고문을 가했는지 봤단 말이네. 그자가 실비에게도 똑같은 짓을 한 거지, 그렇지?”

“아니, 아니야. 이번엔 그렇지 않아…… 그는 미처 시간이 없었어. 자네 부인은 고통받지 않았어. 내 말을 믿어도 돼.”

스테판은 오열하느라 목이 멘 채 포도주 저장고의 벽에 써놓은 문장들을 가리켰다.

“이런 걸 적어놓았지만…… 이 모든 게 아무 소용 없다는 걸 잘 알아. 내가 아무것도 바꿀 수 없었다면 그건…… 일주일 전의 나, 과거의 스테판 역시 아무것도 바꿀 수 없다는 얘기야. 어떤 일이 일어나는 걸 막을 수도, 그 흐름을 바꿀 수도 없는 거라고. 결국 그 어떤 노력도…… 모두 헛된 거야.”

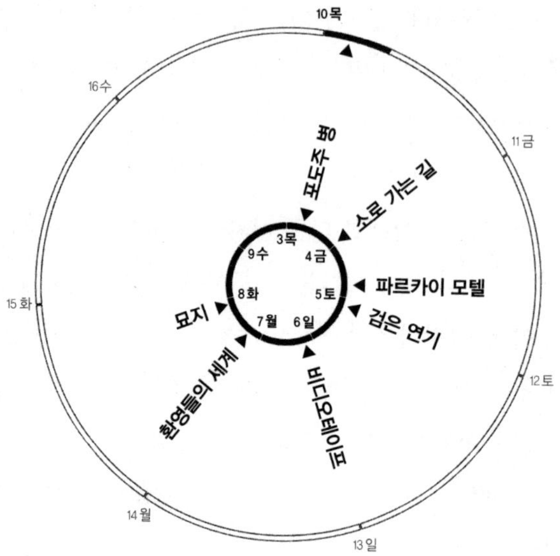

60. 5월 10일 목요일, 06시 54분

더이상 아무것도 존재하지 않는 듯했다. 새벽을 밝히는 햇살을 동반한 채, 먼 곳에서 아득한 소리가 들려올 뿐이었다. 스테판은 소파에서 천천히 몸을 일으켰다. 머리가 지끈거리며 아파오고, 부풀어오른 눈두덩이 화끈거렸다. 맞은편에 앉아 있는 빅의 창백하고 초췌한 얼굴을 마주하는 순간, 마치 머릿속에 눈사태라도 난 것처럼 모든 기억이 한꺼번에 되살아났다. 스테판은 한동안 꼼짝 않고 그 자리에 머물러 있었다.

나지막한 테이블 위에 놓인 위스키 병을 집으려고 하자 빅이 그를 가로막았다.

"안 돼, 스테판."

"이제 어떻게 되는 거지? 어떻게 되는 거냐고. 날 감옥에 가둘 건가? 아니면 정신병원에 집어넣기라도 할 건가? 내 아내의 장례식조차 치르지 못하게 할 거냔 말이야."

빅은 두 손을 신경질적으로 문질렀다. 수사팀은 사건현장에서 모두 철수한 후였다.

"그럴 일은 결코 없을 걸세. 이럴 때 통상적으로 하는 절차를 밟게 될 거야. 가정 지원 기관에 연락을 한 다음……"

"아니, 난 그런 건 절대 하지 않을 거야. 정신과 의사나 심리학자, 병원 얘기 같은 건 절대로 듣지 않을 거라고. 절대로……"

"가족이나 친구는?"

"친구? 가족? 난 내 부모님이 누군지도 몰라. 어릴 때부터 양부모 집에서 자랐고, 그들은 날 미친놈 취급하며 내쫓았지."

"그럼 부인 쪽으로는?"

"실비 역시 사람들하고 별로 왕래가 없었어. 나 때문이지. 몇 년간 서로 거의 연락이 없긴 했지만 실비에게 오빠가 한 명 있네. 그에게 연락할 생각이야. 이 모든 일의 뒤처리를 부탁하려고. 난…… 제대로 해낼 자신이 없어. 혼자서는 도저히 못하겠어."

빅은 두 손으로 얼굴을 감쌌다. 그 역시 기진맥진한 상태였다. 게다가 오후에는 병원에서 퇴원한 셀린이 집으로 돌아오기로 되어 있었다.

"이 집이 크긴 하지만, 어쨌든 부인이 살해된 곳에 자네를 혼자 남겨둘 수는 없네. 방도 폐쇄되었고, 자네에겐 너무 고통스러울 테니까. 며칠간 어디 호텔에라도 가서 머무는 게……"

"지금까지 난 늘 끔찍한 것들과 가까이 지내왔어. 따지고 보면 나 자신이…… 괴물인 셈이고. 나와 가까이 지내던 사람들은 모두 날 증오하거나 죽었어. 그러니까 날 좀 그냥 내버려두라고, 제발."

스테판은 자리에서 일어나 부엌으로 향했다. 그리고 아스피린 두 알과 항우울제가 든 약병을 집어들었다.

"실비는 언제나 여기 이 자리에 앉아 있었지. 난 그동안 아내를 제대로 쳐다보지도 않았는데, 그녀가 죽고 나니까 이젠 그녀밖에 안 보여…… 그녀의 향기가 느껴지면서, 그녀가 매일 아침 같은 시각에 얼음 조각을 입술에 갖다대던 모습이 떠올라. 그녀가 즐겨 입던 멋진 정장 차림으로 말이야."

빈 우유 접시를 향해 다가가는 고양이를 응시하던 스테판이 빅을 돌아보며 물었다.

"이제 실비는 어떻게 되는 거지? 언제쯤 그녀의 시신을 되찾을 수 있는 건가?"

"법의학 연구소와 장의사에 최대한 신경을 쓰도록 부탁해놓겠네."

"자넨 이제 부인 곁으로 돌아가게. 그녀 역시 소중한 아이를 잃지 않았나. 자네한테는 고맙지만 난 괜찮으니까……"

"아니, 자넨 괜찮지 않아."

"그리고 자넨 일도 해야 하고……"

빅은 한숨을 길게 내쉬었다.

"아마 난 수사팀에서 제외될 거야. 그들이 지하실 벽에 자네가 적어놓은 메모들을 모두 봤거든. 피살자들이 살해된 방식을 묘사해놓은 구절과 필름의 결함에 관한 얘기까지 모두 다. 내가 자네한테 그 모든 걸 알려줬다고 말했어. 극비 사항까지 포함해서. 자네를 보호하기 위해서 그렇게 했네."

"뭐라고? 하지만……"

"세부적인 것까지 일일이 그럴듯하게 변명을 해야 했지. 사건현장, 추리, 사건의 진전 등에 관한 모든 것을. 자네가 기록해놓은 것들로 판단해볼 때, 그렇게 하지 않으면 자네가 살인범의 공범으로 몰릴 수도 있는 상황이었거든. 반장은 이미 내게 한 차례 경고를 했어. 내가 현장

사진을 의사 친구에게 보낸 일 때문에. 난 이제 거의 끝났다고 보면 돼. 어차피 더이상 경찰에 뼈를 묻고 싶은 생각도 없고 말이야."

"정말…… 미안하네. 자넬 이런 상황에 처하게 하다니. 시리엘 일도 그렇고. 이젠……"

"신문받는 동안 내 얘길 하지 않은 것에 대해 자네에게 고맙게 생각하네."

"어려운 일도 아닌데, 뭐. 그들은 내가 정말 미친 줄 알고 있으니까."

빅은 입술을 깨물었다.

"시리엘은 모든 걸 알고 있었어. 살인범이 누구인지도. 우리의 의문에 대한 해답이 들어 있는 DVD도 가지고 있었다고. 그는 악의 화신이야."

스테판은 슬픈 미소를 지어 보였다.

"우린 이제…… 불행으로 서로 얽힌 셈이군."

그때 그의 휴대폰이 울렸다. 발신자 '뒤발'의 이름이 언뜻 보였다.

"물리학자인 내 친구네…… 열 번쯤 전화를 한 것 같더군. 아마 내가 알려준 번호로 로또에 당첨됐기 때문일 거야. 라디오에서 1등 당첨자가 두 명이라고 알려주더군. 참 재미있지 않나. 이제 나 혼자 있게 해주겠나…… 머리를 모두 비워내야 할 것 같아. 난 내 아내를 죽인 거나 마찬가지야…… 그녀를 구하기 위해 아무것도 하지 못했으니까."

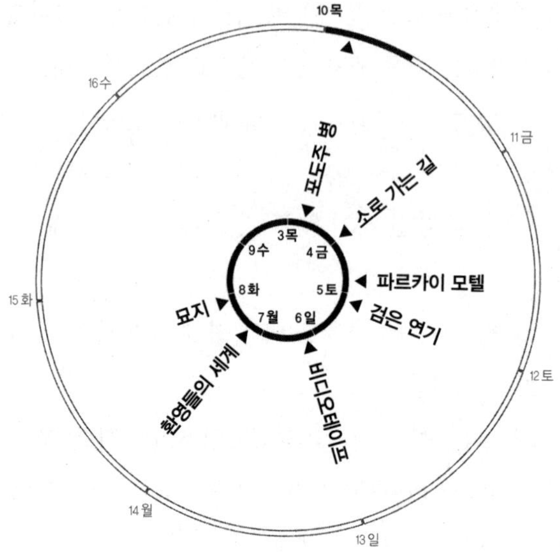

61. 5월 10일 목요일, 10시 12분

그녀는 죽었다. 의심의 여지가 없는 사실이었다. 그것은 더이상 한낱 악몽이 아니었다. 그 무엇도 그녀를 다시 살아나게 할 수는 없었다. 결코. 이 고통을 어떻게 이겨낼 수 있을까?

스테판은 종이와 펜을 들고 집 앞 계단에 앉아 있었지만 아무것도 쓸 수 없었다. 자신에게 무슨 일이 일어났는지 이제야 비로소 어렴풋이 알 것 같았다. 따사로운 햇볕에 얼굴을 내맡기자 지극한 평온함이 느껴졌다. 그는 몸을 일으켜 거대한 숲 가장자리로 걸음을 옮겼다. 지저귀는 새소리와 나뭇잎이 바람에 살랑대는 소리가 들려왔다. 아름다운 봄날이 자태를 한껏 뽐내는 듯했다. 그는 라모를레의 방목장을 따라 걸었다. 나무그늘로 뒤덮인 오솔길 주변은 파란 하늘과 초록색 나뭇잎, 그리고 적색의 대지가 조화를 이루며 한데 어우러지고 있었다. 승마 교습

중인 아이들이 말에 올라탄 채 똑바로 앞을 응시하며 나아가고 있는 광경이 눈에 들어왔다. 불현듯 그의 머릿속에 메리쉬르우아즈의 어린 소녀 멜린다가 떠올랐다.

스테판은 시간을 확인하고 주머니를 뒤져보았다. 그의 꿈을 기록해 놓은 수첩은 더이상 어디에도 없었다. 시리엘의 저택과 함께 불타버렸다고 빅이 얘기해주었다. 그는 주먹을 꽉 쥐고 눈을 감은 채 기억을 되살리고자 했다. 약과 술기운 때문에 아직 정신이 멍한 상태였다. 두번째 꿈에서 그는 소를 향해 달리고 있었다. 라디오에서는 그를 찾는 방송이 나오고 있었고, 차창 너머 하늘에는 석양과 함께 어느새 모습을 드러낸 달이 보였었다. 따라서 저녁 7시나 7시 30분쯤 되었을 것으로 추측되었다. 라디오 뉴스 속보 전까지는 기껏해야 일고여덟 시간 정도가 남아 있을 뿐이었다. 어쩌면 이미 늦었는지도 몰랐다.

갑자기 마음이 다급해진 그는 잠시 헤맨 끝에 우체국 옆에 있는 공중전화를 발견했다.

"그라프 부인?"

"그런데요?"

스테판은 숨을 헐떡거렸다.

"당신…… 딸이 지금 위험합니다."

"누구죠, 당신은?"

"지금 당장 아이를 데리러 가십시오. 그러지 않으면 오늘 해가 지기 전에 내가 당신 딸을 납치할 테니까. 아이의 이름은 멜린다, 곱슬머리에 앞니가 하나 빠져 있죠. 난 당신 딸이 다니는 학교에 몰래 들어가서 서류를 훔쳐보았습니다. 내 말을 못 믿겠다면 교장 선생님한테 물어보십시오. 난 당신 딸을 매일 몰래 지켜보았습니다. 만약 내 말을 그냥 흘려듣는다면 아이는 죽게 될 겁니다. 내 손으로 죽일 거란 말입니다. 그러니까 당장 아이를 데리고 오는 게 좋을 겁니다."

스테판은 전화를 끊었다. 소녀의 엄마가 즉각 조치를 취할 만큼 충분히 겁을 주었기를 바라면서.

그는 방목장 부근의 한적한 곳으로 가서 나무에 기대앉았다. 그리고 종이와 펜을 꺼내 길고 긴 편지를 써내려가기 시작했다. 수신인은 과거의 스테판이었다. 어쩌면 그는 이 편지를 읽지 못할지도 몰랐다. 하지만 그런 것은 중요하지 않았다. 스테판은 머릿속을 비워내야만 했다, 어떤 방식으로든. 그리고 있을 수 없는 일들을 이해하기 위해 노력해야만 했다.

자신이 처한 상황과 과거의 스테판, 그리고 미래의 스테판에 관해 곰곰 생각하면서 황당한 추론들을 써내려가던 그는 문득 기막힌 사실을 깨달았다. 과거 속에서 실비는 살아 있었다. 그들의 이별은 거리가 아닌 시간의 문제였다. 몇 킬로미터가 아니라 며칠의 간격이 그들을 갈라놓고 있었다.

순간 형언할 수 없는 행복감이 느껴졌다. 이미 일어난 일들을 바꿔놓을 수 있을 거라는 확신이 들었기 때문이다. 그는 수사대에서 전화를 함으로써 살인범을 당황하게 하지 않았던가? 그리고 그의 꿈 얘기를 통해 수사에 결정적인 정보를 제공하지 않았던가? 과거의 스테판에게 메시지를 전달함으로써 과거를 바꿔놓을 수 있다면? 그렇다면 실비의 죽음을 막을 수 있을지도 모르지 않는가!

그렇다, 충분히 가능한 얘기였다. 앞으로 엿새 동안 살인범이 누구인지 밝혀낸 다음, 과거의 스테판, 그리고 과거의 빅토르에게 그 정보를 알려주면 될 것이다. 그렇게 하면 실비의 죽음을 막을 수도 있지 않을까.

스테판은 점점 더 불가해하고 터무니없는 세계 속으로 빠져드는 느낌으로 편지를 계속 써내려갔다. 다시 읽어본 편지는 마치 정신병자가 쓴 글 같았다.

문득 문제의 사서함 101번이 왜 꿈속에 등장했는지 알 것 같았다. 어쩌면 과거의 스테판에게 정보를 전달하기 위한 것이 아닐까. 미래에서 과거로의 교신을 도와주는 창구 역할을 하면서. 혹은 그 반대로 과거에서 미래로의 교신과, 과거와 미래 사이의 소통 역시 가능하게 하면서. 그는 사서함을 미리 빌려두지 않은 것을 후회했다. 어쩌면 그것은 이 모든 것을 이해하는 열쇠가 될 수도 있는 것을.

그는 즉시 집으로 달려가 필요한 양식과 서류를 챙긴 다음 우체국으로 향했다. 그로부터 이십 분 후, 사서함 101번의 열쇠를 받을 수 있었다.

자신이 쓴 편지를 놓아두기 위해 조그만 나무문을 열어본 스테판은 숨이 멎는 것 같았다. 사서함 속에는 이미 접힌 종이 한 장이 들어 있었다. 그는 서둘러 다시 문을 닫고 창구로 달려갔다.

"최근에 누가 이 사서함을 사용한 적이 있습니까?"

"아뇨."

직원은 장부를 확인한 다음 덧붙였다.

"이 사서함은 지금까지 한 번도 사용된 적이 없습니다. 당신이 처음입니다."

스테판은 당혹감을 느끼면서, 조금 전까지 기대앉아 있던 방목장의 나무로 가서 등을 기대고 앉았다. 그리고 엄청난 두려움과 함께 접혀 있는 종이를 펼쳤다. 자신의 필체를 즉시 알아볼 수 있었다.

스테판은 잠시 눈을 감았다가 다시 떴다. 그리고 편지를 읽어내려가기 시작했다……

2007년 5월 10일 목요일

스테판에게

나 자신에게 편지를 쓴다고 생각하니 기분이 참으로 묘하군.

이 모든 일이 어떻게 시작됐는지, 얼마나 많은 과거와 미래가 존재하는지 난 잘 모르겠어. 난 지금 사랑하는 실비가 세상을 떠난 직후에 나무 아래 앉아서 이 편지를 쓰고 있어. 조금 전에는 방목장 길을 따라 산책을 한 후, 멜린다 엄마에게 전화를 했지.

말하자면 난 너의 선임자 중 하나인 셈이야. 나 역시 미래의 스테판에 대한 꿈을 꾸었어. 그 미래의 스테판은 또다른 미래의 스테판을 꿈꾸고, 그렇게 끊임없이 이어지겠지. 우리 모두는 자신의 존재의 거울 속에 갇힌 반영이나 마찬가지인 거야. 모두가 미래의 스테판인 셈이지. 그러면서 끊임없이 스스로의 뒤를 잇게 되지. 엿새 그리고 스무 시간의 시간 차를 두고 모두가 매번 똑같은 삶을 살게 되는 거야.

이제 난 지금의 너처럼 더이상 꿈을 꾸지 않아. 왜냐고? 그건 나도 잘 모르겠어. 시간의 창문이 다시 닫혀버린 걸까? 아니면 내가 곧 죽을 거라는 사실을 암시하는 것일까?

우린 실비의 죽음을 막을 수 없었어. 내 꿈을 꾸었을 스테판(나의 과거의 스테판)이나 네 꿈을 꾸었을 스테판(너의 과거의 스테판)도 운명의 거센 물결을 막을 수는 없었던 거야. 나처럼 너도 아무것도 할 수 없었던 거라고. 만약 과거의 스테판이 그녀를 구할 수 있었다면 불가능한 어떤 일이 일어나게 되는 셈이지. 이제 그녀는 죽었고, 지금 그녀의 시신은 법의학자의 손에 있어. 슈뢰딩거의 고양이와는 반대로, 그녀는 동시에 죽었거나 살 수 없는 거니까. 운명이란 놈은 모순을 좋아하지 않아. 그래서 그런 모순이 일어나지 않도록 모든 조치를 취해놓는 거야. 켜지지 않는 전등, 도망가야만 하는 상황, 예기치 못한 추락 등등.

아, 물론 어떤 것들은 과거와 미래 사이에 일종의 '전달' 수단으로 존재한다고 생각할 수도 있겠지. 혹은 충분히 통제할 수 있는 모순의 형태로. 하지만 네 왼쪽 허리를 잘 봐. 거기 새겨진 문신에 대해 한번 생각해보자고. 그 문신은 이미 그곳에 있지. 며칠 전에 문신을 새기고 문신에 관한 꿈을 꾸면서 네가 생각했던 것처럼 '전달'을 통해 나타난 게 아니란 말이야. 그 문신은 미래에도 존재해. 네가 과거에 그걸 몸에 새겨놓았다는 바로 그 사실 때문에. 너나 내가 어리석게도 미래의 스테판과 소통하기를 바라면서 모텔이나 다크랜드의 벽에 써놓은 그 우스꽝스러운 메시지들도 마찬가지야. 이런 행위들이 포함하는 부조리에 대해 생각해본 적 있어? 미래의 스테판은 엿새 후의 우리 자신인 거야. 그러니까 우리가 이미 알고 있는 것을 알리려고 하는 건 아무 소용 없는 짓이라고. 사실 이런 편지를 쓰는 것조차 무의미하다는 것도 잘 알고 있어. 너 역시 똑같은 편지를 썼을 거라고 난 확신하고 있거든. 하지만 그런 건 아무래도 상관없어. 이 편지를 쓰면서 나 자신을 되돌아볼 수 있는 것으로 족하니까.

우린 언제나 똑같은 결론에 도달하게 되지. 우리가 살고 있는 세상에서는 실비가 죽고, 젊은 수사관의 아이도 죽고, 아마도 어린 소녀 멜린다도 곧 죽게 될 거라는 사실, 그리고 그런 일들을 막기 위해 우리가 할 수 있는 일이 아무것도 없다는 사실 말이야. 그게 바로 우리의 숙명인 거야. 그 누구도 어쩌지 못하는, 우리에게 주어진 운명.

내 얘긴 여기까지야…… 지금으로선 나도 더이상 아는 게 없어. 나도 너처럼 극심한 혼란에 빠져 있으니까. 왜 이런 일이 우리에게 일어나는 걸까? 대체 누가 이 저주받은 뫼비우스의 띠 속으로 우리를 몰아넣은 걸까? 어째서 아무리 발버둥을 쳐도 아무것도, 그 무엇도 결코 바뀌지 않는 걸까?

어쩌면 우린 우리의 손에 시간여행에 관한 부인할 수 없는 증거를 쥐고 있는지도 몰라. 시간의 순환 고리나 평행한 또다른 세계가 존재한다는 증거 말이야…… 하지만 우린 그 증거를 우리끼리만 비밀로 간직하게끔 저주를 받은 거야. 그러지 않으면 정신병원이 언제라도 문을 활짝 열고 우릴 환영해줄 테니까……

참, 네가 기뻐할 한 가지 소식이 있어. 실비는 살아 있어.

그래, 과거의 시간 속에서 그녀는 아직 살아 있는 거야. 과거의 스테판은 아직 그녀와 함께 있다고. 따지고 보면, 두 사람 사이에는 엿새의 시간 차가 있을 뿐이야. 지금 너와 그녀를 갈라놓는 것은 거리가 아닌 시간인 거야. 생각을 조금 다르게 해보도록 해. 그러면 지금보다는 훨씬 덜 고통스럽게 느껴질 테니까.

다만 엿새 후에…… 실비는 또다시 죽게 되겠지만.

난 아무래도 비관론자에 가까운 것 같아. 하지만 사실 충분히 그럴 만하잖아.

이제…… 나로서는 더이상 할말이 없는 것 같아. 사실 우린 이미 서로를 잘 알고 있잖아, 안 그래? 그리고 이 편지는 너에게 새로운 그 무엇도 알려주지 못할 테고 말이야. 이 모든 건 결국 너 자신의 생각이니까. 난 이제 집으로 돌아가봐야 해. 조금 후에 실비의 가족이 오기로 돼 있거든. 너 역시 돌아가야 할 테고. 나와 똑같은 이유로 말이지.

지하실에 있는 두 개의 거울 사이에 비치는 수많은 너의 모습을 보게 되면 나를 떠올려주었으면 해. 그중 하나가 바로 나일 테니까. 그리고 그때쯤이면 아마도 난 이 세상에 없을 거야.

곧 다시 만날 수 있기를, 아마도 다른 곳에서.

추신 1: 이 편지를 읽은 뒤 다시 제자리에 갖다놓아주길 바라. 다음번 스테판을 위해서. 그런데 그전에 한 가지 부탁이 있어. 이것 역시 너의 뒤를 이을 과거의 스테판을 위해서야. 이 편지지 뒤에 조그맣게 X 표시를 해주었으면 해. 그러면 얼마나 많은 미래의 스테판이 너를 앞서갔는지 알 수 있을 테니까.

추신 2: 이 편지를 다시 읽으면 읽을수록, 내가 정말 미친 게 아닐까 하는 생각이 들어.

스테판은 망치로 머리를 얻어맞은 듯 멍한 상태로 천천히 고개를 들었다. 그의 몸짓 하나하나가 슬로모션으로 움직이는 것 같았다.

이 편지는 조금 전 그가 과거의 스테판을 위해 쓴 것과 똑같았다. 말 한마디 한마디가 한 치의 어긋남도 없었다.

그는 편지를 사서함 101번에 다시 갖다놓으러 우체국으로 향하기 전에 그동안 얼마나 많은 스테판들이 이 사서함을 거쳐갔는지 알기 위해 종이를 뒤집어보았다. 그와 또다른 스테판들이 언제부터 뫼비우스의 띠 위에서 끝없이 움직이고 있는지를 확인하기 위해. 거울 속에 얼마나 많은 스테판의 모습이 비치는지 알기 위해.

그리고 또다시 세상이 무너지는 것 같은 느낌이 그를 엄습했다.

종이 뒷면은 X자로 새까맣게 뒤덮여 있었다.

무수한 X자가 빼곡히 들어차 있었다.

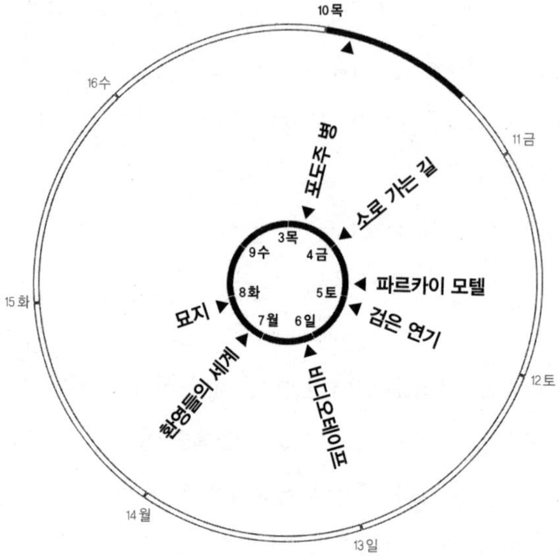

62. 5월 10일 목요일, 15시 37분

층계참에 다다른 빅과 셀린은 아파트 문 앞에 웅크리고 앉아 있는 한 남자를 발견하고는 화들짝 놀라며 불쾌한 표정을 지었다. 스테판이 고개를 들자, 셀린은 손으로 입을 막으며 그 자리에 멈춰 섰다.

"저 남자…… 저 남자가 바로……"

"알고 있어." 빅은 눈살을 찌푸리며 그녀의 말에 대꾸했다. "지금 여기서 뭐하는 건가?"

스테판은 단번에 몸을 일으키고는, 셀린의 눈을 똑바로 쳐다보지 못하고 시선을 피했다.

"자…… 자네와 꼭 얘기를 해야 해서. 휴대폰으로 여러 번 전화를 했는데 연결이 안 되더라고. 자네에게 꼭 알려줘야 할 중요한 정보가 있어서 그러네."

셀린은 본능적으로 자신의 배로 손을 가져갔다. 그녀의 눈은 눈물로 여전히 충혈돼 있었다.

"어떻게, 어떻게 알았죠? 우리 아이가 그렇게 될 거라는 걸?"

스테판은 마침내 그녀를 똑바로 바라보기로 마음먹었다.

"나의 환영에 대한 이야기를 기억하시나요?"

셀린은 가만히 고개를 끄덕였다.

"부인은 내 말을 믿어야 했습니다."

스테판의 말에 셀린은 목이 멘 듯 서둘러 문을 열고 안으로 들어갔다. 그녀는 포장된 젖병과 젖꼭지, 유아용품 앞을 지나쳐 아무 말 없이 방으로 들어가 문을 닫았다. 그사이 빅은 스테판을 거실로 끌고 갔다.

"여기서 대체 뭐하는 건가? 난 방금 역에서 돌아오는 길이야. 셀린의 어머니를 배웅하고 왔단 말이야. 내 아내는 지금 내가 필요하다고!"

"술 한잔 주겠나?"

"아니. 다시 묻겠네. 지금 여기서 뭘 어쩌자는 건가?"

"오래 있지 않을 테니 걱정 말게. 나도 빨리 집에 가봐야 하니까. 좀 있다가 실비의 가족이 오기로 돼 있거든. 자네가 내게…… 내 아내 이전에 죽은 여자들에 관한 사항들을 모두 알려주었으면 하네. 현장 사진, 피해자의 이름, 주소, 그 밖의 정보들을 하나도 빠짐없이 전부!"

"이봐, 난 지금 그런 것에 신경쓸 겨를이 없어. 그리고……"

"그렇게 해주게! 난 자네에게 내 수첩과 속내를 모두 보여주지 않았나. 난 자네를 믿었다고! 그러니까 자네도 날 믿어주면 좋겠네."

빅은 의아한 눈빛으로 그를 바라보았다. 스테판은 오늘 아침보다 훨씬 덜 의기소침해 보였다. 심지어 이상하게도 다소 흥분돼 보이기까지 했다.

"알았네."

빅은 두툼한 서류봉투를 가지고 돌아와 그에게 내밀었다.

"잘 가지고 있어야 하네. 그런데 대체 무슨 일을 꾸미고 있는 건가?"

"살인범이 썩은 고기가 들어 있는 통과 배낭을 놔두고 갔다고 했지, 그곳에……"

"그랬지. 하지만 나도 더이상은 아는 게 없어. 아마도 난 내일 아침 수사대에 나가는 대로 징계를 받게 될 테고."

"비디오테이프에 관한 내 꿈을 혹시 기억하나? 어느 공장 철책의 구멍으로 통과하는 살인범의 모습이 감시카메라에 찍힌 걸 자네와 내가 함께 봤다고 한 꿈?"

"그래, 자네 수첩에서 본 것 같아. 자세히 기억은 안 나지만."

"그는 커다란 배낭을 메고 있었어. 분명 경찰들이 내 집에서 발견한 것과 똑같은 배낭일 거야."

스테판은 주머니에서 접힌 종이 한 장을 꺼냈다.

"그곳이 어떤 공장인지는 몰랐는데, 이젠 알아."

"지금 농담하나?"

"그곳은 공업용으로 쓰기 위해 죽은 동물의 사체를 해체하는 공장이었어. 살인범은 거기서 썩은 고기를 조달한 거야."

"동물의 사체를 해체하는…… 맙소사, 말이 되는군."

"파리 근교에서 그런 종류의 공장이 있을 법한 곳들을 검색해보았지. 그랬더니 네 군데가 나오더군. 그래서 인터넷을 좀더 뒤진 끝에 개인 블로그에 올려놓은 공장 사진을 찾아냈지. 참기 힘든 역겨운 냄새 때문에 분노한 주민들이 올려놓은 것이었어. 죽은 동물의 사체에서 풍기는 냄새 때문에 말이야."

스테판은 컬러로 프린트한 종이를 펴서 테이블 위에 올려놓았다.

"생드니에 있는 공장이야. 내가 꿈에서 본 바로 그곳이라고!"

그는 빅과 공모의 눈빛을 나누었다.

"확신할 수 있나?"

"90프로쯤. 내 기억 속의 장소에 가장 근접하는 곳이야. 건물 형태와 굴뚝들…… 다른 곳들은 너무나 달랐거든."

빅이 턱을 문지르며 말했다.

"공장이라…… 그러니까 그는 공장에서 썩은 고기를 훔쳤다는 얘기군. 하지만 왜 자기 집에서 고기를 썩히지 않은 걸까?"

"자네 같으면 그렇게 할 수 있겠나? 이런 아파트에서? 부인이나 이웃들 몰래? 나도 냄새를 맡아봤는데 아주 지독하더군. 그렇게 너른 내 집 전체에 냄새가 밸 정도니까. 이 공장은 아주 오래된 곳이야. 그래서 아무한테도 들키지 않고 구멍으로 드나들면서 고기를 훔칠 수 있었던 거지. 그의 모습이 찍힌 감시카메라도 길 건너편에 있는 것이 분명해. 그 공장에 설치된 게 아니었을 거라고."

"그래서 이제 뭘 어떻게 할 작정인가?"

"자네 도움이 필요하네. 지금 그곳으로 가서 조사를 하고 필요한 것을 알아봐주게. 혹시 그 테이프를 구할 수 있을지 모르니까…… 어쩌면 새로운 단서를 찾아낼 수도 있지 않겠나? 자넨 경찰이니까 그들도 자네 요구엔 순순히 응할 거야. 내가 가면 십중팔구 당장 쫓겨날 테고. 지금 내 꼴이 어떤지 자네도 알지 않나. 그러니까 그렇게 해주게. 날 위해 그렇게 해줘. 그리고 실비를 위해서."

빅은 방 쪽을 흘끗 쳐다보며 난처한 표정을 지어 보였다.

"난 할 수 없어…… 동료들에게 연락을 하겠네. 그들이……"

스테판은 고개를 저었다.

"안 돼! 반드시 자네가 가야 해! 그들에게 알리면 정보가 새나갈 거고, 그럼 우린…… 일을 모두 망치고 말 거야. 그들이 자넬 수사에서 제외시킬 거라고 하지 않았나? 게다가 우린 지금 말도 안 되는 비논리적인 덫에 빠져 있어. 자네도 잘 알겠지만 이런 상황에서 수사니 절차니 하는 게 무슨 소용이 있겠느냐고. 그러니까 자네 혼자 가야 해. 만약 아무것도 얻어내지 못한다면, 그땐 그들에게 알려도 되네. 그렇게 해주겠나?"

빅은 잠시 생각에 잠겼다.

"좋아, 그럼 거기 다녀오는 것까지만 하도록 하지. 그런데…… 마음에 걸리는 게 한 가지 있어. 자네가 비디오테이프 꿈을 꾸었다면 그건……"

"나도 알아. 그날 밤 내가 수사대에서 집으로 건 전화 때문에 살인범이 고기가 든 통을 놓고 갔다는 사실. 우린 예정된 미래를 바꾸었다고 생각했지만…… 난 이미 나흘 전에 그 비디오테이프 꿈을 꾸었지. 우린 비디오테이프를 손에 넣었던 거야! 그 말인즉슨, 우리가 동물의 사체를 해체하는 그 공장을 찾아냈다는 얘기고. 따라서 그 공장을 알아내기 위해서는……"

"살인범이 썩은 고기가 든 통을 두고 갔어야 한다는 얘기지. 그러니까 그날 밤 미래의 자네 역시 자네와 똑같이 전화를 한 거야. 제기랄…… 빌어먹을 시간의 순환 고리……"

"결국 우린 아무것도 바꾸지 못했던 거야. 그날 밤 내가 전화를 거는 것은 애초부터 운명적으로 예정돼 있었던 거라고, 다른 것들과 마찬가지로. 하지만…… 난 여전히 운명을 바꿀 수 있다고 믿고 싶어. 그렇게 믿어야만 하니까. 난 실비를 위해 싸울 작정이야. 그녀를 기억하기 위해서."

빅이 양쪽 관자놀이를 문지르며 말했다.

"정말 말도 안 돼. 어떻게 그런 일이 미리 예정돼 있을 수 있지? 어떻게 그런 일이 있을 수 있느냐고!"

"사실이야, 유감스럽지만."

"아니야, 어쩌면…… 사건현장에서, 그러니까 자네 집에서 내 동료들이 어떤 단서를 찾아냈는지도 몰라. 그래서 그 덕분에 우리가 그 공장을 알아낸 것일 수도 있잖아. 어쩌면 지금 우리가 일을 앞당기는 것일 수도 있단 말이지. 그렇게 해서 자네가 꿈꾸었다는 그 미래를 바꿔 놓을 수도 있는 거고."

"나도 자네 말을 믿고 싶은 마음이 간절하네. 이제 공장으로 가보게…… 자네 동료들보다 먼저 가도록 해. 우린 이제 같은 걸 원하고 있으니까. 살인범 말이야."

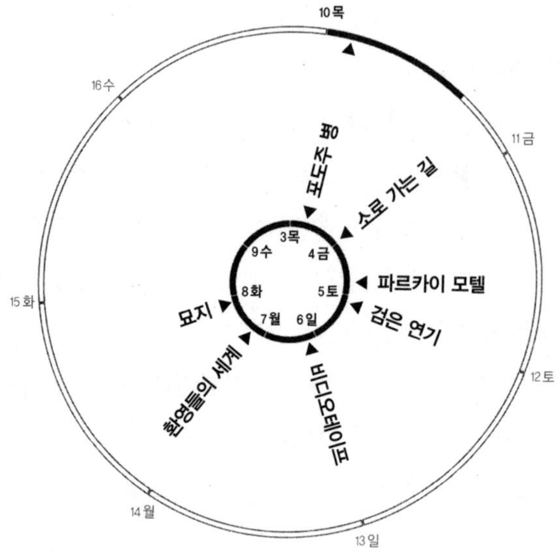

63. 5월 10일 목요일, 17시 12분

다크랜드에 틀어박힌 스테판은 맞은편 벽에서 눈을 떼지 못했다. 벽에 적힌 글들은 그의 바로 옆에 놓인 실비의 디지털녹음기에서도 그대로 흘러나오고 있었다. 그는 빅이 제공해준 서류를 참고하여 살인사건의 정황과 전기난방기 이야기까지 상세히 묘사했고, 희생자들의 주소와 뒤퓌트랑 박물관, 파르카이 모텔, 생드니의 고기 해체공장 등에 대한 이야기도 빼놓지 않고 녹음해두었다. 이미 일어난 사건들과 앞으로 발생할 일들 모두를. 모든 것을 걸고 시도해보아야 했다. 과거의 스테판의 꿈속으로 최대한의 메시지를 밀어넣어야만 했다. 그런 시도가 실패로 끝날 확률이 아주 높다는 것을 잘 알고 있음에도 불구하고.

이제 스테판의 머릿속은 오직 한 가지 목표로 가득차 있었다. 과거를 모두 지워버리고, 과거의 모든 것에 혼란과 모순, 균열을 야기하는 것.

그럼으로써 어쩌면 살인범이 실비를 해치기 전에 그를 잡을 수도 있지 않을까 하는 실낱같은 기대와 함께. 그런 시도가 어떤 결과를 초래할지, 어떤 상상하기 힘든 모순이나 행위를 끌어낼지는 전혀 짐작할 수 없었다. 그럼에도 불구하고, 시간의 순환 고리에 작은 단절이라도 초래해야만 했다.

길고 긴 메시지는 다음과 같이 끝났다.

'이 메시지를 편지로 작성해서 빅토르 마르샬이라는 수사관에게 전해주어야 해. 이게 그의 주소야. 불로뉴비양쿠르, 피에르 그르니에 가 14번지, B2 아파트.

그리고…… 이 얘기를 아무에게도 하면 안 돼. 실비에게도. 아니, 특히 그녀에게는 절대로 하면 안 돼. 다음번 꿈에서 차차 더 자세히 설명해주겠지만. 건투를 빌어.'

그랬다, 알고 보면 이렇게 간단한 일이었다. 여기까지 하고 기다리면 되는 것이다. 과거의 스테판은 잘 이해는 못할 테지만, 지시에 따라 행동할 것이다.

잠시 후 정신을 집중한 탓에 눈이 피곤해올 무렵, 스테판은 거실에 울리는 전화벨 소리를 들었다. 그는 고개를 가로저었다.

"이런, 젠장……"

실비의 가족이 아직 도착하지 않은 터였다. 혹시 집을 못 찾는 건 아닐까? 잠시 망설이던 그는 위층으로 뛰어올라갔다. 전화기 액정화면에 뜬 발신자 번호가 왠지 낯익었다. 그는 잠시 눈을 감고 기억을 더듬었다. 의심의 여지가 없었다. 그것은 엑토르 아리에의 번호였다. 며칠 전 그가 메리에서 직접 휴대폰에 입력한 번호가 틀림없었다. 저 비열한 인간이 어떻게 새로 놓은 전화번호를 알고 있단 말인가?

스테판은 떨리는 손으로 수화기를 든 채 아무 말 없이 듣고 있었다.

불현듯 그가 엑토르 아리에의 이름을 언급할 때마다 당혹스러워하던 실비의 흔들리던 눈빛이 떠올랐고, 이제야 비로소 그 의미를 알 것 같았다.

실비, 엑토르 아리에. 엑토르 아리에, 실비……

수화기 저편에서 남자의 목소리가 들려왔다.

"실비? 그래, 다 끝난 거야? 그를 병원에 집어넣었어?"

스테판은 수화기를 점점 더 세게 움켜쥐었다.

"실비? 왜 대답을 안 해? 당신 옆에 누가 있어? 그래서 대답할 수가 없는 거야?"

스테판은 숨소리조차 내지 않았다.

"알았어. 나중에 다시 연락하자고. 사랑해……"

아리에가 전화를 끊자, 스테판은 엄청난 분노를 터뜨리며 전화기를 벽에 던져 박살내버렸다.

'그를 병원에 집어넣었어?'

아리에는 그렇게 물었다. 병원에 집어넣었느냐고.

그 순간 스테판은 마음속에 강력한 살의를 느꼈다. 그가 환영에 시달리며 괴로워하고 있을 때, 그들은 그런 그를 비웃기라도 하듯 등뒤에서 즐기고 있었던 것이다. 어떻게? 어떻게 그럴 수가?

그는 손가락에서 결혼반지를 빼 손바닥에 올려놓았다. 실비…… 왜 그런 짓을? 그는 치밀어오르는 분노를 억누르기 위해 심호흡을 했다. 두번째 꿈이 떠올랐다. '소로 가는 길'. 꿈속에서 그는 손에 권총을 들고 아리에의 집으로 돌진했다. 바로 그 점이, 자신의 분노를 표출한 것이 미래의 스테판의 실수였던 것이다. 그러나 이젠 그러지 않을 것이다. 스테판은 조용히 다크랜드로 돌아가 눈을 크게 뜨고 자신의 수첩과 마주할 것이다. 새롭게 알아낸 정보를 과거의 스테판에게 전달하기 위해서. 복수는 좀더 나중에 할 수도 있다. 실비를 구한 다음에, 그다음에. 복수할 시간은 아직 있다.

그는 테이블 위에 결혼반지를 내려놓은 다음 지하실로 향했다.

홀의 창문 앞을 지날 때 그들이 보였다. 묵직한 군화를 신은 헌병들이 단호한 몸짓으로 다가오고 있었다. 겁에 질린 스테판의 머릿속에 이름 하나가 즉각 떠올랐다. 멜린다.

그들은 멜린다의 일로 그를 체포하러 온 게 틀림없었다.

심장이 전속력으로 뛰기 시작했다. 그는 벽에 몸을 바짝 붙였다. 현관까지 다가온 헌병들은 문을 세게 두드렸다. 그중 한 명은 문을 부수는 장비까지 지니고 있었다.

"헌병대요! 문을 여시오!"

곧이어 엄청난 폭발음이 울려퍼지면서 문의 빗장이 떨어져나갔다.

그들은 권총을 사방으로 겨누었다. 하지만 스테판은 어느새 사라지고 보이지 않았다.

저택의 광대한 규모 때문에 헌병들은 흩어져서 그를 찾을 수밖에 없었다. 두 명은 위층으로 올라가고, 한 명은 아래층, 마지막 한 명은 지하실로 향했다.

지하실로 향했던 헌병은 잠시 후 얼굴에 붉은색 페인트 세례를 받고 머리는 양철통으로 얻어맞아 신음하며 쓰러졌다.

패닉 상태에 빠진 스테판은 어쩔 줄 몰라하며 권총을 집어들었다. 손이 마구 떨려오면서, 손가락 사이로 붉은색 페인트가 흘러내렸다. 내가 대체 무슨 짓을 한 거지? 다시 제정신이 돌아온 그는 다크랜드로 달려가 챙길 수 있는 것을 최대한으로 챙겼다. 이발기, 다크니스의 깨끗한 옷, 라텍스 가면, 빅 마르살이 건네준 서류 등. 그 모든 것을 낡은 가방에 쑤셔넣은 다음, 기형아 그림들이 걸린 방으로 가서 정원으로 통하는 조그만 창문을 통해 밖으로 빠져나갔다.

잠시 후, 자신의 포드에 올라탄 스테판은 재빨리 그곳을 벗어났다.

그리고 달리는 차 속에서 크게 숨을 내쉬었다. 아슬아슬하게 위기를 모면한 것이다. 이제 어디로 도망을 가야 하나? 그들은 사방에서 그를 찾을 터였다. 신용카드 사용 내역을 확인하고, 라디오와 텔레비전에 공개 수배를 할 게 분명했다. 그를 믿고 도와줄 사람은 아무도 없었다. 젊은 수사관을 제외하고는. 하지만 그 역시 경찰일 뿐이었다.

지금 붙잡힌다는 건 있을 수 없는 일이었다. 실비를 구하기 전에는 절대 그럴 수 없었다.

스테판은 조수석 가방 옆에 놓여 있는 시그사우어 권총을 흘끗 바라보았다. 그가 때려눕힌 헌병이 들고 있던 권총이었다. 그리고 글로브박스에서 멜린다의 분홍색 손수건을 꺼내 붉은색 페인트가 묻은 손을 닦아냈다. 멜린다…… 그 아이에게 대체 무슨 일이 일어난 걸까? 그는 계기판을 있는 힘껏 내리쳤다.

파리로 향하는 16번 국도를 달리던 스테판은 갓길에 차를 세우고 옷을 갈아입었다. 다크니스의 의상인 검은색 바지와 흑백 체크무늬 셔츠로.

그런 다음 사이드미러를 보며 풍성한 검은 머리에 이발기를 갖다대고 머리를 짧게 밀었다. 잘려나간 긴 머리카락들이 바람에 흩날렸다. 매끄럽고 하얗게 변한 머리를 보면서 스테판은 자신이 이제 한 명의 도망자에 불과하다는 사실을 깨달았다. 필요하면 언제라도 총으로 쏘아 죽일 수 있는 도망자.

그는 가슴속 깊이 끓어오르는 분노를 느끼며 다시 차를 출발시켰다. 이번에는 그의 악몽 중 하나가 실현되기를 강력하게 소원하면서.

이 길로 엑토르 아리에의 집에 가서 그를 쏘아 죽여야만 했다. 아내를 농락하고, 어떤 식으로든 그녀의 판단을 흐려놓은 비열한 놈을.

그런 다음 은신처를 찾아야 했다. 그에게 어떤 질문도 하지 않을 곳을. 그는 그곳에 자신의 메시지를 남겨놓을 생각이었다.

스테판은 운전석 차양에서 6호실 열쇠를 꺼냈다. 그가 파르카이 모텔에 일주일간 예약해놓은 방이었다. 꿈속에서 미래의 스테판은 그곳에 머물면서 벽에 메시지를 남겨놓았다. 그러니 그 역시 그렇게 할 수 있을 터였다. 그의 꿈이 모두 실현되고 있으므로. 결국 자신의 꿈을 순서대로 따라가면 되는 셈이었다.

시계를 보니 저녁 7시 30분이 지나고 있었다.

그는 라디오를 켜 볼륨을 최대한으로 높였다. 로또 1등 당첨자와 에노크 채석장에서 죽은 채로 발견된 어린 소녀 멜린다에 관한 뉴스 속보가 흘러나오고 있었다.

과거의 스테판은 헌병들이 들이닥치는 바람에 메시지를 미처 읽지 못했을 수도 있다.

하지만 다음번 꿈에서는 파르카이 모텔에 남겨진 메시지를 읽을 수 있을 것이다. 반드시 그래야만 했다. 시간이 흐름에 따라, 과거의 실비가 치명적인 결말에 다가가고 있으므로.

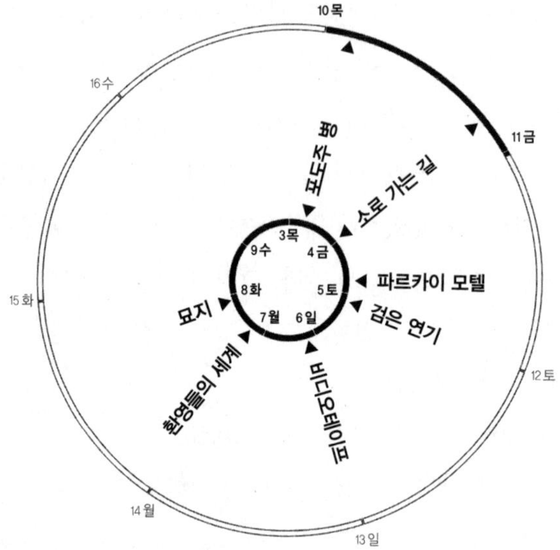

64. 5월 11일 금요일, 00시 23분

비디오테이프를 보고 있던 빅은 등뒤에 셀린의 존재를 느끼고 화면을 정지시켰다. 그는 초점이 흐릿해진 눈으로 뒤를 돌아보았다. 바닥이 거의 드러난 빈 코냑 병이 보였다.

"뉴스에서 또다시 멜린다라는 소녀의 이야기를 했어." 그는 한숨을 내쉬었다. "그 아이에게 무슨 일이 일어난 건지는 아직 잘 모르겠지만. 스테판은 이렇게 되리라는 걸 알고 있었어. 나에게 미리 예고했다고."

셀린은 남편의 목에 두 팔을 두르고는 그의 어깨에 머리를 기댔다.

"만약 그 사람이 그런 거라면? 그가 그 아이에게 나쁜 짓을 한 거라면?"

"아니야, 절대 그럴 리 없어. 그가 자신의 꿈 얘기를 할 때 눈빛에 가득했던 두려움을 봤다면 당신도 그의 말을 믿었을 거야. 내일 채석장으로 가서 어떻게 된 일인지 알아봐야겠어."

셀린은 얼굴에 짙은 슬픔을 드리운 채 아무런 반응도 보이지 않았다. 빅은 술잔을 들어 한 모금을 더 들이켰다.

"그에게 연락을 할 수만 있다면. 아무래도 휴대폰을 꺼놓은 것 같아. 불쌍한 친구 같으니라고……"

셀린은 소파 앞으로 돌아와 그의 품안에 웅크리고 앉았다. 그들 눈앞의 흑백 화면에서는 철책 사이의 구멍을 통과해 돌무더기와 콘크리트에 박힌 철근들을 뛰어넘는 누군가의 모습이 희미하게 보였다. 빅은 믿을 수 없다는 표정으로 화면을 응시했다.

"정말 믿을 수 없는 건, 스테판이 비디오테이프에 관한 꿈을 꿨는데 이 비디오테이프가 실제로 존재한다는 거야. 난 그가 일러준 대로 고기 해체공장 맞은편에 있는 화학처리 공장에서 이걸 찾아냈어. 어떻게 이런 일이 있을 수 있지? 그에게 일어나는 일들은, 그가 나에게 보여준 것들은…… 많은 것을 다시 생각하게 해."

빅은 셀린의 오른손을 펴서 검지로 그녀의 손금을 훑어내렸다.

"이 모든 일이 미리 예정된 거라면? 그래서…… 우리 의지대로 할 수 있는 일이 아무것도 없다면? 우린 보이지 않는 어떤 거대한 힘에 지배당하는 도구에 불과한 거라면? 우리 아이는 어쩌면…… 애초부터 그리될 운명이었는지도……"

셀린은 몸을 더 웅크려 그의 가슴에 뺨을 바짝 갖다대며 중얼거렸다.

"그런 말을 하다니 당신답지 않아. 현실적인 것 외에는 아무것도 믿지 않던 당신이…… 당신 술을 너무 많이 마신 것 같아……"

"지금도 끊임없이 날 따라다니는 의문이 하나 있어. 그 의문이 내 머릿속을 떠나지 않아. 만약 스테판이 끝내 우릴 설득해서 당신이 그날 양수천자를 하러 가지 않았다면 어떻게 됐을까?"

"제발 아픈 상처에 칼을 대고 휘젓지 마, 빅."

빅은 황갈색 액체가 든 술잔을 빙빙 돌리면서 말을 이어갔다.

"오래전 학교에 다닐 때 과학 시간에 배운 게 떠오르는군. 휴 에버렛이라는 미국인 물리학자가 주장한 평행우주에 관한 이론 말이야. 그의 주장에 의하면, 우리가 살아가면서 하는 각각의 선택이 우주를 갈라놓는다는 거야. 그건 신이나 창조, 운명…… 뭐 그런 거랑은 전혀 다른 거야. 당시에 난 그런 건 말도 안 된다고 생각했지."

셀린은 조용히 한숨을 내쉬고 그에게 몸을 바짝 붙인 채로 그의 말에 귀를 기울였다.

"우주는 탄생하는 순간 무수한 가능성에 직면하지. 중력상수, 전자의 질량값에 따라…… 그런데 그 무수한 가능성 중 하나가 선택되는 순간, 우주는 매번 여러 개의 우주로 나뉜다는 거야. 그러면서 기본 상숫값에 따라 각기 다른 여러 개의 평행우주가 생겨나는 거지. 하지만 그렇게 생겨나는 우주들은 대부분 생명을 탄생시킬 수는 없어. 밀도가 너무 높거나, 너무 뜨겁거나, 너무 팽창돼 있거나 하는 여러 가지 이유 때문에. 하지만 그 우주들 중 아주 작은 일부는 생명이 살아가는 데 적합한 조건을 갖추고 있지. 모든 상수들이 필요한 값을 지니고 있기 때문이야. 그게 바로 우리 지구의 경우인 거지. 우린 이 지구에 존재하기 때문에 살아갈 수 있는 거야. 거기에 우연이나 신의 창조 같은 건 없어."

들고 있는 술잔을 모두 비워낸 그의 손이 떨리고 있었다.

"아주 오래전부터 결정적인 순간마다 평행우주가 생겨나고 있다는 얘기지. 어떤 사건이 발생하는 곳과 그렇지 않은 곳으로 나누어지는 거야. 즉…… 죽기도 하고 살기도 하는 슈뢰딩거의 고양이처럼. 그러니까 또다른 평행우주, 즉 또다른 과거 속에서는 어쩌면 당신이 양수천자를 하러 가지 않았을 수도 있는 거야. 왜냐하면 스테판 키스메가 우리를 설득하는 데 성공했기 때문에. 따라서 우리 아이가 살아 있을 수도……"

셀린은 자리에서 일어나 눈물이 그렁그렁한 눈으로 그를 응시했다.

"우리가 살고 있는 세상에서는 우리 아이가 태어나는 일은 결코 없을 거야, 빅. 당신도 그 사실을 받아들여야만 해."

잠시 후 그녀는 덧붙여 말했다.

"좀 나아질 때까지 며칠간 엄마 집에 가서 쉬다 올게. 난 이 아파트를 벗어나고 싶어. 숨이 막힐 것 같아."

빅은 셀린의 갑작스러운 통보에 충격을 받은 듯했다.

"당신…… 우리의 새 삶을 벌써 포기하려는 거야? 그래?"

"우리가 꿈꾸었던 삶에는 우리 아이가 있었어. 그런데 이제 내겐 아이도 없고, 일에만 빠져 있는 당신을 보면서 난 더이상 버틸 자신이 없어. 내게 일어난 비극을 계속 떠올리게 하는 이곳에 머물 수가 없단 말이야…… 내겐 차분히 생각할 시간이 필요해. 그러니까 날 원망하지 마."

그녀는 뒤를 돌아보지도 않는 남편을 쏘아보며 최후통첩을 하듯 말했다.

"내일 아침 일찍 떠날 거야. 먼저 연락하지 마. 지금보다 나아지면 내가 전화할 테니까."

셀린은 방으로 들어가 조용히 문을 닫았다.

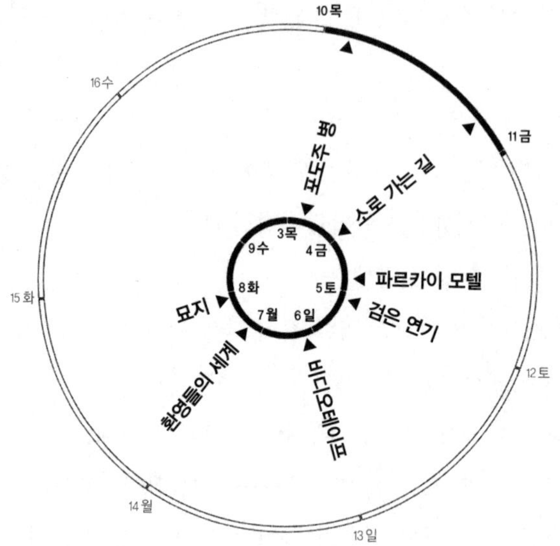

65. 5월 11일 금요일, 00시 46분

파르카이 모텔 주차장으로 천천히 들어온 자동차 한 대가 어둠 속에서 나무에 기대선 채 기다리고 있는 한 남자 가까이에 멈춰 섰다. 운전석의 여인이 차창을 내리고 턱으로 그에게 뭔가 묻는 신호를 보냈다.

얼굴에 화상을 입은 남자는 주머니에 손을 찔러넣은 채 고개를 끄덕였다. 그의 눈은 두려움을 느끼게 하기에 충분했다. 하지만 여인은 그가 지닌 공포의 그림자를 감지하지 못했다. 그들 주위로는, 어둠이 지배하는 가운데 나무들이 달빛 아래 음울한 그늘을 드리우고 있었다.

즉석에서 이루어진 밤의 커플은 헤드라이트 불빛 속에서 모텔의 간판 앞을 지나갔다. 남자의 손에는 낡은 가방이 들려 있었다.

카운터의 남자는 그들에게 아무것도 묻지 않았다. 심지어 화상을 입은 남자의 얼굴에 눈길 한번 주지 않았다. 아마도 습관인 듯했다. 동반한 여자 역시 아무 말 없이 계산을 한 다음 24호실로 향했다. 여자는 몸무게가 120킬로그램은 족히 나갈 것 같았고 거동이 불편해 보였다. 손톱이 길고 검은 옷에 앞코가 뾰족한 하이힐을 신고 있었다. 기대감에 부풀어 있던 여자는 뒤를 돌아보더니 눈살을 찌푸렸다. 뒤따라와야 할 남자가 보이지 않았다. 한껏 즐길 생각에 그녀를 들뜨게 했던 얼굴이 일그러진 남자는 대체 어디로 사라져버린 것일까?

스테판은 가방에서 열쇠를 꺼내 6호실로 들어갔다. 이렇게 변장을 하고 들어온 그를 찾으러 이곳까지 올 사람은 아무도 없을 것이다. 하지만 만일에 대비해 포드 자동차를 멀리 숲속 깊숙이 감춰놓았다.

그는 라텍스 가면을 벗고 커튼을 친 다음 불을 켰다. 순간 그의 눈이 휘둥그레졌다. 지난주에 왔을 때와 벽지의 색깔이 달라져 있었던 것이다. 파란색 벽지가 그의 세번째 꿈 '파르카이 모텔'에서 본 것처럼 노란 줄무늬가 있는 초록색 벽지로 바뀌어 있었다. 스테판은 손으로 이마를 쳤다. 당연했다, 아주 논리적인 결론이었다. 카운터 남자가 마커로 적어놓은 메모를 보고 벽지를 바꿔버린 것이다.

스테판은 잠시 침대에 앉아 권총을 옆에 내려놓고 길게 한숨을 내쉬었다. 이곳으로 오기 전 소로 향한 그는 8866 BCL 92 번호판을 단 엑토르 아리에의 포르셰 바로 뒤에 주차를 한 다음 조용히 차에서 내렸다. 문을 두드리자 아리에가 나왔고, 바로 뒤에 그의 아내 빅토리아가 서 있었다…… 그 순간 스테판은 실비의 정부인 그를 차마 쏘아 죽일 용기가 나지 않았다. 빅토리아 아리에에게 사랑하는 남편이 지금까지 그녀를 속여왔음을 알림으로써 그들 부부를 망가뜨리는 것으로 만족해야 했다.

실비의 가족은 이미 라모를레에 도착해서 그가 어린 소녀의 살해범으로 쫓기고 있다는 사실을 알게 되었을 것이다.

그는 뉴스 속보를 듣기 위해 텔레비전을 켰다. 하지만 미래의 스테판과는 달리, 들키지 않기 위해 볼륨을 너무 높이지 않도록 주의를 기울였다. 이곳에서 쫓겨난다는 것은 있을 수 없는 일이었다.

스테판은 침대 위에 가방을 내려놓은 뒤, 살인사건 관련 서류와 마커를 꺼내 다크랜드의 벽에 쓴 것과 똑같은 메시지를 벽에 적어내려가기 시작했다. 빅토르 마르샬에게 전달할 내용들이었다.

그로부터 한 시간 후, 모든 것이 끝났다. 새 벽지는 명확하고 일관성 있는 설명으로 꽉 차 있었다. 이제 과거의 스테판은 그가 전달하려는 메시지의 의미를 충분히 이해할 수 있을 터였다.

스테판은 눈을 들어 텔레비전에서 나오는 뉴스를 보면서 멜린다를 떠올렸다. 터져나오는 울음을 멈출 수가 없었다.

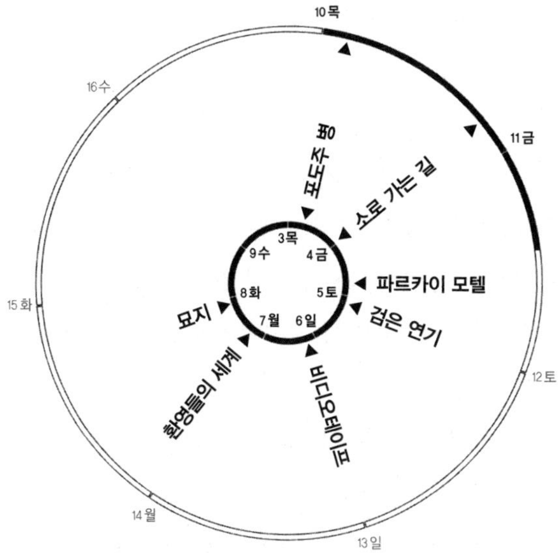

66. 5월 11일 금요일, 10시 35분

"이건 공식적인 결정이네, 마르샬. 자넨 이 사건의 수사에서 제외됐어."

"반장님, 저는……"

모르티에 반장은 마지막 담배연기를 내뿜은 후 꽁초를 재떨이에 짓이겼다.

"저는 뭐? 자넨 뭐든지 해도 된다고 생각했나? 극비 사항을 아무한테나 까발려도 되는 줄 알았느냐고, 용의자나 의사, 아무한테나! 자넨 큰 실수를 한 거야, 마르샬!"

모르티에는 기계적인 몸짓으로 담배 한 개비를 더 집어 자리에서 일어났다.

"자넨 용납할 수 있는 선을 훨씬 넘어섰어. 그러니까 자네 책상이나 지키고 있든지, 아니면 새 휴대폰을 마련한 뒤 자네한테 맞는 일을 할당해줄 때까지 기다리고 있게."

"저한테 맞는 일이라고요? 어떤 일을 말씀하시는 건가요?"

"어떤 일?" 모르티에는 빈정거리는 어조로 빅의 말을 되받았다. "자네 친구 키스메를 쫓고 있는 헌병대 일을 도우면 되겠군그래. 난 그 작자가 언제든 그런 일을 벌일 줄 알고 있었어. 자기 아내를 납치하더니, 이젠 어린아이까지. 그의 부인이 정신병원 입원수속 서류에 사인할 기회가 없었던 게 무척 유감이군. 그랬다면 아이는 아직 살아 있을 텐데."

빅은 전전긍긍하고 있었다. 살인범의 모습이 포착된 감시카메라 테이프가 그의 가방에 들어 있었다. 하지만 그것을 모르티에 반장에게 보여주는 것은 상황을 더욱 악화시킬 뿐이었다. 모르티에는 그것을 빌미로 그를 결정적으로 내치거나 궁지에 몰아넣을 게 뻔했다.

"하지만 우리 수사와 관련된 새로운 단서나 증거를 찾아냈는지 정도는 말해주실 수……"

"알고 싶나? 아직 제자리걸음이네, 됐나?"

"썩은 고기는요? 뭐 알아낸 것 없습니까?"

"왜 이렇게 이번 사건에 집착하는 거지?"

"부탁드립니다."

모르티에는 한숨을 내쉬었다.

"전문가들은 박테리아의 과도한 활성화에 무게를 두고 있네. 특히, 그 뭐라던가……"

그는 파일을 뒤적였다.

"……그래, 슈도모나스. 소화관에서나 습도가 지나치게 높을 때 생겨나는 거라더군. 어때, 이 정도면 꽤 진전한 거 아닌가?"

"습도가 높을 때요? 혹시라도 육가공 공장이나 동물의 사체를 해체하는 공장 같은 데서 온 거라고 생각해보시진 않았습니까?"

"혹은 정원 깊숙한 곳에서 온 것일 수도 있고. 고기를 썩게 내버려두는 게 그리 어려운 일은 아닐 테니까."

그는 종이를 구겨서 휴지통에 던져넣었다.

"지금 범죄학 전문가가 모든 정황을 분석해서 살인범의 프로필을 만들어가는 중이네. 첫번째 범죄현장은 종교적인 것에서 영감을 받은 것으로 추정하고 있지."

"아, 그래요? 어떤 종교적인 것 말입니까?"

"이봐, 마르샬, 난 지금 자네하고 한담이나 나누고 있을 시간이 없어. 월요일까지는 이 건물도 비워줘야 하고. 우리가 가장 마지막까지 남아 있는 팀이야. 보면 모르겠나? 그러니까 이제 그만 가주면 좋겠네!"

빅은 밖으로 나왔다. 모르티에 반장의 말은 사실이었다. 복도에 개미새끼 한 마리 얼씬거리지 않았고, 위층은 이미 텅 비어 있었다.

그는 화장실로 가서 세면대 위에 가방을 내려놓고 차가운 물로 얼굴을 적셨다. 한편으로는 끔찍한 사건에서 발을 빼게 된 것에 안도감을 느끼면서도, 다른 한편으로는 뭔가를 빼앗긴 것 같은 상실감이 몰려왔다. 그는 이번 수사에 밤낮을 가리지 않고 자신의 전부를 내던졌다.

하지만 그 결과 수사권을 박탈당하고, 셸린과도 멀어졌다. 그는 실패한 수사관, 무능력한 남편이었다.

빅은 불현듯 무슨 생각이 떠오른 듯 가방을 집어들고 서둘러 어디론가 사라졌다. 밝혀내야 할 문제가 아직 남아 있었다. 어쩌면 더욱더 이해하기 힘든 문제가.

*

엄청나게 서늘하고 축축한 냉기가 느껴졌다. 빅은 재킷의 깃을 여민 다음 터널 아래를 지나가기 위해 몸을 숙였다. 앞서가던 메리쉬르우아즈 헌병대 소속 라파르그 헌병대장이 에노크 채석장에서 가장 험난하고 경사진 통로로 들어서기 전에 잠시 걸음을 멈추었다.

"조심하세요, 미끄럽거든요."

빅은 조심스럽게 걸음을 옮겼다. 바닥에는 물줄기가 아주 얇은 막을 이루며 흐르고 있었다. 두 남자는 바위 벽면의 돌출된 부분을 붙잡고 물에 잠긴 갱도로 서서히 접근했다.

"바로 여깁니다. 어제 오후 5시 20분에 아마추어 동굴탐험가 세 명이 아이를 발견했습니다. 우린 즉각 이곳으로 달려왔고요. 시신은 물에 떠 있었고, 손전등이 깨진 채 물밑에 가라앉아 있었습니다. 첫번째 검증에 의하면, 아마도 아이는 머리가 골절된 뒤 익사한 것 같더군요."

"아마도, 라고요?"

"곧 부검 결과가 나올 겁니다."

빅은 바위를 꼭 붙잡은 채 그들 위로 나 있는 또다른 통로를 가리키며 물었다.

"혹시 혼자 미끄러져서 머리를 다친 다음 물에 빠진 게 아닐까요? 여기가 엄청 미끄러운 걸 보면. 그래서 손전등도 깨졌을 테고요."

"그럴 수도 있겠죠…… 하지만 그 아이가 여길 혼자 왔을 거라고 생각하십니까? 열 살짜리 여자아이가요?"

"왜 안 되죠? 여기 오다보니 철책 사이에 구멍이 나 있던데요. 아이들이 놀다가 여기까지 들어올 수도 있지 않을까요."

헌병대장은 인상을 찌푸렸다. 아마도 자신의 영역을 침범당하는 것이 못마땅한 듯했다.

“사실 가끔 그런 일이 있긴 합니다. 하지만 아주 드물죠.”

“사고가 난 적이 한 번도 없습니까?”

“무슨 얘길 하고 싶으신 겁니까?”

“어떻게 일이 이렇게 빨리 진행될 수 있는지 이해가 잘 안 가서요. 아직 부검 결과도 나오지 않았는데, 벌써 스테판 키스메를 용의자로 수배했으니까요. 그에게 정확히 어떤 혐의를 두고 있는 건가요?”

“곧 납득하실 수 있을 겁니다. 위로 올라가서 설명을 들으시는 게 어떨까요?”

라파르그 헌병대장은 손전등으로 뒤를 비추며 빅에게 따라오라는 손짓을 했다. 두 남자는 경사진 통로를 힘겹게 거슬러올라갔다. 헌병대장이 숨을 고른 다음 상황 설명을 했다.

“어제 오전 11시경, 그라프 부인에게 이상한 전화가 걸려왔습니다. 어떤 남자가 자신이 멜린다를 납치해서 죽일 거라고 알려온 겁니다. 부인은 전화를 끊자마자 공원으로 달려갔죠. 학교 선생님이 아파서 수업이 없었던 멜린다가 친구 아르튀르와 함께 놀러 나가 있었거든요. 하지만 공원엔 아무도 없었습니다. 그래서 부인은 아르튀르의 집으로 달려갔지요. 그런데 아르튀르는 자기 방에 혼자 있었습니다. 아르튀르의 말에 의하면, 멜린다는 공원에서 놀다가 집으로 돌아가겠다고 했다는 겁니다. 그것이 그 아이가 본 멜린다의 마지막 모습이었습니다. 그때가 10시 30분쯤이었다고 하더군요. 하지만 멜린다는 다시 집으로 돌아오지 못했습니다.”

“하지만 전화는 삼십 분 후에 오지 않았습니까?”

“누가 압니까? 혼란을 야기하기 위해 키스메가 먼저 아이를 죽여놓고 전화를 한 건지. 부검 결과가 나오면 사망 시각을 확실히 알 수 있겠죠. 어쨌거나 그의 협박 전화가 온 후 모든 일이 신속하게 진행되었습니다. 우린 당연히 한 치의 망설임도 없이 유괴로 단정지었죠. 어떻게 그렇게 빨리 알 수 있었느냐고요? 지난 주말 멜린다가 다니는 학교의 교장실에 누군가가 침입해서 아이들의 학적부를 뒤진 사건이 있었습니다. 그 일과 관련해서 두 건의 신고가 들어왔고요. 먼저 학교의 교장 선생님이 태도가 수상쩍었던 한 남자에 대해 알려왔습니다. 지난 토요일, 검은 장발의 남자가 멜린다라는 여자아이를 찾았다는 것이었어요. 그리고 멜린다의 집 맞은편에 있는 카페 주인도 연락을 해왔습니다. 키스메의 인상착의와 정확하게 일치하는 한 남자가 로또 1등에 당첨된 용지를 그냥 놔둔 채 서둘러 가버렸다고 하더군요! 라디오에도 나온 얘긴데 못 들으셨습니까?"

빅은 태연한 태도를 유지하려고 노력했다. 그는 스테판이 일러준 번호로 로또를 살 생각도 하지 못했던 것이다.

"네…… 듣지 못했습니다."

"키스메는 여섯 개의 번호를 똑같이 몇 번이나 표시했다고 하더군요. 그래놓고 그냥 가버리는 바람에 그때 우연히 그곳에 들른 한 남자가 그걸 주운 겁니다! 키스메는 정말 운이 없었죠, 안 그런가요? 그러니 열 받을 만도 하고요."

"그럴 만하군요, 과연."

"이 정도면 왜 그런 짓을 했는지 설명이 되지 않나요? 자기가 버리고 간 로또 용지가 1등에 당첨된 걸 알고 꼭지가 돌아버린 거죠."

"하지만 그건 단지 추측일 뿐……"

"아무튼 그래서 우린 그라프 부인에게 전화를 건 장소를 추적했죠. 추적해보니 그곳은 라모를레의 공중전화 부스였어요."

그 순간 헌병대장은 빅이 입술을 깨무는 모습을 간과하지 않았다. 그는 이야기를 계속했다.

"당연히 우린 즉시 그곳 헌병대에 연락을 취했지요. 그런데 그곳의 헌병 하나가 우리가 찾는 남자의 인상착의와 정확히 일치하는 사람을 기억하고 있더군요. 그는 우리를 즉시 스테판 키스메에게 데려다주었습니다. 운이 좋았던 게, 며칠 전 키스메가 헌병대를 찾아와 자전거를 도난당했다고 주장하면서 횡설수설한 적이 있다더군요. 그래서 빠른 시간에 그를 찾아낼 수 있었던 겁니다."

빅은 점점 더 심기가 불편해졌다.

"그렇다고 해서 반드시 그가 살인범이라고 단정지을 수는 없는 것 아닙니까."

"물론 그렇죠. 하지만 얘기가 더 남았습니다. 어제 오후 5시경, 키스메의 집으로 헌병 넷이 찾아갔습니다. 그런데 그중 하나가 키스메에게 공격을 당했고, 그자는 그길로 도망을 갔습니다. 아무 짓도 하지 않았다면 그렇게 도망갈 리가 없지 않겠습니까? 그리고 마치 지금까지의 이유들만으로는 충분치 않은 것처럼……"

헌병대장은 바위가 움푹 들어간 곳을 향해 걸어갔다.

"바로 이곳에서 칼 하나가 발견됐습니다. 손잡이에 있는 지문 중 일부가 키스메의 집에서 채취한 지문과 일치하는 것으로 밝혀졌고요. 이렇게 확실한 증거가 있는데도 아직도 못 믿으시겠습니까?"

"지금 지문 중 일부라고 하셨나요? 그럼 또다른 지문은 누구의 것인지 알아냈습니까?"

"그런 건 중요하지 않습니다. 그자를 잡게 되면, 그자가 직접 우리한테 말해줄 테니까요."

기진맥진한 빅은 마치 질식할 것 같은 느낌으로 채석장 밖으로 나왔다. 그는 무릎에 두 손을 대고 심호흡을 했다. 그때 그의 휴대폰이 울렸다. 화면에 '스테판 키스메'라는 이름이 뜨자, 빅은 조금 떨어진 곳으로 가서 다급하게 전화를 받았다.

"스테판?"

"나야……"

"맙소사, 대체 어떻게 된 거야? 지금 어디 있나? 경찰이 도처에서 자넬 찾고 있다고!"

심신이 허약해질 대로 허약해진 스테판은 금방이라도 쓰러질 것처럼 힘겹게 전화기를 붙들고 있었다. 갈증과 허기가 느껴지면서 졸음이 몰려왔다. 머릿속에서 모든 것이 한데 뒤섞이면서, 과거의 스테판이 이미 꿈을 꾼 것인지, 곧 꿈을 꿀 것인지 모호해졌다. 전화기 저편의 빅은 경찰서로 자진 출두할 것을 강력하게 권유하면서, 자신의 아이를 구하지 못한 그를 탓하고 있었다. 46, 47이라는 숫자를 들먹이면서, 과학을 증오한다는 말과 함께.

스테판은 몽롱한 의식으로 고개를 갸우뚱했다. 46, 47…… 염색체! 그래, 인간의 염색체 번호였지!

바로 그 순간, 한창 대화를 하는 중에 갑자기 스테판의 심장박동이 빨라지기 시작했다. 이미 들어본 적이 있는 말들이었다. 한마디도 빠짐없이 그대로. 과거의 꿈속에서. 그래, 바로 지금이야! 어쩌면 과거의 스테판도 지금 이 순간 꿈을 꾸고 있는 것인지도 몰랐다!

그때 갑자기 누군가가 문을 세게 두드리는 바람에 더이상 대화를 이어갈 수가 없었다. 스테판은 기겁하며 전화를 끊었다.

빅은 휴대폰을 그대로 손에 든 채 잠시 동안 꼼짝도 하지 않았다. 그의 뒤쪽에서는 헌병대장이 장화에 잔뜩 묻은 진흙을 바위에 털어내고 있었다. 빅은 마찬가지로 진흙으로 뒤덮인 자신의 운동화를 내려다보았다. 순간 명백한 사실 하나가 그의 머리를 스치고 지나갔다.

그는 헌병대장에게로 달려갔다.

"멜린다와 함께 있었다는 그 아이, 아르튀르 말입니다!"

"왜 그러시죠?"

"당장 그 아이의 주소를 알아야겠습니다!"

*

그에게 문을 열어준 여성은 진중해 보이는 얼굴에 엄격하고 권위적인 눈빛을 띠고 있었다. 빅은 자신을 소개한 다음 아르튀르가 어디 있는지 물었다.

"내 아들은 멜린다가 그렇게 된 이후 방에서 나오지 않고 있어요. 정말 끔찍해요. 그 나쁜 놈이 하루속히 잡혔으면 좋겠군요."

"아드님과 잠깐 얘기 좀 해도 될까요?" 빅은 앞으로 몇 걸음 나아가면서 물었다.

"네, 하지만 빨리 끝내주세요. 이미 시달릴 대로 시달렸으니까요."

그는 현관으로 들어서며 말했다.

"아드님이 어제 신었던 신발을 좀 보고 싶습니다. 멜린다와 공원에 놀러갔을 때 신었던 것 말입니다."

그녀는 눈살을 찌푸렸다.

"왜 그러시죠?"

"그냥 의례적인 확인 절차일 뿐입니다."

"경찰은 늘 이런 식이죠. 조사만 벌써 몇번째인지 모르겠군요. 내 아들을 이렇게 괴롭히느니 차라리 다른 데서 알아보는 게 빠를 텐데요."

"어쩌면 부인 말이 맞을지도 모르겠군요. 어쩌면……"

그녀가 운동화를 가지고 돌아왔다. 빅은 신발 아래쪽에 묻은 진흙을 즉시 알아보았다. 채 마르지도 않은 흙이었다.

"이 진흙은…… 어젠 비가 오지 않았는데요."

"그래서요? 무슨 말을 하고 싶으신 거죠?"

"이제 아르튀르를 볼 수 있을까요?"

"그러시죠."

그녀는 아이 방으로 빅을 데리고 갔다. 아르튀르는 자동차 트랙을 가지고 놀고 있었다. 빅을 보자 아이는 고개를 푹 숙였다. 그리고 조종기를 더 꽉 움켜쥐며 파란색 자동차를 8자 모양의 트랙 위에 전속력으로 달리게 했다.

"아저씨한테 인사해야지!" 아르튀르의 엄마는 매우 엄한 표정으로 아들을 꾸짖었다.

소년이 겁에 질린 눈빛으로 고개를 들었다. 빅은 뒤를 돌아보며 말했다.

"괜찮으시면 아드님과 단둘이 얘기하고 싶습니다."

그녀는 고개를 끄덕이고는 문을 닫았다.

"아르튀르, 난 경찰이야. 내가 이렇게 너를 찾아온 건, 어제 정말로 무슨 일이 있었는지 알고 싶어서야."

소년은 자동차 트랙 위로 몸을 잔뜩 움츠린 채 아무 말도 하지 않았다.

"아르튀르, 어제 멜린다하고 공원에서 놀았지?"

"네." 아이는 여전히 고개를 숙인 채 대답했다.

"멜린다는 너의 가장 친한 친구야, 그렇지?"

"내 가장 친한 친구……"

빅도 아이 옆에 쪼그리고 앉았다. 그는 8자 모양을 그리며 계속 달려가는 트랙 위의 자동차를 잠시 지켜보았다.

"어떤 사람이 네 친구한테 나쁜 짓을 한 것으로 오해받아서 감옥에 갈지도 모른다는 거 알고 있니?"

"잘됐네요."

"내가 그 사람을 잘 아는데, 아주 특별하고 좋은 사람이란다. 절대로 아이들을 해칠 사람이 아니야. 그런데 넌 그 사람이 멜린다를 해칠 이유가 있다고 생각하니?"

"아뇨."

빅은 장난감 자동차를 트랙에서 꺼냈다. 그러자 아르튀르가 파란 눈을 들어 그를 쳐다보았다.

"너 어제 멜린다하고 에노크 채석장에 갔지, 그렇지?"

소년은 닫힌 문을 흘끗 쳐다보더니, 입술을 바르르 떨었다.

"아니에요, 안 갔어요." 소년은 애써 숨죽인 목소리로 항변했다. "엄마가 거기 가면 안 된다고 했어요! 난 엄마 말을 들어야 한단 말이에요!"

빅은 문을 돌아본 후 또다시 아르튀르의 눈을 응시하며 물었다.

"거기 갔다고 하면 엄마가 널 꾸중하시니? 엄마한테 벌을 받을까봐 그래?"

소년은 손가락을 비틀면서 대답했다.

"네. 난 거기 가지 않았어요. 가면 안 되니까요."

빅은 이 사건이 얼마나 엄청난 오해로 얽혀 있는지 점점 더 확신할 수 있었다. 얼마나 끔찍하고 터무니없는 오해가 빚어낸 결과인지를.

"내 경찰 신분증을 잘 보렴…… 똑바로 봐."

빅은 아르튀르의 손을 꼭 움켜쥐었다.

"아무도 널 벌주지 못하게 하겠다고 약속할게, 그 누구도. 알겠니?"

아르튀르가 가만히 고개를 끄덕였다. 빅은 이야기를 시작했다.

"자, 내 생각은 이래. 멜린다가 너한테 에노크 채석장 얘길 했을 거야. 얼마 전에 거길 가봤는데 아주 근사한 곳이고, 안으로 들어가는 방법도 알고 있다고. 그러면서 너에게 보여주고 싶어했고, 넌 친구를 따라간 거야. 정말 멋진 모험이 될 테니까, 그렇지? 그렇게 해서 너희 둘은 공원을 가로질러서 철책 아래를 통과해 터널 안으로 들어간 거야. 물론 멜린다는 손전등을 가지고 갔을 거고. 내 생각엔, 아마도 동굴 속에서 멜린다가 너한테 칼을 보여줬을 거야. 널 놀래주려고 말이야. 그리고 넌 그 칼을 만졌지."

빅이 천천히 이야기를 이어가는 동안, 맞은편에 앉아 있던 아르튀르의 얼굴이 점차 일그러졌다.

"너희들은 좀더 앞으로 나아갔을 거고, 바로 그 경사진 곳에서 멜린다가 미끄러진 거지. 멜린다는 바위에 머리를 부딪힌 다음, 몇 미터 아래에 있는 물속에 빠졌어. 그래서 넌 겁을 먹고 거기서 도망쳐나왔지. 그리고 집에 돌아와서는 방에 틀어박힌 채, 그 사실을 너 혼자만 비밀로 간직하고 있는 거야. 자, 아르튀르, 내 얘긴 끝났어. 이제……"

빅은 소년의 턱밑에 자신의 손바닥을 갖다대고 물었다.

"……지금까지 내가 한 얘기가 모두 사실인지 말해줘야만 해."

마침내 소년이 입을 열기까지는 십 초, 아니, 이십 초 정도가 걸렸을 뿐이었다.

"엄마한테 절대 일러바치지 않겠다고 맹세할 수 있어요?"

*

빅은 다시 스테판에게 전화를 걸어 수사대에 출두하도록 설득했다. 멜린다의 지문과 함께 칼에 지문이 남아 있던 아르튀르의 증언에 따라 그의 결백이 입증될 수 있다고 설명하면서. 이제 스테판은 더이상 살인 용의자가 아니었다.

헌병대를 나오던 빅은 이번 사건의 심각성을 깨달았다. 스테판 키스메는 멜린다를 구하려다가 오히려 소녀의 죽음을 야기하는 퍼즐을 짜 맞춘 것이다. 멜린다가 그 채석장을 찾아간 것은 스테판 자신이 그곳으로 그녀를 데리고 갔었기 때문이었다.

그는 16번 국도에서 가엘 몽티외를, 철길에서 뤼디빈 코켈을, 1998년에 기차 승객들을 죽게 한 것과 똑같은 방식으로 그녀를 죽게 한 것이다. 어떻게든 그들의 죽음을 막으려고 애쓰는 과정에서.

스테판 키스메는 미래를 예견하는 것으로 그치지 않았다. 스테판 키스메는 저주받은 삶을 살고 있었다.

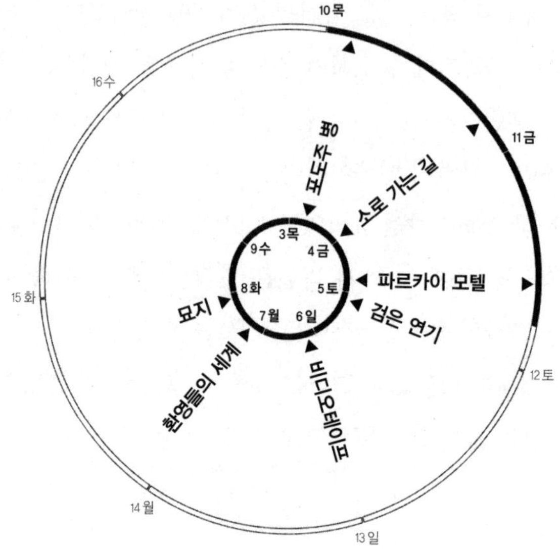

67. 5월 11일 금요일, 20시 23분

수사본부의 작은 방으로 들어간 빅은 문을 이중으로 잠그고 블라인드를 내렸다.

"여긴 4층에 있는 취조실이네. 이곳과 위층은 이사를 하느라 모두 비어 있어서 우릴 방해할 사람이 아무도 없어. 이제 내가 하라는 대로 할 수 있겠나?"

스테판은 의자에 쪼그리고 앉아 자신의 손을 응시하고 있었다. 수면 부족으로 눈이 퉁퉁 부어올라 있었다.

"자네 동료들이 정말 날 그냥 놔둘 거라고 생각하나?"

"걱정할 것 없네. 자넨 내 책임하에 있으니까. 그들은 지금 자네를 내보내기 위한 마지막 서류 작업을 하는 중이야. 자네가 헌병을 공격한 것 때문에 일이 좀 복잡해졌거든."

스테판은 고개를 들어 절망적인 눈빛으로 빅을 바라보았다.

"난 최선을 다했어, 빅. 하지만 우리에겐 변한 게 아무것도 없어. 지금 난 뭐가 뭔지 하나도 모르겠다고. 모든 게 엉망으로 뒤엉켜버렸어. 과거도, 미래도. 현실이 뭔지도 모르겠어. 정말 미쳐버릴 것 같아."

"그건 나도 마찬가지야."

"아무리 애를 써도 소용이 없어. 또다른 미래의 스테판들도 마찬가지일 거야. 우린…… 무한대로 끝없이 이어지는 굴레 속에 갇혀 있는 거라고. 어쩌면 파르카이 모텔에 남기려던 메시지가 전달될 수도 있었을 거야. 하지만 과거의 스테판이 날 보고 있다는 걸 깨달았을 때 난 또다시 도망가야만 했어. 모텔 카운터의 남자가 다른 사람들한테 그 방을 다시 빌려준 걸 모르고 있었거든. 그들이 날 발견했다면 가만두지 않았을 거야. 그 전날 헌병들이 내 집으로 쳐들어오는 바람에 내 메시지를 끝맺지 못했던 것도 그렇고. 젠장, 모든 걸 알아내기에는 꿈이 너무 짧았어. 내가 그런 악몽을 꾸지 않았다면 멜린다는 결코 죽지 않았을 거야. 꿈에서 난 '멜린다에게서 멀리 떨어져 있을 것'이라는 메시지를 보았어. 그 말대로 난 그 아이에게서 멀리 떨어져 있어야 했던 거야. 내 주위의 모든 것이 재앙으로 바뀌고 있어."

빅은 손에 마커를 들고 커다란 백지가 붙어 있는 거울 앞을 서성였다.

"그래서 꼭 필요한 사항을 계획을 짜서 전달하려는 거야. 이건 반드시 통해야만 해. 우린 할 수 있을 거야, 자네와 내가 함께라면."

"자네와 내가? 우린 과거에 아직 서로 알지도 못했다고! 그런데 어떻게 그럴 수 있지?"

"우린 카상드라 리베르망이 죽던 날 밤 처음 만났지. 5월 5일 토요일 저녁 8시경에 엑토르 아리에의 집 앞에서. 기억나나?"

"그래, 기억나."

"자네가 말하는 엿새 스무 시간의 시간 차를 고려해서 5월 5일 토요일 새벽 1시가 조금 안 되는 때의 우리로 돌아가보는 거야. 자네의 '과거의 스테판'이 꿈을 꾸던 순간을 최대한으로 파악하기 위해서. 그 시각에 뭘 하고 있었는지 기억나나? 5월 4일에서 5월 5일로 넘어가던 무렵에?"

스테판은 두 손으로 머리를 감쌌다.

"잘 모르겠어, 머…… 머리가 엉망이 돼버렸다고. 바로 그게 문제였어, 처음부터. 모든 걸 기억해낼 수 있었거나 수첩이 불타지 않았다면 지금보다는 훨씬 덜 복잡해졌을지도 몰라."

"노력을 해보란 말이야!"

스테판은 그동안 있었던 일들을 기억해내고자 애썼다. 그리고 잠시 시간이 흐른 후 다시 입을 열었다.

"난…… 점심때쯤 실비와 함께 뒤퓌트랑 박물관에 갔었어. 그런 다음…… 저녁엔 파르카이 모텔에 갔던 것 같아. 왜냐하면 꿈에서 모텔 방을 봤거든. 그곳 6호실 말이야."

빅은 고개를 끄덕였다.

"맞아. 거기서 우린 서로를 알지 못한 채 처음으로 마주쳤지. 자넨 그레고리 마슈와 다툰 뒤 주차장을 떠나려던 참이었고, 난 팔에 괴저가 있는 남자를 찾아 막 그곳에 도착했지. 그런 다음엔?"

"물리학자인 내 친구 자키 집으로 갔어. 그는 내게 론 강의 물방울과 뫼비우스의 띠 이야기를 해주었지. 그런 다음…… 파르카이로 돌아가 벽에 메시지를 남겼어. 미래의 스테판을 위한 것이었지."

"좋아, 그러니까 자넨 그때 이미 믿고 있었다는 얘기지. 자네가 미래를 예견한다는 사실을 말이야. 우리한테는 고무적인 얘기야. 그런 다음엔?"

"허리에 문신을 새겼어…… 그리고 집으로 돌아왔지. 그때가 아마 새벽 2시경이었을 거야. 난 엄청난 혼란에 빠져 있었어. 실비와…… 늘 그랬듯이 많이 다투었고. 그녀는 침대 위에 사진 한 장을 던져놓고는 어디론가 떠나버렸어. 그리고 꿈속의 사진에서 본 것처럼 머리를 짧게 자른 거야. 난 큰 충격을 받았지. 그래서 술을 엄청 마셨던 것 같아…… 그리고 나서는 기억이 잘 안 나. 그대로 잠이 들었던 것 같아."

빅은 시계를 들여다보며 재빨리 계산을 했다.

"새벽 2시? 좋아. 과거에 자넨 아마도 네다섯 시간 정도 잔 것 같군. 그사이에 무슨 꿈을 꾸었는지 기억이 나나?"

"아니, 미안해. 너무 희미하고 흐릿해서. 발소리, 비명소리, 그리고 계단이 보였어……"

"그 밖에 다른 건? 다른 건 기억나지 않는 거야, 젠장."

"응, 안 나…… 정말 아무것도 기억나지 않아. 난 위스키를 반병이나 마시고 잠들었다고!"

빅은 거칠게 숨을 들이마셨다.

"이번에는 과거의 스테판이 그렇게 많이 마시지 않았기를 바라자고."

"그 사실이 달라질 이유가 없지 않나."

빅은 테이블 위에 약통 하나와 플라스틱 물컵, 그리고 물병을 올려놓았다.

"구론산이야. 두 알 정도 먹게. 졸음을 쫓아줄 거야."

"이봐, 난 지금 제정신이 아니야. 눈도 충혈돼 있고. 요 며칠간 잠을 거의 못 잤단 말이네."

빅은 물을 따르고 알약을 녹인 다음 스테판에게 내밀었다.

"마셔."

스테판은 얼굴을 찌푸리면서 그의 말에 따랐다. 빅은 만족한 표정을 지으며 커다란 백지 앞에 자리를 잡고 앉았다.

"자, 이제…… 무엇보다 정신을 분산시키거나 한꺼번에 너무 많은 정보를 기억하려고 하면 안 돼. 그랬다가는 우선적으로 중요한 것을 처리하지 못하고 우물쭈물하다가 불행한 결과를 초래하게 될지도 모르니까. 최대한 명료하게 총체적인 상황을 파악하도록 노력해야 하는 거야."

빅은 종이 위에 다음과 같이 적어내려갔다.

'난 빅 마르샬이야. 우린 토요일에 엑토르 아리에의 집 앞에서 만나게 될 거야. 자네는 자네 차 안에서 내게 자네의 꿈에 관해 이야기할 거야. 내가 오래된 코냑을 마시기 시작했다는 이야기, 셀린이 임신을 했는데 아이가 어쩌면 다운증후군일지도 모른다는 이야기 등을 말이야. 그런 다음 자넨 나한테 이렇게 말할 거야.

셀린은 절대로 양수천자를 하러 가면 안 된다고. 그러면 아이가 죽을지도 모른다고.

자넨 생드니에 있는 고기 해체공장에 대해서도 이야기할 거야. 살인범이 5월 5일 토요일 밤 10시경에 그곳에 들를 거라고.

자, 내 이야긴 여기까지야. 자네 얘길 하자면, 자넨 절대로 멜린다 그라프를 에노크 채석장으로 데리고 가면 안 돼. 그러면 그 아이가 죽을 테니까. 가장 간단한 방법은 그 아이의 존재를 무시하는 거야.'

스테판은 두 손으로 뺨을 문질렀다. 짧게 깎은 그의 머리가 네온 불빛 아래 반들거리며 빛났다.

"내 미래의 스테판, 그리고 또다른 미래의 스테판들도 이미 이런 시도를 해보았을 거야. 그리고 그들 역시 실패했을 거고."

"아니야! 반드시 할 수 있어. 운명은 자넬 통제하고 있어. 자네가 하는 행동과 자네가 남기는 기록들을 모두. 하지만 난 아니야. 그게 바로 빈틈인 거라고."

스테판은 잠시 생각에 잠겼다.

"아리에 집 앞에서 우리가 만난 게 저녁 8시경이었지. 그러니까 거기서 과거의 스테판이 자네한테 그 정보들을 알려줄 거야. 하지만 자네가 그 공장에 갈 시간이 없다면? 그리고 내 말을 믿지 않는다면 어떻게 될까?"

"시간이 있을 거야. 그리고 난 분명 자네의 말을 믿을 거고. 왜냐하면 자넨 나 혼자만 알고 있는 것들을 내게 얘기하게 될 거거든."

"왜 꿈속에서 자네는 내게 휴대폰 번호를 진작 알려주지 않았을까? 그랬다면 과거의 스테판이 잠에서 깨어나면서 자네한테 곧바로 전화할 수 있었을 텐데. 그러면 시간을 벌 수 있었을 것 아닌가 말이야!"

"아니, 그렇지 않아. 내 휴대폰은 계속 방전되기 때문에 어차피 자넨 나한테 연락하지 못했을 거야. 게다가 그런 이야기를 전화로 할 수 있을 거라고 생각하나?"

스테판은 메시지를 다시 읽으면서 고개를 저었다.

"내 차 안에서 우리가 처음 대면할 때, 난 자네한테 아무것도 말하지 않을 수도 있어. 이 모든 걸 혼자만의 비밀로 간직하면서 홀로 매듭을 풀려고 애쓸 수도 있다고."

그러자 자리를 박차고 일어난 빅이 그의 옷깃을 잡고 소리쳤다.

"아니! 자넨 나한테 얘기해야 해, 알겠어? 모두 털어놓아야 한다고!"

"자네가 무슨 얘길 해도 소용없어. 그때의 내가 뭘 할 수 있겠나?"

빅은 자신의 머리카락을 쥐어뜯었다.

"정말 미칠 노릇이군!"

"나 역시 과거의 스테판이었어. 꿈속에서 그가 당시 느꼈던 것을 나도 느꼈단 말이네. 두려움, 이해할 수 없는 일들, 미쳐버릴 것 같은 느낌을 말이야. 하지만 그는 자네한테 아무 얘기도 하지 않을 거야. 자네가 적어준 자네의 개인적인 이야기도. 왜냐하면 자넨 과거의 스테판을 의심하고 있고, 그는 궁지에 몰린 것처럼 느낄 테니까. 어쩌면 가장 좋은 방법은 자네 집에 익명으로 쓴 편지를 몰래 넣어두는 것일지도 몰라. 그러면 자네가……"

"그건 안 돼, 난 집에 있는 시간이 거의 없으니까! 그놈을 공장에서 붙잡아야 해, 무슨 일이 있어도! 우린 할 수 있을 거야. 이제부터 긴장을 풀고 마음의 준비를 하도록 해. 정신을 집중하는 거야."

그러면서 그는 자리에 앉았고, 그들은 꼼짝도 하지 않은 채 길고 긴 기다림을 시작했다.

그로부터 네 시간이 지난 자정 무렵, 빅은 잠들지 않기 위해 고개를 흔들었다. 스테판 역시 쓰러질 것 같았지만 깨어 있기 위해 무진 애를 썼다.

잠시 후 아래층에서 갑자기 의자가 요란하게 부딪치는 소리가 들려오더니 동시에 유리창이 깨졌다. 그리고 이어지는 외침. "불이야! 피하시오!"

놀란 빅은 당황하며 뒤를 돌아보았다. 블라인드 뒤쪽으로 이미 널름거리며 사방으로 퍼져나가는 시뻘건 불길이 보였다. 문 아래쪽으로 연기가 새어들어오고 있었다. 빅이 자리에서 일어나 문을 열자, 짙은 회색 연기가 취조실 안으로 몰려들어왔다.

"이런, 제기랄! 이럴 수가! 불이 났어!"

그는 기침을 하면서 소맷자락으로 코를 막았다.

"날 따라와!"

하지만 스테판은 앉은 자리에서 움직이지 않았다.

"아니, 난 여기 남아 있을 거야. 바로 이거였다고, 내가 꿈에서 본 게! 꿈속에서 사방이 검은 연기로 휩싸여 있는 걸 봤어! 이제 곧 과거의 스테판이 꿈을 꿀 거야! 복도로 달려나가서는……"

빅이 되돌아와 그의 팔을 움켜잡았다.

"여기 있으면 죽어!"

그는 스테판을 자리에서 일으켜 문 쪽으로 끌고 갔다. 복도에서는 뜨거운 열기가 순식간에 아래에서 위로 퍼져나갔다. 그들은 바닥에 널려 있는 전선 위를 뛰어넘고 기침을 하면서 계단을 향해 달려갔다. 시커먼 연기가 눈과 폐를 가차없이 공격해왔다. 다른 사람들과 마주쳤지만 그들이 신고 있는 검은색 군화만 눈에 들어올 뿐이었다. 그 순간, 스테판은 강렬한 데자뷰의 느낌을 받았다. 그 커다란 검은색 군화는 그가 꿈속에서 본 것이 분명했다! 이 연기, 이 불꽃 모두가! 과거의 스테판이 지금 이 순간 꿈을 꾸고 있는 게 틀림없었다!

스테판은 갑자기 걸음을 멈추고 뒤로 돌아섰다. 다시 취조실로 들어가려 하자 빅이 그의 옷깃을 붙잡았다.

"여기서 뭐하는 거야! 얼른 이곳을 빠져나가야 해!"

스테판은 뒤를 돌아보았다. 시야가 뿌옇게 흐려졌다. 뭐가 뭔지 아무것도 구분이 되지 않았다.

"잠깐만! 잠깐만 안에 들어가면 돼! 그가 알아야만 해! 그에게 설명해야 한다고!"

"몇 분 후면 늦어! 산 채로 타버리고 말 거라고! 시간이 없어! 어서 가야 해!"

"안 돼!"

"어서 가!"

거센 불길이 맹위를 떨치며 거침없이 문을 공격해왔다. 스테판은 발버둥을 친 끝에 빅에게서 벗어날 수 있었다.

"저길 잘 봐! 운명이란 놈이 내가 저 안에 들어가는 걸 막으려고 무진 애를 쓰고 있는 거라고! 하지만 이번엔 그도 날 이기지 못할 거야! 이대로 또 당하느니 차라리 죽는 게 나으니까!"

취조실 안으로 들어간 스테판은 비틀거리면서 문을 이중으로 닫아 걸었다. 시커먼 연기가 그의 눈과 콧속까지 스며들어왔다. 빅이 문을 계속 두드리는 사이, 스테판은 앞을 더듬어 거울이 있는 곳까지 나아갔다.

더이상 어떤 물체도, 글씨도, 아무것도 보이지 않았다.

그는 입속으로 들어간 시커먼 연기를 뱉어낸 다음 간신히 말을 할 수 있었다.

"빅토르의 아내가…… 양수천자를 하지 못하도록 막아…… 그…… 그러지 않으면 그녀의 아기가…… 죽을 거야…… 그녀는 너한테…… 거짓말을 할 거야…… 그녀를 막아…… 어떤 방법을 써서라도……"

머리가 빙빙 돌았다. 그는 쓰러지기 일보 직전에 앞으로 고꾸라졌다. 그의 주위로 불길이 점점 더 가까이 다가오고 있었다. 싸워서 이겨야만 했다. 무슨 수를 써서라도. 바로 지금이었다. 운명을 바꿔놓을 수 있는 순간, 운명과 맞서 싸울 수 있는 순간이. 그는 더욱더 힘겹게 말을 이었다.

"5월 5일 토요일 밤 10시. 고기 해체공장…… 생드니…… 철책…… 구멍으로 지나가는 남자를…… 죽여야만 해. 살인범…… 그를 죽여!"

스테판은 한 손으로 가슴을 움켜쥐고, 다른 한 손은 문손잡이를 향해 뻗은 채 그 자리에 꿇어앉았다. 안간힘을 다해 몸을 일으키려고 했지만 헛수고였다. 그는 자신이 죽어가고 있음을 느꼈다. 운명이 그를 제거해 버리려 하고 있었다.

그 순간, 유리창이 폭발하는 소리가 나면서 억센 손 하나가 그를 일으켜 불길이 타오르는 쪽으로 밀어냈다.

빅이 그를 부축해서 나가는 동안, 스테판은 자신이 성공했음을 깨달았다. 바로 그 순간 그의 꿈을 꾸고 있는 과거의 스테판이 그의 메시지를 접수하게 될 것이다.

그는 운명의 음모를 좌절시켰다. 삶의 주사위를 던지는 잔인한 운명과 맞서 이긴 것이다.

몇 초 후, 빅과 스테판은 건물 밖으로 나오자마자 동시에 의식을 잃으면서 둔탁한 소리와 함께 바닥에 쓰러졌다. 얼굴에 뭔가가 정면으로 부딪히는 것 같은 강력한 충격을 느끼면서.

병원에서 빅은 그 기이한 느낌의 충격에 대해 언급했다. 하지만 의사들은, 그가 의식을 잃은 것은 연기 흡입으로 인한 일산화탄소 중독 때문이라고 설명했다.

그러나 혈액검사 결과에서는 일산화탄소 중독을 입증할 만한 어떤 특이사항도 보이지 않았다.

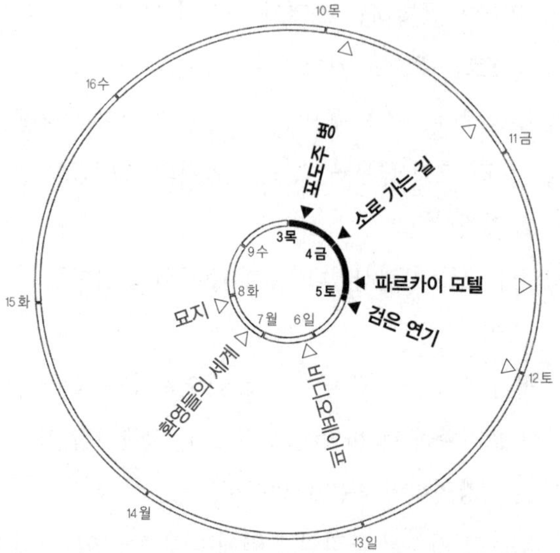

68. 5월 5일 토요일, 04시 12분
엿새 그리고 스무 시간 전……

잠에서 깨어난 스테판은 침대 옆 바닥에 쪼그리고 앉아 있었다. 전날 밤의 과음과 파르카이 모텔에 갔던 일, 물리학자인 친구 자키와의 토론 등으로 아직 피곤이 채 가시지 않은 상태였다. 하지만 머릿속 깊은 곳에서 아직도 그 말들이 들려오는 듯했다. 끔찍한 말들이었다.

'살인범. 그를 죽여. 5월 5일 토요일 밤 10시. 고기 해체공장. 생드니.'

이 횡설수설들은 대체 무엇을 뜻하는 걸까? 꿈속의 스테판은 다 죽어 가면서 빅토르라는 남자에 관해서도 말했다. 임신한 그의 부인 이야기를 하고, 그녀가 양수천자를 하지 못하도록 막아야 한다고도 했다. 꿈속의 스테판이 말하는 빅토르는 예전 파르카이 모텔에 관한 꿈속에서 전화통화를 했던 그 빅토르가 틀림없었다. 의문의 숫자 46, 47에 관해 이야기했던 그 사람이 틀림없었다. 그는 대체 누구란 말인가? 그의 성도 모르는데 어떻게 그에게 연락을 한단 말인가?

"미래의 스테판 이 멍청한 친구 같으니! 연기가 자욱한 데서 기어다니면서 대체 뭘 하고 있는 거야?"

몸을 일으키려던 스테판은 비틀거리다가 매트리스에 몸을 기댔다. 아직 취기가 덜 가신 그는 꿈의 일부만을 희미하게 기억해낼 수 있을 뿐이었다. 하지만 미래의 스테판이 남긴 메시지는 그에게 또렷하게 각인되어 있었다. '살인범. 고기 해체공장. 그를 죽여.'

죽이라고? 누굴? 대체 무슨 이유로?

그의 바로 앞, 침대 시트 위에는 머리를 짧게 자른 실비의 모습이 담긴 폴라로이드 사진이 놓여 있었다. 널찍한 방에 홀로 남은 스테판은 전날 밤 새긴 허리의 문신을 내려다보았다. '멜린다에 관해 얘기해줘. 내 메시지는 6호실 벽에 적어놓았어. 파르카이 모텔. 그곳에 네 메시지를 남겨줘.' 바지를 챙겨 입고 다크랜드로 내려간 그는 꿈의 내용을 기록해놓은 수첩에서 페이지가 떨어져나간 부분을 찾아보았다. 이번이 네번째였다. 이전 꿈들은 그를 뒤퓌트랑 박물관과 파르카이 모텔로 이끌었다. 그리고 전날 밤 그는 그곳의 파란색 벽지 위에 메시지를 남겨놓았었다. 그런데 이번에는 말하고 숨쉬기조차 힘겨워하며 바닥에서 죽어가고 있는 자신의 모습이 보였다. 그가 있던 곳은 대체 어디일까? 꿈속에서 커다란 종이에 적힌 문장들이 언뜻 보였지만 연기 때문에 글을 읽을 수가 없었다. 미래의 스테판이 그에게 전달하려던 메시지가 분명했다.

그에게 무슨 일이 일어난 걸까? 그 멍청한 미래의 스테판은 어쩌다 그런 상황에 놓이게 되었을까?

스테판은 꿈속에 나타난 자신의 분신을 원망했다. 그가 좀더 명확하고 일관성 있는 정보를 전해주었더라면!

충격으로 멍해진 그는 방금 자신이 기록한 글을 다시 읽어보았다. '살인자.' 어떤 살인자를 뜻하는 걸까? 필름 결함이 있는 사진에서 본 두 여인을 난도질해 죽인 자를 말하는 걸까? 그가 고기를 해체하는 공장과 무슨 관련이 있단 말인가?

시각은 어느덧 새벽 5시를 가리키고 있었다. 5월 5일 토요일이었다. 이 모든 것의 의미를 알아야만 했다. 이 망할 꿈들이 무엇을 말하고자 하는지, 어떻게 해서 자신이 엿새 후 불길에 휩싸인 방에서 알 수 없는 말들을 내뱉으며 죽어가야만 하는지를 밝혀내야만 했다.

우선 멜린다라는 여자아이를 찾아야 했다. 이 길로 즉시 메리쉬르우아즈로 달려가 그 아이를 찾아내, 이 엄청난 미스터리 속에서 그 아이가 어떤 역할을 하고 있는 것인지 알아내야만 했다.

그런 다음, 밤이 되면 꿈속의 스테판이 일러준 대로 생드니의 공장으로 가야 했다. 밤 10시가 되기 전에.

그곳에 도착해서는 적당한 핑계를 둘러댈 작정이었다. 하지만 그는 아직 누군가를 죽일 준비가 되어 있지 않았다.

*

메리로 가는 길에 영화 제작자인 에브라르가 그에게 전화를 걸어 카를라 마르티네즈의 모형 제작 진행 사항에 관한 소식을 물었다. 스테판은 이틀 후 월요일에 모형을 전달해주겠노라고 장담했다. 그러면서 엑토르 아리에의 전화번호를 물었고, 그것을 자신의 휴대폰 연락처에 입력했다.

얼마 후 그는 라파르그 헌병대장이 실제로 존재한다는 것을 확인했다. 그리고 메리의 한 초등학교에 가서 몹시 불친절한 교장 선생과 마주쳤고, 얼마 후 교장실에 불법 침입했다. 그때 그의 수첩에서 떨어져 나온 종이들이 날아가버리고, 운동장의 철책을 넘다가 땅바닥으로 떨어지는 바람에 휴대폰 액정화면이 깨졌다. 하지만 그는 멜린다 그라프라는 소녀에 관해 알아낼 수 있었다. 초록색 눈에 앞니가 하나 빠지고 목에는 십자가 목걸이를 한 소녀였다. 그는 즉시 그 아이가 바로 미래의 스테판이 꿈속에서 말한 소녀라는 것을 알 수 있었다.

그는 카페에서 기회를 엿보았지만, 아이의 부모 때문에 아이와 이야기를 할 수 없었다. 상관없었다. 나중에 다시 오면 될 테니까. 어쩌면 다음날인 일요일에 아이가 예배에 가는 틈을 이용할 수도 있을 것이다. 그녀를 에노크 채석장으로 데리고 가서 겁을 준 다음, 다시는 그곳에 발을 들여놓지 않도록 설득할 생각이었다.

저녁 7시경, 스테판은 엑토르 아리에가 멜린다와 관련이 있음을 확신하고 그의 집 앞에 주차를 하고 기다렸다. 미술감독을 맡고 있는 아리에는 1988년 에노크에서 촬영한 〈심연의 비밀〉이라는 영화의 세트를 담당했다. 스테판은 아리에의 서재에서 위스키를 마시며 이야기하던 중, 그가 몰래 숨어서 멜린다를 관찰하고 있는 것을 알고 있다며 노골적으로 그를 비난했다.

저녁 8시경 스테판이 아리에의 집에서 나와 생드니의 공장으로 가려는 찰나, 수사관 하나가 그의 차에 올라탔다. 시그사우어 권총을 지닌 빅토르 마르샬이라는 이름의 젊은 수사관은 뒤퓌트랑 박물관과 파르카이 모텔에 갔던 이유에 대해 스테판에게 질문했다.

스테판은 그가 꿈에서 본 그 빅토르라는 인물임을 확신했다.

그와 이야기하면서 스테판은 계속 시계를 들여다보았다. 꿈속의 스테판이 한 말이 떠올랐기 때문이다. 생드니로 갈 것. 그리고 그를 죽일 것.

두 남자는 대화를 나누는 동안 극도로 서로를 경계했다. 스테판은 괴기한 것들과 관련된 장소에 관심이 있음을 시인하며 파르카이 모텔에 우연히 가게 된 것뿐이라고 주장했다. 젊은 수사관은 스테판에게 살인사건에 관해서는 한마디도 언급하지 않았다. 스테판 역시 자신의 꿈에 관해 그에게 말하지 않았다. 괜한 의심을 받거나, 자신이 하지 않은 일로 인해 체포되거나 사건에 휘말리기를 원치 않았기 때문이다. 누군들 살인사건 담당 수사관에게 가상의 인물이 살인을 사주한다고 말할 수 있겠는가?

그럼에도 그는 젊은 수사관에게 자신이 과거에 겪었던 여러 가지 사건들에 관해 들려주었다. 하지만 수사관의 눈에는 그런 자신이 비정상적인 인물로 비친다는 것을 느끼고는 더이상 자세한 이야기를 하지 않았다. 그럴수록 자신에게 문제만 생긴다는 생각이 들었기 때문이다.

수사관이 자신의 차로 향할 때, 스테판은 혹시 46, 47이라는 숫자에 대해 아는 것이 없는지 물어보았다. 하지만 빅토르는 그의 질문조차 이해하지 못하는 듯 보였다.

마지막으로 스테판은 그에게 생드니의 공장에 대한 얘기를 꺼낼 것인지 말 것인지 잠시 망설였다. 어쩌면 그곳에서 살인범과 마주하게 될지도 모를 일이었다. 결국 그는 말하지 않기로 했다.

그는 그곳에 혼자 가기로 마음먹었다.

*

스테판이 콘크리트와 철판으로 이루어진 육중한 공장 건물로 다가갈 무렵에는 이미 사방에 짙은 어둠이 깔려 있었다.

그는 긴 머리에 야구모자를 눌러쓰고 양쪽을 두루 살펴본 다음 철책에 나 있는 구멍으로 미끄러져 들어갔다. 그가 꿈에서 본 것과 똑같은 구멍이었다. 그는 돌무더기와 뒤섞여 있는 철근에 찔리지 않도록 조심하면서 그곳에 세워져 있는 덤프트럭 뒤로 달려가 몸을 숨겼다.

그곳에서 공장의 여러 장소를 살필 수 있었다. 하역장, 세척장, 증기실, 폐수를 흘려보내는 엄청나게 큰 배수관…… 그는 손에 칼을 든 채 움직이지 않고 그 자리에서 한참을 기다렸다. 꿈속의 스테판이 이야기한 '살인범'이라는 말이 그의 머릿속을 계속 맴돌았다.

하늘은 곧 비라도 뿌릴 듯 시커먼 구름으로 뒤덮여 있었다. 공장의 배관과 뒤엉킨 금속 구조물 사이로 거센 바람 소리가 을씨년스럽게 들려왔다.

어느 순간, 돌무더기를 돌아 철책의 구멍으로 미끄러져 들어오는 그림자 하나가 스테판의 눈에 들어왔다. 스테판은 칼을 쥔 손에 더욱더 세게 힘을 주었다. 즉시 오른쪽으로 꺾어 돌아간 수상한 실루엣은 방수포로 덮인 구덩이 쪽으로 향했다. 그리고 잠깐 뒤를 돌아보더니 검은 비닐 아래로 사라졌다.

스테판은 겁에 질린 채 몸을 일으켰다. 꿈속의 스테판이 알려준 정보는 사실이었다. 그가 말한 대로, 한 남자가 밤 10시경 공장에 침입한 것이다.

'살인범. 그를 죽여.' 죽어가던 미래의 스테판은 그렇게 말했었다.

스테판은 수상한 남자가 사라진 곳으로 다가가 조심스럽게 비닐 방수포를 들어올렸다. 구덩이 아래로 터널이 보였다. 그곳으로부터 견디기 힘든 역겨운 악취가 풍겨나왔다.

그때 비가 뿌리기 시작했다. 굵은 빗방울이 비닐 위에 떨어져 부딪히며 요란한 소리를 냈다.

스테판은 입술을 깨물면서 구덩이 벽면에 붙어 있는 사다리를 붙잡고 조용히 아래로 내려갔다. 끈적거리는 액체가 운동화에 달라붙었다. 동물의 사체가 썩은 물이었다. 이제 더이상 아무것도 보이지 않았다. 손전등에서 나오는 한줄기 불빛만이 칠흑 같은 어둠을 방해할 뿐이었다. 스테판은 벽에 몸을 바짝 붙인 채 미동도 하지 않았다.

살인범은 스테판과 불과 10여 미터 정도밖에 떨어져 있지 않았다. 일그러진 그의 얼굴은 온통 부풀어올라 있었고, 입술은 마치 혹처럼 늘어져 있었다. 그는 몸을 숙인 채로, 죽은 동물의 사체에서 잘라낸 고기와 피와 체액을 밀폐된 통 속에 집어넣고 있었다.

스테판은 그 자리에 얼어붙었다. 토할 것만 같았다. 그 순간 쥐 한 마리가 날카로운 울음소리를 내며 그의 앞을 지나갔다.

그러자 동작을 멈춘 살인범은 몸을 일으켜 서둘러 배낭을 메고는 쥐를 향해 전등을 비추었다. 그 순간 마치 시간이 멈춘 것만 같았다. 스테판은 그가 자신의 심장박동 소리를 들을지도 모른다는 생각이 들었다. 스테판은 벽에 몸을 더 바짝 붙인 채 호흡을 멈추었다. 그때 갑자기 불빛이 그의 얼굴을 비추었다.

순간 오른쪽으로 방향을 튼 살인범은 그대로 사라져버렸다.

스테판은 미처 생각할 겨를도 없이 손에 칼을 움켜쥔 채, 짐승의 사체 찌꺼기와 힘줄, 피가 뒤섞여 끈적거리는 물질 위를 달리기 시작했다. 그는 오른쪽 통로로 꺾어진 뒤에야 그곳이 막다른 길임을 깨달았다. 남자는 억센 손아귀로 그를 잡아 벽 쪽으로 세차게 내던졌다. 타는 듯한 극심한 고통이 느껴졌다.

스테판은 간신히 몸을 일으켰다. 뒤쪽에서 철벅거리며 달아나는 발소리가 들려왔다. 그는 힘겹게 걸음을 옮긴 다음 온 힘을 다해 사다리를 올라갔다. 그리고 철책으로 향했다. 하늘에 구멍이라도 뚫린 듯 비가 억수같이 퍼붓고 있었다. 지척을 분간하기조차 어려웠다.

사체 썩는 냄새가 몸에 밴 채 헐떡거리며 거리로 나섰을 때는 주변에 인기척이라곤 찾아볼 수 없었다.

그를 공격한 자는 이미 어디론가 흔적도 없이 사라져버린 후였다.

스테판은 실패했다.

운명을 바꿀 수 있는 기회를 놓쳐버린 것이다.

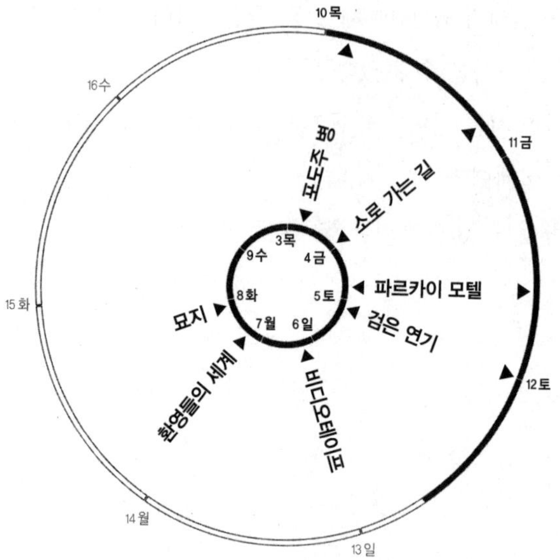

69. 5월 12일 토요일, 18시 45분
엿새 그리고 스무 시간 후……

빅과 스테판은 푸조 안에 앉아 라 라페 강변로의 을씨년스러운 법의학 연구소 건물을 응시하고 있었다. 막 병원에서 나온 길이었다. 다양한 검사를 받았지만 별다른 이상은 발견되지 않았다. 두 남자는 불길에 휩싸인 수사본부에서 빠져나올 당시 '두들겨맞는' 것 같은 강한 충격과 함께 의식을 잃었고, 그로부터 몇 시간 후 병원에서 깨어났다. 의사들은 연기에 중독된 때문이라고 진단을 내렸다.

스테판은 또다시 시계를 들여다보았다. 엿새 스무 시간 전의 과거에서는, 살인범이 한 시간 전 생드니의 공장에 침입했을 시각이었다.

따라서 과거의 스테판이 메시지를 제대로 접수하고 실행했다면, 자신의 아내를 살해한 살인범을 죽인 지 한 시간쯤 되었을 것이다. 그리하여 사건의 흐름을 바꾸어놓았는지도 몰랐다.

"난 내 시도가 통했을 거라고 믿고 싶어. 수사본부가 불타고 있을 때 운명이란 놈이 분노하는 모습을 똑똑히 보았거든. 내가 끝까지 버티지 못하게 방해하려고 했지. 하지만 난 미래의 나와는 반대로 끝까지 버텨냈어."

빅이 숨을 길게 들이마셨다.

"자네 정말로 저 안에 함께 들어갈 생각인가? 나 혼자 가는 게 좋을 것 같은데."

스테판은 입술을 깨물면서 고개를 끄덕였다.

"나도 같이 가겠네."

빅의 차에서 내린 두 남자는 흥분과 두려움을 동시에 느끼면서 법의학 연구소를 향해 걸음을 옮겼다. 서늘한 바람이 불어오고 있었다. 스테판은 재킷 자락을 여몄다.

빅은 안내데스크에 경찰 신분증을 제시하고, 시신이 보관돼 있는 지하로 스테판을 데리고 갔다. 네온 불빛이 밝히고 있는 널따란 방으로 들어서자, 벽 쪽에 붙어 있는 금속으로 된 조그만 문들이 눈에 들어왔다.

빅은 시체안치소를 지키는 직원에게 88번 시신을 보여달라고 요청했다. 부검 보고서에 의하면, 그곳에 실비 키스메의 시신이 보관되어 있었다.

스테판은 미어지는 가슴으로 두 손을 한데 모은 채 관 가까이 다가갔다. 기이하게도 그 순간 그의 머릿속엔 슈뢰딩거의 고양이가 떠올랐다. 상자를 열지 않는 한 죽었는지 살아 있는지 모르는 고양이가. 실비 역시 죽었을 수도, 살아 있을 수도 있지 않을까.

직원이 시신이 들어 있는 서랍을 잡아당기는 순간, 스테판은 눈을 감고 기도를 연상시키는 어떤 말을 중얼거렸다.

그는 기적을 바랐다. 하지만 냉엄한 현실을 거듭 확인할 수 있을 뿐이었다.

차가운 금속판 위에 검은 비닐 자루가 놓여 있었다. 그 속에 들어 있는 것이 사람의 시신임을 어렴풋이 짐작할 수 있었다. 빅은 슬픈 눈빛으로 스테판을 응시하며 천천히 지퍼를 열었다.

스테판은 뱃속이 뒤집힐 듯한 역겨움을 느끼면서 즉각 그곳을 뛰쳐나갔다.

빅은 온몸의 힘이 모두 빠져나간 것 같은 상태로 한동안 꼼짝도 하지 않았다. 그 역시 실낱같은 기대를 가지고 있었다. 물론 실비를 위해서. 그리고 셀린과 아이를 위해서도. 그런 자신이 참으로 바보같이 느껴졌다. 어떻게 엄마 뱃속에서 밖으로 나온 태아가 다시 그 속으로 들어갈 수 있을 거라고 생각했을까? 어떻게 무참히 살해당해 썩어가고 있는 여인의 시신이 시체안치소의 자루 속을 벗어날 수 있을 거라고 기대한단 말인가?

그는 체념한 듯한 몸짓으로 지퍼를 올리고 가라앉은 목소리로 직원에게 요청했다.

"104번 좀 볼 수 있을까요……"

마찬가지로 아무 소용 없을 거라고 생각하면서도 그는 눈으로 직접 확인해야만 했다.

이번에도 기적은 일어나지 않았다. 그는 카상드라 리베르망의 처참한 모습을 거듭 확인할 뿐이었다.

운명에 순응해야만 했다. 생드니의 공장에서는 아무 일도 일어나지 않았다. 과거의 스테판은 메시지를 전달받지 못한 것이 분명했다.

밖으로 나온 빅은 연구소 앞 공터에서 담배를 한 대 피워 물었다. 그러자 불과 며칠 전 처음 이곳에 왔던 기억이 떠올랐다. 그때만 해도 자랑스럽고 완벽한 수사관이 되겠노라는 야망으로 가득차 있었다. 하지만 이젠 더이상 아무것도 남아 있지 않았다. 도로를 향해 걸어가던 그는 자동차 보닛에 기대서 있는 스테판을 발견했다. 빅은 그가 울고 있다고 생각했다. 내심 가졌던 엄청난 기대가 무너졌으니 그럴 거라 믿었다. 그에게는 오늘 아내가 거듭 죽은 것이나 다름없었다.

그런데 그때 스테판이 그를 향해 달려오며 손가락으로 뭔가를 가리켰다. 빅의 시선이 향한 곳은 법의학 연구소의 감시카메라였다.

"비디오테이프! 생드니 공장의 감시카메라 테이프, 그거 아직 가지고 있나?"

"내 차 트렁크에 넣어둔 가방 안에 있어. 그런데 그건 왜 묻지?"

"내 집으로 가자고. 자네하고 같이 테이프를 봐야 하니까."

빅은 한숨을 내쉬었다.

"거의 이십사 시간이나 지났어, 스테판. 우리 둘이…… 아무 소용 없는 미친 짓을 한 지 만 하루가 지났단 말일세. 난 이제 그만하고 싶네."

"그 테이프를 확인해보면, 과거의 스테판이 내 메시지를 접수했는지 아닌지 알 수 있을 거야. 그가 왜 실패했는지 그 이유도 알 수 있을 거고."

잠시 머뭇거리던 빅은 고갯짓으로 자신의 차를 가리켰다.

"자네가 원하면 줄 수는 있어. 하지만 내가 꼭 있어야만 볼 수 있는 건 아닐 테니까 난 이만 집으로 돌아가겠네."

트렁크를 열어본 빅이 눈살을 찌푸리며 말했다.

"이게 대체 어떻게 된 일이지?"

"왜 그래?" 스테판이 다가오면서 물었다.

"가방도 테이프도 모두 사라졌어. 내가…… 어제 분명히 여기에 놔뒀는데! 반장한테 테이프를 넘기려다가 날 사건에서 제외시키는 바람에 주지 않았거든. 그랬다가 무슨 문제라도 생길까봐 겁이 나서 말이지. 그래서 테이프가 든 가방을 여기 트렁크에 넣어두었다고. 분명히 기억하고 있어."

스테판이 미심쩍은 표정으로 턱을 문지르며 말했다.

"트렁크 문을 제대로 닫지 않은 모양이군. 우리가 병원에 있는 동안 누가 훔쳐간 게 분명해. 어쨌거나 없어진 건 확실하군. 이런, 젠장!"

초조한 표정으로 주위를 서성이던 스테판은 갑자기 뭔가 생각난 듯 손가락을 딱 하고 부딪쳤다.

"자넨 이런 말을 하는 나를 몹시 원망하겠지만, 생드니로 다시 가서 테이프 복사본을 하나 더 구해와야겠네. 그런 다음에 함께 라모를레로 가는 거야."

빅이 그를 노려보며 차갑게 쏘아붙였다.

"자네 지금 날 놀리는 건가?"

"제발 부탁이야, 날 위해 그렇게 해주게. 이게 자네한테 하는 마지막 부탁이 될 거야, 정말이야. 그 테이프를 되도록 빨리 살펴봐야 해. 과거를 이해하는 데 큰 도움이 될 거야. 과거의 스테판이 어떤 일을 겪었는지 알 수 있는……"

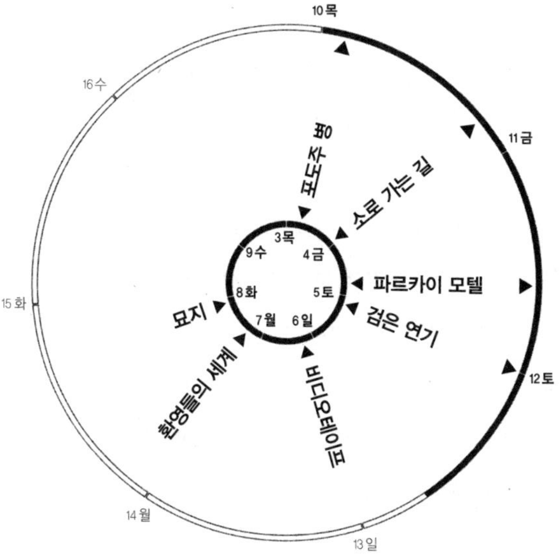

70. 5월 12일 토요일, 19시 00분

누군가가 방문을 두드렸다. 두 평도 채 안 되는 좁은 방은 사진과 비디오 편집 작업을 하기 위한 용도로 꾸며져 있었다.

"들어가도 돼?" 여자 목소리가 들렸다.

남자는 머리에 끼고 있던 헤드폰을 벗고는 황급히 뒤를 돌아보았다. 이마가 땀으로 흥건히 젖어 있었다.

"문을 잠가놨어, 곧 나갈게. 이 분이면 돼, 오케이? 사진 인화 작업중이라서."

남자는 편집중이던 DVD를 서둘러 기기에서 꺼낸 뒤 금속통 안에 넣고 열쇠로 잠갔다. 그런 다음 8밀리 필름 세 개와 엑스레이 사진, 의료기록 등을 모두 서랍 속에 집어넣었다. 뒤쪽으로 걸린 줄에는 흑백의 풍경 사진들과 동물 사진들이 죽 매달려 있었다. 오래전부터 건조되어 있던 사진들이었다.

남자는 티셔츠 아랫자락으로 이마의 땀을 닦은 후 문으로 다가갔다.

"불은 껐나?" 남자가 물었다.

"응, 껐어."

그는 문을 열고 밖으로 나간 다음 다시 문을 닫았다. 그리고 스위치로 다가가 불을 켜자, 오래된 작업실을 연상시키는, 천장이 높고 널찍한 공간이 나타났다. 그곳에는 용접기, 톱, 도끼 등 철물점을 방불케 하는 다양한 종류의 연장들과 도구들이 쌓여 있었다. 출구라고는 위층으로 향하는 계단 외에는 창문 하나 보이지 않는, 사방이 가로막힌 공간이었다.

그는 자신의 아내를 돌아보며 책망하듯 말했다.

"여기 와서 날 방해하지 말라고 분명히 얘기했을 텐데."

그녀는 소독약과 의료 도구들을 내밀었다.

"이걸 주려고 온 거야."

남자는 아무런 대꾸도 하지 않고 자신의 군복 바지를 내렸다. 왼쪽 허벅지에 붙인 가제를 떼어내자 깊숙이 팬 상처가 드러났다. 네 바늘을 세심하게 꿰맸음에도 불구하고 상처 표면이 감염돼 있었다. 그는 베타딘에 적신 솜으로 상처를 꼼꼼히 닦아냈다.

"진작 병원에 갔어야 했어. 당신이 의사는 아니잖아. 일주일이면 지금보다는 더 아물었어야 하는데."

"이보다 더한 일도 많이 겪었는데 뭐, 안 그래?"

그는 허리춤에 찬 조그만 가죽 주머니에 아내가 가져다준 깨끗한 붕대를 집어넣었다.

"새로 주문한 봉합 키트는 받았어?"

"아직."

그의 아내가 근심 어린 눈빛으로 서성였다.

“불안해죽겠어. 당신이 요즘 점점 더 많이 다치는 것 같아서. 매번 더 심각해지잖아. 이번 상처는 하마터면 당신을 죽게 할 수도 있었단 말이야.”

“그래서 봉합 키트라는 게 존재하는 거 아닌가.”

“하지만 생각해봐! 혹시라도……”

“그런 거 생각할 것 없어. 이제 좀 가줄래. 사진 작업을 해야 하니까.”

아내가 가까이 가려 하자 그는 손바닥을 내밀며 가로막았다.

“날 그냥 내버려두라고 했잖아.”

그녀는 더이상 고집을 부리지 않았다. 거기까지가 한계라는 것을 잘 알고 있기 때문이었다.

부인이 자리를 떠나자 남자는 다시 문을 잠그고 방에 틀어박혔다. 이미 오래전부터 줄에 걸려 있는 사진 같은 건 안중에도 없었다. 하지만 그의 멍청한 아내는 그런 사실을 짐작조차 못하고 있었다.

그랬다, 무엇보다도 그의 흥미를 끄는 건 바로 DVD였다.

남자는 조금 전 금속통에 집어넣었던 것을 다시 꺼내 플레이어에 밀어넣었다.

그런 다음 헤드폰을 끼고 볼륨을 높이며 편집한 필름을 재생했다.

그는 혀로 입술을 핥았다.

화면 속 영상은 그를 황홀한 경지로 이끌고 있었다.

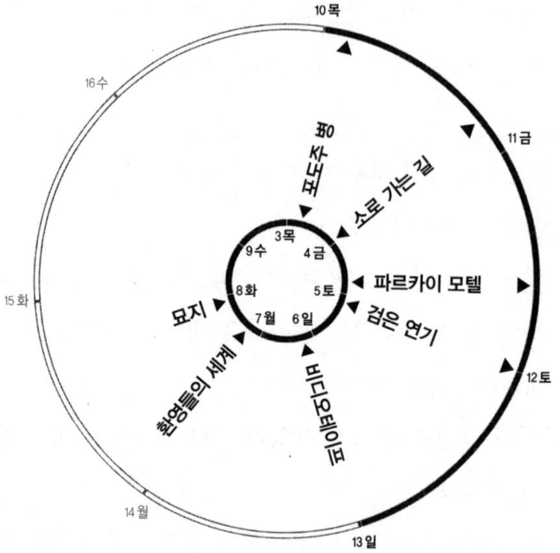

71. 5월 13일 일요일, 00시 10분

마침내 그들이 비디오테이프의 새 복사본을 구해 라모를레의 저택으로 들어섰을 때는 이미 자정이 가까워오고 있었다. 빅은 아내가 잔인하게 살해당한 집에서 여전히 살고 있는 스테판을 이해할 수 없었다. 언뜻 보기에도, 그는 술을 가득 채워넣는 것만은 잊지 않는 듯했다. 냉장고에는 맥주병이 가득했고, 부엌 식탁 위에는 빈병을 포함해 위스키 네 병이 놓여 있었다.

스테판은 맥주 두 병을 따서 하나를 빅에게 내밀었다. 빅의 손에는 비디오테이프가 들려 있었다.

"아무리 생각해봐도, 우린 아무 의미 없는 짓거리를 하고 있는 것 같아. 죽은 사람을 되살릴 수는 없는 거야. 이 테이프의 내용이 바뀔 수 없는 것처럼 말이야."

스테판은 들고 있던 맥주를 놀라운 속도로 비웠다. 그리고 두번째 병을 땄다.

"보면 알겠지. 이리 오게."

빅은 거실로 가서 점퍼를 벗고 소파에 자리를 잡고 앉았다. 그리고 담뱃불을 붙여 코로 연기를 내뿜었다. 스테판은 단념을 모르는 듯 여전히 믿고 싶어했다. 그는 테이프를 비디오 플레이어에 집어넣고 되감은 다음 재생 버튼을 눌렀다. 테이프가 고정된 이미지들을 텔레비전 화면에 뱉어내기 시작했다. 스테판은 화면 아래 표시된 시각이 밤 9시 55분이 될 때까지 단속적으로 화면을 앞당겼다. 정각 10시가 되자, 갑자기 어디선가 살인범이 나타나 철책의 구멍을 통과해 공장 쪽으로 향하는 모습이 보였다. 그런 다음 시야에서 사라져버렸다.

"안 봐도 훤히 알 수 있어. 지난번과 똑같은 시나리오니까." 빅이 자세를 바로하며 말했다. "이제 몇 분 후면 비가 억수같이 쏟아질 거고, 살인범은 다시 구멍을 통과해 사라질 거야. 누구인지도 모르고 얼굴조차 알아보지 못한 채로."

그는 스테판이 가져온 맥주를 집어서는 단숨에 반 정도를 들이켰다.

"안 그래? 달라진 건 아무것도 없다니까. 이미 지나간 과거를 바꿀 수는 없는 거야."

빅은 한참 동안 담배를 빤 다음 환멸을 떨쳐버리려는 듯 맥주병 뚜껑에 담배를 짓이겼다. 그리고 슬픈 표정으로 스테판을 응시했다.

"난 아비뇽으로 떠날 거야. 거기서 일이 년 정도 심리학 공부를 더 할 생각이야. 그런 다음 셀린의 오빠가 운영하는 상담소에서 일하려고 해. 술, 담배도 모두 끊고, 더이상 시체처럼 살지 않을 거라고. 난…… 더이상 경찰에 몸담고 있을 수가 없어. 시리엘 집에서 있었던 일, 내가 알고 있는 모든 비밀들…… 권총을 들 때마다 날 죽도록 괴롭히는 팔의 통증도 점점 더 심각해지고 말이야. 난 이 도시를 떠나야만 해. 지금 살고 있는 터무니없이 비싼 아파트를 팔고, 남쪽으로 가서 조그만 집을 얻을 거야. 지금 가진 돈으로 상황이 나아질 때까지 어느 정도는 버틸 수 있을 테니까."

스테판은 아무런 대꾸도 하지 않았다. 하지만 그의 눈빛은 모두 이해할 수 있다고 말하고 있었다. 맥주를 마저 비운 빅은 턱으로 텔레비전 화면을 가리켰다.

"이제 나올 때가 됐군……"

화면 아래 표시된 시각이 밤 10시 10분을 가리키자, 검은 실루엣 하나가 구멍을 통과해 출구 쪽을 향해 가는 모습이 보였다. 허둥지둥 달려가던 그는 숨을 헐떡거리며 공장을 돌아보았다. 그런 다음 다시 달려가다가, 철책 부근에 쌓여 있는 콘크리트 덩어리를 비집고 나온 철근에 걸려 쿵 하고 둔탁한 소리를 내며 넘어지고 말았다. 그리고 다시 시야에서 사라졌다. 그가 몸을 일으켰는지 아닌지는 알 수 없었다.

빅이 얼굴을 찡그린 채 몸을 앞으로 숙이며 외쳤다.

"잠깐! 이 부분은 내가 지난번에 본 것과는 완전히 다르잖아! 테이프를 다시 감아봐!"

하지만 스테판은 화면에서 눈을 떼지 않았다. 그의 과거의 분신이 화면 귀퉁이에 모습을 드러낸 것이다. 모자를 쓰고 있는데다 카메라를 쳐다보지 않아 그가 스테판이라는 것을 절대적으로 확신할 수는 없었지만. 그는 옆구리에 손을 짚은 채 절뚝거리며 철책으로 다가가 구멍을 통과해 사라졌다.

스테판은 튀어오르듯 자리에서 일어났다.

"됐어! 그는 내가 말한 공장으로 간 거야! 비록 살인범을 놓치긴 했지만, 내 메시지를 이해한 거라고! 이제 이 모든 것이 사실이란 걸 알게 된 거야!"

빅 또한 놀란 표정으로 몸을 일으키며 자세를 고쳐 앉았다. 스테판이 세번째 맥주병을 집어 텔레비전 화면을 향해 높이 추켜들면서 외쳤다.

"잘했어, 친구! 자네가 드디어 해낸 거야! 축배를 들자고!"

그는 한줄기 희망이 반짝이는 눈빛으로 빅을 응시하며 외쳤다.

"드디어 우리가 뭔가를 바꾸는 데 성공한 거라고!"

빅은 당혹스러운 표정을 지어 보였다.

"어쩌면 그럴지도 모르지. 하지만 그래도 살인이 일어났다는 사실은 변함이 없어. 그건 받아들여야만 해. 죽은 사람은 죽은 거라고. 나한테나 자네한테나…… 난 이 비디오테이프를 반장에게 넘길 생각이야. 어쩌면 수사에 큰 도움이 될 수도 있을 테니까. 혹시 살인범이 부상을 입었다면 피를 흘렸을 테고, 그러면 DNA 검사를 해볼 수도 있겠지. 하지만 그전에 확인할 것이 하나 있어……"

그는 리모컨을 집어 테이프를 빠르게 되감았다. '밤 9시 32분'에 이르자 야구모자를 쓴 남자가 공장으로 들어가는 모습이 보였다.

"이걸로 봐서는 저 남자가 자네인지, 들어가는 건지 나오는 건지도 구별이 잘 안 되는군. 적어도 이것 때문에 자네한테 문제가 생길 일은 없을 것 같군."

스테판은 조금 전의 흥분이 가신 듯했다. 빅의 말이 옳았다. 그의 메시지 중 일부가 전달되었을 수는 있어도, 결정적으로 달라진 건 아무것도 없었다.

"난 이제 그만 가봐야겠네." 빅이 테이프를 꺼내면서 말했다. "가려면 시간이 좀 걸리니까. 피곤해죽겠어, 머리도 깨질 듯이 아프고. 좀 자야 할 것 같아."

"여기서 자도 되는데, 자네만 괜찮다면."

"아니야, 고맙지만 내 집에서 자는 게 편해."

점퍼를 입는 빅에게 스테판이 말했다.

"월요일에 실비의 장례식이 있어. 자넨 그녀를 알지 못했지만……"

"꼭 참석하겠네."

*

집으로 돌아온 빅은 셀린 없이 잠들 수 있기 위해 마지막으로 남아 있는 코냑을 모두 비웠다. 그녀에 대한 그리움을 애써 억누르면서.

기이하게도 술병 속의 술이 지난번보다 늘어나 있다는 것을 그는 알아차리지 못했다……

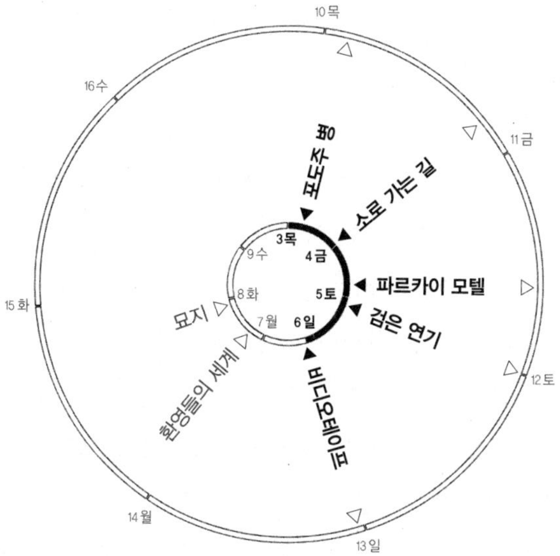

72. 5월 6일 일요일, 05시 32분
엿새 그리고 스무 시간 전……

꿈은 정말 놀라웠다. 믿을 수가 없었다. 미래의 스테판이 빅 마르샬과 함께 거실 소파에 앉아 맥주를 마시며 비디오테이프를 보고 있었다. 필시 생드니 공장 감시카메라에서 나온 테이프일 것이다! 그가 괴물 형상을 한 남자를 쫓는 모습이 찍힌 문제의 테이프!

간밤의 그의 행적을 기록한 테이프였다. 화면상으로 볼 때, 살인범은 철근 같은 것에 찔린 듯했다. 당시 스테판은 엄청나게 퍼붓는 비 때문에 눈에 빗물이 들어가고 옆구리의 통증까지 더해져 앞을 분간하기조차 어려웠다. 어쩌면 현장에서 뭔가 단서를 찾을 수 있을지도 몰랐다. 그는 곧바로 자신의 차로 달려가 전속력으로 출발했다.

인적 없는 공터에 주차한 스테판은 길 건너편 철책 옆에 있는 철근 가까이로 다가갔다. 그러다가 감시카메라를 발견하고는 얼른 등을 돌리고 모자를 눌러썼다. 그리고 좀더 다가가 철근에 붙어 있는 피 묻은 천조각을 발견했다. 어쩌면 이것이 수사에 도움이 될 수 있지 않을까? 하지만 이것을 어떻게 그들에게 전달한단 말인가? 바지에서 뜯겨나온 이 천조각이 살인범의 것이라는 사실을 어떻게 납득시킬 수 있을까? 순간 한 가지 생각이 그의 머릿속을 스쳐갔다. 이 정보를 익명으로 빅 마르샬에게 보내면 어떨까. 상세한 현장의 위치와 함께. 스테판은 차로 돌아가 디지털카메라를 들고 와서 '범죄현장'의 사진을 찍어두었다.

바닥에 남아 있을지도 모르는 핏자국을 찾아보았지만, 간밤의 비 때문에 이미 모든 것이 씻겨나간 후였다.

다시 차로 돌아온 그는 자신에게 무슨 일이 일어나고 있는지 이해할 수 있을 것 같았다. 미래의 스테판은 그에게 공장으로 가서 살인범을 잡을 것을 요구한 다음, 5월 5일 밤 10시경에 촬영된 감시카메라의 테이프를 살펴본 것이 틀림없었다. 그건 마치 이 모든 것을 생중계로 지켜보는 것이나 다름없었다. 시간을 뛰어넘어 과거를 들여다보는, 무척이나 영리한 방식이 아닐 수 없었다.

그는 미래의 스테판이 화면을 지켜보며 느꼈을 실망감을 가늠해보았다. 경찰에 보낼 사진을 확보하긴 했지만 살인범을 제거하지는 못했던 것이다.

하지만 또다른 임무는 반드시 완수하고야 말리라 다짐했다. 오늘 저녁에 젊은 수사관의 집으로 그의 부인을 찾아가, 다음날로 예정된 양수천자를 하지 않도록 설득해야 했다. 필요하다면 완력을 써서라도.

오전 7시경 집으로 돌아온 그는 기억을 더듬어 자신이 본 살인범의 얼굴을 똑같이 만들기 시작했다.

정오가 가까워오자 그는 메리쉬르우아즈로 가서 예배에 가는 멜린다에게 말을 거는 데 성공했다. 소녀를 에노크 채석장으로 데리고 가서 잔뜩 겁을 줌으로써 절대 낯선 사람과 함께 그곳에 오지 않겠다는 다짐을 받아냈다. 미래의 스테판으로부터 '멜린다에게서 멀리 떨어져 있을 것'이라는 경고를 받긴 했지만, 자신의 그런 행동이 상황을 더 나쁘게 만들 거라고는 생각하지 않았다.

오후에는 빅 마르샬의 이름을 적은 크라프트 봉투를 수사본부 경비초소 부근에 있는 우편함에 집어넣었다. 그 속에는 공장에서 발견한 피 묻은 천조각의 사진과 워드로 작성한 메모가 들어 있었다. '당신이 쫓는 살인범은 생드니에 있는 고기 해체공장의 철책을 넘다가 철근에 찔려 부상을 당했습니다. 이 봉투에 동봉한 사진에서 그 사실을 확인할 수 있을 것입니다. 그는 썩은 고기를 구하러 그곳에 갔습니다. 그곳의 감시카메라에 찍힌 테이프를 확인해보면 내 말이 거짓이 아님을 알 수 있을 것입니다.'

이젠 양수천자 건을 해결해야 했다. 빅 마르샬의 아내에게 양수천자를 하면 아이를 잃게 될 거라는 사실을 알려야만 했다.

그녀를 만나러 간 스테판은 빅이 리옹으로 떠난 사실을 알게 되었다. 따라서 그의 아내는 집에 혼자 있었다. 그로서는 잘된 일이었다. 하지만 그녀와의 만남은 언짢게 끝이 났다. 그는 절망적인 기분으로 화를 내며 빅의 아파트를 나온 것이다. 그녀는 다음날 양수천자를 하러 가지 않겠다고 그에게 약속했다. 하지만 그는 그녀가 거짓말을 한다는 것을 알고 있었다.

그는 자동차 문 위에 손을 올려놓은 채 아파트 4층에 있는 그들의 집을 올려다보면서 생각에 잠겼다. 뭘 어떻게 해야 하지? 이대로 그냥 조용히 집으로 돌아가, 저들의 아이가 죽게 내버려둬야 하나? 그는 생드니의 공장에서 살인범을 놓침으로써 이미 한심스러운 실패를 맛보았다. 또다시 실패한다는 것은 있을 수 없었다. 미래의 스테판의 메시지는 단호했다. 양수천자를 하러 가는 것을 무슨 일이 있어도 막아야 한다고 했다.

다시 차에 올라타자 그의 머릿속에는 단 한 사람의 이름만 떠올랐다. 조금 전에 셀린 마르샬이 말한 그녀의 담당 산부인과 의사 세네샬이었다.

세네샬 박사.

스테판은 야구모자를 눌러쓰고 긴 머리를 하나로 묶어 스웨터 속으로 집어넣었다.

그로부터 삼십여 분 후에는 좁은 골목길에 차를 세운 다음, 담을 스치면서 500~600미터를 걸어가 이시레물리노 남쪽에 위치한 근사한 저택의 벨을 눌렀다.

그는 이를 악물었다.

그의 손에는 묵직한 야구 방망이가 들려 있었다.

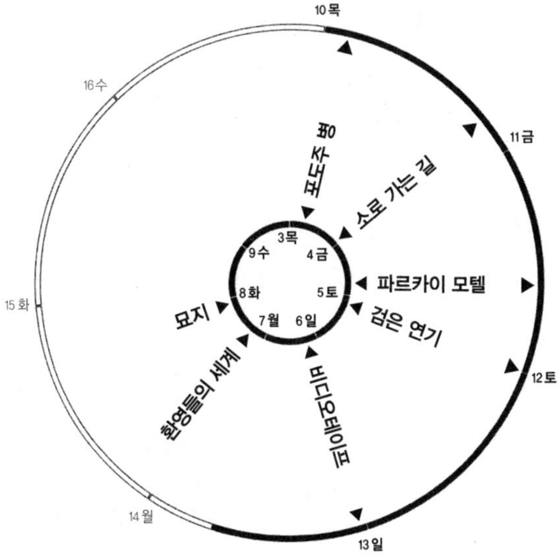

73. 5월 13일 일요일, 15시 32분
엿새 그리고 스무 시간 후……

휴대폰 울리는 소리에 잠을 깬 빅은 라디오 시계를 바라보았다. 오후 3시 32분. 휴식 같은 잠에 오랫동안 취해 있다가 현실로 다시 돌아오는 데는 어느 정도 시간이 걸렸다. 일요일 한낮, 블라인드 사이로 햇살이 쏟아져 들어오고, 거리는 산보하는 사람들로 넘쳐났다. 삶은 계속되고 있었다.

서둘러 몸을 일으킨 그는 부엌의 충전기에 꽂아둔 휴대폰을 향해 달려갔다. 셀린의 전화이기를, 그녀가 돌아온다는 소식을 전해주기를 기도하면서.

하지만 셀린이 아니었다. 모르티에 반장의 전화였다.

"마르샬, 대체 뭐하고 있는 건가?"

빅은 부스스한 머리를 손으로 매만졌다.

"반장님? 무슨 일이십니까?"

"마타도르, 뭐 생각나는 거 없나? 오후에 일한다고 전화한 걸세. 새 주소는 알고 있겠지? 베시에르의 건물이 타버렸다고 해서 우리 일이 없어진 게 아니란 말일세. 어서 서두르게."

모르티에는 퉁명스럽게 전화를 끊었다, 늘 그랬던 것처럼. 일요일에, 젠장……

빅은 장기의 졸처럼 취급받는 것에 역겨움을 느꼈다. 언제는 사건에서 제외시키더니, 이젠 필요하다고 다시 부르다니. 하지만 오늘은 이 모든 것에 종지부를 찍고야 말겠다고 다짐했다.

*

옛 수사본부의 5층 건물 전체가 잿더미로 변해버렸다. 까맣게 타버린 건물은 금속으로 된 해골 같았다. 앞뜰의 경비초소 뒤로 수사대 차량과 과학수사대 차량이 보였다. 여전히 화재의 원인을 조사중인 화재폭발물 전담팀인 듯했다. 불은 한밤중에 3층에서 처음 시작되었고, 다행스럽게도 단 한 명의 사상자도 내지 않았다. 지금까지 조사한 바로는 누전 때문일 거라고 했다.

빅은 내비게이션이 가리키는 대로 롬 가를 거슬러올라가 르장드르 가로 꺾어진 다음, 조금 더 가다가 다시 방향을 틀었다. 포석이 깔린 널따란 안뜰로 들어서자, 제복을 입은 경관이 그에게 신분증을 요구했다. 그러던 중 백색 돌담에 기대서 있는 모르티에 반장의 육중한 실루엣이 눈에 들어왔다. 새 수사본부 건물은 지붕 한쪽 끝이 뾰족하게 솟아 있고 점판암 지붕 위로 작은 천창들이 나 있는 모습이 오르페브르 강변로

36번지의 파리 경찰청을 축소해놓은 것처럼 보였다. 일주일 전만 해도 빅은 이곳에 발을 들여놓는 것에 자부심을 느꼈을 것이다. 하지만 오늘은 상황이 전혀 달랐다.

그는 모르티에 반장에게 다가가 손에 들고 있던 비디오테이프를 내밀었다.

"이걸 한번 보시는 게 좋을 겁니다."

빅은 상관에게 인사도 건네지 않고 착 가라앉은 목소리로 내뱉듯 말했다.

모르티에가 차가운 눈빛으로 그를 응시했다.

"이게 뭔가?"

"스테판 키스메의 집에서 발견된 고깃조각과 관련 있는 겁니다. 반장님이 저를 사건에서 손떼게 했을 때, 썩은 고기가 어쩌면 동물의 사체를 다루는 공장 같은 데서 온 것일지도 모른다고 말씀드린 것을 기억하십니까. 그런 제 생각이 틀리지 않았습니다. 여기 그 증거가 들어 있고요."

빅은 주머니에 두 손을 찔러넣은 채 뒤로 약간 물러섰다. 모르티에반장은 야릇한 눈빛으로 그를 바라보았다. 빅은 이야기를 꺼내기 전에 입술부터 축여야 했다. 지금 그는 지금까지 살아오는 동안 가장 하기 힘든 말을 하려는 참이었다.

"저는 그만두겠습니다."

순간 모르티에 반장은 갑자기 얼어붙은 듯 보였다. 빅은 그의 차가운 눈빛에서 뜻밖에도 놀라움의 기색을 읽었다. 그가 예상한 것은 오래전부터 제거하고 싶어하던 적과 마주한 승리자의 눈빛이었는데 말이다.

"지금 장난하나, 마르샬? 그리고 이 테이프는 또 뭐고?"

"장난하는 거 절대 아닙니다."

모르티에는 자신의 대머리를 쓰다듬으며 말했다.

"내가 걱정되는 건, 자네가 지금 무척이나 진지하다는 거야. 이 테이프의 복사본을 입수한 지가 벌써 일주일이나 됐다는 걸 모르지는 않겠지?"

요 며칠간 빅은 상상하기 힘든 일들을 받아들이는 데 어느 정도 익숙해졌다고 생각했다. 하지만 이번 일은 너무나 큰 충격으로 다가왔다. 갑자기 눈앞에 검은 베일이라도 드리워진 듯했다. 모르티에가 붙잡지 않았다면 그대로 쓰러져버릴 뻔했다.

"이런, 마르샬!"

"네, 반장님…… 아무래도 어제 기절하면서 머리에 충격을 받은 탓인 것 같습니다. 잠시…… 기억을 잃었나봅니다."

"기억만 못하는 게 아닌 것 같은데. 느닷없이 사직을 하겠다고 하질 않나. 자넨 내가 가장 아끼는 수사관 중 하나인데 말이야. 게다가 내가 자네를 수사에서 제외시켰다는 터무니없는 말까지 하다니. 잠시 정신이 이상해졌던 것으로 이해하겠네. 아무 말도 못 들은 걸로 하겠다고. 오늘은 특별히 봐줄 테니 그만 집으로 돌아가보게. 자네 상태가 아무래도 좋지 않은 것 같으니까."

빅은 잠시 창틀에 기대서야 했다. 자신이 잘못 들은 건 아닌지 귀를 의심할 지경이었다. 모르티에 반장이 이런 말을 할 리가 없었다. 자신을 매몰차게 수사에서 제외시켰던 그가 아닌가. 빅은 흐릿한 시선으로 그를 쳐다보며 물었다.

"테이프를 어떻게 구하셨습니까?"

모르티에는 담배꽁초를 발로 밟은 다음 다시 주워 쓰레기통에 던져 넣었다.

"자네의 그 영리한 머리에서 나온 기발한 생각 덕분이었지."

"어떻게요?"

부하를 보는 모르티에 반장의 눈에 급작스러운 불안감이 스쳐지나갔다.

"지난주 월요일, 카상드라 리베르망이 살해된 다음날, 자네가 생드니의 공장에서 우리한테 전화를 하지 않았나. 자넨 혼자 단서를 찾아나섰고, 용의자가 썩은 고기를 어떻게 조달했는지 알아낸 거야. 그보다 더 치하해야 할 것은……"

그는 테이프를 추켜들며 말했다.

"자네 덕분에 용의자의 대략적인 윤곽과 DNA 분석을 할 수 있게 됐다고."

빅은 믿을 수가 없었다. 마치 꿈을 꾸는 것 같았다. 과거의 스테판이 그를 만나 어떤 메시지를 전달하는 데 성공한 걸까?

"그의…… DNA 분석이라고 하셨나요?" 빅은 반장의 말을 되받아 물었다.

"정말로 내 입으로 그 얘기를 다시 해야겠나?"

"부탁드립니다……"

"마타도르는 공장에서 나오면서 철근에 깊이 찔린 것 같더군. 그날 비가 많이 와서 핏자국은 남아 있지 않았지만, 루미놀* 덕분에 그가 피를 많이 흘렸다는 걸 알 수 있었지. 형광색 자국을 따라가보니 그곳에서 수십 미터 떨어진 곳에 있는 창고까지 이어져 있는 거야. 그곳을 뒤지다보니 주변 풀숲에서 놀라운 게 나오더군. 바늘과 외과수술용 실, 그리고 소독약 말이야."

"그럼 그가 스스로 상처를 꿰맸다는 얘깁니까?"

"창고의 양철판에 핏자국이 남아 있는 걸로 봐서는 그랬을 것으로 추

* 물, 에탄올, 에테르에 잘 녹지 않는 헤테로 고리 화합물. 혈흔 감식에 널리 쓰인다.

측되네. 하지만 다시 생각해보면, 그가 스스로 상처를 꿰맨 것보다 더 놀라운 사실이 있어. 그가 그 문제의 봉합 키트를 가지고 있었다는 사실이야. 마치…… 자신이 다칠 것을 미리 예견하기라도 했던 것처럼. 그토록 심한 상처를 입고도 그길로 카상드라 리베르망을 죽이러 갔다는 것도 놀랍고."

빅은 점점 더 자신의 귀를 의심했다. 모든 것이 이성적으로는 도저히 이해가 되지 않았다.

"그러니까…… 그렇게 설명해주시니까 이제 기억이 좀 나는 것 같군요. 그런데 테이프에 제2의 인물이 찍혀 있지 않았나요?"

"맞아. 그게 아직 의문으로 남아 있지. 처음엔 공장 직원인가 했지만, 그건 아닌 것 같아. 어쩌면 근처에서 어슬렁거리던 사람인지도 모르지. 계속 알아보는 중이지만. 자, 빅, 이제 그만 가보게. 난 할 일이 많아."

빅, 모르티에 반장이 그를 빅이라고 불렀다.

"그래서 지금 어디까지 진전이 된 겁니까?"

반장은 눈살을 찌푸렸다.

"자네 어제 사고를 당한 후유증이 생각보다 훨씬 더 심각한 것 같군, 안 그런가? 그런데 왜 병원에선 아무 말도 하지 않았지? 왜 문제가 있다고 진작 말하지 않았나?"

"반장님, 그러니까 수사 진행이……"

모르티에는 한숨을 내쉬고 계속 설명했다.

"DNA 분석 결과를 가지고 사방을 이 잡듯이 뒤지고 있네. 생드니의 공장 지대 부근과 병원, 진료소, 봉합 키트 공급자 등을 포함해서. 우리가 할 수 있는 건 다 하고 있지. 하지만 인력이 너무 부족한 게 사실이야. 턱없이 부족해."

모르티에 반장은 수사본부 안으로 들어가려다가 빅에게 테이프를 돌려주며 덧붙였다.

"이런 말은 처음 하는 건데, 자네 병원에 한번 가보는 게 좋겠네. 자넨 지난주에 매일 밤 왕보다 더 늦게까지 일하지 않았나. 그리고 거듭 말하지만, 자넨 아주 훌륭한 일을 해낸 거야."

그가 들어가고 문이 닫혔다. 빅은 건물 앞뜰에 혼자 멍하니 서 있었다. 그는 모르티에 반장이 말하는 것들에 대한 기억이 전혀 없었다. 공장에서 그들에게 전화를 한 기억도, 그렇게 늦게까지 일한 기억도 전혀 나지 않았다. 대체 그에게 무슨 일이 일어난 걸까? 어떻게 반장이 두 남자가 찍힌 테이프를 가지고 있는 걸까? 과거의 스테판이 생드니의 공장에 간 일이 어떤 식으로든 운명을 바꾸어놓은 것일까? 이렇게까지 판이하게? 한 세계에서 모든 동료에게 하찮은 수사관으로 비쳤던 그가 또다른 세계에서는 훌륭한 수사관으로 칭송받는다는 게 가능한 것일까?

그는 수사본부에 화재가 났을 당시 스테판이 했던 말을 떠올렸다. 맹렬하게 타오르는 불길 가운데서 운명이 그에게 분노하고 있음을 느꼈다는 그의 말을.

과거……

순간 빅의 심장박동이 빨라지기 시작했다. 그는 휴대폰을 꺼내 셀린의 번호를 눌렀다. 셀린이 전화를 받지 않자 그는 음성메시지를 남겼다.

"당신이 듣고 있다는 거 알아. 당신이 전화할 때까지 기다려야 한다는 것도. 하지만 내가 당신을 사랑하는 만큼 당신도 날 사랑한다면, 다음번 기차를 타고 당장 집으로 돌아와줬으면 해."

*

밖에는 이미 어둠이 내려 있었다. 빅은 집안을 서성이며 부엌 식탁 위에 놓인 봉투를 두려움 가득한 눈으로 바라보았다. 그는 자신의 책상 서랍 속, 살인범과 관련된 서류의 복사본 위에서 그 봉투를 찾아냈다. 철근에 걸린 피 묻은 옷자락의 사진과 익명의 편지가 그 봉투 안에 들어 있었다. '당신이 쫓는 살인범은 생드니에 있는 고기 해체공장의 철책을 넘다가 철근에 찔려 부상을 당했습니다. 이 봉투에 동봉한 사진에서 그 사실을 확인할 수 있을 것입니다. 그는 썩은 고기를 구하러 그곳에 갔습니다. 그곳의 감시카메라에 찍힌 테이프를 확인해보면 내 말이 거짓이 아님을 알 수 있을 것입니다.'

비로소 빅은 조금씩 깨닫기 시작했다. 이성으로는 설명할 수 없는, 그가 알고 있던 모든 것을 뒤엎는 뭔가가 일어나고 있다는 사실을. 동시에 그의 마음속에 두려움이 몰려왔다.

그때 열쇠 돌아가는 소리가 들렸다. 빅은 소파에서 튀어오르듯 일어나 현관으로 달려갔다. 그는 여행용 가방을 밀며 들어오는 셀린을 힘껏 껴안았다.

"당신 전화를 얼마나 기다렸는지 몰라." 셀린이 그의 품속에서 나지막하게 중얼거렸다. "내가 전화하기 전에 당신이 먼저 전화해주기를 간절히 바랐어. 그런데 당신이 전화를 한 거야……"

빅은 그녀의 입술에 손가락을 갖다대고는, 외투와 웃옷을 벗기고 블라우스 아래쪽 단추를 끄르기 시작했다. 손가락이 떨려서 조그만 단추가 제대로 손에 잡히지 않았다. 그 순간 스테판 키스메가 시체안치소의 관 앞에서 어떤 기분이었을지 이해할 수 있을 것 같았다. 두려움과 동시에 얼마나 간절한 희망을 품고 있었을지.

셀린은 빅의 손길에 몸을 내맡겼다. 그가 그녀를 이렇게 만진 게 대체 얼마 만인가? 그 순간이 마치 영원처럼 느껴졌다. 그녀의 배꼽이 보였다. 빅은 무릎을 꿇은 채 블라우스 자락을 들어올렸다.

그때 본 것을 그는 죽는 날까지 결코 잊지 못할 것이다.

셀린의 배에는 그 어떤 수술 자국도 보이지 않았다.

빅은 환호를 질렀다. 그는 셀린을 있는 힘껏 껴안은 채 그녀의 어깨에 기대어 눈물을 흘렸다. 무슨 말인가를 했지만, 울음과 뒤섞인 그의 말은 웅얼거림에 가까웠다. 빅은 눈물이 흥건한 눈을 들고 그녀에게 말했다.

"내일 아침에 함께 초음파검사를 하러 갔으면 해. 우리 아기가 보고 싶어."

남편의 넘치는 사랑과 에너지에 행복감을 느낀 셀린은 미소를 지으며 물었다.

"하지만…… 갑자기 왜?"

"왜냐하면…… 새롭게 시작하고 싶어서 그래. 당신과 우리 아이와 함께 매일을 충만하게 느끼고 싶어."

"이젠 예전처럼 일만 하지 않을 거야?"

빅은 고개를 끄덕였다.

"그래서 엄마 집으로 떠났던 거잖아, 안 그래? 내가 일 때문에 걸핏하면 늦게 들어오니까…… 그 일로 우린 서로 다퉜고. 아기 때문에 떠났던 게 아니지, 그렇지?"

"물론 아니지, 아기 때문이 아니야. 아기가 무슨 상관이 있다고 그래? 난 다만 나의 존재를 당신한테 말하고 싶었을 뿐이야. 그래서 떠났던 거야."

빅은 셀린을 조심스럽게 안아올려 침대로 향했다.

그는 자신을 둘러싼 모든 것을 잊었다. 다크랜드에 틀어박힌 채 점점 더 깊은 광기의 나락으로 빠져들고 있는 스테판의 불행도 생각하지 않았다. 이 순간만은 이기적이 되어, 자신과 아내 그리고 아기만 생각하기로 했다. 그는 오직 이 순간만을 생각했다. 그리고 새벽이 될 때까지 그들의 뜨거운 사랑이 이어졌다.

*

그들은 오후가 되어서야 산부인과 의사를 만날 수 있었다. 집에서 괴한의 공격을 받아 상해를 입은 세네샬 박사를 대신한 의사는 셀린의 배에 초음파검사용 젤을 넓게 펴발랐다. 그리고 모니터를 켠 다음 그녀의 배에 탐촉자를 천천히 갖다댔다.

의사의 몸짓 하나하나가 슬로모션으로 움직이는 것 같았고 무수히 작은 조각들로 이루어진 것처럼 보였다. 빅은 흑백으로 된 조그만 모니터를 뚫어져라 응시했다. 셀린의 강렬한 눈빛에서, 그녀 역시 오직 예비 엄마만 느낄 수 있는 흥분된 마음으로 초조하게 기다리고 있음을 알 수 있었다.

그리고 거기, 새 생명이 있었다. 엄마의 자궁에서 떨어져나갔던 넉 달된 태아가 탯줄을 통해 그녀와 이어진 채 너무도 또렷한 모습으로 존재하고 있었다.

예비 아빠의 웃음소리는 이내 벅찬 울음소리로 바뀌었다. 빅은 초음파 기기를 통해 확대되어 들려오는 태아의 심장박동 소리를 하나도 놓치지 않았다. 태아의 아주 작은 몸짓 하나까지도 알아볼 수 있었다. 셀린은 고개를 살짝 치켜든 채 두 손을 배 위에 올려놓았다. 그녀는 행복했다. 너무도 달라진 남편의 모습, 아이를 지극히 사랑하는 그의 모습을 지켜보니 무한한 행복감이 느껴졌다.

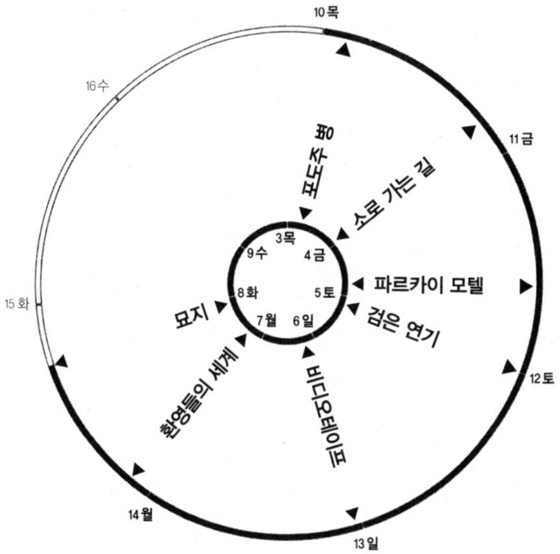

74. 5월 14일 월요일, 17시 18분

비가 내리고 있었다. 하늘에 구멍이라도 뚫린 듯 세차게 퍼부으며 대지를 물에 잠그고 여린 꽃들을 고개 숙이게 하는 얼음장처럼 차가운 빗줄기가. 조문객 무리에서 벗어난 스테판은 눈에 눈물이 그렁그렁한 채 앞으로 나아갔다. 그리고 꽃다발이 놓여 있는 무덤 앞에 털썩 꿇어앉았다. 짧게 깎은 그의 머리와 양복 위로 빗방울이 부서져내렸다.

그런 그를 일으켜주려는 사람은 아무도 없었다. 모두의 눈에 스테판은 정신병자이자 위험 인물이었다. 그 자신에게나 다른 사람에게나.

그때 막 그곳에 도착한 낯선 남자가 무리를 헤치고 나와 그를 일으켜 부축했다. 빅이었다. 그와 스테판은 말없이 서로 시선을 주고받은 후, 육중한 대리석 뚜껑이 묘혈을 덮는 동안 그곳에 머물러 있었다.

모든 절차가 끝나고, 수많은 꽃다발이 무덤가에 수북이 쌓였다. 그리고 검은 옷을 입은 사람들의 긴 행렬이 서서히 멀어져갔다. 한마디 말도 나누지 않고, 서로 눈길조차 주고받지 않은 채.

스테판은 시선을 아래로 떨군 채 말했다.

"정말 와주었군?"

"물론이지……"

"내가 말했지, 이 모든 것이 아무 소용 없을 거라고. 내가 좀더 현명했더라면…… 하지만 어떻게? 내 머릿속이 온갖 끔찍한 것들로 가득차 있는데 어떻게 그럴 수 있었겠느냐고. 그 모든 일들을 겪으면서? 어떻게 내가 제정신일 수 있었겠어?"

그는 묘석 위에 놓인 꽃 한 송이를 집어 꽃잎을 하나씩 뜯어냈다.

"이게 과거에 내가 꾼 마지막 꿈이었어. 우리가 지금 이 무덤 앞에 서 있는 모습을 본 게. 이젠 더이상 과거의 스테판과 교신할 방법이 없어. 내가 한 얘기들, 내가 남긴 메시지, 그 모든 것이 아무 소용 없었던 거야. 과거의 스테판은 잠에서 깨어나 실비를 구하기 위해 발버둥치겠지. 하지만 어디를 가든 어디에 숨든 결국엔 운명에게 발목을 잡히고 말 거야. 도저히 싸워서 이길 수가 없어. 운명이란 놈은 우리가 상대하기엔 너무나 강력한 존재거든."

빅은 스테판과 마주한 채 그의 눈을 똑바로 바라보며 말했다.

"내 아이가 살아 있어. 자네가 과거를 바꿔놓은 거야."

그러자 지금까지 느껴보지 못한 형언할 수 없는 무언가가 스테판의 몸속을 훑고 지나갔다. 그는 슬픈 미소를 지어 보였다. 빅이 스테판의 두 손을 꼭 잡았다.

"아들이래. 불과 몇 시간 전에, 아이가 아주 건강하게 자라고 있다고 의사가 확인해줬다고. 자네가 우리 아이의 생명을 구한 거야."

"나도 때로는 좋은 일도 하는군, 그렇지?"

빅은 스테판의 어깨에 팔을 두른 채 좀더 한적한 곳으로 그를 데리고 갔다.

"난 잘 이해가 되지 않아." 스테판은 심호흡을 한 뒤 손수건으로 눈물을 닦아내며 물었다. "어떻게 자네 부인이 갑자기 다시 임신을 할 수 있었던 거지?"

빅은 고개를 저으며 대답했다.

"아니, 아니야. 그렇게 된 게 아니야. 내 말을 믿기 어렵겠지만, 셀린은 양수천자를 하러 가지 않았어. 과거의 스테판이 그녀 주치의의 얼굴을 망가뜨려놓았거든. 내 말 잘 들어. 화재 당시 자네가 불길에 맞섰을 때, 자넨 마침내 운명을 거스르는 데 성공했던 거야. 그리고 그 순간부터 뭔가가 달라지기 시작했어. 덕분에 과거의 스테판은 꿈속에서 자네의 메시지를 전달받을 수 있었던 거고. 그에게 결코 전해질 수 없었을 메시지를. 그리고 바로 그런 불일치 때문에, 과거의 스테판이 사는 현재에서 그가 꿈에서 깨어났을 때, 마치 세계가 둘로 나뉜 것처럼 모든 것이 진행된 거야. 슈뢰딩거의 고양이처럼 말이야. 하나는 과거의 스테판이 메시지를 전달받지 못한 세상, 즉 우리가 과거에 살았던 세상이고, 또하나는 그가 메시지를 전달받고 셀린의 주치의가 치한의 습격을 받은 세상, 셀린이 아기를 잃지도 않았고, 감시카메라 비디오테이프에 두 사람이 찍혔고, 살인범이 부상을 입은 세상이야. 바로 지금 우리가 살고 있는 세상 말이야!"

스테판은 골똘히 생각에 잠긴 표정으로 대지 위를 흘러가는 빗물을 응시했다.

"그러니까 자네 말은…… 과거의 스테판으로 인해, 우리가 본래 있던 과거의 세계에서…… 또다른 과거의 세계로 옮겨갔다는 건가?"

빅은 손으로 머리를 매만졌다.

"바로 그거야! 이해하기 쉽진 않겠지만, 그건 마치…… 우리가 다른 곳으로 옮겨탄 거나 마찬가지야. 그래, 바로 그거야…… 우리 둘 다 예전 과거의 세계에서 새로운 과거의 세계로 옮겨탄 거라고. 자네 덕분에 과거의 스테판이 메시지를 전달받을 수 있었던 세상 말이야. 난 불타고 있는 수사본부에서 우리가 탈출할 당시에 그렇게 된 거라고 믿고 있어. 난 의식이 없는 자네를 등에 업고 있었어. 기억 안 나? 그때 우린 강한 충격을 느꼈지. 그리고 곧바로 의식을 잃었고."

스테판은 망치로 머리를 얻어맞은 것 같은 표정으로 조용히 빅의 말을 듣고 있었다.

"자넨…… 어디론가 빨려들어간 게 분명해." 빅이 말을 이었다. "난 자네와 꼭 붙어 있었기 때문에 함께 옮겨간 거고. 몸은 그 자리에서 움직이지 않았지만, 어떤 식으로든 눈에 보이지 않는 차원의 세계로 옮겨간 거야. 시간이나 공간으로는 설명할 수 없는 또다른 차원의 세계로…… 자넨…… 아주 특별한 존재야. 그 누구도 이해 못할 놀라운 능력을 지닌 사람이란 말이지."

스테판은 초점이 흐려진 눈으로 묘석을 응시하며 중얼거렸다.

"어쨌거나 그건 축복이 아니라 저주일 뿐이야."

"그렇지 않아, 스테판. 자네 덕분에 내 아이가 태어날 거라고."

"하지만 내겐 아무런 행운도 가져다주지 못했어. 나는 아무것도 달라진 게 없잖아. 멜린다와 실비는 두 세계 모두에서 똑같이 죽은 거야. 예전 과거의 세상, 그리고 새로운 과거의 세상 모두에서."

"그건 자네가 일으킨 변화가 충분히 크지 않았기 때문일 거야. 살인범은 단지 다쳤을 뿐이지 죽진 않았으니까. 그는 자신이 하기로 돼 있던 일을 한 거야. 게다가 과거의 스테판의 힘으로는 멜린다가 채석장에 가는 것도, 수사본부가 불타는 것도 막을 수 없었어. 그건 원인과 결과의 관계가 성립되지 않기 때문이야. 우린 예전의 세상과 아주 유사한 또다른 세상에서 살고 있는 거야. 사실 두 세계가 서로 잘 구분이 안 되지만."

사실은 빅 또한 자신이 하는 말을 간신히 이해할 뿐이었다. 하지만 그것만이 불가해한 것을 설명할 수 있는 유일한 방법이었다. 그는 이야기를 계속했다.

"아내의 뱃속에 있는 아이를 확인한 뒤부터 내 머릿속을 떠나지 않는 생각이 있어. 예전에 내가 왜 자네를 다시 찾아가고 자네 말을 믿게 됐는지 혹시 기억하고 있나?"

스테판은 가만히 고개를 끄덕였다.

"내가 자네 아이의 죽음을 예고했기 때문이지. 자네가 날 찾아왔을 때 난 다크랜드의 벽에 메시지를 적고 있었어. 자넨 내 이야기를 들은 후 날 돕기로 마음먹었고."

"맞아, 그랬지. 그런데 이 새로운 세계에서는 내 아이가 죽지 않았어. 그러니까 '과거의 빅'은 아마도 자네가 부인을 납치하기 전에는 자네를 찾아가지 않았을 거야. 찾아갈 이유가 없었을 테니까. 따라서 자네가 꿈을 기록해놓은 수첩도 읽지 않았을 거란 말이지. 당연히 살인범과 시리엘을 연관짓지도 못했을 거고, 그의 집으로 그를 찾아가는 일도 없었을 테지. 따라서……"

맥없이 서 있던 스테판은 두 주먹을 불끈 쥔 채 빅을 바라보며 중얼거렸다.

"……그 늙은 사디스트가 어쩌면 아직 살아 있을지도 모른다는 얘기군."

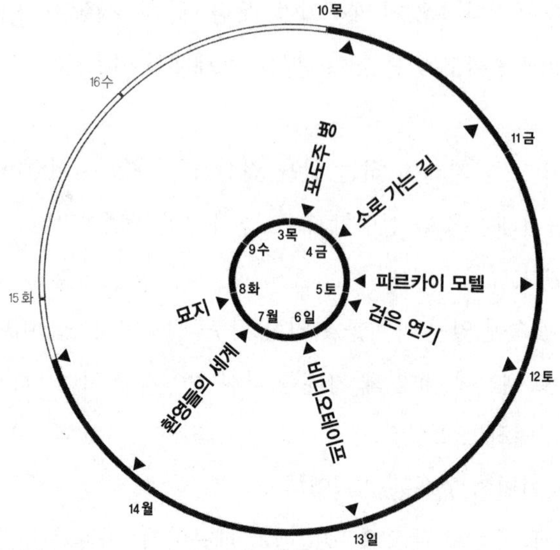

75. 5월 14일 월요일, 20시 10분

결코 다시 찾지 않겠다고 맹세했던 알라트 숲을 다시 찾아온 빅은 노엘 시리엘의 저택을 금세 찾을 수 있었다. 빅은 갓길에 차를 주차했다.

"어떻게 이런 일이 있을 수 있지? 난 지난주 월요일 비슷한 시각에 여길 왔었어. 그때 그의 집이 불타고 있는 걸 내 눈으로 똑똑히 봤다고."

빅은 자신의 푸조 자동차에 앉은 채 저택의 인터폰을 응시하며 말을 이었다.

"시리엘은 조만간 경찰이 자신을 찾아오리라는 걸 알고 있어. 그래서 총을 항상 몸에 지니고 경계 태세로 스스로 목숨을 끊거나 모든 걸 불태울 준비를 하고 있지. 가장 중요한 건, 그가 가지고 있는 DVD를 손에 넣는 일이야. 자넨 여기서 기다리도록 하게. 만약 십 분 후에도 내가 나오지 않으면, 그때…… 들어와보도록 해, 오케이?"

"알겠네. 부디 조심하게."

"자네도 조심해. 그리고 여기서 절대 움직이지 말게. 지난번에 이곳에 왔을 때, 살인범이 주위를 맴돌고 있었거든. 나를 때려눕혔다고."

"참 듣기 좋은 얘기군. 하지만 내 꿈에 의하면 원칙적으로……"

"아직은 자네한테 아무 일도 없을 거란 말이지. 그건 나도 알아."

빅은 차에서 내려 인터폰을 눌렀다. 처음 방문 때 그랬던 것처럼 조그만 감시카메라를 향해 경찰 신분증을 내보였다.

다소 거친 목소리의 남자가 응답했다.

"누구시죠?"

"빅 마르샬, 경찰입니다. 시리엘 씨를 만나러 왔습니다."

짧은 침묵이 흐른 후 인터폰에서 딸깍 하는 소리가 들려왔다.

"문을 열어드리죠. 현관문을 통과해서 오른쪽에 있는 거실로 들어오면 됩니다."

철문이 양쪽으로 벌어지자 빅은 재빨리 앞으로 나아갔다. 그는 자신의 눈을 의심했다. 데자뷰의 느낌이 아니라, 데자뷰 그 자체였던 것이다.

그는 정원을 통과하면서 권총을 꺼내들었다. 가능한 한 신속하게 시리엘을 제압해야 했다.

빅은 열려 있는 현관문을 지나, 시그사우어를 앞으로 겨눈 채 웅장한 그림들이 걸린 홀로 들어섰다. 지난번처럼 시리엘이 모습을 드러낼 것으로 예상하고 갤러리 한가운데에 잠시 멈춰 섰지만, 시리엘은 보이지 않았다.

빅은 조심스럽게 앞으로 나아가 거실 안으로 들어섰다. 시리엘은 손에 DVD를 들고 거실 반대편 벽난로 옆에 서 있었다.

"저 친구였나……" 시리엘은 고갯짓으로 감시카메라 화면을 가리켰다. "생드니의 공장에서 내 친구를 공격한 긴 머리 남자가."

빅은 화면을 흘끗 쳐다보았다. 멍청한 스테판이 차에서 내려 감시카메라 화면 가득 얼굴을 드러내고 있었다. 빅은 시리엘을 향해 총을 더 바짝 겨누었다.

"그 DVD를 당장 바닥에 내려놓으시오. 안 그러면 쏘겠소."

"당신이 여기 온 게 단지 이 DVD 때문이오? 내게 아무 질문도 하지 않고? 궁금한 게 없단 말이오?"

"난 이미 답을 알고 있소."

빅의 말에 시리엘은 당황한 듯했다.

"이 DVD 속에 뭐가 들어 있는지 알고 그러는 거요?"

"당신의 환상, 그리고 살인범의 고통."

시리엘은 고개를 숙인 채 입술을 깨물었다. 순간 그의 눈에 놀라움과 뒤섞인 증오의 빛이 번뜩였다. 그는 손에 들고 있던 DVD를 갑자기 벽난로 속에 던져넣고는 자기 앞에 놓여 있는 권총을 집으려고 했다. 하지만 총성과 동시에 총알이 날아와 그의 가슴 한복판에 박혔다. 노인은 바닥으로 나뒹굴었다.

빅은 벽난로로 달려가 불 속에 던져진 DVD를 부지깽이로 끄집어냈다. 다행히 별로 훼손된 것 같지는 않았다.

그는 피바다 속에 길게 엎드려 있는 시리엘을 향해 돌아섰다. 노인의 입술이 힘없이 움직였다.

"어떻게…… 어떻게 알았지……"

그는 단말마의 헐떡거림 속에서 간신히 중얼거렸다.

빅은 입술을 꼭 깨물면서 구둣발로 그의 얼굴을 뭉갰다.

"난 이미 네가 죽는 걸 봤어, 더러운 놈 같으니라고. 그러니까 넌 어차피 죽은 목숨이었다고."

노인은 마지막 숨을 거두었다.

그때 문 뒤에서 무슨 소리가 들렸다. 빅은 신경을 곤두세우며 총을 쏠 준비를 하고 뒤로 돌아섰다.

숨을 헐떡거리며 달려온 스테판이 시리엘의 시신 앞에 멈춰 섰다. 자신에게서 모든 것을 앗아간 자가 바로 이자였단 말인가. 그는 마치 굶주린 늑대처럼, 축 처진 시리엘의 시신 위로 달려들어 마구 두들기고 또 두들겼다. 바짝 마른 노인의 몸이 충격으로 들썩거렸다.

"왜? 대체 왜 그런 짓을? 이 짐승만도 못한 놈!"

빅은 총을 집어넣고 스테판의 팔을 잡아당겼다.

"그만둬. 그래봤자 아무 소용 없다는 거 알잖아."

분노로 눈이 벌게진 스테판은 빅이 들고 있는 DVD를 가리키며 대형 텔레비전 화면을 향해 돌아섰다.

"집어넣어."

"내가 먼저 보는 게 나을 것 같은데."

스테판은 빅의 손에서 DVD를 낚아채 플레이어 안으로 밀어넣었다.

그리고 화면을 켰다.

그러자 그들의 눈앞에 상상을 뛰어넘는 광경이 펼쳐졌다. 정지된 이미지와 짤막한 동영상들, 단순한 삽입 화면 등이 마치 서브리미널 영상처럼 이어지면서 잔인함의 극치를 보여주고 있었다. 흑백과 컬러가 뒤섞이고, 퀵모션과 슬로모션, 페이드아웃 기법이 모두 등장했다. 지옥의 여러 단계를 거치며 절규하는 희생자들의 모습이 그 속에 담겨 있었다. 영상 사이사이로 골절된 뼈, 베이고 불에 덴 상처를 찍은 사진들이 보였다. 화면을 응시하던 두 사람은 눈살을 찌푸리며 고개를 저었다. 그들은 보지 않아도 볼 수 있으며, 듣지 않아도 들을 수 있었다. 이미지에는 소리가 동반되었다. 톱, 망치, 비명소리, 불타는 소리. 피와 찢겨나간 육체, 그리고 고통이 한꺼번에 폭발했다. 그러다가 절규하는 여인의 입을 헝겊 뭉치로 틀어막는 장면이 스쳐지나가자 스테판은 그 자리에 주저앉고 말았다.

그의 아내 실비의 입이었다.

몇 초 후, 역겨운 배경 사이로 그녀의 파란 눈과 가슴이 클로즈업되어 다가왔다. 또다른 희생자들의 고문 장면 다음으로 또다시 골절된 뼈의 엑스레이 사진들이 보였다. 금이 간 두개골과 넓적다리뼈, 잘게 부서진 손목뼈. 온몸에 바늘이 박힌 어린아이의 사진. 울음소리 그리고 낄낄대는 아이들의 웃음소리와 야유, 휘파람 소리가 뒤섞여 들려왔다. 자신의 혀를 바늘로 찌르는 수도승의 모습. 뜨겁게 달궈진 장작 위를 걷거나 깨진 유리 조각 속에서 뒹구는 인도의 고행자들.

두 남자는 미동도 하지 않은 채 아무 말 없이 화면을 응시했다. 이번에는 괴물 같은 얼굴이 등장했다. 땀에 흠뻑 젖은 육체 앞에 전기난방기가 보였다. 라텍스 장갑을 낀 살인마의 손이 여인의 몸 구석구석을 만지고 탐색하기 시작했다. 길게 내뱉는 쾌락의 신음 소리와 희생자의 처절한 비명소리가 마구 뒤엉켰다. 얼음이 든 통 속에 들어갔다 나온 억센 손이 또다시 희생자의 몸을 주무르기 시작했다. 터져나오는 절규. 불빛을 받아 번쩍이는 메스. 사방으로 튀는 피.

총 이 분 이십사 초짜리 필름이었다.

화면은 이제 푸르스름한 색깔로 바뀌어 직직거리는 소리를 뱉어내고 있었다.

빅은 토하기 일보 직전에 플레이어로 달려가 DVD를 멈추었다. 머릿속에서 쿵쿵거리는 소리가 들려왔다. 그는 한마디도 하지 못하고 두 손으로 얼굴을 감쌌다. 스테판은 몸을 웅크린 채 허공을 응시했다. 마침내 그가 입을 열어 중얼거리듯 물었다.

"이게…… 이게 다 뭐란 말인가……"

빅은 눈물이 그렁그렁한 눈으로 그를 바라보며 대답했다.

"환상…… 우린…… 시리엘의 환상을 본 거야. 살인자의 고통과 함께……"

스테판은 고개를 들어 빅을 쳐다보았다.

"고통…… 살인자의 고통이라고? 무슨 고통을 말하는 거지?"

"나도 몰라. 난 아무것도 모른다고, 제기랄."

그들은 잠시 무기력하게 머물러 있었다. 이윽고 빅이 플레이어에서 DVD를 꺼내 주머니에 넣었다.

그는 시리엘의 시신을 뒤집어 셔츠를 찢은 다음 총알이 박힌 구멍으로 손가락을 밀어넣었다. 총알은 꽤 깊숙이 박혀 있었다. 빅은 책상 위에 있는 페이퍼 나이프를 가지고 와서 얼굴을 찡그리며 총알을 빼내는 데 성공했다. 그런 다음, 부지깽이로 벽난로를 뒤적여 불붙은 장작들을 바닥에 흩뜨려놓았다.

스테판이 그의 팔을 움켜잡았다.

"지금 뭐하는 거야? 왜 다 태워버리려는 거지? 왜…… 자네 동료들에게 연락하지 않는 거냐고?"

"내가 또다시 선을 넘었기 때문이야. 이런 괴물 같은 놈 때문에 내 아내와 아이에게서 떨어져 감옥에 갈 수는 없지 않겠나. 난 아비뇽으로 돌아가서 정상적인 삶을 되찾고 싶어. 이런 나를 이해한다고 말해주게, 스테판. 그렇게 말해줘, 부디."

스테판은 아무 말 없이 그의 팔을 놓아주었고, 빅은 모든 것을 불태우기 위한 준비를 마쳤다. 불길이 솟구치기 시작하자, 그는 나지막하게 중얼거렸다.

"또다른 과거에서 이곳은 이미 불타 없어졌어. 우린 운명이 원하는 것을 돌려주는 것뿐이야."

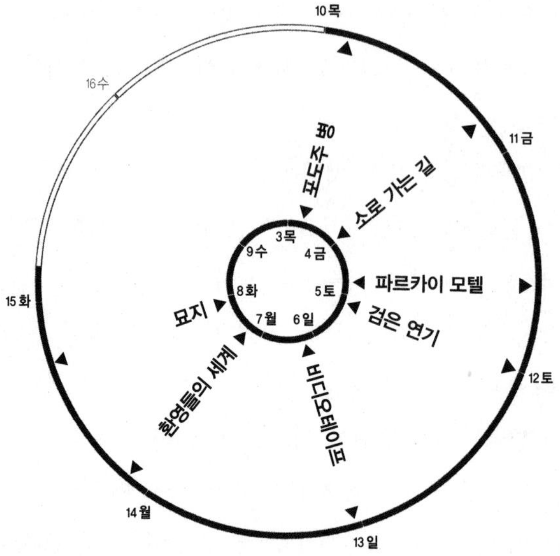

76. 5월 15일 화요일, 02시 37분

기다려야 했다. 빅은 셀린이 잠든 걸 확인하고서야 모든 문을 닫아 걸고 DVD를 꺼내 거실의 플레이어에 밀어넣었다. 코냑 한 잔을 단숨에 들이켠 그는 잠시 눈을 감고 심호흡을 했다. 그런 다음 리모컨을 눌렀다. 기분이 참으로 묘했다. 얼마 전과 상황이 이렇게 달라지다니…… 불과 일주일 전만 해도 셀린은 아이를 잃고 절망해 병원에 누워 있었는데. 그런데 지금은…… 모든 것이 너무나 달라져 있었다. 물론 실비 키스메를 다시 살아나게 할 수는 없었다. 하지만 그의 아이, 그의 핏줄이 다시 아내의 뱃속에서 자라고 있었다.

화면이 켜지자 그 속의 충격적인 이미지들이 또다시 그를 엄청난 혼란에 빠뜨렸다. 하지만 빅은 끔찍한 광경들을 애써 참아냈다. 그는 사건의 실마리가 될 수 있는 뭔가를 찾고 있었다. 대체 어떤 자가 저 불쌍한 여인들을 고문하고 죽였단 말인가? 살인자는 저 사악한 작품 속에서 무엇을 말하려고 했던 걸까? 저 음산한 편집 뒤에 그의 이름과 흔적이 감춰져 있을까?

빅은 DVD를 꺼버리고 싶은 생각이 간절했다. DVD를 익명으로 수사본부에 보내면 어떨까? 그러면 그들이 분석을 하고 수사를 진전시켜 새로운 단서를 찾아낼 수도 있지 않겠는가…… 그래, 그러지 말란 법도 없지 않은가?

하지만 여기서 그만둘 수는 없었다. 스테판을 위해서라도 더 매달려야만 했다. 자신과 마찬가지로, 널따란 빈집에서 홀로 이 역겨운 장면을 다시 마주하고 있을 가엾은 친구 스테판을 위해서.

빅은 모든 것을 잊고 수사관의 눈으로 바라보기로 마음먹었다. 그것이 비록 지옥으로 가는 편도 여행이 될지언정.

DVD의 영상과 음향 편집은 꽤 높은 완성도를 갖추고 있었다. 세련된 기교마저 느껴졌다. 전문가의 솜씨일까? 아니면 아마추어일까? 분명한 것은 그가 남들의 시선을 피해 은밀한 곳에서 작업을 했을 거라는 사실이었다.

빅은 미간을 찡그렸다. 마타도르의 얼굴을 식별하는 건 불가능했다. 그는 라텍스로 된 가면을 쓰고 있었다. 스테판이 만든 것과 매우 흡사한 가면이었다. 그는 결코 서 있거나 자신의 모습 전체를 드러내지 않았다. 첨단 컴퓨터 장비나 인체 측정기 없이는 키나 신체 특징을 알아낼 수 없도록 영상을 교묘하게 편집했음을 알 수 있었다. 잔혹한 살인마는 신중함을 잃지 않았다.

빅은 영상을 슬로모션으로 여러 번 반복해 재생시키면서 시퀀스별로 분석을 거듭했다. 또한 각각의 이미지를 한참 동안 바라보면서 작은 단서라도 찾아내고자 애썼다. 그러는 동안 어떤 생각이 언뜻 그의 머리를 스쳐갔다. 피가 튀는 잔인한 장면마다 어김없이 따라오는 엑스레이 사진들이 모두 한 가지 공통점을 지니고 있었던 것이다. 사진 속의 골절된 뼈들은 어른의 것들이라고 보기엔 너무 짧았다. 빅은 소파에 몸을 더 깊숙이 파묻은 채 화면을 뚫어져라 응시했다. 골절된 넓적다리뼈, 대퇴골, 쇄골 등은 분명 어린아이의 것이었다. 또한 빅은 직감적으로 그것들이 한 사람의 것임을 알 수 있었다. 성장 과정의 여러 단계에서 촬영한, 학대받은 어린아이의 뼈가 틀림없었다. 필시 살인범 자신의 골격일 터였다. 어떻게 해서 저토록 많은 상처가 생겨난 것일까? 어떤 사진에서는 무려 열여덟 군데의 골절을 확인할 수 있었다. 빅은 플레이어로 바짝 다가가 눈을 찡그리면서 화면 오른쪽 아랫부분을 최대한 확대해보았다.

순간 숨이 멎는 듯했다. 그의 시야에 뭔가가 포착되었던 것이다.

연도를 가리키는 것으로 보이는 '1987'이라는 숫자였다.

또다른 사진에서도 '1989' '1990' '1992'라는 숫자가 잇따라 발견되었다.

연도 외에 눈에 띄는 건 아무것도 없었다.

빅은 코냑을 한 잔 더 따른 다음 다시 영상으로 돌아왔다. 살인범은 성장 과정 동안 하루도 뼈가 성할 날이 없었던 것 같았다. 대체 무엇 때문에? 뼈가 잘 부러지는 병을 앓은 걸까? 누군가에게 심한 학대를 받은 걸까? 아니면 수시로 심각한 사고를 당해서?

빅은 스테판을 떠올리지 않을 수 없었다. 기차에서 뛰어내렸던 그의 전력. 여러 차례 반복된 교통사고. 그로 인해 오랫동안 병원에 머물러 있던 일.

하지만 그런 생각을 머리에서 애써 떨쳐버리고 시리엘이 죽기 전에 한 말을 떠올렸다.

'난 내가 간직해온 환상을 실제 영상으로 볼 수 있었지. 그걸 만든 이는 그것을 통해 자신의 고통을 구체화했던 거고.'

이 영상 속에 엑스레이 사진이 이토록 많이 포함돼 있는 데는 분명 그럴 만한 이유가 있을 것이다. 그리고 그건 필시 마타도르의 고통을 나타내기 위한 것일 터였다.

이번에는 끔찍한 장면들 사이사이에 규칙적으로 반복되는 또다른 장면들을 살펴보았다. 미동도 하지 않고 카메라를 응시하며 자신의 혀를 바늘로 찌르는 늙은 수도승이 보였다. 그는 눈썹 하나 까딱하지 않은 채 엽기적인 광경을 연출했다. 그다음 장면에서는 뜨거운 장작 위를 느릿느릿 걸어가는 누군가의 모습이 보였다. 좀더 뒤에 나오는 장면에서는 피가 철철 흐르는데도 깨진 유리 조각 위를 태연히 걸어가는 남자가 보였다. 빅은 다시 앞으로 돌아가, 장작 위를 걸어가는 남자의 얼굴을 집중적으로 살펴보았다. 의심의 여지가 없었다. 그들은 모두 똑같은 인물이었다. 예순 살가량 된 인도의 고행자로 보이는 그 남자는 오직 마타도르 한 사람만을 위해 카메라 앞에서 그 고행을 치르고 있었던 것이다.

그는 누구일까? 살인범은 왜 그에게 관심을 가진 걸까?

빅은 각각의 이미지들 사이의 연결 고리가 무엇인지 감을 잡지 못한 채 한참 동안 화면을 응시했다. 이 모든 것은 육체적 학대, 그리고 고통과 어떤 연관성이 있는 게 분명했다. 하지만 대체 무슨 연관성이?

고통…… 그것은 수사 내내 그를 따라다니던 말이었다.

빅은 화면에 나타난 살인범의 손을 유심히 살펴보았다. 그는 장갑을 꼈다가 벗고는 손을 얼음통에 담근 뒤 난방기의 열기로 인해 땀이 흥건한 여자들의 뜨거운 배를 어루만졌다. 그 순간 살인범은 어떤 표정을 지었을까? 그들의 몸을 어루만짐으로써 무엇을 느끼고자 한 걸까? 무슨 이유로 뜨거움과 차가움을 번갈아 느끼려고 했던 걸까? 빅은 살인현장에 남아 있던 물기를 떠올렸다. 얼음이라……

시리엘은 '오감을 넘어서서…… 좀더 멀리 보는 법을 배우기를…… 결핍을 무엇으로 메울 수 있겠나?'라고 말했었다.

"왜, 무엇 때문에?" 빅은 흥분해서 외쳤다. "대체 무슨 결핍을 말하는 거지?"

노인의 거친 목소리가 그의 머릿속을 계속 맴돌았다.

'당신이 훌륭한 수사관이라면, 그 순간, 뜨거운 육체 앞에서 살인범이 느낀 것을 느낄 수 있어야 할 거야. 그래야 비로소 이해할 수 있을 거라고. 상반되는 것들을 잘 생각해보면 당신의 의문도 풀릴 것이고.'

상반된 것이라고? 뜨거운 것과 차가운 것을 가리키는 걸까? 불과 얼음을?

자리에서 일어난 빅은 난방기의 온도조절장치를 최대로 높였다.

직접 실험을 해봐야 했다.

영상을 한번 더 반복해서 보는 동안 그는 끔찍한 이미지들과 동화되어 살인범의 괴기스러운 세계 속으로 직접 들어가보기로 마음먹었다. 빅은 부엌으로 가서 냉동고를 열어 통에 얼음을 가득 채웠다. 그런 다음, 소리를 내지 않도록 조심하면서 전기난방기 두 대에 전기를 연결했다. 난방기에서 뜨거운 열기가 뿜어져나오기 시작했다. 27도, 29도…… 35도……

빅은 입고 있던 티셔츠를 벗고 붉게 달아오른 전열선 가까이로 바짝 다가앉았다. 그의 몸은 이내 투명한 얇은 막으로 뒤덮였다. 이마와 광대뼈, 어깨로 땀이 방울져 흘러내렸다. 살인범이 두 대의 난방기 사이에 묶여 있는 제물을 관찰하고 있는 광경이 떠올랐다. 그 순간 그는 무엇을 느꼈을까? 성욕을 느끼고 발기했을까?

뜨겁게 달아오른 장작 위를 평온한 얼굴로 걷고 있는 고행자의 모습이 보였다. 온도가 더 올라가자 이번에는 희생자들의 모습이 떠올랐다. 그들의 손가락, 혀, 잘린 입술이. 생드니의 공장에서 발견되었다는 봉합 키트도 기억났다.

이제 그의 앞에 있던 얼음이 녹기 시작했다. 뜨거운 열기를 참기가 점점 더 힘들어졌다. 땀에 흠뻑 젖은 빅은 몸을 숙여 차가운 얼음통 속에 손을 집어넣었다. 그러자 강렬한 고통이 느껴졌다. 살을 에는 듯한 차가움과 함께 그의 손가락 끝에서 손과 팔, 가슴까지 고통이 전달되었다.

차가움…… 차가움이 그를 고통스럽게 하고 있었다. 뜨거움과 마찬가지로.

그리고 그 상반되는 성질이 고통을 더욱더 가중시켰다.

엑스레이 사진, 부러진 뼈, 살인현장의 벽에 매겨져 있던 점수…… 살인범은 희생자의 고통을 자기 것으로 빨아들이기를 원했다. 죽은 여인들이 무엇을 느꼈는지를 알고 싶어했던 것이다.

자신의 온도수용기를 자극하고, 그들에게 뜨거움과 차가움을 번갈아 맛보게 하면서 고통의 한계치에 다가가고자 했던 것이다.

양극단의 게임 속에서 빅은 비로소 깨달았다.

이제 살인범이 얼음과 열기를 통해 어떤 감각을 느끼고자 했는지를 알 수 있었다. 강렬함의 연속을 통해 어떤 결핍을 메우려고 했는지를.

또한 그가 왜 봉합 키트를 항상 지니고 다니는지도 이해할 수 있었다.

이제 모든 것이 명백해졌다.

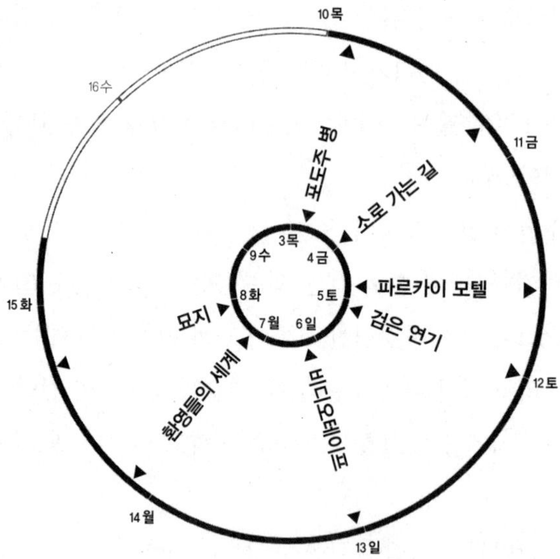

77. 5월 15일 화요일, 05시 23분

DVD 복사본을 손에 든 스테판은 어둠 속에서 거실 소파에 몸을 깊이 파묻은 채 차마 텔레비전을 켤 엄두를 못 내고 있었다. 핏빛 배경 속에 스쳐지나가는 얼굴과 비명소리, 잔혹한 장면들이 끊임없이 그를 괴롭혔다. 그는 알고 있었다. 이젠 결코 마음의 안식을 되찾을 수 없다는 것을.

뚜껑을 딴 위스키 병을 앞에 두고 그는 계속 자문했다. 왜 하필 실비였을까? 다른 희생자들과 그녀 사이에 대체 무슨 연관이 있는 걸까? 살인범은 어떻게 그녀를 선택한 것일까?

오늘밤, 그에게 그 어느 때보다 명백하게 다가온 사실이 있었다. 비극의 근원에는 언제나 자신의 그 빌어먹을 꿈이나 예견이 있었다는 사실이었다. 어쩌면 죽지 않았어야 할 사람들이 자신의 꿈 때문에 죽었는지도 몰랐다. 그리고 이제 실비마저 그런 악순환의 일부가 돼버렸다. 스테판은 초점이 흐려진 눈으로 고개를 숙였다.

그는 요 며칠간의 일들을 기억해내고자 애썼다. 공포와 고뇌, 고통으로 점철된 시간들을. 실비는 어떤 방식으로 그의 꿈에 연루되었던 걸까? 그의 악몽이 어떻게 그녀의 운명을 바꿔놓은 걸까? 아니, 그보다는 그의 꿈이 어떻게 그녀의 죽음을 야기한 것일까?

스테판은 잔뜩 신경이 곤두선 채 DVD를 만지작거렸다. 어쩌면 모든 것이 이 속에 들어 있는지도 몰랐다. 그의 머리를 잠시도 떠나지 않고 끊임없이 맴도는 끔찍한 장면들 속에.

그는 자신이 아내를 죽음의 구렁텅이 속으로 밀어넣었음을 확신하고 있었다. 하지만 어떤 사건이 그녀의 죽음을 촉발한 것일까? 어떤 일로 그녀가 죽음에 이른 걸까? 실비는 최근에 어디선가 살인범과 마주친 것이 틀림없다. 스스로는 결코 만날 일이 없었을 그 누군가를. 그게 대체 누구란 말인가? 영화 제작자? 의사? 정신과 의사? 그렇다, 정신과 의사일 가능성이 높았다. 그 로보프스키라는 의사. 멜린다를 감시하느라 만나러 가지 않았던 의사. 어쩌면 그일 수도, 그가 아닐 수도 있었다.

눈을 감자, 최근에 한 번이라도 마주쳤던 얼굴들이 차례로 그의 머릿속을 스쳐갔다. 아리에, 마르샬, 에브라르, 시리엘, 파르카이 모텔의 카운터 남자, 그레고리 마슈…… 대부분 낯선 사람들이었지만, 그의 꿈으로 인해 만나게 된 사람들이었다.

그들 중 하나가 그 엽기적인 살인행각을 촬영했는지도 모르는 일이었다. 지금 스테판이 손에 들고 있는 끔찍함의 결정판을 제작했을지도.

갑자기 그중 한 사람의 얼굴이 또렷하게 부각되었다.

스테판은 DVD를 자신의 눈 위로 추켜들었다. 그 속에서 살인범의 눈이 그를 응시하는 것 같았다.

그로부터 오 분 후, 조사 끝에 주소를 알아낸 그는 자동차 타이어가 미끄러지는 요란한 소리를 내며 어딘가를 향해 떠났다.

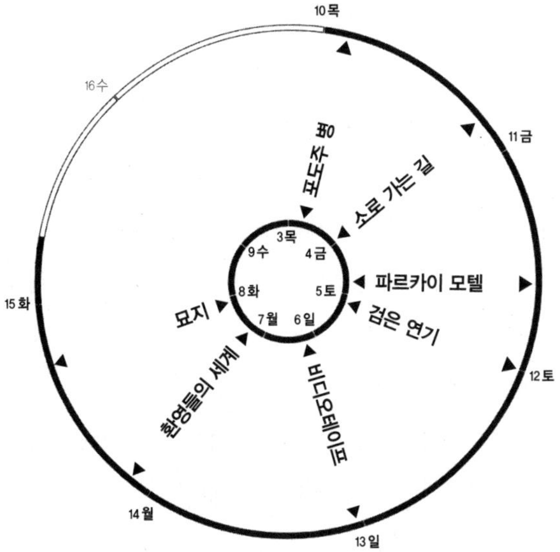

78. 5월 15일 화요일, 07시 26분

인터넷 검색을 통해 찾아낸 파리 15구의 네케르 병원 앞에 도착한 빅은 배달 차량 자리에 황급히 주차를 한 다음 쏜살같이 안으로 달려들어갔다. 그곳은 유전으로 인한 아이들의 선천성 질병을 치료하는 병원이었다.

스테판과는 집전화로도 휴대폰으로도 연락이 닿지 않았다. 그는 대체 지금 뭘 하고 있는 걸까?

빅은 미로 같은 건물 안을 힘겹게 헤맨 끝에 소아정신과 전문의인 샤프랑 교수를 만날 수 있었다. 젊은 수사관은 간략하게 자신을 소개했다. 그리고 DVD 영상 속의 엑스레이 사진을 인쇄한 종이들을 그의 앞에 펼쳐놓았다. 전반적으로 인쇄 상태가 썩 좋진 않았지만, 다양한 부분의 골절을 또렷이 알아볼 수 있었다.

"제가 박사님을 제대로 찾아왔기를 바랍니다. 전 이 환자를 찾고 있습니다."

마흔 살쯤 돼 보이는 샤프랑 교수는 볼펜을 손으로 돌리면서 빅에게 되물었다.

"이게 전부인가요? 엑스레이 사진을 인쇄한 것이?"

"그렇습니다. 어쩌면 이 병원에서 여러 해 동안 치료를 받았을지도 모르는 어린아이의 것입니다."

"'어쩌면'이라고 했습니까?"

"여긴 희귀 질병을 가진 아이들을 치료하는 곳이 아닌가요?"

"네, 그렇긴 합니다만…… 그렇다고 그것만 치료하는 건 아니지요."

"그럼 선천성 무통각증*도 진료 항목 중 하나인가요?"

순간 샤프랑 교수의 얼굴 표정이 바뀌었다. 그는 사진이 인쇄된 종이를 집어들고 눈살을 찌푸렸다.

"물론입니다. 선천성 무통각증도 진료 항목에 속합니다. 이 사진은 유감스럽게도 그 전형을 보여주고 있군요. 언제 찍은 겁니까?"

"1987년, 1989년, 1990년, 1992년입니다."

샤프랑 교수는 책상 위에 종이를 다시 내려놓았다.

"거의 이십 년이나 지난 거라면, 이 환자는 이미 죽었을 가능성이 큽니다. 유감이군요."

"그는 죽지 않았습니다."

샤프랑 교수는 회의적인 눈빛으로 빅을 바라보았다.

"이 병을 앓는 환자들 중 성인이 될 때까지 살아남는 사람은 거의 없습니다. 이 엑스레이 사진을 잘 보십시오, 어떤 생각이 드시는지. 이 수

---

* 병에 걸리거나 부상을 입었을 때 통증을 느끼지 못하는 증상.

많은 골절들을…… 게다가 이게 전부가 아닙니다. 선천성 무통각증을 앓는 아이들은 이로 자신의 혀를 자르기도 하고, 뼈가 드러날 때까지 손가락을 깨물기도 합니다. 자신도 모르는 사이에 뜨거운 불판에 손을 데는 일은 다반사고요. 심지어 몇 주 전에는 두 다리가 부러진 채로 계속 기어다니는 열 달 된 유아를 본 적도 있습니다. 물론 부모가 세심하게 주의를 기울이고 보살피면 사고를 줄일 수도 있겠지요. 하지만 학교나 거리에서는 어떨지 한번 상상해보십시오. 그들은 자신들이 미처 의식하지 못하는 온갖 종류의 공격에 노출돼 있습니다. 성인이 된 그들이 홀로 현실세계와 마주한다고 상상해보세요. 그들은 단순히 칼에 베이는 것만으로도 죽을 수 있습니다. 우리가 어떻게 생각하든, 고통은 인간에게 반드시 필요한 것입니다. 우리 몸의 기관을 지켜내기 위해, 외부로부터 공격을 받았을 때 우리에게 경고해주는 역할을 하기 때문이죠."

빅은 모르티에 반장이 말한 생드니 공장의 에피소드를 떠올렸다. 마타도르는 철근에 찔려 다리에 깊은 상처를 입었음에도 불구하고 혼자 10여 미터를 더 걸어가 스스로 상처를 봉합했던 것이다.

"하지만 그런 환자들도 촉각은 살아 있지 않나요? 온도수용기와 기계적 감각수용기 덕분에요."

"그렇습니다. 그들의 통각수용기, 즉 고통에 민감하게 반응하는 신경말단에는 결함이 있지만, 촉각수용기는 여전히 작동하고 있습니다."

"그러니까 촉각을 통해 고통이 어떤 것인지 느껴볼 수 있지 않을까요? 근접하게라도? 예를 들어 차가운 얼음물에 손을 담갔다가 꺼내 뜨거운 물에 담그는 식으로."

"섭씨 45도 이상이나 0도 이하에서는 온도수용기가 더이상의 추가적 정보를 전달해주지 못합니다. 그때부터는 통각수용기가 그 역할을 담당하게 되는 것이죠. 하지만 수사관님이 잘 보신 겁니다. 뜨거운 표면에 손을 올려놓았다가, 곧바로 아주 차가운 곳에 손을 대게 되면 온도 수용기를 최대한으로 자극하게 되어 고통이 어떤 것인지를 간접적으로 느낄 수 있거든요. 마치 고무줄을 끊어지지는 않을 정도로 최대한 잡아당기는 것과 같다고 할까요. 게다가 이 환자들은 어떤 물질을 만져보는 것을 아주 좋아하는 습성이 있습니다. 그럼으로써 자신의 결핍을 보완하고, 자신의 몸을 자각하면서 그 속에 내재한 위험을 깨달을 수 있기 때문입니다."

빅은 몸을 일으켜 샤프랑 교수의 책상 위에 두 손을 올려놓고 물었다.

"그 환자들의 명단이 들어 있는 파일을 보관하고 계신가요?"

"물론이죠. 하지만 그건 직업상의 비밀이라서……"

빅은 주머니에서 꺼낸 사진 세 장을 그의 눈앞에 들이밀었다.

"이게 바로 그 극악무도한 자가 저지른 짓입니다. 그리고 곧 같은 범행을 또 저지를 거고요. 그러니까 부디 이십 년이나 된 기록을 두고 의료비밀 운운하지 말아주시기 바랍니다. 난 그자의 이름을 원합니다. 지금 당장."

얼굴을 찌푸리면서 엑스레이 사진을 옆으로 밀어놓고 잠시 머뭇거리던 샤프랑 교수는 마침내 마우스를 움켜쥐었다.

코드를 입력하자 파일이 열리면서 문서들이 연이어 펼쳐졌다…… 이윽고 삼십여 명의 환자 명단이 화면에 떴다.

그중 한 사람의 이름이 빅의 시야에 즉각 포착되었다. 좀더 정확히 말하면, 그의 이름에 담긴 의미가 빅의 관심을 끌었다.

운명을 암시하는 듯한 이름. 고통으로 점철된 삶에 맞서고자 하는 이름이었다.

빅은 샤프랑 교수가 컴퓨터 화면에서 미처 고개를 들기도 전에 어디론가 사라져버렸다.

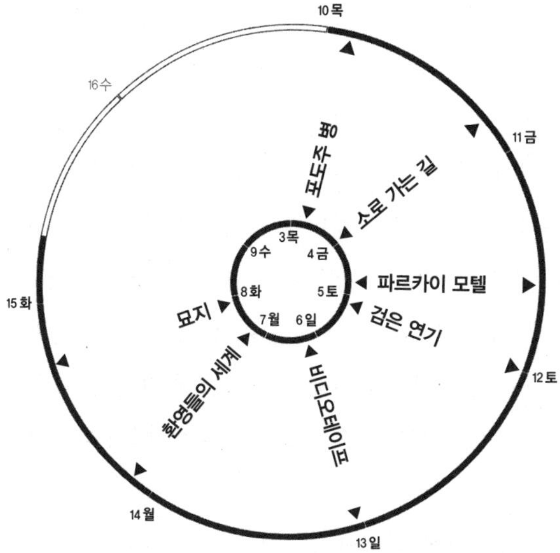

79. 5월 15일 화요일, 08시 14분

여자가 가르쳐준 주소는 생드니의 고기 해체공장에서 100여 미터밖에 떨어져 있지 않은 곳이었다.

그녀는 자신의 남편이 예전에 철공소로 쓰이던 그곳에서 대부분의 여가시간을 보낸다고 했다. 낡은 가구를 다시 손질하거나 사진과 비디오 작업을 하면서. 그의 아내는 그것이 그의 열정이라고 덧붙였다. 열정이라……

그는 기혼자였다. 사람들을 더없이 잔혹한 방법으로 죽이는 괴물에게 아내가 있었다니.

스테판은 철책을 넘어가 뒤뜰에서 깨진 창문 하나를 발견했다. 날카로운 유리 조각들을 꼼꼼히 떼어낸 다음 안으로 미끄러져 들어갔다.

그리고 칼을 꼭 쥔 채 숨을 죽이며 천천히 앞으로 나아갔다. 음산한 기운이 느껴지는 널따란 공간은 텅 비어 있고 곳곳에 먼지가 켜켜이 쌓여 있었다.

갑자기 발밑에서 깨진 유리 조각이 밟히는 듯한 소리가 들려왔다. 스테판은 그 자리에 굳어버렸다. 주위를 둘러보았지만 아무것도 보이지 않았다. 숨소리 하나, 바람 소리 하나 들리지 않았다. 불결한 벽을 따라 좀 더 나아가자 계단이 보였다. 계단으로 내려가 신경을 바짝 곤두세운 채 좁다란 통로를 지나니 창문 하나 없는 어두컴컴한 작업실이 나왔다. 몇몇 보안등의 희미한 불빛에 의지해 겨우 앞을 분간할 수 있을 뿐이었다.

갑자기 뒤에서 인기척이 느껴졌다. 스테판이 미처 뒤를 돌아볼 시간도 없었다.

순간적으로 장딴지에 엄청난 고통이 느껴지면서, 그는 의식을 잃을 지경이 되어 바닥으로 쓰러졌다.

몸을 웅크린 채 두 손으로 다리를 움켜잡고 있는 스테판의 얼굴 가까이로 용접기의 푸른 불빛이 다가왔다. 남자는 스테판의 칼을 발로 차버린 뒤 그의 옷깃을 바짝 움켜쥔 채 그의 눈을 똑바로 바라보았다.

"너였어?" 남자는 뜻밖이라는 표정을 지어 보였다. 그리고 소파가 있는 곳까지 스테판을 질질 끌고 갔다. 스테판의 입에서 고통스러운 비명 소리가 터져나왔다.

"넌 지금 다리에 입은 화상 때문에 움직일 수도, 생각할 수도 없을 거야. 지금 네가 느끼는 두려움과 마찬가지로, 그 통증이 널 마비시키기 때문이지. 넌 이제 예전처럼 걷지도, 날 어쩌지도 못할 거라고."

남자는 전기톱 옆에 용접기를 내려놓은 후, 기다란 쇠못으로 뒤덮여 있는 소파를 가리켰다. 소파의 등받이와 팔걸이에는 가죽띠가 장착돼 있었다.

"내가 손수 만든 가구에 대해 어떻게 생각하나? 다음번에 처치할 망할 계집을 위한 거였는데, 네가 여기까지 나를 찾아왔으니……"

서랍을 뒤져 뭔가를 꺼낸 그는 스테판 앞에 꿇어앉아 팔에 주사를 놓았다.

"자, 됐어…… 모르핀 주사야. 처음엔 좀 몽롱하겠지만, 곧 고통을 느끼지 못하게 될 거야. 잠깐 동안은 말이야."

"왜? 왜 이런 짓을 하는 거지?" 스테판은 신음하며 물었다.

남자는 그의 말에 대꾸하지 않은 채 몸을 일으키며 물었다.

"네 와이프를 처리할 때 네가 전화한 걸 들었어. 네놈이 남긴 메시지를. 그 순간에 내가 움직일 거라는 걸 어떻게 안 거지? 대체 날 어떻게 찾아낸 거냐고!"

스테판은 약기운이 온몸에 퍼지기 시작하는 것을 느낄 수 있었다. 정신이 몽롱해지면서 화끈거리던 장딴지의 통증이 서서히 잦아들었다.

"뒤퓌트랑에서 네가 보여준 팔다리가 네 개씩 달린 소녀의 사진…… 그때 넌 인도에 가본 적이 있다고 말했어…… 넌 거기서 바늘로 자신의 혀를 찌르는 노인을 찍어온 거야…… DVD에 나와 있는……"

"머리가 제법인걸. 그 DVD를 어떻게 입수했는지, 생드니의 공장에서 어떻게 날 찾아냈는지는 아직 설명하지 않았지만."

"꺼져버려…… 넌 괴물이야……"

아실* 델사르는 스테판의 뺨을 세게 후려쳤다.

"아니, 괴물은 바로 너야! 끔찍한 광경 앞에서 즐거워하는 모든 자들과 마찬가지로! 넌 우리를 조롱하고 내치는 자들과 하나도 다를 게 없어! 난 뒤퓌트랑에서 본 네 와이프의 눈빛을 아직도 똑똑히 기억하고 있어. 불행한 존재들에게 보내던 그 역겨운 눈빛을. 바로 그게 내 신경

---

* '아실(Achille)'은 그리스신화에 나오는 영웅 아킬레우스의 프랑스어 이름이다.

에 거슬렸던 거야. 난 다시는 그런 눈빛을 보고 싶지 않았어. 내가 응징하고자 한 건 바로 그런 시선이었다고."

그는 못이 박힌 소파를 가까이 끌어당겼다.

"그들에게 난 실험대상일 뿐이었어. 학교에서는 싸움이 있을 때마다 언제나 날 앞장세우곤 했지. 어린 나는 우쭐하기도 하고 자랑스럽게 생각하기도 했지만, 그들은 날 하찮은 실험용 쥐쯤으로 여겼던 거야. 날 찔러보고, 꼬집고, 심지어 몸을 바늘로 찌르고, 라이터 불로 지지기까지 했어. 단지 날 '가지고 놀고' '시험하기' 위해서 말이야. 그들은 서슴지 않고 내게 온갖 더러운 짓을 자행했어. 난 육체적 고통을 느끼지는 못했지만, 내면의 고통은 그 어떤 것보다 컸지. 그런데 시리엘이 내게 깨달음을 주었어. 그들의 눈에 난 존 메릭과 조금도 다를 바 없는 존재라고. 바로 그에 관한 전시회에서 난…… 르루아와 리베르망을 선택했던 거야. 왜냐하면 그들은 엘리펀트맨의 사진 앞에서 자신들의 추악한 욕구를 충족시키고 있었거든."

그의 눈 속에는 설명하기 힘든 뭔가가 반짝이고 있었다. 어쩌면 절대악의 발현이 이런 것이 아닐까.

"하지만 네 와이프는 예외였다고 말할 수 있지. 그 여잔 네 잘못으로 죽은 거야. 그날 네가 뒤퓌트랑에 오지 않았다면, 난 네 와이프를 만날 일이 결코 없었을 테니까. 그랬다면 그녀는 아직 살아 있겠지. 운명의 슬픈 장난인 셈이지, 그렇지 않나?"

아실은 시계를 들여다보고는 고문용 소파를 향해 돌아섰다.

"자, 이제 슬슬 시작할 시간이 된 것 같군. 네가 이 의자에 제대로 자리를 잡기 전에 모르핀의 효과가 사라져버리면 안 되거든. 그건 낭비란 말이지."

스테판은 몸을 일으키려다가 비틀거리며 다시 바닥에 쓰러졌다. 그는 쓰러진 채로 기어서 오른쪽으로 도망가려고 했다.

"이제 정말 너와 끝장을 내야겠군." 아실이 전기톱을 작동시키면서 소리쳤다.

날카로운 톱날이 요란한 소리를 내며 세차게 돌아가기 시작했다.

"어때, 이걸 맛보고 싶지 않나?"

그는 전기톱을 바닥에 내려놓고는, 스테판의 어깨를 잡아 일으켜 소파로 끌고 가려 했다. 마치 자신의 몸과 분리된 것처럼 무력하게 축 늘어진 스테판은 마지막 힘을 다해 살인마를 덮치며 두 팔로 그를 꽉 붙잡았다.

그러자 당황한 아실은 비틀거리다가 전기톱 줄에 두 발이 걸리는 바람에 쿵 하는 둔탁한 소리를 내며 넘어졌다. 순간, 윙윙 소리를 내며 돌아가던 전기톱의 날카로운 톱날이 그의 왼쪽 다리 깊숙이 파고들었다.

상처에서 분수처럼 솟구친 피가 두 남자의 얼굴을 뒤덮었다.

"이 쳐죽일 놈 같으니!" 살인마는 자신의 상처에도 아랑곳없이 마구 욕설을 퍼부었다.

그들은 한데 뒤엉킨 채 엎치락뒤치락하며 뒹굴었다. 전기톱은 적갈색으로 엉겨붙은 피를 뿜어내며 계속 돌아갔다. 아실이 쉽게 우위를 점했다. 온몸에서 힘이 모두 빠져나간 스테판은 흐물거리는 빈껍데기에 불과했다.

희미한 빛 속에서 마타도르는 전기톱을 찾기 위해 주변을 더듬었다. 마침내 그는 전기톱을 찾았지만, 그에게는 그것을 들어올릴 힘조차 남아 있지 않았다. 그의 얼굴은 이미 시체처럼 창백했다. 생명의 끈이 그를 놓아버린 것이다. 그의 허벅지에서는 붉은 피가 콸콸 솟구치고 있었다. 그는 그대로 무너져내렸다.

얼굴과 옷이 피로 범벅이 된 스테판은 비틀거리는 몸을 간신히 추슬러 살인마의 가슴 위에 올라탔다. 그는 누구인지조차 알아보기 힘든 모습으로 변해 있었다.

스테판은 두 손으로 전기톱을 움켜쥐었다.

"이건 내 아내를 위한 거야." 스테판은 전기톱의 예리한 톱날을 마타도르의 눈 가까이로 가져갔다. "그녀를 위해, 그리고 모든 희생자들을 위해."

그가 살인마의 얼굴을 갈기갈기 찢어놓으려는 찰나, 두 발의 총성이 울리면서 그의 동작을 그대로 정지시켰다. 전기톱은 아실의 얼굴 위로 떨어졌다. 둔탁한 소리와 함께 둥근 톱날이 멈추지 않고 계속 돌아갔다……

옆으로 쓰러지는 스테판의 뺨에 차가운 타일의 감촉이 느껴졌다. 마치 안개 속을 떠다니는 것처럼 아무런 고통도 느껴지지 않았다. 그의 가슴에는 붉게 물든 조그만 구멍이 생겨 있었다.

앞쪽에서 일그러진 얼굴로 오른쪽 팔뚝을 움켜잡은 채 앞으로 고꾸라지는 빅의 모습이 보였다.

잠시 후 고개를 든 빅의 입에서 건물 전체를 흔들어놓을 만큼 커다란 외침이 터져나왔다.

"안 돼!"

빅은 스테판을 향해 달려갔다. 그는 어둠 속에서 움직이는 물체를 향해 총을 겨누다가 팔의 통증이 더해지면서 목표물을 착각했다. 살인범이 아닌 자신의 친구를 쏜 것이다……

스테판은 얼굴이 피로 범벅이 된 채 간신히 미소를 지어 보였다.

"자네…… 자네였군…… 자네가 내 꿈을 중단시킨 거였어……"

그는 가쁜 숨을 몰아쉬며 힘겹게 말을 이었다.

"나…… 나 역시…… 나 자신의 저주의 대상이었던 거야. 결국, 난 내 꿈을 꾼 거였어."

"스테판! 안 돼! 제발, 죽지 마!"

스테판은 마지막 힘을 다해 빅의 등을 움켜잡으며 중얼거렸다.

"언젠가는…… 이 모든 일이 일어나지 않을 수 있을 거라 믿어…… 난 알아…… 언젠가는 자네와 과거의 내가 반드시 해내고 말 거라는 걸…… 그러면 실비도 결코 죽지 않을 거야……"

스테판의 호흡이 느려지면서, 눈 속에 잠깐 동안 섬광이 스쳐지나갔다.

곧이어 빅의 등을 잡고 있던 스테판의 손에서 힘이 빠져나가는 게 느껴졌다.

빅은 자신의 아이를 되돌려준 천사를 애정 가득한 몸짓으로 보내주었다.

그리고 그의 이마에 입맞춤했다.

에필로그

14개월 후

"이 도시를 다시 보게 될 줄은 몰랐어." 셀린은 다소 씁쓸함이 느껴지는 목소리로 나지막이 중얼거렸다.

파리 외곽순환도로로 들어설 무렵, 빅은 운전대를 잡은 채 한 손으로 목덜미를 문질렀다.

"이번엔 좋은 일로 온 거잖아. 내일이면 베트남에 가 있을 거고…… 당신 조부모님도 만나게 될 테고 말이야. 행복해, 당신?"

"아주 많이. 그분들이 증손자를 보게 되는 거야. 근사하지 않아?"

셀린은 미소를 지으면서 뒷좌석에 잠들어 있는 아들을 돌아보았다. 그녀의 얼굴은 행복으로 빛나고 있었다.

"스테판이 깰 때가 된 것 같아."

빅은 자신의 뺨을 꼬집고 눈을 비볐다. 아비뇽에서부터 먼길을 힘들게 달려오느라 몹시 고단한데다 차 안의 후덥지근한 열기도 한몫했을 터였다. 하지만 그는 비정상적으로 땀을 많이 흘리고 있었다. 아마도 비행기를 타기 전의 긴장감 때문인 듯했다. 거기에 간밤의 끔찍한 악몽이 더해졌다. 880이라는 숫자만이 기억나는 희미한 꿈. 바닥에 새겨진 숫자들이 천천히 돌아가고 있었다. 그러다가 0이 8로 변해 888이 되자, 하늘에서 거대한 불기둥이 떨어져 그와 셀린의 얼굴을 숯덩이처럼 새까맣게 태워버렸고, 그는 비명을 지르며 잠에서 깨어났다.

"그전에, 우리에게 주어진 휴식시간을 좀더 즐기자고." 빅은 더이상의 이야기를 삼갔다.

그들은 공항 주차장에 도착해 주차를 한 후, 가방을 꺼내고 아기를 유모차에 앉혔다. 스테판은 엄마로부터는 아름다운 검은 머리를, 아빠에게서는 매력적인 짙은 색 눈동자를 물려받았다.

오후 5시 12분에 이륙 예정인 비행기는 정시에 도착해 대기중이었다. 2008년 7월 9일, 루아시 공항은 여느 때처럼 수많은 사람들로 붐비고 있었다. 출발 시각을 알리는 전광판에는 다양한 행선지들이 잇따라 게시되었다. 초조하게 출발을 기다리는 여행객들의 웃음소리와 웅성거림이 너른 홀을 가득 채우고 있었다.

3시 25분. 수화물의 체크인은 별문제 없이 진행되었다.

마르샬 부부는 기다리는 동안 시원한 음료를 마시기 위해 카페테리아로 향했다. 빅은 끊임없이 손가락을 움직였고, 등에는 땀이 흥건하게 배어 있었다. 빅은 셀린이 아무것도 알아차리지 못하도록 신경을 썼지만 엄습하는 초조함을 감출 수 없었다.

4시 45분. 그들 가족이 796편 비행기를 타기 위해 막 일어서려는 순간, 탑승이 무기한 연기됐다는 안내방송이 흘러나왔다.

“당신 왜 그래? 아까부터 손을 가만 못 두잖아.” 셀린이 물었다.

빅은 전광판에서 눈을 떼지 못했다.

“비행기 출발이 늦어지는 게 불안해.” 그는 손톱을 물어뜯으면서 말했다. “왜 하필 우리 비행기지? 그것도 타기 바로 직전에? 저길 보라고! 우리가 탈 비행기가 바로 저기 있는데도 말이야. 왜 우리를 공항에 계속 머물게 하는 거지? 마치…… 마치 일부러 그러는 것 같잖아.”

셀린은 한숨을 내쉬었다.

“아니야. 일부러 그러는 게 아니야. 누가 일부러 우릴 공항에 붙잡아 두려는 게 아니라고. 이륙 지연 같은 건 다반사로 일어나는 일인데 뭐.”

“아니. 뭔가 석연치 않은 일이 일어나고 있어. 확실해.”

셀린은 그의 두 손을 꼭 감싸쥐었다. 최근에 빅은 신경이 무척 곤두서 있었다. 자꾸만 자신만의 세계로 움츠러드는 것 같았다.

“제발 부탁이야, 빅. 사방에서 우연의 일치를 발견하는 것도, 모든 걸 의심하는 것도, 누군가가 끊임없이 당신을 감시하고 있다고 생각하는 것도 모두 그만둬.”

빅은 홀에 가득찬 사람들을 둘러보기 시작했다. 전직 살인사건 전담 수사관의 촉각이 아직 그의 안에 살아 있었다. 주변의 웅성거림 때문에 머리가 아파왔다. 그때 그들 머리 위쪽에 있는 전광판에 갑자기 불이 켜졌다. ‘796편 출발 지연. 오후 6시 14분 이륙 예정.’

“젠장, 대체 무슨 일이 일어나고 있는 거지?” 빅은 잔뜩 겁에 질린 목소리로 중얼거렸다.

“별일 아니라니까……” 셀린이 한숨과 함께 대꾸했다.

빅은 더이상 그 자리에 머물러 있을 수가 없었다. 그는 자동판매기에서 음료수 하나를 꺼내 단숨에 마셔버렸다. 하지만 그런다고 상태가 더 나아지진 않았다. 그는 여전히 몸을 떨고 있었다. 공항 내의 열기로 인해 숨이 막혀왔다. 잠시 후, 스테판이 울음을 터뜨렸다.

전광판에 또다시 불이 들어왔다. '796편 탑승 시작'.

"그것 보라니까." 셀린이 빅을 돌아보며 말했다.

이내 여행객들이 탑승구 앞으로 몰려들었다. 마르샬 가족도 줄을 섰다.

하지만 빅은 여전히 마음을 진정시키지 못하고 있었다. 그는 주위에 있는 사람들의 얼굴을 하나하나 살펴보았다. 줄에서 조금 옆으로 비켜나자, 쪼그리고 앉은 대머리 남자가 한 아이에게 카드 마술을 보여주며 장난을 치는 모습이 보였다. 잠시 후 몸을 일으킨 남자는 가방 두 개를 들고 줄로 향했다. 그가 입고 있는 검은색 티셔츠에 프린트된 포커 사이트 광고가 빅의 눈에 들어왔다. 'www.888.com'.

888.

순간 빅은 한 손으로는 유모차를, 다른 한 손으로는 셀린의 손목을 꼭 붙잡고 줄 밖으로 나갔다.

"여기서 나가야 해. 즉시."

그는 아기를 태운 유모차를 끌고 중앙홀을 향해 달리기 시작했다. 셀린은 영문도 모른 채 놀라 그를 따라갔다.

"오, 이런! 대체 왜 그래? 빅!"

"즉시 나가야 한다고!"

그들은 가족에게 위급한 일이 생겨서 비행기를 탈 수 없다고 둘러대고 검색대를 거꾸로 통과한 뒤, 군중 속을 헤치며 더욱 빠르게 달리기 시작했다.

"더 빨리! 서둘러야 해!"

셀린은 절망적인 심정으로 빅의 뒤를 따라가면서 그의 마음을 돌리려고 애썼지만 소용이 없었다. 그들은 순식간에 택시 승강장 앞에 도착했다.

빅은 엄청난 절망감에 휩싸였다. 사방이 모두 막혀 있었던 것이다. 도로, 진입로, 주차장 모두가. 이곳을 떠나 어디론가 달아나는 것은 불가능해 보였다. 그는 유모차에서 아기를 들어 품에 안고 유모차를 그대로 놔둔 채 미친듯이 달리기 시작했다. 셀린은 가쁜 숨을 몰아쉬며 그의 뒤를 쫓아갔다.

마침내 그들은 지하 주차장 맨 뒤쪽 경계를 이루고 있는 커다란 콘크리트 블록에 이르렀다. 그곳에서 빅은 셀린에게 몸을 숙이도록 했다. 두 사람 다 기진맥진한 상태였다.

6시 8분. 갑자기 땅이 흔들리기 시작했다.

엄청난 에너지를 동반한 강력한 폭발이 건물의 모든 유리창들을 박살내면서, 깨진 유리 파편이 그들의 발치까지 날아왔다.

사방 곳곳에서 사람들의 비명과 절규하는 소리, 차문 여닫는 소리, 클랙슨 소리가 뒤섞여 들려왔다. 홀을 포함한 공항 건물 전체가 거대한 먼지와 불꽃으로 변해 그대로 내려앉았다.

아들을 품에 꼭 안고 있던 빅이 천천히 고개를 들었다. 그의 옆에는 탈진한 셀린이 몸을 웅크리고 있었다. 빅은 그녀의 뺨을 부드럽게 어루만지면서 눈물을 흘리기 시작했다.

기어이 일어나고야 만 것이다.

자신이 왜 그 많은 사건들에 얽혀들었는지 이제야 비로소 이해가 되었다.

그는 언제나 스테판과 똑같았던 것이다. 그리고 이제, 그의 안에서 섬광 같은 환영이 다시 깨어나고 있었다.

그것은 축복이자 저주였다.

감사의 말

이 책을 출간하는 데 지원을 아끼지 않은 르 파사주 출판사에 진심으로 감사를 표합니다. 또한 나와 함께 이야기 속으로 들어가 뫼비우스의 띠를 따라가는 데 동반해준 얀에게 고마움을 전합니다. 그것이 결코 쉬운 작업이 아니었음을 잘 알고 있기 때문입니다.

옮긴이 **박명숙**
서울대학교 사범대학 불어교육과를 졸업하고 프랑스 보르도 제3대학에서 언어학 학사와 석사 학위를, 파리 소르본 대학에서 프랑스 고전주의 문학을 공부하고 '몰리에르' 연구로 불문학 박사 학위를 받았다. 서울대학교와 배제대학교에서 강의했으며, 현재 출판기획자와 전문번역가로 활동중이다. 옮긴 책으로 에밀 졸라의 『제르미날』『목로주점』『여인들의 행복 백화점』『전진하는 진실』, 오스카 와일드의 『심연으로부터』『거짓의 쇠락』, 조지 기싱의 『헨리 라이크로프트 수상록』, 파울로 코엘료의 『순례자』, 로랑 구넬의 『가고 싶은 길을 가라』, 플로리앙 젤러의 『누구나의 연인』, 티에리 코엔의 『나는 오랫동안 그녀를 꿈꾸었다』, 도미니크 보나의 『위대한 열정』, 마리 카르디날의 『두 사람을 위한 하나의 삶』, 장 이브 보리오의 『로마의 역사』, 카타리나 마세티의 『옆 무덤의 남자』 외에 『라퐁텐 그림 우화』『더스티 블루—카엘 탈라스의 진실』 등이 있다.

문학동네 세계문학
뫼비우스의 띠

초판 인쇄 2016년 3월 18일 | 초판 발행 2016년 3월 28일

지은이 프랑크 틸리에 | 옮긴이 박명숙 | 펴낸이 염현숙

책임편집 김미혜 | 편집 최정수 오동규
디자인 김현우 최미영 | 저작권 한문숙 박혜연 김지영
마케팅 정민호 이미진 정진아 | 홍보 김희숙 김상만 이천희
제작 강신은 김동욱 임현식 | 제작처 영신사

펴낸곳 (주)문학동네
출판등록 1993년 10월 22일 제406-2003-000045호
주소 10881 경기도 파주시 회동길 210
전자우편 editor@munhak.com | 대표전화 031) 955-8888 | 팩스 031) 955-8855
문의전화 031) 955-1927(마케팅) 031) 955-8860(편집)
문학동네카페 http://cafe.naver.com/mhdn | 트위터 @munhakdongne

ISBN 978-89-546-3995-8 03860

www.munhak.com